형제

2

兄弟

형제

위화 장편소설

2

최용만 옮김

차례 ────

II

임홍은 결혼 당일 인민반점에 식탁을 몇 개 예약해서 신랑 신부 측의 친한 친구들을 초대해 축하주를 대접할 생각이었다. 그래서 종이에 친구들의 이름을 쭉 써내려가면서 송강에게 남자 쪽 친구들 이름을 쓰라고 다른 종이 한장을 건넸지만 송강은 무슨 철근이라도 드는 듯 힘들어하며 반나절이 지나도록 한 자도 쓰지 못했다. 송강은 우물쭈물하며 자신은 세상에 가족이라고는 단 하나 이광두밖에 없다고 말했고, 그 말을 들은 임홍은 기분이 상해버렸다.

"설마 나는 가족이 아니란 뜻이에요?"

송강은 그런 뜻이 아니라는 듯 머리를 가로저으면서 사랑 가득한 목소리로 말했다.

"당신이 내 가장 가까운 가족이지요."

임홍은 행복한 듯 웃으며 대꾸했다.

"당신 역시 내 가장 가까운 가족이에요."

송강은 연필을 들었지만 여전히 한 자도 써내려가지 못한 채 조심스럽게 임홍에게 그래도 이광두를 결혼 축하연에 초대해야 하지 않겠느냐고, 비록 서로 왕래는 없지만 그래도 형제니까 초대해야 하지 않겠느냐고 물어보았다. 그렇게 말하면서도 만약 임홍이 승낙하지 않으면 절대 초대하지 않겠다고 다짐했는데 의외로 임홍은 흔쾌히 승낙했다.

"초대합시다."

의아한 표정의 송강을 보고 임홍은 키득거리며 말했다.

"적어요."

이광두의 이름을 적은 후 송강은 재빨리 작업장 동료들의 이름을 적어갔고, 마지막으로 잠시 머뭇거리다 류 작가의 이름을 적어넣었다. 그러고 나서 송강은 두 장의 백지 위에 적힌 이름 순서에 따라 붉은색 결혼 축하연 초대장을 써내려갔고, 임홍은 송강의 어깨에 머리를 기댄 채 필체가 송강의 아름다운 펜에서 한 글자 한 글자 흘러나오는 것을 보며 감탄했다.

"정말 멋있다. 당신 글씨 정말 멋있어요."

이날 오후 송강은 초대장을 들고서 반짝이는 영구표 자전거를 몰고 큰길 모퉁이에서 퇴근하고 집으로 돌아가는 이광두를 기다렸다. 송강은 자전거를 탄 채로 한 발을 뻗어 오동나무에 걸친 채 평형을 유지하며 서 있었다. 이광두가 나타나자 더 이상 자전거를 몰고 피하지 않고, 멀리서부터 소리를 치면서 손을 흔들었다. 송강의 열정적인 외침과 손짓에 이광두는 당혹스런 나머지 자신의 뒤를 돌아보며 송강이 다른 사람을 향해 그러는지 확인했고, 가까이 다가와서야 송강이 자신의 이름을 부르고 있음을 확신했다.

"이광두."

이광두는 손가락으로 자신의 코를 가리키며 물었다.

"지금 나 부른 거야?"

송강은 신나게 고개를 끄덕였고, 이광두는 고개를 들어 하늘의 태양을 바라보며 괴상야릇한 표정으로 말했다.

"해가 서쪽에서 뜨지 않았는데."

송강은 부끄러운 듯 웃었고, 이광두는 송강이 영구표 자전거에 앉아서 오른발로 오동나무에 기대서 있는 모양이 무척이나 멋져 보이고 볼수록 부러운 나머지 이렇게 말했다.

"젠장할, 앉아 있는 모양이 천상 신선이 따로 없네."

송강은 잽싸게 자전거에서 내려와 손잡이를 잡은 채 이광두에게 자전거에 타서 천상 신선이 되어보라고 했다. 이광두는 이제껏 자전거라고는 타본 적도, 뒷좌석에 엉덩이조차 붙여본 적도 없었지만, 마치 노련한 베테랑처럼 한 발을 들어올려 안장 위로 넘겼는데, 안장에 엉덩이를 붙이자마자 허점이 드러났다. 몸이 왼쪽으로 왕창 쏠렸다가 다시 오른쪽으로 떨어지고, 두 손은 물에 빠져 지푸라기라도 잡는지 몽둥이처럼 잔뜩 굳어 있었다. 송강은 뒤에서 두 다리 사이에 뒷바퀴를 끼고 이광두에게 몸에 힘을 빼라고 소리치며 손잡이를 똑바로 하라고 하면서 밀기 시작했다. 자전거가 움직이자마자 이광두의 몸은 좌우로 요동쳤지만, 송강이 밀면서 계속 이광두가 떨어지지 않도록 부축하자 이광두는 이내 자전거를 어떻게 모는지 깨달았다. 몸은 뻣뻣하게 앉아 있었지만, 송강이 점점 빨리 밀자 페달을 밟지 않고 송강이 미는 것에만 의지해도 되었다. 송강이 밀면서 달리기 시작하자 드디어 속도가 무엇인지 맛보았고, 류진의 거리를 날아가는 듯한 경험에 이광두는 기분이 굉장히 좋아 소리를 질렀다.

"바람 죽인다! 바람 죽여!"

송강은 뒤에서 자전거를 미느라 힘차게 내달렸고, 온몸에 땀을 뻘뻘 흘리며 가쁜 숨을 몰아쉬었고, 눈은 초점이 흐려지고, 입에 게거품을 물었다. 이광두는 휙휙 바람소리를 들으며 옷이 펄럭거리자 자신의 빡빡머리가 더욱더 미끌미끌하게 느껴지면서 온몸이 시원했다. 이광두는 뒤에 있는 송강에게 말했다.

"빨리, 빨리, 좀더 빨리……."

송강은 자전거를 밀며 한 블럭이나 달렸더니 도저히 더 이상 달릴 수가 없어서 천천히 멈추고 나서 다시 두 다리에 뒷바퀴를 끼운 채 이광두를 부축해 내리게 한 뒤 무려 30여 분 동안 가쁜 숨을 몰아쉬었다. 이광두는 자전거에서 내린 뒤에도 아쉬움이 남았는지 영구표 자전거를 쓰다듬으며 방금 번개처럼 달렸을 때의 아름다운 경험을 음미한 뒤, 쪼그려 앉은 채 가쁜 숨을 몰아쉬는 송강을 보고 나서야 방금 송강이 자전거를 밀고 한 블럭이나 달린 것을 깨달았다. 이광두는 가쁜 숨을 몰아쉬는 송강을 도와주려는 듯 쪼그려 앉아 그의 등을 가볍게 두들겨주며 말했다.

"송강, 너 정말 대단하다. 진짜 자동차 엔진하고 똑같았어."

말을 마치고 나서 그래도 좀 아쉬웠는지 한마디를 덧붙였다.

"네가 가짜 자동차 엔진이라 아쉽지만. 진짜였으면 한 방에 상해까지 갈 수 있었을 텐데."

송강은 숨을 몰아쉬면서도 웃음이 터져 배를 움켜쥐면서 일어났다.

"이광두, 너도 나중에 자전거가 생길 거야. 그때 같이 상해까지 달려가자."

이광두의 눈이 영구표 자전거처럼 반짝였고, 자신의 빡빡머리를 두

드리며 말했다.

"맞아, 나도 나중에 자전거가 생길 테니까 그때 같이 상해까지 달려 가자."

그제야 숨이 정상으로 돌아온 송강은 잠시 주저하다가 조금 불안한 듯 입을 열었다.

"이광두, 나 임홍이랑 결혼한다."

송강은 그렇게 말하며 축하주를 마시러 오라고 초대장을 건네주었다. 방금 전까지도 밝았던 이광두의 얼굴이 순식간에 어두워졌고, 초대장을 받지 않은 채 천천히 뒤돌아서 혼자 걸으며 상심한 듯 말을 뱉었다.

"생쌀이 밥이 다 된 판에 무슨 축하주를 마셔."

송강은 멍하니 바라보았다. 이제 막 회복한 형제의 정이 또다시 연기처럼 사라진 것이다. 마음이 무거워진 송강은 자전거를 타는 것도 잊고서 거리를 따라 영구표 자전거를 끌고 걸어갔다. 집에 돌아온 송강은 초대장을 식탁에 올려놓았고, 이광두에게 주려던 초대장을 다시 가지고 온 걸 본 임홍이 물었다.

"이광두가 안 온대요?"

송강은 고개를 끄덕이며 불안한 듯 대답했다.

"아직 단념하지 않은 것 같아요."

임홍은 콧방귀를 터뜨리며 대꾸했다.

"생쌀이 밥이 다 된 판에 단념 못할 게 어디 있대?"

임홍의 말을 들은 송강은 두 사람의 말투가 너무나 똑같아 깜짝 놀랐다.

임홍과 송강은 인민반점에 일곱 개의 식탁을 예약했고, 임홍의 친구들이 여섯 개를 차지한 데 반해 송강 몫 탁자는 한 개였다. 이광두는 오지 않았고, 류 작가도 오지 않았다. 축하주를 마시려면 당연히 축의금을 내야 하는데, 송강의 결혼 축하연에는 참석할 필요가 없다고 류 작가는 새끼손가락을 내밀며 송강은 별 볼일 없는 인물이며 자신은 이제껏 별 볼일 없는 인간이 대접하는 음식을 먹은 적이 없다고 했지만, 기실 돈 쓰는 게 아까웠다. 그러면서도 선심 쓰듯 한마디를 덧붙였는데, 나중에 송강의 신방은 구경 가겠노라고, 신방 구경 때는 자신이 마음의 축복을 보내겠노라고 했다.

송강과 같은 작업장에서 일하는 동료들이 와서 겨우 식탁 하나를 채울 수 있었고, 저녁 여섯 시에 떠들썩한 축하연이 시작했으며, 탁자마다 닭과 오리, 생선과 고기 등 모두 열 개의 요리와 한 가지 탕이 올라왔으며, 고량주가 모두 열네 병, 황주는 스물여덟 병을 마셔 없애 열한 명이 살짝 취했고, 일곱 명이 거나하게 취했고, 셋은 완전히 취해버렸다. 완전히 취한 셋은 각자 탁자 밑에 엎드려 연방 욱욱거리며 토해서 거나하게 취한 일곱까지 토하게 할 지경이었고, 그 광경을 보고 살짝 취한 열한 명의 입 열한 개가 벌어져 시고 달고 쓰고 매운 트림을 연이어 터뜨려 우리 류진에서 가장 잘나가는 인민반점을 난장판으로 만들어봐 인민반점 안에서는 음식냄새는 안 나고 화학비료 공장인 양 온통 화학 반응을 일으킨 결과물 냄새만 진동했다.

이날 밤 이광두도 취했다. 그는 혼자 집에서 고량주를 좋이 한 근이나 마시고 난생 처음으로 취해버렸다. 취한 후에는 엉엉 울었고, 엉엉 울다가 잠이 들었고, 날이 밝고 나서도 엉엉 울었다. 이웃들 모두 이광두가 실연 때문에 우는 소리를 들었고, 그들은 이광두의 울음 속에 칠정발욕이 모두 담겨 있었다고 전했다. 발정 난 고양이 울음소리 같기도 하고, 어떤 때는 돼지 멱따는 소리 같기도 하고, 어떤 때는 풀을 뜯는 소 울음소리 같기도 하고, 어떤 때는 새벽을 알리는 수탉의 울음소리 같기도 했다고 했다. 이웃들은 불만이 컸는데, 이광두 때문에 시끄러워서 잠을 잘 수가 없었고, 잠이 들어서도 악몽을 꿨다고들 했다.

이광두는 그렇게 밤새 울고 난 다음 날 병원에 가서 정관수술을 받았다. 그는 우선 복지공장으로 가서 직장 소속단위 증명서를 발급받아 수술 신청란에 이광두라고 적고, 단위 책임자 동의란에 역시 이광두라고 서명한 뒤 직인을 깔끔하게 찍었다. 이광두는 증명서를 들고 비장한 얼굴로 병원의 외과로 가서 의사 책상에 던져놓으며 큰 소리로 외쳤다.

"국가 산아제한 정책 호소에 응하러 왔습니다."

유명인사인 이광두를 의사가 모를 리 없었고, 이광두가 들어서자마자 사나운 기세로 자신의 배를 칼로 가르는 시늉을 하며 정관을 묶어달라고 하니 의사는 세상에 저런 인간이 다 있나 하는 생각이 들었다. 그리고 증명서에 신청란과 승인자란의 이름이 모두 이광두인 것을 보고 또다시 세상에 이런 증명서가 다 있나 싶어 참지 못한 채 실실 웃기 시작했다.

"결혼도 안 했고 아이도 없는데 왜 정관을 묶으려고 하십니까?"

그러자 이광두는 호방한 기상으로 대답했다.

"결혼을 하지 않은 상태에서 정관을 묶어야 산아계획이 더욱 철저해지지 않겠어요?"

의사는 세상에 무슨 이런 말이 다 있나 싶어 고개를 숙인 채 낄낄거렸고, 이광두는 다급한 나머지 앉아 있던 의사를 일으켜 세운 뒤 마치 자신이 의사에게 정관 수술을 해주듯 의사를 밀고 당기며 수술실로 끌고 들어간 다음, 허리띠를 풀고 바지를 내린 뒤 윗옷을 걸어올리고 침대에 누워 의사에게 명령했다.

"자, 빨리 묶으라니까요."

이광두는 수술대에 누운 지 한 시간도 되지 않아 내려왔다. 정관을 묶는 거사를 이룬 이광두는 미소를 지으며 병원 정문을 나섰다. 그는 왼손으로 정관수술 기록이 적힌 진료기록을 들고 오른손은 방금 꿰맨 수술 부위에 얹은 채 몇 걸음 걷다 쉬다 하며 임홍과 송강의 신방에 도착했다.

때마침 임홍의 직물공장 동료 여공들 스무 명 정도가 와서 임홍의 신방을 구경하고 있었고, 류 작가도 아가씨들 사이에 끼어 낙화유수의 꿈을 꾸는 듯한 표정으로 희색만면하게 앉아 있었다. 아가씨들은 천장에 줄을 건 다음 그 줄에 사과를 묶어두고 신랑과 신부가 함께 깨물어 먹으라고 아우성이었다. 그 순간 이광두가 들어섰고, 아가씨들은 삼각관계 같기도 하고 아닌 것도 같고, 뭐라고 딱히 말하기 어려운 이광두와 송강, 임홍 사이의 관계를 알고 있었기에 다들 놀라고 말았다. 아가씨들은 이광두가 괜한 시비를 걸러 왔다고 생각했고, 임홍도 긴장해서 눈을 가늘게 뜬 채 들어오는 이광두를 보며 뭔가 심상치 않음을 느꼈다. 송강만 분위기를 눈치채지 못한 채 이광두를 보고 드디어 자신의 형제가 왔다는 생각에 기뻐하며 담배를 꺼내 건네주며 말을 건넸다.

"이광두, 드디어 네가 왔구나."

방금 정관수술을 받은 이광두는 오른손으로 새신랑 송강을 한쪽으로 세운 뒤 서슬 퍼런 표정으로 인사를 받았다.

"이 몸께선 담배를 안 피워요."

집 안의 아가씨들은 다들 놀라 아무 말도 못하고 있었고, 이광두는 태연하게 정관수술이 적힌 진료기록을 임홍에게 건네주었다. 임홍은 그것이 뭔지도 모르는지라 받지 않고, 자신의 신랑 송강을 쳐다보았다. 송강이 손을 내밀어 받으려 하자 이광두는 그의 손을 막고 진료기록을 옆에 있는 아가씨에게 주며 임홍에게 건네주도록 했다. 임홍은 병원의 진료기록을 받아들고 이광두의 저의를 알 수 없어 가만히 있었다. 이광두가 그녀에게 말했다.

"열어보라고, 위에 뭐라고 써 있지?"

임홍은 진료기록에 '결찰(結札. 중국어로 정관수술이라는 뜻—옮긴이)'이라고 써 있는 걸 보고 무슨 말인지 몰라 조그맣게 옆에 있는 아가씨에게 물어보았다.

"'결찰'이 무슨 뜻이야?"

몇몇 아가씨들이 진료기록을 보려 모여들었을 때 이광두가 말했다.

"결찰이 뭐냐? 바로 거세야. 방금 병원에 가서 내 불알을 깠다……."

방 안의 아가씨들은 놀라 소리를 질러댔고, 아리따운 새신부 임홍의 얼굴도 사색이 되어버렸다. 그 시절 우리 류진에는 수탉을 사와 거세해서 키운 뒤 잡아먹는 게 유행이었는데, 그렇게 하면 고기가 연하고 수탉 특유의 구린내가 없어져서 류진 사람들은 거세한 수탉을 '선계(鮮鷄)'라고 불렀다. 이광두가 병원에 가서 거세했다는 말을 듣고 아가씨 하나가 놀라 불쑥 입을 놀리고 말았다.

"그럼 그쪽이 '선인(鮮人)'이에요?"

드디어 류 작가가 나설 때가 되었다. 그는 천천히 일어나 임홍의 손에 있던 진료기록을 가져가서 한 번 쓱 읽더니 자신의 학식을 자랑하려는 듯 아가씨의 표현을 고쳐주었다.

"아니지, 결찰과 거세는 다른 거지. 거세는 환관이 되는 거고, 결찰은 그래도 할 수는……."

류 작가는 방 안을 한 번 훑어보더니 꽃다운 아가씨들이 가득한 방에서 저속한 표현을 차마 꺼낼 수가 없어 망설였다.

그때 그 아가씨가 물었다.

"할 수 있다뇨?"

이광두가 답답하다는 듯 끼어들었다.

"당신이랑 잘 수 있다 이 말이오."

그 아가씨는 화가 나서 새빨갛게 달아오른 얼굴로 이를 악다문 채 맞받았다.

"누구든 당신하고는 안 자요."

류 작가는 고개를 끄덕이며 이광두의 말에 동의를 표시한 뒤 보충했다.

"애를 낳을 수 없을 뿐이지."

류 작가의 보충에 이광두는 만족스러운 듯 고개를 끄덕였고, 자신의 진료기록을 가져가면서 임홍에게 말했다.

"내 비록 당신과 애를 낳고 기를 수는 없지만, 절대로 다른 여자와 애를 낳아서 기르지 않을 생각이오."

충절과 지조를 지키겠다는 말을 마친 이광두는 그대로 몸을 돌려 임홍의 신방을 나선 뒤 문밖에서 발길을 멈추고 고개를 돌려 임홍에게 말했다.

"잘 들어요. 나 이광두는 자빠지면 곧바로 일어서는 사람이라 이 말씀이야."

그리고 나서 이광두는 스페인 투우사처럼 몸을 휙 돌려 가버렸다.

이광두가 하나, 둘, 셋, 넷, 다섯, 여섯, 일곱 걸음을 걸을 때까지 등 뒤의 신방은 쥐죽은 듯 조용했지만, 여덟 번째 걸음을 옮겼을 때 신방에서 왁자지껄한 웃음이 터져 나왔다. 이광두의 발걸음이 더뎌지기 시작했고, 낙심한 듯 머리를 가로저었다. 이때 뒤따라온 송강이 질름발이처럼 걷는 이광두의 앞으로 달려와서 그의 팔을 잡은 채 뭔가 말하려 했다.

"이광두……."

이광두는 송강을 신경 쓰지 않고 왼손으로 배를 누른 채 절뚝절뚝 큰길로 걸어갔고, 송강도 뒤를 따랐다. 이광두는 걷다가 송강이 계속 뒤따라오자 고개를 돌려 낮은 목소리로 입을 열었다.

"어서 돌아가."

송강은 머리를 흔들며 뭔가 말하려 했지만 하지 못했다.

"이광두……."

이광두는 송강이 꼼짝 않고 서 있는 걸 보고 낮게 소리쳤다.

"젠장할, 너 오늘 새신랑이야. 어서 돌아가."

그 순간 송강의 말이 이어졌다.

"왜 애를 안 낳겠다는 거야?"

"왜냐고."

이광두가 슬픈 기색으로 대답했다.

"이제 세상에 미련이 없어졌다."

송강은 머리를 가로저으면서 길을 따라 걷는 이광두를 안타까워하며 바라보고만 있었다. 이광두는 열 걸음을 걷고 난 뒤 고개를 돌려 송강에게 진심에서 우러난 한마디를 건넸다.

"송강, 앞으로 잘 지내!"

송강은 가슴이 아려왔다. 앞으로 형제 두 사람은 각자의 길을 갈 것임을 알았기 때문이었다. 절룩이며 걷는 이광두를 보는 송강의 머릿속에는 어릴 적 처음으로 헤어지던 모습이 떠올랐다. 할아버지가 자신의 손을 잡고 마을 입구에 서 있었고, 이란이 이광두의 손을 잡고 시골의 좁은 길을 따라 점점 멀어지는 광경이었다.

우리 류진의 스페인 투우사는 뒤도 돌아보지 않고 걸어가다가 아들 관 가새와 마주쳤다. 아들 관 가새는 이광두가 절름발이처럼 걷는 모습을 보고, 게다가 왼손으로 배를 누르고 가는 모습을 보고 궁금한 듯 이광두를 불러세운 뒤 배가 아프냐고 물었고, 이광두가 대꾸하지 않자 제멋대로 입을 놀렸다.

"회충이구먼, 분명히 회충이 장을 물어뜯은 거야."

이때 이광두는 여전히 자신이 결행한 결찰수술의 거사에 빠져 있을 때라 비장한 눈빛으로 아들 관 가새를 붙들고 손에 든 진료기록을 들어 보이며 같잖다는 듯 대꾸했다.

"회충이 뭘 어쩌는데요?"

그러더니 진료기록을 열어 아들 관 가새에게 보여주며 특별히 위에 적힌 '결찰'이라는 두 글자를 가리켰다. 아들 관 가새는 이광두의 진료기록을 읽더니 의사가 글씨를 너무 흘려 썼다고 불평을 늘어놓았다. 아들 관 가새는 진료기록을 다 읽고도 여전히 '결찰'이 무슨 말인지 몰라 이광두에게 물었다.

"'결찰'이 뭐야?"

그때 이광두의 얼굴에 회심의 미소가 피어나더니 우쭐거리면서 대답했다.

"결찰? 거세했다 이 말이죠."

아들 관 가새는 깜짝 놀라 자기도 모르게 소리를 질렀다.

"아니 그럼 좆을 잘라버렸어?"

"뭘 잘라내요? 잘라낸 것이 아니고, 결찰했다니까."

이광두는 아들 관 가새의 말이 불쾌한지 곧장 교정해주었다.

"그러면."

아들 관 가새가 또 물었다.

"좆은 아직 붙어 있는 거야?"

"당연히 붙어 있죠."

이광두는 그러면서 오른손으로 자신의 바짓가랑이를 쓰윽 어루만
지며 보충했다.

"그대로 잘 계시지."

그러더니 호방하게 말을 이었다.

"원래는 잘라버릴 생각이었는데, 나중에 여자들처럼 쪼그려 앉아
오줌을 눌 생각을 하니 보기 안 좋겠더라고요. 그래서 결찰했죠."

이광두는 아들 관 가새의 어깨를 두드린 후 한 손으로는 배를 잡고
다른 손으로는 진료기록을 흔들며 절룩절룩 걸어갔다. 아들 관 가새
는 그 자리에 선 채로 이광두의 뒷모습을 보면서 웃음을 참지 못하고
길가의 사람들에게 이광두가 자기 것을 묶어버렸다고, 그러니까 거세
했다고 말하면서 이광두의 좆은 아직 달려 있다고 알기 쉽게 설명을
덧붙였다. 이광두의 모습이 멀어질수록 아들 관 가새 주변으로 사람
들이 점점 더 많이 모여들었고, 사람들은 멀어져가는 이광두를 화제
로 흥미진진한 의론을 나누며, 자신의 유쾌했던 하루를 이야기했다.
그러나 그들 중 십수 년 후 이광두가 우리 현 전체의 GDP를 책임지
리라고는 누구도 생각하지 못했다.

이광두의 GDP 행로는 우리 류진의 복지공장에서 시작되었다. 인생지사 새옹지마라더니 임홍에게 차인 뒤 이광두는 복지공장에서 연이어 기적의 이윤을 창조하기 시작했다. 때는 바야흐로 개혁개방정책이 전 인민의 경제생활에 스며들기 시작한 때였다. 이광두가 이리저리 아무리 생각해봐도 자신은 사업의 천재였다. 절름발이 둘과 바보 셋, 장님 넷과 귀머거리 다섯을 데리고도 얼굴에 기름이 잘잘 흐를 만큼 부유한데, 만약 학사 50명과 석사 40명, 박사 30명과 박사후 20명을 부릴 수 있다면 1만 톤짜리 유조선도 띄울 수 있겠다는 확신이 들었다.

이광두는 열정이 치솟자 바로 절름발이, 바보, 장님, 귀머거리 등 열네 명의 충신들에게 지금 하고 있는 작업을 중단하라고 하고 마치 지진이라도 난 듯, 불이라도 난 듯 복지공장 역사상 가장 긴급한 회의를 개최했다. 방금 전 전화로 업무를 보더니 전화를 끊자마자 사퇴를 결정한 것이다. 이광두는 장장 한 시간 동안 격앙된 어조로 연설을 했다. 무려 59분 동안 자신의 공덕을 기리다가 마지막 1분 동안 절름발이 둘을 공장장과 부공장장에 임명하고, 이어 침통하고 애석한 어조로 복지공장 전체 노동자들은 이광두 공장장의 사직 신청을 받아들인다고 선포하더니 마지막으로 눈물을 가득 머금은 채 이렇게 덧붙였다.

"감사합니다!"

이광두는 감사하다는 말을 마치자마자 뒤돌아서 재빨리 나가버렸고, 열네 명의 충신들은 그 자리에 꼼짝 않고 앉아 있었다. 바보 셋은 헤 하고 있다가 이광두가 나간 뒤에도 무슨 말을 했는지 전혀 이해하지 못한 채 여전히 헤 하고 있었고, 귀머거리 다섯은 이광두의 두꺼운 입술 두 개가 위아래로 열심히 움직이다가 갑자기 멈추더니 뒤돌아나간 것을 보고 소변이 급해서 변소에 간 줄 알고 단정한 자세로 앉아 이광두가 다시 돌아와 다시 열심히 입술을 위아래로 움직이기를 기다렸다. 두 절름발이만 도대체 무슨 일인지 몰라 서로의 얼굴만 쳐다보았다. 5년도 전에 이광두가 이런 식으로 복지공장 전체회의를 소집해서 갑작스럽게 자신들을 공장장, 부공장장직에서 잘라내고 자기 마음대로 공장장이 되더니 지금에 와서는 또 갑작스레 자기는 그만두고 자신들을 공장장과 부공장장에 임명하니 말이다. 장님 넷은 비록 동그랗게 뜬 눈은 어두웠지만, 머리는 나머지 절름발이, 바보, 귀머거리보다 훨씬 밝았기에 이광두가 한 번 가면 다시 돌아오지 않으리라는 걸 가장 먼저 직감했다. 개중 하나가 낄낄대고 웃자 나머지 셋도 따라 웃기 시작했다. 세 바보는 원래 아무 일 없이 즐겁고 헤 하고 웃어댔지만 장님 넷이 실실 웃는 것을 보며 밀리면 안 되겠다고 생각했는지 아예 큰 소리로 웃기 시작했다. 귀머거리 다섯은 웃음소리를 듣지 못하지만, 웃는 모습은 볼 수 있으므로 이광두가 오줌을 누러 가면서 무슨 재미있는 이야기를 한 줄 알고 다섯 개의 입을 벌렸는데, 그중 두 개에서는 웃음 소리가 났고 나머지 세 개는 그저 입만 웃고 있을 뿐이었다. 그 순간 원직에 복귀한 절름발이 둘이 반응을 보였다. 이광두가 사직한 것이 분명한데 다들 왜 이렇게 즐거워하는지 모르겠다고 생각하며 절름발이 공장장은 평소에 모두에게 잘 대해주었던 이광두의 사직을 놓고 이렇게 즐거워해서는 안 된다고 말했다. 절름발이 부공장장도 고개를 끄덕이면서 공장장의 말이 맞다고 마음속에서 우러나는 말을 했다. 네 장님이 헤헤 웃으며 말하기를, 이 공장장이 왜 멀쩡하게 그만두고 나갔을까, 혹시 승진해서 민정국으로 간 게 아니냐고 했다.

"이 공장장님이 이 국장님이 된 거야."

"일리가 있네."

두 절름발이가 크게 깨달은 듯 대꾸했다.

민정국의 도청 국장은 한 달이 지나서야 이광두가 사직한 것을 알았다. 당시 열네 명의 절름발이, 바보, 장님, 귀머거리들은 이광두가 따온 마지막 일감을 마치고 나자 더 이상 새로운 일감이 없어 아무 일도 하지 않았다. 두 절름발이는 자신들의 자리를 공장장 사무실로 옮겨왔고, 장기판을 찾아내 책상을 사이에 두고 옛날 버릇대로 장기를 두면서 수를 무르다가 서로 삿대질을 하며 욕지거리를 주고받았다. 남은 열한 명은 작업장에서 하는 일 없이 시간만 때웠는데, 세 바보는 여전히 헤헤거렸고, 네 장님과 귀머거리 다섯은 경쟁적으로 하품을 해댔다.

복지공장의 충신 열네 명은 이 공장장이 그리워졌고, 네 장님의 발의와 두 절름발이의 승인 아래 이들은 오합지졸의 대오를 조직하여 지리멸렬한 대형으로 민정국 마당으로 몰려들어 지리멸렬한 목소리로 고함을 치기 시작했다.

"이 국장님, 이 국장님, 우리가 뵈러 왔어요!"

때마침 민정국 회의를 주재하던 도청은 창문 밖에서 전해오는 열네 명의 절름발이, 바보, 장님, 귀머거리들의 외침을 듣고 잔뜩 화가 나서 읽고 있던 중앙에서 내려온 문건으로 탁자를 내려치며 씩씩대며 말했다.

"이놈의 이광두, 진짜 같잖구먼. 감히 복지공장을 민정국에 옮겨놓다니."

도청 국장이 이렇게 말하면서 옆에 앉아 있던 과장에게 손사래를 치며 나가서 저치들을 내쫓으라고 하자 과장은 나가서 국장보다 더 화를 내며 눈에 쌍심지를 돋우면서 야단쳤다.

　"뭐 하는 짓이야? 뭐 하냐고? 우리 지금 중앙에서 내려온 문건 학습하고 있는데."

　두 절름발이는 감투를 써본 적이 있어서 중앙에서 내려온 문건을 학습하는 게 얼마나 중요한지 알고 있었으므로 놀라서 감히 아무 말도 못하고 있는데, 장님 넷의 눈에는 아무것도 들어오지 않는 관계로 당연히 중앙 문건이라는 말도 귀에 들어오지 않았고, 과장이 야단치는 소리는 말할 것도 없었다.

　"당신은 누구요? 이 국장님도 우리한테 이렇게 말씀하진 않는데."

　과장은 네 장님이 대나무 지팡이를 짚고 의기양양한 자세로 말대꾸를 하자 화가 뻗쳐 소리를 질러댔다.

　"나가! 나가라니까!"

　네 장님도 맞받아 소리쳤다.

　"당신이 들어가! 당신이 들어가!"

　장님들은 외쳤다.

　"가서 이 국장님한테 전해. 복지공장의 직원 모두가 그리워한다고, 그래서 만나뵈러 왔다고 말이오."

　과장은 무슨 소리인지 모르겠다는 투로 그들의 말을 끊었다.

　"뭐, 이 국장? 여기엔 이 국장이 없는데. 도 국장님이면 몰라도."

　"헛소리."

　장님들이 말했다.

　과장은 장님들이 진짜 앞뒤 없는 소리를 해대자 이러지도 저러지도 못했는데, 때마침 도청이 노한 기색을 띤 채 나와서는 이광두가 보이지 않자 열네 명의 복지공장 직원들을 향해 소리쳤다.

"이광두 나와."

장님 넷은 나중에 나와서 소리치는 사람이 누군지 몰라 하늘 무서운 줄도 모르고 말대꾸를 했다.

"당신은 또 누구요? 감히 그런 식으로 이 국장님을 부르다니."

"이 국장?"

도청 역시 황당한 안색으로 변해버렸다.

"흥, 이 국장님도 모르는군."

장님들은 콧방귀를 뀌면서 말을 덧붙였다.

"우리 복지공장의 이 공장장님이 민정국에 오셔서 이 국장님이 되셨단 말이에요."

도청은 네 장님이 도대체 무슨 말을 하는지 몰라 옆에 있는 과장을 쳐다보았고, 과장은 잽싸게 장님들에게 호통을 쳤다.

"무슨 소리 하는 거야! 이광두가 와서 국장을 하면, 우리 도 국장님은 뭘 하란 말이냐고?"

그제야 장님들은 민정국에 이미 도 국장이 있다는 사실을 생각해내며 벙어리처럼 아무 말도 하지 못했고, 그나마 개중 하나가 기어들어가는 목소리로 아첨을 했다.

"도 국장님은 현장님이 되셨겠죠, 뭐……."

"그렇죠."

나머지 세 장님이 일제히 맞장구를 쳤다.

도청은 사실 창피하기도 해서 성질을 낸 것이었지만, 장님들이 자신을 현장님으로 치켜세우자 그만 '픽' 하고 웃음이 터져버려 세 바보처럼 웃는 낯빛이 되고 말았다. 그제야 도청은 무리 중에 이광두가 없음을 알아챘고, 절름발이 둘이 귀머거리 다섯 뒤에 숨어 있는 걸 보고는 손으로 가리키며 명령했다.

"너희 둘 나와."

두 절름발이는 상황이 좋지 않다는 걸, 이 공장장이 이 국장이 되었다는 건 귀머거리들의 헛소리라는 걸 알았다. 둘은 전전긍긍하며 귀머거리 다섯 뒤에서 절룩이며 양쪽으로 나오다가 절룩거리며 다시 한데 뭉쳐 도청 앞에 섰다.

그리하여 도청은 그제야 이광두가 그만두었고, 그만둔 지 한 달이 지났어도 자기한테 와서 보고도 하지 않고, 직원들과 협의도 없이 사직 신청을 직원 전체 명의로 받아들였다고 선포한 사실을 알았다. 도청은 화가 나서 얼굴이 하얗게 질린 채 입술까지 떨면서 입을 열었다.

"이광두란 놈, 조직도 눈에 안 보이고, 규율도 눈에 안 들어오고, 지휘 계통도 무시하고, 인민 대중도 무시하고……."

십수 년 동안 상소리를 입에 담지 않던 도청은 도저히 참을 수 없었던지 욕을 퍼붓기 시작했다.

"이 개년이 키운 개 쌍놈의 새끼……."

도청은 두 절름발이에게 직원들을 데려가라고 명령한 후 회의실로 돌아와 중앙 문건을 학습하지 않고 이광두가 저지른 엄중한 과오에 대해서 토론하는 회의를 열었다. 도청은 이광두를 민정 계통에서 영원히 퇴출시킬 것을 제의했고, 민정국은 도청의 건의를 받아들여 통과시키고, 민정국의 공식 문건으로 만들어 상급 기관인 현 정부에 보고하기로 했다. 도청은 인쇄된 문건을 마지막으로 한 번 읽어내려 갔다.

"이광두같이 규율을 무시하고 행동하는 자에게는 '사직'이라는 말도 필요 없고, 반드시 '제명' 조치해야 합니다."

13

　도청이 이광두를 제명 조치할 때 이광두는 버스터미널 옆의 소씨
아줌마네 간식식당에 앉아 있었다. 그는 희색만면한 가운데 한 손에
는 상해행 차표를, 다른 한 손에는 고기만두를 들고 서 있었다. 김이
모락모락 피어오르는 만두를 한 입 베어 물고 눈을 가늘게 뜬 채 너무
맛있어 죽겠다는 듯 씹고 삼키면서 자신만만하게 소씨 아줌마에게 이
제 자기 사업을 하기로 했다고 말했다. 이광두는 손에 든 차표를 보
고 앞으로 한 시간 후면 상해행 버스에 오를 것을 생각하면서 간식식
당 벽에 걸려 있는 괘종시계를 장중한 표정으로 바라보다가 마치 로
켓 발사 직전의 카운트다운을 하듯 열에서부터 하나까지 센 다음 손
을 휘저으며 소씨 아줌마에게 선언했다.

　"한 시간 후면 나 이광두가 대붕의 날개를 펼칠 겁니다!"

　이광두는 기습적인 사퇴를 감행한 후 집으로 돌아와 문을 잠근 채
반 낮, 반 저녁 동안 생각한 끝에 이 대붕이 비상할 방향을 확정했다.
이광두는 복지공장의 성공 경험을 바탕으로 자신의 사업은 가공업에
서 출발해야 하고, 자본이 축적된 이후 자신의 고유 상표를 만들어야
한다고 생각했다. 하지만 무엇을 만들 것인가? 그는 복지공장에서 만
드는 종이상자 일을 생각했고, 그 일이라면 아주 익숙했지만, 오랜 생
각 끝에 그 일은 제외하기로 했다. 복지공장의 열네 충신들을 생각하
면 그들의 밥그릇을 빼앗을 수는 없는 노릇이었기 때문이었다. 결국
의류 가공으로 결정했고, 상해에서 주문만 받아오면 사업은 새벽의

태양처럼 천천히 떠오를 것이라 확신했다.

천천히 떠오르는 이광두는 세계지도 한 장을 들고 동 철장네 대장 간으로 들어섰다. 이때의 동 철장은 이미 우리 류진의 개체 사업자(중국에서 자영업자를 이르는 말—옮긴이) 협회의 주석이었는데, 사업을 하려면 자금이 필요한데 나라에서 한 푼도 얻어낼 수 없으니 동 철장에게 생각이 미쳐 찾아온 것이다. 개혁개방 이후 동 철장 같은 개체 사업자들이 제일 먼저 돈을 벌기 시작해서 그들의 은행 통장의 숫자는 갈수록 커졌다. 이광두는 호탕하게 웃으며 동 철장의 대장간으로 들어가 '동 주석님'이라고 불러 동 철장을 기분 좋게 만들었고, 동 철장은 두드리던 망치를 내려놓으면서 흐르는 땀을 닦아냈다.

"이 공장장, 동 주석이라고 부르지 마. 동 철장이라는 세 글자가 훨씬 기운이 넘쳐 보이잖아."

이광두도 껄껄 웃으며 화답했다.

"그럼 이 공장장이라고 부르지 마십시오. 그냥 이광두라고 불러주세요. 저도 이광두라는 세 글자가 훨씬 기운이 넘쳐요."

그러고 나서 이광두는 동 철장에게 자신은 사표를 내서 더 이상 공장장이 아님을 알렸다. 이광두는 화로 옆에 서서 자신이 벌일 위대한 사업의 청사진을 침이 튀도록 묘사하면서 열네 명의 장애인들을 데리고도 몇십만 원을 벌어들였는데, 만약 1백40명의, 1천4백 명의 멀쩡한 사람을 데리고 일하면, 볶음요리에 조미료를 뿌리는 듯 학사, 석사, 박사, 박사후들을 살짝 뿌려주면 도대체 돈을 얼마나 벌지 모르겠다며 손가락으로 계산을 시작했고, 입으로 중얼거리면서 30분이나 헤아려도 계산이 끝나지 않자 동 철장이 오히려 땀까지 흘리며 기다리다 먼저 물어보았다.

"도대체 얼마를 번다는 거야?"

이광두는 고개를 저으며 눈을 부릅뜨고 느긋하게 말했다.

"도대체 계산이 안 되네요. 눈에 가득한 것이 지폐더미가 아니라 그저 망망대해입니다."

이광두는 느긋하게 말을 마치자마자 한마디를 보탰다.

"어쨌든 먹을 걱정, 입을 걱정, 돈주머니 달랑거릴 걱정 안 해도 된다 이 말씀이죠."

곧이어 이광두는 길거리의 날강도처럼 손을 내밀며 말을 이어갔다.

"돈을 내십시오. 1백 원에 1퍼센트, 돈을 내는 비율에 따라 이익배당을 받게 된다 이 말씀입니다."

이광두의 말에 흠뻑 빠져든 동 철장의 얼굴이 화로처럼 벌겋게 달아올랐고, 험악한 손을 옷에 쓰윽 닦더니 손가락 세 개를 펼쳐 보였다.

"내 30퍼센트 내지."

"30퍼센트면 인민폐 3천 원이에요! 정말 돈 많이 버셨군요!"

이광두는 놀란 나머지 소리를 지르며 부러운 듯 말했다.

동 철장은 헤헤 두 번 웃더니 그건 아니라는 듯 대꾸했다.

"인민폐 3천 원 정도는 낼 수 있지."

이때 이광두가 세계지도를 펼쳐 보이더니 처음에는 상해에 의류가공공장을 짓고, 때가 무르익기를 기다렸다가 자신의 고유 의류 상표를 만들겠다며, 그 이름을 '광두표'로 정하고, 광두표를 세계 최고의 명품으로 만들겠다면서 세계지도를 가리키면서 말을 이어갔다.

"이 위의 동그란 곳에 전부 광두표 의류 전문매장이 생길 겁니다."

그 순간 동 철장은 약간 문제가 있다는 듯 질문을 던졌다.

"전부 광두표야? 다른 표는 없나?"

"없습니다. 다른 표를 만들어서 뭐 하게요?"

이광두가 간결하게 대답했다.

동 철장이 기분이 상한 듯 대꾸했다.

"인민폐 3천 원이면 내 상표 하나는 있어야지."

그 말을 듣고 이광두가 고개를 끄덕였다.

"말 되네요. 그럼 철장표 하나를 만들어드리지요."

이광두는 자신의 남색 중산복 옷깃을 잡아당기며 말을 이었다.

"이 외투가 광두표가 될 텐데, 죽어도 양보하지는 않을 겁니다. 안에, 가슴에 광두표를 박을 거라 이 말씀입니다. 그러고 나면 남는 게 바지, 와이셔츠, 러닝셔츠와 팬티인데, 그중 하나를 고르세요."

동 철장은 이광두의 제안이 말이 되는 것 같아 남은 것들 중 하나를 선택하기로 했다. 동 철장은 러닝셔츠와 팬티에는 전혀 관심이 없었고, 바지와 와이셔츠 사이에서 고심했다. 와이셔츠가 상표를 가슴에 박을 수 있어 좋기도 한데, 그 위에 옷을 한 겹 더 입으니 옷깃만 밖으로 나오게 될 테니 노출 빈도가 떨어지는 관계로 그는 '철장표'를 위해 바지를 선택했다. 그러더니 세계지도 위의 동그란 점을 가리키면서 물었다.

"그럼 이 동그란 점이 표시된 데에 철장표도 다 깔리는 건가?"

"당연하죠. 광두표가 있는 곳이면 당연히 철장표도 있죠."

이광두가 가슴을 두들기며 대답했다.

동 철장은 흥분했는지 집게손가락을 곧추세우며 말을 받았다.

"내 철장표를 위해 10퍼센트를 더 내지. 인민폐 1천 원을 더 내겠어."

이광두는 동 철장네 대장간에서 한 번에 인민폐 4천 원을 확보하리라고는 생각지도 못했던지라 대장간을 나오면서 좋아 벌어진 입을 다물 수가 없었다. 동 철장은 우리 류진 개체 사업자들 중 우두머리이고 그 주변의 인맥이야 무궁무진한데다. 이광두가 복지공장에서 일궈낸 성과야 공지의 사실이니 동 철장이 40퍼센트를 냈다는 말을 들으면 나머지 개체 사업자들은 이광두가 펼치는 세계지도를 보며 서로 지분을 투자할 것이다.

이광두는 대장간을 나온 뒤 곧바로 재봉소로 가서 단 10분 만에 장 재봉의 마음을 사로잡아버렸다. 와이셔츠 상표를 장 재봉에게 주기로 하자 장 재봉은 세계지도 위의 조그만 동그라미 때문에 눈이 다 침침해질 지경이었다. 장 재봉은 바늘을 들고서 유럽 쪽을 세기 시작했지만, 조그만 국가 하나 안에 있는 점도 다 세지 못할 지경이었다. 그리하여 자신의 '재봉표' 와이셔츠가 전 세계에 이름을 떨친다는 생각을 하니 그만 감정이 격해진 나머지 손가락 하나를 펼쳐 보이며 소리쳤다.

"10퍼센트 낼게."

이광두는 장 재봉에게 10퍼센트를 더 쾌척했고, 장 재봉은 10퍼센트의 돈을 내고 20퍼센트의 지분을 얻게 되었다. 이광두는 그걸 장 재봉의 기술을 높이 산 탓이기 때문이라고 설명했다. 장 재봉은 곧 설립할 의류회사의 기술 감독으로서 직원 훈련과 품질관리를 맡게 된다는 것이었다.

인민폐 5천 원을 확보한 이광두는 더욱 힘을 내 가위를 가는 아들 관 가새와 파라솔을 들고 다니는 여 뽑치를 끌어들였다. 아비 관 가새는 몇 해 전 큰 병을 앓아 몸이 망가진 후로는 더 이상 가위를 갈지 못하고 그저 집에서 요양을 하며 지내는 중이었고, 아들 관 가새의 말로는 자기 홀로 외로이 가게를 운영하는 중이었는데, 이광두가 러닝셔츠의 상표를 준다고 하자 아들 관 가새는 자신의 '가새표' 러닝셔츠가 생긴다는 사실에 기분이 무척이나 좋아서 러닝셔츠의 어깨 부분이 진짜 가위처럼 생겼다며 흔쾌히 인민폐 1천 원을 투자했다.

아들 관 가새와 헤어진 후 이광두는 여 뽑치를 찾아갔다. 여 뽑치는 예전과 다름없이 커다란 파라솔을 길모퉁이에 펼친 채 그 아래 탁자의 왼쪽에는 집게를 일렬로 가지런히 놔두고 오른쪽에는 수십 개의 썩은 이들을 늘어놓고 있었다. 손님이 있을 때는 걸상에 앉아 있고, 손님이 없을 때는 등나무 의자에 누워 있는 것도 예전과 다름없는 모습이었다. 그 등나무 의자는 그 동안 10여 차례나 수선을 해서 새로 기운 등나무 줄기 때문에 마치 우리 류진의 지도를 보는 것 같기도 했다. 세찬 물결처럼 밀려들던 혁명의 열기가 실개천처럼 변하고, 이제는 졸졸 흐르는 실개천마저 자취를 감춘 지금, 여 뽑치는 혁명도 늙었고 뒷전으로 사라졌다는 것을 직감하며 자신의 남은 생애 동안 다시는 혁명이 돌아오지 않으리라는 생각을 하자 자신이 잘못 뽑은 멀쩡한 여남은 개의 이는 더 이상 혁명의 보배가 아니라 이를 뽑았던 자신의 인생에 여남은 개의 오점으로 남을 수밖에 없다는 사실을 절감했다. 그리하여 달빛도 어둡고 바람찬 어느 날, 여 뽑치는 도둑놈처럼 몰래 집을 나서 여남은 개의 멀쩡한 이들을 몰래 하수도에 내다버렸다.

쉰 살이 한참 넘은 여 뽑치는 이광두의 원대한 미래를 듣고 흥분이 되었는지 류진 지도 같은 등나무 의자에서 일어나 앉아 이광두의 손에 들린 세계지도를 뺏어들고 잠시도 손에서 내려놓지 않은 채 감개가 무량한 듯 입을 열었다.

"나 여 뽑치가 한평생을 살면서 아직 우리 현도 벗어나보지 못하고, 제대로 된 풍경 한 번 감상해보지 못하고, 본 것이라고는 그저 벌린 입밖에는 없었는데. 나 여 뽑치, 이광두 자네만 믿겠네. 나 여 뽑치, 자네를 따라 부자가 되면 니미럴, 다시는 이빨 안 뽑을 거야. 벌린 입도 다시는 쳐다보지 않고, 그냥 아름다운 풍경을 보러 다닐 테야. 세계 각지를 여행하면서, 이 조그만 동그라미 점들을 다 다닐 거라구."

"포부 한 번 원대하십니다."

이광두는 엄지손가락을 치켜세워 보이며 여 뽑치를 부추겼다.

여 뽑치는 뭔가 미진했는지 탁자 위의 집게들을 보며 하찮다는 듯 소리쳤다.

"우선 이 집게들부터 다 버려야겠어."

"버리지 마세요."

이광두는 손사래를 쳐대며 막았다.

"고 쪼그만 점들을 다니며 아름다운 풍경들을 볼 때 가져가셨다가 만약 손이 근질거리면 백인 이빨 몇 개 뽑으시고, 흑인 이빨도 몇 개 뽑으세요. 이제까지 그렇게 많은 중국 사람 이빨을 뽑았는데, 부자가 됐으니 외국 사람 이빨도 좀 뽑아야죠."

여 뽑치의 눈이 반짝거렸다.

"그 말이 맞군. 나 여 뽑치가 30여 년 동안 이빨을 뽑았지만, 죄다 우리 현 사람들 이빨만 뽑고, 심지어 상해 사람들 이빨도 못 뽑아봤으니까. 세계지도에 나와 있는 조그만 동그라미 점들을 갈 때마다 한 개씩 뽑아야겠군."

"맞습니다. 다른 사람들은 1만 권의 책을 읽고, 1만 리 길을 걷지만, 아저씨는 1만 리 길을 걸으며 1만 사람의 이빨을 뽑으세요."

그 다음에는 상표 문제로 넘어갔다. 여 뽑치는 팬티밖에 남지 않은 것에 기분이 상한 나머지 이광두의 코에 삿대질을 하며 욕을 퍼붓기 시작했다.

"이런 젠장, 바지, 와이셔츠, 러닝셔츠는 다 남 주고, 나한테는 팬티 준다니 기본적으로 나는 안중에도 없던 게로구먼."

이광두는 격앙된 목소리로 소리쳤다.

"하늘에 대고 맹세하겠습니다. 안중에도 없다뇨? 저는 그냥 길을 따라 온 것뿐이에요. 누가 길모퉁이에 계시랍니까? 만약 아저씨가 길 맨 앞에 계셨으면 바지하고 와이셔츠, 러닝셔츠는 당연히 아저씨가 먼저 골랐죠."

여 뽑치는 여전히 트집을 잡았다.

"아니, 내가 여기 길모퉁이에 쪼그리고 앉아 있는 햇수가 네 나이보다도 많을 텐데, 네가 아직 새끼 개후레자식이었을 때는 하루에도 몇 번씩 오더니만, 지금 날개를 펴고 나니까 안 오더군. 왜 나한테 먼저 안 왔나? 니미럴, 이빨이 안 아프니까……."

이광두는 고개를 끄덕이며 시인했다.

"그 말씀이 맞습니다. 그게 바로 물 마실 때 우물 판 사람을 생각하고, 이빨이 아프면 여 뽑치가 그리워진다는 거죠. 저 이광두가 이빨이 아팠으면 분명히 제일 먼저 여 뽑치 아저씨를 찾아왔을 거라고요."

여 뽑치는 팬티도 불만이었지만, '뽑치표'라는 상표도 마음에 들지 않았다.

"듣기가 안 좋아."

"그럼 '이빨표' 팬티는 어때요?"

"그것도 듣기가 안 좋아."

"'치(齒)표'는 어때요?"

이광두가 또 물었다.

여 뽑치는 한참을 생각하다 받아들였다.

"'치표'는 괜찮네. 10퍼센트, 1천 원 내지. 자네가 만약 러닝셔츠 상표를 줬으면 내 20퍼센트를 냈을 거야."

오전 동안 입을 놀려 인민폐 7천 원을 긁어냈으니 이광두는 서전을 완벽한 승리로 장식한 셈이었다. 그리하여 개선장군처럼 돌아가려 할 즈음 우리 류진의 왕 케키가 뒤를 쫓아왔다. 문혁 시기, 절대 녹지 않는 아이스케키를 만들겠다고 소리치던 왕 케키도 이제는 쉰이 넘어 이광두가 대장간에서 세계지도를 펼치고 있을 때 때마침 근처를 지나고 있었고, 이광두의 장광설이 마침내 왕 케키의 귀에도 들어가게 된 것이다. 동 철장이 한 번에 인민폐 4천 원을 내놓자 왕 케키의 가슴은 대번에 벌렁거렸고, 이광두의 뒤를 계속 따르다 장 재봉, 아들 관 가새, 그리고 여 뽑치가 인민폐 3천 원을 내는 걸 보고는 그야말로 뜨거운 가마솥에 빠진 개미 새끼처럼 조급해지고 말았다. 절대로 놓쳐서는 안 되는 기회가 왔고, 놓치면 끝장이라는 생각에 고개를 흔들며 대로를 막 벗어나려는 이광두의 옷을 부여잡고 손가락 다섯 개를 펼쳐 보이며 소리쳤다.

"나, 5퍼센트 낼게."

이광두는 천하의 이광두도 돈을 탈탈 털고 동전까지 털어도 5백 원을 못 내는 판에, 낡고 헤진 옷을 입은 왕 케키가 갑자기 나타나 5백 원을 낸다고 하자 열이 받아 욕을 퍼붓기 시작했다.

"이런 젠장, 돈 있는 인간들은 죄다 개체 사업자들이라니까. 우리 같은 국가간부들은 죄다 빈털터리들이고."

왕 케키는 굽실거리며 말을 받았다.

"자네도 개체 사업자 아닌가? 이제 곧 부자가 되어 기름이 잘잘 흐를 텐데."

"기름이 잘잘 흐르는 정도가 아니라……. 1만 톤짜리 유조선이라니까요."

이광두가 말을 수정했다.

"그렇지, 그렇지. 그러니까 이 왕 케키가 자네랑 같이 하려는 거 아닌가."

왕 케키는 아첨하듯 맞장구를 쳐댔다.

이광두는 왕 케키의 다섯 손가락을 보고 곤란하다는 듯 고개를 가로저으며 말했다.

"안 되겠어요. 상표가 다 떨어졌어요. 마지막 남은 팬티를 여 뽑치 아저씨한테 줘서……."

왕 케키는 내밀었던 다섯 손가락을 휘저으며 말했다.

"난 상표 필요 없어. 그냥 배당만 받으면 되네."

이광두는 결연한 자세로 말을 받았다.

"그건 안 되죠. 나 이광두는 일을 하는 데 있어 언제나 공평하게 해 왔다 이 말씀입니다. 동 철장, 장 재봉, 관 가새, 여 뽑치 모두 자기 상표가 있는데, 왕 케키만 없으면 말이 안 되죠."

이광두는 그렇게 말하고 나서 고개를 쳐들고 가슴을 편 채 걸어갔다. 이미 7천 원을 확보한 마당에 왕 케키의 5백 원에는 흥미가 없었다. 왕 케키는 불쌍하게 뒤를 쫓으며 무슨 의수처럼 여전히 다섯 손가락을 펼치고 있었다. 왕 케키는 나중에 1만 톤짜리 유조선 안에 자기 기름도 조금 섞어달라고 계속 애걸하며 따라붙었다. 왕 케키는 아이스케키야 여름 한철 장사에 불과하고, 나머지 계절에는 돌아다니며 날품팔이 일로 입에 겨우 풀칠하며 살아왔다고, 이제는 나이가 많아서 날품팔이 일도 흔치 않다며 자신의 고생스런 인생사를 하소연했다. 그러다 마지막에는 눈물을 줄줄 쏟으며 이 5백 원은 자신이 평생 모은 돈이니 이광두의 위대한 청사진에 투자해서 행복한 말년을 보내고 싶다고 했다.

그때 갑자기 이광두의 머리에 뭔가 생각이 났는지 걸음을 멈추고 자신의 빡빡머리를 두들기면서 소리쳤다.

"양말이 있었네."

왕 케키는 순간 아무런 반응을 보이지 않았고, 이광두는 그의 손가락 다섯 개가 여전히 펼쳐져 있는 모습을 보고 손가락을 가리키며 소리쳤다.

"오므려요, 손 오므려. 방금 아저씨 돈 5백 원을 받기로 했으니까. 제가 양말 상표를 드릴게요. 이름하여 아이스케키 표 양말."

왕 케키는 뜻밖의 기쁨에 어쩔 줄을 모르며 가슴을 쓸어내리고 연방 감사의 마음을 전했다.

"고맙네, 고마워……."

"저한테 감사할 거 없고, 옛사람들에게 감사드리세요."

"옛사람이라니?"

왕 케키는 이광두가 무슨 소리를 하는지 알 수가 없었다.

"옛사람도 몰라요? 아저씨 진짜 망령이 드셨네."

이광두는 둘둘 말은 세계지도로 왕 케키의 어깨를 치며 말을 이어 갔다.

"옛사람이 누구긴요? 양말을 발명한 사람을 말하는 거지. 생각해보세요. 옛날에 양말을 발명하지 않았으면 세상에 아이스케키표 양말은 없을 거 아니에요? 그럼 당연히 제가 아저씨 돈 5백 원을 안 받을 것이고, 제 1만 톤짜리 유조선에 아저씨 기름은 없는 거죠.”

“그렇군.”

왕 케키는 그제야 이해가 되었는지 두 손을 모아 읍(揖, 왼손 주먹을 오른손으로 감싸쥐고 고개를 숙이는 예―옮긴이)을 한 뒤 선인들에게 감사를 드렸다.

“옛 어르신들, 감사드립니다.”

이광두는 7천 원의 창업자금을 모은 뒤에도 쉼 없이 발길을 옮기며 우리 류진의 빈 건물들을 보러 다녔다. 그리하여 그가 공장 건물로 찍은 곳은 예전에 송범평이 잡혀 있었고, 장발 손위의 아비가 자신의 머리에 대못을 쳐박고 스스로 목숨을 끊었던 창고였다. 이광두는 그 창고를 빌린 뒤 단숨에 재봉틀 30대를 사들였고, 단숨에 근처의 농촌 처녀 서른 명을 뽑아 장 재봉에게 봉재 기술 훈련을 맡겼다. 장 재봉은 창고가 재봉틀 2백 대는 놓을 수 있을 정도로 너무 크다고 했지만, 이광두는 손가락 세 개를 펼쳐 보이며 이렇게 말했다.

“석 달 안에 내가 상해에서 가져온 의류 가공 일감이 산처럼 쌓일테니, 2백 대의 재봉틀로 24시간을 밟아도 제 시간에 맞춰 만들어내지 못할 겁니다.”

이광두는 한 달 동안 이 모든 것들을 배치해두고 상해로 떠나기로 했고, 그의 말을 빌리자면 그야말로 모든 것이 준비되었으니 동풍이 불어주기만 바랄 뿐이라고 했다. 이광두는 재봉틀을 사고 남은 돈 모두를 장 재봉에게 준 뒤 공장건물의 월세와 농촌 처녀들 서른 명의 임금을 제때 지급해달라고 부탁했고, 무엇보다 일주일 안에 상해에서 첫 번째 의류 가공 옷감이 류진에 도착할 테니 농촌 처녀들을 일주일 안에 제대로 훈련시켜달라고 부탁했다. 자신은 당분간 돌아오지 않고 미친개처럼 상해 이곳저곳을 돌아다니며 상해 전체의 의류 가공 일감을 류진으로 따올 테니 우체국의 전보를 잘 확인하라고, 일감을 따자마자 전보를 치겠다고 했다. 마지막으로 이광두는 입 주위의 침을 닦아낸 뒤 장 재봉의 손을 힘껏 쥐며 늠름하게 말했다.

"이곳을 잘 부탁드립니다. 저는 상해에서 동풍을 끌어올 테니까요."

이광두가 소씨 아줌마의 간식식당에 앉아 있던 때는 바로 그 뒤였다. 그때까지 그는 도청이 자신을 민정 계통에서 제명시킨 사실을 알지 못했고, 가슴 주머니에 이제까지 저축해놓은 그의 전 재산, 상해에서 동풍을 끌어오기까지 먹고 자고 할 4백 원이 좀 넘는 돈을 담은 채 이 돈을 다 쓰기 전에 류진 온 동네가 재봉틀 소리로 시끄러워지리라는 생각을 하고 있었다. 이광두가 처음으로 상해에 가서 복지공장 일감을 딸 때도 소씨 아줌마네 식당에서 만두를 먹으면서 차를 기다렸다. 다만 그때와 다른 것은, 그때는 복지공장 직원들과 함께 찍은 단체사진을 가지고 갔지만, 지금은 세계지도를 들고 간다는 점이다. 이광두가 만두를 먹으며 세계지도를 펼쳐 소씨 아줌마에게 보여주었는데 조그만 동그라미를 보고 동 철장과 사람들이 거의 정신이상 상태가 된 것처럼 소씨 아줌마도 똑같은 반응을 보였다.

그즈음 소씨 아줌마도 이광두가 커다란 뜻을 펼치고 있다는 소식도 듣고, 동 철장, 관 가새, 여 뽑치, 왕 케키도 이광두의 뜻과 함께하기로 했다는 말도 들었지만, 소씨 아줌마는 귀로 듣는 것보다 눈으로 직접 봐야 믿는 성격이었다. 소씨 아줌마는 이광두가 만두를 먹으며 호언장담을 하자 왕 케키보다 더 초조해하며 곧바로 함께 끼고 싶어 했다. 하지만 이광두는 고개를 절레절레 흔들며 소씨 아줌마의 가입을 받아들이지 않았다.

"상표가 없어요. 겉옷은 제 광두표고, 바지는 철장표, 와이셔츠는 재봉표, 러닝셔츠는 가새표, 팬티는 치표, 간신히 양말을 생각해냈는데 이미 아이스케키표예요……."

소씨 아줌마는 상표는 필요 없다고 했지만 이광두는 결연히 상표가 없으면 안 된다고 했다. 그렇게 두 사람이 열 마디 정도 주거니 받거니 하다가, 만두를 먹던 이광두가 소씨 아줌마의 솟아오른 가슴을 보더니 갑자기 두 눈을 반짝이며 소리를 질렀다.

"아참, 아줌마가 여자라는 생각을 왜 못했지? 브라자가 있네요."

이광두는 절반 정도 베어 먹은 만두를 보며 말을 이었다.

"아줌마는 만두표 브라자. 15퍼센트 내세요. 그럼 장 재봉 아저씨한테 기술감독 지분으로 준 10퍼센트랑 합치면 딱 1백 퍼센트네."

소씨 아줌마는 너무나 기뻐 흥분한 나머지 듣기에도 거북한 '만두표 브라자'는 신경도 쓰지 않았다.

"그저께 절에 가서 향을 피웠는데, 그랬더니 오늘 너 이광두를 만난 거야……."

소씨 아줌마는 말을 마치자마자 집으로 가서 통장을 꺼내 은행에 가서 돈을 찾아오려 했지만, 이광두는 시간이 안 된다며, 곧 차를 타야 한다고, 소씨 아줌마의 15퍼센트는 마음속 장부에 새겨주겠다고 했다. 하지만 소씨 아줌마는 마음을 놓을 수가 없었다. 이광두가 상해에 가서 사업을 크게 한 다음에 자신의 15퍼센트를 인정하지 않으면 끝장이라고 생각했다.

"마음속 장부에 적는 건 믿을 수가 없어. 종이 장부에 적어놔야 믿을 수 있지."

소씨 아줌마가 그렇게 말하고 문을 나서며 이광두에게 돈을 찾아올 때까지 기다리라고 하자 이광두는 두 마디 고함을 쳐서 소씨 아줌마를 불러세웠다.

"내가 아줌마를 기다려도, 차는 나를 안 기다리잖아요."

이광두가 시계를 보니 시간이 거의 다 된 것 같아 세계지도를 말아 들고 식당을 나서는데, 소씨 아줌마는 대합실의 철문까지 따라붙어 이광두가 줄을 서서 검표 받는 모습을 지켜보며 소리를 질렀다.

"이광두, 너 돌아와서 시치미 떼면 안 된다. 나는 네가 자라는 걸 쭈욱 지켜봤잖니."

그 순간 이광두는 어린 시절이 떠올랐다. 송범평이 공터에서 사람들에게 맞아 죽고, 자신과 송강이 슬프고 무서워 울고 있을 때 소씨 아줌마가 수레를 빌려와 도청에게 죽은 송범평을 끌고 집에 데려다주라고 한 일⋯⋯. 이광두는 몸을 돌려 소씨 아줌마를 보며 상기된 표정으로 말했다.

"어릴 때 생각나요. 나하고 송강이 여기서 엄마가 상해에서 오길 기다릴 때 아무도 우릴 거들떠보지 않았는데 아줌마는 우리한테 만두도 주고, 집에 가라고 했잖아요."

두 눈이 붉게 물든 이광두는 손으로 두 눈을 훔치며 검표대에 다다르자 고개를 돌려 소씨 아줌마에게 말했다.

"저 시치미 안 떼요. 안심하세요."

14

이광두가 대붕의 날개를 펼치러 상해에 간 뒤 동 철장과 장 재봉, 관 가새와 여 뽑치 그리고 왕 케키의 목이 빠질 듯한 기다림이 시작되었고, 그들 모두 밤이면 밤마다 잠을 자려고 눈을 감으면 눈에 보이는 것은 죄다 밤하늘의 별처럼 반짝이는 세계지도 위의 조그만 점들이었다. 왕 케키의 머릿속에는 빼곡한 점들 말고 또 하나의 영상이 있었으니, 다름 아닌 파도와 바람을 가르는 1만 톤짜리 유조선이었다. 가슴이 쿵쿵 뛰기는 소씨 아줌마도 마찬가지였는데, 자기 전 꼭 세계지도 위의 조그만 점들를 한 번씩 떠올리면서도 자신의 15퍼센트를 문서로 남기지 못한 것이 영 찜찜했다. 이광두가 간 뒤 소씨 아줌마는 찜통에서 꺼낸 고기만두를 들고 동, 장, 관, 여, 왕 다섯 명의 동업자를 개별적으로 찾아가 15퍼센트의 지분을 투자한 앞뒤 정황을 다섯 번이나 설명했고, 시쳇말로 다섯 사람은 남의 재주로 덕을 본 것이니 소씨 아줌마의 고기만두를 스무 개나 넘게 먹으며 고개를 끄덕일 수밖에 없었다. 그제야 소씨 아줌마도 안심이 되었다. 이광두가 돌아와서 만약 말을 뒤집더라도 만두를 먹고 입을 닦았던 사람들이 죄다 증인이 될 터였다.

이광두가 간 뒤 동 철장의 대장간이 동업자들의 회동 장소가 되었다. 날이 저물면 장 재봉, 아들 관 가새, 여 뽑치, 왕 케키가 줄줄이 모여들었고, 간식식당이 멀리 터미널 근처에 있는 관계로 소씨 아줌마는 달이 이미 중천에 걸려 있을 때나 되어야 도착했다. 여섯 사람이 한데 모이면 웃음소리가 넘쳐났고, 이광두 이야기가 나오면 칭찬이 줄줄이 이어져 복지공장에서의 업적이 그들의 입에서 떨어질 새가 없었고, 점점 과장되다가 결국 나오게 되는 이광두와의 동업 이야기는 현실과 동떨어지는 시작점이었다. 동 철장은 장사치들 세계는 광동 사람들이 꽉 잡고 있다며 광동 사람이든 아니든 장사를 하려면 광동 말을 조금 할 줄 알아야 한다고 말했다.

"요 이광두란 놈, 돌아올 때 분명히 입에 홍콩 장사꾼처럼 입에 광동 말투를 달고 올 거예요."

그러고 나서 장 재봉으로부터 작업 보고를 들었다. 장 재봉은 서른 명의 농촌 처녀들을 훈련시키기 위해서 잠시 동안 자기 가게를 닫은 상태였다. 그는 농촌 처녀들 전부 이불과 요를 가져왔고, 창고도 넓고 때는 따뜻한 사월이라 아가씨들이 여군처럼 땅바닥에 세 줄로 쭉 누워서 잠을 잔다고 했다. 장 재봉이 처녀들 중에 똑똑한 이도 있고 멍청한 이도 있어서 똑똑한 이들이 사흘이면 배우는 봉제 기술을 바보들은 열흘, 보름이나 걸린다고 하자 동 철장은 열흘, 보름은 너무 늦다며 이광두가 일주일 안에 큰 일감을 따올 건데 그때 가서 납품 기일을 못 맞추면 어떡하냐고 문제 삼았다.

동, 장, 관, 여, 왕, 소 여섯 명은 이렇게 이야기를 주거니 받거니 하다가 일주일이 지나고 또 일주일이 가려 하는 와중에도 이광두로부터 아무런 소식이 없자 점점 말이 줄어들기 시작하면서 속으로 각자 주판알을 튕겨보기 시작했다. 왕 케키가 제일 먼저 불편한 심기를 드러냈다.

"이 이광두란 놈, 혹시 도망친 거 아닌가?"

장 재봉이 즉각 반박했다.

"쓸데없는 소리 마세요. 갈 때 돈을 나한테 다 맡기고 갔는데 왜 도망을 가요?"

동 철장이 고개를 끄덕이며 장 재봉을 두둔했다.

"사업이라는 건 빨리 될 때도 있고, 늦게 될 때도 있고, 일이 많을 때도 있고, 적을 때도 있는 거라고요."

여 뽑치가 맞장구를 쳤다.

"그렇지. 나도 어떤 때는 하루에 열 개가 넘게 이빨을 뽑을 때도 있지만, 어떤 때는 며칠 동안 한 개도 못 뽑을 때가 있거든."

아들 관 가새도 말을 받았다.

"가위 가는 것도 마찬가지에요. 바빠 죽겠을 때도 있고, 한가해 죽을 때도 있거든요."

그러다가 또 2주가 지나도록 이광두로부터 아무런 소식이 없음에도 여섯 명의 동업자들은 여전히 매일 밤 동 철장의 대장간에서 회합을 가졌고, 다만 달라진 것은 제일 늦게 오는 사람이 소씨 아줌마가 아니라 장 재봉으로 바뀌었다는 것뿐이었다. 장 재봉은 매일 오후 가슴에 희망을 담뿍 담은 채 우체국으로 가서 이광두가 상해에서 보낸 전보가 왔는지 확인했고, 우체국의 전보 담당자는 항상 퇴근 30분 전 장 재봉이 어슬렁거리며 애써 웃는 얼굴로 들어왔다가 자신이 아무런 말도 없이 손을 흔들면 이광두의 전보가 안 왔다는 걸 알고 이내 안색이 어두워지는 광경을 매일 지켜보았다. 그리하여 전보 담당자가 전보가 오지 않았다는 말을 하기도 전에 장 재봉은 몸을 돌려 우체국 문을 나섰고, 풀이 죽어 고개를 떨어뜨린 채 우체국 앞에서 직원들이 하나씩 퇴근해서 문을 잠글 때까지 그 자리에 여전히 서 있다가 문을 잠그는 사람에게 만약 밤에 장 재봉에게 오는 전보가 있으면 즉시 동 철장네 가게로 보내달라고 부탁했다. 그리고 나서 장 재봉은 망연자실한 채로 집으로 돌아가 고개를 떨어뜨린 채로 저녁밥을 먹고, 어두운 기색으로 동 철장네 가게로 발걸음을 옮겼다.

여섯 명의 동업자는 대장간에서 별과 달만 바라보며 상해에서 이광두의 전보가 날아오기를 무려 한 달 하고도 닷새 동안이나 바라고 있었으니, 이 이광두란 인간은 그야말로 손을 펼치고 봐도 다섯 손가락이 보이지 않을 만큼, 별도 없고 한 줄기 달빛조차 없는 칠흑같이 어두운 밤처럼 감감무소식이니 여섯 동업자들은 어찌할 바를 몰랐다. 동, 장, 관, 여, 왕, 소, 이 여섯 동업자들은 대장간에서 서로 쳐다보기만 할 뿐 어찌할 바를 모른 채, 막 시작했을 때의 흥분은 어디로 갔는지 이제는 거의 침묵에 가깝게 말이 없고 각자의 자신의 걱정거리만 떠올렸다. 드디어 아들 관 가새가 불만을 터뜨리고 말았다.

"요 이광두란 놈은 상해에 가서 어째 개한테 고기만두 던져준 꼴처럼 깜깜 무소식이야?"

지난번 왕 케키가 이광두가 도망친 거 아니냐고 의심했을 때는 모두가 무시했지만, 이번 아들 관 가새의 불만에는 호응이 잇따랐다. 먼저 여 뽑치가 아들 관 가새의 말에 맞장구를 쳤다.

"그러게 말이야. 멀쩡한 이빨이든 아니든 간에 뽑고 나면 피가 나게 마련인데, 이광두란 놈은 상해까지 갔으면 사업이 되든 안 되든 간에 무슨 소식이 있어야지."

왕 케키가 말꼬리를 물었다.

"내가 진즉에 말했잖아. 이광두가 혹시 도망친 거 아냐?"

장 재봉이 고개를 가로저으며 한숨을 내쉬었다.

"도망칠 리는 없어요. 하지만 이렇게 소식이 없는 건 진짜 너무한 거죠."

소씨 아줌마의 생각은 다른 곳에 미치고 있었다. 그녀가 갑자기 긴장하면서 말했다.

"이광두한테 혹시 무슨 일이 생긴 거 아닐까?"

"무슨 일요?"

아들 관 가새가 물었다.

소씨 아줌마는 다섯 명의 동업자들을 번갈아 쳐다보며 머뭇거렸다.

"어찌 말을 해야 할지 모르겠네?"

여 뽑치가 닦달했다.

"말해요! 지금 말 못할 게 어딨어요?"

소씨 아줌마는 우물거리며 입을 열었다.

"상해는 넓은 데니까, 차도 많고, 이광두가 차에 치인 것 아닐까? 치여서 병원에 누워 있어서 못 오는 게 아닐까?"

그 말에 다른 다섯 명의 동업자는 아무 말도 못한 채 걱정을 하기 시작했다. 이광두가 사고를 당할 가능성이 전혀 없는 것은 아니었기 때문이었다. 다섯 명의 동업자는 마음속으로 하느님께서 이광두를 보우하시기를 빌었다. 제발 이광두가 자동차에 치이지 않도록 보우하시기를 기도했고, 만약 치이더라도 가볍게 조금 까지고 피만 조금 흘리게 치이도록 보우해주십사, 절대 이광두가 심하게 치여서 절룩이고, 머리가 돌고, 못 보고, 못 듣는 종합장애인이 되지 않도록 보우해주십사 기도했다.

잠시 후 장 재봉이 사람들에게 이번 달 월세를 냈고, 농촌 처녀들 서른 명의 임금도 지불했고, 이광두가 사들인 30대의 재봉틀 값을 합하면 이제 4천여 원이 남았다면서 근심 어린 표정으로 한마디를 보탰다.

"이게 다 우리 피땀 흘려 번 돈인데."

장 재봉의 말에 다들 가슴이 떨려왔다. 소씨 아줌마도 가슴이 떨렸지만, 가만 생각해보니 자신의 돈은 아직 안 들어갔다는 생각이 들자 안심이 되었다. 그리하여 다들 동 철장을 주시했다. 동 철장은 개체 사업자 협회의 주석이면서 돈도 제일 많이 냈기 때문에 다들 그가 뭔가 의견을 내주기를 바랐다. 동 철장은 저녁 내내 말이 없다가 다들 자신을 바라보고 있자 말을 안 하면 안 될 것 같아서 길게 한숨을 쉰 뒤 겨우 입을 열었다.

"며칠 더 기다려 보자고요."

드디어 이광두가 전보를 쳤고, 전보는 다음 날 저녁 무렵 우리 류진에 도착했다. 그런데 이광두는 전보를 장 재봉한테 치지 않고 소씨 아줌마에게 쳤다. 전보에는 다음과 같은 두 마디만 적혀 있었다. '만두표 브라자는 품위 없게 들리니 간식표 브라자로 바꾼다.'는 내용이었다.

소씨 아줌마는 이광두의 전보를 들고 종종걸음으로 대장간으로 달려왔고, 고요하던 대장간은 흥분의 도가니에 빠져들었다. 동, 장, 관, 여, 왕 다섯 사람은 전보를 보고 또 보고, 애타던 마음은 순식간에 안심이 되어, 다섯 개의 얼굴이 모두 빨갛게 달아올랐다. 다섯 명의 동업자들은 소씨 아줌마까지 합해 다시 기세가 올라 웃음을 터뜨렸고, 분분한 의론을 나눴다. 다들 이광두가 간 지 이렇게 오랜만에 전보를 쳤으니 분명히 큰 건수를 잡았을 거라고 했다. 사람들은 이광두를 한껏 치켜세웠다가, 또 한바탕 욕설을 퍼부었다. 하여간 이광두는 진짜 개후레자식이라고, 개후레자식이 일부러 자신들을 놀라게 한 거라고, 그동안 놀라서 얼마나 많은 낮과 밤을 가슴 졸이고 살 떨렸는지 모른다고 했다.

그러던 중 왕 케키가 전보에서 뭔가 문제를 발견했는지 발갛게 달아올랐던 얼굴이 하얗게 질려버렸다. 그는 손에 든 전보를 흔들며 소리쳤다.

"전보에 사업 얘기가 없는데?"

아들 관 가새의 얼굴도 왕 케키의 얼굴을 따라 하얗게 질렸다.

"그러게요, 사업 얘기가 없네?"

나머지 네 사람이 잽싸게 전보를 낚아채 자세히 한 번 읽더니 서로의 얼굴을 쳐다보고 난 후 장 재봉이 먼저 나서서 이광두를 두둔했다.

"소씨 아줌마의 상표를 바꾼다는 말만 한 걸 보면 분명히 몇 건 해냈을 거예요."

동 철장이 동업자 몇 명이 함께 앉아 있는 긴 걸상을 가리키며 맞장구를 쳤다.

"장 재봉 말이 맞아요. 내가 이광두를 잘 알지. 걔가 새끼 개후레자식이었을 때 날마다 여기 와서 이 걸상이랑 남녀관계를 해댔잖아요. 이 개후레자식은 다른 사람들과 달라요. 무슨 일을 하든 한 입에 뚱보가 되도록 처먹는 것처럼 한다고……."

여 뽑치가 동 철장의 말을 끊었다.

"동 철장 말이 맞아. 이 개후레자식 통은 또 얼마나 큰지……. 애당초 나한테 등나무 의자를 빌리러 왔을 때, 등나무 의자를 빌리고 나더니 파라솔을 빌려달라고 하고, 나중에는 탁자까지 가져가려고 하더라니까. 그러니까 완전히 멀쩡한 뽑치 가게가 완전히 하루 동안 껍데기 벗긴 참새 꼴이었지……."

아들 관 가새도 옛일을 끄집어냈다.

"여 뽑치 말이 맞아요. 이 개후레자식이 어려서부터 장사를 할 줄 알았어요. 임홍 엉덩이 가지고 날 속여서 삼선탕면을 처먹는데, 어찌나 맛나게 처먹는지 나는 옆에서 침만 줄줄 흘리고……."

왕 케키도 입장을 바꿨다.

"다들 맞는 소리야. 이 개후레자식 속에 품은 뜻은 하늘을 찌르지. 다른 사람들은 부자가 돼서 기름이 잘잘 흐르기만 해도 만족하겠지만,

1만 톤짜리 유조선 정도는 있어야 된다고…….”

다섯 명의 동업자들이 저마다 자신감이 넘치는 걸 보고 소씨 아줌마는 자신의 15퍼센트가 또다시 걱정되기 시작했다.

“이 이광두란 놈이 큰 일감을 따와서 내 15퍼센트를 인정 안 해주면 어떡하지? 당신네들이 꼭 증인 서줘야 돼요!”

동 철장이 장 재봉 손에 있는 전보를 가리키며 말했다.

“걱정 말아요. 이 전보가 증거지. 우리 다섯 명이 보증하는 것보다 훨씬 효력이 있는 거지.”

소씨 아줌마는 이 말을 듣자마자 잽싸게 장 재봉 손에 있는 전보를 낚아채며 무슨 보물이라도 되는 양 가슴에 꼭 부여안은 채 좋아서 혼 잣말을 되뇌었다.

“절에 가서 향을 피운 덕에 이광두가 전보를 나한테 보내오고, 이 전보만 있으면 이광두가 절대 내 15퍼센트를 시치미 떼지 못할 거야. 향 피운 게 진짜 영험하네!”

이광두가 희한한 전보를 보내오자 마치 동방을 밝히는 태양이라도 떠오른 듯 동, 장, 관, 여, 왕, 소 여섯 명은 어둠에서 해방되었다. 동, 장, 관, 여, 왕, 소 여섯 동업자들은 그렇게 기쁨에 들떠 반달을 보냈는데, 그 후로 이광두로부터 또 아무런 소식이 없자 여섯 동업자는 낮에도 기다리고, 밤에도 기다리고, 시시각각 기다리고, 분분각각 기다리고, 나중에는 초초각각 기다렸지만 이광두의 머리칼 한 올조차 구경하지 못했다. 이광두가 상해로 떠난 뒤 마치 돌덩이가 바다에 가라앉은 듯 그의 전보도 다시는 우리 류진에 오지 않았다.

동, 장, 관, 여, 왕, 소는 머리를 떨어뜨린 채 또다시 살 떨리며 가슴 졸이는 낮과 밤을 보냈다. 그렇게 두 달이 지나갔고, 두 번째로 창고

월세를 내고 농촌 처녀들 서른 명의 두 번째 월급을 지급한 장 재봉의 목소리가 떨려왔다.

"우리가 피땀 흘려 번 돈이 이제 2천 원도 안 남았습니다."

다들 다시 한 번 몸을 부르르 떨었고, 소씨 아줌마도 그들을 따라 두 번을 떨다가 자기 돈은 아직 들어가지 않은 상태인 것을 떠올리고는 다시 한 번 안심했다. 그즈음 이광두에 대한 여섯 동업자들의 믿음에 위기가 찾아왔다. 여 뽑치가 제일 먼저 불만을 털어놨다.

"이런 씨발 자식, 우리랑 장사하겠다는 거야? 이 개후레새끼, 우리랑 무슨 숨바꼭질을 하는 것도 아니고."

장 재봉도 이번에는 맞장구를 쳤다.

"그러게 말이에요. 바늘이 땅에 떨어져도 소리가 나는 법인데, 이 이광두란 놈은 아무런 소식도 없으니, 이러면 안 되지."

아들 관 가새가 화를 버럭 냈다.

"바늘 같은 소리들 하고 있군요. 방귀도 다 소리가 나는 법 아닌가요?"

왕 케키가 받았다.

"방귀만도 못한 개후레자식 같으니라고."

동 철장만 얼굴이 새파랗게 굳은 채 아무 말이 없었다. 다들 동 철장이 제일 먼저 40퍼센트의 지분을 받기로 하고 인민폐 4천 원을 내지 않았으면 자신들도 따라 들어오지 않았을 거라고 원망하며 자신을 바라보는 걸 알았기 때문이었다. 동 철장은 버팀목 역할은 끝도 없는 것이지만 이번에는 진짜로 인간이 할 짓이 못 된다고 생각하고 있었고, 다들 그렇게 침묵으로 일관하던 중 장 재봉의 떨리는 목소리가 들려왔다.

"한 달이 더 지나면 남은 돈으로 월세하고 월급도 줄 수가 없는 상황이에요."

장 재봉의 음성은 어두웠고, 말을 마친 후에는 눈빛마저 어두워진 채 동 철장을 응시했다. 동 철장은 나머지 사람들이 어두운 눈길로 자신을 쳐다보고 있음을 감지한 가운데 여 뽑치의 눈길을 보니 그가 자신의 입을 바라보며 멀쩡한 이를 뽑아버리고 싶어 하는 것 같았다. 동 철장은 한숨을 깊이 들이마셨다가 내쉰 다음 입을 열었다.

"이렇게 합시다. 우선 농촌 처녀들을 집으로 돌려보낸 다음 필요할 때 다시 불러 모읍시다."

나머지 사람들은 아무런 말도 없이 어두운 눈길로 계속 동 철장을 바라만 보고 있었다. 동 철장은 사람들이 창고 월세를 생각하고 있다는 것을 눈치챘다. 아무도 남은 돈을 월세로 처박고 싶어 하지 않는다는 것을 말이다. 동 철장은 고개를 가로젓다가 다시 끄덕이며 말을 이었다.

"이렇게 합시다. 창고를 일단 뺍시다. 만일 이광두가 일을 물어오면 다시 빌려도 늦지 않으니까."

나머지 동업자들이 그제야 고개를 끄덕이기 시작했는데 장 재봉이 문제를 제기했다.

"재봉틀 30대는 어떡할까요?"

동 철장은 잠시 생각하다가 말을 받았다.

"다들 낸 돈에 비례해서 재봉틀을 나눠서 집으로 옮기자구요."

장 재봉이 나서서 농촌 처녀들을 집으로 보내고 창고를 뺀 다음 낸 돈에 비례해 재봉틀을 나눴다. 소씨 아줌마는 낸 돈이 없으므로 당연히 재봉틀을 배분받지 못했다. 그렇게 뒷일을 다 마무리한 뒤에도 여섯 동업자들은 매일 밤 대장간에 모였지만 예전처럼 생기발랄한 모습이 아니라 귀신처럼 썰렁한 모습으로 앉아 있기만 했고, 대장간은 마치 무덤처럼 숨소리 하나 새어나오지 않았다.

또 한 달이 지나갔지만 이광두로부터 아무런 소식도 없자 소씨 아줌마가 제일 먼저 대장간을 찾지 않았고, 곧이어 장 재봉, 아들 관 가새, 여 뽑치가 가지 않았는데, 돈을 제일 적게 낸 왕 케키만이 인내심을 가지고 매일 밤 대장간 출근부에 도장을 찍었고, 미간을 잔뜩 찌푸린 동 철장 앞에 앉아서 한숨을 쉬다가 눈물을 훔치며 처량하게 동 철장에게 물었다.

"우리가 피땀 흘려 번 돈을 이렇게 날리는 건가?"

"어쩔 수 없지. 살점을 도려내야 할 때는 도려내는 수밖에."

동 철장이 멍한 눈길로 대답했다.

15

이렇듯 여섯 명의 동업자가 모두 절망에 빠져 있을 때 이광두가 고생에 찌든 모습으로 돌아왔다. 류진을 떠난 지 석 달 하고도 열하루 만에 이광두는 전에 입고 갔던 옷을 걸치고 한 손에는 가방을, 다른 한 손에는 여전히 둘둘 만 세계지도를 든 채 저녁이 내릴 무렵 류진의 버스터미널을 나섰고, 소씨 아줌마는 그가 간식식당에 들어서 자리에 앉을 때까지 그를 알아보지 못했다. 떠날 때 빛나던 빡빡머리는 장발로 변했고, 얼굴에는 수염이 빽빽했다. 이광두는 탁자를 내려치며 소리쳤다.

"아줌마, 제가 돌아왔습니다!"

소씨 아줌마는 깜짝 놀라 이광두의 길게 자란 머리칼을 보며 소리쳤다.

"너, 너, 너 어떻게 이 모양이 된 거야?"

이광두는 머리를 절레절레 흔들며 대답했다.

"바빠 죽을 뻔했다고요. 상해에서 바빠서 죽을 뻔했어요. 이발할 시간도 없었다니까요."

소씨 아줌마는 역시 놀라 두 손을 가슴에 모은 채 옆에 서 있는 딸 소매를 보며 조심스럽게 이광두에게 물었다.

"사업은 잘된 거야?"

"배고파 죽겠어요. 배고파 죽겠다고요. 빨리 고기만두 다섯 개만 주세요."

이광두는 소씨 아줌마를 향해 소리쳤다.

소씨 아줌마는 잽싸게 소매에게 고기만두를 가져다주라고 했고, 이광두는 고기만두 한 개를 들고 한 입 베어 문 뒤 열심히 씹으면서 웅얼거리며 소씨 아줌마에게 말했다.

"아줌마는 빨리 동 철장 아저씨한테 가서 창고에서 회의가 있다고 전해주세요. 저는 만두 다 먹고 바로 간다고 하시고요."

이광두의 기세를 보고 분명히 큰 일감을 따낸 거라 생각한 소씨 아줌마는 연방 고개를 끄덕이며 몸을 돌려 급히 발걸음을 옮겼다. 그렇게 20여 미터를 가던 소씨 아줌마는 그제야 창고를 벌써 뺀 사실이 생각나 다시 급하게 돌아와 문 앞에 서서는 불안한 목소리로 입을 열었다.

"동 철장네서 회의하는 거지?"

입 안에 만두가 가득 든 이광두는 말을 할 수가 없어서 어쩔 수 없이 고개만 몇 번 끄덕였다. 소씨 아줌마는 무슨 성지(聖旨)라도 받든

듯 우리 류진의 중심가 서쪽 골목을 향해 내달렸고, 장 재봉네 가게 앞에 다다랐을 때 큰 소리로 외치기 시작했다.

"이광두가 돌아왔어요……."

소씨 아줌마가 네 번을 외쳤을 때 장 재봉, 아들 관 가새와 여 뽑치가 모여들었고, 동 철장도 문밖으로 뛰쳐나왔다. 대장간 앞에 간 소씨 아줌마는 동, 장, 관, 여 네 사람에게 이광두가 의기양양한 모습으로 가게에 들어와 탁자를 두들기며 큰소리치는 광경을 숨을 헐떡이며 설명해주었다. 끊어졌다 이어지기를 반복하며 계속되는 소씨 아줌마의 말을 다 들은 동 철장은 잠시 생각에 잠기는 듯하더니 이내 웃는 낯빛으로 입을 열었다.

"됐어, 일이 된 거예요. 생각해봐요, 일이 잘 안 됐으면 이광두가 그렇게 날뛰었겠어요? 우리한테 회의하자고 그랬겠냐고? 진즉에 꼬리 말고 숨었겠죠."

장 재봉, 아들 관 가새와 여 뽑치 세 사람은 힘을 잔뜩 주고 고개를 끄덕였고, 기분 좋게 욕설을 퍼붓기 시작했다.

"이런 개후레자식, 이런 씨발 자식……, 개후레자식……."

동 철장이 웃으며 소씨 아줌마에게 물었다.

"그 개후레자식이 홍콩 장사꾼처럼 광동 말투를 쓰지 않던가요?"

소씨 아줌마는 잠시 찬찬히 생각하더니 고개를 가로저었다.

"아뇨, 류진 말투던데요."

동 철장은 믿기지 않는다는 듯 말을 끊었다.

"그래도 상해 말 몇 마디는 했겠죠?"

"상해 말도 안 썼어요."

소씨 아줌마가 대답했다.

"이 개후레자식이 근본은 잊지 않았구먼."

동 철장이 이광두를 잔뜩 추켜세웠다.

"머리가 무척 길었어요. 무슨 노래하는 사람처럼."

소씨 아줌마도 고개를 끄덕이며 말을 받았다.

"알았다. 이 개후레자식, 속이 진짜 깊은 놈이야. 홍콩 장사꾼도 성에 안 차서 외국 사업가 흉내를 내는 거라고요. 생각 좀 해봐요, 마르크스하고 엥겔스 둘 다 외국인이고 둘 다 장발에 수염을 길렀죠."

동 철장이 혼자 잘난 척을 해댔다.

"맞아요, 얼굴이 온통 수염이었어요."

소씨 아줌마가 맞장구를 쳤다.

이제 소씨 아줌마가 가장 적극적이 되었고, 이마에 흐르는 땀을 훔치며 왕 케키에게도 알리러 자리를 떴다. 아들 관 가새가 조금 전 왕 케키가 간장병을 들고 서쪽으로 가는 걸 보았다고 하자 소씨 아줌마는 서쪽에 있는 우리 류진의 간장가게로 총총히 달려갔다.

대장간에 있던 동 철장, 장 재봉, 아들 관 가새와 여 뽑치 네 사람은 흥분한 나머지 얼굴이 발갛게 달아올라 무슨 정신병 환자처럼 입을 헤 벌린 채 앉았다가 가게 안을 왔다 갔다 서로 부딪치고 난리를 쳐댔다. 그러던 중 동 철장이 제일 먼저 정신을 차리고 손을 휘저으며 장, 관, 여 세 사람을 걸상에 앉힌 다음 이광두가 아직 창고를 뺀 것과 재봉틀 30대를 나누어가진 것, 농촌 처녀들을 돌려보낸 일을 모르므로, 만약 이광두가 그 사실을 알게 되면 불같이 화를 내며 듣기 심한 욕을 퍼부을지도 모른다고 말했다.

"이광두란 놈이 일단 욕을 시작하면 기관총처럼 따발따발 정신없거든. 당신들 절대로 화내면 안 돼요. 절대로 진정해야 되고, 일단 욕을 하게 내버려됐다가 성질이 가라앉고 나면 우리 사정을 찬찬히 얘기합시다."

장 재봉이 고개를 돌려 아들 관 가새와 여 뽑치를 바라보며 말을 받았다.

"동 철장 말이 맞아요. 여러분도 절대 침착해야 해요."

아들 관 가새가 대답했다.

"안심하세요. 나한테 욕을 해도 가만히 있을 거고, 우리 아버지 관 가새를 욕하고, 개 피를 쏟아 붓듯 욕을 심하게 해도 이 아들 관 가새는 절대 화를 안 낼 테니까."

이번에는 여 뽑치가 말을 받았다.

"그럼, 이광두가 큰 일감을 따오기만 했으면, 내 18대 조상을 18번 욕을 해도 이 여 뽑치는 웃는 낯빛으로 대할 거라고."

그제야 마음이 놓인 동 철장은 변변한 의자 하나 없는 대장간을 둘러보다가 개선장군처럼 돌아온 이광두를 좋은 의자에 앉히고 싶다고 했다. 동 철장의 말이 떨어지자마자 여 뽑치는 재빨리 일어나 나가서 자신의 등나무 의자를 들고 왔는데 장 재봉과 아들 관 가새는 여기저기를 고쳐 마치 우리 류진의 지도처럼 생긴 등나무 의자를 보고 고개를 절레절레 흔들며 의자가 너무 보잘것없다고 입을 모았다. 동 철장도 따라 머리를 절레절레 흔들며 의자가 볼품없다고 맞장구를 치자 여 뽑치가 기분이 좀 상했는지 자신의 보석과도 같은 등나무 의자를 가리키며 쉰 소리를 했다.

"보기에는 후져도 누워보면 편안하다고."

그 순간 소씨 아줌마와 왕 케키가 들어섰다. 소씨 아줌마가 이광두가 이쪽으로 어슬렁어슬렁 오고 있다고 말하자 동 철장은 잽싸게 여 뽑치의 등나무 의자에 한 번 누워보더니 여 뽑치의 말에 동의를 표했다.

"그럭저럭 괜찮네."

장발에 수염이 덥수룩한 채 외국 상인의 외모를 한 이광두가 대장간에 들어섰을 때 여섯 명의 동업자들은 행복이 가득한 미소를 지으며 깍듯하게 서 있었고, 이광두는 껄껄 웃으며 인사를 건넸다.

"간만입니다!"

동 철장은 갖은 풍파를 겪은 이광두를 보고 깍듯하게 등나무 의자에 앉기를 권하며 말했다.

"드디어 왔구면. 고생 많았네."

이광두는 손사래를 치며 대꾸했다.

"고생은 무슨, 사업하면서 고생한다고 하면 안 되죠."

동 철장 일행은 연방 고개를 끄덕이며 웃음을 멈추지 못했다. 이광두는 등나무 의자에 앉지 않고 기다란 걸상에 걸터앉으면서 보따리와 세계지도를 걸상에 함께 올려놓았고, 동 철장이 집요하게 계속 등나무 의자에 앉으라고 하자 고개를 절레절레 흔들며 손사래를 치고는 눈까지 깜박이면서 말했다.

"저는 이 걸상에 앉을게요. 이 걸상으로 말할 것 같으면 제 오랜 친구나 마찬가지니까요."

동 철장은 껄껄 웃으며 장, 관, 여, 왕, 소에게 말했다.

"거보라고요, 이광두가 근본을 잊을 리 없지!"

이광두는 여섯 명의 동업자가 서 있는 것을 보고 손짓으로 앉으라고 했지만 동업자들은 고개를 절레절레 흔들며 앉는 것보다 서 있는 게 훨씬 좋다고 했다. 그러자 이광두도 고개를 끄덕이며 그들의 의견을 받아들이는 듯하더니 다리를 꼬면서 등을 벽에 기대며 잠시 호흡을 가다듬고는 이내 얼굴에 그간의 사업보고를 들으려는 표정을 지으며 입을 열었다.

"제가 떠나고 석 달 동안 이쪽 상황은 어떻게, 진전이 있습니까?

동, 장, 관, 여, 왕, 소는 꿀 먹은 벙어리처럼 서로의 얼굴만 쳐다보다가 또 나중에는 장, 관, 여, 왕, 소 다섯 사람이 동 철장 한 사람의 얼굴만 쳐다보았다. 동 철장은 잠시 주저하다가 이내 그 무엇도 두렵지 않다는 듯 한 걸음을 내딛고, 기침을 몇 번 하면서 목소리를 가다듬더니 천천히 말을 하기 시작했다. 동 철장은 이광두가 떠난 후 일어난 일을 낱낱이 설명하고 나서 마지막으로 이렇게 덧붙였다.

"우리도 어쩔 수 없어서 그런 것이니 자네가 제발 이해하게."

동 철장의 말을 들은 후 이광두는 고개를 떨어뜨렸고, 여섯 명의 동업자들은 전전긍긍 불안한 눈빛으로 이광두를 바라보며 이 개후레자식이 고개를 들면 바로 신랄하게 욕지거리를 내뱉을 거라 생각했다. 그런데 뜻밖에도 이광두가 고개를 들면서 관대한 한마디를 했다.

"푸른 산을 남겨두면 땔감 걱정할 필요는 없지요."

여섯 동업자들은 길게 안도의 한숨을 내쉬며 걱정으로 가득하던 여섯 개의 마음을 내려놓았고, 여섯 개의 긴장한 얼굴은 긴장이 풀리며 웃기 시작했다. 동 철장이 이광두에게 장담했다.

"하루면 창고를 다시 빌릴 수 있고, 재봉틀 30대도 들여놓을 수 있고, 사흘이면 시골 처녀 서른 명도 불러올 수 있다네."

이광두는 고개를 끄덕이더니 이렇게 대답했다.

"급할 것 없습니다."

급하지 않다니? 무슨 뜻이지? 여섯 동업자들은 멍한 눈길로 이광두를 쳐다보았고, 이광두는 긴 걸상에 다리를 꼰 채로 아주 편안한 듯 앉아 있었다. 그러던 중 결정적인 순간에 또다시 장, 관, 여, 왕, 소 다섯 명의 열 개의 눈동자가 습관적으로 동 철장 한 사람을 향해 뭔가 한마디 해주기를 바라는 빛을 보이자 동 철장은 또다시 한 발 내디디며 조심스럽게 질문을 던졌다.

"자네가 간 지 석 달이 넘었는데, 상해 쪽은 어떻게, 진전이 있었는가?"

이광두는 상해라는 말을 듣자 극도로 흥분하기 시작했다.

"상해……, 넓더라고요. 돈 벌 기회가 돼지털만큼이나 많고, 침도 돈으로 바꿀 수 있는……."

그러자 장 재봉이 아주 조심스럽게 말을 바꿔보았다.

"쇠털만큼 많나?"

이광두는 실사구시적으로 이야기했다.

"쇠털보다는 좀 적죠. 돼지털하고는 별 차이 없지만 말입니다."

여섯 명의 동업자는 이광두의 기색이 되살아나자 안도의 미소를 서로에게 보냈고, 이광두는 계속해서 격앙된 기색으로 말을 이어나갔다.

"상해, 크죠. 몇 걸음만 걸어도 은행이 있고, 그 안에 돈을 넣는 사람, 찾는 사람이 줄을 길게 서 있고, 지폐 계수기는 차르르르 돌아가고. 백화점은 또 얼마나 높은지, 올라갔다 내려가는 게 무슨 등산 같고, 안에 또 사람은 얼마나 많은지 꼭 무슨 영화 보는 것 같아요. 거리는 말할 필요도 없지요. 아침부터 밤까지 사람이 얼마나 바글바글한지, 사람 같지 않고 꼭 무슨 개미 새끼들 이사 가는 것 같다니까요……."

이광두가 주저리주저리 상해가 크다는 말을 하는 동안 침이 우리 좁은 류진에 튀었고, 동 철장의 얼굴에 튀었다. 동 철장은 얼굴을 닦으며 나머지 다섯 명의 동업자들이 이광두가 묻는 말의 핵심에서 한참 떨어진 이야기를 하는지도 모르고 바보같이 헤헤 웃기만 하는 얼굴들을 바라보았다. 그리하여 동 철장은 이광두의 말을 끊으며 다시 한번 조심스럽게 물을 수밖에 없었다.

"자네랑 상해의 의류회사랑 사업은 어떻게……."

이광두는 동 철장의 말이 끝나기도 전에 손가락을 세어가며 득의양양하게 대답하기 시작했다.

"얘기했죠, 스무 곳도 넘게 얘기했죠. 그중에 외국 회사 세 개가 있었고……."

아들 관 가새가 놀라 소리쳤다.

"그래서 자네가 마르크스, 엥겔스처럼 변했구먼."

"뭔 마르크스, 엥겔스요?"

이광두가 아들 관 가새의 말을 알아듣지 못해 이렇게 반문하자 장재봉이 중간에 끼어들며 해석을 해주었다.

"장발에 수염을 빽빽하게 긴 걸 보고 우리는 자네가 외국 상인들과 사업을 하면서 그 사람들 외모를 흉내 낸 거라고 생각했지."

"무슨 외국 상인들의 외모요?"

이광두는 여전히 무슨 말인지 알아듣지 못했다.

동 철장은 또다시 주제로부터 한참 동떨어진 이야기로 빠지자 잽싸게 끼어들었다.

"우리 지금 사업 얘기 하잖나. 어떻게 됐나?"

"잘됐죠. 사업뿐만 아니라 상표 얘기까지 해봤죠……."

이때 소씨 아줌마가 소리쳤다.

"그래서 나한테 전보를 쳤구나. 만두표에서 간식표로 바꾼다고?"

이광두는 가만히 생각해보더니 눈을 반짝이며 소리쳐 대꾸했다.

"그렇죠, 그랬죠, 맞아요……."

소씨 아줌마가 우쭐한 마음에 나머지 다섯 명의 동업자들을 쳐다보자 장, 관, 여, 왕 네 명은 소씨 아줌마를 보며 고개를 끄덕여주었고, 동 철장만 속으로 젠장 또다시 이야기가 딴 데로 샌다고 생각하며 잽싸게 이광두에게 물었다.

"스무 곳 중에 얘기가 잘된 곳은 몇 군데나 되나?"

그 순간 이광두는 길게 "아." 하며 탄식을 터뜨렸고, 그 탄식이 여섯 명의 동업자들의 귀에 떨어지기 무섭게 마치 찬물 여섯 바가지를 여섯 개의 머리에 쏟아 부은 것처럼, 흥분에 달아오르기 시작한 여섯 개의 얼굴이 순식간에 어두워졌다. 그러자 이광두는 사람들의 얼굴을 하나씩 훑어보더니 다섯 손가락을 펼치면서 말을 이어갔다.

"5년 전 상해에 가서 복지공장 일을 끌어올 때는 그냥 장애인들 단체사진하고 제 진심과 열의만 보여주면 그쪽 회사 사람들이 감동해서 일을 하나씩 따올 수 있었는데요. 5년 후에 제가 세계지도를 들고 우리 스스로를 위해 상해에 가서 일을 끌어오려고 더욱더 성심껏, 더욱더 열정적으로 얘기했고, 훨씬 노련하게 했는데……, 그게……."

이광두는 펼쳤던 손가락을 오므려 지폐를 세는 동작을 취하며 말을 이어갔다.

"지금은 시대가 달라졌어요. 사회가 변했다고요. 뒷돈을 찔러주지 않으면 일이 되질 않아요. 더러운 바람이 이렇게 빠르게, 맹렬하게 불어올 줄은 생각 못했죠……."

이광두의 다섯 손가락은 지폐를 세는 동작에서 다시 펼쳐지더니 손사래 치는 동작으로 변했다.

"불과 5년 만에 조국의 대지를 휩쓸 줄이야……."

여섯 명의 동업자들은 멍한 눈빛으로 이야기를 들었고, 동 철장은 안절부절 못하며 다시 물었다.

"자네는 돈을 찔러주지 않았나?"

이광두는 고개를 절레절레 흔들면서 대답했다.

"아뇨, 제가 뇌물을 쥐야 된다는 확고한 사실을 깨달았을 때 제 주머니에는 달랑 돌아올 차표 살 돈밖에 남질 않았어요."

동 철장의 목소리가 떨려왔다.

"그렇다면 일거리를 하나도 못 따왔다는 말인가?"

이광두는 단호하게 대답했다.

"못 따온 거죠."

청천벽력과도 같은 이광두의 말에 여섯 명의 동업자들은 어지러운 듯 고개를 휘청거리며 아무 말도 못하고 서로의 얼굴만 쳐다보았고, 장 재봉이 제일 먼저 동 철장을 보면서 몸을 부들부들 떨며 입을 열었다.

"우리가 피땀 흘려 번 돈을 이렇게 날리는 건가?"

이때는 동 철장도 정신이 나갔는지 장 재봉을 보며 고개를 끄덕여야 하는지 흔들어야 하는지 알 수가 없었다. 왕 케키는 아예 훌쩍이며 울기 시작했다.

"하지만 그 돈은 내 마지막 생명줄이었다고요!"

소씨 아줌마도 따라 두 번을 훌쩍이다가 자기 돈은 아직 들어가지 않았다는 생각이 나자 곧바로 멈추었고, 아들 관 가새와 여 뽑치는 식은땀을 흘리며 황망한 눈길로 이광두를 보면서 더듬더듬 말을 건넸다.

"자네, 자네, 자네 어떻게 그렇게 돈을 날릴 수가 있어?"

"날렸다고 할 수는 없죠."

이광두는 넋이 빠진 여섯 개의 얼굴을 보며 결연히 말했다.

"실패는 성공의 어머니라고, 여러분이 다시 제게 1백 퍼센트의 돈을 더 모아주시면 바로 상해에 가서 하나씩 하나씩 돈을 찔러주고, 하나씩 하나씩 뇌물을 줘서 큰 건수를 따올 것을 약속드립니다."

왕 케키는 여전히 훌쩍이고 있었고, 눈물을 훔치며 동 철장에게 말했다.

"돈이 없어."

동 철장은 황망한 표정의 여 뽑치와 아들 관 가새를 보다가 온몸을 부들부들 떠는 장 재봉을 보며 고개를 절레절레 흔들더니 긴 한숨을 지으며 입을 열었다.

"우리가 돈이 어디 또 있겠나!"

"돈이 없다고요?"

이광두는 실망이 가득한 얼굴로 손사래를 쳐댔다.

"그럼 저도 방법이 없죠. 날리는 수밖에, 제 돈 4백 원도 날렸어요."

말을 마친 이광두는 놀라 어찌할 바를 모르는 여섯 명의 동업자들을 보며 웃음을 참지 못하고 허허 두 번을 웃었고, 왕 케키는 이런 이광두를 가리키며 동 철장에게 말을 건넸다.

"어떻게 웃을 수가 있어?"

"승패란 전장에서 흔히 있는 법. 대장부는 이길 때도 있으니 질 때도 감수해야죠."

이광두는 손가락으로 여섯 명의 동업자들을 가리키며 말을 이어갔다.

"여러분이 이렇게 의기소침하시니, 이 정도의 비바람도 이겨내지 못하는 걸 보니 꼭 포로들 같아서…….."

동 철장의 화가 끝내 폭발하고야 말았다.

"네 놈이 포로 같다!"

동 철장은 쇠를 두들기던 오른손을 들어 쇠를 치듯 이광두의 얼굴을 내려쳤고, 이광두는 걸상에서 땅바닥으로 나뒹굴었다.

"이 몸은 4천 원을 냈잖아!"

이광두는 얼굴을 감싸며 일어나 화를 냈다.

"무슨 짓이에요? 무슨 짓이냐고요?"

그러고는 다시 걸상에 앉아 다리를 꼰 뒤 동 철장과 시비를 가릴 태세를 갖추는 순간, 장 재봉, 아들 관 가새와 여 뽑치는 동시에 "1천 원!"이라고 외치며 이광두에게 맹렬히 발길질을 퍼부었고, 이광두는 악악거리며 걸상 위에서 뛰다가 쪼그려 앉았다가 하면서도 입으로는 여전히 "무슨 짓이에요?"를 외쳐댔다. 장, 관, 여 세 사람도 발길질을 하다가 서로 부딪쳐 아파서 악악댔다. 그중 가장 비장한 사람은 왕 케키였다. 그는 총구를 틀어막듯 달려들어 "5백 원!"을 부르짖으며 이광두의 어깨를 끌어안고는 갈비를 뜯듯 어깨를 한 입 깨물었다. 마치 이광두의 몸에서 인민폐 5백 원어치 고기를 뜯어내려는 듯한 모습이었다. 이광두는 마치 도살장의 돼지처럼 악을 쓰며 걸상에서 뛰어내려 힘껏 몇 번을 뿌리치고 나서야 왕 케키의 날카로운 이에서 벗어날 수 있었다. 이광두는 사태가 심상치 않자 보따리와 세계지도를 들고 대장간을 빠져나왔고, 호랑이 굴에서 벗어났다는 생각이 들자 문밖에서 화를 내며 가게 안의 사람들을 가리키며 소리쳤다.

"무슨 짓이에요? 무슨 짓들이냐고요? 거래가 안 돼도 인의예지는 저버리지 말아야지. 앉아서 차분하게 얘기해보자고요."

이광두는 본래 그들과 계속 이치를 따져가며 이야기를 나눠볼 생각이었으나 동 철장이 쇠망치를 들고 쫓아나오는 걸 보고는 잽싸게 소리쳤다.

"오늘은 그만 하자고요!"

이광두는 발등에 떨어진 불을 끄듯 잽싸게, 개보다 빨리, 토끼보다 날쌔게 줄행랑을 놨다. 동 철장은 쇠망치를 들고 골목 끝까지 쫓아가다가 멈춰 서서 정신없이 도망치는 이광두를 향해 소리쳤다.

"니미럴, 너 잘 들어라. 이 몸께서 앞으로 너를 볼 때마다 작살을 낼 테다. 이 몸께서 대대손손 너를 작살내주겠다고!"

동 철장은 호언장담을 마친 뒤 돌아가던 중 자신의 4천 원을 날려버렸다는 생각이 들자 서리 맞은 새싹처럼 풀이 죽어 고개를 떨어뜨린 채 대장간으로 발길을 돌렸고, 장, 관, 여, 왕 네 사람은 자신들의 돈이 물거품처럼 사라진 것이 생각나 눈물이 그렁그렁하다가 동 철장이 망치를 거꾸로 든 채 대장간으로 들어서는 모습을 보고는 왕 케키가 제일 먼저 울음을 터뜨렸고, 장 재봉은 울먹였다.

"우리가 피땀 흘려 번 돈은 이렇게 날리는 건가?"

이 말이 나오자마자 아들 관 가새와 여 뽑치도 울음을 터뜨렸다. 동 철장은 망치를 화덕 옆에 던져두고 여 뽑치의 등나무 의자에 앉아 주먹을 들어 자신의 머리를 내려쳤다. 동 철장은 자신의 머리가 마치 이광두의 머리인 것처럼 있는 힘껏 내려쳤고, 머리에서는 둥둥 소리가 났다.

"난 개년이 키운 개후레자식이야."

동 철장은 자신을 호되게 꾸짖었다.

"내가 어떻게 개년이 키운 개후레자식 이광두를 믿었단 말인가!"

아들 관 가새와 여 뽑치도 자신들의 머리통을 내려치기 시작했고, 참지 못하고 자신들을 욕하기 시작했다.

"우리는 다 개년이 키운……."

유일하게 돈을 날리지 않은 소씨 아줌마는 자신보다 먼저 동업한 사람들이 스스로를 때리고 욕하는 것을 지켜보며 눈물을 떨어뜨렸고, 눈물을 훔치며 중얼거렸다.

"내가 절에 가서 향을 피운 덕분에……."

동 철장은 어지럽고 눈이 침침해질 때까지 자신의 머리를 두들기다가 이를 악물며 맹세했다.

"이광두 이 개후레자식, 이 몸께서 네 놈을 두들겨서 절름발이, 바보, 장님, 귀머거리로 만들어놓지 않으면 이 몸이 사람이 아니다."

울다가 상심과 절망에 빠진 왕 케키는 동 철장의 맹세를 듣고 눈물을 훔치며 마치 진시황을 시해하려던 형가(莉軻)가 '바람은 싸늘하게 불고, 이수(易水) 또한 차디차다.'를 읊는 표정으로 주먹을 휘두르며 맹세했다.

"이 몸께서도 꼭 그놈을 작살내서 장애인을 만들어놓으련다……."

아들 관 가새와 여 뽑치 또한 매서운 맹세를 했다. 아들 관 가새가 이광두의 좆을 잘라버리겠다고, 코와 귀 그리고 손가락과 발가락을 잘라버리겠다고 하자, 여 뽑치는 이를 다 뽑아버리고, 몸속의 뼈까지 발라내겠다고 맹세했다. 그렇게 하고도 분이 풀리지 않자 계속 잘라내고 뽑아내겠다고 맹세를 거듭하며 이광두를 완전한 장애백과사전으로 만들어버리겠다고 맹세했다.

장 재봉은 그래도 고상한 사람이라 마치 의용군 전사처럼 말했다.

한스럽고 한스럽다고. 이광두의 머리통을 쳐내지 못하는 것이 한스럽다고 하면서 자신의 말이 장난이 아니라는 것을 증명하려는 듯 자기 침대 밑에 일본도를 숨겨놓았는데 비록 녹이 슬었지만 아들 관 가새네 가져가서 두 시간 정도만 갈면 반짝반짝 날이 설 거라면서, 그러면 이광두의 목을 칠 수 있다고 했다.

소씨 아줌마는 다섯 동업자들의 분노에 찬 독설을 듣고 놀란 나머지 안색이 창백해졌다. 이광두의 목을 치겠다는 장 재봉의 말을 듣고는 진짜 베겠다는 걸로 믿었는지 장 재봉의 가느다란 팔뚝을 보며 걱정스러운 듯 물어보았다.

"이광두 목이 넓적다리만큼이나 두꺼운데 당신이 벨 수 있을까?"

장 재봉은 움찔했다가 잠시 생각을 하더니 확신이 서지 않자 말을 바꿨다.

"꼭 목을 치려는 건 아니죠."

"목을 칠 게 아니면."

아들 관 가새가 소리쳤다.

"그놈 불알 두 쪽을 베어버려요."

그 말을 들은 장 재봉은 머리를 가로저으면서 거절했다.

"그런 저질스런 짓은 안 해."

17

동, 장, 관, 여, 왕은 내뱉은 말은 실천해야 하는 사람들이라 그 후로 길에서 이광두를 보면 주먹을 한 방씩 날렸다. 글을 쓰면 글에 그 사람이 드러나고, 사람을 패는 데도 그 사람의 스타일이 드러나게 마런인지라 다섯은 각기 다른 스타일로 이광두를 팼다. 동 철장은 이광두와 마주치면 즉시 망치를 휘두르는 오른손을 들어올려 따귀를 후려쳤고, 이광두가 휘청거릴 때쯤이면 벌써 정면을 응시한 채 성큼성큼 걸음을 옮겼다. 절대 두 번째 따귀를 날리는 경우가 없었고, 말하자면 동 철장은 한 방에 결정짓는 스타일이었다. 장 재봉은 이광두와 마주치면 자신의 원대로 한을 풀지 못하겠다는 듯 "너, 너, 너"만 외치다가 주먹을 들어올려 날리다가도 실제 이광두의 얼굴에 닿을 때면 손가락 한 개로 변해버려 재봉틀의 바늘처럼 콕콕 찔러대기만 하니 장 재봉은 일지선(一指禪) 스타일이었다.

여 뽑치는 자기 직업인 뽑치 스타일로, 매번 이 뽑는 오른손으로 이광두 입 안의 이를 정조준하여 입술이 터져 피가 흐르도록, 자신의 손가락에 이광두의 이 자국이 남도록 한 방을 날렸고, 이광두는 마치 손을 덴 것처럼 아파 눈앞에서 흔들어대며 "아이요" 소리를 터뜨려댔다. 그 정도였으면 이광두의 이가 남아나지 않을 법도 한데, 신기하게도 여 뽑치가 다음에 이광두를 볼 때면 이광두의 입 안에 하나도 빠짐없이 하얗고 고른 이가 있었다. 한 번은 여 뽑치가 희한했는지 이광두의 입을 벌려놓고 손가락을 입 안에 넣어 일일이 세어본 적도 있는데 과연 빠진 이 하나 없이 멀쩡했다. 그리하여 여 뽑치는 매번 이광두의 입을 때리면서도 결국은 찬탄의 일성을 금치 못했다.

"이빨 하나는 끝내줘!"

아들 관 가새는 아랫도리 공략 스타일로 이광두의 바짓가랑이가 눈에 들어오면 성동격서 전법을 구사하며 처음에는 이광두의 다리를 조준해서 발길질을 하다가 이광두가 허리를 굽히고 다리가 벌어지면서 가랑이가 드러나면 곧바로 이광두의 불알 두 쪽을 겨냥해서 있는 힘껏 걷어찼고, 이광두는 눈앞이 새까맣게 변하는 고통에 휩싸여 두 손으로 하반신을 움켜진 채로 땅바닥에 뒹굴었다. 그 후로 이광두는 아들 관 가새와 마주칠 때면 잽싸게 두 다리를 바짝 조이고 두 손을 앞뒤 바짓가랑이를 꼭 막은 채로 아들 관 가새가 아무리 걷어차도 목숨을 걸고 불알 두 쪽을 사수했다. 상황이 이러하니 아들 관 가새는 또 나름대로 장딴지를 후려차다가 땀이 줄줄 흐르도록 넓적다리를 걷어차도 이광두의 꽉 조인 다리가 벌어지지 않자 다급한 마음에 차고 짓밟으면서 소리를 질러댔다.

"벌려라, 벌려……."

그러면 이광두는 머리를 절레절레 흔들며 왼손으로 자신의 가랑이 속 보물을 가리키며 애걸했다.

"이미 묶었거든요. 사나운 팔자인 이 녀석을 불쌍히 여기시고, 좀 살게 봐주세요."

왕 케키는 무딘 칼로 살 베는 스타일이었다. 이광두를 볼 때마다 부모가 돌아가신 것처럼 서럽게 울면서 이광두의 멱살을 잡은 채 이광두가 머리통을 감싸고 땅바닥에 무릎을 꿇도록 주먹을 날렸고, 이광두가 엎어지면 이광두의 어깨를 누른 왼손으로 자신의 몸을 지지하고는 오른손 주먹을 또 날렸다. 왕 케키는 매번 근 한 시간을 두들겨댔는데, 중간에 20분쯤은 가쁜 숨을 몰아쉬는 데 썼다. 그렇게 숨을 고르느라 쉴 때면 흐르는 눈물을 닦으며 주위에 몰려든 구경꾼들에게 이렇게 한탄했다.

"5백 원!"

다섯 명의 채권자들은 꽃피는 봄에 시작해서 뜨거운 여름까지 내내 이광두를 두들겨댔고, 이광두는 마치 전장에서 돌아온 부상병처럼 코는 시퍼렇고 얼굴은 퉁퉁 부어오른 상태로, 팔을 축 늘어뜨린 채 다리까지 절며 거리에 나타났다. 이때의 이광두는 다 떨어진 옷에 전의 위풍당당했던 빡빡머리는 어디로 가버렸는지 머리는 마르크스보다 길고, 수염은 엥겔스보다 많고, 그야말로 딱 밥 동냥하는 거지꼴이었다. 그리하여 이광두의 머리카락이 어깨까지 내려오자 우리 류진의 양대 문호는 그에게 각각 서양 팝스타의 이름을 별명으로 부여하여 류 작가는 '이 비틀스'라고 불렀고, 조 시인은 '이 마이클 잭슨'이라고 불렀는데, 문제는 류진 사람들이 하나도 알아듣지 못했다는 것이다. 그때까지 그들이 아는 가수라고는 세상에 등려군 하나뿐이니, 사람들은 류 작가와 조 시인에게 비틀스와 마이클 잭슨이 뭐 하는 사람이냐고 물었지만, 류 작가와 조 시인은 고상한 척하며 장발의 비틀스와 마이클 잭슨도 모르는 무식한 인간들이라고 생각했다. 그러고는 류진 사람들의 무지가 심히 불만이라는 듯, 마치 같은 진흙탕 출신이지만 자신들만 깨끗하다는 듯 몸을 홱 돌려 가버리고는 했다. 그리하여 사람들은 어쩔 수 없이 이광두에게 물어볼 수밖에 없었다. 이광두 역시 그들이 누군지 알지는 못했지만, 그래도 사람들의 질문에 머리를 흔들면서 열심히 대답해주었다.

"다 외국인이군요."

다섯 채권자들의 패는 스타일 중에서 이광두가 제일 무서워한 것은 아들 관 가새의 아랫도리 공략이었다. 동 철장의 손바닥은 비록 분명하고 정확하고 매서웠지만 딱 한 번이면 끝나는 거래였다. 이광두의 이가 얼마나 튼튼한지 알고 난 여 뽑치의 주먹은 갈수록 약해졌다. 이광두가 가장 적응하기 쉬웠던 것은 장 재봉의 고상한 일지선이었고, 그 다음이 왕 케키였다. 왕 케키는 끝도 없이 두들겨댔지만 왕 케키의

69

힘에도 한계가 있고, 이광두가 워낙 피부가 단단하고 살이 두꺼워서 별로 무섭지 않았다. 다만 봄이 가고 여름이 왔을 때 생각지도 못했던 상황이 벌어졌다. 왕 케키가 제일 무섭게 변해버린 것이었다. 왕 케키는 아이스케키를 팔면서 오른손에 쥔 나무막대기로 어깨에 멘 아이스케키 상자를 연방 두들겨대다가 이광두와 맞닥뜨리게 되면 그 막대기로 이광두를 사정없이 두들겨댔다. 왕 케키는 전통 무기, 딱딱한 막대기로 이광두의 덥수룩한 머리를 눈앞이 깜깜해질 때까지 두들겨서 이광두가 머리를 감싸쥔 채 주저앉으면, 잽싸게 상자 위에 걸터앉아 날려버린 5백 원을 애절하게 외치며 계속해서 막대기로 이광두의 머리를 두들겼다. 그러면서도 계속 "아이스케키!" 하고 외쳤다. 이광두는 앞으로도 사업을 하려면 머리가 제일 중요하다고 생각하면서 어쩔 수 없이 두 손을 희생해 머리를 보호할 수밖에 없었다. 이광두의 두 손은 홍소족발처럼 벌겋게 부어올랐지만 머리는 확실하게 보호했다.

소씨 아줌마는 길에서 왕 케키가 막대기로 이광두를 두들겨대는 걸 도저히 두고 볼 수가 없었는지 왕 케키의 손을 붙잡으며 이렇게 말하고는 했다.

"당신 이러다가 나중에 대가를 치를 거야."

그러면 왕 케키는 손을 거두어들이며 애절한 목소리로 소씨 아줌마에게 하소연했다.

"5백 원!"

"돈이 얼마든 간에 두들겨댄다고 돈을 돌려받을 수는 없잖아."

왕 케키가 아이스케키 상자를 메고 비통해 하며 떠나가면 소씨 아줌마는 두 손으로 머리를 꼭 감싼 채 땅바닥에 웅크리고 앉아 있는 이광두를 책망했다.

"너는 사람들이 팰 걸 알면서 왜 온종일 밖을 돌아다녀? 집 안에 틀어박혀 있으면 안 돼?"

이광두는 고개를 들어 왕 케키가 멀리 사라진 것을 확인한 후 두 손을 머리에서 내린 뒤 일어나 소씨 아줌마에게 대꾸했다.

"집 안에 틀어박혀 있으려니까 답답해 죽겠더라고요."

이광두는 말을 마친 뒤 긴 머리칼을 흔들면서 아무 일 없었다는 듯이 가버렸고, 소씨 아줌마는 고개를 절레절레 흔들며 이광두의 뒤통수에 대고 탄식했다.

"내가 다행히 절에 가서 향을 피운 덕에 돈을 날리지 않았지, 안 그랬으면 나도 너를 가만 놔두지 않았을 거야."

소씨 아줌마는 이광두의 뒷모습을 보면서 다시 한 번 감탄해 마지 않았다.

"향 피운 게 거 참 영험하네!"

우리 류진의 조 시인은 이광두가 계속해서 얻어터지면서도 맞서지 않는 꼴을 보고, 다섯 채권자로부터 봄부터 여름 내내 얻어터지며 갈수록 무력해지는 모습을, 힘이라고는 하나도 없는 왕 케키까지 한 시간 내내 이광두를 두들겨대는 모습을 보며 슬슬 간이 부어오르기 시작했다. 속으로 이런 개후레자식이 자신을 두들겨서 노동 인민의 본색을 찾아주겠다고 떠들고 다녀 자신의 위세를 땅에 떨어뜨렸다며 괘씸해했다. 그 원수를 되갚아주지 않으면 어찌 사람이라 할 수 있겠는가? 조 시인은 류진의 대중 앞에서 실추된 자신의 체면을 되찾아오기로 결정했다.

어느 날 왕 케키가 이광두를 패고 난 뒤 아이스케키 상자를 메고 자리를 뜨자 뒤이어 조 시인이 나타났다. 조 시인은 머리를 감싼 채 땅바닥에 쪼그려 앉아 있는 이광두를 발로 툭툭 차며 거리에 모여 있는 사람들을 향해 이렇게 소리쳤다.

"네놈에게도 이런 날이 있을 줄은 생각지 못했으렷다! 이광두가 이 마이클 잭슨이 돼서 사람들한테 얻어터지고도 맞받아칠 줄도 모르니 말이다."

이광두는 고개를 들어 별로 상대하고 싶지 않다는 듯 조 시인을 흘끗 쳐다보았고, 조 시인은 이광두가 무서워하고 있다고 생각했는지 다시 발로 툭툭 차고 우쭐대며 소리쳤다.

"네놈이 나를 패서 노동 인민 본색을 찾아주겠다고 하지 않았느냐? 어째 네놈 꼴을 볼 수가 없어?"

이광두는 천천히 몸을 일으켰고, 조 시인은 훨씬 더 강한 기세로 이광두를 밀치면서 구경꾼들에게 득의양양하게 소리쳤다.

"쳐봐라!"

길가의 구경꾼들을 향했던 조 시인의 머리가 득의양양하게 제자리로 막 돌아오자 이광두의 연타를 만났다. 이광두는 시퍼렇게 부어오른 왼손으로 조 시인의 멱살을 붙잡고 역시 시퍼렇게 부어오른 오른 주먹으로 얼굴에 한 방을 먹여버린 것이었다. 조 시인이 어떻게 된 일인지 반응을 보이기도 전에 이미 얼굴은 온통 피범벅이 되어버렸고, 코피는 입술을 뒤덮었고, 입술에서 터진 피는 목으로 흘러내렸다. 조 시인은 아파서 악악대면서 이광두의 사나운 기세가 여전함을 깨달았다. 조 시인은 다리가 풀려 땅바닥에 꿇어앉았지만, 이광두는 손을 놓지 않고 사납게 후려팼다. 이광두는 두들겨대면서 낭랑하게 말했다.

"이 몸께서 그 양반들한테 맞으면서도 손을 쓰지 않는 것은 내가 그 양반들 돈을 날려버렸기 때문이지. 이 몸께서는 네놈 돈을 날린 적이 없으니 네놈을 패 죽여버리겠다."

조 시인은 이광두한테 맞아 정신이 아득한 가운데에서도 마치 시를 읊는 듯한 낭랑한 말을 또렷이 듣고 그제야 이광두가 왜 맞서 싸우지 않았는지 알게 되었고, 그제야 자신이 끝장났다는 사실을 직감했다. 조 시인 순간 "아이요, 아이요"라고 노동 구호를 뱉어냈지만 이광두의 주먹은 한 방 한 방 계속해서 내리꽂혔으니 어쩔 수 없이 "아이요" 소리를 뱉으면서 이광두에게 통사정을 했다.

"나왔어, 나왔다고."

"뭐가 나와?"

이광두는 무슨 말인지 몰랐다.

조 시인은 이광두가 주먹질을 멈추자 잽싸게 다시 "아이요" 소리를 두 번 한 뒤 자신의 멱살을 잡고 있는 이광두의 손을 두 손으로 꼭 쥔 채 사정했다.

"들었잖아, 노동 인민의 목소리. 방금 자네가 때려서 나온 거라고."

이광두는 그제야 무슨 뜻인지 알아듣고 헤헤 웃으며 말했다.

"이 몸께서도 분명히 들었지만 아직 멀었다."

이광두는 그렇게 말하면서 다시 주먹을 들어올렸고, 조 시인은 놀라 다시 "아이요, 아이요" 노동 구호를 외치며 애걸했다.

"축하드립니다, 축하드립니다……."

이광두는 또다시 무슨 말인지 알아들을 수가 없었다.

"나한테 축하드린다고?"

"맞아요, 맞습니다, 맞다고요……."

조 시인은 연방 고개를 끄덕이며 말을 이었다.

"제 노동 인민 본색을 두들겨서 끄집어내신 걸 축하드립니다."

조 시인이 이렇게까지 말하자 이광두는 들었던 주먹을 다시 내려놓고 멱살을 풀어주면서 헤헤 웃더니 조 시인의 어깨를 두드려주며 대꾸했다.

"별 말씀을."

이광두는 동, 장, 관, 여, 왕에게 석 달 동안 두들겨맞으며, 석 달 동안 무기력한 모습을 보인 끝에 우리 류진의 대로에서 다시 위풍당당한 모습을 되찾았다. 우리 류진 사람들은 낄낄대며 조 시인이 개망신을 당하고 줄행랑을 놓는 모습을 지켜보다가 사람들 틈에 류 작가가 끼어 있는 걸 발견하고는 순식간에 사람들의 두 눈이 일직선을 형성했고, 그 직선은 한 번은 류 작가를, 또 한 번은 땅바닥에 주저앉아 가쁜 숨을 몰아쉬는 이광두를 향했다. 사람들은 제각기 애당초 이광두가 류 작가를 두들겨대던 광경을 떠올리면서 새로운 구경거리를 바라는 마음으로, 어서 빨리 이광두가 벌떡 일어나 류 작가의 노동 인민 본색을 다시 때려서 꺼내기를 바라고 또 바랐다. 그들의 눈은 류 작가를 응시한 채로, 땅바닥에 주저앉아 있는 이광두가 굶기를 밥 먹듯 하여 바짝 말랐고, 얼굴이 퉁퉁 부어오르고 팔은 빠지고 다리는 절룩일 정도로 다섯 채권자들에게 얻어터졌지만, 늘 밥을 배불리 먹고 건강하기 짝이 없는 조 시인을 마치 늙은 매가 병아리를 낚아채듯, 어른이 아이를 때리듯 작살내는 광경은 생각지도 못했다고 입방아를 찧어대면서 류 작가를 보며 결론을 내렸다.

"정말이지 아무리 말라죽은 낙타라도 말보다는 크더구먼."

류 작가는 사람들의 말 속에 뼈가 있음을 직감했다. 군중이 제일 무서워하는 것은 세상이 아무 일 없이 태평하게 굴러가는 것임을 알기에, 사람들이 지금 자기가 조 시인의 뒤를 그대로 쫓길 바란다는 것을 알았다. 류 작가는 얼굴과 귓불이 벌겋게 달아올라 바로 그 자리를 뜨고 싶었지만, 그렇게 도망치고 나면 사람들이 밥 먹고 차 마실 때의 우스갯거리밖에 되지 않겠기에 류 작가가 체면을 차리려면 그 자리에 그대로 서 있을 수밖에 없었다. 사람들은 우선 이광두를 부추겼지만, 이광두는 꼬르륵꼬르륵 소리가 나도록 배가 고파 오동나무에 기댄 채 그대로 땅바닥에 앉아 침을 삼키며 허기를 달래는 중이어서 사람들의 말을 듣는 둥 마는 둥 했다. 그러자 사람들은 류 작가를 꼬드겼다. 글 쓰는 사람들이란 도대체가 별 볼일이 없다며, 조 시인이 조금 전에 보인 비굴하기 짝이 없는 말과 표정은 역적이나 한간만도 못하고, 스스로 부끄러울 뿐만 아니라 자기 부모까지 부끄럽게 만드는 행동이라고 말했다.

어떤 이가 그 틈을 타고 끼어들었다.

"부모님이 다 뭐야? 조 시인이 류 작가 얼굴까지 다 말아먹어 버렸다고."

"그렇지."

사람들은 이구동성으로 맞장구를 쳤다.

류 작가의 얼굴에 복잡한 심사가 비쳤다. 이 개후레자식들이 사람들을 부추기고 있으니 절대로 경솔해서는 안 된다고, 절대로 먼저 나서서 이광두에게 자신을 팰 빌미를 주어서는 안 된다고 생각하는 중이었지만, 사람들의 눈이 일제히 자신을 향하고 있으니 나서서 한마디 하지 않으면 그 또한 안 될 일이었다. 류 작가는 어쩔 수 없이 앞으로 한 걸음을 내딛고 큰 소리로 사람들의 말에 맞장구를 쳐댔다.

"맞습니다! 하늘 아래 글 쓴다는 사람들 얼굴은 조 시인이 다 말아먹었습니다!"

류 작가는 우리 류진의 문호로서 부끄럽지 않게 고금을 통틀어, 중국과 외국의 시인과 작가를 모조리 끌어들여 자신을 위한 희생양으로 삼았다. 류 작가는 사람들의 멍한 표정을 보고 단숨에 국면을 전환시켰다는 것을 확인한 뒤 득의양양하게 진도를 더 나갔다.

"노신 선생께서도 부끄러울 것이요, 이백과 두보 선생 그리고 굴원 선생도, 굴 선생은 이 나라를 사랑하사 강물에 뛰어들어 자진하셨는데, 이 분마저 조 시인으로 인해 낯을 들 수가 없으며……, 그리고 또 외국의 톨스토이 선생, 셰익스피어 선생, 더 멀리로는 단테 선생과 호머 선생……, 수많은 고명한 선생님들이 모두 조 시인으로 인해 낯을 들지 못할 것입니다!"

사람들은 실없이 웃기 시작했고, 이광두도 류 작가의 말을 기분 좋게 들으며 따라 웃다가 흥분한 듯 류 작가를 거들었다.

"내가 그렇게 유명한 어르신들을 한꺼번에 부끄럽게 만들 줄은 진짜 생각을 못했네."

이때 송강이 반짝반짝 빛나는 영구표 자전거를 타고 나타났고, 길이 사람들로 꽉 막힌 걸 보고 부단히 종을 울렸다. 직물공장으로 임홍을 데리러 급히 가야 했기 때문이었다. 이광두는 자전거 종소리를 듣자마자 송강임을 알고 오동나무를 붙잡고 일어나 송강을 향해 소리쳤다.

"송강, 송강, 나 하루 종일 아무것도 못 먹었어……."

17

이때의 송강과 임홍은 신혼생활 1년이 한참 지난 뒤였고, 그들의 영구표 자전거가 빛을 발하고 다닌 지 2년이 다 되어갈 무렵이었다.

송강은 자전거를 매일같이 먼지 하나 없도록 닦았으니 자전거는 매일
비 온 뒤 아침처럼 여전히 깨끗했고, 임홍은 매일 뒷좌석에 앉았다.
임홍의 두 손은 송강의 허리를 꼭 안았고, 얼굴은 그의 등에 꼭 붙었
으며, 그 표정은 깊은 밤 베개를 벤 듯 아주 편안했다. 그들의 영구표
자전거는 비가 오나 바람이 부나 항상 거리를 누비고 다녔고, 청량한
종소리를 울리며 갔다 왔다. 왔다 또 갔으니 우리 류진의 노인들은 그
들을 보고 하늘이 맺어준 인연이라고 입을 모았다.

　이광두가 곤경에 빠지자 임홍은 괜히 기분이 좋았다. 전에는 이광
두라는 이름을 들으면 금세 안색이 안 좋아졌지만, 이제는 그 이름을
들으면 웃음을 참지 못하고 이렇게 말하고는 했다.

　"내가 일찌감치 이런 날이 올 줄 알았지. 그런 인간은……."

　임홍은 콧방귀를 몇 차례 뀌고 나서 그 다음 말은 입에 담지 않았
다. 이광두의 악행을 일일이 입에 담자면 결국 자신의 엉덩이로 귀결
되기 때문이었다. 임홍은 말을 마치고 나면 꼭 송강을 돌아보면서 묻
고는 했다.

　"당신 말해봐. 그래요, 안 그래요?"

　이광두의 곤경이 늘 마음에 걸려 잠자리도 밥도 편치 않던 송강은
침묵했다. 임홍은 송강의 이런 침묵이 언짢아서 송강을 밀치며 다그
치고는 했다.

　"말해보라니까요!"

　송강은 그제야 고개를 끄덕이며 웅얼거렸다.

　"공장장일 때가 그래도 참 좋았는데……."

　"공장장?"

　임홍은 같잖다는 듯 대꾸했다.

"복지공장 공장장도 공장장이야?"

송강은 자신의 아름다운 아내를 바라보며 행복에 겨운 감격의 미소를 지어 보였지만, 임홍은 왜 웃는지 알 수가 없었다.

"왜 웃어요?"

송강이 말했다.

"내 팔자가 좋아서요."

송강은 자신의 행복한 생활 속에 깊이 빠져 있었지만 이광두가 그림자처럼 늘 떠나지 않았고, 마치 태양 밑에 있는 그림자처럼 자신과 이광두는 떨어질 수가 없었으니 마음은 늘 커다란 돌덩이가 내려누르는 듯 답답했다. 송강은 속으로 이광두를 책망했다. 그 좋은 공장장을 괜히 그만두고 무슨 자기 사업을 한답시고 밑천을 다 까먹고 빚만 잔뜩 진 채 사람들에게 살갗이 찢기고 터지도록 맞고 있으니 말이다.

그러던 중 어느 날 밤 송강은 꿈에서 이란을 만났다. 처음에는 이란이 그의 손을 잡고 이광두와 함께 류진의 거리를 걷다가 곧바로 임종 장면으로 옮겨갔다. 이란이 그의 손을 잡은 채 이광두를 잘 보살펴달라고 했다. 송강은 꿈을 꾸면서 울었고, 그 소리에 긴장한 임홍이 깨어나 그를 깨우며 무슨 일이냐고 물었다. 송강은 고개를 절레절레 흔들며 꿈속의 정경을 떠올리고는 임홍에게 이란을 만났다고 말했다. 송강은 잠시 머뭇거리다가 꿈속에서 보았던 비통했던 정경, 이란이 자신의 손을 잡고 이광두를 잘 보살펴달라고 부탁하던 모습과 자신이 이란에게 밥 한 그릇이 남아도 이광두에게 먹이고, 옷 한 벌이 남아도 이광두에게 입히겠다고 약속하던 장면을 이야기하고 있었는데 임홍이 하품을 하면서 송강의 말을 끊어버렸다.

"친엄마도 아니잖아요."

그 말을 들은 송강은 순간 움찔하며 몇 마디 변호를 하려고 했으나 이내 임홍의 고른 숨소리가 들리자 그녀가 잠든 것을 알고 묵묵히 하려던 말을 삼켰다. 임홍이 송강과 이광두가 어린 시절 함께 겪은 일들에 대해 제대로 알 리 없었고, 그런 기억들이 송강에게는 뼛속 깊이 각인되어 있다는 사실 또한 알지 못했다. 그녀에게 송강은 그저 자신의 남편이자 매일 밤 잠들 무렵 자신을 꼭 끌어안아 자신을 달콤한 꿈 속으로 인도해주는 사람일 뿐이었다.

결혼 후 돈은 모두 임홍이 관리했는데, 임홍은 송강의 키가 크니까 다른 사람들보다 허기도 빨리 질 거라고 생각하여 항상 송강의 주머니에 돈 20전과 두 냥짜리 양식표를 넣어주면서 일단 배가 고프면 바로 간식식당에 가서 먹을 걸 사 먹으라고 했다. 세심한 임홍은 매일 송강의 주머니를 검사해서 만약 돈과 양식표를 써버렸으면 곧바로 보충해주려 했다. 결혼 후 오랫동안 송강은 단 한 푼의 돈과 양식표도 쓰지 않았고, 주머니를 검사할 때마다 임홍은 원래 있던 돈과 양식표가 손에 잡히자 하루는 왜 돈을 쓰지 않느냐면서 화를 냈다.

"배가 고프질 않아요."

송강은 웃으며 대답했다.

"결혼한 뒤로는 배가 고픈 적이 없어요."

임홍은 그 순간 웃었다. 밤이 되어 이부자리 속에 들어서면 임홍은 부드럽게 송강의 가슴을 어루만지며 "왜 돈을 안 써요?" 하고 물었고, 송강은 임홍을 꼭 끌어안으며 많은 말들로 그녀를 감동시켰다. 평소 임홍은 늘 절약하면서 1전도 2전처럼 나누어서 쓰고, 맛있는 것은 전부 송강의 밥그릇에 넣어주고, 상점에 가서도 항상 자기 생각은 안 하고 송강이 필요한 것들만 산다고 말했다. 그러다 결국에는 솔직하게 말했다. 늘 배고픔을 느끼는 것은 사실이지만, 주머니 속의 돈과 양식표를 쓰기는 아깝다고 말이다.

임홍은 송강의 몸은 이제 자기 것이니 자신을 대신해서 몸을 잘 보살피라고 하면서 배고플 때는 바로 사 먹는다고 맹세하게 했고, 송강은 뭔가에 취한 듯 바보같이 임홍이 한마디하면 고개를 끄덕이며 "응" 하고 대답했다. 그런 후 임홍이 갓난아기처럼 조용히 잠들어 송강의 목에 입김을 살며시 뿜어대면 송강은 한동안 잠들 수가 없었다. 그리하여 왼손으로는 임홍을 꼭 안은 채 오른손으로 임홍의 몸을 쓰다듬으면 그녀의 몸은 곧바로 따스한 불꽃처럼 뜨겁게 빛을 뿜었다.

그 후로도 임홍이 매일 송강의 주머니를 뒤져 원래 있던 돈과 양식표를 찾아내고는 고개를 가볍게 머리를 가로저으면서 왜 한 푼도 쓰지 않았느냐고 질책하면 송강은 더 이상 배가 고프지 않다고 대답하지 않고, 이제는 사실대로 솔직히 대답했다.

"아까워서요."

그 후로도 몇 번이나 계속 송강에게 대답해달라고 했지만, 송강은 매번 똑같이 대답했다.

"아까워서요."

한 번은 송강이 이 말을 할 때가 마침 임홍을 직물공장에 출근시키려 자전거에 태우고 갈 때였는데, 임홍은 뒷좌석에서 송강을 꼭 껴안고 얼굴을 등에 꼭 댄 채로 이렇게 말한 적이 있다.

"나를 위해서 돈을 쓴다고 생각하면 어때요?"

송강은 여전히 "아까워서요."라는 한마디를 던지고 종소리를 울려댔다. 사실 이때 송강의 주머니에는 돈이 없었다. 임홍을 직물공장에 데려다 주고 금속공장으로 출근하는 길에 배를 곯아 길에서 사탕수수를 주워 먹으며 걸어오는 이광두와 마주쳤기 때문이다. 이광두는 가난이 극에 달해 굶기를 밥 먹듯 하고 팔을 늘어뜨린 채 발을 절었지만 여전히 위풍당당했다. 그는 남이 버린 사탕수수를 주워 먹으면서도 마치 천하제일미의 음식을 먹는 듯 득의양양했는데, 송강이 자전거를 타고 오는 걸 보고는 못 본 척 몸을 돌려 길을 되돌아가는 중이었다. 송강은 배를 곯는 이광두를 보고 가슴이 아파 이광두 앞에 자전거를 세우고 주머니에서 돈과 양식표를 꺼내 자전거에서 뛰어내렸다.

"이광두."

이광두는 사탕수수를 씹으며 뒤돌아보면서 두리번거리는 척했다.

"누가 부르는 거야?"

"나야."

송강은 그렇게 말하면서 돈과 양식표를 건네주었다.

"가서 만두 사 먹어."

이광두는 원래 계속해서 못 본 척하려고 했지만, 송강이 돈과 양식표를 건네주자 곧바로 웃고 돈을 낚아채면서 다정하게 말을 건넸다.

"송강, 난 네가 나를 외면하지 못할 거라는 걸 알고 있었어. 왜냐?"

이광두는 스스로 묻고 스스로 답했다.

"왜냐하면 우린 형제거든. 하늘이 두 쪽 나고 땅이 뒤집어져도 여전히 형제거든."

그 후로 이광두는 길에서 자전거를 모는 송강을 보기만 하면 손을 흔들어 불러 세운 후 송강의 주머니에 있던 돈과 양식표를 가져갔는데, 그 모습이 하도 떳떳해서 마치 송강에게 잠시 맡겨두었던 자기 돈을 되찾아가는 것 같았다.

18

이날 보무도 당당하게 조 시인을 작살내고, 류 작가를 부들부들 떨게 만든 후 오동나무에 기대어 사람들의 갑론을박을 들으며 침으로 고픈 배를 채우고 있던 이광두는 영구표 자전거의 종소리를 듣고 송강이 온 것을 알고는 잽싸게 일어나 당당한 목소리로 외쳤다.

"송강, 송강, 나 오늘 하루 종일 아무것도 못 먹었어……."

송강은 이광두의 목소리를 들었고, 그의 자전거 종소리도 곧바로 멈추었다. 송강은 두 발로 땅을 짚어가며 사람들 사이를 비집고 들어가 거지꼴을 하고 있는 이광두를 보고 고개를 절레절레 흔들면서 영구표 자전거에서 내리려고 했는데 이광두는 손사래를 치며 말렸다.

"내릴 필요 없고, 돈이나 빨랑 줘."

송강은 자전거에 앉아 두 발로 땅을 딛고 서서 주머니에서 10전짜리 두 장을 꺼냈고, 이광두는 우쭐대며 마치 송강이 꿰갔던 돈이라도 되는 듯 받아갔다. 송강은 주머니를 뒤져 양식표를 찾았지만 이광두는 송강이 빨리 직물공장으로 임홍을 데리러 가야 한다는 걸 알았기에 마치 모기를 쫓아내듯 손을 휘저으며 말했다.

"가봐, 가보라고."

송강은 주머니에서 양식표를 찾아 이광두에게 건네주었으나 이광두는 얼굴을 뒤덮은 장발을 흔들어대며 송강의 손에 들린 양식표를 한 번 흘깃 보고는 말을 뱉었다.

"이건 못 써."

"양식표는 있어?"

송강의 물음에 이광두는 귀찮다는 듯 소리쳤다.

"빨리 가보라니까, 임홍이 기다리잖아."

송강은 고개를 끄덕이며 양식표를 주머니에 다시 넣고 발을 굴러 페달을 밟으면서 고개를 돌리고 이광두에게 말했다.

"이광두, 나 간다."

이광두는 송강의 종소리를 들으며, 송강이 쏜살같이 자전거를 몰고 가는 모습을 지켜보고는 고개를 끄덕이더니 사람들을 향해 고개를 돌리고 이렇게 말했다.

"쟤는 너무 꾸물거린단 말이야……."

이광두는 송강의 20전을 들고 장발을 휘날리며 몸을 돌리더니 발걸음을 옮겼고, 우리 류진 사람들은 인민반점으로 향하는 그의 모습을 지켜보며 안에 들어가서 양춘면 두 그릇을 후딱 해치울 줄 알았지, 이광두가 인민반점을 그대로 지나쳐 옆에 있는 이발소로 들어갈 줄은 생각지도 못했다. 사람들은 놀란 표정으로 "어어" 하며 이광두가 배가 고픈 나머지 머리가 돈 것 아니냐고, 자른 머리칼을 국수로 혹시 착각하는 것 아니냐고 입을 모았다.

"머리칼과 국수가 닮기는 닮았지. 둘 다 가늘고 길잖아."

그러자 옆에 있던 다른 사람이 끼어들었다.

"여자 머리칼은 국수 같지만, 남자 머리칼은 너무 짧아서 국수 같아 보이진 않지. 수염 같지."

이광두가 여자 머리칼을 국수처럼 먹는 모습을 상상하면서 낄낄거리는 사람들을 지켜보면서 류 작가는 속으로 바보 같은 인간들이라고 생각하고는 카랑카랑한 목소리로 사람들의 말을 고쳐주었다. 이광두는 굶어죽더라도 머리칼을 먹을 사람이 아니며, 머리칼을 빡빡 밀어버리려는 것이고, 이광두가 굶주리다가 노신 선생이 붓끝으로 만들어낸 인물이 되었다고 말하고는, 그가 누군지 잠시 생각하다가 생각이 안 났는지 그냥 이광두는 돈이 생기면 배를 채우지 않고 자신의 빡빡 머리를 먼저 되찾을 거라고만 했다. 그러더니 결국에는 상스런 말을 내뱉고 말았다.

"이 빌어먹을 놈의 이광두, 죽어도 반성할 줄 모르는 빡빡이 놈."

류 작가의 말대로 이발소에서 나온 이광두는 원래의 빡빡머리로 돌아왔고, 다음 날 낮에 우리 류진 사람들은 이광두가 다시금 빛나는 머리로 거리를 나다니는 모습을 보게 되었다. 이광두의 머리통은 미끈했고, 부어오른 얼굴은 붉은 빛을 발했으니, 그 모습이 마치 방금 고기 한 접시와 생선 한 마리를 먹고나온 것 같았다. 배가 고픈 이광두는 비록 부상병 같은 모습이었지만, 여전히 호탕한 목소리로 사람들과 인사했고, 배가 고파 연방 트림을 하고 배를 쓰다듬으며 걷는 그 모습은 방금 진수성찬을 먹고 나온 사람 같았다. 그 모습이 하도 궁금했는지 한 사람이 물었다.

"무슨 산해진미를 먹었어? 트림이 안 그치네?"

"아무것도 못 먹었어요."

이광두는 텅 빈 배를 어루만지며 대답했다.

"죄다 공트림이에요."

이광두는 그 길로 지난 7개월 동안 가보지 않았던 복지공장으로 갔다. 그가 공장 뜰로 들어서자 절름발이 공장장 둘이 사무실 안에서 욕지거리를 주고받는 소리가 들려왔고, 보나마나 또 장기를 두다가 수를 무르려는 중이란 걸 알 수 있었다. 이광두가 공장장 사무실 문 앞에서 상쾌하게 공트림을 하자 침을 날리던 두 절름발이가 고개를 돌렸고, 이광두를 보자마자 손에 들었던 장기알을 던지고 곧바로 절룩이며 뛰어나와 그를 뜨겁게 맞이했다.

"이 공장장님, 이 공장장님……."

두 절름발이는 좌우에서 부상병 이광두를 끌고 옆의 작업장으로 데려갔고, 꾸벅꾸벅 졸고 있는 세 바보와 네 장님, 다섯 귀머거리를 보고 두 절름발이가 냅다 소리를 질렀다.

"이 공장장님 오셨다!"

동, 장, 관, 여, 왕 다섯 사람에게 다섯 가지 스타일로 석 달 동안 두들겨맞기만 했던 이광두는 복지공장으로 돌아와 과거의 빛나는 시절로 되돌아왔다. 열네 충신들은 그를 에워싼 채 호기심 어린 눈길로 퉁퉁 부어오른 얼굴과 홍소족발처럼 부어오른 손을 쳐다보며 "와와", "이 공장장님"을 외치며 얼굴과 손이 왜 그 모양이냐고 물어보았다. 세 바보가 가장 가까이 있었던 관계로 이광두의 머리에 침이 흠뻑 튀었고, 이광두는 웃음꽃이 활짝 핀 얼굴로 빡빡머리에 튄 침을 닦아내면서도 자신의 남우세스러운 이야기는 절대 하지 않으면서 열네 충신들의 열렬한 환대와 여전한 충성심을 마음껏 음미했다. 10여 분에 걸친 열네 충신들의 "이 공장장님"이라는 연호가 잦아든 뒤 이광두의 공트림이 또다시 터져 나왔고, 연거푸 세 번이나 공트림을 하고 나자 두 절름발이 공장장은 부러운 듯 이광두를 바라보며 물었다.

"이 공장장님, 낮에 무슨 맛있는 음식을 드셨나요?"

"무슨 놈의 맛있는 음식?"

이광두는 손사래를 쳐대며 열네 충신들의 외침을 저지하더니 고개를 들고 두 절름발이 공장장들에게 물었다.

"너희 중에 누구 코가 제일 좋지?"

절름발이 공장장은 절름발이 부공장장을 보았고, 절름발이 부공장장은 네 장님들을 쳐다보며 대답했다.

"장님들 코가 제일 좋습니다."

"장님들은 귀가 좋지."

이광두는 고개를 흔들고 손으로 귀머거리들을 가리키며 말했다.

"귀머거리들은 눈이 좋고."

이광두는 두 절름발이 공장장들을 보며 말을 이었다.

"당신들은 팔 힘이 좋고."

그러고 나서 이광두는 제일 가까이 서 있는, 예전에 발정 났던 바보를 향해 손을 흔들며 자신의 공트림 냄새를 맡아보라고 했고, 그 바보는 실실 웃으며 코를 이광두의 입에다 댔다. 이광두는 공트림을 한 번한 후에 바보에게 물었다.

"냄새 맡았지? 무슨 고기나 생선 냄새가 나나?"

바보는 여전히 실실 웃었고, 이광두는 어쩔 수 없이 고개를 절레절레 흔들면서 자답했다.

"안 나. 고기 냄새나 생선 냄새도 안 난다고."

바보가 곧바로 그를 따라 고개를 절레절레 흔들자 이광두는 만족한 듯 손을 흔들어 바보에게 다시 한 번 코를 들이대게 했고, 다시 한번 공트림을 한 후 혹시 밥 냄새가 나느냐고 물은 다음 바보가 관성적으로 고개를 절레절레 흔들자 만족한 듯 웃음을 터뜨리면서 바보에게가서 공기 냄새를 맡게 했다. 바보가 힘차게 심호흡을 하자 이광두가물었다.

"공기 냄새가 내 트림하고 똑같지?"

바보가 여전히 관성적으로 고개를 가로젓자 이광두는 불만이었는지 혼자 고개를 끄덕이며 말을 이었다.

"내 트림하고 공기하고 완전 똑같아."

바보는 이광두가 고개를 끄덕이는 걸 보자 곧바로 따라서 고개를 끄덕였고, 이광두는 다시 한 번 마음에 든다는 듯 웃으며 자신의 충신들에게 말했다.

"내가 왜 공트림을 하느냐? 하루 내내 아무것도 못 먹었거든. 오늘 하루뿐만 아니라 지난 석 달 동안 한 끼도 배부르게 먹어본 적이 없으니 석 달 동안 공트림만 해댔다 이 말씀이야."

먼저 두 절름발이 공장장이 놀라 소리쳤고, 곧이어 네 장님이 따라 소리쳤다. 다섯 귀머거리는 이광두가 무슨 말을 했는지 몰랐지만, 두 절름발이와 네 장님들의 놀란 표정을 보고 그들을 따라 놀란 표정을 지었다. 세 바보만 아무런 반응을 보이지 않고 여전히 실실 웃었다. 이광두는 쇠뿔도 단 김에 뽑는 격으로 두 손을 벌리며 말했다.

"당신들 주머니에 있는 거 다 꺼내봐. 돈하고 양식표 죄다 꺼내서 당신들 공장장님 배부르게 한 끼 먹게 해보라고."

두 절름발이는 그제야 알아차렸는지 주머니에 손을 집어넣었고, 네 장님도 이광두의 말을 듣고 자신들의 주머니에 있는 돈과 양식표를 꺼냈다. 다섯 귀머거리들은 듣지는 못했지만 눈에 보이는 것이 있어서 자신들의 돈과 양식표를 드려야 한다는 걸 알고 주머니에 손을 집어넣었지만, 빈 주머니만 밖으로 튀어나왔다. 세 바보만 여전히 실실 웃으며 꼼짝 않고 있자 두 절름발이가 자신들의 주머니를 다 뒤진 후 세 바보의 주머니를 뒤졌다. 그렇게 세 바보의 주머니를 몽땅 훑었지만, 돈 1전, 한 냥짜리 양식표 한 장 나오지 않자 두 절름발이 입에서는 욕이 튀어나왔다.

"이런 빌어먹을."

충신들이 꺼낸 것은 죄다 1전짜리 동전과 꼬깃꼬깃한 양식표뿐이었지만, 그들은 그것을 전부 이광두의 손에 쥐어주었다. 이광두가 고개를 숙인 채 열심히 세어보니 48전에 양식표가 겨우 한 근이었다. 그는 고개를 들고 침을 삼키며 아쉬움의 한마디를 뱉어냈다.

"26전만 더 있었어도 삼선탕면 두 그릇을 먹을 수 있었는데."

그러자 두 절름발이가 잽싸게 자신들의 주머니를 뒤집어 보여주며 이미 자신들은 전부 바쳤다는 것을 증명했고, 네 장님들에게 주머니를 까보이게 했고, 세 바보와 귀머거리 다섯 모두에게도 주머니를 까뒤집게 한 다음 고개를 저으며 아쉽다는 듯 이광두에게 말했다.

"없습니다."

하지만 이광두는 아무렇지도 않다는 듯 손사래를 쳐대며 대꾸했다.

"삼선탕면 두 그릇을 먹을 수는 없지만, 양춘면 다섯 그릇은 먹을 수 있겠네."

이광두는 열네 충신들에게 둘러싸인 채 복지공장을 나선 뒤 우리 류진의 인민반점을 향해 걸어갔다. 열네 충신들의 스물여덟 개의 윗옷 주머니와 바지 주머니가 마치 방금 털린 것처럼 다들 밖으로 삐져나와 있었지만, 그들의 표정은 방금 월급을 받은 것처럼 밝았다. 언제나처럼 두 절름발이가 앞장을 섰고, 세 바보가 손에 손을 잡은 채 둘째 줄에 섰고, 네 장님들이 대나무 작대기로 길을 찾으며 제일 마지막 줄에 섰다. 그리고 이광두와 다섯 귀머거리는 삼인 일조로 양쪽에서 대형을 유지했다. 병림성하 전술을 쓰기 위해 직물공장을 찾았을 때 이광두를 둘러싼 채 어수선한 대형으로 임홍에게 구애 공세를 펼친 경험이 있으니 이번에는 질서정연하게, 놀랍게도 의장대 대오로 걸었다.

그들은 보무도 당당하게 인민반점에 들어섰고, 이광두는 손에 든 동전더미와 꼬깃꼬깃한 양식표로 계산대를 내려치면서 주문을 하려고 했는데 절름발이 공장장이 잽싸게 먼저 입을 열었다.

"양춘면 다섯 그릇요!"

"헛소리."

이광두가 수정했다.

"양춘면 다섯 그릇은 싫어. 삼선탕면 한 그릇 하고 양춘면 한 그릇."

절름발이 공장장은 이상하다는 듯 이광두에게 물었다.

"아니 석 달 동안 공트림만 하셨다면서요?"

이광두는 빡빡머리를 흔들면서 대답했다.

"석 달이 아니라 3년 동안 빌어먹을 공트림을 했어도 한 번에 다섯 그릇을 먹을 수는 없지. 먹어봐야 두 그릇인데, 당연히 삼선탕면 한 그릇을 먹어야지."

절름발이 공장장은 그제야 무슨 소리인지 알아듣고 다시 큰 소리로 계산대의 검표원에게 소리쳤다.

"일선일춘 국수 두 그릇!"

이광두는 절름발이 공장장의 '일선일춘'이라는 표현에 흡족해 하며 고개를 끄덕이면서 칭찬했다.

"잘했어!"

그러고는 이광두가 먼저 원탁에 앉았고, 열네 충신들도 그 주위에 따라 앉았다. 두 절름발이가 좌우에 앉았는데 그래야 자신들의 신분이 드러나기 때문이었고, 세 바보와 다섯 귀머거리들이 순서대로 앉은 뒤 식당 안의 장식들을 둘레둘레 두리번거리다가 식당 밖의 지나가는 사람들을 쳐다보았다. 네 장님은 제일 조용히 대나무 지팡이를 든 채 미소 띤 얼굴로 이광두의 맞은편에 가만히 앉아 있었다.

종업원이 국수 두 그릇을 들고 왔을 때 원탁에 빙 둘러앉아 있는 열다섯 명을 보고 어디다 내려놓아야 할지를 몰라 머뭇거리자 이광두는 황급히 손을 흔들며 소리쳤다.

"전부 나한테 줘, 전부 나한테 달라고."

김이 모락모락 나는 국수가 이광두 앞에 놓였고, 이광두는 젓가락을 들고 삼선탕면과 양춘면을 가리키며 웃음꽃이 활짝 핀 얼굴로 연설을 시작했다.

"어떤 걸 먼저 먹을 것이냐? 선선후춘의 장점은 첫술에 제일 맛있는 걸 먹는다는 것이지만, 나쁜 점은 다 먹고 나서 양춘면을 먹을 때 춘만의 맛을 느낄 수 없다는 데 있다. 이것은 그야말로 눈앞의 이익에 사로잡힌 전술이라 할 것이고, 선춘후선의 장점은 춘의 맛을 충분히 느끼면서 선의 맛도 느낄 수 있는 데다 먹을수록 맛있으니 그야말로 원대한 뜻을 품은 사대부의 취향……"

이광두의 연설이 끝나기도 전에 열네 충신들의 입에서 침 삼키는 소리가 들리면서 세 바보의 입가에 침이 여섯 가닥으로 줄줄 흘러내리는 것을 보고는 더 이상 입을 놀렸다가는 세 바보가 먼저 달려들 것이 뻔해서 다급하게 큰 소리를 쳤다.

"젠장할, 선을 먼저 먹을 테다!"

이광두는 왼손으로 양춘면을 잡은 채 오른손으로 젓가락을 들고 얼굴을 삼선탕면에 파묻고서 후후 불고 씹으며 들이마시기 시작했다. 이광두는 한입에 삼선탕면을 다 먹고 나서야 얼굴을 들었고, 입가의 기름기와 빡빡머리의 땀방울들을 닦아내더니 열네 충신들이 꿀꺽 침을 삼키는 소리를 들으며 공언했다.

"내가 나중에 돈이 생기면 매일 삼선탕면 한 그릇씩 먹여줄게."

열네 충신들의 침 삼키는 소리는 마치 파도소리처럼 울려 퍼졌고, 이광두는 망했다 싶어 잽싸게 머리를 처박은 채 양춘면을 한 번에 먹어치웠다. 이광두가 양춘면을 다 먹어치우고 나자 열네 충신들의 꿀꺽꿀꺽 침 넘기는 소리도 뚝 그쳤다. 이광두가 그제야 마음 놓고 자신의 입가를 닦았고, 두 절름발이와 네 장님, 그리고 다섯 귀머거리도 따라서 손을 들어 자신의 입가를 훔쳤는데 세 바보만 여전히 침을 질질 흘리고 있었다. 열네 충신들은 이광두가 국물 한 방울 안 남기고 깨끗이 비운 텅 빈 대접 두 개를 바라보았다. 이광두는 입가의 기름기를 닦아내고, 얼굴에 흐르는 땀방울들을 훔쳐낸 뒤 벌떡 일어나 열네 충신들에게 격정적으로 말했다.

"푸른 하늘은 저 위에 있고 대지는 아래에 있고 여러분은 그 중간에 있으니, 나 이광두는 하늘과 대지 그리고 여러분께 맹세하는 바입니다. 나는 돌아와 여러분의 이 공장장이 되기로 결정했습니다!"

열네 충신들은 순간 멍한 상태였으나 네 장님이 먼저 반응을 보이며 손을 들어 박수를 쳤고, 두 절름발이 역시 즉각적으로 박수를 쳤으며고, 다섯 귀머거리는 이광두가 무슨 소리를 했는지는 모르지만 두 절름발이 공장장들이 박수 치는 모습을 보고 자신들도 따라 쳐야 한다는 것을 눈치챘다. 박수를 제일 늦게 친 것은 역시 세 바보들로, 그들은 여전히 입에 침을 질질 흘리고 있었다. 박수는 장장 5분 동안 계속되었는데, 이광두는 고개를 들고 가슴을 쫙 편 채로 미소 지으며 열네 충신들의 박수를 만끽했다. 그러고 난 후 이광두는 열네 충신들에게 둘러싸인 채 인민반점을 나서 도청이 있는 민정국으로 향했다. 그들은 여전히 도착했을 때의 대형을 유지하며 우리 류진의 대로를 걸었고, 이광두는 배가 불러 트림을 터뜨리고 배를 어루만지면서 절름발이 공장장의 옆에서 기분 좋게 걷고 있었다. 절름발이 공장장은 이광두의 트림 소리를 듣고 실실 웃으며 말했다.

"공트림이 아니죠?"

"아니지!"

단호하게 대답한 이광두는 혓바닥을 굴려 방금 터뜨린 트림의 맛을 되새기면서 절름발이 공장장에게 말했다.

"선트림, 삼선탕면 트림이야."

이광두는 연방 트림을 터뜨리면서 한걸음에 민정국에 이르렀고, 그때쯤 입 안의 트림 맛이 좀 변했는지 혀를 몇 차례 굴리더니 아쉬운 듯 절름발이 공장장에게 말했다.

"빌어먹을. 먼저 먹은 삼선탕면이 완전히 소화가 돼버렸네."

절름발이 공장장은 놀라 이광두를 돌아보며 물었다.

"그렇게나 빨리요? 아직도 트림을 하잖아요?"

이광두는 입가를 훔치면서 대꾸했다.

"지금 하는 트림은 춘트림이야! 나중에 먹은 양춘면이 이제 소화가 되는 중이라고."

그때 도청은 민정국에서 회의를 주재하면서 중이 독경하듯 중앙 정부 문건을 읽던 중이었는데, 마당에서 왁자지껄한 소리가 들리자 창밖으로 고개를 돌려 복지공장에서 온 절름발이, 바보, 장님, 귀머거리가 마당에 가득 서 있는 것을 보고는 읽고 있던 문건을 내려놓고 미간을 찌푸린 채 민정국 회의실을 나섰다가 웃음꽃이 넘치는 이광두와 맞닥뜨렸고, 이광두는 양춘면 트림을 하면서 도청의 손을 뜨겁게 움켜쥐고는 열정적으로 말을 건넸다.

"도 국장님, 제가 돌아왔습니다!"

도청은 푸르뎅뎅한 이광두의 얼굴을 보며 건성으로 이광두의 홍소 족발 같은 손을 한 번 쓱 잡은 뒤 엄숙한 표정으로 반문했다.

"뭐가 돌아와?"

이광두는 손으로 자신의 코를 가리키면서 말했다.

"제가요, 돌아와서 복지공장 공장장을 하기로 했다고요!"

이광두의 말이 끝나자마자 네 장님들이 고개를 들고 박수를 치기 시작했고, 세 바보도 따라 박수를 쳤고, 다섯 귀머거리도 두리번거리다가 박수를 쳤고, 두 절름발이 공장장, 부공장장만 박수를 치지 않고 손을 들었다가 내려놓았다. 도청 국장의 안색이 몹시 나쁜 걸 보고 감히 박수를 칠 엄두가 나지 않았기 때문이었다.

도청은 안색이 새파랗게 변한 채 소리쳤다.

"박수 치지 마."

네 장님이 서로를 쳐다보았고, 박수 소리는 점점 작아졌다. 세 바보는 흥분이 가시지 않아 도청이 무슨 말을 하는지 신경 쓰지 않았고, 다섯 귀머거리는 듣지 못했고, 장님들이 주저하며 머뭇거리는 걸 보고 있었다. 바보들은 계속해서 있는 힘껏 박수를 쳐댔고, 귀머거리 둘은 박수를 멈추었지만, 셋은 계속 박수를 쳤다. 이광두는 상황이 심상치 않음을 눈치채고 잽싸게 몸을 돌려 악대의 지휘자처럼 두 손을 들어올렸다가 내리자 박수 소리는 바로 멈추었고, 이광두는 만족스럽다는 듯 뒤돌아서 도청에게 말했다.

"박수가 멈췄습니다."

도청은 근엄한 표정으로 고개를 끄덕이면서 단도직입적으로 이광두에게 애당초 말도 없이 떠난 잘못은 매우 엄중한 일이어서 민정국에서는 그를 이미 제명했으므로 복지공장에서 다시 일할 수 없다고 말했다. 도청은 마당에 똑바로 서 있는 열네 명의 절름발이, 바보, 장님, 귀머거리를 보면서 이광두에게 말했다.

"복지공장이 비록……."

도청은 말을 하다가 '장애'라는 두 글자를 삼키고 말을 바꿨다.

"복지공장은 국가기관이지 네 집이 아니야. 가고 싶으면 가고 오고 싶으면 오는 데가 아니다."

이광두는 고개를 끄덕이며 말을 받았다.

"말씀 잘하셨습니다. 복지공장은 국가기관이지 제 집이 아니죠. 저 이광두는 공장을 집으로 여기고, 그래서 돌아왔습니다!"

도청은 단호하게 말했다.

"안 돼! 네 눈엔 조직도 안 보이고, 상부 지시도 안 받고……."

도청의 말이 채 끝나기도 전에 장님 하나가 실실거리며 입을 열었다.

"이 공장장님이 말없이 떠난 것은 확실히 상부 지시를 무시한 것입니다만, 도 국장님이 우리의 요구를 안 들어주시는 것은 대중의 뜻을 무시하는 거죠."

이광두는 그 말을 듣고는 헤헤 웃다가 도청이 불같이 화내는 모습을 보고 잽싸게 웃음을 그쳤다. 도청은 상소리를 내뱉을 뻔하다가 절름발이, 바보, 장님, 귀머거리들을 보면서 화를 누그러뜨리고 두 절름발이가 이들을 데리고 가기를 바랐지만 절름발이들이 뒤로 숨는 것을 보고 도저히 그들에게 무엇을 기대할 수가 없을 것 같아 이광두에게 명령했다.

"저 사람들 데리고 가."

이광두는 즉시 열네 명의 절름발이, 바보, 장님, 귀머거리들에게 손을 휘저으며 소리쳤다.

"가자!"

이광두와 그의 열네 충신들은 민정국 마당을 나왔고, 이광두는 퇴근시간이 아직 안 되었으니 열네 충신들에게 공장으로 즉시 돌아가라고 명령했다. 헤어지기 아쉬운 듯 지리멸렬하게 걸어가는 열네 충신들을 바라보며 이광두는 갑자기 마음이 안쓰러운 듯 그들을 위로하려 소리를 질렀다.

"나 이광두가 내뱉은 말은 쏟아진 물이라 주워담을 수가 없어요. 그러니 안심해. 내 분명히 돌아가서 너희의 이 공장장이 될 테니까."

대나무 지팡이를 들고 가던 네 장님이 이광두의 말을 듣더니 지팡이를 다리 사이에 낀 채 박수를 쳤고, 두 절름발이, 세 바보와 다섯 귀머거리도 걸음을 멈춘 채 함께 박수를 쳤다. 이광두는 그들이 박수를 치자 몸을 돌려 다시 오려는 듯 보였지만, 속으로 이자들은 송강보다 더 마음이 여리다는 생각을 하며 잽싸게 손사래를 쳐대고는 성큼성큼 뒤도 돌아보지 않고 걸어갔다.

그 후 며칠 동안 이광두는 현의 서기와 현장, 현의 조직부장과 각급 공무원 등 총 열다섯 명을 만나 격앙된 어조로 복지공장에 다시 돌아오겠다는 결심을 표명했지만, 서기, 현장과 조직부장은 말을 마치기도 전에 그를 내쫓아버렸다. 그리하여 이광두는 태도를 바꿔 또 다른 공무원 열두 명을 만나 애절하게 자신의 뜻을 전했지만, 이 열두 명의 공무원이 돌려준 것은 열두 그릇의 냉수 세례와 함께 단호한 열두 번의 "안 돼."라는 확답 그리고 국가에는 확고한 제도가 있어서 한 번 나가면 되돌아올 수 없다는 답변뿐이었다. 이광두는 제도는 무슨 얼어죽을 제도, 현 정부의 이런 개자식들은 술을 권할 때는 안 먹다가 벌주는 잘 처먹는다고 생각하며 성질이 나서 그들에게 벌주를 먹이기로 결정하고 홀로 연좌시위를 벌이기로 했다. 이광두는 매일 출근시간 무렵 현 정부의 정문 앞 중앙에 앉아 퇴근시간까지 있다가 현 정부에서 일하는 사람들과 함께 퇴근해서 집으로 돌아가기 시작했다.

이광두는 책상다리를 한 채 현 정부 정문의 중앙에 일당백의 표정으로 앉아 있다가 지나가는 우리 류진 사람들이 그가 무엇을 하고 있는지 모르는 표정을 짓고 있으면 자기가 먼저 한 사람 한 사람에게 설명했다.

"난 지금 연좌시위를 하는 중입니다."

사람들은 헤헤 웃으며 그렇게 위풍당당하게 앉아 있는 모습이 전혀 연좌시위 같지 않고 오히려 무협영화에서 나오는 원한을 풀기 위해 복수하려는 협객 같다고 했다. 어떤 사람은 연좌시위는 반드시 약간 불쌍한 척해야 한다면서 다리나 팔 하나를 부러뜨리면 훨씬 효과가 좋다고, 아무튼 당과 인민의 동정만 얻으면 복지공장으로 돌아갈 수 있을 거라고 말해주기도 했다. 하지만 이광두는 그 사람의 말에 머리를 절레절레 흔들며 대답했다.

"소용없어요."

이광두는 고개를 돌려 뒤쪽의 현 정부를 보며 자신이 이미 불쌍한 모습을 연출하면서 안에 있는, 복지공장 절름발이, 바보, 장님, 귀머거리보다 많은 열다섯 명의 개자식들을 만나 알랑거리며 좋은 말도 해보고 비굴하게 자신의 결심을 밝혔지만 아무 소용도 없었다고 대답해주었다. 그래서 결연하게 어쩔 수 없이 연좌시위를 하는 중이라고, 이렇게 계속, 영원히, 지구가 사라질 때까지 연좌시위를 계속할 거라고 덧붙였다. 사람들은 이광두의 호언장담에 일제히 환호하면서도 어떻게 하면 연좌시위를 그만둘 거냐고 물었고, 이광두는 손가락 두 개를 들어 보이며 이렇게 대답했다.

"첫 번째는 복지공장으로 돌아가 공장장이 되는 것이고, 두 번째는 이렇게 앉아 죽는 거죠."

옷이 남루해진 이광두는 현 정부에 연좌시위를 하러 갈 때는 먹지도 마시지도 않은 채 길에서 깡통이나 생수병, 신문이나 종이상자 같은 폐품을 주워 현 정부 정문 앞에 쌓아놓았다. 그러자 현 정부에 출근하는 사람들 모두 이광두가 폐품을 모은다는 것을 알고 지난 신문과 폐지 등의 폐품을 가지고 와서 정문 앞에 있는 이광두에게 던져주었다. 이광두는 현 정부 정문 옆 공터를 폐품 수거장으로 만들어놓고 연좌시위를 하면서 사람들이 신문을 들고 지나가면 신문 다 읽었냐고 소리쳐서 물어보고 나서 다 읽었다고 하면 신문을 자기한테 버리라고 했고, 사람들이 음료수를 마시면서 지나가면 불러세워서 음료수를 다 마시게 한 뒤 병이나 깡통을 자기에게 주고 가라고 했다. 그리고 사람들이 낡은 옷을 입고 지나갈 때면 이렇게 말하고는 했다.

"이렇게 지체 높으신 분께서 이렇게 낡은 옷을 입으시다니 부끄러운 일입니다. 벗어서 저한테 버리십시오."

이광두가 본래 바라던 것은 복지공장으로 돌아가 '이 공장장'이 되는 것이었으나 공장장은커녕 폐품더미에 묻혀버렸으니 우리 류진 사람들은 이광두를 '이 폐품'이라고 부르기 시작했다. 이광두는 원래 입에 풀칠이나 하려고 폐품들을 모았는데, 나중에는 폐품 덕에 이름을 날려 류진의 폐품 대왕이 되어버렸고, 소년시절의 엉덩이 대왕에 버금갈 정도로 유명해졌다. 그리하여 류진 사람들은 집에 버릴 만한 물건이 있으면 죄다 현 정부 앞에 가서 그에게 가져가라고 했는데, 이광두는 연좌시위를 벌일 때는 시위에만 집중하면서 지금은 가지러 갈수가 없다고 말하며 그들의 집주소를 열심히 기록하고 나서 이렇게 말하고는 했다.

"퇴근하고 나면 가지러 갈게요."

19

임홍은 행복에 겨운 생활에 푹 빠져 있었다. 잘생긴 남편이 최고로 잘나가는, 반짝반짝 빛나는 영구표 자전거로 매일 아침 그녀를 직물 공장에 태워다주었고, 그녀가 공장으로 들어간 뒤에도 뒤돌아볼 때마다 송강이 자전거를 붙잡은 채 헤어지기 아쉬운 듯 손을 흔들고 있었기 때문이다. 저녁이 되어 공장 문을 나설 때면 송강은 어김없이 행복이 넘치는 미소로 그녀를 기다리고 있었다. 임홍은 송강이 자신을 속이고 몰래 이광두를 돕고 있다는 사실을 몰랐고, 알았을 때는 이미 한 달이 지난 뒤였다.

임홍이 송강의 주머니에 돈과 양식표가 없는 걸 처음 본 날은 자기도 모르게 미소를 지으며 아무 말 없이 20전과 두 냥짜리 양식표를 송강의 주머니에 다시 넣어주었고, 송강은 아무 말 없이 옆에 서서 임홍의 미소를 보며 속으로 뜨끔했다.

임홍은 이광두가 강도처럼 매일 송강 주머니의 돈과 양식표를 가져가는 줄 몰랐으니 하루 또 하루 돈과 양식표를 송강의 주머니에 보충해주었고, 그 일을 하루도 거르지 않았다. 처음에는 송강이 배고프면 먹을 걸 사 먹으며 자기 몸을 돌보기 시작한 줄 알고 기뻐했던 임홍은 차차 이상한 느낌이 들기 시작했다. 전의 송강은 1전도 아까워 쓰지 않았는데 이제는 매일 돈을 깨끗이, 그것도 잔돈도 안 남기고 써버리니 말이다. 임홍은 송강이 뭘 먹든 잔돈은 좀 남아 있어야 한다는 생각에 의심스런 눈길로 바라보았고, 송강이 애써 그 눈길을 외면하자 임홍은 결국 묻고야 말았다.

"당신, 매일 어떤 걸 사 드세요?"

송강의 입은 떡 벌린 채 아무 말이 없었고, 임홍이 다시 묻자 송강은 고개를 절레절레 흔들며 자신은 아무것도 먹지 않았다고 실토했다. 임홍은 넋이 나갔고, 송강은 임홍의 눈길을 피하면서 전전긍긍하며 돈과 양식표의 향방에 대해 이실직고했다.

"다 이광두 줘버렸어요."

임홍은 아무 말 없이 방 한가운데 서서 그제야 이광두가 밥 동냥을 하는 거지꼴이 되었다는 사실을 생각해냈다. 그전까지 그녀는 이광두의 존재를 완전히 잊고 있었고 그녀의 세계에는 오로지 송강만 존재했는데, 지금 이광두 이 망나니가 또다시 끼어든 것이다. 임홍은 손가락을 세어 셈을 해보았다. 한 달 만에 이광두한테 무려 6원이나 빼앗겼다는 생각을 하니 슬픔의 눈물이 자신도 모르게 흘러내렸고, 아꼈섰다면 두 사람이 한 달은 너끈히 살 수 있었다며 "6원"이라는 말을 계속 되뇌었다.

송강은 고개를 떨어뜨리고 임홍을 똑바로 보지 못한 채 침대에 걸터앉아 있다가 임홍이 울면서 왜 그랬냐고 묻자 그제야 고개를 들어 임홍을 한 번 보고 힘없는 목소리로 대답했다.

"내 동생이니까요."

"친동생도 아니잖아요. 그리고 친동생이라도 자기 생활은 자기가 직접 꾸려야죠."

"걔는 내 동생이에요."

송강은 임홍의 말을 부정하며 계속 말을 이었다.

"걔도 앞으로는 자기가 꾸려나갈 거예요. 어머니가 돌아가시기 전에 나는 걔를 보살펴주기로……."

"당신 계모 얘기는 꺼내지 마세요."

임홍은 소리를 지르며 송강의 말을 끊어버렸다. 임홍의 말에 송강은 마음이 아파 대놓고 소리를 질러버렸다.

"그분은 내 어머니세요."

임홍은 놀란 눈으로 송강을 쳐다보았고, 결혼 후 처음으로 자신에게 소리 지르는 모습에 아무 말 없이 고개만 가로저었다. 임홍의 '계모'라는 말에 송강이 상처를 받아 소리를 지르자 임홍은 잠시 놀랐다가 자신이 말실수를 한 것 같아 더 이상 아무 말도 하지 않았고, 방 안에는 이내 침묵만이 남았다.

고개를 숙인 채 앉아 있는 송강의 눈앞에 아련한 옛일이 날리는 눈발처럼 다가와 그가 이광두와 함께 겪은 일들이 눈발 속의 한 길로 나타나서 천천히 현재로 이어지더니 갑작스레 사라져버렸다. 송강은 천 갈래 만 갈래로 생각이 복잡했고, 또 한편으로는 새하얗게 내린 눈이 지상의 모든 길을, 모든 생각의 방향을 뒤덮은 듯 무슨 생각을 해야 할 줄 모르다가 방 한가운데에 서 있는 임홍의 두 발을 보고 나서야 정신을 차렸다. 임홍의 신발은 낡았고, 신발 위의 바지도 낡았고, 바지 위의 윗옷마저 낡은 것이었다. 그렇게 평소 먹을 것도 아끼고 절약하던 임홍을 생각하니 갑자기 가슴이 아파왔고, 임홍을 속이면서까지 이광두에게 돈을 주면 안 되겠다고, 자신이 잘못했다고 생각했다.

한참이 흘러도 아무 말 없이 고개를 숙이고 있는 송강을 보며 임홍은 또다시 화가 치밀었다.

"말 좀 해봐요."

송강은 그제야 고개를 들어올린 뒤 진심 어린 눈길로 임홍을 보며 입을 열었다.

"내가 잘못했어요."

그 말을 듣자 임홍의 마음은 순식간에 누그러졌고, 송강의 진심 어린 눈길을 보며 어쩔 수 없는 탄식을 터뜨렸다. 그리고 송강을 위로했다. 6원이 뭐 대단하냐며 도둑맞은 셈 치자고, 액맥한 셈 치자면서 앞으로 이광두와 왕래를 끊기만 하면 된다고 했다. 그러면서 가죽지갑에서 또다시 20전과 두 냥짜리 양식표를 꺼내 송강의 주머니에 넣어주었다. 매우 감동한 듯한 송강이 임홍에게 말을 건넸다.

"돈은 필요 없어요……."

"필요할 거예요. 꼭 당신 필요한 데 써야 해요."

임홍은 송강을 똑바로 보며 말했다.

이날 밤 두 사람은 침대에 누운 뒤 전처럼 달콤한 시간을 보냈다. 송강은 사랑이 가득한 손길로 임홍을 어루만졌고, 임홍은 자신에 대한 송강의 끊이지 않는 세심한 사랑을 만끽하며 달콤한 미소를 지었으며, 잠이 든 이후에도 그 미소는 얼굴에서 사라지지 않았다.

다음 날 퇴근 무렵, 송강이 자전거를 타고 직물공장으로 임홍을 데리러 갈 때 현 정부 앞에서 연좌시위를 하던 이광두가 그를 발견하고 벌떡 일어나 그를 불렀다. 그때 송강은 마음이 철렁 내려앉으며 자전거를 세우고, 두 발로 자전거를 지탱한 채 뚜벅뚜벅 걸어오는 이광두의 발걸음 소리를 들으면서 돈을 달라고 또다시 손을 내밀까 두려워하고 있었다. 이광두는 어김없이 손을 내밀면서 뻔뻔하게 큰 소리로 말을 걸었다.

"송강, 종일 아무것도 못 먹었어. 마시지도 못했고……."

송강의 머릿속에서는 '웽웽' 소리가 울려 퍼졌고, 습관적으로 손을 주머니에 집어넣어 안에 있는 돈과 양식표를 잡았다가 얼굴이 붉어지면서 머리를 가로저으며 말했다.

"오늘은 없어……."

실망한 이광두는 내밀었던 손을 도로 집어넣으며 침을 꿀꺽 삼키더니 풀이 죽은 목소리로 중얼거렸다.

"온종일 침만 삼켰는데, 젠장할 밤새 침만 삼키게 생겼네……."

이때 송강은 정신이 나간 듯 주머니 속의 돈과 양식표를 꺼내 실망한 기색이 역력한 이광두에게 건네주었고, 순간 놀랐던 이광두는 곧 헤헤 웃으며 돈을 받아든 뒤 욕설을 내뱉기 시작했다.

"젠장, 너까지 사람 놀리기야!"

송강은 쓴웃음을 지으며 자전거를 몰고 자리를 떴다. 이날 밤 송강이 가장 걱정했던 일이 저녁식사 전에 벌어지고 말았다. 임홍의 손이 송강의 주머니 속으로 들어왔고, 이번에는 돈과 양식표가 있길 바랐던 임홍은 돈과 양식표가 없는 걸 확인한 뒤 처음에는 놀랐다가 이내 다소 두려운 듯한 눈길로 송강을 바라보며 이번에는 제발 자기가 필요해서 썼다고 말해주기를 바랐다. 임홍의 손이 주머니로 들어갔을 때 송강은 고통스러운 듯 눈을 질끈 감았고, 눈을 뜨고 두려워하는 임홍의 눈빛을 보았을 때 송강의 목소리는 떨려왔다.

"잘못했어요."

임홍은 또다시 돈과 양식표를 이광두에게 줘버렸다는 것을 알고 난 후 절망의 눈길로 송강을 보며 분노에 차서 소리를 질렀다.

"당신, 왜 이러는 거예요?"

송강은 참담함에 전후 사정을 설명하려 했지만 여전히 입가에 맴도는 말은 이 한마디였다.

"내가 잘못했어요."

임홍은 분에 겨운 눈물을 주르륵 흘렸고, 입술을 깨물며 말했다.

"어제 준 돈을 곧바로 오늘 이광두에게 줘버리다니. 며칠만이라도 기다렸다가 줄 수는 없었어요? 나를 며칠 동안만이라도 기분 좋게 해줄 수는 없었냐고요?"

송강은 이를 악문 채 스스로를 비난하는 말을 떠올리려 애썼지만 입 밖으로 튀어나온 말은 여전히 이 한마디였다.

"내가 잘못했어요."

"그만해요! 듣기 지겨워요. 그 한마디밖에 할 줄 몰라요?"

송강은 더 이상 말을 하지 못한 채 문혁 때 비판투쟁의 대상이었던 부친 송범평처럼 방구석에 고개를 숙이고 서 있었다. 임홍은 울며불며 원망하다가 그대로 서서 아무런 반응을 보이지 않는 송강에게 화도 나고 한편으로는 마음이 아파 더 이상 상대하고 싶지 않아서 그대로 침대에 누워 이불을 뒤집어써버렸다. 송강은 그렇게 잠시 서 있다가 움직이기 시작했고, 임홍은 그릇 소리를 듣고 송강이 저녁밥을 짓고 있다는 걸 짐작했다. 방 안은 점차 어두워졌고, 송강은 저녁밥을 다 짓고 밥과 반찬을 식탁에 올려놓은 뒤 밥그릇과 젓가락을 차려놓았다. 임홍은 송강이 다가와 말을 건넬 것이라고 생각했지만, 송강은 그냥 식탁 옆에 앉았고, 또다시 죽음 같은 고요함이 이어졌다. 임홍은 치솟는 분노에 입술을 꼭 깨물었고, 그렇게 한참이 지나 방 안이 칠흑같이 어두워진 후에도 송강은 임홍이 일어나 함께 식사하기를 기다린다는 듯 꼼짝 않고 앉아 있었다.

임홍은 송강이 저렇게 계속, 자신이 날이 밝을 때까지 침대에 누워 있으면 송강도 날이 샐 때까지 의자에 앉아 있을 거라는 사실을 잘 알고 있었다. 송강은 혹여 임홍을 깨울까 숨소리도 죽여가면서 걱정하는 듯했다. 임홍은 그런 송강 때문에 가슴이 아팠다. 그러면서 송강의 장점들을 생각하기 시작했다. 자신에 대한 송강의 사랑과 선량함, 충심 그리고 똑똑하고 준수하고, 멋지고……. 똑똑하고 준수하고 멋지다는 생각이 들자 임홍은 자신도 모르게 입을 오므리며 웃었고, 더 이상 참지 못한 채 이름을 불렀다.

"송강."

의자에 앉아 있던 송강은 재빨리 일어났지만, 임홍이 아무 말이 없자 머뭇거리다 다시 의자에 앉았고, 어둠 속에서 송강의 그림자가 보이는 반응에 임홍은 다시 입을 오므리고 웃으면서 낮은 목소리로 말했다.

"송강, 이리 와요."

송강은 침대로 다가왔고, 커다란 그림자가 고개를 숙이자 임홍은 계속 낮은 목소리로 말했다.

"송강, 앉아요."

그가 조심스럽게 침대 맡에 앉자 임홍은 그의 손을 잡으며 말했다.

"좀 더 안으로 들어와요."

송강이 좀 더 안으로 들어가 앉자 임홍은 그의 손을 자신의 가슴에 대며 말을 이었다.

"송강, 당신은 너무 착해서 앞으로 돈을 줘서는 안 되겠어요."

송강은 어둠 속에서 고개를 끄덕였고, 임홍은 그의 손을 자신의 얼굴에 대면서 물었다.

"당신, 화 안 났죠?"

송강은 어둠 속에서 고개를 가로저었다.

"아니요."

임홍은 일어나 앉으며 송강의 또 다른 손을 잡아끌면서 따뜻하게 말을 이어갔다.

"난 이광두란 인간이 얼마나 나쁜지 말하고 싶진 않아요. 그 인간이 설령 좋은 사람이라고 해도 우리가 그를 계속 부양할 수는 없어요. 생각해봐요, 우리 두 사람이 한 달에 얼마나 버나요? 앞으로 아이도 생길 거고, 우리 아이를 키우자면 이광두를 책임질 수는 없어요. 이광두는 직업도 없고, 앞으로도 생활이 어려우면 계속 당신한테 들러붙을 텐데…… 송강, 난 지금을 걱정하는 게 아니라 앞으로를 걱정하는 거예요. 당신도 앞으로 태어날 우리 아이를 위해서 생각을 좀 해주세요. 이광두와는 꼭 관계를 끊어야 해요……"

송강은 어둠 속에서 고개를 끄덕였지만 임홍은 분명히 보지 못했는지 다시 물었다.

"송강, 고개를 끄덕인 거예요?"

송강은 고개를 끄덕이며 대답했다.

"고개를 끄덕였어요."

임홍은 잠시 시간을 두었다가 또 다른 질문을 던졌다.

"내 말이 맞아요, 틀려요?"

송강은 고개를 끄덕이며 대답했다.

"맞아요."

이날 밤 질풍과 폭우가 지나간 뒤 바람은 멎고 파도는 잔잔해졌다.

그리고 그 후로 송강은 이광두를 피했다. 송강은 퇴근하고 직물공장으로 임홍을 데리러 갈 때 이광두가 연좌시위를 벌이고 있는 현 정부 정문 앞을 반드시 지나야 하지만, 이광두를 피하기 위해서 일부러 멀리 돌아갔기 때문에 임홍은 직물공장 앞에서 한참을 기다려야 했다. 이전 같으면 공장 문을 나서기도 전에 송강이 기다리고 있었지만, 이제는 그녀가 목을 빼고 기다렸고, 다른 직공들이 다 가고 난 후에야 자전거를 탄 송강이 서둘러 도착했다. 그러던 어느 날 끝내 임홍은 기분이 상해 아무런 말도 없이 뒷좌석에 앉은 채 집으로 가는 도중 송강과 한마디도 하지 않고, 집에 도착하자마자 송강에게 따져 물었다. 공장 앞에서 기다릴 때 얼마나 걱정했다고, 혹시 사고가 났을까, 혹시 전봇대에 부딪쳐 머리를 다친 건 아닐까 걱정했다고 말이다. 그랬더니 송강은 또 우물쭈물 자신이 왜 늦는지 변명했다. 이광두를 피해 가느라고, 길을 돌아서 가느라 늦었다고 했다. 그 말을 들은 임홍은 카랑카랑한 목소리로 반문했다.

"뭐가 무서운데요?"

임홍은 이광두 같은 인간은 누가 자신을 무서워할수록 더 그 사람을 무시한다고, 앞으로는 현 정부 정문 앞을 꼭 지나가라고 덧붙였다.

"그런 인간 없는 셈 치고 쳐다보지 말아요."

"만약에 나를 부르면요?"

송강이 반문했다.

"그런 인간 없는 셈 치는데 들긴 뭘 들어요?"

임홍이 대답했다.

20

이즈음 이광두는 현 정부 앞에 폐품들을 작은 산만큼이나 쌓아둔 채 연좌시위 형태를 바꿔 출퇴근 시간에만 책상다리를 하고 정문 중앙에 앉아 있었고, 나머지 시간에는 출입하는 사람들이 많지 않으므로 머리를 폐품더미 속에 처박고 엉덩이를 높이 쳐든 채 피곤한 줄도 모르고 마치 모래 속에서 금이라도 찾아내려는 듯 3백60도를 돌고 또 돌았다. 그러다가도 퇴근을 알리는 종소리가 들리면 재빨리 일어나 다시 정문 중앙으로 돌아와 일당백의 기세와 표정으로 책상다리를 하고 앉았다. 현 정부에서 일하는 사람이 퇴근하다가 헤헤 웃으며 연좌시위를 하는 이광두가 현장님이 보고할 때보다 훨씬 당당해 보인다고 말하자 이광두는 흡족한 나머지 그 말을 한 사람의 뒷모습을 바라보며 우렁찬 목소리로 화답했다.

"말씀 한번 잘하셨습니다!"

이광두는 근 한 달 동안 송강을 보지 못하다가 송강이 다시 영구표 자전거를 타고 현 정부 대문 앞을 지나치자 자신이 시위 중이라는 사실을 신경 쓸 겨를도 없이 벌떡 일어나 두 손을 휘저으며 큰 소리로 외쳤다.

"송강, 송강……."

송강은 이광두의 외침을 못 들은 척했지만, 이광두의 함성은 마치 그의 손을 잡아당기는 것 같았고, 페달을 구르던 두 발은 움직일 수가 없어서 잠시 머뭇거리다가 결국 이광두가 있는 쪽으로 천천히 기수를 돌렸다. 송강은 주머니에 한 푼도 없다는 사실을 이광두에게 말해야 할지 말아야 할지 몰라 전전긍긍 불안했지만, 이광두는 반갑게 뛰어와 맞으며 송강을 자전거에서 끌어내리더니 무슨 비밀이라도 알려주는 양 소곤댔다.

"송강, 나 떼돈 벌었다!"

이광두는 오른손을 주머니에 넣어 낡은 손목시계 하나를 꺼내더니 왼손으로는 송강의 머리를 누르며 시계를 자세히 보라면서 흥분한 듯 말을 쏟아냈다.

"위에 외국 글자 보이지. 이건 외국제 시계거든. 시계가 가면 나오는 게 북경 시간이 아니라 그리니치 시간인데, 폐품 속에서 찾아냈어."

송강은 시곗바늘이 없는 게 이상해서 물었다.

"시곗바늘이 없는데?"

"가는 철사 세 개만 달면 되지. 조금만 돈을 들여 수리하면 그리니치 시간이 째깍째깍 가기 시작한다 이 말씀이야!"

이광두는 신이 났다. 그러더니 외제 시계를 송강의 주머니에 넣고 격앙된 목소리로 한마디 덧붙였다.

"너 주는 거야."

송강은 이광두가 그렇게 좋아하는 물건을 자기에게 줄 것이라는 생각을 해본 적이 없었던지라 깜짝 놀라 난감해하며 시계를 돌려주었다.

"그냥 네가 가지고 있어."

"가져가라니까."

이광두는 단호하게 말을 끊고 나서 덧붙였다.

"열흘 전에 찾아낸 거라고. 널 주려고 열흘이나 기다렸는데 도대체 이번 달에는 어딜 갔었던 거야?"

송강은 뭐라고 대답해야 할지 몰라 얼굴이 새빨개졌다. 이광두는 시계를 받기가 난처해서 그런 줄 알고 시계를 강제로 송강의 주머니에 넣어주었다.

"넌 매일 임홍을 데리러 가야 하니까 손목시계가 필요하잖아. 나야 매일 해 뜨면 나와서 시위하고 해 지면 집에 가서 자고……."

이광두는 그렇게 말하면서 고개를 들어 나뭇잎 사이로 스며드는 석양빛을 바라보며 손가락으로 가리켰다.

"저게 바로 내 시계란 말이야."

송강의 얼굴에 명한 표정이 떠오르는 것을 보고 이광두는 해석을 덧붙였다.

"나무가 아니라 태양 말이야."

그제야 웃는 송강을 보며 이광두는 말을 이었다.

"웃지 말고 빨리 가봐. 임홍이 기다리잖아."

송강은 자전거에 올라탄 뒤 두 발을 땅에 디딘 채 고개를 돌려 이광두를 보면서 물었다.

"이번 달은 괜찮았어?"

"좋았지!"

이광두는 손을 휘저으며 송강을 쫓아버렸다.

"빨리 가라니까."

송강의 질문은 계속되었다.

"한 달 동안 뭘 먹었는데?"

"뭘 먹었냐고?"

이광두는 눈을 가늘게 뜬 채 골똘히 생각하더니 이내 고개를 절레절레 흔들면서 대답했다.

"까먹었어. 어쨌든 굶어죽진 않았잖아."

송강은 뭔가 더 말하려 했지만 괜히 더 조급한 이광두가 재촉했다.

"넌 너무 꾸물거려서 문제야……."

이광두는 뒤에서 송강을 5, 6미터쯤 밀어주었고, 송강은 어쩔 수 없이 페달을 밟았다. 이광두는 손을 거둔 채 멀어져가는 송강을 보며 다시 정문 한가운데로 와서 책상다리를 하고 앉았는데, 갑자기 현 정부 사람들이 죄다 퇴근하고 간 사실이 생각나 약간 실망한 듯 자리에서 일어나 욕을 내뱉었다.

"젠장할."

임홍을 데리고 집으로 돌아온 뒤 송강은 한참 동안 망설이다가 결국에는 이광두가 준 손목시계를 주머니에서 꺼내지 않았고, 좀 더 생각해보고 임홍에게 말하기로 했다. 송강의 주머니에는 돈도 없고 양식표도 없었지만, 점심도시락은 아직 남아 있었다. 그즈음 그와 임홍은 저녁밥과 반찬을 넉넉하게 해서 먹고 남은 것들로 다음 날 점심도시락을 만들었다. 송강은 이광두를 피하는 동안 이광두가 어떻게 지내나 궁금했고, 만나고 나니 또 형제의 정이 가슴속에서 요동쳤다. 이광두가 시곗바늘도 없는 외제 손목시계를 주워서 순전히 송강에게 주려는 마음으로 무슨 보물이라도 되는 양 열흘이나 가지고 있었다는 것을 생각하면 가슴에 진한 감동이 밀려왔다. 다음 날 점심 먹을 때가 되었을 때 이광두가 생각난 송강은 도시락을 든 채 자전거를 몰고 현 정부 정문 앞으로 왔고, 그때 이광두는 엉덩이를 쳐든 채 머리를 폐품더미에 처박고 뭔가를 뒤적이고 있어서 송강이 바로 뒤에 왔는지조차 몰랐다. 송강이 자전거 종을 울리자 이광두는 깜짝 놀라 뒤돌아보았고, 송강의 손에 들린 도시락을 보고는 싱글벙글 웃으며 말을 걸었다.

"송강, 넌 내가 배고픈 줄 아는구나."

이광두는 단숨에 도시락을 낚아채면서 서둘러 열어본 뒤 안에 있는 밥과 반찬이 그대로인 걸 확인하고는 손을 멈추고 물었다.

"송강, 하나도 안 먹었네?"

송강은 웃으며 화답했다.

"너나 빨리 먹어. 난 배 안 고파."

이광두는 도시락을 송강에게 건네주면서 말했다.

"안 돼. 우리 같이 먹자."

이광두는 폐품더미 속에서 지난 신문을 찾아내어 땅바닥에 깔고 송강을 그 위에 앉힌 다음 자신은 그냥 땅바닥에 앉았다. 형제는 그렇게 폐품더미 앞에 나란히 앉았고, 이광두는 송강이 들고 있던 도시락을 다시 빼앗아 밥과 반찬을 똑같이 나누더니 젓가락으로 중간에 선을 하나 그으며 말했다.

"이 선이 삼팔선이다. 이쪽이 북조선이고, 이쪽이 남조선이야."

이광두는 도시락을 송강에게 쥐어주었다.

"먼저 먹어."

송강은 도시락을 다시 밀어냈다.

"네가 먼저 먹어."

이광두는 기분이 상한 듯 말을 받았다.

"먼저 먹으라면 먼저 먹어."

송강은 더 이상 도시락을 밀지 않고 왼손으로 도시락을 받아든 채 오른손으로 젓가락을 들고 먹기 시작했다. 이광두는 목을 길게 뽑은 채 도시락 안을 들여다보더니 송강에게 말했다.

"네가 먹는 쪽은 남조선이다."

송강은 키득키득 웃음을 터뜨렸고, 송강이 천천히 먹기 시작하자 이광두는 옆에서 침을 꿀꺽 삼켰다. 그 소리를 들은 송강은 젓가락을 멈추고 도시락을 이광두에게 넘겨주었다.

"너 먹어."

"네가 먼저 다 먹은 다음에. 좀 빨리 먹으면 안 될까? 송강, 너는 밥도 너무 꾸물대며 먹는단 말이야."

이광두는 도시락을 되돌려주며 말했다. 송강이 남은 밥과 반찬 전부를 입에 쑤셔넣자 입이 고무공처럼 빵빵해졌다. 그러자 이광두는 도시락을 받아들고 진공청소기처럼 빨아들이듯 밥과 반찬을 순식간에 먹어치웠고, 이광두가 밥을 다 먹은 뒤까지 송강은 입 안의 음식을 삼키지 못하고 있었는데, 이광두가 친절하게 송강의 등을 두드려 음식을 삼킬 수 있도록 도와주었다. 송강은 음식을 삼킨 후 먼저 입가를 한 번 훔치고 나서 눈물을 닦아냈다. 갑자기 이란이 죽기 전에 했던 말이 생각난 것이다. 송강이 우는 모습을 보고 놀란 이광두가 물었다.

"송강, 너 왜 그래?"

"어머니가 생각나서……."

이광두는 순간 멍했고, 그런 이광두를 보며 송강이 말을 이었다.

"어머니께서 너를 안심할 수가 없어서 날더러 널 보살피라고 하셨고, 나는 어머니께 맹세했거든. 밥이 딱 한 그릇만 남았으면 너 먹이겠다고. 그랬더니 어머니께서는 고개를 가로저으시면서 마지막 한 그릇의 밥은 형제가 나누어 먹으라고……."

송강은 땅바닥의 도시락을 가리키면서 말을 이었다.

"우리가 지금 밥을 나누어 먹었잖아."

형제 둘은 그렇게 가슴 아팠던 과거로 돌아갔고, 현 정부 정문 앞에 작은 산을 이룬 폐품더미 앞에 앉아 눈물을 훔치며 어릴 적 손을 맞잡고 버스터미널에서 다리를 건너 뜨거운 여름 태양 아래 죽어 쓰러져 있던 송범평을 보고, 터미널 출구에서 어두운 밤이 내리는 가운데 이란이 상해에서 돌아오기를 손을 맞잡고 기다리던 기억을 떠올렸다……. 마지막으로는 형제 둘이서 죽은 이란을 수레에 싣고 시골로 가서 그들의 아버지에게 돌려주던 장면을 떠올렸다.

눈물을 닦고 난 이광두가 송강에게 말했다.

"우리 어릴 적엔 너무 힘들었어."

송강도 눈물을 다 닦고 난 뒤 고개를 끄덕였다.

"어릴 때는 전부 우리를 무시했잖아."

"지금은 괜찮아. 지금은 누구도 감히 우리를 무시하지 못하니까."

이광두는 웃었다.

송강은 그 말에 동의하지 않았다.

"아니야, 지금도 괜찮지 않아."

이광두가 고개를 돌려 송강을 보며 물었다.

"뭐가 안 괜찮은데? 넌 임홍하고 결혼까지 했는데도 안 괜찮아? 넌 정말 행복에 겨운 줄도 모르는구나."

"너 말이야."

송강이 말했다.

"내가 어때서? 그럭저럭 괜찮은데, 왜?"

이광두는 머리를 돌려 뒤에 있는 폐품더미를 바라보았다.

"괜찮다고? 넌 직업도 없잖아."

이광두는 기분이 상했다.

"누가 날더러 직업이 없대? 나한테는 가만히 앉아서 시위하는 게 일이라고."

송강은 고개를 절레절레 흔들면서 걱정스러운 듯 말을 받았다.

"앞으로는 어떡할 건데?"

이광두는 별 문제 아니라는 듯 대답했다.

"걱정 마. 수레가 산 앞에 이르면 길이 나는 법이요, 배가 다리 어귀에 이르면 자연스레 똑바로 가는 법."

송강은 여전히 고개를 절레절레 흔들며 대꾸했다.

"내가 다 조급해 죽을 지경이다."

"네가 조급할 게 뭐 있어? 나는 오줌을 다 쌌어도 안 급한데, 너는 오줌통까지 들고 있으면서 뭐가 급하다는 거야?"

송강은 한숨을 길게 한 번 내쉬고는 입을 다물었다. 이광두는 괜히 기분이 들떴는지 외제 손목시계는 수리했냐고 물었다. 송강은 땅바닥의 도시락을 집어들면서 일어나 공장으로 돌아가야겠다고 대답했다. 송강은 자전거를 타고 왼손으로 도시락을 든 채 오른손으로만 자전거를 몰고 멀어져갔고, 이광두는 뒤에서 그 모습을 보면서 소리를 질러댔다.

"송강, 자전거를 한 손으로 몰 줄 아네?"

자전거를 몰던 송강은 웃으면서 뒤돌아보며 말했다.

"한 손이 대수야? 두 손 놓고도 모는데."

그렇게 말하고 나서 송강은 두 팔을 벌린 채 마치 비상하듯 자전거를 몰았고, 이광두는 감탄한 얼굴로 자전거를 따라가면서 소리쳤다.

"송강, 너 진짜 죽인다!"

그 다음 한 달 동안 송강은 출근을 한 날 점심이면 항상 도시락을 들고 이광두에게 왔고, 형제는 폐품더미 앞에 앉아서 깔깔거리고 이야기를 나누며 다정한 모습으로 도시락의 밥과 반찬을 깨끗이 나누어

먹었다. 임홍이 알까 두려웠던 송강은 저녁시간이 되면 배가 고파 뱃가죽이 등가죽에 달라붙을 지경이어도 밥을 많이 먹지 못하고 그전보다 오히려 덜 먹었다. 임홍은 송강의 식욕이 줄어들자 걱정스러운 눈길로 바라보며 요즘 어디 불편한 데가 있는지 물어보았지만, 송강은 우물쭈물 식욕이 떨어지긴 했지만 힘은 그대로라면서 아주 건강하다고 대답했다.

하지만 세상에 바람이 통하지 않는 벽은 없는 법, 한 달여가 지나자 임홍은 자초지종을 파악하게 되었다. 직물공장의 한 여공이 휴가를 내고 낮에 현 정부 대문 앞을 지나는데, 송강과 이광두가 어깨를 나란히 한 채 도시락을 나누어먹고 있는 걸 보았다. 휴가 다음 날 그 여공은 히죽거리면서 임홍에게 형제가 나란히 밥 먹는 모습이 부부보다 더 친밀해 보이더라고 일러바쳤고, 작업장 문 앞에 앉아 도시락을 든 채 점심을 먹으며 그 이야기를 듣던 임홍은 순간 안색이 변하면서 도시락을 내려놓고 바로 공장을 뛰쳐나갔다.

임홍이 현 정부 정문 앞에 도착했을 때 형제는 땅바닥에 앉아 이미 밥을 다 먹은 뒤 끊임없이 웃었고. 이광두는 큰 소리로 뭐라고 하던 참이었다. 그러던 중 임홍이 시퍼렇게 질린 얼굴로 그들 앞에 나타나자 이광두가 먼저 그녀를 보고 벌떡 일어나 친근하게 인사를 건넸다.

"임홍, 왔네……."

송강의 안색이 순식간에 하얗게 질려버렸고, 임홍은 송강을 차갑게 쏘아보고는 그대로 뒤돌아 가버렸다. 이광두는 폐품더미 속에서 지난 신문을 주워 임홍을 앉히려고 몸을 막 돌리는데 임홍이 가버리자 실망스런 기색으로 임홍에게 말을 던졌다.

"기왕 왔는데, 잠깐도 안 앉아?"

송강은 어찌할 바를 모르고 그대로 서 있다가 멀어지는 임홍의 모습을 보고는 그제야 쫓아가야겠다는 생각이 들었는지 잽싸게 자전거를 타고 쏜살같이 뒤따라갔다. 임홍은 심각한 표정으로 앞만 보고 걸었고, 송강의 자전거가 뒤따라오는 소리와 함께 그녀 옆으로 온 송강이 조용히 뒤에 타라고 했지만, 송강이 옆에 없는 것처럼 앞만 보고 못 본 척했다. 송강은 더 이상 말을 붙이지 못하고 자전거에서 내려 묵묵히 자전거를 끌면서 임홍을 뒤따라갔다. 그들은 마치 서로 모르는 사람들처럼 우리 류진의 큰길을 그렇게 아무 말 없이 걸어갔고, 류진의 많은 사람들이 호기심 어린 눈길로 이 장면을 지켜보았다. 그들은 무엇인가 문제가 생겼음을 직감했고, 천성이 원래 쓸데없는 일에 관심이 많은 사람들인지라 임홍의 이름을 불러보는 사람도 있었지만 임홍은 대답하지 않았고, 고개를 끄덕이거나 미소조차 보이지 않았다. 다른 사람이 송강의 이름을 불러보았고, 송강 역시 아무런 반응을 보이지 않았지만, 잠시 후 사람들을 향해 고개를 끄덕이며 미소를 지었다. 송강의 미소가 참으로 기괴해서 당시 거리에 있던 조 시인은 뭔가를 또 까발리고 싶은 마음에 송강을 가리키며 사람들에게 말했다.

　"봤습니까? 저게 바로 쓴웃음입니다."

　송강은 자전거를 밀면서 임홍을 따라 직물공장까지 그대로 쫓아갔지만, 임홍은 그에게 한 번도 눈길을 주지 않았고, 직물공장 정문 안으로 들어가면서도 뒤돌아보지 않았다. 그녀는 송강이 발걸음을 멈추는 걸 느끼고 잠시 멈칫하며 순간 마음이 약해져 송강을 한 번 돌아보고 싶었지만, 꾹 참으며 그대로 작업장으로 들어갔다.

　송강은 정신이 나간 듯 정문 밖에서 서 있었다. 임홍의 모습이 사라진 후 오후 일과를 알리는 종소리가 울리자 정문 안이 텅 비었고, 그의 가슴 역시 텅 빈 공백으로 남았다. 송강은 그렇게 한참을 서 있다가 자전거를 밀고 돌아갔다. 송강은 반짝이는 영구표 자전거에 올라탈 생각도 하지 못한 채 그대로 밀면서 자신이 출근하는 금속공장으로 갔다.

송강은 가슴을 졸이며 오후를 보냈는데, 대부분의 시간 동안 작업장 벽 구석을 멍한 눈길로 바라보며 망연자실해 있다가 뭔가 골똘히 생각하기를 반복했다. 하지만 무엇을 생각하려 해도 머릿속에는 아무것도 떠오르지 않았고 그저 멍할 뿐이었다. 그러다가 퇴근시간을 알리는 종소리가 울리자 갑자기 정신이 번쩍 드는지 작업장을 뛰쳐나가 자전거에 올라타더니 돌격대처럼 금속공장을 나와 우리 류진의 대로를 쏜살같이 지나쳤고, 그가 직물공장 정문에 도착했을 때는 퇴근하는 여공들이 쏟아져 나오고 있었다. 자전거에서 내려 손잡이를 잡은 채 서서 임홍이 동료들과 무엇인가 이야기하며 나오는 모습을 본 송강의 가슴에는 순간 기쁨이 밀려왔지만, 임홍이 자신의 자전거에 과연 타려 할지 알 수가 없어 이내 가슴은 가라앉았다.

송강은 임홍이 늘 그랬던 것처럼 자기 앞으로 와 동료들과 손을 흔들어 헤어지면서 뒷좌석에 몸을 비껴 앉으며 마치 아무 일도 없었던 것처럼 행동할 줄은 전혀 생각도 못하고 있었다. 송강은 순간 멍했지만 긴 숨을 한 번 내쉰 뒤 벌게진 얼굴로 자전거에 올라타 자전거 종을 한 번 울린 다음 쏜살같이 몰고 갔다. 송강은 다시 찾은 행복에 힘이 넘쳤고, 두 발로 힘차게 페달을 밟아서 원래 좌석을 잡고 있던 임홍의 두 손은 속도가 빨라짐에 따라 송강의 옷자락을 잡을 수밖에 없었다.

하지만 송강의 행복은 눈 깜짝할 사이에 끝나버렸고, 집으로 돌아와 문을 닫자마자 임홍은 낮에 대로를 걸을 때처럼 싸늘한 태도로 변해버렸다. 그녀는 창가로 가서 커튼을 젖히더니 그 자리에 그대로 서서 마치 창밖 풍경을 보는 듯 아무 말 없이 창문을 응시하고 있었고, 송강은 방 한가운데에 서 있다가 잠시 후 중얼거리듯 말을 건넸다.

"임홍, 내가 잘못했어요."

임홍은 콧방귀를 뀌더니 그대로 잠시 서 있다가 송강을 향해 몸을 돌리면서 물었다.

"뭘 잘못했는데요?"

송강은 고개를 떨어뜨린 채 한 달여 동안 이광두와 도시락을 나눠 먹었던 일을 이실직고했고, 송강이 자신은 굶주리면서 개 같은 이광두에게 밥을 먹였다는 사실에 임홍은 고개를 가로저으며 눈물을 흘렸다. 임홍이 흐느끼는 모습에 송강은 입을 다물고 불안한 듯 전전긍긍하며 방 한쪽에 서 있었다. 그렇게 잠시 시간이 흐른 뒤 임홍이 눈물을 닦자 송강은 뒤돌아 손목시계를 꺼내면서, 원래 이광두와의 왕래를 끊었다가 현 정부 정문 앞으로 지나는데 이광두가 불러서 손목시계를 주더라고, 그래서 갑자기 또 형제의 옛 정이 되살아난 거라고 떠듬떠듬 말해주었다. 송강이 웅얼웅얼 이야기하는 가운데 임홍은 시계를 보았고, 갑자기 소리를 질렀다.

"시곗바늘도 없는 게 무슨 시계예요?"

급기야 임홍이 폭발해서 울며불며 이광두에게 욕설을 퍼붓기 시작했다. 이광두가 변소에서 엉덩이를 몰래 훔쳐본 것에서부터 시작해 사람들 많은 데서 파렴치하게 자신을 괴롭힌 일, 복지공장의 절름발이, 바보, 장님, 벙어리들을 데리고 와서 직물공장에서 소란을 피워대는 바람에 창피해서 고개를 들 수조차 없었던 일까지 죄다 쏟아냈다.

그렇게 이광두의 악행을 일일이 열거하던 임홍은 결국 절망적인 고통을 견디지 못하고 흐느끼면서 자신이 강에 투신자살하려 했던 이야기를 꺼내기 시작했다. 그런 상황이었는데도 이광두는 자신을 놔주지 않고 송강에게 억지로 "이제 단념해야죠."라고 말하라고 했고, 그렇게 해서 송강 역시 자살을 기도하지 않았느냐는 이야기를 했다.

임홍은 흐느끼며 이광두를 욕한 다음에 이제는 송강을 욕하기 시작했다. 결혼한 후 근검절약해서 돈을 모아 송강에게 다이아몬드표 손목시계를 사주려 했다고, 그런데 이광두가 다른 사람이 버린 고물시계로 송강을 꼬드겼을 줄은 생각지도 못했다고 말이다. 거기에 이르자 임홍은 별안간 울음을 그치더니 눈물을 닦아낸 뒤 쓴웃음을 지으며 혼잣말을 되뇌었다.

"사실 꼬드긴 게 아니죠. 당신들은 원래 한 가족이니까. 내가 괜히 끼어들어서 헤어지게 만든 거죠."

울음을 그치고 욕도 쏟아부을 만큼 쏟아부은 임홍은 눈물을 다 닦아내고 한참 동안 침묵하더니 길게 한숨을 내쉬고는 슬픈 표정으로 송강을 보면서 차분한 목소리로 말했다.

"송강, 이제야 알 것 같아요. 당신은 이광두하고 같이 사는 게 좋겠어요. 우리 이혼해요."

송강은 두려움이 가득한 표정으로 머리를 가로저으면서 입을 몇 차례 열었지만 아무 말도 나오지 않았다. 임홍은 송강의 안색을 보며 가슴이 저려왔다. 눈물이 또다시 흘러내렸고, 고개를 가로저으며 입을 열었다.

"송강, 내가 당신을 얼마나 사랑하는지 알 거예요. 하지만 당신과 이런 식으로는 더 이상 살 수 없어요."

임홍은 옷장 앞으로 가서 옷가지를 몇 개 꺼내 보따리에 넣고 문 앞으로 가서 두려움에 떨고 있는 송강을 잠시 뒤돌아보며 주저하다가 이내 문을 열었고, 순간 송강은 무릎을 꿇고 눈물을 쏟으며 애걸했다.

"임홍, 가지 말아요."

그 순간 임홍은 진정으로 달려가 송강을 꼭 끌어안아주고 싶었지만 꾹 참으며 따스한 음성으로 말을 건넸다.

"친정에 가서 며칠 있을게요. 혼자 잘 생각해보세요. 나랑 살 건지, 이광두랑 살 건지요."

송강은 눈물을 펑펑 쏟으며 말했다.

"생각할 필요도 없어. 당신과 살고 싶어요."

임홍은 두 손으로 얼굴을 감싼 채 오열했다.

"그럼 이광두는 어떡하고요?"

송강은 자리에서 일어나 결연한 목소리로 선언했다.

"지금 가서 말할게요. 관계를 깨끗하게 정리하겠다고요. 지금 바로 갈게요."

그러자 임홍은 더 이상 참지 못하고 달려가 송강을 끌어안았고, 두 사람이 그렇게 문 뒤에서 꼭 끌어안은 채 임홍은 얼굴을 송강의 얼굴에 맞대고 속삭였다.

"같이 갈까요?"

송강은 단호한 표정으로 고개를 끄덕였다.

"같이 가줘요."

두 사람의 가슴속에는 사랑의 불꽃이 일었고, 서로의 눈물을 닦아준 뒤 함께 문을 나섰다. 임홍은 습관적으로 자전거 앞으로 갔지만, 송강은 고개를 가로저으며 자전거를 몰고 가지 않겠다고, 걸으면서 이광두에게 어떻게 말할지 차분히 생각해보겠다고 했다. 임홍은 다소 놀란 듯 송강을 바라보았고, 송강은 그녀를 향해 손짓하며 앞으로 걸어갔다. 임홍은 송강의 말대로 그를 따라갔고, 이내 골목을 지나 큰길로 나섰다. 임홍은 송강의 팔짱을 낀 채 걸으며 고개를 들어 그의 얼굴을 끊임없이 바라보았고, 그의 표정에서 전에 없던 굳은 의지가 보여 임홍은 결혼 후 처음으로 자신의 남편이 강하게 느껴졌다. 이전까지의 송강은 모든 일에 무조건 순종하고 그녀의 말을 들었지만, 앞으로는 임홍이 그의 말을 들어야 할 것 같았다. 두 사람은 저녁노을이 내린 가운데 현 정부 정문을 향했고, 이광두가 아직까지 폐품더미를 뒤적거리는 모습이 보이자 임홍은 송강의 팔을 잡아끌면서 물었다.

"어떻게 말할지 생각했어요?"

송강이 고개를 끄덕였다.

"했어요. 그 말 그대로 하려고요."

무슨 소린지 몰라 임홍이 되물었다.

"어떤 말요?"

송강은 대답 없이 왼손을 들어 임홍이 오른팔에 팔짱을 꼈던 손을 빼내고 이광두에게 걸어갔다. 임홍은 걸음을 멈추며 송강의 커다란 뒷모습이 땅딸막한 이광두 앞으로 위풍당당하게 가는 모습을 지켜보았고, 곧이어 송강의 낮은 목소리가 들려왔다.

"이광두, 너한테 할 말이 있다."

이광두는 송강의 말투가 뭔가 이상하고, 임홍도 저쪽에 서 있는 것을 보고 의심 가득한 눈길로 송강과 그 뒤쪽의 임홍을 번갈아 쳐다보았다. 송강은 주머니에서 시곗바늘이 없는 외제 손목시계를 꺼내 이광두에게 건네주었고, 이광두는 뭔가 좋은 일은 아니라는 느낌에 시계를 받아들어 몇 번 닦은 다음 자신의 손목에 차더니 송강에게 물었다.

"무슨 말을 하려고 그러는데?"

송강은 목소리를 가다듬은 뒤 진지하게 말했다.

"이광두, 내 아버지와 네 어머니가 돌아가신 후부터 우리는 더 이상 형제가 아니야……."

이광두는 고개를 끄덕이며 송강의 말을 끊었다.

"맞아, 네 아버지가 내 친아버지가 아니고, 내 엄마도 네 친엄마가 아니니까 우린 친형제가 아니지……."

"그래서."

송강도 이광두의 말을 끊었다.

"나는 앞으로 어떤 일이 있어도 널 찾아오지 않을 테니까 너도 날 찾아오지 마. 우린 이제부터 아무 사이도 아닌 거야……."

"그 말은."

이광두가 다시 송강의 말을 끊었다.

"우리는 이제부터 남인 거야?"

"그래."

송강은 단호한 표정으로 고개를 끄덕였고, 마지막 한마디를 덧붙였다.

"이제 단념해야지."

송강은 말을 마치자 뒤돌아서 임홍에게 갔고, 승리자의 자태로 임홍에게 말을 건넸다.

"그 말을 돌려줬어요."

임홍은 두 팔을 벌려 마주 오는 송강을 껴안았고, 송강도 임홍을 껴안았다. 그렇게 두 사람은 옆으로 꼭 껴안은 채 걸어갔고, 이광두는 빡빡머리를 쓰다듬으며 송강과 임홍이 다정히 떠나가는 모습을 바라보면서 송강이 왜 "이제 단념해야지."라는 말을 했는지 이해가 되지 않아 중얼거렸다.

"젠장할, 날더러 뭘 단념하라는 거야?"

송강과 임홍은 서로 껴안은 채 우리 류진의 대로를 걸어갔고, 그들이 사는 골목으로 들어섰다. 그런데 그들의 집으로 돌아온 뒤 송강은 갑자기 침묵에 빠져들었고, 의자에 앉은 채 한마디도 하지 않았다. 임홍은 송강의 심각한 표정을 보고 그가 힘겨워하고 있다는 걸 알았다. 그와 이광두는 결국에는 형제고, 지난 기억이 너무 많아 끊으려야 끊을 수 없는 관계라는 걸 알기에 송강을 질책하지 않고 그저 속으로 며칠 지나면 괜찮아질 거라고 생각하며 송강과 자신이 오래 살면 살수록 그와 이광두의 지난 일은 희미해지리라고 믿었다.

밤에 침대에 누운 뒤에도 송강의 마음은 여전히 무거웠고, 어둠 속에서 어쩔 수 없이 터져 나오는 탄식을 몇 차례나 뱉어내자 임홍은 그를 가볍게 토닥여주었다. 임홍이 살며시 고개를 들자 송강은 습관적으로 팔을 뻗어 임홍을 안아주었고, 임홍은 송강에게 다정히 기댄 채 아무 생각도 하지 말고 잘 자라고 했다. 임홍은 말을 마치고 먼저 잠들었고, 송강은 한참 후에야 잠이 들었다. 이날 밤 송강은 꿈을 꾸었고, 꿈을 꾸며 울다가 임홍의 얼굴에 눈물이 흘러내려 임홍이 놀라 깼고, 전등을 켜자 송강도 놀라 잠에서 깨버렸다. 임홍은 송강의 얼굴이 온통 눈물로 범벅인 걸 보고 아마도 꿈에서 또 계모를 본 모양이라고 생각했다. 임홍은 불을 끄고 나서 위로하려는 듯 송강을 토닥여주며 물었다.

"또 꿈에서 엄마를 봤나요?"

이번에 임홍은 '계모'라는 말을 하지 않았는데, 송강은 어둠 속에서 고개를 가로저었고, 꿈속의 정경을 자세히 생각하더니 눈물 자국을 닦아내면서 말했다.

"꿈에서 나와 당신이 이혼했어요."

21

이광두는 계속해서 현 정부 정문 앞에서 시위 사업을 진행했고, 각종 폐품들이 매일 조그마한 산등성이를 이루자 더 이상 차분하게 앉아 있을 여유도 없이 왔다 갔다 하면서 폐품들을 종류별로 나눈 다음, 각기 다른 경로를 통해 전국 각지로 판매했다. 그는 책상다리를 한 채 땅바닥에 앉아서 외제 시계에 각기 길고 짧은 가는 철사를 붙이느라 두 시간 동안 땀을 뻘뻘 흘리고 난 다음 잔뜩 으스대며 손목에 찼다. 전에는 오른손을 들어 이리저리 삿대질하기를 좋아했지만, 시곗바늘이 영원히 움직이지 않을 외제 시계가 생긴 후부터는 그의 왼손이 바빠지기 시작했다. 사람이 지나가기만 하면 바로 다정하게 왼손을 흔들어댔다. 그렇게 얼마 지나지 않아 우리 류진의 많은 사람들이 이광두의 왼쪽 손목에 있는 외제 시계를 보게 되었고, 몇몇 사람들은 몰려들어 손목에 찬 외제 시계를 보면서 호기심 어린 말투로 물었다.

"안에 시곗바늘이 어째 철사 같은데?"

그러면 이광두는 기분이 상한 듯 이렇게 대꾸했다.

"시곗바늘이 다 철사처럼 생겼지."

사람들은 또 다른 문제를 발견했다.

"어째 시간이 틀리잖아."

이광두는 거만하게 으스대며 대답했다.

"당연히 틀리지. 내 거는 그리니치 시간이고 당신들 시계는 북경 시간이니까. 같은 게 아니라고."

이광두는 그리니치 시간을 나타내는 외제 손목시계로 근 반년이나 폼을 잡다가 어느 날 갑자기 외제 시계가 사라지고 팔목에 새로운 국산 다이아몬드표 시계를 차고 있었다. 그것을 보고 사람들은 놀라 소리쳤다.

"시계 바꿨네?"

이광두는 손목에서 반짝반짝 빛나는 새 시계를 흔들며 말했다.

"바꿨지. 북경 시간으로 바꿨지. 그리니치 시간이 좋긴 좋은데, 중국 국내 사정과 안 맞아서 북경 시간으로 바꿨지."

사람들이 완전히 새 것인 다이아몬드표 손목시계를 어디서 주웠을까 하며 부러워하자 이광두는 화를 버럭 내더니 주머니에서 영수증을 꺼내 보여주면서 해명했다.

"내가 돈 주고 샀다고."

사람들은 그야말로 고물 줍는 인간이 다이아몬드표 손목시계를 샀다는 말에 깜짝 놀랐다. 이광두는 그 즉시 다 떨어져가는 낡은 외투를 벗고 허리춤에 찬 전대를 열어 그 안에 두툼한 지폐더미를 보여주었고, 사람들이 놀라 감탄하자 이광두는 기분이 흡족했는지 말을 덧붙였다.

"봤지? 안에 가지런하게 있는 인민폐 봤지?"

사람들은 눈을 동그랗게 뜨고 떡 벌린 입을 다물지 못했다. 잠시 후 한 사람이 이광두의 외제 시계가 생각났는지 조심스럽게 물어보았다.

"그 그리니치 시간은?"

"선물했지. 옛날 부하, 발정 난 바보에게 줬지."

이광두가 대답했다.

손목에 북경 시간을 알려주는 시계를 찬 이광두는 더욱더 분발해서 현 정부 정문 바로 앞에 띠로 엮은 천막을 지어버렸다. 대나무와 띠를 가져다 현 정부 정문 앞에서 대형 토목공사를 감행했고, 복지공장의 열네 부하들 중 발정 난 바보를 제외한 열세 명이 이 공사에 참여했다. 네 장님이 한 팀이 되어 띠 묶음을 한 단 한 단 옮겼고, 바보 둘은 대나무를 들고 서 있는 역할을 맡았으며, 절름발이 둘은 손아귀 힘이 있어서 대나무들을 묶는 역할을 맡았다. 귀머거리 다섯은 그야말로 신예 부대로 셋은 띠로 벽을 만들고, 둘은 위로 올라가 천장을 만들었다. 이광두는 신이 나 손짓, 발짓하며 공사장을 총지휘했다. 그렇게 고래고래 소리치고 땀을 줄줄 흘리며 일한 지 사흘 만에 천막이 완성되었다. 그제야 발정 난 바보가 생각났는지 절름발이 공장장에게 물었고, 공장장은 발정 난 바보가 전에는 절대 출근시간에 늦거나 퇴근시간보다 빨리 집에 가거나 하는 일이 없었는데, 그리니치 시간이 나타나는 시계를 찬 이후 복지공장에 모습을 드러낸 적이 없다고 대답했다. 공장장은 오히려 이광두에게 반문했다.

"그리니치 시간이 발정 난 바보를 헷갈리게 한 거 아닐까요?"

"그렇고말고. 그게 바로 시차라는 거야."

이광두가 헤헤 웃으며 대답했다.

열세 충신들이 기세 좋게 이광두의 집에 있는 탁자와 침대를 옮겨 왔고, 이불과 옷, 세숫대야, 풍로, 그릇, 젓가락, 물잔까지 가져오자 이광두는 기세 좋게 띠천막에 들어섰다. 현 정부 정문 앞에 진지를 구축한 것이다. 얼마 지나지 않아 류진 사람들은 우체국에서 온 기술자가 이광두의 띠천막에 전화를 설치하는 장면을 목격했다. 그것은 류진에서 처음으로 설치되는 일반전화로 사람들은 찬탄을 멈추지 못했고, 죄다 "이럴 수가! 이럴 수가!"라는 말을 연발했다. 이광두의 전화 벨소리는 아침부터 밤까지, 심지어 야밤에까지 울려댔으니, 현 정부에서 일하는 사람의 말을 빌리자면 이광두의 전화가 현장님 전화보다 훨씬 더 많이 울린다는 것이었다.

이광두는 정식으로 고물 사업을 하게 되면서부터 더 이상 사람들에게서 공짜로 폐품을 받지 않고 사기 시작했으니, 현 정부 앞에 쌓인 고물은 거대한 산을 이루었고, 띠천막 안에도 폐품들이 넘쳐났다. 이광두의 말을 빌리자면 천막 안에 있는 것들은 고급 고물이라고 했다. 지나가는 사람들은 고급 폐품더미 속에서 웃음 띤 얼굴의 이광두를 보며 마치 진주 보석이 가득한 방에 있는 것 같다고 입을 모았다. 그리고 매주 트럭이 와서 이광두의 분류에 따라 폐품을 실어가고, 천막 앞에서 트럭이 폐품을 실어가는 모습을 지켜보며 손가락에 침을 발라 지폐를 세는 이광두를 볼 수 있었다.

이광두의 옷은 여전히 다 떨어진 낡은 옷이었지만, 허리춤에 찼던 전대는 커다란 가방으로 바뀌어 마치 바람을 불어넣은 듯 빵빵하게 부풀어올랐다. 그는 가슴 주머니에 수첩을 넣어두었는데 앞면에는 그의 고물 사업에 관한 기록이 적혀 있고, 뒷면에는 의류사업을 하다 진 채무가 빼곡하게 적혀 있었다.

동, 장, 관, 여, 왕 다섯 채권자들은 일찌감치 재수 없이 당했다며 포기했고, 이광두가 고물 사업을 시작해서 돈을 번 뒤 자신들의 돈을 갚으리라고는 생각지도 못하고 있었다.

이날 오후 왕 케키는 아이스케키 통을 메고 이광두의 천막 앞을 지나는 중이었는데, 웃통은 벗고 반바지만 입고 있던 이광두가 천막 안 폐품더미 속에서 뛰어나와 왕 케키를 불렀고, 왕 케키가 아이스케키 통을 멘 채 뒤돌아보니 이광두가 자신을 향해 손을 흔들며 소리치고 있었다.

"이리 와요, 이리 오라니까요."

왕 케키는 이광두가 또 무슨 생각을 하는지 몰라 꼼짝 않고 서 있었고, 이광두가 돈을 갚겠다고 하자 처음에는 잘못 들었나 싶어 다른 사람한테 하는 소리인가 뒤돌아보기까지 했다. 그러자 이광두는 더 이상 못 참고 왕 케키를 가리키며 소리쳤다.

"아저씨 말이에요. 나 이광두가 아저씨한테 빚진 거 있잖아요."

왕 케키는 반신반의하며 다가가서 이광두를 따라 천막 안으로 들어서서는 폐품더미 중간에 앉았다. 이광두는 수첩을 펴더니 머리를 처박고 원금과 이자를 계산했고, 왕 케키는 이광두의 천막을 신기한 듯 둘러보았다. 그 안에는 먹고 마시고 쓸 것들이 다 갖춰져 있었고, 심지어 선풍기까지 이광두를 향해 돌아가고 있어서 왕 케키는 부러운 듯 말을 건넸다.

"선풍기까지 있네."

이광두는 짧게 "네"라고 한마디를 던지더니 손가락으로 선풍기의 단추를 눌러 회전시켰고, 선풍기의 바람이 왕 케키에게도 돌아가자 왕 케키의 입에서는 연방 감탄의 소리가 터져 나왔다.

"시원하네, 시원해……."

이광두는 왕 케키에게 빚진 원금에 이자를 더한 돈을 계산한 뒤 고개를 들고 미안한 듯 말했다.

"지금은 돈이 많지 않아 나눠서 갚을 수밖에 없거든요. 매달 나눠서

1년 안에 다 갚아드릴게요."

이광두는 돈가방을 열고 돈을 꺼내 깔끔하게 셈한 뒤 큰돈은 돈가방에 집어넣고, 적은 돈은 왕 케키의 손에 쥐어주었다. 돈을 받아든 왕 케키의 손이 떨리고, 입술까지 덜덜 떨면서 중얼거렸다.

"이럴 수가, 이럴 수가, 나는 일찌감치 잊어버렸던 것을 이광두가 수첩에 기록해두다니……."

왕 케키는 눈이 붉어지기까지 했고, 날린 5백 원을 돌려받으리라고는 꿈에서도 생각지 못했다면서 이자를 가리키며 이렇게 덧붙였다.

"게다가 아들까지 낳아왔어."

왕 케키는 돈을 조심스럽게 주머니에 넣은 뒤 허리를 굽혀 상자 안에서 아이스케키를 하나 꺼낸 뒤 자신은 아이스케키 말고는 아무것도 가진 게 없으니 하나 먹으라고 건넸으나 이광두는 고개를 절레절레 흔들며 대답했다.

"나 이광두는 대중의 물건은 털끝 하나 거저 가져가지 않아요."

왕 케키가 이건 대중의 털끝 하나가 아니라 자신의 조그만 성의라고 말했지만, 이광두는 성의는 더더군다나 먹을 수 없다면서 아이스케키 성의를 도로 집어넣으라고 하더니 대신 한 가지 부탁을 했다.

"나 대신 한 가지 일 좀 해주세요. 동 철장, 장 재봉, 아들 관 가새, 여 뽑치한테 가서 나 이광두가 빚을 나눠서 갚는다고 전해주세요."

저녁 무렵 동 철장, 장 재봉, 아들 관 가새와 여 뽑치 그리고 왕 케키가 이광두의 천막 앞에 와서 들어서지도 못하고 천막 밖에 선 채 다정한 목소리로 이광두를 불렀다.

"이 공장장, 이 공장장……."

이광두는 웃통을 벌거벗은 채 나와 손사래를 쳐댔다.

"나는 이 공장장이 아니에요. 지금은 이 고물이라고요."

동, 장, 관, 여, 왕 다섯은 죄다 헤헤 웃었고, 동 철장은 나머지 넷이 자신을 쳐다보자 또다시 자신이 나서야 한다고 생각하며 웃는 낯으로 입을 열었다.

"듣자하니 돈을 돌려주겠다고 했다며?"

"돌려주는 게 아니라 갚는 거죠."

이광두가 말을 고쳐주었다.

"갚는 거나 돌려주는 거나 같은 거지."

동 철장은 고개를 연방 끄덕이면서 또 물었다.

"듣자하니 이자까지 준다면서?"

"당연히 드려야죠. 저 이광두가 인민은행이라면, 여러분께선 예금주니까요."

이광두가 말을 받았다.

동, 장, 관, 여, 왕이 어지럽게 고개를 끄덕이며 동의를 표하자 이광두는 고개를 돌려 자신의 천막을 바라보고 안이 비좁아 여섯 명이 들어갈 수 없으니까 그냥 밖에서 계산하자며 땅바닥에 앉더니 수첩을 들고 중얼중얼 계산을 하기 시작했다. 걸레보다 더 더러운 반바지 하나만 입은 이광두가 덜렁 땅바닥에 앉아버리자 다섯 채권자들은 땅바닥에 앉아야 하나 어쩌나 잠시 머뭇거렸다. 그들은 깨끗이 씻고 깨끗한 옷으로 갈아입은 뒤 같이 오기로 약속했던 것이었다. 장, 관, 여, 왕 넷은 동 한 사람을 쳐다보았고, 동 철장이 돈을 위해서라면 땅바닥이 아니라 똥오줌이라도 뭉개고 앉을 수 있다고 생각하며 털썩 주저앉자 나머지 네 사람도 그를 따라 땅바닥에 앉았다. 여섯 명이 둥그렇게 둘러앉았고, 이광두는 한 사람씩 계산해서 돈을 나눠주었다. 채권자들은 돈을 돌려받은 뒤 동 철장이 대표로 전에 주먹과 발을 사용하여 채무상환을 대체한 점, 이광두를 얼굴이 퉁퉁 붓도록 몰아붙인 점을 아주 정중히 사과했다. 그러자 동 철장의 말을 열심히 끝까지 다 들은 이광두가 말꼬리를 정확하게 잡아냈다.

"얼굴이 퉁퉁 붓도록 몰아붙인 게 아니죠. 얼굴이 퉁퉁 붓도록 두들겨 팬 거지."

동, 장, 관, 여, 왕은 난처한 듯 웃었고, 동 철장이 다시 채권자 대표로 연설했다.

"오늘부로 언제든 우리를 패고 싶으면 패. 우린 절대로 맞받아치지 않을 테니까 말이야. 1년 기한으로."

그러자 나머지 네 사람도 따라 외쳤다.

"1년 기한으로."

이광두는 그 말이 심히 불쾌했는지 이렇게 대꾸했다.

"소인배의 마음으로 군자의 속마음을 평가하려 하시네요."

이광두가 빚을 갚는다는 소식은 신속하게 우리 류진에 퍼져나갔고, 사람들은 감개무량한 듯 이광두가 대단한 인물이라고 떠들어댔다. 고물을 주워 저렇게 부자가 되다니, 황금을 주우려 했더라면 아마도 전국적인 대부호가 되지 않았겠냐고 했다. 이 말을 전해들은 이광두는 겸허하게 반응했다.

"사람들이 날 너무 잘 봐주시는구먼. 그냥 입에 풀칠이나 하는 조그만 장사일 뿐인데 말이야."

하지만 그러한 겸손함 뒤에 이광두는 어쩔 수 없이 과거를 돌아볼 수밖에 없었다. 당초 사직하고 곤붕의 날개를 펴기 위해 의류사업에 뛰어들었다가 본전을 다 말아먹고, 복지공장에 돌아가고 싶었지만 돌아가지 못하고 연좌시위를 하게 되고, 입에 풀칠하기 위해 폐품을 주워 팔았던 게 고물 사업이 될 줄은 생각지도 못했기 때문이었다. 그리하여 그는 자신의 경험과 교훈을 집대성하여 류진 사람들에게 이렇게 결론을 내렸다.

"사업이란 꽃을 심어도 피지 않을 때가 있고, 무심코 심은 버드나무가 그늘이 될 수도 있다 이 말씀이야."

<h2 style="text-align:center">22</h2>

이광두의 고물 사업은 빠른 속도로 성장하여 그 규모가 거대해졌고, 우리 현 정부 간부들이 드디어 참으려야 참을 수 없는 지경에까지 이르렀다. 이광두의 고물더미가 현 정부 정문 앞에 산처럼 쌓이고 나자 손가락을 꼽아가며 세어보았고, 이광두가 연좌시위를 시작한 지가 4년이요, 폐품, 고물을 수거한 지도 3년이 넘었고, 막 시작했을 당시 이광두가 정문 옆 한쪽에 나지막하게 쌓아두었던 고물더미가 이제는 정문 양쪽 네 군데에 거대한 고물더미 산을 만들었고, 열 명의 임시직원까지 고용해서 현 정부의 출퇴근 종소리에 맞춰 근무까지 하는 지경이었다. 막 시작했을 때는 외지 트럭이 고물을 싣고 가기만 했는데 나중에는 외지 트럭이 고물을 싣고 왔다가 이광두의 결정에 따라 전국에 도매로 보내졌으니, 사람들의 눈이 동그래져서 이 이광두라는 인간이 전 중국 거지 연합의 두목이 되려는 게 아닌가 생각할 정도였다. 하지만 이광두는 머리를 흔들면서 자신은 사업가이지 권력에는 흥미가 없다고, 자신은 이미 류진을 화동지구의 제일 중요한 고물 집산지로 발전시켰다고 거칠게 쏘아붙이며 이렇게 덧붙였다.

"이건 1만 리 대장정의 첫 걸음에 불과하다 이 말씀이야. 두 번째는 전 중국, 세 번째는 전 세계. 그날이 그리 멀지 않을 거라 이거지. 류진이 전 세계의 고물 집산지가 되는 날. 생각 좀 해보라고. 류진이 모 주석께서 말씀하신 '풍경이 유독 훌륭한' 곳이 된다 이 말씀이야."

우리 현의 간부들은 죄다 빈곤 가정 출신들이라 더러운 것을 신경 쓰지 않고, 폐품과 고물더미에서 나는 냄새가 사무실로 풍겨오는 것도 신경 쓰지 않았지만, 상급기관의 간부가 시찰을 나왔다가 정문 앞에 쌓인 네 봉우리의 폐품 산을 보며 얼굴이 파랗게 질리자 그 일은 두려워했다. 상급기관 간부들은 여기가 쓰레기 센터, 무슨 놈의 정부기관이 이 모양이냐고 무섭게 화를 냈다고 했다. 상급기관 간부들이 한번 기분이 상하면 그들의 벼슬길에 커다란 영향을 미치므로, 승진 못하는 것을 제외하고는 하늘도 대지도 두려워하지 않는 우리 현의 간부 양반들은 긴급회의를 열어 이광두가 류진을 전 세계 쓰레기 집산지로 만들기 전에 하루빨리 이 문제를 처리할 방법을 연구하기로 했다. 그러지 않으면 상황이 더욱더 어려워질 것 뻔하기 때문이었다. 현의 주요 간부들은 현 정부 정문 앞의 폐품 산을 깨끗이 정리하는 일을 만장일치로 의결해 현 경관사업으로 정하고 두 가지 방안을 내놓았다. 하나는 무장경찰과 인민경찰을 투입해 이광두의 폐품 산을 정리해버리자는 것이었는데 이는 곧바로 부결되었다. 이광두가 고물을 주워 돈을 번 이후 첫 번째로 한 일이 부채를 갚는 것이었으므로 현 사람들 사이에서는 그 위엄과 명망이 현장을 능가했다. 사정이 이러하니 대중을 잘못 건드렸다가는 큰일 난다는 사실을 잘 아는 현 간부들은 이광두 하나야 아무것도 아니지만 대중이 괜히 트집을 잡아 자신들의 불만을 터뜨릴까 두려워했다. 그리하여 두 번째 방안으로 거론된 것이 이광두의 요구대로 그를 다시 복지공장 공장장으로 복귀시키자는 것이었다. 그렇게 하면 옛 동지 하나를 구제하는 것일 뿐만 아니라 정부 정문 앞의 폐품 산까지 정리할 수 있을 터였다.

민정국 도청 국장이 현장의 지시를 받고 이광두에게 이 뜻을 전하러 왔다. 4년 전 자신이 직접 제명한 이광두를 다시 돌아오라고 해야 하니 도청은 민정국 마당으로 나왔을 때 마음이 영 불편했다. 도청은 이광두라는 놈이 어떤 자식인지 잘 알고 있었다. 이광두는 사다리 없이도 위로 기어오를 놈인데 사다리를 쥐어주면 자신을 업고 올라가달라고 생떼를 부릴 놈이었다. 그리하여 도청은 우선 처음에는 혼을 내주고, 다시 복지공장에 돌아와 공장장을 하라고 구슬릴 참이었다.

도청이 이광두가 쌓은 네 봉우리의 고물더미 아래 도착했을 때 이광두는 열 명의 임시직원들을 지휘하며 열심히 일하는 중이었는데, 도청이 이광두 뒤에 서 있어도 이광두가 눈치채지 못하고 일을 계속하자 도청은 어쩔 수 없이 헛기침을 했고, 이광두가 그제야 돌아보고 자신의 옛 상사인 도청 국장임을 확인하며 친근한 목소리로 인사를 건넸다.

"도 국장님, 저를 보러 오셨네요."

도청은 국장으로서의 위엄을 갖춘 표정으로 손사래를 쳐대며 대꾸했다.

"지나가다 그냥 한번 들러본 거다."

"그냥 한번 들러보시는 것도 보러 오신 거죠."

이광두는 신이 나서 말을 받은 뒤 열심히 일하는 임시직원들에게 소리를 질렀다.

"내 옛 상사이신 도 국장님께서 여러분을 보러 오셨으니 다 같이 박수로 환영합시다."

임시직원들이 하던 일을 멈추고 지리멸렬한 박수를 보내자 도청은 미간을 잔뜩 찌푸린 채 가볍게 임시직원들을 향해 고개를 끄덕였고, 이광두는 불만인 듯 조용히 도청에게 속삭였다.

"도 국장님, 저 사람들한테 '동지들, 수고하네(이 말은 중국 관료들이 부하직원들에게 습관적으로 하는 인사말이다. 경축기념일 사열 시 군인들에게 통수권자가 건네는 말이기도 하다.─옮긴이)'라고 한 말씀 안 해주십니까?"

도청은 고개를 절레절레 흔들었다.

"안 해."

"알겠습니다."

이광두는 고개를 끄덕이며 임시직원들을 향해 소리쳤다.

"자네들은 계속 일해. 나는 도 국장님과 사무실에 가서 잠깐 얘기 좀 나눌 테니까."

이광두는 정중하게 도청을 자신의 천막으로 모셨고, 유일한 의자에 도청을 앉힌 다음 자신은 침대에 앉았다. 도청은 폐품들 사이에 앉아서 좌우를 둘러보았고, 참새가 작아도 오장은 다 있다는 말을 떠올리며 있을 건 다 있다고 생각했고, 선풍기까지 있는 걸 보면서 말했다.

"선풍기도 쓰는구먼."

"벌써 여름을 두 번이나 지냈습니다. 내년에는 그만 쓸 겁니다. 내년에는 에어컨을 달 거거든요."

이광두는 득의양양하게 말했다.

도청은 이 개후레자식이 자기한테 일부러 이렇게 말하면서 을러대는 건가 생각하면서도 겉으로는 침착하게 천막을 가리키며 대꾸했다.

"여기하고 에어컨이 안 어울리잖아."

"왜 안 어울려요?"

이광두가 반문했다.

"띠천막에 바람이 통하니까 에어컨을 쓰는 건 전력 낭비잖나."

"전기요금 좀 더 내면 되죠. 에어컨만 있으면 천막 안도 고급 호텔 못지 않아요."

이광두는 허세를 부리며 대답했다.

도청은 속으로 '이 개후레자식'이라고 욕을 한 다음 일어나 천막 밖으로 나왔고 이광두는 잽싸게 따라나와 다소곳하게 말을 붙였다.

"도 국장님, 좀 더 앉았다 가시지 않겠어요?"

"안 앉겠네."

도청은 머리를 흔들며 말했다.

"회의가 있어서 말이야."

이광두는 재빨리 고개를 돌려 열 명의 임시직원들에게 소리쳤다.

"도 국장님 가시니까 다 같이 박수로 보내드립시다."

임시직원들의 박수 소리가 또 한 번 지리멸렬하게 울려 퍼졌고, 도청은 여전히 그들을 향해 가볍게 고개를 끄덕였다. 그러자 이광두가 비위를 맞추듯 말했다.

"도 국장님, 그럼 멀리 안 나가겠습니다."

도청은 손을 휘저으며 그럴 필요 없다는 표시를 했고, 몇 걸음 옮기다가 갑자기 뭔가 생각났다는 듯 연기하며 걸음을 멈춘 뒤 이광두에게 말했다.

"너, 이리 와봐라."

이광두는 즉시 뛰어갔고, 도청은 이광두의 어깨를 두드려주면서 차분한 목소리로 말했다.

"너, 시말서 한 장 써와라."

"무슨 시말서 말입니까?"

이광두는 무슨 소리인지 알 수가 없었다.

"왜 저더러 시말서를 쓰라고 하시는 건가요?"

"4년 전 일 말이다. 네가 시말서를 쓰고 잘못을 인정하면 복지공장으로 돌아가 다시 공장장이 될 수 있단 말이다."

그제야 무슨 말인지 이해한 이광두는 헤헤 웃으며 시시하다는 듯 대답했다.

"거기 공장장 자리는 일찌감치 흥미가 떨어졌습니다."

도청은 속으로 '이런 개후레자식'이라고 욕했지만 입으로는 근엄한 어조로 다시 한 번 권했다.

"한번 생각해봐라. 이건 기회다."

"기회라고요?"

이광두는 손가락으로 고물 봉우리 하나, 둘, 셋, 넷을 세더니 호기 넘치는 목소리로 대꾸했다.

"저한테는 이것들이 바로 기회지요."

도청은 낯빛이 어두워지면서 계속 물고 늘어졌다.

"그래도 한번 생각해보라니까."

"생각할 필요도 없습니다."

이광두가 단호하게 대답했다.

"이렇게 큰 사업을 놔두고 절더러 복지공장 공장장을 하라고 하시는 건 수박을 내팽개치고 깨나 주우라고 하시는 거죠……."

결국 도청은 이광두를 복지공장으로 불러들일 수 없었고, 현장은 몹시 화를 내면서 애당초 도청이 이광두를 제명한 것을 비판했다.

"당신이 당초 호랑이를 산에 풀어줘서 이제 전 현 인민이 화를 당하잖소."

도청은 현장에게 욕을 먹는 앞에서는 이의를 제기하지 못하고 민정국으로 돌아와 두 과장을 불러다 호되게 야단쳤다. 두 과장들은 욕을 먹으면서 자신들이 뭘 잘못했는지 몰라 황당해했다. 도청은 화풀이를 한 뒤 다시는 이광두의 고물 사업에 관여하지 않았다. 그렇게 또 한 달이 지나갔고, 이광두는 떠나지 않았으며, 상황은 더 심각하게 변해 가는 중이었으니, 다섯 번째 고물 봉우리가 서기 시작한 것이다. 현장은 도청이 가서 이 문제를 처리하기를 바랄 수 없다는 것을 알고 자신의 심복인 현 정부 사무실 주임을 보내 이광두를 상대하게 했다.

도청이야 일찍이 이광두에게 은혜를 베푼 적이 있으니 이광두가 자연히 도청을 존중하지만, 현 정부의 사무실 주임을 이광두가 눈 안에 둘 리가 만무했다. 주임이 정문 앞에 왔을 때 이광두는 마침 폐품을 분류하는 중이었는데, 주임이 다정한 미소를 띤 채 다정스런 말투로 이광두의 엉덩이 뒤를 따라다니며 고물더미 사이를 왔다 갔다 했지만, 이광두가 자신의 고물 업무를 보면서 쌀쌀맞게 대하자 주임은 시간이 지날수록 이 이광두란 놈이 자신을 온정적으로 대할 것 같지 않아 할 수 없이 속내를 드러낼 수밖에 없었다.

"현장님께서 사무실로 오라십니다."

이광두는 머리를 절레절레 흔들며 대답했다.

"지금은 시간이 없어요."

주임은 이광두의 어깨를 토닥이면서 조용히 설득하려 했다. 현장, 서기, 부현장, 부서기 모두 복지공장 공장장으로 돌아가는 데 동의했다면서 빨리 현장을 만나러 가라고 했다.

"빨리 가봐요. 기회를 놓치면 안 되지."

이광두는 전혀 감사하게 여기지 않고, 고개조차 들지 않은 채 대꾸했다.

"내가 업무로 무지 바쁜 게 보이지 않소?"

주임은 기가 꺾인 채 돌아가서 이광두가 한 말을 현장에게 보고했고, 현장은 그 말을 듣고 기분이 몹시 불쾌한 듯 손에 들고 있던 문건을 내동댕이치며 소리쳤다.

"그놈이 바쁠 업무가 뭐가 있어? 내가 업무로 바쁘면 바빴지······."

현장은 사무실에서 한바탕 화풀이를 한 뒤 자신이 직접 이광두를 만나기로 했다. 며칠 후면 부성장 시찰이 있으니 현장은 반드시 정문 앞 고물더미를 정리해야 했던 것이다. 그리하여 현장은 마음속에 욕설이 부글부글 끓어댔지만, 겉으로는 만면에 웃음을 띤 채 이광두에게 말을 걸었다.

"이광두, 아직도 업무 보느라 바쁘신가?"

이광두는 현장이 직접 온 것을 보고 하던 일을 멈춘 채 고개를 들고 현장에게 말했다. 그는 현장에게 말할 때는 겸손했다.

"제가 무슨 일이 있다고 바쁘겠습니까? 현장님이야말로 바쁘시죠."

현장은 이광두와 함께 이광두의 고물더미 속에 너무 오래 서 있다가는 오가는 사람들에게 좋지 않은 영향을 줄까 봐 단도직입적으로 이광두에게 현 정부는 이미 그가 복지공장으로 돌아가고 싶다는 신청을 받아들였고, 다만 이틀 안에 고물더미 다섯 봉우리를 깨끗하게 정리해야 한다는 것을 전제로 한다고 통고했다. 이광두는 현장의 말을 듣고도 아무 말 없이 계속 머리를 숙인 채 고물을 정리하고 있었고, 현장은 한쪽에 서서 이광두라는 놈은 정말이지 호의도 모르는 놈이라 생각하며 치오르는 화를 억누른 채 이광두의 대답을 기다리고 있었다. 이광두는 폐품과 고물을 정리하다가 생수병에 아직 물이 남아 있는 걸 발견하고 뚜껑을 열어 남은 물을 모두 마신 뒤 입을 닦으며 현장에게 공장장으로 돌아가면 한 달 월급이 얼마나 되느냐고 물었다.

현장은 잘 모르겠다며 국가 간부의 월급은 국가 규정에 따른다고 대답했고, 이광두는 다시 현장님의 월급은 얼마냐고 묻자 현장은 모호하게 대충 몇백 원이라고 대답했다. 그 말을 들은 이광두는 헤헤 웃더니 열 명의 임시직원들을 가리키며 말했다.

"저 사람들 버는 돈이 현장님보다 많네요."

그러더니 이광두는 호의적으로 현장에게 제안했다.

"현장님, 저희와 함께 일하시면 제가 매달 1천 원 드리겠습니다. 일만 잘하시면 상여금도 드립니다."

현장은 얼굴이 붉으락푸르락해서 돌아갔고, 사무실로 돌아가 한바탕 화풀이를 해댔다. 그는 현 정부 사무실 주임을 다시 불러 이광두를 맡기면서 어떤 대가를 치러도 좋으니 부성장님이 오기 전까지 정문 앞의 고물더미를 확실히 치우라고 지시했고, 주임은 풀 죽은 얼굴로 정문 앞에 이르러 이광두에게 단도직입적으로 물었다.

"말해봐, 어떤 조건이면 옮길 테야?"

이광두는 주임의 말을 듣고는 자신의 계획을 실행에 옮길 시기가 무르익었다는 것을 직감하고, 손을 휘저으면서 단호하게 자신은 복지공장으로 돌아가지 않겠다며 공장장 월급으로는 먹고 살 수가 없다고 거지 같은 행색으로 줄줄 이야기를 쏟아내면서 한껏 거드름을 피워댔다.

"다시 말하자면, 좋은 말은 고개를 돌려 자기가 밟고 온 풀을 먹지 않는다 이 말씀이지."

그리하여 현 주임이 어찌할 바를 모르고 있을 때 이광두는 안색과 말투를 싹 바꾸어 겸허한 자세로 말을 이어갔다. 폐품과 고물을 모으는 것도 사업이고, 사회주의 건설에 이바지하는 것이며, 인민에게 봉사하는 것이기도 하고, 정부의 지원을 받아야 하는 것이기도 한데, 자신도 일찍이 이 고물더미들을 현 정부 앞에서 치우고 싶었고, 현 정부의 간부들이나 인민들의 체면이 깎이게 하고 싶지는 않았지만, 갈 곳이 없어서 어쩔 수 없이 여기서 힘겹게 버티는 중이라고 말이다.

이광두의 진솔한 말에 주임은 고개를 연방 끄덕였고, 쇠는 뜨거울 때 두들기라고, 이광두는 길가에 현 토지계획국 소유의 빈 건물이 있고, 자신이 일찍이 세들었던 창고도 지금 비어 있는데다 그 위치가 외진 곳이니 앞의 공터에 고물더미를 쌓아두면 좋겠다고, 그리고 길가에 있는 건물은 자신이 모아들이는 폐품과 고물을 모아들이는 연쇄점으로 쓰게 해주면 좋겠다고 했다. 그렇게 되면 빈 건물과 창고를 이용할 수 있어서 좋고, 현 정부 앞 고물더미도 없어지게 돼서 좋다고 하면서 마지막으로 이렇게 말했다.

"이건 누이 좋고 매부 좋은 일이라고요."

현 사무실 주임은 고개를 끄덕이며 돌아가서 생각 좀 해보겠다고 하더니 한 시간쯤 후에 토지계획국장과 함께 와서 현 정부가 길가의 빈 건물 세 곳을 저가로 임대해주고, 빈 창고는 3년 동안 무상으로 임대해주는 데 동의했지만, 단 이틀 안에 이 고물더미 산 다섯 봉우리를 깨끗하게 처리한다는 조건에서만 가능하다고 통보했다.

이광두는 고개를 절레절레 흔들며 말했다.

"이틀요? 이틀이면 너무 길어요. 모 주석께서 '촌음을 아끼라'고 하셨는데, 하루면 깨끗하게 정리할 수 있습니다."

이광두는 한 번 한 말은 그대로 실천하는 성격이라 1백40명의 농민을 고용하고 임시직원에 자신을 합친 1백51명이 24시간을 꼬박 일해서 무슨 마술이라도 부리듯 현 정부 정문 앞 고물더미 산 다섯 개를 깔끔하게 정리했을 뿐만 아니라 청소도 깨끗하게 해놓고, 정문 앞에 스무 개의 만년청 화분을 가지런히 늘어놓기까지 했다. 현장과 서기장은 다음 날 아침 출근하면서 놀라 눈과 입이 떡 벌어지며 자신이 잘못 찾아온 줄로만 알았다. 놀란 것 외에도 현장, 서기, 부현장, 부서기 등은 정문 앞을 걸으며 마냥 감탄했고, 결국에는 현장의 입에서 칭찬의 한마디가 튀어나왔다.

"이광두란 놈한테도 훌륭한 면이 있구면."

우리 류진 사람들은 이미 고물더미 산이 눈에 익었던지라 갑자기 고물더미가 없어지자 마치 신대륙이라도 발견한 듯 여기저기 소식을 알려 분분히 정문 앞에 모여들었고, 발길을 멈춘 채 구경한 뒤 전에는 현 정부 앞 풍경이 그림 같은 줄 몰랐다고 입을 모았다.

일주일 후 이광두의 이기(李記)수집회사가 설립되었고, 그 이틀 전 동 철장은 장 재봉, 아들 관 가새, 여 뽑치와 왕 케키를 소집해 두 가지 결정을 했다. 그 하나는 다 같이 돈을 모아 폭죽을 한 더미 사는 것이었고, 다른 하나는 자신들의 친구들을 다 모아서 박수부대를 조직하는 것이었다. 이기수집회사가 설립되던 날 거의 1백 명이 먼저 와서 축하했고, 주위에 모인 2백여 명의 관중과 함께 폭죽을 근 한 시간 넘게 터뜨리며 흥겨운 시간을 보냈다. 열화와 같은 장내 분위기는 마치 새해맞이 행사를 하는 사원 같았다. 이광두는 벌겋게 상기된 얼굴로 여전히 밥 동냥하는 거지 행색이었지만, 가슴에는 깨끗한 붉은 꽃을 달고 있었다. 그는 탁자 위에 올라가 흥분한 목소리로 떠듬떠듬 연설을 했다.

"감사합니다……, 감사합니다……, 감사합니다……, 감사합니다……, 감사합니다……."

이광두는 떠듬떠듬 감사의 말을 늘어놓은 뒤 제법 유창하게 말했다.

"집안에 결혼하는 사람이 있어도 이렇게 많은 사람이 모이지는 않을 겁니다. 집에 누가 죽더라도 이렇게 많은 사람이 모이지는 않을 겁니다……."

탁자 아래에서 우레와 같은 박수 소리가 터져 나오자 이광두의 연설도 유창해졌지만, 흥분한 나머지 또 말이 나오지 않았다. 눈물을 닦고 콧물을 삼켰지만, 눈물을 깨끗이 닦으면 콧물이 목구멍을 막는 바람에 꿀꺽 삼켜 배 속으로 넘기고 나서야 울먹울먹 말이 겨우 튀어나왔다.

"옛날에 이런 노래를 들은 적이 있습니다. 하늘이 넓고 대지가 넓어도 당의 은혜보다 넓지 않으며, 아버지 어머니가 아무리 사랑해도 모주석의 사랑만은 못하고, 세상 그 무엇도 사회주의보다 좋지는 않고, 강이 깊고 바다가 깊어도 계급의 벗들의 사랑보다 깊지는 않네……."

이광두는 연방 눈물을 닦고 콧물을 들이마시며 말을 이어갔다.

"저는 오늘 이 노래를 이렇게 바꿔 부르고 싶습니다……."

이광두는 울먹이며 노래를 부르기 시작했다.

"하늘이 넓고 대지가 넓어도 당과 여러분의 은혜보다 넓지 않으며, 아버지 어머니가 아무리 사랑해도 모 주석과 여러분의 사랑만은 못하고, 세상 그 무엇도 사회주의와 여러분만큼 좋지는 않고, 강이 깊고 바다가 깊어도 여러분, 계급의 벗들의 사랑만큼 깊지는 않네……."

23

이광두의 고물 사업은 승승장구했고, 1년 후 그는 여권을 만들어 안쪽에 일본 비자를 붙이고 일본을 방문해 일본 사람들과 국제 고물 사업을 벌이기로 했다. 이광두는 출국 전 일부러 동, 장, 관, 여, 왕을 찾았고, 다시 한 번 지분 투자를 할 의향이 있는지를 물었다. 지금 이광두는 돈이 아쉬운 형편은 아니었지만, 이제 곧 1만 톤짜리 유조선을 굴릴 만큼 부자가 될 시점에서 예전의 동업자들이 생각나 그들에게도 기회를 줘서 자신과 함께 부자가 되는 길을 걷게 해주려고 했다.

이광두는 다 떨어진 옷을 입은 채 대장간을 찾았고, 예전에 세계지도를 들고 왔을 때처럼 이번에는 여권을 들고 나타나 땀을 뻘뻘 흘리며 쇠를 두들기는 동 철장을 향해 흔들며 소리쳤다.

"동 철장 아저씨, 여권 본 적 없죠?"

이때 동 철장은 여권이라는 말을 들어본 적은 있지만 직접 본 적은 없었던지라 두 손을 자신의 작업복 앞치마에 쓱 닦고 나서 이광두의 여권을 받아들고 부러움 가득한 얼굴로 안을 들춰보던 중 깜짝 놀라 소리쳤다.

"안에 외국 종이가 한 장 붙어 있네?"

"일본 비자예요."

이광두는 의기양양하게 여권을 다시 받아서 조심스럽게 자신의 낡은 옷 주머니에 넣은 뒤 어릴 적 남녀관계를 하던 긴 걸상에 다리를 꼬고 앉아 기세등등하게 자신의 고물 사업의 원대한 미래에 대해 설명하고, 중국은 이미 자기 사업의 수요를 충족시킬 수 없고 세상이 자신을 만족시킬 수 있는지조차 모르겠다면서, 그래서 먼저 일본에 한

번 가서 물건을 구입해보겠다고 하자 동 철장이 궁금해 물었다.

"뭘 살 건데?"

"고물이죠. 국제 고물 장사를 시작할 거거든요."

이광두가 곧바로 대답했다.

그러더니 동 철장에게 다시 지분 투자를 할 의향이 있느냐고 물었다. 그러면서 지금은 자신이 돈도 있고 일도 훨씬 커져서 4년 전과는 달리 지금 들어오면 1백 원에 1퍼센트가 아니라 1천 원에 1퍼센트라고, 그것도 동 철장에게 아주 많이 봐주는 거라고 덧붙였다. 말을 마친 이광두는 할 거냐 말 거냐는 표정으로 동 철장을 쳐다보았다.

동 철장은 지난번의 비통하고도 참담한 교훈을 떠올리며 쓰레기 같은 옷을 입고 있는 이광두를 바라보니 진짜 난감했다. 이 개후레자식이 아무 데도 안 가고 류진에서 일을 하면 뭔가 한 건 하는데, 개후레자식이 류진을 떠나면 또 무슨 대형 사고를 치고 돌아올지 알 수 없는 일이라 자신은 지분에 투자하지 않겠다고 했다.

"먹고살기 편안할 정도면 그만이야. 떼부자가 될 생각은 없네."

이광두는 실실 웃으며 일어나 할 도리는 다했다는 듯한 표정으로 문 앞에 이르렀을 때 다시 여권을 꺼내 흔들어 보이며 말했다.

"내가 이제는 국제주의 전사란 말입니다."

이광두는 대장간을 나와 장 재봉과 아들 관 가새의 가게에 들렀다. 장 재봉과 아들 관 가새는 각기 이광두의 국제 고물 사업 구상을 듣고 둘 다 주저하면서 동 철장이 지분 투자를 했느냐고 물었고, 이광두가 고개를 흔들며 동 철장은 먹고살 정도면 안주하는, 원대한 꿈이 없는 사람이라고 말하자 곧바로 두 사람 모두 자신들도 먹고살 만할 정도면 된다고, 원대한 꿈 같은 것은 없다고 서둘러 말을 마쳤다. 이광두는 연민의 눈길로 전 동업자들을 바라보며 고개를 끄덕이면서 혼잣말을 했다.

"국제주의 전사가 되려면 용기가 필요한 법이지요."

이광두가 앞을 향해 걸어가자 장 재봉과 아들 관 가새는 뒷걸음으로 동 철장네 대장간으로 들어가 지분투자 이야기를 물었고, 동 철장은 미간을 찌푸리며 대답했다.

"이광두란 놈이 류진을 나서는 순간 내 마음이 갈피를 못 잡겠어. 그리고 고물 사업이라는 것도 정도라고 할 수가 없지."

"그렇다니까."

장 재봉과 아들 관 가새도 고개를 끄덕이며 맞장구를 쳤다. 동 철장은 땅바닥에 가래를 탁 뱉더니 말을 이어갔다.

"4년 전에 1백 원에 1퍼센트 하던 게 이제 1천 원에 1퍼센트라 그러고, 게다가 봐주는 거라니, 이 개후레자식 물가를 올려도 너무 왕창 올렸어."

"그렇죠."

장 재봉과 아들 관 가새가 또다시 맞장구를 쳤다.

"항전 시기에도 물가가 이렇게 많이 오르지는 않았다구. 지금은 평화로운 시기인데, 이 개후레자식이 어영부영 사기를 쳐서 떼돈을 벌려고 하는 것 같아."

동 철장은 다소 화가 난 것 같았다.

"그러게요. 이 개후레자식!"

장 재봉과 아들 관 가새가 일제히 소리쳤다.

이광두는 길거리에서 왕 케키와 마주쳤다. 동 철장, 장 재봉, 아들 관 가새의 냉담한 태도를 봤기 때문에 이광두는 별로 마음이 안 내켜 왕 케키에게 지분투자 이야기를 형식적으로 했는데, 이야기를 들은 왕 케키는 오히려 깊은 생각에 잠겼다. 왕 케키 역시 지난번의 참담했던 교훈을 떠올렸지만, 그는 동 철장과는 달리 생각을 계속하여 이광두가 빚을 갚아나가는 정경을 떠올렸고, 절체절명의 위기에서도 살아난 이광두를 떠올렸다. 그러고 나서 왕 케키는 자신의 가련한 처지를 생각했다. 지금 통장에 1천 원이 있지만, 자신의 노후를 생각하면 1천 원은 절대 부족한 금액이고, 도박에 한 번 더 거느니만 못하니, 잃으면 잃는 거라 생각하며 남은 생이야 어떻게든 살아지겠지 싶어졌다. 이광두는 그 자리에 선 채로 깊은 생각에 잠긴 왕 케키를 아무 말도 없이 지켜보다가 더 이상 참기 어려웠는지 소리를 질렀다.

"할 거예요, 안 할 거예요?"

왕 케키는 고개를 쳐들며 물었다.

"5백 원이면 0.5퍼센트인가?"

"0.5퍼센트도 많이 봐주는 거예요."

"하지. 1천 원 낼게."

왕 케키가 이를 질끈 물며 말했다.

"왕 케키 아저씨가 원대한 꿈의 소유자인 줄 몰랐네요. 사람은 겉모습으로 판단하면 안 되고 바닷물은 말로 잴 수 없다더니, 정말이네."

이광두는 놀란 눈으로 왕 케키를 보며 말했다.

그러고 나서 이광두는 여 뽑치네 가게로 갔다. 그즈음 여 뽑치는 직업상 최대의 위기를 맞고 있었다. 현 위생국에서 여 뽑치처럼 강호를 떠도는 간이의사들에게 시험을 쳐서 통과하면 의사 면허를 발행해주고 불합격이면 의료 행위 자격을 박탈한다는 통지를 했다는 것이다. 이광두가 걸어오고 있을 때 여 뽑치는 손에 두꺼운 《인체해부학》을 들고 눈을 감은 채 외우던 참이었는데, 앞줄을 외우면 뒷줄을 까먹고, 눈을 뜨고 책의 뒷줄을 제대로 본 뒤 다시 눈을 감으면 방금 외운 앞줄을 까먹으니, 부단히 눈을 감았다 떴다 마치 무슨 안구 체조를 하는 것 같았다.

이광두가 걸어와 그의 등나무 의자에 누웠고, 여 뽑치는 눈을 감고 있던 터라 손님이 온 줄 알았다가 눈을 떠보니 이광두라서 잽싸게 《인체해부학》을 덮고 벌컥 성질부터 내버렸다.

"세상에 제일 악랄한 게 뭔 줄 아나?"

"뭔데요?"

이광두가 알 리가 없었다.

"사람 몸이야. 멀쩡한 사람 몸에 장기 말고도, 근육에 혈관, 신경이 얼마나 많은지…… 나 이 여 뽑치 연세에 이것들을 어떻게 다 외우겠냐고! 자, 말 좀 해봐. 악랄하지, 그렇지?"

여 뽑치는 손에 든 《인체해부학》을 탁탁 두들기며 말했다.

"좆나게 악랄하네요."

이광두는 고개를 끄덕이며 여 뽑치의 말에 동의를 표했다.

여 뽑치는 감개가 무량하여 자신이 강호를 누빈 것이 30여 년이요, 뽑은 이빨만 해도 수를 헤아릴 수 없고, 사람들이 받들어 모셨으며, 반경 1백 리 안에서는 이빨을 제일 잘 뽑는다고 칭송받았는데, 이제 와서 젠장할 현 위생국에서 갑작스럽게 시험을 보라니 니미럴, 어떻게 이 난관을 넘느냐고 하소연했다. 여 뽑치의 눈자위가 붉어지더니 자신이 한 시절 이름을 떨쳤으나 결국은 도랑에서 뒤집힌 배 꼴이라고, 《인체해부학》 책 위에 묶여버렸다고 한탄했다. 여 뽑치는 오가는 류진 사람들을 보며 상심의 혼잣말을 던졌다.

"여러분께서는 지금 반경 1백 리 제일 뽑치가 사라지는 광경을 보고 계십니다."

이광두는 계속 헤헤 웃으며 손을 뻗어 여 뽑치의 손등을 토닥이면서 다시 한 번 지분 투자를 하겠느냐고 물었고, 여 뽑치는 실눈을 뜨더니 앞서 만났던 동업자들처럼 주판을 두들기기 시작하다가 이광두의 이전 실패에 생각이 미치자 난감했지만, 손에 들고 있는《인체해부학》을 보면 훨씬 더 난감했기에 이리저리 생각을 하다가 동, 장, 관, 왕 네 사람은 투자를 했는지 물었고, 이광두가 동, 장, 관 세 사람은 안 했고, 왕 케키 한 사람만 투자했다고 대답해주자 화들짝 놀란 얼굴로 전에 한 번 손해를 봐놓고 왕 케키가 어떻게 또다시 투자를 했나 싶어 혼잣말을 되뇌었다.

"왕 케키가 어디서 그런 배짱이 있지?"

"원대한 꿈이 있으시더라고요."

이광두는 왕 케키를 한껏 치켜세운 뒤 말을 이었다.

"생각해보세요. 왕 케키 아저씨는 기댈 사람이 없잖아요. 그러니 당연히 나 이광두한테 기댈 수밖에 없죠."

여 뽑치는 손에 든《인체해부학》을 보며 속으로 자신도 기댈 사람이 없다는 생각을 했고, 갑자기 늠름한 표정을 짓더니 손가락 두 개를 펼쳐 보이며 소리쳤다.

"나 여 뽑치도 원대한 꿈이 있다구. 2천 원 내지. 2퍼센트."

여 뽑치는 말을 마치자마자《인체해부학》을 땅에 내던지고 발로 한 번 짓밟은 다음 이광두의 손을 잡고 격앙된 목소리로 호소했다.

"나 여 뽑치는 자네 이광두와 함께하겠네. 자네는 고물로도 큰 사업을 해냈는데, 고물이 아니면 국가라도 하나 세울지 누가 아나?"

"정권에는 흥미 없고요."

이광두는 손사래를 치며 여 뽑치의 말을 끊어버렸다.

여 뽑치는 흥분이 가시지 않은 듯 격앙된 말을 이어갔다.

"자네 세계지도는 어디 갔나? 위의 작은 점들은 그대로 있지? 나 여 뽑치, 자네와 함께 떼돈을 벌면 반드시 그 점들을 돌아다녀 봐야지."

이광두는 두 번째로 곤붕의 날개를 펼치기 위해 류진을 떠나려 할 때도 당연히 소씨 아줌마네 간식식당에서 고기만두를 먹었다. 이광두는 만두를 씹으면서 쓰레기 같은 옷에서 여권을 꺼내 소씨 아줌마에게 보여주며 눈을 뜨게 해주려고 했고, 소씨 아줌마는 이리저리 살펴보며 여권의 사진과 앞에 있는 이광두를 번갈아보면서 말했다.

"여권에 있는 사진이 너하고 꼭 닮았네."

"닮긴 뭐가 닮아요? 그게 저예요."

소씨 아줌마는 손에서 떼어놓기 아깝다는 듯이 이광두의 여권을 보며 신기하다는 듯 물었다.

"이것만 있으면 일본에 갈 수 있단 말이야?"

"당연하죠."

이광두는 소씨 아줌마의 손에 있던 여권을 뺏으면서 말했다.

"아줌마 손에 기름 좀 봐요."

소씨 아줌마는 미안한 듯 앞치마에 손을 닦았고, 이광두는 자신의 낡은 옷소매로 여권에 묻은 기름을 세심하게 닦아냈다. 소씨 아줌마는 이광두의 쓰레기 같은 옷을 보며 물었다.

"너 이 옷을 입고 일본에 갈 거니?"

"걱정 마세요. 나 이광두는 우리나라 사람 창피하게 안 만들 테니까. 상해에 도착하는 대로 죽여주는 옷을 사 입을 겁니다."

이광두는 쓰레기 같은 옷의 먼지를 탁탁 털어내면서 말했다.

이광두는 만두로 배를 채운 다음 소씨 아줌마의 간식식당을 나서면서 4년 전 아줌마가 투자를 할 뻔하다가 못한 일이 생각나 이번에는 기회를 드려야겠다고 생각했다. 이광두는 발걸음을 멈추고 아주 간단하게 지분 투자에 관해 이야기를 했고, 소씨 아줌마의 가슴은 순간 덜컥 하더니 곧 지난번 망한 사업이 떠오르면서 지난번에 자기 돈이 안 들어간 것은 때마침 절에 가서 향을 피운 덕이라는 생각이 떠올랐다. 최근 식당 장사도 잘 돼서 눈코 뜰 새 없이 바쁜 데다가 벌써 3주나 절에 가서 향을 피우지 못했으니, 향도 안 피우면서 할 일은 아니라는 생각에 고개를 저으며 이번에는 투자하지 않겠다고 했다. 이광두는 아쉬운 듯 고개를 끄덕였고, 뒤돌아서서 활기찬 모습으로 두 번째 곤붕의 날개를 펴기 위해 버스터미널로 들어섰다.

24

이광두는 곤붕의 날개를 펼치려고 일본의 도쿄, 오사카, 고베 등을 다녔고, 홋카이도와 오키나와도 빼놓지 않았다. 그는 두 달여 동안 일본을 돌아다닌 끝에 3천6백57톤의 고물 양복을 구매했다. 이들 고물 양복들은 보기에도 멀쩡하고, 세세한 공정을 통해 만들어진 것들로, 훗날 이광두가 입는 이탈리아제 아르마니 양복처럼 매끈했다. 일본 사람들은 이 양복들을 고물 취급하여 이광두에게 팔았고, 이광두는 중국 화물선을 전세 내서 일본의 고물 양복들을 상해로 들여왔다. 일본 배를 전세 낼 엄두는 나지 않은 것이, 일단 일본 화물선이 너무 비싼 데다 일본 부두에서 고물 양복더미를 화물선으로 옮기는 인건비만 해도 3천6백57톤의 고물 양복 값보다 훨씬 비쌌기 때문이다. 아무튼 이광두가 상해에서 일본의 고물 양복을 내다팔자 전국 각지의 고물 대왕들이 며칠 만에 상해로 구름같이 몰려들어, 들리는 소문으로는 남경로의 사성급 호텔이 꽉 찼다고 한다. 이들 고물 대왕들은 마대에 현금을 담아왔고, 마대를 들고 사성급 호텔 로비에서 수속을 하고, 마대를 들고 엘리베이터에 타고, 마대를 들고 각자의 방으로 들어갔고, 결국 그 마대에 들어 있던 현금은 모두 이광두의 수중으로 들어갔으며, 그후 이광두의 고물 양복들은 철로를 따라, 고속도로를 따라, 뱃길을 따라 전국 각지로 보내져 전국 각지의 사람들은 쪼글쪼글한 중산복을 벗어던지고 이광두가 일본에서 들여온 고물 양복을 입게 되었다.

물론 이광두가 고향 류진 사람들을 잊을 리가 없었으니, 그는 5천 벌의 고물 양복을 남겨서 류진으로 가져왔다. 당시에는 양복을 입는 것이 대단한 유행이어서 류진의 청년들은 죄다 결혼 전에 장 재봉에게 양복을 맞춰 입었다. 이십여 년 동안 중산복을 만들었던 장 재봉은 양복이 유행하자 바로 양복을 만들기 시작했고, 장 재봉의 말로는 양복을 만드는 일은 아주 간단해서 어깨까지는 중산복과 똑같고 옷깃만 양복으로 만들면 된다고 했지만, 그렇게 만든 토종 양복은 입은 지두 달이 못 되어 형태가 변해 삐딱하게 기울었다. 그러던 즈음 이광두의 고물 양복이 류진에 들어왔으니 난리가 났고, 사람들은 창고로 가서 강물에 빠지듯 이광두의 고물 양복 속으로 뛰어들어 이리 뒤지고 저리 뒤져서 자기 몸에 꼭 맞는 양복을 찾으며, 모두들 이 양복들은 마치 아무도 안 입은 옷 같다며 가격도 옛날 옷보다 싸다고 입을 모았다. 그렇게 한 달도 채 못 되어 이광두가 가져온 5천 벌의 고물 양복은 모두 다 팔리고 말았다.

　그즈음 이광두의 이기수집회사 안은 찻집보다도 더 바글거렸다. 이광두는 류진으로 돌아온 후 곧바로 쓰레기 같은 옷으로 바꿔 입은 채 의기양양하게 앉아 있었다. 사람들은 온종일 그를 에워싼 채 그가 해 주는 일본 이야기를 1백 번을 들어도 질리지 않는다는 듯 듣고 또 들었다. 이광두가 매번 일본 물가가 얼마나 비싼가 이야기할 때면 이가 다 드러나고 입은 일그러졌다. 일본에서 아침에 콩국을 사마시고 꽈배기를 사 먹는 돈이면 우리 류진에서는 거의 돼지 한 마리를 잡아먹을 수 있는 값이라고 했다. 게다가 그 콩국 양은 너무 적어서 우리 류진에서처럼 커다란 대접에 주는 게 아니라 우리 류진에서 쓰는 찻잔보다 작은 데다 주고, 꽈배기는 굵기가 젓가락처럼 가늘다고 했다. 사람들은 생각이 복잡해졌는지 이놈의 일본은 갈 데가 못 된다고 입을 모았다. 저팔계가 가도 바싹 마른 갈비씨가 되겠다고 말이다.

　"그렇지, 갈 데가 못 되지. 일본이라는 데가 돈은 있지만 문화가 없어요."

　이광두가 손을 휘저으며 말했다.

　"일본에 문화가 없다고?"

　사람들은 무슨 소리인지 알 수가 없었다. 이광두가 벌떡 일어나자 사람들은 그에게 길을 터주었고, 이광두는 벽에 걸려 있는 고물 폐품을 적어두는 칠판으로 가더니 분필을 들어 칠판에 '9' 자를 쓴 다음 돌아서서 사람들에게 물었다.

　"이걸 어떻게 읽습니까?"

　"구." (중국어로는 '지우'라고 읽으며 술 '주(酒)'와 발음과 성조가 똑같다.—옮긴이)

　사람들이 대답했다.

"그렇죠."

이광두는 '9' 자 뒤에 '8' 자를 쓰더니 다시 물었다.

"이건 어떻게 읽습니까?"

"팔."(중국어로 '바'라고 읽으며, 술집을 일컫는 'bar'의 음차어로 쓰는 '파(吧)'와 발음이 똑같다. 그래서 '酒' 자와 '吧' 자를 합쳐 '지우바'라고 읽으며, 소위 카페나 양주, 맥주 따위를 파는 바를 일컫는다.—옮긴이)

이광두는 기분 좋게 고개를 끄덕이며 설명했다.

"그렇죠. 이 두 글자는 모두 아라비아 숫자지요."

이광두는 분필을 던지고 원래의 의자로 돌아와 앉으면서 말했다.

"일본 사람들은 아라비아 숫자도 몰라요."

사람들은 놀라 입을 벌렸다.

"진짜?"

이광두는 다리를 꼬면서 자신만만하게 말했다.

"나 이광두가 일본에서 돈을 벌면서 한 번은 쓰고 싶었는데, 어디서 쓸 것이냐? 당연히 제일 세련된 곳에서 써야 할 것 아니냐 이거죠. 그럼 어디가 제일 세련된 곳이냐? 당연히 서양 술집(酒吧. 지우바) 아니냐 이거예요. 그런데 내가 서양 술집이 어디 있는지 알게 뭡니까? 일본말로 서양 술집을 어떻게 읽는지도 모르는데, 중국어로 서양 술집을 읽으면 일본 사람들이 못 알아듣고……. 그러니 어떡해요?"

이광두는 잠시 뜸을 들였다가 입을 한 번 쓱 닦으면서 사람들을 보며 듣고 싶어 안달하는 모습을 즐기다가 아주 천천히 말했다.

"나 이광두한테 순간 영감이 떠오르더라고요. 아라비아 숫자가 생각난 거죠. 일본 사람들이 한자는 몰라도 아라비아 숫자는 알 테지?"

사람들은 고개를 끄덕였고, 이광두는 말을 이어갔다.

"그래서 손바닥에 '98'이라고 썼지. '98'을 읽으면 서양 술집 아냐?"

"그렇지, '98'을 읽으면 서양 술집이지."

"나 이광두도 그럴 줄은 전혀 몰랐는데. 무려 열일곱 명의 일본인한테 '98'을 보여줬는데, 열일곱 명의 일본 사람 전부 알아먹지를 못하는 거예요. 내가 뭘 하려는 건지 모르더라고. 대답 좀 해봐요, 일본 사람들한테 문화가 있어, 없어?"

"없구면."

사람들이 일제히 소리쳤다.

"그런데 돈은 많아요."

이광두가 끝을 맺었다.

25

우리 류진의 신분이 좀 높고 체면을 차리는 분들은 죄다 이광두가 가져온 고물 양복을 입었고, 신분이 낮은 사람들과 체면 차릴 필요가 없는 사람들도 입었다. 류진의 남자들은 멋들어진 양복을 입은 후부터 말에 자신감이 철철 넘쳐흘러 다들 자기들이 외국의 국가원수 같다고들 하고 다녔다. 그 말을 들은 이광두는 류진에 순식간에 외국 국가원수들이 수천 명 나타났으니 자신의 공덕이 무량하다면서 연방 헤헤 웃고 다녔다. 그런데 우리 류진의 여자들은 여전히 촌티가 물씬 풍기는 옷을 입고 다녀서 남자들은 여자들을 지방특산품이라고 놀려댔고, 그렇게 놀려댄 후에는 상점의 유리창에 비친 자신들의 양복과 가죽구두의 흐릿한 모습을 보며 자신들에게 외국 국가원수 같은 위엄이 있는 줄 일찍이 알았더라면 지방특산품에게 장가들지 않았을 거라고 입을 모았다. 류진의 남자들 중 이광두 한 사람만 양복을 입지 않았다. 그는 속으로 더 좋은 양복이라 하더라도 어차피 고물 양복이고, 자신이 입고 있는 누더기 옷은 더 누더기가 된다 해도 자기 옷이라고 생각했다. 이광두는 속으로는 이렇게 생각하면서도 겉으로는 그렇게 말하지 않았는데, 사람들이 왜 아직도 누더기 옷을 입고 다니느냐고 물으면 겸허하게 대답하고는 했다.

"저는 고물 장사를 하는 사람이니까 당연히 고물 옷을 입어야죠."

일본 고물 양복에는 죄다 가슴 안쪽 주머니 위에 일본 성씨가 박혀 있었다. 류진 사람들이 고물 양복을 입기 시작했을 때 가슴 안쪽에 박혀 있는 성씨에 대해 호기심이 넘쳐서 온종일 길거리에 선 채로 옷을 들추어 서로 상대방은 어느 집 양복을 입었는지 보고 하하 웃고는 했다.

그때 조 시인과 류 작가는 여전히 문학의 백일몽을 꾸고 있을 때라 이광두가 일본 양복을 가져왔다는 소식을 듣고 곧바로 이광두의 창고로 달려가서 산더미처럼 쌓인 양복들 속으로 파고들어 류 작가는 세 시간 만에 '삼도(三島, 미시마 유키오의 성―옮긴이)' 양복을 찾아냈고, 조 시인도 만만치 않아 네 시간 만에 '천단(川端, 가와바타 야스나리의 성―옮긴이)' 양복을 찾아냈다. 우리 류진의 양대 문호는 의기양양하여 사람들을 만나면 양복을 젖혀서 사람들에게 '삼도'와 '천단'이라는 글자를 보여주면서 무지한 류진 사람들에게 '삼도'와 '천단'은 대단히 유명한 성씨라며, 일본에서 가장 위대한 작가의 성인데, 하나는 '삼도유기부'라는 사람이고, 다른 한 사람은 '천단강성'이라고 알려주었다.(중국 사람들은 일본 고유명사의 한자를 중국 음 그대로 읽는다.―옮긴이) 그들이 이런 말을 할 때는 얼굴이 발갛게 달아오르는 것이, '삼도'와 '천단' 양복을 입은 후부터 우리 류진의 삼도유기부와 천단강성이라도 되는 것 같았다. 양대 문호는 길에서 마주치면 서로 허리를 굽혀 인사했고, 그러고 나서 인사말을 나눴는데, 류 작가가 조 시인에게 고개를 끄덕이며 미소 짓는 얼굴로 먼저 인사를 건넸다.

"근래 퍽 좋으신가?"

그러면 조 시인 역시 고개를 끄덕이며 미소 짓는 얼굴로 화답했다.

"근래는 그럭저럭이오."

그러면 류 작가가 또 물었다.

"근래 시작은 어떠하오?"

조 시인이 대답했다.

"근래에는 시를 쓰지 않소. 근래에는 산문을 구상하고 있는데, 제목이 '아름다운 류진의 나'라오."

류 작가가 큰 소리로 찬탄했다.

"좋은 제목이오! 천단강성의 명작 〈아름다운 일본의 나〉와 딱 두 글자 차이밖에 안 나오."

조 시인은 긍지를 느낀다는 듯 고개를 끄덕이면서 류 작가에게 물었다.

"근래 어떤 단편소설이 있소?"

류 작가가 대답했다.

"근래에는 단편을 쓰지 않소. 근래에는 장편소설을 구상 중이오. 제목은 '천녕사(天寧寺)'요."

조 시인 역시 큰 소리로 찬탄을 표시했다.

"좋은 제목이오! 삼도유기부의 명작 《금각사》와 역시 두 글자 차이

밖에 나지 않소."

류진의 양대 문호는 다시 서로에게 허리 숙여 인사를 한 후 하나는 동쪽으로, 하나는 서쪽으로 천천히 헤어졌다. 류진 사람들은 이들을 보면서 한 시간 전에도 저 개후레자식들이 같이 서서 이야기하는 걸 보았는데 한 시간 후에도 어떻게 '근래'라는 말을 쓰냐고 깔깔거렸고, 이 개후레자식들이 멀쩡하게 허리를 굽혀 인사하는 꼴은 또 뭐냐고 투덜댔다. 류진의 노인들은 어릴 적 일본 사람들을 본 적이 있던 터라 일어나 나와서 일본 사람들은 만나면 서로 허리를 숙여 인사한다고 설명해주었고, 사람들은 류 작가와 조 시인의 뒷모습을 손가락질하며 도저히 못 봐주겠다는 듯 소리쳤다.

"너희 두 놈은 분명히 류진의 개후레자식들이잖아. 일본 개후레자식이 아니라."

여 뽑치와 왕 케키는 의기양양하게 우리 류진의 거리를 활보했다. 이광두가 일본 고물 양복으로 돈을 벌자 두 사람의 투자에 대한 수익도 당연히 높아졌고, 주머니에는 당연히 돈이 생겼다. 여 뽑치는 그 두꺼운 《인체해부학》을 던져버리고, 뽑치의 복장을 벗어버리면서 이제 강호를 떠난다, 그만두겠다, 이제부터 반경 1백 리 제일 뽑치는 없다, 류진의 친지 여러분이 이가 아파 죽을 지경이라도 여 뽑치 본인은 보고도 못 본 척하겠다고 장광설을 늘어놓았다. 왕 케키도 즉각 여 뽑치의 뒤를 따랐다. 아이스케키 상자를 던져버리면서 내년 여름부터 다시는 자신이 아이스케키 파는 모습을 볼 수 없을 것이라고 선언했고, 류진의 친지 여러분이 목말라 죽을 지경이라도 왕 케키 본인은 여 뽑치를 따라 보고도 못 본 척하겠다고 덧붙였다.

여 뽑치는 '송하(松下, 마츠시타)' 씨의 양복을 입고, 왕 케키는 '삼양

(三洋, 산요)' 씨의 양복을 입고서 할일 없이 류진의 거리를 왔다 갔다 하다가 두 사람이 마주칠 때면 웃음을 참지 못하고 두꺼비가 백조 고기를 먹은 것보다 더 기뻐했다. 그렇게 한참 웃고 나면 여 뽑치가 자신의 주머니를 툭툭 건드리며 왕 케키에게 묻고는 했다.

"돈 생겼지?"

그러면 왕 케키도 자기 주머니를 툭툭 치면서 대답했다.

"생겼지."

여 뽑치는 소인배가 득세한 듯 결론을 내렸다.

"한 걸음에 하늘에 닿는다는 말이 바로 이런 거야."

그러고 나서 여 뽑치는 호기심 어린 눈으로 왕 케키에게 어느 집 양복을 입고 있냐고 물었고, 왕 케키는 위풍당당하게 양복을 젖혀 양복 안쪽 주머니 위에 새겨진 '삼양'이라는 글자를 보여주었고, 여 뽑치는 놀라 소리쳤다.

"삼양 집안이구먼, 전기 대왕이지!"

왕 케키는 웃느라 찢어진 입을 다물지 못했고, 여 뽑치도 이에 지지 않으려고 자신의 양복을 열어젖혔다. 안을 들여다본 왕 케키는 '송하' 두 글자를 보고 역시 감탄의 소리를 질렀다.

"송하 가문이구먼. 자네도 역시 전기 대왕이야!"

"둘 다 전기 대왕일세, 자네와 나는 동종업계야."

여 뽑치가 손을 휘저으며 말하면서 덧붙였다.

"자네와 나는 동종업계이면서도 경쟁관계지."

"그래, 그래."

왕 케키가 연방 고개를 끄덕였다.

이때 똑같은 고물 양복을 입은 송강이 걸어왔다. 우리 류진의 남자들이 죄다 양복을 입자 임홍도 창고로 달려가 두 시간을 뒤진 끝에 지금 송강이 입고 있는 옷을 골라냈고, 매끈한 몸매의 송강이 말끔한 검은색 양복을 걸치니 류진이 다 환해졌다. 사람들은 그 모습을 보고 송강이 양복을 입자 송옥(宋玉:중국 전국 시대 말기 초나라의 사부작가辭賦作家. 그윽한 정취를 풍기는 아름다운 작풍으로 두각을 나타냈다. 그의 작품은 16편이라 하는데 현전하는 사부는 〈초혼招魂〉 등 6편으로, 모두 감미롭고 애절한 정서에 넘치는 작품이다.―옮긴이)보다 더 멋스럽고, 반안(潘安:본명은 반악潘岳. 중국 고대 역사에 등장하는 대표적 미남자.―옮긴이)보다 더 호방하다면서 송강은 천생 양복을 입을 운명이라고 입을 모았다. 여 뽑치와 왕 케키는 사람들의 찬탄을 듣고 겉으로는 고개를 끄덕였지만 속으로는 마음이 썩 편치 않아 여 뽑치는 손짓으로 송강을 불렀고, 송강이 다가오자 이렇게 물었다.

"자네는 어느 가문인가?"

송강은 양복을 젖히면서 대답했다.

"복전(福田. 후쿠다) 집안 겁니다."

여 뽑치가 왕 케키를 쳐다보자 왕 케키가 입을 열었다.

"못 들어본 건데."

여 뽑치가 으스대며 말을 받았다.

"나도 못 들어봤어. '송하'나 '삼양'에 비하면 '복전'은 확실히 무명 졸개 집안이야. 하지만 만약 자네가 '복福' 자를 '풍豐' 자로 바꿔 '풍전(豐田. 도요타)' 집안이 되면 자동차 대왕인 거지."

송강은 미소 지으며 그 말을 받았다.

"지금 입고 있는 '복전'이 몸에 딱 맞는데요."

여 뽑치는 아쉬운 듯 왕 케키를 향해 고개를 절레절레 저었고, 왕 케키도 따라 고개를 저었다. 비록 몸매나 전체적인 모습은 송강만 못

하나, 입고 있는 양복의 가족 성씨는 송강을 아래로 볼 만했다. 여 뿝치와 왕 케키는 계속해서 활개를 치며 거리를 걷다가 자기들이 사는 골목 안으로 들어가 장 재봉네 가게 앞에서 걸음을 멈추었다. 그때 장 재봉도 고물 양복을 입고 있었는데, 망연자실한 눈빛으로 평상시 손님들이 앉아 있는 긴 걸상에 앉아 있었다. 여 뿝치와 왕 케키가 문 앞에서 실실 웃는 얼굴로 서 있자 장 재봉은 멍한 눈길로 그들을 쳐다보았고, 여 뿝치가 웃으며 장 재봉에게 물었다.

"자네 옷은 어느 집안 건가?"

장 재봉은 정신을 차리고 눈앞에 서 있는 여 뿝치와 왕 케키에게 씁쓸한 웃음을 지으며 입을 열었다.

"이광두란 놈, 해도 너무해. 이렇게 옷을 많이 들여오면 나에게 국산 옷을 맞춰달라는 손님이 없잖아."

여 뿝치는 장 재봉의 고충 따위에는 관심이 없었다.

"자네 옷은 어느 집안 거냐니까?"

장 재봉은 긴 한숨을 터뜨리고는 손을 휘저으며 말했다.

"앞으로 몇 년 더 지나면 나한테 옷을 맞추러 오는 사람이 아예 없어질 거야."

급기야 여 뿝치는 화가 나서 소리를 질렀다.

"어느 집안 거냐고 묻잖아?"

그제야 장 재봉은 정신이 들어왔는지 옷을 젖히고 고개를 숙여 보더니 대답했다.

"'구산(鳩山)' 집안 거네."

여 뿝치와 왕 케키가 서로 쳐다보고 왕 케키가 장 재봉에게 물었다.

"혁명 모범극 〈홍등기〉에 나오는 구산?"

장 재봉이 고개를 끄덕이며 말했다.

"응, 그 구산."

장 재봉이 무명 졸개 집안의 옷을 입고 있지 않자 여 뽑치와 왕 케키는 다소 실망한 기색이었지만, 거기서 멈추지 않고 왕 케키가 여 뽑치에게 따져 물었다.

"그런데 구산을 유명인사라고 볼 수 있나?"

여 뽑치가 심드렁하게 대꾸했다.

"유명한 사람은 유명한 사람이지. 나쁜 놈이지만."

그러자 왕 케키도 연방 고개를 끄덕이며 말을 받았다.

"그렇지, 나쁜 놈이지."

여 뽑치와 왕 케키는 장 재봉네서 체면을 좀 회복했다 싶었는지 으스대며 다시 걸어 아들 관 가새네 가게 앞으로 갔다. 아들 관 가새는 한 벌은 검은색, 한 벌은 회색 두 벌을 샀고, 일단 양복을 입었다 하면 더 이상 가위를 갈지 않았으며, 가게 앞에 서서 폼을 잡고 자랑했다. 오전에는 검은색, 오후에는 회색 양복을 입고 사람을 보면 어깨에 떨어진 비듬을 가볍게 털어내며 주저리주저리 말을 늘어놓았다. 류진 남자들이 양복을 입은 후 옷을 젖혀 누구 집안인지 확인하는 일이 대대적으로 유행하자 아들 관 가새도 자신의 양복을 확인해보았더니 대단한 집안 것이 아니어서 며칠 동안의 고민하고 초조해하다가 원래 있던 무명 집안의 이름을 뜯어내고 자신이 직접 '소니(素尼, 소니)'와 '일립(日立, 히타치)'을 새겨넣었다. 그는 소니와 일립이 가전업계에서는 무척이나 유명하지만, 성씨가 아닌 줄은 몰랐다. 그리하여 여 뽑치와 왕 케키는 기세등등하게 걸어올 때 검은색 '소니' 양복을 입은 아들 관 가새가 거만하게 맞이하며 기습적으로 먼저 질문을 던졌다.

"아저씨들은 누구네 가문이에요?"

"'송하' 가문."

여 뽑치가 자신의 양복을 젖혀 아들 관 가새에게 보여준 뒤 왕 케키를 가리키며 말했다.

"저 친구는 '삼양' 가문이고."

"훌륭하군요."

아들 관 가새가 칭찬하며 고개를 끄덕이더니 한마디 덧붙였다.

"둘 다 형편이 괜찮은 집안이네요."

여 뽑치가 헤헤 웃으며 물었다.

"자네 집안 형편은 어떤가?"

아들 관 가새는 자신의 양복을 젖혀 보여주며 말했다.

"저 역시 괜찮죠. '소니' 가문이에요."

여 뽑치가 소리 질렀다.

"자네도 전기 대왕이구먼!"

아들 관 가새는 엄지손가락을 들어 뒤에 있는 옷장을 가리키며 으스대며 말했다.

"제 옷장 안에 '일립' 가문 것도 한 벌 더 있어요."

왕 케키가 놀라 소리쳤다.

"자네 집안은 둘 다 동종업계구먼."

듣고 있던 여 뽑치가 보충 설명을 했다.

"서로가 경쟁 상대이지."

아들 관 가새는 여 뽑치의 말이 아주 만족스럽다는 듯 여 뽑치의 어깨를 토닥이며 말했다.

"맞아요. 스스로에 대한 도전이라고 볼 수 있죠."

여 뽑치와 왕 케키는 껄껄 웃으며 아들 관 가새네 가게를 나와 동 철장네 가게에 도착했다. 동 철장은 짙은 남색 양복을 입고 그 위에 그의 상징인, 불똥이 튀어 잔뜩 생긴 작은 구멍들을 기운 앞치마를 두른 채 쇠를 두들기고 있었다. 여 뽑치와 왕 케키는 멍한 눈길로 이를 바라보았고, 왕 케키가 여 뽑치에게 조심스럽게 물어보았다.

"양복도 작업복이 될 수 있나?"

"양복도 작업복이지."

동 철장도 들었는지 큰 소리로 말하면서 들고 있던 망치를 내려놓았다.

"텔리비전에서 외국 사람들은 다 양복 입고 출근하더군."

여 뽑치는 곧바로 왕 케키를 가르치려 들었다.

"그렇지, 양복은 외국 사람들 작업복이지."

왕 케키는 자신의 양복을 보며 약간 실망한 듯 혼잣말을 했다.

"원래 우리가 입고 있는 옷이 다 작업복이었구먼."

여 뽑치는 전혀 실망한 기색이라곤 없이, 생기발랄한 목소리로 동 철장에게 또 물었다.

"자넨 어느 집안 건가?"

동 철장은 태연자약하게 앞치마를 벗고, 양복을 젖히며 대답했다.

"동 씨 가문."

여 뽑치는 깜짝 놀랐다.

"일본에도 동 씨가 있나?"

동 철장이 소리쳤다.

"일본에 무슨 놈의 동 씨가 있어? 이건 이 몸의 성씨지."

여 뽑치는 얼떨떨한지 이렇게 물었다.

"아니, 위에 '동(童)' 자가 새겨져 있는데?"

동 철장은 자랑스럽게 대답했다.

"내가 박아넣었지. 마누라한테 원래 있던 일본 성을 떼어내 버리고, 내 중국 성을 박아넣으라고 했지."

여 뽑치와 왕 케키는 그제야 무슨 소리인지 알아들었고, 여 뽑치는 고개를 끄덕이면서도 괜히 이렇게 중얼거렸다.

"자기 성이 좋긴 하지만, 유명세가 없잖아."

동 철장은 콧방귀를 한 번 뀌더니 앞치마를 두르며 가소롭다는 듯 말을 받았다.

"당신 같은 인간들, 양복 한 벌 해입었다고 조상까지 팔아먹고 말이야, 도대체 기개라고는 없어. 항전시기에 한간들이 왜 그렇게 많았는지 알아? 당신들 상판을 보면 알 수 있어."

그러면서 동 철장은 망치를 들고 쇠를 두들기기 시작했고, 사서 면박을 당한 여 뽑치와 왕 케키는 동 철장네 가게를 나왔다. 여 뽑치는 부아가 치밀어 왕 케키에게 말을 걸었다.

"젠장할, 지가 줏대가 있으면 일본 양복을 입지 말아야지……."

왕 케키가 말을 받았다.

"그러게, 이게 창녀 짓 하고 열녀비 세우는 꼴 아니고 뭐야?"

우리의 현장님께서도 고물 양복을 입으셨고, 현장님 양복 안쪽에는 '중증근(中曾根, 나카소네)'이라는 글자가 수놓아져 있었는데, 당시 일본 총리가 중증근강홍(中曾根康弘, 나카소네 야스히로)이었다. 현장님도 이광두가 일본 양복을 가지고 왔다는 말을 들었던 터에 현 정부에서 일하는 사람들이 양복을 입고 번듯해진 것을 보고 자기도 한 벌 사야겠다는 생각으로 도청을 대동하고 이광두의 창고로 양복을 보러 갔다. 그리하여 현장님은 '중증근' 양복을, 도청은 '죽하(竹下, 다케시타)' 양복을 한 벌씩 구입했는데, 현장님께서 '중증근' 양복을 입어보니 몸에 잘 맞고, 마치 자기 몸에 맞춘 것 같아 거울을 보고 또 보고, 보면 볼수록 중증근강홍 총리와 자신과 무척이나 비슷해서 깜짝 놀라고 말았다. 현장님께서는 당연히 여 뽑치나 왕 케키처럼 수선을 피우지도 않고, 양복 안쪽 주머니 위의 '중증근' 글자를 내보이지는 않았지만, 옷걸이에 걸 때나 의자에 걸어놓을 때 사람들이 무심결에 보고 자연스럽게 "현장님, 현장님 양복은 일본 총리 가문의 양복이군요!"라고 아부하면 현장은 기분이 좋으면서도 겉으로는 아무렇지도 않다는 듯 손사래를 치며 이렇게 대꾸했다.

"우연이야, 완전히 우연이라구."

당시 그 자리에는 도청도 있었으나 도청의 기분은 씁쓸했다. 왜냐하면 그 '중증근' 양복은 도청이 먼저 발견했는데, 그 양복을 막 집어 드는 순간 현장의 눈이 동그래지는 것을 보고 감히 그것을 집을 수 없어서 망설였더니 현장이 잽싸게 낚아챘던 것이다. 도청은 두 눈을 똑바로 뜬 채 '중증근' 양복이 현장의 몸에 걸쳐지는 것을 목격하고 기분이 무척이나 안 좋았지만, 얼굴에는 웃음을 띤 채로 입으로는 현장님께서 '중증근' 양복을 입으시니 얼마나 잘 어울리시는지 모르겠다고 아부까지 해야 했다. 게다가 자신의 정치적 야심을 드러내지 않기 위해서 자신은 그냥 손이 가는 대로 '죽하'를 집어 걸쳤는데, 그 후로 매일 자리에서 일어나 '죽하'를 입을 때면 '중증근'을 잊지 못하고 입으로 '중증근'을 중얼거렸다. 그런데 반년 후 예상치도 못하게 중증근강홍은 더 이상 일본 총리가 아니었고, 죽하라는 사람이 새로 총리 자리에 오르는 일이 벌어졌다. 그때 현장도 새로운 곳으로 전임 갔고,

도청이 현장으로 승진했다. 현장으로 승진한 도청은 거울 앞에서 자신이 걸친 '죽하' 양복을 보며 감개무량했는지 머릿속에 온갖 생각이 스쳐지나갔고, 혼잣말을 중얼거렸다.

"진정코 하늘의 뜻이었네."

26

이광두는 고물 양복 장사로 큰돈을 번 뒤 제일 먼저 떠올린 사람이 송강이었다. 그는 깨달은 바가 있어 이제 마땅히 송강을 끌어들여 형제 두 사람이 손을 잡고 함께 큰 사업을 벌여야겠다고 생각했다. 이광두는 옷장을 뒤져 처음 공장장으로 취임했을 때 송강이 짜준 옷을 찾아 다음 날 아침에 입고 '전도양양선'이 잘 보이게 너덜거리는 누더기 옷을 젖힌 다음 성큼성큼 우리 류진의 거리를 걸어갔다. 이광두는 위풍당당하게 송강의 집 문 앞에 도착했는데, 지난번 정관수술 증명서를 들고 온 이래 그야말로 몇 년 만에 와보는 것이었다. 이광두는 그곳에 서서 창문에 비친 송강과 임홍의 모습을 보다가 두 사람이 문을 열고 나오자 힘차게 자신의 누더기 옷을 젖히면서 뜨거운 목소리로 송강에게 말했다.

"송강, 너 아직 이 옷 기억해? 너 아직 '전도양양선'을 기억하냐고? 네가 한 말을 실현시키려고 내가 드디어 원대한 사업을 시작했다. 송강, 난 이미 이 '전도양양선'의 선장이니까, 네가 와서 일등항해사가 되어줘."

송강은 문을 열었을 때 이광두가 있어 깜짝 놀랐다. 이렇게 이른 시간에 집 앞에 와 있을 줄은 꿈에도 생각하지 못했기 때문이다. 지난 몇 년 동안 이광두와는 한마디 말도 나눈 적이 없고, 길에서 마주친 것도 채 열 번이 안 되는데다 그때마다 그는 자전거를 더욱 빨리 몰아서 지나치곤 했다. 그리하여 이광두가 와서 무슨 '전도양양선'을 외치자 송강은 불안한 마음에 임홍을 돌아보았지만 그녀는 오히려 태연했다. 송강은 고개를 숙인 채 자전거를 밀고 갔고, 안장에 올라탄 뒤에도 고개를 숙인 채 임홍이 뒷좌석에 타기를 기다렸다.

이광두가 계속 열띤 목소리로 말했다.

"송강, 나 어제 한숨도 못 잤다. 아무리 생각해도 너는 사람이 너무 진실해서 쉽게 속거든. 그래서 넌 재무관리 말고 다른 일은 할 수가 없어요. 송강, 네가 와서 재무관리를 해주면 나는 하나에서 열까지, 하나에서 천까지, 아니 하나에서 만까지도 안심할 수가 있겠다!"

송강은 자전거 페달을 밟으면서 냉랭하게 입을 열었다.

"내가 일찌감치 얘기했잖아. 단념하라고."

이광두는 이 말을 듣자 바보처럼 변해버렸다. 송강이 이렇게 무정하게 나올 줄은 생각도 못했기 때문에 한동안 멍하니 있다가 곧이어 송강이 가는 뒷모습을 보며 욕설을 퍼부었다.

"송강, 너 이 개후레자식아. 니미럴, 너 잘 들어라. 지난번에는 니가 나랑 완전히 끝내자고 그랬지. 이번에는 내가 끝낸다. 오늘부터 우리는 형제가 아니다!"

이광두는 마음이 아팠다. 그는 송강과 임홍의 자전거를 향해 마지막으로 소리쳤다.

"송강, 너 이 개후레자식아. 너 우리 어릴 적 일들을 완전히 잊어버렸구나!"

송강은 자전거를 몰면서 이광두가 한 욕을 죄다 똑똑히 듣고 있었는데, "너 우리 어릴 적 일들을 완전히 잊어버렸구나."라는 마지막 한마디에 그만 눈이 붉어졌다. 송강은 말없이 자전거를 몰았고, 임홍도 뒷좌석에 앉은 채 아무런 말도 없었다. 송강이 이광두에게 무정하게 대하려 애쓴 것은 순전히 임홍 때문인데, 임홍이 아무런 반응이 없자 송강은 불안해졌고, 길모퉁이를 돌고 나서 조용히 임홍을 불렀다.

"임홍, 임홍⋯⋯."

임홍은 가볍게 대답하고 나서 조용히 이야기했다.

"그래도 이광두는 좋은 뜻으로⋯⋯."

송강의 불안은 더욱 커져갔고 잠긴 목소리로 임홍에게 물었다.

"내가 방금 잘못 말했나?"

"아뇨."

임홍은 그렇게 말하면서 두 손으로 송강의 허리를 꼭 껴안았고, 송강의 등에 얼굴을 꼭 기댔다. 송강이 마음이 놓여 길게 한숨을 내쉬자 뒤에서 임홍의 말이 들려왔다.

"그치가 아무리 돈이 많다고 해도 결국은 고물상이에요. 뭐가 그리 대단해요! 누가 뭐라고 해도 우리는 나라에서 주는 일을 하잖아요. 그 사람이 하는 일은 나랏일이 아니라고요. 훗날을 기약할 수도 없고요."

이광두는 송강에게 냉대를 당하고 나니 갑자기 복지공장의 열네 충신들이 생각났다. 그는 곧바로 민정국의 도청 국장을 찾아갔다. 이때 도청은 곧 현장이 될 상황이었지만 본인은 아직 그런 사실을 모르고 있는 터라 복지공장의 손실이 날로 늘어나는 것에 골머리를 앓고 있었다. 이광두는 도청을 보자마자 복지공장을 인수하겠다고 했고, 도청은 이광두가 진심인지 아닌지 몰라 순간 놀라서 멍해졌다. 이광두가 심금을 울리는 어조로 그 열네 명의 장애인들이 비록 자신의 가족

169

은 아니지만 가족보다 나은 사람들이라고 말하자, 도청은 민정국의 최대 골칫거리인 복지공장을 어떻게 정리하려고 해도 할 방법이 없던 차에 이광두가 돈을 주고 인수하겠다고 하니 속으로 쾌재를 불렀고, 두 사람은 단박에 뜻이 통해서 바로 악수하고 거래를 마쳤다. 이광두는 복지공장을 사들인 후 이름을 '류진경제연구소'로 바꾸고, 실내장식을 새롭게 하고 문 앞의 현판도 바꾸었다. 하지만 며칠 지나지 않아 이광두는 '소'라는 말이 너무 촌스럽다 싶었고 일본도 가서 본 것도 있고 해서 아예 '소'를 '주식회사'로 바꿔버렸다. 그리하여 복지공장 문 앞의 현판은 또다시 '류진경제연구주식회사'로 바뀌었다. 이광두는 열넷 충신들에게 일일이 위촉장을 보내 절름발이 공장장은 회장, 부공장장은 부회장, 나머지 열두 명은 모두 고급 연구원 직책을 주고 모두 대학교수에 준하는 대우를 해주기로 했다. 절름발이 회장과 부회장은 위촉장을 받아들고 앞으로 이광두가 자신들을 먹여살려준다는 생각에 감격하여 눈물을 쏟으며 물었다.

"이 공장장님, 우리가 뭘 연구하나요?"

이광두가 간단히 대답했다.

"장기나 연구해. 당신들이 뭘 연구할 수 있겠어?"

"알겠습니다."

회장, 부회장은 고개를 끄덕이며 계속 물었다.

"주식회사의 열두 고급 연구원은 뭘 연구하죠?"

"고급 연구원 열두 명?"

이광두는 한참을 생각하더니 이렇게 대답했다.

"장님 넷은 빛을 연구하고, 귀머거리 다섯은 소리를 연구하고, 바보 셋은 뭘 연구하지? 젠장, 그들한테는 진화론을 연구하라고 그래."

이광두는 열네 명의 충신들을 배치한 후 자신의 돈으로 성에서 원예사 둘을 초빙하고 사람들을 고용하여 현 정부의 정문 앞에 잔디를 깔고, 꽃을 심고, 분수도 만들었다. 그러자 현 정부 앞은 순식간에 우리 류진 사람들의 휴식처가 되어 매일 저녁이나 주말이면 사람들이 부모님을 모시고 오거나 아이들을 데리고 왔고, 아름다운 정경에 감탄을 터뜨렸다. 상급 기관 간부들도 시찰할 때 예전의 고물 더미 폐품 산들이 푸른 잔디와 꽃, 그리고 분수로 변한 것을 보고 발길을 멈춰서서 칭찬을 아끼지 않았으니 현 정부 지도부는 환호했고, 우리의 '중증근' 양복을 입은 현장께서 직접 이광두를 찾아와 현 정부와 현 인민을 대표하여 감사의 뜻을 표했다. 이광두는 우쭐대지도 않았을 뿐만 아니라 현장의 손을 잡고 면구스럽다는 듯 현장과 현 정부, 그리고 현 인민들에게 자기가 예전에 현 정부 앞에 절대 고물 더미를 쌓아두지 말았어야 했다고, 지금 돈을 들여 잔디를 깔고 꽃을 심고 분수를 만든 것은 그때의 잘못을 조금이라도 뉘우치고 벌충하려는 뜻이라고 거듭 거듭 사과의 뜻을 전했다.

이광두는 현 지도부의 총아로 부상했고, 현 인민대표대회의 일원이 되었다. 반년 후 '죽하' 양복을 입은 도청이 현장이 되자 이광두 역시 한층 더 발전하여 인민대표대회의 상임위원이 되었다. 이광두는 큰돈을 번 후에도 여전히 누더기 옷을 입고 다녔고, 현 인민대표대회에 참석할 때도 누더기 옷을 입고 밥 동냥을 하는 거지 꼴로 단상에 올라가 발언을 했다. 도청 현장은 도저히 더 이상 봐줄 수가 없어서 대회에서 발언할 때는 의복을 좀 갖춰 입으라고 요청했고, 도청 현장의 발언이 끝나자 방금 발언을 마치고 내려가던 이광두가 다시 뒤돌아 단상으로 올라갔다. 인민대표들은 이광두가 즉석에서 앞으로는 누더기 옷을 입지 않겠다는 입장을 표명할 것으로 예상했지만, 놀랍게도 이광두는 자신이 왜 이렇게 낡은 누더기 옷을 입는가에 대해 설명했고, 돈이 없었을 때 고군분투했지만 돈이 생기고 나자 더더욱 고군분투해야겠다면서 자신의 누더기를 가리키며 이렇게 끝을 맺었다.

"저 멀리로는 춘추시대 월나라 왕구천의 와신상담을 익혔고, 근래에는 문혁 시기의 빈농과 하층 중농의 쓰라린 과거를 기억하며 오늘의 행복을 소중하게 여기고 있습니다."

연말이 되자 이광두는 여 뽑치와 왕 케키를 자신의 수집회사 사무실로 불러 금년도 사업실적이 좋아서 이익 배당도 많다고 설명했다. 여 뽑치는 2천 원이었으니까 2퍼센트, 왕 케키는 1천 원이니까 1퍼센트 배당을 받는데, 여 뽑치는 이익배당금으로 2만 원을 받았고, 왕 케키는 1만 원을 받았다. 그 당시만 해도 아직 1백 원짜리 지폐가 나오기 전이라, 최고액권은 10원권이었다. 이광두는 두꺼운 스무 다발의 돈을 여 뽑치에게 밀어주었고, 역시 두꺼운 열 다발의 돈을 왕 케키에게도 밀어주었다. 두 사람은 서로를 쳐다보며 이게 진짜인지 믿지 못하는 눈치였다. 이광두는 의자에 앉아서 마치 영화를 보는 듯 헤헤 웃으며 이들을 지켜보았다.

여 뽑치와 왕 케키가 입으로 중얼중얼 계산해보니 자신들이 돈을 투자한 지 1년도 안 돼 열 배를 돌려받았다. 그들은 계속 바보 같은 웃음을 지었다.

"2천 원이 2만 원을 벌었으니 꿈에도 생각 못할 일이네."

"번 게 아니고 이익 배당이라니까요."

이광두는 여 뽑치의 말을 고쳐주었다.

"아저씨 둘은 내 주주라고요. 매년 배당을 드린다고요."

왕 케키는 꿈을 꾸는 듯 물었다.

"그럼 매년 1만 원씩 받는 건가?"

이광두가 말했다.

"일정치 않죠. 아저씨는 내년에 아마도 5만 원은 받을 겁니다."

왕 케키는 총을 맞은 듯 순간 움찔했고, 의자에서 거의 떨어질 뻔했다. 여 뽑치는 눈이 휘둥그레져 이렇게 물었다.

"그럼 나는 10만 원?"

이광두가 고개를 끄덕이며 말했다.

"당연하죠. 왕 케키 아저씨 5만 원, 여 뽑치 아저씨 10만 원."

여 뽑치와 왕 케키의 얼굴에 재차 의심하는 표정이 지나갔다. 두 사람은 서로를 쳐다보면서 속으로 세상에 어떻게 이렇게 좋은 일이 있을 수 있나, 하는 생각을 했고, 왕 케키가 조심스럽게 여 뽑치에게 물었다.

"이거 진짜지?"

여 뽑치는 고개를 끄덕이다 다시 절레절레 흔들면서 대답했다.

"모르겠어."

이광두는 껄껄 웃음을 터뜨렸다.

"손 한번 꼬집어봐요. 아프면 진짜고 안 아프면 가짜겠죠."

두 사람은 황급히 자신의 손을 꼬집었고, 여 뽑치는 자신의 손을 꼬집으면서 왕 케키에게 물었다.

"아픈가?"

왕 케키는 긴장된 표정으로 고개를 절레절레 흔들면서 대답했다.

"아직 안 아파."

여 뽑치 역시 긴장하긴 마찬가지였다.

"나도 안 아파."

이광두는 배를 잡고 웃음보를 터뜨리며 소리쳤다.

"이 몸의 배가 웃느라 다 아플 지경인데, 아저씨들 손이 아직 안 아프다니, 손 이리 줘봐요. 이 몸께서 대신 꼬집어드릴 테니까."

여 뽑치와 왕 케키가 황급히 손을 이광두에게 내밀었고, 이광두가 한 손에 한 손씩을 쥐고 있는 힘껏 꼬집자 두 사람은 동시에 소리를 질렀다.

"아파!"

여 뽑치는 뜻밖의 기쁨에 왕 케키에게 소리쳤다.

"진짜네."

왕 케키는 기뻐서 어쩔 줄 모르고 자신의 손을 여 뽑치에게 보여주며 말했다.

"꼬집혀서 피까지 나."

여 뽑치와 왕 케키의 입은 우리 류진의 인민방송국이라. 두 사람은 떼돈을 번 후 만나는 사람들에게 자신들이 돈 번 이야기를 떠들고 다녔다. 다른 사람들이야 이야기를 듣고 부러워할 따름이었지만, 동 철장, 장 재봉과 아들 관 가새는 미간을 찡그린 채 펴지를 못했다. 그즈음 장 재봉과 아들 관 가새는 날마다 만나서 동 철장을 원망했고, 그때 투자하지 않은 것을 후회했다. 두 사람은 너 한마디 나 한마디 말을 주고받다가 나중에는 결국 동 철장이 자신들의 투자를 막은 이야기까지 했고, 만약 동 철장이 자신들의 투자를 가로막지 않았다면 자신들도 여 뽑치나 왕 케키처럼 빛나는 날이었을 거라고, 심지어 더 빛이 났을 거라고, 사후 제갈량이라고 그때 가산을 정리해서 급전을 만들어 현금으로 이광두의 폐품 사업에 전부 투자했을 거라고 말했다.

동 철장은 이 두 개후레자식들이 날이면 날마다 만나서 귀에다 입을 대고 소곤소곤 자신을 욕한다는 걸 알고 있었지만 모르는 척했다. 그리고 자신의 대장간에 앉아서 처음에 투자하지 말았을 때는 투자하고, 두 번째 투자를 해야 했을 때는 투자를 안 했다고, 자기야말로 눈뜬장님이라고 후회막급인 채 가게에 앉아서 주먹을 문지르고 손을 비비며 배 속의 기를 열 손가락에 쏟아붓고 있었다. 후회막급인 사람 중에 소씨 아줌마도 있었다. 이광두가 두 번째로 곤붕의 날개를 펼치려 류진을 떠날 때 자기에게 투자하지 않겠느냐고 물었는데, 눈앞에 돈이 굴러오고 있는 걸 절에 향 피우러 오랫동안 안 갔다는 이유로 거절했다. 소씨 아줌마는 그 후로 그 일을 생각할 때마다 감탄했는데, 그때 만약 절에 가서 향을 피웠다면 분명히 투자했을 거라고, 만나는 사람들 모두에게 이렇게 말했다.

"절에 가서 향을 안 피우면 형통이 안 돼."

일본에서 돌아온 후 이광두는 자신의 폐품 사업이 이미 정상에 이르렀고, 만약 계속한다면 그때부터는 내리막길이라는 걸 직감했다. 그리하여 이광두는 새로운 사업을 시작했다. 먼저 의류공장을 열고 옛정을 생각해 장 재봉을 초빙하여 기술 부공장장직을 맡겼다. 장 재봉은 감격의 눈물을 흘리며 목에 줄자를 건 채 제일 먼저 출근해서 제일 늦게 퇴근하며 부지런하고도 성실하게 작업장에서 품질 관리를 했다. 의류공장이 정상 가동이 되자 이광두는 가일층 힘을 내어 식당 두 곳과 사우나 센터를 열고 부동산 사업도 시작했다. 2년째 되던 해 말 이익 배당을 할 때가 되자 여 뽑치와 왕 케키는 각각 10만 원과 5만 원의 배당금을 받았고, 이때는 더 이상 놀라 얼빠진 행동을 하지 않고, 이미 예상하고 있었다는 듯 올 때 여행 가방 하나씩을 들고 와서 쌀독에 쌀을 담듯 차분히 돈을 담았다.

이광두는 의자에 앉아 여 뽑치와 왕 케키가 차분하게 한 묶음 한 묶음 지폐 뭉치를 가방에 담는 모습을 보며 아주 만족스러운 듯 칭찬했다.

"성숙해지셨네요."

여 뽑치와 왕 케키는 스스로도 자랑스러운 듯 웃었고, 차분하게 자리에 앉았다. 이광두는 고개를 숙인 채 잠시 깊은 생각에 잠시 잠기더니 고개를 들고 입을 열었다.

"옛말에 '행상좌가(行商坐賈)'라는 말이 있죠. 장사를 앉아서 하면 '가(賈)', 즉 진정 큰 사업을 할 수 있고, 여기저기 뛰어다니는 것은 조그만 장사밖에는 안 된다는 겁니다. '상(商)'이죠."

이광두는 여 뽑치와 왕 케키에게 지금 사업이 커져서 폐품 사업도 하고, 의류공장의 직공들도 갈수록 늘어나며, 식당 두 곳과 사우나 센터도 장사가 불이 나게 잘 되고, 부동산 프로젝트도 몇 개나 있는데, 자기가 온종일 황아장수처럼 동분서주 매일 뛰어다니면서 들여다봐야 하니, 지금이야 할 만하지만 나중에 40개, 아니 4백 개의 사업을 하게 되면 F16 전투기를 사서 전용기로 타고 다녀도 다 돌아볼 수 없는 지경이 될 거라면서, 자신은 본래 큰 사업을 하고 싶었는데 이제 보니 자신은 아직 '행상'의 위치밖에 이르지 못했다고 토로했다. 그러고 나서 이광두는 손을 휘저으며 일어나 여 뽑치와 왕 케키에게 '행상'이 아닌 '좌가'를 하기로 결정했다고 당당히 선포했다. 진시황이 중국을 통일한 방법을 본떠 지주회사를 설립해 모든 회사를 지주회사 밑에 편입시키고 자신은 회사에 앉아 '가'를 하면서 중앙집권 방식으로 일을 하며 필요할 때만 각 부문을 돌아보겠다고 했다. 이광두는 여 뽑치와 왕 케키가 고개를 연방 끄덕이는 걸 보며 물었다.

"아저씨들은 진시황이 왜 중국을 통일하려 했는지 아십니까?"

두 사람은 서로를 쳐다보다가 고개를 절레절레 흔들며 동시에 대답했다.

"모르는데."

이광두는 의기양양하게 말했다.

"그건 말이죠. 그 개후레자식이 큰 사업을 하고 싶어 했다 이 말입니다. 그 개후레자식이 '행상'이 아닌 '좌가'를 하고 싶어 했다죠."

여 뽑치와 왕 케키는 뜨거운 피가 끓어오르는 듯한 느낌을 받으며 이광두에게 물었다.

"자네가 '가'를 하면 우리는 뭔가?"

"아저씨들은 지주회사의 주주이면서 이사인 거죠."

이광두는 자신을 가리키면서 한마디를 덧붙였다.

"저는 이사장 겸 총재고요."

여 뽑치와 왕 케키는 서로 쳐다보면서 호탕한 웃음을 터뜨렸고, 왕 케키는 웃음꽃이 활짝 핀 얼굴로 이광두에게 질문했다.

"우리 이사 명함이 나오나?"

이광두는 기분 좋게 대답했다.

"당연히 나오죠. 아저씨들이 혹시 또 다른 직위를 바라시면 부총재 자리를 하나 더 드리는 걸 고려해보죠."

"좋지!"

여 뽑치가 소리치며 왕 케키에게 말했다.

"직위 하나 많은 게 적은 것보다 좋지."

"그렇지."

왕 케키는 고개를 끄덕이며 이광두에게 또 다른 질문을 했다.

"다른 직위 또 줄 거 있나?"

그러자 이광두가 화를 벌컥 냈다.

"없어요. 어디 그렇게 직위가 많은 줄 아세요?"

이광두가 화난 걸 보고 여 뽑치는 왕 케키를 툭툭 치면서 질책했다.

"인간이 말이야, 욕심이 많으면 못 써요."

여 뽑치와 왕 케키는 이사, 부총재 직함이 생긴 후 명함을 이광두보다도 더 빨리 파서 우리 류진의 큰길에서 광고지를 뿌리듯 만나는 사람마다 명함을 한 장씩 건넸다.

동 철장과 아들 관 가새도 그들의 명함을 받았고, 장 재봉이 이광두에게 붙어살기 시작한 이래로 아들 관 가새는 친구가 없어져 어쩔 수 없이 동 철장과 다시 친하게 지낼 수밖에 없었다. 아들 관 가새는 여 뽑치와 왕 케키의 명함을 들고 동 철장에게 이 두 개후레자식들, 좆만한 것들이 세상을 다 얻은 양 명함을 뿌리고 다녀서 류진의 닭, 오리, 고양이, 개새끼들까지 다 그들 명함을 가지고 있다고 투덜거렸다.

일찍이 이광두보다 먼저 돈을 벌었던, 수완 좋고 능력 있는 동 철장은 우리 류진 사람들의 생활수준이 날로 향상되고, 농민들도 점점 돈이 많아지는 걸 보고 쇠를 두들기는 일에 미래가 없다는 것을 직감했다. 그리하여 더 이상 사람들에게 식칼을 만들어주지 않기로, 그리고 농민들에게 낫이나 호미를 만들어주지 않기로 결정했다. 그러더니 어느 날 갑자기 그의 대장간은 사라지고 새로 절삭공구 전문상점이 문을 열었다.

동 철장은 담배도 안 피우고 술도 안 마시며 정신을 바짝 차린 채 계산대 뒤에 서 있었다. 쇠를 두들기던 그의 두껍고도 육중한 손은 지폐를 셀 때는 은행 직원보다 빨랐다. 그는 손가락에 침을 발라 날쌔게 돈을 셌는데, 은행에 가서 지폐계수기와 겨루어도 될 만큼 빨랐다.

아들 관 가새네 가게의 손님들은 나날이 줄어만 갔고, 그나마 동 철장네 절삭공구점이 문을 열자 손님이 더 떨어지고 말았다. 아들 관 가새는 동 철장이 자신의 밥그릇을 깨버린 것이 분해 화가 머리끝까지 치밀어올랐고, 그 후로 동 철장과의 왕래를 끊어버렸으니 그들 사이의 우정도 당연히 끝이 났다.

동 철장의 절삭공구점 장사가 점점 잘되자 아들 관 가새네 손님은 뚝 끊어져 결국 가위갈이 가게 문을 닫고 종일 할 일 없이 길거리에서 빈둥거릴 수밖에 없는 처지가 되었다. 똑같이 할 일 없이 빈둥거리는 여 뽑치와 왕 케키는 길거리에서 아들 관 가새와 자주 마주쳤으므로 세 사람은 예전처럼 자주 어울렸는데, 아들 관 가새는 입만 열면 이를 악물고 동 철장을 씹어댔고, 동 철장이 어떻게 이광두에게 할 투자를 막았는지, 그리고 나중에는 조상 대대로 3대가 이어온 가위갈이 가게를 문 닫게 하고 일도 없이 길거리로 나앉게 했다고 욕을 퍼부어댔다.

여 뽑치와 왕 케키는 아들 관 가새의 처지를 십분 동정했고, 왕 케키는 여 뽑치에게 이런 의견을 냈다.

"이 총재한테 말해서 아들 관 가새한테 일자리 하나 마련해달라고 하면 어떨까?"

이 말에 여 뽑치가 대구했다.

"이 총재한테까지 말할 필요 있나? 우리 둘 다 부총재 아닌가. 다른 일은 말하기 어렵지만 정문 지키는 수위 정도는 우리 둘 선에서 처리할 수 있지."

"이 몸더러 수위를 하라고요? 헛소리."

아들 관 가새는 여 뽑치의 말을 듣고 화가 치올랐다.

"이 몸께서도 당초 생각 한 끗발 차이만 아니었으면 지금 이사, 부총재에요. 게다가 당신들보다 앞자리라고요."

아들 관 가새는 씩씩거리며 자리를 떴고, 왕 케키가 놀라 여 뽑치를 쳐다보자 여 뽑치는 별일 아니라는 듯 손사래를 치며 읊조렸다.

"호의를 모르고 개가 사람을 무는 격이지."

아들 관 가새는 울화가 가라앉은 후 더 이상 류진에서는 살기 어렵겠다는 생각에 세상 구경이나 해봐야겠다고 생각했다. 그리하여 이광두가 처음으로 세상 구경을 나가 상해로 가서 본전도 못 챙기고 돌아온 것과 두 번째 세상 구경을 나가 일본에 가서 돈을 자루로 싸들고 온 것을 떠올렸다. 그리하여 아들 관 가새는 세상 구경을 하려면 멀면 멀수록 좋다는 생각에 짐을 꾸려 우리 류진의 길을 따라 버스터미널로 향했다.

때는 꽃 피는 봄이라 아들 관 가새는 배낭을 지고 가방을 끌면서 호방하게 걸어갔고, 그의 아비 관 가새는 지팡이를 짚고 처량한 모습으로 뒤를 따랐다. 아들 관 가새는 걸으면서 이번에 나가면 이광두보다 더 멀리 너 넓은 세상을 보고, 돌아올 때는 이광두보다 더 많은 돈을 벌어오겠노라고 호언장담했다. 아비 관 가새는 아들을 따라잡지 못해 둘 사이의 거리는 갈수록 벌어졌고, 치매 걸린 아비 관 가새는 가지 말라고 쉰 목소리로 애원했다.

"넌 돈 벌 팔자가 아니야. 다른 사람은 나가서 돈 벌어와도, 넌 안 돼."

아들 관 가새는 아비 관 가새의 외침은 들은 척도 하지 않고 보무도 당당하게 우리 류진 사람들에게 손을 흔들며 안녕을 고했고, 우리 류진 사람들은 그가 유럽이나 미국 정도는 가는 줄 알고 인사를 건네며 유럽을 먼저 가느냐, 아니면 미국을 먼저 가느냐고 물었다. 그런데 아들 관 가새의 대답에 사람들은 크게 실망했다.

"먼저 해남도에 갑니다."

그 말을 들은 사람들이 대꾸했다.

"해남도는 일본보다 가깝잖아."

"일본보다는 안 멀지요. 하지만 이광두가 처음 간 상해보다는 그래도 한참 멀잖아요."

아들 관 가새가 탄 버스가 류진의 터미널을 떠나고 나서야 아비 관 가새는 비틀거리며 터미널에 도착했고, 두 손으로 지팡이를 꼭 잡고서 먼지를 풀풀 날리며 떠나는 버스를 보면서 눈물을 쏟으며 말했다.

"아들아, 네 팔자에는 쌀 여덟 말밖에 안 들어 있는데 세상을 돌아다녀봐야 무슨 소용이 있겠느냐······."

이때 이광두도 류진을 떠나 상해로 갔다. 그는 여전히 누더기 옷을 입고 터미널에 도착했고, 가방을 든 젊은이가 쫓아가고 있었다. 어떤 사람이 뒤에 가는 젊은이가 누구냐고 묻자 이광두는 자기 기사라고 대답했고, 그는 이광두가 차도 없으면서 기사를 고용했다고 사람들에게 떠벌렸다. 그렇게 이광두와 그의 기사는 버스를 타고 상해로 갔다.

며칠 후 이광두가 돌아왔다. 이광두는 버스를 타고 오지 않고, 대신 빨간색 산타나 세단을 타고 나타났다. 전용차를 장만한 것이다. 기사가 모는 차가 우리 류진에 들어서서 백화점 앞에 멈춰 섰고, 자신의 산타나 전용차에서 내린 이광두는 검은색 이탈리아제 아르마니 양복을 입고 있었다. 누더기 옷은 상해의 휴지통에 버리고 말이다.

이광두가 산타나 전용차에서 내렸을 때 사람들은 그를 바로 알아보지 못했다. 사람들은 이미 이광두의 누더기 옷에 길들여져 있어서 그가 갑자기 아르마니 양복으로 갈아입으니 눈에 익지 않은데다 당시에 세단은 죄다 당 간부들이나 타고 다녔기 때문이다. 사람들은 서로 양복에 가죽구두를 신은 이 고위 인사 같은 양반이 도대체 누굴까 궁금해했고, 반짝반짝 빛나는 빡빡머리가 눈에 익기는 한데 순간 머리에 떠오르는 사람이 없으니 아마도 텔레비전에서 본 듯하다며 혹시 시에서 나온 고급 간부나 성에서 나온 고급 간부가 아닐까 생각했다. 그렇게 사람들이 이광두를 북경에서 온 고위 간부라고 생각하고 있을 때 손목에 그리니치 시간을 표시해주는 시계를 찬 발정 난 바보가 다가와 우렁차게 외쳤다.

"이 공장장님."

사람들은 깜짝 놀랐고, 도저히 믿을 수 없다는 듯 소리쳤다.

"이광두였구나!"

그때 한 사람이 끼어들었다.

"그 사람 얼굴 이광두랑 진짜 닮았구면! 아주 똑같아!"

27

우리 류진은 천지개벽을 했는데, 거물 이광두와 현장 도청이 손을 잡고, 낡은 류진을 쓸어버리고 새로운 류진을 건설하자고 선언한 것이다. 사람들은 이를 두고 정경유착이라고 입을 모았고, 도청이 정책을 내면 이광두가 돈을 내고 인력을 댔으니, 동에서 서쪽 끝까지 길가에 있는 건물 하나 하나를 완전히 철거해서, 과거 류진의 모습은 찾아볼 수가 없게 되었다. 장장 5년 동안, 우리 류진은 새벽부터 저녁까지 먼지가 잦아들 새가 없어 사람들은 폐까지 들어가는 먼지가 산소보다 많다고, 목에 붙은 먼지가 목도리보다 더 두껍다고 불만을 터뜨렸다. 이 이광두란 인간은 B-52 폭격기처럼, 우리의 아름다운 류진을 융단 폭격 한다고 했다. 우리 류진의 몇몇 교양 있는 인사는《삼국지》안의 한 대목,《서유기》에서 한 대목 반,《수호전》에서 두 대목이 다 류진에서 벌어진 일인데, 이광두가 다 쓸어버렸다며 가슴 아파했다.

　이광두는 옛 류진을 쓸어버리고 새 류진을 건설했다. 5년 만에 큰 길을 더 넓혔고 골목도 넓혔고 아파트를 한 동 한 동 올리자 사람들 목에 긴 먼지가 사라졌으며, 폐까지 전해지는 산소량도 늘어났다. 그런데도 사람들은 불만이 많았다. 비록 전의 집은 작고 허름했지만 나라에서 준 것이었고, 지금의 아파트는 새것이고 넓지만 이광두에게 돈을 주고 사야 했다. 옛말에 토끼는 자기 둥지 주변 풀을 뜯어먹지 않는다는데, 이광두란 불량배는 자기 둥지 주변의 풀을 한 포기도 남기지 않고 다 뜯어먹고 고향 친지들의 돈을 깡그리 긁어모았다며 류진 사람들의 불만은 계속 이어졌다. 사람들은 지금 돈은 이미 돈이 아니라며 지금의 1천 원이 예전 1백 원 만도 못하다고 했다. 류진의 노인들은 길이 넓어졌다고 또 불만이었는데, 길 가운데는 온통 차와 자전거들이고, 아침부터 밤까지 경적소리가 끊이지 않으니, 예전에는 길은 좁았어도 두 사람이 길 양쪽에서 온종일 이야기를 해도 피곤하지 않았는데, 이제 길 끝에 서서 이야기를 하면 아무도 못 듣고 나란히 서서 이야기하려 해도 소리를 질러야 한다고 했다. 예전에는 백화점 하나, 포목점 하나밖에 없었지만, 지금은 슈퍼마켓만 일고여덟 군데나 되고, 옷가게는 우후죽순처럼 생겨 길 양쪽이 갖가지 남녀 옷들로 넘쳐났다.

우리 류진 사람들은 이광두가 1만 톤짜리 유조선의 선주급 갑부가 되는 것을 똑똑히 지켜보았다. 누구든지 우리 류진의 가장 호화스런 식당에 가서 밥을 먹으면 그 식당은 이광두가 연 것이고, 가장 멋진 사우나에서 목욕을 하면 그 사우나는 이광두가 연 것이며, 가장 큰 백화점에서 물건을 사도 그 백화점은 이광두가 연 것이었다. 우리 류진 사람들이 매는 넥타이, 신는 양말, 속옷, 가죽옷과 가죽구두, 스웨터와 코트, 양복 모두 국제적 명품이었고 모두 이광두가 생산한 것들로, 이광두는 스무 군데도 넘는 국제적인 명품 의류회사의 가공사업을 대리하고 있었다. 우리 류진 사람들이 사는 집은 이광두가 지었고, 먹는 채소나 과일도 이광두가 유통시켰다. 이광두는 또 화장장과 묘지를 사들였으니, 류진의 죽은 사람들도 이광두에게 돈을 내야 했다. 이광두는 류진 사람들에게 먹는 것에서 입는 것까지, 주거에서 사용하는 것까지, 태어나서 죽을 때까지 독점 논스톱 서비스를 제공했다. 그가 벌이는 사업이 도대체 몇 가지인지 아무도 몰랐다. 그가 1년에 도대체 얼마를 버는지도 아무도 몰랐다. 얼마 전 그가 자신의 가슴을 두들기며, 망할 놈의 현 정부가 자신이 내는 망할 놈의 세금에 기대 굴러간다고 했다. 이광두가 전 현 인민의 총생산을 혼자서 책임진다고 아부하는 사람도 있었다. 그 말을 들은 이광두는 기분이 흡족해, 고개를 끄덕이며 말했다.

　"내가 바로 그 GDP 개자식이지."

　여 뽑치와 왕 케키의 얼굴에도 기름기가 잘잘 흘렀다. 왕 케키는 먹기만 하고 일 없이 온종일 거리를 어슬렁거리며, 인상을 잔뜩 찌푸린 채 자신은 돈 쓸 줄을 모른다고, 자기는 천상 가난뱅이 팔자라 돈이 넘쳐 셀 수조차 없는 지경인데도 어떻게 써야 할지를 모르겠다고 했다. 여 뽑치는 돈이 생긴 후부터는 자취를 찾을 수 없었는데, 1년 사계절 온통 밖에서 유람을 했고, 5년 동안 전 중국을 다 돌아다닌 끝에 이제는 여행단을 따라 세계를 돌아다니기 시작했다. 복지공장의 열넷 충신들은 순식간에 고급 연구원이 된 이후로 부유하게 잘 지내며 잘 먹고 잘 마시고 잘 잤는데, 류진 사람들이 이들을 가리켜 열네 명의 부잣집 도련님이라고 했다.

그즈음 우리 류진의 금속공장이 파산해서, 류 작가가 실업자 신세가 되었고, 송강 역시 실업자 신세가 되어버렸다. 세상이 이렇게 빨리 변할 줄 생각도 못했다는 듯 류 작가는 만감이 교차했다. 고물을 줍던 이광두는 류진의 거부가 되었고, 철밥통을 자랑하던 자신은 실업자가 되어 갈 데가 없어졌다. 그는 길에서 자신과 같은 처지인 송강을 만나 서로 위로했고, 그는 송강의 어깨를 두드려주다 갑자기 뭔가 생각났다는 듯 말을 건넸다.

"어찌 되었든 자네도 이광두의 형제지……."

류 작가는 이 틈을 타 이광두를 욕했는데, 돈을 벌고 나서 다른 사람들은 다 돌봐주면서, 자기 형제는 신경 쓰지 않으니, 세상에 인간이 어찌 그렇게 몰인정할 수가 있느냐고 했다. 여 뽑치와 왕 케키는 접어두더라도 복지공장의 절름발이, 바보, 장님, 귀머거리 열넷도 이광두와 함께 지내며 류진의 귀족이 되었는데, 가난해서 먹을 밥도 없는 자신의 형제는 상관하지도 않고, 모르는 척, 못 본 척한다면서, 좋은 비유거리를 하나 찾아 말했다.

"자네 송강과 이광두, 마치 '부잣집에서는 술과 고기 썩는 냄새가 나고, 길거리에는 얼어 죽은 시체가 뒹군다.'라는 옛말과 똑같은 형세라니까."

"전 얼어 죽은 시체가 아닙니다."

송강이 차갑게 대꾸했다.

"이광두가 술과 고기를 썩히는 것도 아니고요."

송강은 실업자가 된 그날에도 평상시와 다름없이 자전거를 몰고 저녁 무렵 직물공장에 임홍을 데리러 갔다. 지난 10여 년 동안 이 영구표 자전거는 송강과 함께 비가 오나 눈이 오나 임홍을 데려다주고 데리러갔다. 그즈음 직물공장의 여공들은 이미 다들 자기 자전거가 있었고, 게다가 그 자전거에는 다들 외국 이름의 상표가 붙어 있었으며, 많은 사람들은 전동 자전거를 타고 다녔고, 우리 류진의 상점에서는 이제 영구표 자전거는 팔지도 않았다. 임홍과 송강의 생활이 부유하지는 않았지만 컬러텔레비전과 냉장고, 세탁기 등 있을 것은 다 있었으니, 새 자전거 하나 사는 게 별 일은 아니었다. 그러나 임홍은 자기 자전거를 사지 않았는데, 10여 년 동안 송강이 이 자전거로 매일 자신을 정성스럽게 바래다주고 데리러왔기 때문이다. 임홍도 영구표가 구식이고 스타일도 낡았다고 생각했지만, 다른 여공들이 최신 자전거와 전동 자전거를 타고 사라질 때 여전히 영구표 자전거의 뒷좌석에 앉아, 여전히 그 자전거를 모는 남자의 허리를 끌어안고, 여전히 달콤한 미소를 지었다. 물론 그 행복은 이미 10여 년 전 처음으로 자신들의 자전거를 가졌을 때의 행복은 아니었고, 10여 년간의 이 남자와 이 자전거가 보여준 충직함이라는 행복이었다.

송강은 그의 구식 영구표 자전거를 직물공장 정문에 받쳐두었다. 방금 실업자 신세가 된 이 남자는 저녁노을을 받으며, 처량한 눈길로 공장의 철장 안쪽 새까맣게 가득한 여공들을 바라보았다. 퇴근 종소리가 울리자 철문이 열렸고, 수백 대의 자전거와 전동 자전거 그리고 스쿠터가 무슨 경주라도 벌이듯 쏟아져 나와, 자전거 종소리와 경적 소리가 시끄럽게 한데 얽혔다. 거대한 파도 같은 자전거 행렬이 지나간 뒤, 파도가 해변에 남긴 산호같이 홀로 남겨진 임홍이 눈에 들어왔고, 임홍은 텅 빈 공장 길을 혼자서 걸어왔다.

류진 금속공장이 도산했다는 소식은 순식간에 퍼져나갔고, 임홍 역시 오후에 그 소식을 전해 들은 순간 가슴이 덜컥 내려앉았다. 한 번 내려앉은 가슴은 좀처럼 편안해지지 않았지만, 그녀는 송강의 실업을 걱정한 게 아니라 송강이 어떻게 받아들일까를 걱정했다. 임홍은 공장 정문을 나서 송강의 곁으로 다가섰고 씁쓸하게 웃는 남편을 보았다. 송강을 직장을 잃었다는 말을 하려고 입을 열었는데 임홍은 그에게 말할 틈을 주지 않고 말을 가로챘다.

"알고 있어요."

임홍은 송강의 머리 위에 나뭇잎이 붙어 있는 걸 발견하고는 자전거가 나무 아래를 지나칠 때 떨어져 붙었나보다 하고 손으로 나뭇잎을 떼어냈고, 미소를 지으며 송강에게 말했다.

"집에 가요."

송강은 고개를 끄덕이며 자전거에 올라탔고, 임홍은 뒷좌석에 옆으로 올라탔다. 송강이 타고 가는 구식 영구표 자전거는 우리 류진의 큰길에서 삐걱삐걱 소리를 냈고, 임홍은 두 손으로 그의 허리를 꼭 껴안으며 얼굴을 등에 갖다 댔다. 송강은 임홍의 두 손이 전보다 훨씬 열렬하게 껴안고 있다는 것을, 전보다 훨씬 친밀하게 얼굴을 등에 붙이고 있다는 걸 느끼며 미소를 지었다.

집으로 돌아온 뒤 임홍은 부엌으로 들어가 저녁을 준비했다. 송강은 자전거를 뒤집어 땅에 세운 뒤, 공구함을 들고 와 자전거 바퀴와 페

달 그리고 삼각대를 떼어냈고, 자전거를 모두 해체해 부품을 가지런히 바닥에 늘어놓은 다음 조그만 앉은뱅이 걸상에 앉아 헝겊으로 자전거의 각 부품을 세심하게 닦기 시작했다. 날이 어두워지면서 가로등에 불이 들어올 무렵 저녁을 다 지은 임홍은 문가에서 저녁을 먹으라고 송강을 불렀다. 송강은 배가 고프지 않다며 고개를 가로저었다.

"당신 먼저 들어요."

임홍은 밥그릇을 들고 의자를 문 앞에 옮긴 뒤 의자에 앉아 밥을 먹으며 가로등 불빛 아래에서 송강이 숙련된 손놀림으로 자전거 부품들을 닦는 모습을 바라보았다. 이런 광경은 그녀에게 매우 익숙했는데, 전에 그녀는 송강이 자전거를 대하는 것이 꼭 자신의 아이를 대하는 듯하다고 셀 수도 없을 만큼 자주 말했다. 그 이야기를 또 하자 송강이 피식 웃었고, 깨끗이 닦은 부품을 다시 조립하면서, 송강은 내일 새 직장을 찾으러 나간다고, 어떤 일일지, 언제 출근해서 언제 퇴근할지도 모르겠다고 했다. 앞으로 더 이상 바래다줄 수도, 데리러갈 수도 없을 거라고 이야기했다……. 여기까지 이야기하고 송강은 일어나 약간 뻣뻣해진 허리를 펴면서 말했다.

"당신, 앞으로는 혼자 자전거 타고 출퇴근해야 해요."

임홍은 고개를 끄덕이며 대답했다.

"응."

송강은 깨끗하게 닦은 부품들을 다시 조립하고 나서 베어링에 기름칠을 한 다음 헝겊으로 자신의 손을 깨끗이 닦은 후, 자전거를 타고 문 앞에서 두 바퀴 돌아보았고, 더 이상 삐걱거리는 소리가 나지 않자 만족한 듯 내려 안장을 조금 낮춰놓았다. 그렇게 하고 난 뒤 구식 영구표 자전거를 임홍에게 밀어주면서 한번 타보라고 했다. 저녁을 다 먹은 임홍은 손에 들고 있던 밥과 반찬을 송강에게 건네주었다. 송강이 받아들자 임홍은 자전거를 넘겨받았다. 송강은 방금 임홍이 앉았던 의자에 앉아서 밥을 먹으며, 임홍이 가로등 아래서 자전거를 타는 모습을 지켜보았다. 임홍은 송강이 보는 가운데 세 바퀴를 돌았고 느낌이 좋다고, 10년이 넘은 영구표가 새것처럼 느껴진다고 했다. 송강이 문제를 발견하고, 밥과 반찬, 젓가락을 의자에 내려놓은 뒤, 임홍이 자전거에서 내리자 안장을 조금 더 낮춰주면서 다시 한 번 타보라고 권했다. 임홍이 안장에 앉았을 때 두 발이 다 땅에 닿는 걸 보고서야 안심한 듯 고개를 끄덕이며 임홍에게 이렇게 당부했다.

"자전거를 멈출 때는 반드시 두 발을 땅에 디뎌야 해요. 그래야 안 넘어져요."

28

송강과 임홍이 살던 원래 집이 철거되면서, 그들은 길가에 새로 지은 아파트 1층으로 이사를 갔다. 소씨 아줌마네 간식식당도 터미널에서 이사를 해, 임홍네 건너편으로 옮겨왔다. 철거되어 이사 온 사람들 중에는 조 시인도 있었는데, 그는 2층, 그러니까 임홍과 송강 집 위층에 살았다. 조 시인은 일부러 자신의 침대를 그들의 침대 위쪽으로 옮기고, 깊은 밤이 되어 고요해지면 침대에 누워 정신을 집중하고 귀를 기울여 원앙이 물에서 노는 운우지정의 소리를 들어보려 했다. 그러나 아무 소리도 듣지 못했고, 바닥에 엎드려 귀를 시멘트 바닥에 대고 들었지만 여전히 아무 소리도 듣지 못했다. 조 시인은 세상에 침대에서 아무 소리도 내지 않는 부부가 다 있을까 싶었고, 송강과 임홍이 결혼한 후 많은 세월이 지났지만 계속 아이가 없으니 조 시인은 분명히 송강에게 문제가 있다고 생각하고 송강을 성불구라고 단정했다. 조 시인은 자신의 생각을 조심스럽게 류 작가에게 말했다.

"이 부부는 밤에 잘 때 마치 무음 권총 두 대 같아."

실업자가 된 송강은 스스로 할 일을 찾아 짐꾼이 되었고, 우리 류진의 부두에서 짐을 나르고, 선상 화물들을 항구 근처에 있는 창고로 옮기거나 창고 안에 있는 화물들을 배 위에 실었다. 송강은 건당으로 계산해 돈을 받았는데 나르는 짐이 많을수록 버는 돈도 많았다. 항구에서 창고까지 1백 미터도 넘는 길에서 송강은 죽을힘을 다해 짐을 날랐고, 다른 사람들이 한 번에 하나씩 옮길 때 송강은 단숨에 두 개씩 나르기도 했다. 길가에 앉아 한담을 나누던 노인들은 풀무질하는 듯한 송강의 숨소리를 매일 들었는데, 그는 헉헉거리며 왔다가 헉헉거리며 갔다. 땀에 젖은 옷을 보면 마치 강물에 빠졌다가 막 나온 것 같았고, 운동화 역시 땀에 푹 젖어 짐을 나르며 뛰어다닐 때 신발 속에서 철벅철벅 소리가 났다. 우리 류진의 몇몇 노인들은 이런 송강을 보면서 머리를 절레절레 흔들며 말했다.

"송강 저 친구, 목숨 걸고 돈 버는구먼."

송강의 동료들은 짐을 서너 번 나르고 난 뒤 가쁜 숨을 몰아쉬며 강가 돌계단에 앉아 물도 마시고 담배도 피우며 30분 정도 쉬다가 다시 일어나 일을 시작했다. 그러나 송강은 단 한 번도 강가 돌계단에 앉아쉰 적이 없었고, 일고여덟 번 정도 나르다가 안색이 창백해지고 입술이 부르르 떨리면서 몸까지 휘청대면 그제야 더 이상은 안 되겠다고 생각하며 어깨에 멘 짐을 배에 부려놓고서 발판을 밟고 부두로 내려왔고, 동료들이 자신에게 손 흔들며 와서 돌계단에 앉으라고 하는 모습을 보면서도, 10여 미터가 안 되는 돌계단까지도 갈 힘이 없어 발판을 내려온 다음 바로 땅바닥에 쓰러져버렸다. 축축한 풀 위에 대자로 눕는 게 그의 휴식이었고, 풀들은 그의 목과 옷깃 사이로 삐쳐 나왔으며, 강물은 팔 근처에서 찰랑거렸다. 두 눈을 꼭 감고 누워 있는 그의 가슴은 격렬한 호흡으로 들썩였고, 안에 있는 심장은 마치 주먹처럼 가슴을 두들겨댔다.

　땅바닥에 드러누워 쉬면 체력이 한결 빨리 회복되었는데, 그가 매번 그렇게 땅바닥에 누워 있을 때면, 멀지 않은 돌계단에 앉아 쉬던 동료들은 키득거리면서 송강은 꼭 삼랑(三郎, 《수호전》에 나오는 인물로 목숨을 돌보지 않고 열심히 일하는 사람을 일컬음—옮긴이)처럼 악착같다고 했다. 송강은 힘이 들어 아무런 말도 들리지 않고, 그저 하늘도 돌고 땅도 도는 듯했고, 감은 두 눈은 칠흑같이 캄캄했으며, 내리쬐는 햇빛에 눈꺼풀이 다시 밝아지기까지, 벌떡이는 호흡이 잦아들 때까지, 10여 분간의 휴식이 지나고 동료들이 자신의 이름을 부르는 소리가 들리면 천천히 몸을 일으켰다. 그는 쉬고 있던 동료 몇이 자신에게 손을 흔드는 것을, 물잔을 들어보이고, 담배를 던져주는 모습을 보면서 잔잔한 미소를 지으며 손을 흔들고는, 항구 수돗가로 가 물을 틀어 수돗물을 배 속 가득 들이마신 후 곧바로 짐 두 개를 들고 다시 뛰기 시작했다.

　송강이 두 달여 동안 짐꾼 일을 하고 받은 돈은 동료들보다 두 배 정도 많았고, 예전 금속공장에서 받은 돈보다 네 배나 많았다. 송강이 처음으로 받은 돈을 임홍에게 주자 짐꾼 일을 해서 이렇게 많은 돈을 벌 줄은 생각도 못한 임홍은 깜짝 놀랐고, 돈을 세어보며 말했다.

　"당신이 지금 한 달 일해 번 돈이 예전 넉 달 치 월급보다 많아요."

　송강은 가볍게 웃으며 대답했다.

"사실 실업자가 됐지만 별 나쁠 것도 없네요."

임홍은 송강이 죽을 고생을 해서 벌어온 돈임을 알고 있던 터라 그렇게 고생하지 말라며 말했다.

"돈이 많든 적든 어떻게든 살 수 있어요."

송강은 매일 저녁 집으로 돌아오면 항상 머리를 축 늘어뜨리고 안색은 창백한 채로 말할 기운도 없어서 저녁밥을 먹자마자 그대로 누워 잠에 빠져들었다. 전에 송강은 잠을 잘 때 아주 조용히, 새근새근한 숨소리만 냈는데, 이제는 벼락같이 코를 골고, 중간중간 깊은 장탄식을 토해내고는 했다. 그리하여 임홍은 자다가 깬 적이 많았는데, 그러고 나면 다시 잠들 수가 없었고, 송강의 시끄러운 코 고는 소리와 가끔씩 지르는 외침에 송강이 잘 때조차 저렇게 피곤한가보다 싶어 걱정이 쌓였다.

아침이 되면 송강은 또 생기가 돌고 안색에도 홍조가 돌아와, 임홍은 마음을 놓을 수 있었다. 송강은 웃음 가득한 얼굴로 아침을 먹고, 점심 도시락을 든 채 아침 햇살을 받으며 터벅터벅 걸어갔고, 임홍은 구식 영구표 자전거를 송강 옆에서 밀며, 둘은 함께 50여 미터를 걷다가 길이 갈리는 모퉁이에서 걸음을 멈춘 채, 송강이 자전거에 올라타는 임홍을 지켜보면서 조심해서 타라고 당부하면 임홍은 고개를 끄덕이며 서쪽으로 갔고, 송강은 고개를 돌려 항구가 있는 동쪽으로 향했다.

송강은 짐꾼 일을 두 달밖에 못했는데, 석 달째에 허리를 삐끗했기 때문이다. 당시 송강은 좌우 어깨에 짐 두 개를 진 채 발판을 내려서다가, 배에서 누군가 자신을 부르는 소리에 지나치게 빨리 몸을 돌리는 순간 몸에서 삐거덕 하는 소리를 듣고 크게 다쳤음을 직감하며 어깨에 지고 있던 짐을 땅바닥에 내던지고 몸을 움직여보았는데, 허리에 극심한 통증이 느껴졌다. 그는 허리를 두 손으로 받치고서, 짐을지고 발판을 내려오는 동료 둘에게 씁쓸한 웃음을 지어 보였다. 두 동료는 송강의 모습을 보며 깜짝 놀라 왜 그러냐고 물었고, 송강은 씁쓸하게 대답했다.

"뼈가 부러진 것 같아."

두 동료는 잽싸게 어깨에 지고 있던 짐을 내던지고, 송강을 부축해서 강변 돌계단에 앉게 한 다음, 어디 뼈가 부러졌느냐고 물었다. 송강은 허리를 가리키며, 방금 몸을 돌리다가 허리에서 삐거덕 소리가났다고 말해주었다. 둘 중 한 명이 두 손을 들어보라고 했고, 다른 하나는 머리를 흔들어보라고 시켰다. 송강이 두 손을 들어올리고 머리를 흔들자 두 동료들은 안심하면서 허리에는 척추밖에 없는데 척추가나가면 상반신을 쓰지 못한다고 말해주었다. 송강은 곧바로 다시 두손을 들고 고개를 돌리면서 안심이 됐는지 오른손으로 허리를 받치고말했다.

"안에서 삐거덕 소리가 나기에 나는 뼈가 부러진 줄 알았지."

"삔 거야."

동료들이 말했다.

"삐끗해도 소리가 나거든."

송강은 허허 웃었고, 동료들은 집에 가보라고 했지만, 그는 고개를 가로저으며 계단에 잠깐 앉아 있겠다고 했다. 송강은 강변 돌계단에 앉아 한 시간 넘게 쉬었다. 두 달여 동안 짐꾼 일을 하면서, 처음으로 동료들이 앉아 쉬는 곳에 앉아본 것이었는데, 계단에는 버려진 담배꽁초들이 가득했고, 빨간 페인트로 각자의 이름을 적어놓은, 도자기 찻잔이 열 개가 넘게 나란히 놓여 있었다. 송강은 웃으면서 자신도 내일 찻잔 하나를, 그것도 똑같은 도자기 찻잔을 가지고 와야겠다고 생각하고, 창고 안에 빨간 페인트가 한 통 있으니 나뭇가지 하나에 페인트를 묻혀 자신의 도자기 찻잔에 자신의 이름을 써야겠다고 생각했다.

송강은 찰랑이는 강변에 한 시간도 넘게 앉아 있으면서 동료들이 영차영차 노동 구호를 외치며 짐을 열심히 나르는 모습을 지켜보다가 허리를 한번 움직여보니 아까 같은 통증이 없어 괜찮다고 생각하고는 발판을 건너 선창에 올라 잠시 주저하다가 방금 허리를 삐끗했으니 두 개는 못 옮길 것 같아서 짐 하나를 짊어졌다. 그는 짐을 어깨에 올리고 힘을 주어 허리를 펴려는 순간, 극심한 고통의 신음 소리를 내뱉으며 그대로 고꾸라졌고, 어깨에 졌던 짐에 머리와 어깨가 깔렸다.

동료 몇이 짐을 옮기고 송강을 끌어냈을 때, 송강은 극렬한 통증에 악악 소리를 질렀고, 그의 몸은 민물새우처럼 구부러져 있었다. 동료 둘이 송강을 조심스럽게 일으킨 다음, 다른 동료가 그를 등에 업고 선창을 나와 발판을 내려서는데, 송강이 여전히 악악 소리를 질렀다. 동료들은 송강의 상태가 심각하다는 걸 알고 수레를 끌고 와 그 위에 송강을 눕히자, 송강은 너무 아파서 마치 돼지 멱따는 듯한 소리를 질러댔다. 동료들이 끄는 수레가 돌 블록이 깔린 거리에 들어서자, 수레 안에 잔뜩 웅크린 채 누워 있던 송강은 끊임없이 신음했고, 수레가 한번 흔들릴 때마다 길고 긴 신음 소리를 내뱉었다. 송강은 동료들이 자신을 병원으로 데리고 갈 것 같아 수레가 큰길로 접어들자 신음하며 말했다.

"병원으로 가지 마. 나 집으로 갈래."

동료들은 서로를 쳐다보다가 수레를 끌고 송강의 집으로 향했다. 이날 오후 우리 류진의 큰길에서 수레에 누워 있는 송강과 세단에 타고 있는 이광두가 서로 지나쳤는데, 극심한 고통에 싸여 있는 송강은 지난날 그의 형제를 보았지만, 이광두는 송강을 보지 못한 채 붉은색 산타나 세단에 앉아, 요염한 외지 여자를 껴안고서 너털웃음을 짓고 있었다. 산타나 세단이 수레 옆을 지나칠 때 송강은 입을 벌렸지만 아무 말도 나오지 않았고, 그의 마음속에서만 한마디가 울려 퍼졌다.

"이광두."

29

임홍은 퇴근 무렵 송강이 다쳤다는 소식을 접하고 안색이 하얗게 질린 채 자전거를 몰고 급히 집으로 왔다. 집에 도착해 황급히 문을 열어 보니 송강이 몸을 잔뜩 구부린 채 어두운 침대 위에 옆으로 누워 눈만 뜨고 아무 말 없이 자신을 쳐다보고 있었다. 임홍은 문을 닫고 침대 앞으로 다가가 손을 내밀어 가슴 아픈 표정으로 송강의 얼굴을 어루만졌다. 송강은 임홍을 보며 부끄러운 듯 말했다.

"삐끗했어요."

그 순간 임홍의 눈에서 눈물이 흘러내렸고, 그녀는 몸을 굽혀 송강을 껴안으며 차분한 목소리로 물었다.

"의사가 뭐라고 해요?"

임홍이 송강의 몸을 만지자 송강은 아파 눈을 꼭 감았지만 소리는 지르지 않았고, 고통이 잦아들기를 기다렸다가 그제야 눈을 뜨며 대답했다.

"병원에 안 갔어요."

"왜요?"

임홍이 긴장한 듯 되물었다.

"허리 삐끗한 거니까."

송강이 말했다.

"며칠 누워 있으면 나을 거예요."

임홍이 고개를 절레절레 흔들며 말했다.

"안 돼요. 병원에 가야 해요."

송강은 쓸쓸한 미소를 지어 보이며 말했다.

"지금은 움직일 수 없으니까 며칠 있다가 갑시다."

송강은 보름 동안이나 누워 있다가 겨우 침대에서 내려올 수 있었지만, 허리는 여전히 제대로 펼 수 없었다. 송강은 허리를 구부린 채 임홍의 부축을 받으며 병원에 가서, 부항 네 개를 뜨고 고약 다섯 개를 지어 10원이 넘는 돈을 썼고, 송강은 이렇게 하다가는, 두 달 동안 짐꾼 일을 해서 번 돈을 허리 고치는 데 모두 써도 모자랄 판이라 생각하니 마음이 쓰렸다. 그리하여 송강은 삔 것도 감기와 같이 치료를 하나 안 하나 내버려두면 다 나을 것이라 생각하고 더 이상 병원에 가지 않기로 했다.

송강은 그렇게 집에서 두 달을 쉰 뒤 허리를 다시 펼 수 있게 되자 다시 일거리를 찾아 나섰다. 송강은 종일 손으로 허리를 지탱한 채 휘청거리며 우리 류진의 큰길 골목을 샅샅이 누비며 여기저기서 일을 찾았지만, 누가 허리 못 쓰는 사람을 쓰겠는가? 송강은 아침 해를 맞이하며 가슴 가득 믿음을 안고 집을 나섰다가 하늘 서편이 석양으로 물들 때면 쓸쓸한 웃음을 띤 채 문 앞에 나타났고, 임홍은 그의 표정을 읽고 아무런 성과도 없이 돌아왔음을 알아차렸다. 임홍은 스스로 기분 좋아지려고 애썼고, 아껴 쓰고 먹으면 혼자 벌어서도 둘이 살 수 있다고 좋은 말로 송강을 위로했다. 밤이 되어 이불 속으로 들어가면 임홍은 부드러운 손길로 송강의 다친 허리를 쓰다듬어주면서, 자기가 있으니 앞으로의 일은 걱정하지 않아도 된다고 송강에게 말해주었다. 송강은 감동했다.

"당신한테 미안해요."

임홍은 그 당시 그야말로 억지로 웃는 낯을 하며 지냈지만, 직물공장이 연속으로 적자를 내자 감원이 시작되었다. 골초 류 공장장은 이참에 임홍을 어떻게 해보려는 생각에 몇 차례 그녀를 자신의 사무실로 불러 문을 잠근 뒤 소곤거리는 목소리로 감원 대상에 임홍의 이름이 두 번 다 들어 있었지만 자신이 볼펜으로 지웠다면서, 색정 가득한 눈길로 그녀의 풍만한 가슴을 뚫어지게 쳐다보았다. 쉰이 넘은 류 공장장이 담배를 피운 지는 벌써 40년으로, 이가 온통 새까맸고, 입술까지 새까맸는데, 그가 임홍을 바라볼 때 음탕한 미소를 지으면, 그의 늘어진 두 개의 눈꺼풀은 마치 두 개의 종양 같았다.

임홍은 그의 맞은편에서 바늘방석에 앉아 있는 듯했고, 그의 말 속에 다른 뜻이 있다는 걸 아는 탓에 토할 것 같았다. 탁자를 사이에 두고 앉았는데도 절은 담배 냄새가 코를 찔러 괴로웠지만, 다친 채 이미 직업을 잃고 집에 있는 송강을 생각하니 자신까지 일자리를 잃을 수는 없어서 그저 미소 띤 얼굴로 앉아 누군가 속히 문을 두들기며 들어와 주기만 바라고 있었다.

골초 류 공장장은 손에 든 볼펜을 흔들며, 이 볼펜 하나면 감원 대상자 명단에서 임홍의 이름을 지워줄 수 있다고 했다. 임홍이 그저 웃으며 아무 말도 없자 그는 몸을 앞으로 숙이며 소곤댔다.

"어떻게 감사하다는 말 한마디도 없지?"

임홍은 미소를 지으며 말했다.

"감사합니다."

골초 류 공장장은 한 발 더 나아갔다.

"어떻게 감사할 건데?"

임홍은 계속 미소 지으며 대답했다.

"감사드립니다."

골초 류 공장장은 볼펜으로 탁자를 두들기며, 성동격서 식으로 다른 여공 몇 명의 이름을 대며, 잘리지 않기 위해 그녀들이 어떻게 주동적으로 문을 잠그고 들어와 자신과 잤는지 이야기했다. 임홍은 여전히 미소만 지었고, 골초 류 공장장은 임홍을 슬쩍 보며 다시 질문했다.

"어떻게 감사할 생각인데?"

"감사드립니다."

임홍은 여전히 그렇게만 대답했다.

"이렇게 하지."

골초 류 공장장은 볼펜을 내려놓고, 몸을 일으켜 탁자를 돌아가더니 말했다.

"내가 여동생을 껴안는 것처럼 당신을 한번 안아보는 거야."

임홍은 그가 탁자를 돌아 그녀에게 오는 걸 보고, 곧바로 일어나 문 앞으로 가서, 문을 열면서 골초 류 공장장에게 말했다.

"전 당신 여동생이 아닌데요."

임홍은 그렇게 살짝 웃으며 골초 류 공장장의 사무실을 빠져나왔고, 그녀의 뒤통수에 대고 류 공장장이 심한 욕설을 퍼붓는 소리를 들었지만 그녀는 여전히 미소 띤 얼굴로 자신이 일하는 작업장으로 돌아갔다. 하지만 퇴근 후 임홍은 구식 영구표 자전거를 타고 집으로 가는 길에 류 공장장의 색기 넘치는 눈길과 괜히 다른 여공들을 들먹이며 한 말들이 떠올랐고 자기도 모르게 마음속이 억울함으로 가득 찼다.

임홍은 몇 번이나 이 이야기를 송강에게 하려 했지만, 송강의 피곤한 눈빛과 쓸쓸한 웃음을 보면 입가에 맴돌던 말을 도로 삼킬 수밖에 없었다. 지금 자신이 느꼈던 억울함을 송강에게 이야기하는 건 설상가상일 뿐이라고 생각했다. 하루 또 하루가 지났지만, 송강은 여전히 일을 찾지 못하고 있었다. 그즈음 임홍은 이광두를 떠올렸는데, 당시 이광두는 점점 더 많은 돈을 벌어, 수하에 거느린 종업원만 1천 명이 넘었다. 어느 날 저녁 주저하던 임홍이 송강에게 불쑥 이렇게 말했다.

"당신 가서 이광두를 만나봐요."

송강은 고개를 떨어뜨린 채 말이 없었고, 애초 자신이 이광두와 매정하게 갈라서놓고, 이제 와서 이광두가 성공해 돈을 벌었다고 다시 찾아가 애걸하는 짓은 차마 할 수 없을 것 같았다. 송강이 말이 없는 걸 보고 임홍이 한마디 덧붙였다.

"모른 척하지는 않을 거예요……."

그때 송강이 고개를 쳐들면서 고집을 피웠다.

"난 벌써 걔와 갈라섰어요."

그 순간 임홍은 골초 류 공장장에게 당한 억울한 일을 말할 뻔했지만, 입술을 깨물며 참았고 어쩔 수 없다는 듯 고개를 가로저으며 아무 말도 하지 않았다.

송강은 자신의 몸으로는 더 이상 육체노동을 할 수 없다는 걸 깨닫고, 구직을 그만두고 조그만 장사를 할 생각을 했다. 그는 임홍에게 일자리를 찾으러 걷다 보면, 농촌에서 올라온 여자 아이들이 백옥란 (白玉蘭)을 사라고 소리치는 모습을 자주 보게 되는데, 가는 철사로 꿰어 한 묶음 두 송이를 하나로 묶어 50전이나 받는다고, 류진의 아가씨들이 사서 가슴에 달거나 머리에 꽂은 모습을 보니 아주 예쁘더라며, 여기까지 말하고 수줍은 듯 웃었다. 송강은 그 백옥란은 시골 묘상에서 사는 것인데, 평균 원가가 5전이라고, 자신이 자세히 알아봤다고 덧붙였다. 송강 같은 사내대장부가 대나무 광주리를 들고 큰길에서 백옥란을 파는 광경은 상상하기 어려워, 임홍은 놀란 눈길로 송강을 바라보았다. 송강은 진심을 담아 임홍에게 말했다.

"한번 해볼게요."

임홍은 속으로 한번 시켜나 보자고 생각하며 순순히 동의했다. 다음 날 송강은 대나무 광주리를 들고 집을 나섰다. 광주리 안에는 가는 철사와 작은 가위가 담겨 있었고, 그는 한 시간여를 걸어 시골의 묘상에 도착했다. 그는 꽃망울이 막 터진 백옥란을 산 뒤 묘상의 화초들 사이 땅바닥에 그대로 앉아 가위를 꺼내서 백옥란의 가지와 이파리들을 잘라낸 다음 철사에 조심스럽게 두 송이씩 꿰어 광주리에 가지런히 담고서는 행복한 미소를 지으며 좁은 시골길로 나섰다.

송강은 눈부신 햇살에 눈을 가늘게 뜨고 머나먼 지평선을 향해 걸었다. 그렇게 10여 분을 걷자 땀이 흘렀고, 백옥란이 햇볕에 시들어버릴까 봐 걱정이 되어 옆에 있는 밭으로 들어가 호박잎을 몇 개 따서는 백옥란 위에 덮어주었다. 하지만 그래도 마음이 놓이지 않아 근처에 있는 웅덩이에 가서 물을 떠서 위에 뿌려준 후에야 안심이 되었다. 그는 무시로 고개를 숙여 광주리 속의 백옥란들을 보았는데, 커다란 호박잎에 덮여 있는 백옥란들을 열어볼 때는 마치 강보에 쌓인 갓난아기를 보는 듯한 눈길이었다. 송강은 한동안 이렇게 기분 좋았던 적이 없었던 것 같았다. 그는 드넓게 펼쳐진 논밭 사이로 난 좁은 길을 걸으며 저수지가 나타나면 광주리 속의 백옥란에 물을 뿌려주었다.

송강이 류진에 도착했을 때는 벌써 점심때가 지나서였다. 그는 점심 먹을 겨를도 없이 사람들 많은 거리로 나가 백옥란을 팔려 했다. 송강이 호박잎을 광주리 둘레에 조심스럽게 꽂아두자 백옥란은 초록 빛깔로 둘러싸였다. 송강은 광주리를 팔에 낀 채 오동나무 아래서 미소 띤 얼굴로 지나가는 사람들을 바라보았고, 그 가운데 한 사람이 광주리 속의 백옥란을 보았는지 쓰윽 한 번 쳐다보고는 지나쳐버렸다. 그러던 중 아가씨 둘이 백옥란을 보고 예쁘다고, 초록색 이파리에 둘러싸여 있으니 훨씬 예쁘고 귀엽다고 칭찬했다. 드디어 기회가 왔지만 송강은 여전히 미소 띤 얼굴로 두 아가씨를 쳐다보기만 했고, 그녀들이 가고 나서야 자신이 백옥란을 판다는 말을 했어야 했다고, 아가씨들은 자신이 장사하는지도 몰랐을 거라고 후회했다. 그러다가 백옥란을 파는 시골 소녀가 나타났는데, 그 소녀는 왼팔에 광주리를 낀 채 오른손에는 백옥란을 들고서 계속 소리를 질러댔다.

"백옥란 사세요!"

송강은 왼팔에 백옥란을 걸고 소녀의 뒤를 따라 걸었고, 오른손에 백옥란 한 줄을 들고서 앞에 소녀가 "백옥란 사세요!"라고 외치면 아주 어색한 어투로 따라 외쳤다.

"나도요."

시골 소녀는 젊은 아가씨가 다가오자 재빨리 달라붙으며 소리쳤다.

"언니, 백옥란 하나 사세요."

송강 역시 달라붙었고, 잠시 머뭇대다가 또 같은 말을 내뱉었다.

"나도요."

송강이 시골 소녀를 쫓아 거리의 반 구역쯤 따라가며 열 번이 넘게 "나도요."라는 말을 하자 소녀는 기분이 상해, 그를 돌아보며 화를 냈다.

"따라오지 마세요."

송강은 그 자리에 서서 망연자실한 채 소녀가 걸어가는 모습을 지켜보았다. 이때 왕 케키가 튀어나온 배를 두 손으로 붙들고 껄껄 웃으며 나타났다. 왕 케키는 온종일 하는 일없이 길에서 놀다가 송강이 백옥란을 들고 어떻게 소리칠지를 몰라 소녀 뒤를 따라가며 "나도요."를 외치는 모습을 보다 배가 아프도록 웃으며 송강에게 훈계를 했다.

"자네 그렇게 사람 꽁무니를 따라다니면 안 되지."

그러자 송강이 되물었다.

"왜 따라가면 안 되는데요?"

왕 케키는 우쭐대면서 말했다.

"내가 아이스케키 장사꾼 출신 아닌가? 자네가 뒤따라가면 사람들이 앞에 것을 사지 누가 뒤에 있는 자네 걸 사겠나? 그건 말이야, 낚시하고 똑같아. 두 사람이 나란히 앉아서 낚시를 하면 안 되는 거야. 따로따로 해야지."

송강은 알겠다는 듯 고개를 끄덕이며 왼팔에 대나무 광주리를 끼고 오른손에는 백옥란을 들고서 소녀가 간 반대 방향으로 걷기 시작했는데, 왕 케키가 또 무슨 생각이 났는지 송강을 불러 세웠다.

"꼬마 애가 '언니'라고 부른다고 자네도 똑같이 따라 부르면 안 돼. 자네는 '동생'이라고 불러야지."

송강은 잠시 머뭇거리다가 대답했다.

"말이 안 나와요."

왕 케키는 입가의 침을 닦으며 말했다.

"그럼 아예 부르지 마. 아무튼 자네는 아가씨들을 '언니'라고 부르면 안 돼. 자네는 서른이 훨씬 넘지 않았나."

송강이 겸허한 자세로 고개를 끄덕이며 막 돌아서려 하자 왕 케키가 다시 불러 세우며 주머니에서 1원을 꺼내 송강에게 주었다.

"두 줄만 줘."

송강은 왕 케키의 돈을 받아들고 백옥란 두 줄을 건네준 뒤 거듭 말했다.

"감사합니다……."

왕 케키는 백옥란을 받아들고 냄새를 맡아보면서 말했다.

"꼭 기억하라고. 나 왕 케키가 자네한테 처음으로 백옥란을 샀으니까 말이야. 앞으로 자네가 혹시 생화 장사를 할 거면 나 왕 케키가 지분 투자를 하겠네."

왕 케키는 그 말을 하면서 마치 투자를 선언하는 은행가처럼 폼을 잡으며 송강에게 으스댔다.

"내가 폐품 사업에 성공적으로 투자를 했으니 생화 장사에 투자하는 것도 괜찮지."

왕 케키는 백옥란 두 줄을 코끝에 대고 냄새를 맡으면서 걸어갔는데 힘껏 들이마시는 모습이 참으로 탐욕스럽게 보였고, 어쩌면 꽃향기를 맡는 것이 아니라 아이스케키 두 개를 한꺼번에 먹는 것 같았다.

송강은 소리치는 법을 연습해서 비록 어색하지만 내뱉을 수는 있게 되었고, 이내 뭔가 깨우쳐 옷가게 앞에 진을 치기로 했다. 다른 어느 곳보다 옷가게에는 아가씨들이 많았기 때문이다. 그는 가게 안으로 들어가 소란을 피우지는 않고 인내심을 가지고 밖에서 기다렸다가 아가씨들이 나오면 백옥란을 건네주며 공손하면서도 품위 있게 말을 건넸다.

"백옥란 한 줄 사세요."

우리 류진의 아가씨들은 잘생긴 얼굴에 매혹적으로 미소 짓는 송강에게 반해 하나하나 그의 손에 들린 순결한 백옥란을 샀고, 그 가운데 몇몇은 송강을 아는 이들이라 그가 허리를 다친 걸 알고 건강이 어떠냐고 물었는데, 그러면 송강은 미소를 지으며 허리는 다 나았고 그저 힘든 일만 못할 뿐이라고 부끄러운 듯 말했다.

"그래서 꽃을 파는 거랍니다."

송강은 대나무 광주리를 들고 우리 류진의 옷가게들을 돌아다녔고, 옷가게 앞에서 매번 오랫동안 서 있었으며, 백옥란을 팔 때마다 감격의 미소를 지었다. 온종일 아무것도 먹지 않아도 배고픈 줄 몰랐고, 옷가게가 영업을 끝내고 문을 닫으면 다른 가게로 옮겨가기를 반복하느라 이미 아주 늦은 시각인 줄도 몰랐다. 그의 그림자는 달빛과 가로등 아래 유유히 움직였고, 광주리에 담긴 백옥란이 하나씩 팔려나가 마지막 한 줄이 남았을 때는 마지막 옷가게도 문을 닫으려고 했는데, 송강이 돌아서서 가려 하는 순간 옷을 많이 산 아가씨가 크고 작은 보따리를 들고 따라와서는 송강의 대나무 광주리 안에 있는 마지막 백옥란이 마음에 들어 지갑을 꺼내며 얼마냐고 물어왔다.

송강은 고개를 숙이며 광주리 안의 마지막 백옥란 두 송이를 보면서 매우 미안한 듯 말을 건넸다.

"팔 수가 없습니다."

그 아가씨는 이상하다는 듯 송강을 보며 물었다.

"꽃 파는 사람 아니에요?"

송강은 미안하다는 듯 대답했다.

"팔죠. 하지만 마지막 두 송이는 제 아내에게 줄 거거든요."

아가씨는 고개를 끄덕이며 알겠다는 듯 지갑을 집어넣고 가버렸다. 송강은 따라붙으며 정중하게 물었다.

"어디 사시나요? 제가 내일 보내드릴게요. 돈은 받지 않고요."

"됐어요."

아가씨는 돌아보지도 않고 가버렸다.

송강이 집에 돌아오니 벌써 밤 열 시가 넘었다. 집 문은 열려 있었고, 임홍은 문 앞 불빛 아래서 그를 기다리고 있었다. 그녀는 기쁜 기색으로 걸어오는 송강을 보며 길게 한숨을 내쉰 뒤 원망의 말을 건넸다.

"어디 갔었어요? 얼마나 걱정한 줄 알아요?"

송강은 웃음이 가득한 얼굴로 임홍의 손을 잡고서 함께 집으로 들어가 문을 닫은 뒤 앉을 새도 없이 자신이 보낸 하루 일과를 주저리주저리 읊기 시작했다. 임홍은 송강의 눈빛이 이토록 빛났던 적이 언제였나 기억이 나지 않을 정도였다. 송강은 왼팔로 여태 광주리를 끼고 있었다고 이야기를 하며 주머니에서 잔돈을 한움큼 꺼내더니 돈을 세면서도 자신이 백옥란 판다는 소리를 어떻게 질렀는지 계속 이야기를 늘어놓았다. 돈을 다 세고 나서 송강은 오늘 하루 번 돈이 24원 50전이라며 행복한 표정으로 임홍에게 돈을 건네주면서 이렇게 덧붙였다.

"원래 딱 25원을 벌 수 있었는데, 마지막 50전은 벌기가 싫더라고요……."

송강은 그렇게 말하며 광주리 속의 마지막 백옥란 두 송이를 임홍의 손에 놓으면서 그 아가씨가 사려고 했지만 자신이 왜 안 팔았는지 설명했다.

"당신한테 주려고 남겨둔 거예요. 팔지 않았지."

그러자 임홍이 단호한 어조로 말했다.

"팔았어야죠. 백옥란 같은 게 뭐라고……."

송강의 눈에서 뜨거운 불길이 순식간에 사그라지는 모습을 보고 임홍은 더 이상 말을 하지 않았고, 송강이 왼팔에 끼고 있던 광주리를 가져가면서 앉아서 어서 식사나 하라고 했다. 그제야 허기를 느낀 송강은 밥그릇을 든 채 게걸스럽게 먹기 시작했고, 임홍은 거울 앞으로 가서 백옥란을 땋은 머리에 꽂고 나서 머리를 가슴께로 늘어뜨린 다음 송강 옆에 앉아 그가 땋은 머리에 꽂은 백옥란을 봐주길 바랐다. 그런데 송강은 땋은 머리는 못 보고 임홍의 얼굴에 떠오른 행복한 미소만 보고 기분이 다시 좋아져 방금 했던 이야기를 또 한 번 주저리주저리 늘어놓으면서 마지막에는 스스로 감탄까지 하며 이렇게 쉬운 일일 줄 몰랐다며 하루에 짐꾼 일 할 때만큼 벌었다고 좋아했다. 그러자 임홍이 화난 척 송강을 슬쩍 밀쳤다.

"못 봤어요?"

그제야 임홍의 땋은 머리에 꽂은 백옥란을 본 송강은 눈을 반짝이며 물었다.

"마음에 들어요?"

임홍은 고개를 끄덕였다.

"마음에 들어요."

이날 밤 송강은 편안하게 잠이 들었고, 송강의 고른 숨소리를 들으며 임홍은 송강이 이렇게 편안한 잠을 자는 것이 얼마만인가 생각했다. 임홍은 잠을 자지 않고 백옥란을 베개 위에 놓은 채 그 향기를 맡으며 자신에 대한 송강의 진심과 사랑에 감격하면서 골초 류 공장장에게 당한 억울함은 아무렇지도 않다고 생각했다. 하지만 송강의 앞날을 생각하면 걱정을 하지 않을 수 없었다. 꽃을 파는 일은 누구도 평생 할 수 없는 일인 데다 송강 같은 나이 많은 남자가 종일토록 대나무 광주리를 들고 백옥란을 판다는 건 사실 체면 따위는 안중에 두지 않는 일이었던 것이다.

이런 임홍의 걱정은 곧바로 현실이 되었는데, 직물공장의 여공들은 온종일 송강을 조롱거리 삼아 입방아를 찧어댔다. 남자가 꽃을 파는 건 처음 봤다고, 송강 같은 남자 어른이 꽃을 파는 건 더군다나 처음이라며 백옥란을 사라고 말하는 송강의 목소리는 작아서 도대체 남자 어른 목소리 같지도 않고 계집애처럼 곱다고 시시덕거렸다. 그녀들이 임홍 뒤에서나 면전에서나 가리지 않고 낄낄거려 임홍은 얼굴이 다 빨개졌고, 집으로 돌아온 그녀는 도저히 참을 수가 없어 송강에게 사람 창피하게 꽃 장사를 다시는 하지 말라고 했지만 송강은 고집을 피우며 받아들이지 않았다. 하지만 백옥란 장사의 이윤은 점점 줄어들었다. 우리 류진의 많은 아가씨들이 송강과 아는 사이라 돈을 내고 사지 않고 그냥 달라고 했는데, 송강은 거절하기도 뭐했던 것이다. 그리하여 멀리까지 발품을 팔아 시골 묘상에 가서 사온 백옥란을, 정성껏 철사로 두 송이짜리 한 줄을 만든 백옥란을 아가씨들이 한 줄씩 가져가게 내버려두었다. 임홍 앞에서 송강을 조롱하던 여공들은 송강을 보면 당당하게 꽃을 달라고 했고, 가슴에 달거나 머리에 꽂은 채로 임홍 앞에 나타나 웃으며 이렇게 말하고는 했다.

"이거 네 송강이 나한테 준 거다."

이 말을 들은 임홍은 곧바로 그 자리를 떴고, 저녁 무렵 집으로 돌아와서는 송강을 보고 불같이 화를 내며 문을 닫고 목소리를 낮추면서 작정한 듯 못을 박았다.

"다시는 꽃 장사 하지 말아요."

송강에게 그날 밤은 길고도 긴 밤이었다. 임홍은 몹시 피곤했는지 저녁밥을 몇 술 뜨다 말고 잠자리에 들었고, 송강 역시 식사에는 거의 손을 대지 않은 채 탁자 옆에 한참 동안 앉아 이런저런 생각을 하며 확실히 꽃 장사는 확실한 탈출구가 못 된다는 결론에 도달했다. 그는 찾은 지 얼마 되지도 않은 일거리를 또다시 그만두어야 한다고 생각하니 절로 낙담할 수밖에 없었다. 밤이 깊어지자 송강은 조용히 임홍 곁에 누웠고, 새근새근 잠든 그녀의 숨소리를 들으며 점차 마음이 평온해지는 것 같았다. 송강은 임홍이 직물공장에서 어떤 일을 당하고 있는지, 골초 류 공장장이 임홍에게 얼마나 치근덕대는지 알지 못했다. 송강이 다음 날 아침 눈을 떴을 때 임홍은 일찌감치 일어나 화장실에서 이를 닦고 세수를 하는 중이었다. 송강은 재빨리 침대에서 내려와 옷을 입고 화장실 앞으로 갔고, 임홍은 치약 거품이 입 안에 가득해 아무 말도 하지 못한 채 그저 송강을 바라보기만 했다.

"꽃 장사 그만둘게요."

송강이 말을 마친 후 잠시 머뭇거리다가 문 쪽으로 갈 즈음 임홍이 나와 그를 불러 어디 가느냐고 물었고, 송강은 고개만 돌려 대답했다.

"일자리 찾으러 가요."

임홍은 수건을 들며 말했다.

"아침식사 하고 가요."

송강은 고개를 가로저으며 문을 열었다.

"생각 없어요."

"잠깐만요."

임홍은 돈을 꺼내 송강의 주머니에 넣어주면서 나가서 아침을 사먹으라고 했다. 고개를 들어 송강의 얼굴에 떠오른 미소를 본 임홍은 마음이 아파 다시 고개를 숙일 수밖에 없었다. 송강은 웃으며 임홍의 등을 토닥여주고는 뒤돌아서 문을 열고 집을 나섰다. 임홍은 마치 먼 길을 떠나보내는 것처럼 문가에서 송강의 뒷모습을 지켜보면서 차분한 목소리로 당부의 말을 건넸다.

"조심해요."

송강이 뒤돌아보며 고개를 끄덕이고 나서 가자 임홍은 다시 그를 불러 세운 뒤 갑자기 간곡하게 말했다.

"이광두를 찾아가 봐요."

송강은 깜짝 놀랐지만 이내 결연한 표정으로 고개를 가로저으며 대답했다.

"싫어요."

임홍은 떠오르는 태양의 햇살을 받으며 거리로 나서는 자신의 고집 센 남편을 바라보며 깊은 한숨을 내쉬었다. 송강은 새로운 일을 찾아다녔는데, 그 후 1년 동안 아침 일찍 나가서 저녁 늦게 들어오는 생활을 반복하면서 돈 벌 기회를 찾아 쉼 없이 노력했다. 그러는 동안 그의 얼굴은 급속히 초췌해져갔고, 그는 저녁 무렵 피곤에 지친 몸을 이끌고 집으로 돌아오면 탁자 앞에 아무 말 없이 앉아 있었기에 또다시 아무런 성과 없이 돌아왔다는 것을 아는 임홍은 그의 눈을 감히 제대로 쳐다보지도 못했다. 송강은 부끄러움 가득한 얼굴로 아무 말 없이 저녁을 먹고 아무 말 없이 침대에 누워 잠을 청한 뒤 다음 날 아침 햇

살이 비추면 또다시 가슴 가득 믿음을 품은 채 집을 나섰다. 그 1년 동안 송강이 한 일은 대부분 임시직이었다. 가령 정문이나 창고를 지키는 수위가 일이 있어 하루쯤 자리를 비우면 대신 일해주고 하루 치 일당을 받는 식이었다. 또 상점 판매원이나 영화표를 끊어주는 사람, 차표나 배표를 끊어주는 사람들이 일이 생겨 하루 자리를 비워야 할 상황이 생기면 그가 재빨리 가서 대리로 하루를 일해주었다. 그리하여 송강은 우리 류진의 수석대리가 되었고, 제일 많을 때는 스무 개가 넘는 일이 그가 대리해주기를 기다리고 있었지만 1년 동안 그가 일한 날은 고작 두 달도 채 안 되었다.

임홍의 얼굴에는 하루하루 수심이 더해갔다. 늘 한숨을 쉬어댔고, 심한 말을 입에 담기도 했다. 비록 그녀의 한숨과 듣기 거북한 말들은 송강 때문이 아니라, 생각하면 토할 것 같은 골초 류 공장장 때문이었지만, 송강은 자기 때문이라고 생각했고, 그리하여 집에 돌아오면 항상 고개를 떨어뜨린 채 지냈고 말수도 갈수록 줄어들었다. 송강은 비록 적은 돈이었지만 벌어온 돈은 모두 임홍에게 주고 자신의 수중에는 1전도 남겨두지 않았다. 가장 난처할 때는 비록 자신이 최선의 노력을 기울여 번 돈이지만 너무나 보잘것없어 건네주기조차 부끄러울 때였다. 그럴 때면 임홍은 고개를 가로저으면서 비통한 마음으로 그 손길을 외면하며 낮은 목소리로 말했다.

"당신이 갖고 있어요."

그런 말을 들을 때면 송강의 가슴은 칼로 베어내는 듯 아팠다. 그렇게 허리를 다친 지 2년 만에 드디어 시멘트 공장의 장기 일자리를 찾았다. 1년 열두 달 모두 출근할 수 있었고, 그가 원한다면 토요일과 일요일에도 잔업 근무를 할 수 있었다. 송강의 찌푸린 얼굴에 다시 웃음이 찾아들었고, 처음 영구표 자전거를 몰 때 보였던 자신감 어린 표정이 다시 떠올랐다. 일자리를 찾은 송강은 집으로 돌아가지 않고 직물 공장 정문으로 가서 임홍을 기다렸다. 직물공장 여공들이 최신 스타일의 자전거와 스쿠터를 타고 벌 떼처럼 쏟아져 나온 뒤 그들의 낡은 영구표 자전거를 밀고 나오는 임홍을 송강은 붉게 달아오른 얼굴로 맞이하면서 차분한 목소리로 이 사실을 알렸다.

"일자리 찾았어요."

송강의 흥분한 얼굴을 보며 임홍은 가슴이 저려왔다. 그녀는 송강에게 자전거를 몰게 하고 예전처럼 자신은 뒷좌석에 앉아 두 손으로 송강을 꼭 껴안은 채 얼굴을 등에 밀착시켰다. 이날 밤 임홍은 불현듯 송강이 많이 늙었다는 사실을 깨달았다. 이마와 눈가에 주름이 가득했고, 빽빽하던 머리칼은 휑했다. 임홍은 애석한 마음에 잠자리에 들 무렵 송강의 허리를 한참 동안 안마해주었고, 이날 밤 이들 부부는 마치 신혼 첫날밤인 듯 꼭 껴안은 채 잠이 들었다. 예전의 행복이 다시 찾아든 것이다.

송강은 또다시 일자리를 잃을까 봐 두려워 배전의 노력을 기울였다. 송강이 하는 시멘트 공장의 일은 포대에 시멘트를 담는 것으로 아무도 하지 않으려 했다. 마스크를 쓰긴 하지만 매일 무수한 시멘트 먼지를 들이마셔야 했으므로 2년 후 송강은 폐가 완전히 망가졌고, 임홍은 마음이 아파 수없이 눈물을 흘려야 했다. 송강은 또다시 일자리를 잃었다. 돈 쓰는 것이 무서워 병원에 가서 치료도 받지 않았다.

송강은 다시 수석대리 일을 시작했고, 폐가 망가진 이후로는 침대에서 자지 않고 혼자 소파에서 자겠다고 했다. 임홍에게 전염될까 봐 두려워서였다. 하지만 임홍은 그의 말을 받아들이지 않고, 함께 침대에서 자지 않겠다면 자신이 소파에서 자겠다고 우겼다. 그리하여 어쩔 수 없이 송강은 임홍의 발끝에서 잠을 청할 수밖에 없었다. 그러다가끔 대리 일이 생기면 송강은 자신의 폐병을 다른 사람에게 옮기고 싶지 않아 마스크를 쓴 채 집을 나섰다. 뜨거운 한여름에도 그는 마스크를 쓰고 나갔다. 송강은 우리 류진에서 유일하게 사계절 내내 마스크를 쓰고 지내는 사람이었고, 마스크를 쓴 채 천천히 걸어오는 사람을 보면 우리 류진의 우수마발 꼬마들조차 그가 누구인지 알았다.

"수석대리님 오신다."

30

이광두가 송강에 대해 신경을 끊은 지는 벌써 오래였다. 그는 손가락 두 개를 펴 보이며 자신은 낮에는 돈을 벌고 밤에는 여자를 번다고 했다. 그는 자신은 돈과 여자를 제외하면 아는 것이 아무것도 없다고, 그렇게 바쁘니 그것 또한 기쁘지 아니하냐고 했다. 이광두는 줄곧 결혼하지 않은 가운데 잠을 잔 여자만도 그 수를 헤아릴 수 없었고, 누가 도대체 이제까지 잔 여자가 얼마나 되느냐고 물으면 생각에 생각을 거듭하고 수를 세고 또 세어본 후에 살짝 아쉬운 듯 대답했다.

"내 종업원들보다는 많지 않은데."

이광두는 우리 류진 여자들뿐 아니라 전국 각지의 여자들과도 잤고, 홍콩, 마카오, 대만 및 해외교포 여자들과도 잤으며, 같이 잔 외국 여자들만 해도 열 명이 훨씬 넘었다. 우리 류진의 여자들은 몰래몰래 그와 잠을 잤고, 드러내놓고 그와 잠을 잤다. 모든 스타일의 여자가 다 있었다. 키가 큰 여자도 작은 여자도 있었고, 살찐 여자도 마른 여자도 있었으며, 예쁜 여자도 못 생긴 여자도 있었고, 젊은 여자도 늙은 여자도 있었다. 사람들이 말하길 이광두는 아량이 넓어 여자라면 일단 거부하지 않고, 심지어 늙은 암퇘지라도 침대에 올려놓으면 늘하던 대로 한다고 했다. 어떤 여자들은 이광두와 몰래 자면서 돈을 받아갔고, 또 어떤 여자들은 그와 잔 후 돈을 받아간 다음 여기저기 떠벌렸는데, 자기와 이광두가 갔다는 사실을 떠벌린 게 아니고, 이광두가 침대에서 솜씨가 어땠는지를 떠벌리고 다녔다. 얼마나 죽이는지, 얼마나 대단한지, 이광두는 그야말로 인간이 아니라 그야말로 짐승이라면서, 일단 침대에 오르면 기관총처럼 투투투투 끝도 없다고, 다리에 쥐가 날 때까지 한다며 그가 침대에서 내려가면 마치 죽음에서 탈출한 느낌이라고 많은 여자들이 말했다.

이광두에 대한 추문은 전장의 초연보다 훨씬 자욱했다. 그와 잔 여자들 가운데 그의 재산을 노린 자들이 있었으니, 제일 먼저 그 모습을 드러낸 여자는 스무 살이 갓 넘은, 시골에서 일자리를 찾아 류진에 온 아가씨였다. 그녀는 자신의 갓난아기를 안고 이광두의 사무실에 들이닥쳐서는 만면에 행복한 미소를 지은 채 이광두에게 "아이 이름을 뭐라고 짓는 게 좋을까요?" 하고 물었고, 이광두는 두 눈이 동그래진 채 여인을 보았고 도대체 누군지 알아보지도 못했다. 이광두는 의혹이 가득한 목소리로 이렇게 물었다.

"그게 나하고 뭔 상관인데?"

그러자 그 여인은 곧바로 세상에 어떤 아버지가 자기 친아들도 몰라보냐며 방성통곡을 터뜨렸다. 이광두는 여인을 이렇게 저렇게 뜯어보고 또 생각을 아무리 해봐도 그녀와 가랑이를 섞었는지 도무지 기억이 나지 않아 이렇게 물었다.

"당신, 정말 나하고 잤단 말이지?"

"왜 아니겠어요?"

여인은 아기를 안은 채 이광두 앞으로 다가가 아기를 자세히 보여주면서 코맹맹이 소리를 해댔다.

"잘 보세요, 잘 보시라고요. 눈썹도 닮았고, 눈도 닮았고, 코도 닮았고, 입술도 닮았고, 이마도 닮았고, 턱도 닮았고……."

이광두가 보기에 아기가 갓난아기처럼 생겼다는 것 말고 자신과 닮은 구석은 하나도 없는 것 같았다. 그러자 여인은 아기의 기저귀를 벗겨 보이면서 이광두에게 호소했다.

"아기의 고추까지도 당신 것과 똑같잖아요."

순간 이광두의 화가 폭발했다. 이 여자가 감히 자신의 대포 같은 물건과 아기의 콩알만 한 고추를 같은 수준에 놓았기 때문이었다. 이광두는 소리를 치면서 직원 몇을 불러 울며불며 소란 피우는 이 여인을 끌어내게 했다.

이 여인은 이광두의 회사 정문 앞에서 시위를 시작했다. 그녀는 매일 아기를 안은 채 정문 앞에 앉아 지나치는 사람들과 구경꾼들에게 눈물로 호소했다. 이광두의 양심은 개에게 물렸고 늑대에게 먹혔으며, 호랑이에게 아작아작 씹혀서 사자의 똥으로 나왔나 보다고 말이다. 며칠 후 또 다른 여인 하나가 아기를 안고 나타나더니 자신이 안고 있는 아기는 이광두의 친딸이라고 주장하면서 눈물과 콧물을 쏟으며 당초 이광두가 어떻게 자신을 꼬드겨 침대로 끌어들였고, 임신시켰는지 하소연했다. 그녀의 울음은 이전 여인보다 훨씬 애절했고, 자신이 애를 낳을 때 이광두는 들여다보지도 않았다고 했다. 곧이어 네댓 살 먹은 사내아이를 손에 붙들고 제3의 여인이 나타났다. 그녀는 앞선 여인들과는 달리 울지도 않고 훨씬 냉정하게 조리 있는 말로 이치를 따져가며 이광두를 규탄했다. 당초 이광두가 검은 머리 파뿌리가 될 때까지 해로하겠다고 철석같이 맹세를 해서 자신이 그 도둑놈의 침대에 올라갔고, 그래서 이광두 죽일 놈의 씨앗이 생겼는데, 나이로 따지자면 자신의 아들이 이광두의 황태자가 되어야 마땅하다고 소리쳤다. 그 말이 떨어지기 무섭게 제4의 여인이 나타났고, 일고여덟 살이나 먹었을까 싶은 한 사내아이의 손을 붙들고 나타난 이 여인은 자신의 아들이야말로 이광두의 황태자라고 주장하고 나섰다.

이광두와 잤다고 주장하는 여인들이 갈수록 많이 모여들었고, 나중에는 서른 명이 넘는 여인들이 서른 명이 넘는 아이를 데리고 와서 이광두의 회사 앞길을 막아선 채 하루가 멀다 하고 눈물을 쏟으며 이광두의 혼인빙자간음의 죄행을 규탄했다. 그녀들이 와글와글 모여들면서 이광두의 회사 앞은 문전성시를 이루었고, 좀더 좋은 자리에서 자신의 뜻을 전하기 위해 서로 싸우고 침 뱉고 머리카락을 잡아당기고 얼굴을 할퀴고 옷을 찢었으니 아침부터 밤까지 여자들의 욕설과 아이들의 울음소리가 끊이지 않았다.

이제는 이광두의 회사 직원들까지 출근할 수 없고, 회사 앞 거리는 교통 혼잡으로 통행이 불가능할 지경에 이르렀다. 그리하여 중화전국여성연합회 류진 현 주임이 회원들을 전부 데리고 와서 정부를 믿고 그들과 이광두 사이에 생긴 갈등을 반드시 좋게 처리할 테니 우선 집으로 돌아가 달라고 간곡하게 부탁했지만, 그들은 죽어도 못 간다고, 여성 연합회에서 자신들의 정당한 권리를 보호하고 이광두와 자신들을 결혼시켜 가족으로 만들어달라고 하소연했다. 여성 연합회 주임은 웃을 수도 울 수도 없는 지경이 되어 국가 법률 규정이 일부일처제라 이광두는 서른 명도 넘는 여러분을 다 데리고 살 수는 없다고 도리어 하소연했다.

현 교통국장도 이광두에게 전화를 걸어 현 내 제일 중요한 도로가 한 달이 넘게 막혀 있어서 아주 좋았던 현 경제 상황에 막대한 지장을 초래한다고 불평했고, 도청 현장 역시 이광두에게 전화를 걸어 이광두가 현에서는 영향력이 가장 큰 인물인데 이번 일을 잘못 처리하면 이광두 개인에게도 손실이 클 뿐만 아니라 현 전체의 명예까지 손상을 입는다고 이야기했다. 하지만 이광두는 전화를 받으며 그 여자들 마음대로 하게 내버려두라면서 실실 웃기만 했다. 도청 현장은 서른 명이 넘는 여자들이 난리를 쳐도 이 정도인데 지금 수습하지 않으면 그 수가 더 늘어날 거라고 걱정했지만, 이광두는 오히려 도청을 안심시켰다.

"많을수록 좋은 거죠 뭐. 이가 많아도 물릴 걱정 없으니까요."

난리치는 여인들 중에는 확실히 이광두와 잔 여자들도 있었고, 이광두와 알긴 해도 안 잔 여자들도 있었으며, 이광두 자체를 모르는 여자들도 끼어 있었다. 이광두와 잔 여자들 가운데 몇몇은 자신의 아이가 이광두의 씨앗일 수도 있다고 생각했고, 이 여자들은 확실히 담력과 식견 면에서 다른 여자들과는 달랐다. 이들은 서로 의논한 후, 온종일 시위를 하느라 피곤하기도 하고 목도 마르고 배도 고프고 결과도 없으니 법정에 가서 진위를 가리자고 결론을 내렸다.

이광두는 피고가 되었다. 개정하던 날 법원 안팎은 인산인해를 이루었다. 이광두는 방금 문을 연 자회사의 창업식에 참석하고 오느라 양복에 가죽구두를 신고, 가슴에는 붉은 꽃까지 단 채 마치 신랑처럼 너털웃음을 지으며 사람들 틈에 섞여 법정에 들어섰고, 마치 회의를 준비하는 듯 피고석에 자리를 잡았다. 이광두는 법정에 앉은 채 두 시간 동안이나 흥미진진한 표정으로 여인들의 진술을 들으며 마치 옛날 이야기를 듣는 아이처럼 이야기 속으로 빠져들었다. 그러다가 진술하던 여인들이 훌쩍이면서 자신과 이광두와의 아름다웠던 과거를 회상할 때면 이광두는 얼굴에 붉은 홍조를 띠면서 가끔 놀라며 추임새를 넣고는 했다.

"정말? 정말 그랬단 말이지?"

두 시간 동안의 증언을 듣고나자 이광두는 피곤했고, 여인들의 증언이 갈수록 중첩되는 부분이 늘어났지만 아직 절반도 채 증언이 끝나지 않아 이제는 충분하다는 생각에 재판장에게 발언권을 신청한 뒤, 재판장이 동의하자 가슴의 주머니에서 조심스럽게 그의 필살기를 꺼내들었다. 바로 10여 년 전 병원에서 거행한 정관수술 증명서였다.

정관수술 증명서가 재판장에게 전해졌고, 재판장은 그것을 찬찬히 살펴본 뒤 배를 잡고 장장 2분 동안이나 웃어대더니 큰 소리로 이광두의 무죄를 선포하면서, 이광두는 10여 년 전에 정관수술을 했기 때문에 생식 능력이 아예 없다고 설명까지 곁들였다. 순간 사람들은 멍해 있다가 몇 분간의 정적이 흐른 뒤 법정은 그야말로 웃음의 도가니가 되어버렸다. 서른 명이 넘는 원고들은 어안이 벙벙한 채 서로의 얼굴을 쳐다보았고, 그 순간 재판장이 이광두에게 비방과 사기죄로 이 여자들을 고소할 수 있다고 알려주자 열 명이 넘는 여자들은 얼굴이 창백해졌고, 두 명은 그 자리에서 놀라 곧바로 기절해버렸으며, 네 명은 울음보를 터뜨렸고, 셋은 몰래 도망치려다 사람들에게 붙잡혀 되돌아왔다. 이광두와 확실히 잤던 몇 명은 의욕이 남달라서 재판장의 판결에 불복하고 곧바로 항소하겠다고 소곤거렸다. 설사 이광두의 아이가 아니더라도 그가 자신들을 데리고 잔 점 그리고 생명보다 더 귀중한 처녀막을 훼손한 점을 들어 끝까지 항소하겠다고, 시의 중급 법원에서도 안 되면 성의 고급 법원으로 가고, 거기서도 안 되면 북경에 있는 최고 법원으로 가고, 거기서도 안 되면 헤이그에 있는 국제법원으로 가겠다고 했다.

사람들은 불난 데 부채질하는 격으로 그녀들에게 말했다.

"이광두가 당신들을 데리고 잤다고 고소를 하면 이광두도 반대로 맞고소를 할 수 있지요. 당신들 처녀막을 배상하라고 하면 이광두도 자기 동정을 뗀 값을 달라고 할 수 있다 이 말입니다."

법정은 양계장처럼 떠들썩했고, 사람들은 이광두 편에 서서 사기꾼들을 비난하며, 이 사기꾼들을 법대로 처리하라고 재판장에게 호소했다. 재판장이 아무리 탁자를 치고 고함을 쳐도 소용이 없자 이광두가 피고석에서 일어나 두 손을 모아 합장을 하고 공손하게 사람들에게 허리를 굽히자, 사람들이 그제야 입을 다물었고 이광두의 연설이 시작되었다.

"고향의 여러 어르신들, 감사드립니다. 감사합니다……."

이광두는 감정이 북받친 듯 눈물을 훔치며 말을 이었다.

"저 이광두는 오늘이 있기까지 여러 어르신들의 성원에 힘입은 바 큽니다. 그래서 제가 여러분께 솔직하게 말씀드리겠습니다. 저 이광두는 분명 많은 여자들과 잤습니다. 하지만 저 이광두는 정말 불쌍한 놈입니다. 이렇게 자랄 때까지 처녀막이라는 걸 한 번도 본 적이 없습니다……."

류진의 어르신들은 전부 몸을 앞뒤로 흔들며 웃음을 터뜨렸고, 배꼽을 쥐고 잘한다고 소리쳤다. 이광두는 손사래를 치며 그들을 조용히 시킨 뒤 연설을 이어갔다.

"제가 당초 왜 정관수술을 했냐면요. 제가 사랑하는 여자가 다른 사람과 결혼을 했기 때문입니다……. 그때부터 저는 자포자기해서 생활이 문란해졌고, 이렇게 많은 여자들과 잤습니다. 하지만 그게 무슨 소용입니까? 문란한 남자가 자고 돌아다녀봐야 같이 자는 여자들은 똑같이 문란한 여자들입니다. 오늘에 이르러서야 깨달은 바가 있습니다. 속된 말로 하자면 처녀막이 있는 여자와 자야 진정 여자와 잤다고 이야기할 수 있다고 말입니다. 좀 더 우아하게 말하자면 진정으로 나를 사랑하는 여자와 자야 여자와 잤다고 얘기할 수 있다는 말입니다. 하지만 단 한 사람도 저 이광두를 사랑한 적이 없고, 저 이광두가 앞으로 더 많은 여자들과 잔다고 해도 그것은 자지 않은 것과 같으며, 제가 저와 자는 것만 못하다 이 말씀……."

류진의 어르신들은 웃느라 숨이 넘어갈 지경이었고, 법정은 숨넘어가는 소리와 웃음소리가 넘실거렸다. 이광두는 기분이 상했는지 손을 휘저으며 소리쳤다.

"제가 농담하는 게 아니잖습니까……."

류진의 어르신들이 차츰 조용해지자 이광두는 진실한 자세로 자신의 가슴을 가리키며 말을 이었다.

"제가 말한 건 진심입니다……."

이광두는 촉촉이 젖은 눈가를 닦으며 자신의 진심을 전하기 시작했다.

"사실대로 말씀드리겠습니다. 저 이광두는 더 이상 연애를 할 수가 없습니다. 예전에 연애를 해본 적은 있지만 다 실패했습니다. 왠지 아십니까? 왜냐하면 제가 벌써 탕아가 되어버렸기 때문입니다……."

이광두는 이유를 들어 설명을 덧붙였다.

"연애를 하다 보면 말입니다. 아가씨들이 까탈을 부립니다. 그럼 제가 불같이 화를 냅니다. 못 참고 욕이 나오죠. '이런 젠장, 뭐하는 거야?' 이렇게 말입니다. 그렇게 몇 번 소리를 치면 여자들은 도망가 버리죠!"

이광두는 잠시 멈추었다가 쓸쓸한 웃음을 띠면서 말을 이어갔다.

"왜냐? 저는 이미 돈을 주고 여자와 자는 게 습관이 됐기 때문이죠. 돈을 받고 저와 자는 여자들은 태도가 다릅니다. 아주 좋죠. 저는 여자와 잘 때나 사업할 때나 똑같습니다. 일말의 애정도 없습니다. 저 이광두는 이미 여자를 존중할 줄 모릅니다. 여자를 존중하지 않으니까 연애를 할 수도 없지요. 저 이광두, 얼마나 비참합니까!"

고향 어르신들의 웃음 도가니 속에 이광두는 자신의 연설을 마쳤고, 눈가를 닦고 침을 훔치면서 손가락으로 서른 명이 넘는 원고들을 가리키며 통 큰 인물답게 선심을 썼다.

"저 사람들도 힘들었지요. 제 회사 앞에서 한 달이나 시끄럽게 난리를 쳐댔으니 제가 우리 회사에서 한 달 동안 일한 것으로 쳐주겠습니다……"

이광두는 뒤돌아보며 자신의 부하 직원에게 지시했다.

"1천 원씩, 한 달 월급으로 쳐서 한 사람에 지급하도록 재무 담당에게 통지하게."

사람들의 환호성이 터져 나왔고, 원고들도 그제야 마음을 놓으며 가슴에 막혀 있던 한숨을 내쉬었다. 속으로 비록 닭싸리에는 실패했지만 쌀 한 줌을 잃은 것은 아니고, 최종적으로 쌀값이라도 벌었다고 생각했다. 이광두는 사람들의 환호성 속에 만면에 봄바람을 맞는 표정으로 법원을 나서서 자신의 산타나 세단 앞에 선 다음 다시 뒤돌아서서 사람들에게 손을 흔들어 인사를 했고, 차에 탄 후 세단이 출발하자 창을 내려 사람들에게 손을 흔들어댔다.

이 사건 이후 이광두는 자신의 정관수술 기록을 각별히 소중하게 여기게 되었다. 그때 다행스럽게도 순간의 결심으로 해버린 정관수술이 오늘 이처럼 커다란 곤란거리를 해결해주다니, 세상에 좋은 일 가운데 많은 일들은 얼떨결에 되는 수도 있다는 생각을 했다. 그는 자신의 진료 기록에서 정관수술 부분을 뜯어서 기술자에게 맡겨 표구를 한 뒤 자신이 소장하고 있는 제백석(齊白石, 청 말에서 현대까지 활동했던 유명한 화가―옮긴이)과 장대천(張大千, 사천 성 출신의 대만 작가로 중국 현대 화단을 대표하던 인물―옮긴이) 그림 사이에 걸어놓았다.

우리 류진 사람들은 이광두가 당초 정관수술을 한 것은 확실히 똑똑한 행동이었다고, 만약에 이광두가 그때 수술을 안 했다면 우리 류진의 큰길이나 골목 도처에 얼마나 많은 이광두 자식들이 돌아다녔을 것이며, 그 가운데에는 금발의 벽안에 코가 높은 새끼 이광두도 끼어 있었을 것이 아니냐고 입을 모았다.

그러고 나더니 사람들은 이제 상상과 공상의 나래를 마음껏 펼치며 이광두가 정관수술을 하기 전의 상황을 각색하기 시작했다. 사람들은 그해 이광두가 실연당한 후 정관수술을 한 것이 참으로 신기하다며, 새끼줄을 목에 두르고 나뭇가지에 매달렸는데 결과는 새끼줄도 견디지 못하고 끊어지고 나뭇가지도 지탱하지 못하고 끊어져서 그대로 고꾸라졌다고, 그래서 강으로 가서 투신할 생각이었지만 투신하고 나서야 자신이 수영을 할 줄 안다는 생각이 나서 이번에도 죽지 못했고, 강에서 기어나와 내뱉은 한마디가 바로 "이런 젠장, 안 죽네."였다는 것이다. 그리하여 집으로 가 바지를 벗고 성기를 꺼내 도마 위에 올려놓은 다음 식칼을 들고 내려치려고 할 때 갑자기 오줌이 마려웠고, 오줌을 싸고 난 다음에는 잘라버리기에는 아까웠다고 했다. 그래서 이번에는 연필 깎는 칼을 찾아서 자신의 두 불알을 까버릴 생각이었는데 갑자기 불알 두 쪽이 놀라서 한 개로 쪼그라드는 걸 보고 불쌍한 생각이 들어 도저히 까버릴 수가 없었다고 했다. 그래서 하는 수 없이 병원에 가서 의사에게 정관을 묶어버리라고 했다는 것이다.

이광두가 10여 년 전에 한 정관수술이 알려지면서 류진 사람들은 다시금 임홍을 주목하기 시작했고, 임홍을 가리키며 안타까워하기도 하고, 고개를 절레절레 흔들기도 했다. 그 사람들 가운데 한 무리의 여자들은 남의 불행을 고소해하면서 임홍이 윤똑똑이라고, 미인박명이라는 말이 딱 맞다고 입방아를 찧어댔다. 한 무리의 남자들은 제 아무리 점쟁이라도 남의 앞길 이야기하기는 쉬워도 자기 앞날을 내다보기는 어렵다고 임홍을 두둔했다. 선견지명을 가졌다면 예전 황제들이 천하를 잃었겠으며 임홍이 이광두를 놓쳤겠냐는 것이다.

31

우리 류진의 양대 문호 가운데 하나인 류 작가는 그날 법정 방청석에 앉아 법정에서 벌어진 요절복통의 활극과 열변을 토하는 이광두의 연설을 듣고 흥분한 나머지 그날 밤 잠을 이루지 못했다. 류 작가는 천재일우의 소재를 만났다는 생각에 일어나 옷을 대충 걸친 채 밤을 꼬박 새워 절창의 르포 기사 '백만장자가 외치는 사랑'을 완성했다. 류 작가는 기사에서 수준 높고 방대하며 완전한 글쓰기 솜씨를 백분

발휘하여 이광두의 캐릭터를 각색해 이광두가 수백 명의 여자를 데리고 논 것을 수백 번의 실연으로 미화했고, 뜨거운 가슴으로 순결한 연애에 투신하여 수백 번의 연애를 해보았지만 결과는 단 한 명의 처녀와도 만나지 못했다고, 만났던 여자가 죄다 생활이 문란한 탕부였다고 했다. 류 작가는 기사에서 이광두가 그럴 수밖에 없었던 근원을 찾아 그가 열네 살 때 변소에서 엉덩이를 훔쳐본 이야기도 묘사했는데, 소년 이광두가 변소에 막 들어가서 쪼그려 앉아 힘을 '끙' 두 번이나 주었는데도 똥은 나오지 않고 주머니 속의 열쇠만 스르륵 흘러나와 똥통 속으로 빠졌다고 했다. 소년 이광두가 뒤돌아 머리를 처박고 열쇠를 찾고 있는데, 조 모씨가 들어와 이광두에게 해명할 틈을 주지 않고 무작정 이광두를 붙들고 나와서 여자들 엉덩이를 몰래 훔쳐본 놈이라고 모함하며 류진의 큰길과 골목을 샅샅이 끌고 다니며 조리돌림을 했다고 했다. 류 작가는 우리 류진의 또 다른 대 문호 조 시인을 조 모씨라고 써놓고서 아무것도 모르고 설친 멍청이로 묘사했다. 그러고 나서 류 작가는 이광두에게 대단히 동정적인 해설을 덧붙였는데, 소년 시기에 갓 접어든 순결한 나이에 누명을 뒤집어쓰고도 이 소년은 잘못된 길로 빠져들지 않고, 어린 나이에 큰일을 위해 치욕을 참아낸 후 어른이 되어 혼신의 노력을 한 끝에 드디어 거대한 사업체를 이끌게 되었다고 했다.

이 기사가 처음 우리 류진의 석간신문에 보도된 후 채 두 달이 지나지 않아 전국 수백 개의 지방지에 전재되었다. 이광두는 이 기사를 읽고 매우 만족했고, 특히나 소년 시절 변소에 갔다가 열쇠가 똥통에 빠졌다는 대목에서는 찬탄을 금치 못한 채 왼손으로는 책상을 내리치고 오른손으로는 신문을 흔들면서 함성을 질러댔다.

"야, 이 우라질 놈의 류 작가 진짜 재주가 비상하구먼. 열쇠 하나로 류진 역사상 최대의 누명 사건을 바로잡다니!"

그러더니 만면에 웃음을 띤 채 이렇게 덧붙였다.

"역사란 끝내 공정하게 흘러가는 거야."

하지만 그는 손가락 다섯 개를 펼쳐 보이며 어떻게 인민폐 5천만 원의 자산가를 겨우 백만장자라고 썼는지 그 제목에 대해서는 이견을 보이다가 대수롭지 않다는 듯 그의 부하직원에게 말했다.

"돈을 본 적이 없는 사람들은 '백만'이라는 말도 쓰기 쉽지 않은 거거든."

그 기사가 전재되는 동안 제목도 수시로 바뀌었다. '천만장자가 외치는 사랑'이라고 한 지방신문의 제목을 보고는 이광두는 대충 만족스러웠는지 신문을 흔들며 이렇게 말했다.

"이 기사는 그래도 실사구시 정신에 입각해 썼구먼."

류 작가의 기사는 전국을 한 바퀴 돌면서 전재가 되더니 다시 돌아와 우리 성 신문에 전재가 되었고, 이번에는 제목이 '억만장자가 외치는 사랑'으로 바뀌어 있었다. 이광두는 그 제목을 보고 약간 멋쩍은 듯 웃음을 지으며 이렇게 말했다.

"지나친 과장이야, 지나친 과장……."

류 작가는 자신의 기사가 이렇게 수백 개 신문에 전재될 줄은 생각지도 못했다. 그 신문의 수가 거의 이광두가 데리고 논 여자들 수에 맞먹을 정도였다. 류 작가는 드디어 유명해졌고, 지난날 아무도 그를 몰라주었기에 가슴에 묻어두고 있었던 억울함을 풀게 되었으니 웃음이 만면한 가운데 손에 든 송금환을 흔들면서 우리 류진의 큰길을 걸었고 만나는 사람들에게 말을 건넸다.

"송금환이 매일 오니까 우체국을 매일 가게 되네."

그러고 나서 큰 소리로 한탄을 해댔다.

"유명인사 노릇 하기도 참 피곤하구먼."

류 작가가 기사 한 편으로 이름을 날리자 조 시인은 후회막급이었고, 그날 법정에 가지 않은 것을 후회했고, 류 작가보다 먼저 이광두에 관한 기사를 쓰지 않은 것을 후회했다. 조 시인은 기사 가운데 이광두의 소년 시절 변소 대목을 가리키며 류진 사람들에게 뼈저리게 가슴 아픈 후회를 토해냈다.

"이건 내 거야! 류 작가가 훔쳐간 거라고!"

원수는 외나무다리에서 만난다고 우리 류진의 양대 문호는 동 철장의 슈퍼마켓 개업식에서 마주치게 되었다. 이때 동 철장은 벌써 세 개의 상점을 운영하고 있었는데, 슈퍼마켓이라는 새로운 상점이 조국의 대지를 우후죽순처럼 뒤덮자 동 철장도 시대에 발을 맞춰 류진에 3천 평짜리 슈퍼마켓을 열었다. 동 철장은 개업식을 그럭저럭 체면을 세워 치렀다. 도청 현장이 참석해주면야 더할 나위 없이 좋았겠지만 그래도 현장 비서는 왔고, 국장급 간부들이 와주면 좋았겠지만 그래도 과장들은 와주었다. 이광두는 마침 사업상 상담을 하느라 개업식에 참석을 못했지만 사람을 시켜 제일 큰 화환을 보냈고, 여 뿜치는 마침 유로스타를 타고 밀라노에서 파리로 가는 길이어서 스위스 변경을 지날 때 축전을 보내 왕 케키가 대독하게 했다. 그런데 왕 케키가 축전을 받아들고 읽으려다가 맨 위의 외국 글자 두 줄이 이탈리아 글자인지 프랑스 글자인지 몰라 읽지 못하고 있자 동 철장은 신바람이 나서 전보를 낚아채 둘러싼 사람들에게 흔들어 보였다.

"외국 친구가 축전을 보내왔습니다!"

동 철장은 우리 류진의 두 사회 명사 류 작가와 조 시인도 초청했다. 조 시인은 류 작가를 보고 안색이 새파랗게 질렸지만, 류 작가는 조 시인을 보며 만면에 봄바람이 가득했다. 두 사람은 나란히 선 채 누구도 상대에게 말을 건네지 않았다. 원래 두 사람은 서로 아무 일도 없는 것처럼 대할 생각이었는데, 동 철장이 내빈을 소개하면서 일장 연설을 하는 바람에 두 사람이 한판 붙고 말았다. 동 철장은 류 작가를 이렇게 소개했다.

"이분은 명작 '백만장자가 외치는 사랑'의 작가이십니다."

열렬한 박수 소리가 울려 퍼졌고, 류 작가의 얼굴은 붉게 달아올랐다. 동 철장은 곧이어 조 시인을 소개했다.

"이분은 '백만장자가 외치는 사랑'에서 아주 중요한 조 모씨 역할을 하신 분입니다."

그러자 박수 소리는커녕 간간이 웃음소리만 새어나왔다. 류 작가가 기사에서 자신을 '조 모씨'라고 쓴 것도 창피하고 열 받을 지경인데 동 철장까지 그렇게 소개하자 조 시인은 급기야 화를 참지 못하고 류 작가의 코에 삿대질을 하며 분을 터뜨렸다.

"능력이 있으면 대놓고 '조 시인'이라고 썼을 텐데, 능력이 없으니 뭘 감추겠다고 '조 모씨'라고 한 게지."

류 작가는 만면에 미소를 머금은 채 조 시인에게 화내지 말라면서 이렇게 말했다.

"그 연세에 화내다가 잘못하면 풍 맞기 쉬워."

류 작가의 미소 속에 감춰진 날카로운 비수에 새파랗게 질려 있었던 조 시인의 안색은 시뻘겋게 달아올랐고, 조 시인은 사람들 면전에서 류 작가를 공격했다.

"명명백백한 내 얘기를 자네가 뭔데 쓴 거냐고?"

류 작가는 무슨 소린지 모르는 척했다.

"뭐가 자네 얘기야?"

조 시인은 손을 들어 주위 사람들을 선동하며 호소했다.

"이광두가 변소에서 여자들 엉덩이를 훔쳐본 얘기 말이야. 류진에서 그래도 나이가 좀 있는 분들은 기억하시죠. 제가 잡아서 끌고 다녔던 거 말입니다……."

류 작가가 연방 고개를 끄덕이며 대꾸했다.

"그랬지. 이광두가 엉덩이를 몰래 훔쳐본 것은 확실히 자네 얘기지. 그건 내가 안 썼지. 내가 쓴 건 이광두가 열쇠를 찾는 장면이고, 그건 확실히 내 얘기 아닌가."

사람들이 박장대소하면서 류 작가의 말이 맞다고 했다. 조 시인은 말문이 막힌 채 붉게 달아오른 얼굴이 끓어오르는 성질로 또다시 시퍼렇게 질려버렸다. 동 철장은 두 사람이 싸우는 모습을 보고 자신의 개업식을 망치면 안 되겠다는 생각에 손을 휘저으며 폭죽을 터뜨리라고 소리쳤고, 폭죽이 터지자 사람들은 류 작가와 조 시인은 아무것도 아니라는 듯 온통 그쪽으로 관심을 돌렸다.

류 작가의 기사로 인해 이광두는 만천하에 이름을 알렸고, 신문과 라디오, 텔레비전 기자들이 우리 류진에 구름같이 몰려들어 이광두를 취재했다. 아침에 눈을 뜨기 시작하면서부터 인터뷰가 시작되었고, 밤에 눈을 감고 잠을 청하려 할 때도 휴대전화가 울렸고, 천 리 밖에 있는 기자들도 이광두를 전화로 인터뷰했다. 제일 많았을 때는 네 대의 비디오카메라가 그를 찍고, 스물세 대의 사진기 플래시가 터지는 가운데 서른네 명의 기자들이 그를 에워싼 채 질문을 던졌다.

이광두는 마치 개가 뼈다귀라도 하나 주운 듯 흥분했으며, 본능적으로 백 년에 한 번 올까 말까 한 사업 기회가 왔다는 것을 직감한 뒤, 기자들이 사랑에 관해 던진 질문에 대답하면서 교묘하게 자신의 사업 쪽으로 화제를 돌렸다. 몇 마디 사랑의 맹세를 날린 뒤 잽싸게 처참할 정도로 가난했던 어린 시절을 끄집어내어 자신의 이름이 왜 이광두였는지, 무척이나 가난한 나머지 이발비도 없어 매번 이발할 때면 그의 어머니가 그의 머리를 빡빡 깎아 일 년에 몇 번이라도 이발비를 아끼려 했다는 이야기까지 했다. 이광두는 어린 시절 이야기를 할 때면 항상 대성통곡을 하다가 눈물을 훔치면서 큰 소리로 개혁개방에 감사한다, 당과 정부, 전 현 인민들에게 감사한다고 했고, 감사의 말이 끝나면 바로 자신이 어떻게 사업을 시작했으며 오늘날 어떻게 이런 거대한 사업체를 일구게 되었는지 설명했다. 이야기가 사업에 다다르면 이광두는 손사래를 치면서 겸손한 자세로 해설을 늘어놓았다. 자신은 자신의 사업이 거대한 사업체라고 생각하지 않지만, 신문에서 하도 거대한 사업체라고 하기에 자신도 따라서 그렇게 말할 뿐이라고 했다.

신문이나 텔레비전에 나오는 이광두의 모습은 더 이상 사랑하는 이에게 버림받은 모습이 아닌 성공한 기업가의 모습이었다. 이광두는 정말 이광두답게 2주 동안 전국의 모든 보도 매체를 쥐어짜 자신의 사업을 선전하는 데 동원했다. 이광두의 회사도 이름을 날려 거액의 은행 대출이 기자들의 뒤꽁무니를 따라 굴러 들어왔고, 거대한 사업 파트너들이 또 그 뒤꽁무니를 물고 들어와 전국 각지의 부호들, 홍콩, 마카오, 대만의 부자들, 해외 화교 부자들이 투자를 하여 이광두와 함께 합자회사를 운영하기를 희망했다. 각급 정부도 이광두를 적극 후원하여 원래 새로운 사업을 하려면 2년이 지나도 허가가 나지 않던 일들이 이제는 한 달이면 허가가 나왔다.

이즈음 이광두는 하루에 두세 시간도 잠을 자지 못하면서 인터뷰를 소화하며 사업 상담까지 했는데, 하루에 수십 장의 명함을 건넸고, 하루에 수십 장의 명함을 받았다. 그러는 가운데 그와 사업 상담을 하러 오는 사람들 중에는 사기꾼들이 적지 않게 섞여 있었는데, 이광두가 누구인가? 그는 누가 진정한 사업 파트너인지, 누가 돈을 빼먹으려 드는 자인지 한눈에 가려냈다. 그가 눈을 가늘게 뜬 채 상담을 하면 사람들은 그가 잠을 자는구나 하고 생각하지만, 사실 그는 누구보다 정신이 멀쩡했다. 그는 파트너가 되기를 원하는 누구에게든 필수적으로 투자할 돈을 자신의 회사 통장에 입금시키라는 전제를 내걸었으니, 혹시나 이광두에게 돈을 먼저 내라고 하면 그건 그야말로 미친놈 헛소리로, 이광두는 회사 돈을 주기는커녕 그런 사기꾼들에게 자기가 뀐 방귀 냄새도 못 맡게 했다.

이광두는 기자들에게만큼은 씀씀이가 컸다. 먹이고, 마시게 하고, 놀게 해주고, 기자들이 갈 때 한 무더기의 선물까지 안겨서 보냈다. 하지만 사업 상담을 하러 오는 사람들에게는 1전도 쓰지 않았고, 상담은 반드시 그의 회사 내의 커피숍에서 진행하였으며, 상담하는 사람을 상대하면서 쓴 돈은 반드시 더치페이로 계산했다.

"외국에서는 다 각자 계산하는 게 원칙이에요."

이광두의 커피숍은 전국에서 바가지가 제일 심한 곳이었다. 북경, 상해에 있는 오성급 호텔의 커피숍에서 원두를 갈아 내리는 커피도 한 잔에 40원인데 이광두의 커피숍에서는 네슬레 인스턴트커피 한 잔에 1백 원을 받았다. 그리하여 사기꾼들 속은 부글부글 끓었다. 주유 (周瑜,《삼국지》에 나오는 오나라 손견, 손책, 손권을 섬긴 전략가—옮긴이)는 부인도

229

잃고 병사도 잃었지만 자신들은 사기도 못 치고 커피 값만 썼다고 투덜댔다.

우리 류진의 여관과 식당, 술집과 각종 소매점에 외지인이 구름처럼 몰려들어 류진에서 묵고 류진에서 먹고 류진에서 사고 하면서, 우리 류진은 비약적으로 발전했다. 전국 각지에서 몰려든 사람들은 모두 자기네 지방 사투리를 썼지만 우리 류진에 와서는 다들 표준어(중국어에서 표준어에 해당하는 북경 사투리는 혀를 말아 발음하는 것이 특징이다.—옮긴이)를 썼고, 우리 류진 사람들도 이제까지 류진 사투리만 쓰다가 혀를 말아가며 표준어를 쓰기 시작했다. 밖에서 외지인들과 혀를 말아가며 표준어로 이야기하다가 집에 오면, 집에서 이야기할 때도 자꾸 혀가 말렸고, 밥 먹을 때도 혀를 말아 표준말을 썼고, 부부가 침대에 오른 뒤에도 혀를 말아 표준어로 이야기를 했다.

우리 류진 사람들은 매일 이광두의 얼굴을 보았다. 신문을 펼쳐도 이광두가 웃고 있었고, 라디오에서도 이광두가 웃고 있었고, 텔레비전에서도 이광두가 웃고 있었다. 이광두는 자신뿐만 아니라 우리 류진의 이름도 널리 알렸다. 근 천 년이 넘는 우리 류진의 역사를 사람들은 이즈음 차츰 잊기 시작했고, 입만 열면 이광두 이야기를 하는 것이 습관이 되어서 류진을 입에 올릴 때 자연스럽게 이광두진(鎭)이라는 말까지 하게 되었다. 심지어 외지인들은 차를 몰고 올 때 차창을 내리고 지나가는 사람들에게 이렇게 묻기까지 했다.

"여기가 이광두진입니까?"

32

이광두가 이렇게 끗발을 날리고 있던 시기에, 송강은 마스크를 한 채 여전히 대리 일거리를 찾아 불쌍하게 류진의 오동나무 아래를 걷고 있었고, 임홍이 골초 류 공장장 사무실로 불려가는 일은 점점 늘어갔다. 이제 골초 류 공장장은 더 이상 말로만 치근거리는 게 아니라 손발로 치근거리기 시작했다. 그는 자신의 의자를 임홍의 옆으로 끌고 가서 귀여워하는 척 임홍의 손을 주물렀는데, 임홍은 화가 치올라 자리에서 일어나서 따귀를 한 대 날리려다가도 일자리가 없는 송강이 생각나서 꾹 참고 골초 류 공장장의 손을 뿌리치기만 했다. 골초 류 공장장은 진도를 찔끔찔끔 더 나아가 이제는 새까만 이가 가득한 입술로 임홍의 얼굴에 입맞춤을 했고, 임홍이 구역질이 나서 골초 류 공장장을 밀치고 일어나 문 쪽으로 가서 문을 열려고 하자 골초 류 공장장이 뒤에서 임홍을 껴안고서는 한 손으로는 임홍의 가슴을 주무르고 다른 한 손은 바지 속으로 쑤셔 넣으면서 있는 힘껏 임홍을 소파 쪽으로 끌고 가려고 했다. 임홍은 문을 열어야 이 위기에서 벗어날 수 있다는 것을 알기에 두 손으로 문고리를 꼭 잡은 채 소리를 질러 골초 류 공장장이 잠깐 당황하는 사이 문을 열었고, 밖에서 사람이 오는 것을 보고서야 골초 류 공장장은 손을 놓았다. 임홍은 재빨리 문밖으로 나갔고, 골초 류 공장장이 안에서 중얼중얼 욕설을 내뱉는 소리를 들으며 옷매무새를 고치고 머리를 정리한 다음 총총히 자리를 떴다. 아직 퇴근 시간이 아니었지만 임홍은 자전거를 타고 공장 문을 나서 눈물을 흘리며 류진의 거리를 지나 집으로 향했다.

송강은 막 집으로 돌아와 소파에 앉아서 아직 마스크도 채 벗지 않고 임홍이 울며 들어오는 모습을 지켜보았다. 송강은 무슨 영문인지 몰라 긴장한 채 자리에서 일어났다. 임홍은 송강을 보자 더욱 구슬프게 울음을 터트렸고, 송강은 서둘러 무슨 일이 있었는지 물었다. 임홍은 입을 벌려 무슨 말이든 하려 했지만 마스크를 쓰고 있는 송강의 불쌍한 모습을 보자 골초 류 공장장이 자신을 농락했다는 이야기를 하면 송강이 감당할 수 없을 것 같았다. 임홍이 골초 류 공장장이 하는 짓을 견딜 수밖에 없는 이유는 송강이 실업자였기 때문이니 송강이 이광두에게 가서 괜찮은 일자리 하나만 얻는다면 이런 치욕은 참을 필요가 없다는 생각이 들자 눈물을 방울방울 흘리며 송강에게 부탁했다.

　"이광두를 찾아가 봐요……."

　송강이 잠시 주저하다가 다시 고개를 가로저으며 고집을 피우자, 임홍은 더 이상 참지 못하고 눈물을 쏟으며 소리를 질렀다.

　"애초에 이광두가 부자가 되고 나서 자신의 형제를 생각해서 일부러 찾아온 걸 당신이 한마디로 거절했잖아요."

　송강이 중얼거렸다.

　"그때는 당신도 있었잖아요."

　"당신이 나하고 상의한 적 있어요?"

　임홍이 송강에게 울부짖었다.

　"그렇게 큰일을, 나하고 상의 없이 한마디로 거절했잖아요."

　송강은 이내 고개를 떨어뜨렸고, 그런 송강을 보고 임홍은 분을 삭이지 못한 채 고개를 절레절레 흔들었다.

　"고개 숙일 줄밖에 모르면서……."

　임홍은 고개를 가로저으며 송강이 왜 이렇게 고집을 피우는지 이해할 수가 없었다. 남들은 관을 보고 나면 눈물을 흘린다는데 송강이라는 사람은 관을 보고 나서도 눈물을 보이지 않으니 말이다. 임홍은 자신이 직접 이광두를 찾아가기로 마음먹고 자신의 생각을 송강에게 이야기했다. 서로 생사를 같이한 형제라는 걸 들먹이지 않더라도, 그저 함께 자란 친구로 생각하더라도 이광두가 일자리를 줄 거라고 말이다. 임홍은 눈물을 훔치면서 송강에게 말했다.

"다른 말은 안 할 게요. 그냥 당신 병 얘기만 할게요. 당신한테 일자리 하나 줄 수 있는지 말이에요."

임홍은 그렇게 말하고 나서 옷장을 열어 예쁜 옷을 입고 이광두를 찾아가려고 했다. 하지만 전부 꺼내 침대에 늘어놓고서 거의 한 시간이나 눈물을 흘리며 옷을 골랐지만 조금 그럴듯해 보이는 옷들도 죄다 오래전에 산 것인 데다 한물간 옷이었다. 그러고 보니 지난 몇 년 동안 옷을 산 적이 없었다. 임홍은 눈물을 흘리며 비록 한물갔지만 그래도 봐줄 만한 옷을 걸쳤는데, 이미 살이 찐 그녀가 몸에 꽉 끼는 한물간 옷을 걸치니 마치 몸에 붕대를 감아놓은 듯했다.

송강은 임홍의 모습이 눈에 꽂혀 가슴이 저려왔다. 임홍에게 무척이나 죄스러운 마음에 송강은 소파에서 일어나 결연하게 말했다.

"내가 갈게."

송강은 거리로 나서 이광두의 회사로 향했다. 우리 류진에서 최고로 가난한 자가 최고 부자를 찾아가는 것이다. 그들은 예전에도 형제였고, 지금도 형제라는 사실에는 아무런 변화가 없었다. 송강은 이광두의 회사로 들어가 로비를 한번 둘러보았고, 이광두가 커피숍에서 기자들과 고담준론을 주고받는 모습을 발견하고는 이광두 뒤로 가서 조용히 그를 불렀다.

"이광두."

이제까지 오랫동안 이광두를 이렇게 부른 사람이 없었다. 다들 '이 총재'라고 불렀던 탓에 뒤에서 누군가 '이광두'라고 부르자 이광두는 누가 이름을 부르나 싶어 뒤돌아보았고, 마스크를 쓴 송강이 거기 서 있었고, 송강의 두 눈은 마스크 위 안경알 속에서 미소 짓고 있었다. 이광두는 곧바로 일어나 기자들에게 이렇게 말했다.

"잠깐 실례하겠습니다."

이광두는 송강을 잡아끌고 엘리베이터를 탄 다음 자신의 사무실로 데리고 들어갔고, 문을 닫은 뒤 송강에게 첫마디를 던졌다.

"마스크 벗어."

하지만 송강은 마스크를 쓴 채 대답했다.

"폐병이 있어."

"이런 젠장, 무슨 얼어죽을 놈의 폐병."

이광두는 송강의 마스크를 벗겨버렸다.

"형제끼리 있는데 이걸 쓸 필요는 없지."

"옮을까 봐서."

"이 몸께선 하나도 안 무서워."

이광두는 송강을 소파에 앉히고 나서 자신도 그 옆에 앉은 다음 말을 건넸다.

"젠장할, 네가 드디어 나를 찾아왔구나."

송강은 이광두의 거대하고도 멋진 사무실을 둘러보고는 자기도 모르게 기분이 좋아져서 말했다.

"엄마가 살아 계셨더라면 네 사무실을 보고 얼마나 좋아하셨을까!"

이 말을 들으니 이광두의 가슴속에 감동이 밀려왔다. 그는 송강의 어깨를 짚으면서 말을 건넸다.

"송강, 몸이 어떻게 된 거야? 몇 년 동안 너무 바빠서 통 신경을 못 썼네. 다쳤다는 말을 듣고 찾아가 보려고 했는데 다른 일이 자꾸 생겨서 까먹었어."

송강은 씁쓸히 웃으며 짐꾼 일을 하다가 허리를 다친 일 하며 시멘트 공장에서 일하다 폐가 상한 이야기를 했고, 이야기를 들은 이광두는 벌떡 일어나 삿대질을 하며 욕설을 퍼부었다.

"너, 이 개후레자식, 일자리 구하러 동네방네 다 돌아다녔으면서 나 이광두한테는 안 오고, 너 이 개후레자식 너 지금 니 꼬라지를 봐라. 허리도 작살나고 폐도 작살나고. 너 이 개후레자식아, 왜 날 안 찾아 온 거야?"

이광두의 욕설에 송강은 기분이 좋아졌다. 자신들은 여전히 형제였던 것이다. 송강은 웃으며 대답했다.

"지금 찾아왔잖아."

이광두는 화가 나 어쩌지 못하겠는지 하동거렸다.

"지금은 늦었지. 폐인이 다 돼버렸잖아."

송강은 고개를 끄덕여 이광두의 말에 동의한 후 겸연쩍은 듯 부탁했다.

"일자리 하나 줄 수 있을까?"

이광두는 한숨을 쉬고 머리를 가로저으며 다시 송강 옆에 앉아 그의 어깨를 두드리면서 대답했다.

"먼저 병을 고치자. 내가 사람을 보내서 상해에 있는 제일 좋은 병원으로 널 데리고 갈 테니까 일단 병을 고치자고."

송강은 고개를 가로저으며 대꾸했다.

"내가 찾아온 건 병 때문이 아니고 일자리 때문이야."

이광두는 욕설을 내뱉었다.

"알았다. 우선 우리 회사 부총재 직함을 걸고, 나오고 싶으면 나오고, 나오고 싶지 않으면 집에서 잠이나 자. 일단 병부터 고치자니까."

송강은 여전히 고개를 절레절레 흔들었다.

"그 일은 내가 할 수 없고."

이광두의 입에서 다시 욕설이 터져 나왔다.

"이런 후레자식, 네가 할 수 있는 일이 뭔데?"

"사람들이 나를 '수석대리'라고 부르거든."

송강은 자조 섞인 웃음을 지었다.

"내가 할 수 있는 일은 청소나, 편지나 신문 보내는 것 정도고, 다른 일은 못해. 능력이 없어서……."

"이 칠칠치 못한 후레자식아, 임홍이 진짜 눈이 멀었지, 너한테 시집을 가다니."

이광두는 분을 삭이지 못해 고개를 절레절레 흔들었다.

"나 이광두가 너한테 어떻게 그런 일을 시켜……."

이광두는 그렇게 한참 동안 욕설을 쏟아낸 후 욕을 해봐야 소용없겠다는 생각이 들었는지 송강을 다독였다.

"일단 집에 가. 기자들이 기다리니까 네 일은 나중에 다시 얘기해."

다시 마스크를 쓰고 이광두의 회사를 나선 송강의 가슴은 행복감으로 가득했다. 이광두가 자신에게 몇 번이나 '개후레자식, 쪼다자식' 하며 욕을 했는지 모르지만, 이광두가 욕을 하면 할수록 송강은 기분이 좋았다. 이광두는 여전히 예전 그대로였고, 그들은 여전히 형제였던 것이다.

집으로 돌아온 송강의 얼굴은 밝았다. 마스크를 벗고 소파에 앉은 송강은 웃으며 임홍에게 말했다.

"이광두가 옛날하고 똑같더라고요. 나한테 후레자식이라고 얼마나 욕을 해대는지, 칠칠치 못하다면서 말이야. 당신이 눈이 멀어서 나한테 시집왔다고……."

임홍의 얼굴에도 기쁨의 기색이 피어올랐지만 듣다가 뭔가 이상해 물었다.

"이광두가 일자리를 줬어요?"

"우선 병부터 고치래요."

의아한 임홍이 다시 물었다.

"일자리는 안 줬어요?"

"날더러 부총재를 하라고 했지만 거절했어요."

"왜요?"

"내가 능력이 없잖아요."

임홍의 눈에서 또다시 눈물이 흘러내렸고, 눈물을 훔치며 임홍은 참지 못하고 말을 쏟아냈다.

"당신은 진짜 어떻게 해보려야 해볼 수 없는 아두(阿斗, 유비의 아들─옮긴이) 같은 사람이군요."

불안해진 송강이 낮은 목소리로 대꾸했다.

"우선 병부터 고치라고 했다니까."

"병 고칠 돈이 어디 있어요?"

임홍은 서글픈 눈물을 쏟아냈다.

그때 누군가 문을 두드렸고, 임홍이 눈물을 훔치며 문을 살짝 열자 밖에 이광두의 회사 재무 담당이 서 있었다. 이 사람은 살며시 손짓을 하며 임홍에게 밖으로 나와보라고 했다. 임홍은 순간 놀랐지만 눈물을 닦으며 밖으로 나와 30여 미터를 따라 걸었고, 재무 담당이 걸음을 멈추고 안에 10만 원이 들어 있다는 임홍 명의의 통장을 건네주면서 이건 임홍과 송강의 생활비와 병원비라고, 송강이 받을 것 같지 않아 임홍에게 전해주라는 이광두의 지시를 받았다고, 절대 송강에게는 비밀로 하라고 했다.

"이 총재께서 송강의 병이 심각하니까 서둘러 병원에 데리고 가라고 하셨습니다. 또 이 총재께서 돈은 신경 쓰지 말라고 하셨습니다. 앞으로 6개월마다 이 통장으로 10만 원씩 보내주신다고 하셨습니다. 만약 부족하시면 말씀만 하십시오. 이 총재께서 여러분 일은 앞으로 끝까지 책임지시겠답니다."

임홍은 손에 10만 원이 들어 있는 통장을 들고 어안이 벙벙한 채 서 있었다. 10만 원. 임홍이 태어나서 한 번도 생각해보지 못한 액수였다. 그녀는 지나가는 사람들이 손에 든 통장을 주시하자 그제야 놀라 정신을 차렸고, 통장을 들고 집으로 가서는 문 앞에서 송강에게 알리지 말라는 재무 담당의 말을 떠올리며 생각을 바꿔 은행으로 발길을 돌려서 내일 송강을 데리고 병원에 갈 돈 2천 원을 찾았다. 돈을 찾아 집으로 오는 길에 임홍의 머릿속에는 껄껄 웃던 이광두의 모습이 자꾸 떠올랐다. 순간 이광두가 갑자기 아주 괜찮은 남자라는 생각이 들면서 애초 그렇게까지 혐오할 필요는 없었다고 생각했다.

33

류 작가의 빛나는 세월은 두 달을 넘기지 못했다. 어느 날 갑자기 인기가 사그라지는 게 느껴지면서 예전처럼 아무도 관심을 기울이지 않더니, 송금환도 오지 않았다. 류 작가는 마음이 영 편치 못했다. 자신이 만들어낸 이광두의 신화는 만방에 그 이름을 떨치고 있는데 자신은 이렇듯 신속하게 사람들의 뇌리에서 잊혀지고, 그렇게 많은 기자들이 몰려들었지만 죄다 이광두에게만 달려들고 자신에게는 아무도 관심을 기울이지 않으며, 심지어 눈길 한 번 제대로 주지 않으니 말이다. 그리하여 류 작가는 길에서 몇몇 기자들을 붙잡고 이광두에 대한 기사를 제일 먼저 쓴 사람이 자신이라고 말해보았지만, 그들은 입으로만 그러냐고 몇 마디 대꾸하고 황급히 이광두의 회사로 인터뷰를 하러 달려갈 뿐이었다. 그렇게 서두르지 않으면 당일 자신의 순서가 안 돌아올 수도 있고, 그러면 다음 날까지 기다려야 할 판이었기 때문이다.

류 작가는 쪼글쪼글한 양복을 입고, 수염이 꺼칠한 채 봉두난발을 하고 뿌옇게 먼지가 쌓인 구두를 신고 다녔다. 외지인들이 그에게 전혀 관심을 기울이지 않자 그는 우리 류진 사람들을 붙잡고 이광두가 이름을 날린 데 대한 자신의 공적을 일일이 예를 들어가며 주저리주저리 떠들었는데 언제나 마지막 한마디는 이랬다.

"남의 혼수 옷만 해준 꼴이야."

류 작가의 입방아는 사람들의 입에 입을 타고 급기야 이광두의 귀에까지 전해졌고, 이광두는 부하 직원을 시켜 류 작가를 찾아오라면서 이렇게 말했다.

"내가 그 친구 잘 좀 가르쳐야겠어."

이광두의 부하 직원 둘이 류 작가를 찾았을 때 류 작가는 마침 길거리에서 사과를 먹고 있었다. 이광두의 직원들이 류 작가에게 이광두가 보잔다는 이야기를 전하자, 류 작가는 흥분한 나머지 씹고 있던 사과 조각을 삼키다 기도가 막혀 허리를 굽힌 채 얼굴은 새빨갛게 달아올라 연방 기침을 해대면서 가슴을 치고 발을 동동 구르며 이광두의 직원들을 따라갔다. 그렇게 계속 가슴을 치고 발을 동동 구르며 걷다가 이광두의 회사 앞에 당도하고 나서야 목에 걸렸던 사과 조각을 뱉어낼 수 있었고, 죽다 살아난 듯 크게 숨을 내쉬고 기도가 막혔을 때 흘렸던 눈물을 훔치며 이광두의 직원들에게 말을 건넸다.

"이 총재께서 날 찾을 줄 내 진작부터 알고 있었소. 그래서 줄곧 기다리고 있었지. 왜냐하면 이 총재는 물 마실 때 우물 판 사람의 수고를 잊지 않으시는 분이거든……."

류 작가가 이광두의 1백 평짜리 집무실에 들어섰고, 이광두는 마침 전화로 사업 상담을 하는 중이었다. 류 작가는 두리번거리면서 감탄을 늘어놓고는 이광두가 수화기를 내려놓기를 기다렸다가 미소 가득한 얼굴로 이렇게 말을 건넸다.

"일찍이 집무실이 대단하다는 소문을 접하기는 했지만, 오늘 직접 보고 나니 과연 명불허전입니다. 현장님 집무실도 가보았는데, 거기도 크긴 하지만 여기와 비교하면 화장실에 지나지 않는군요."

이광두가 차가운 눈길로 류 작가를 쳐다보자 류 작가의 흥분은 순식간에 가라앉았고, 이광두는 류 작가를 꼬나보면서 말했다.

"듣자하니 당신이 유언비어를 퍼뜨리고 다닌다면서?"

류 작가의 얼굴이 순간 창백해지면서 고개를 절레절레 흔들고 말을 더듬었다.

"아, 아, 아닙니다……."

"니미럴."

이광두는 책상을 내리치면서 욕설을 내뱉었다.

"이런 니미럴."

류 작가는 '니미럴' 두 마디에 몸도 따라 두 번 떨었고, 지금의 위세 등등한 이광두가 자신을 어떻게 하는 것은 파리채로 파리를 후려치는 일보다 쉬운 일일 테니 속으로 끝장이다 싶었다. 그러는 와중에 이광두가 차갑게 웃으며 물었다.

"뭐라고 했지? 나를 위해서 혼수 옷을 해줬다고?"

류 작가는 굽실거렸다.

"죄송합니다. 이 총재님, 죄송합니다. 제가 말실수를 했습니다……."

이광두는 양복 앞깃을 만지작거리면서 류 작가에게 다시 물었다.

"이 옷이 당신이 해준 혼수품이란 말이지?"

류 작가는 고개를 절레절레 흔들었다.

"아닙니다, 아닙니다……."

"이게 어디 건지 아나?"

이광두는 잔뜩 으스대면서 말했다.

"이게 아르마니야. 아르마니가 누군지 아나? 이탈리아 사람이야. 세계에서 제일 유명한 재봉사라고. 이게 얼마짜린지 아나?"

류 작가는 연방 고개를 끄덕이며 대답했다.

"분명히 무지 비쌀 겁니다. 무지 비쌀 겁니다……."

이광두는 손가락 두 개를 펴보였다.

"2백만 리라야."

류 작가는 '2백만'이라는 말을 듣고 놀라 다리, 배까지 덜덜 떨었다. 이 촌뜨기가 이탈리아 리라가 무슨 돈인지 알 턱이 없었던 탓에 그저 외국 돈은 무조건 중국 돈보다 비쌀 줄 알고 입을 쩍 벌리며 소리쳤다.

"아이고 어머니, 2백만······."

이광두는 어찌 할 바를 모르고 허둥대는 류 작가를 보며 살며시 미소 지으면서 이렇게 말했다.

"내가 충고 하나 하지. 입 조심해."

류 작가는 계속 고개를 끄덕였다.

"알겠습니다. 알겠습니다. 조심하겠습니다. 속담에 화는 입에서 시작된다고, 앞으로 단속 잘하겠습니다."

이광두는 류 작가를 잔뜩 겁 먹인 후 표정을 싹 바꾸며 갑자기 친근한 말투로 자리를 권했다.

"앉으라고."

어찌할 바를 몰라하는 류 작가에게 이광두가 다시 앉으라고 권하자, 그는 조심스럽게 자리에 앉았다. 이광두는 그에게 친근하게 말을 건넸다.

"그 기사는 나도 읽었지. 당신 말이야, 망할 놈의 천재더구먼. 당신 어떻게 열쇠를 생각해낸 거야?"

그제야 류 작가는 한숨을 내쉬면서 기분 좋게 대답했다.

"영감이죠."

"영감?"

이광두는 이해하기 어렵다는 듯 인상을 썼다.

"이런 젠장, 어려운 말 하지 말고 쉬운 말로 해."

류 작가는 의미심장하게 웃으면서 이광두에게 머리를 가까이 대며 조용히 속삭였다.

"예전에 저도 변소에서 엉덩이를 훔쳐보곤 했습니다. 저도 경험이 있어서······."

"진짜? 당신도 훔쳐봤어?" 이광두는 흥분해서 물었다. "무슨 경험?"

"거울을 썼죠."

류 작가는 몸을 일으켜 상황을 재현하기 시작했다.

"거울을 이렇게 여자들 엉덩이 쪽에다 대고 보면 보이지요. 이렇게 하면 떨어뜨릴 위험도 없고, 다른 사람이 들어오는 것도 대비할 수 있고요."

"니미럴."

이광두는 자신의 이마를 쳤다.

"왜 그때 거울을 생각하지 못했을까?"

"하지만 임홍의 엉덩이를 보셨지 않습니까?"

류 작가가 알랑거리며 대꾸했다.

"저야 동 철장네 마누라 엉덩이만 봤지요."

이광두는 두 눈을 반짝이며 맞장구를 쳤다.

"니미럴, 너 이 개자식, 확실히 재주가 있구먼. 나 이광두는 평생 세 가지를 사랑했는데, 돈과 재주, 그리고 여자거든. 너 이 개자식, 내 두 번째 사랑에 딱이네. 우리 회사같이 큰 회사에는 공보관이 필요한데 이제 보니 너 이 개자식, 아주 딱인데……."

류 작가는 이광두의 공보관이 되었다. 며칠 후 류진 사람들 앞에 나타난 그는 더 이상 촌뜨기가 아닌, 매끈한 양복을 입고 반짝이는 구두를 신은 채, 새하얀 와이셔츠에 붉은색 넥타이를 매고 머리칼을 말끔하게 빗은 모습이었다. 이광두가 산타나에서 내리면 바로 뒤꽁무니를 따라붙었고, 그의 별명도 류 공보로 바뀌었다. 류 공보가 이광두의 충고를 가슴 깊이 새기며 입단속을 철저히 하기 시작한 후로, 류진 사람들은 그의 입에서 쏟아져 나오는 말을 듣기가 그의 앞니를 뽑는 것보다 어렵게 되었다. 그는 은밀히 친한 친구에게 말했다.

"난 이제 옛날처럼 그렇게 함부로 얘기하면 안 돼. 이제부터는 이 총재의 혓바닥이니까."

이광두가 사람을 제대로 보았는지 류 작가는 말을 하지 않아야 할 때는 몽둥이찜질을 해도 방귀 한 줄기 뿜어대지 않았고, 말을 해야 할 때는 그야말로 교설이 청산유수 같았다. 그리하여 우리 류진 사람들이 이광두의 추문을 흥미진진하게 이야기할 때면 류 작가는 이를 바로잡아주고는 했다.

"이 총재께서는 독신 남성이니 독신 남성이 여자와 잠을 자는 것은 추문이라고 하지 않습니다. 추문이란 무엇이냐? 남자가 다른 남자의 부인과 자는 것이나 아내가 다른 여자의 남편과 자는 걸 뜻하지요."

그럼 류진 사람들은 이렇게 묻고는 했다.

"다른 사람의 부인이 이광두와 자는 건 추문인가?"

류 작가는 고개를 끄덕이며 대답했다.

"추문이지요. 하지만 그 추문은 상대의 것이므로, 이 총재께서는 그래도 깨끗하십니다."

류 작가의 추문론을 전해들은 이광두는 대단히 칭찬하며 말했다.

"이 개자식 말이 일리가 있어. 나 이광두 같은 독신 남자는 고금을 통틀어, 중국이나 외국 여자 그 누구와 자더라도 추문이 아니지."

류 작가가 류 공보가 된 뒤로 맡은 첫 번째 일은 전국 각지에서 처녀들이 보내온 산처럼 쌓인 편지들을 처리하는 일이었다. 억만장자가 사랑을 느껴보지 못했고, 처녀를 본 적이 없다는 보도를 접한 전국의 많은 여성들은 허황된 꿈을 품고 이광두에게 편지로 그들의 진실한 사랑을 전해왔다. 그들 가운데에는 젊은 유부녀도 있었고, 양가 규수도 있었으며, 창녀도 있었고, 도시 여자도, 농촌 여자도, 중학생도, 대학생도, 석사도, 박사도 있었다. 그들의 편지에는 모두 자신들은 처녀라고 주장하였고, 자칭 처녀인 여교수까지 있었는데, 이들은 편지에서 은밀하게 또는 드러내놓고 이제까지 고이 간직해온 자신들의 처녀막을 이광두에게 바치겠노라고 밝히고 있었다.

우체국의 배달차가 매일 마대로 한 자루씩의 편지를 회사 접수처에 내려놓으면 건장한 사환 둘이 이를 류 작가, 아니 류 공보의 사무실로 옮겨놓았다. 이제 막 자리에 온 류 공보는 이광두의 사무실 바로 옆 사무실에서 그 역시 이광두처럼 매일 두세 시간밖에 자지 못할 정도로 열심히 일을 했다. 그는 처녀들이 보낸 산더미 같은 편지들을 읽고 그 가운데 읽어볼 만한 가치가 있는 것들을 추려 이광두에게 읽어주었다. 이광두는 숨 들이마실 시간도 없을 정도로 바빴기 때문에 류 공보는 바늘 꽂을 틈이라도 생길라치면 이광두에게 그 편지들을 읽어주었다. 예를 들면 이광두가 오줌을 쌀 때 한 단락, 똥을 눌 때 한 단락, 밥 먹을 때 한 단락씩 읽어주었고, 이광두가 회사를 나설 때 뒤따라가면서 읽었고, 이광두가 산타나에 올라타면 편지를 읽으며 함께 차에 올라탔다. 밤이 깊어 이광두가 집으로 돌아가 침대에 누우면 류 공보는 침대 맡에 서서 읽었고, 이광두가 듣다가 잠이 들면 류 공보도 그의 발치에 누워 토막잠을 청했다. 이광두가 일어나면 류 공보는 잽싸게 일어나 계속 읽었고, 이광두가 이를 닦고 세수를 하고 아침을 먹을 때까지 읽었으며, 이광두가 회사에 도착하여 업무를 시작해야 류 공보는 가서 이를 닦고 세수를 하고 아침을 먹을 수 있었고, 곧이어 또 산처럼 쌓인 새로운 편지 속으로 빠져들어 또 읽을 만한 편지들을 추려내야 했다.

그즈음 류 공보와 이광두는 서로 꼭 붙어 지냈다. 처녀들이 보낸 편지들은 마치 흥분제처럼 이광두를 자극했고, 전국적으로 그렇게 많은 처녀막들이 만리장성처럼 줄을 서서 그를 기다린다는 생각만 하면 이광두는 절로 후끈 달아올라 자기도 모르게 두 손으로 자신의 넓적다리를 쓱쓱 비벼댔다. 류 공보가 가장 멋지고 감동적인 부분들만 골라 이광두에게 읽어줄 때면 이광두는 두 눈을 반짝이며 마치 유치원생처럼 천진하게 소리를 질러댔다.

"진짜? 정말이야?"

그리하여 나중에 이광두는 처녀들이 보낸 편지들을 떠나서는 살 수 없는 지경이 되어버렸다. 편지들은 이광두를 지탱해주는 정신적 지주였다. 이광두는 마치 마약중독자처럼 피곤할 때마다 류 공보에게 한 단락씩 읽게 했고, 그걸 듣고 나면 바로 정신이 충만해져서 다시 일에 집중할 수 있었다. 그는 인터뷰를 할 때나 사업 상담을 할 때조차 가끔 금단 증세가 나타난 것처럼 자주 안절부절못했고, 그럴 때면 자리에서 빠져나와 류 공보에게 한 단락을 읽어달라고 한 다음에야 만면에 홍조를 띤 채로 기자들과 사업 파트너들 앞으로 돌아왔다. 그러는 동안 이광두는 가끔 자신의 공보관을 류 공보라고 부르는 걸 잊고 자꾸 '처녀 편지'라고 불렀다. 류 공보도 사람인지라 화장실에 가서 오줌도 싸고 똥도 싸고 해야 하는데, 이광두가 자신에게는 헤로인 역할을 하는 처녀 편지가 듣고 싶어서 류 공보를 급히 찾다가 안 보이면 복도에 서서 다급하게 고함을 쳤다.

"처녀 편지는? 니미럴, 처녀 편지가 어디로 내뺀 거야?"

그럴 때면 류 공보는 바지를 올리면서 화장실에서 뛰어나왔고, 다른 손에는 벌써 편지를 들고 읽기 시작했다.

34

기자들은 밀물처럼 밀려들었다가 썰물처럼 빠져나갔다. 딱 석 달, 이광두는 사교계의 꽃처럼 정신없이 바빴는데, 석 달이 지나자 갑자기 기자들이 보이지 않았다. 사업 상담하러 오는 사람들은 간간이 있었지만, 기자들의 모습이 보이지 않자 이광두는 바로 심심해졌다. 한 이틀 동안 이광두는 홀가분해진 듯 드디어 평범한 개인으로 돌아와 편히 잠잘 수 있게 되었다면서 무려 열여덟 시간을 한꺼번에 자고 나서도 잠이 부족하다고 하소연했고, 류 공보도 열일곱 시간을 자고 일어나서도 잠이 아직 부족하다고 투덜댔다. 류 공보는 자기 집 침대에 누운 채 전화로 자기 집 침대에 누워 있는 이광두에게 처녀들이 보낸 편지들을 두 시간 동안이나 읽어주었고, 전화기에서 우레와 같은 코 고는 소리가 들려오자 류 공보는 편지를 내려놓고 자신도 눈을 감은 채 그대로 코를 골며 곯아떨어졌다. 이광두와 류 공보는 그렇게 각기 다섯 시간을 더 잔 후 회사에서 눈이 시뻘건 채 다시 만났다.

그 다음 일주일 동안 이광두는 하는 일 없이 집무실 소파에 누운 채로 류 공보가 혀가 빠지고 입이 닳도록 읽어주는 처녀들의 편지를 들었다. 처녀들이 보내온 편지는 여전히 헤로인처럼 그의 정신을 자극했지만, 기자들이 갑자기 종적을 감추자 이광두는 적응이 안 되는지 처녀들이 보내온 폐부를 찌르는 말들을 들으면서도 딴 생각을 하기 시작했고, 류 공보의 낭독을 끊으며 혼잣말을 되뇌고는 했다.

"이 우라질 기자 놈들, 왜 갑자기 단체로 사라진 거지?"

류 공보는 이광두가 누워 있는 소파 앞에 서서 신문과 라디오, 텔레비전 기자들은 원래 개새끼들이라, 개가 뼈다귀가 있는 곳을 찾아 쏘다니듯 뭔가 화끈한 이야기가 있는 곳을 찾아 돌아다닌다고 설명했다.

이광두는 갑자기 벌떡 일어나 앉더니 중얼거렸다.

"이 이광두가 벌써 뼈다귀만도 못하다 이 말이야?"

류 공보는 쩔쩔맸다.

"이 총재님, 스스로를 그렇게 비유하시면 안 됩니다……"

이광두는 다시 소파에 누워 낙담한 듯 계속해서 류 공보의 낭독을 들으며 이런저런 생각을 하다가 갑자기 화색이 돌며 벌떡 일어나 앉더니 소리를 질러댔다.

"안 되겠어, 뼈다귀가 되어야겠어."

끊임없이 답지하는 처녀들의 편지에 영감이 떠올랐는지 이광두는 전국 처녀막 올림픽을 개최하겠다고 했다. 그 말을 듣자마자 류 공보의 두 눈이 반짝 빛났다. 이광두는 주저리주저리 집무실을 왔다 갔다 하면서 우라질이라는 말을 무려 스무 번이나 단숨에 내뱉었다. 우라질 놈의 기자들을 미친개들처럼 다시 불러들일 것이고, 우라질 놈의 텔레비전으로 처녀막 대회를 생중계하며, 우라질 놈의 인터넷으로도 생중계를 하고, 우라질 놈의 협찬사들로부터 우라질 놈의 돈을 받고, 우라질 놈의 현수막을 골목까지 걸며, 우라지게 예쁜 아가씨들에게 우라질 놈의 비키니 수영복을 입히고 온 거리를 활보하게 해서 우리 류진의 모든 우라질 놈의 인간들에게 우라질 놈의 눈요기 한번 배부르게 해주겠다면서 말이다. 그리고 우라질 놈의 대회 조직위원회를 만들어, 몇몇 우라질 놈의 간부들을 찾아 우라질 위원장과 우라질 부위원장을 시키며, 열 명의 우라질 놈들을 섭외해서 우라질 심사위원을 삼겠다며, 이 대목을 특히 강조했는데 열 명의 심사위원은 반드시 우라질 놈들로 정해야 한다고, 우라질 년들은 안 된다고 했다. 마지막으로 그는 류 공보에게 말했다.

"네가 바로 우라질 놈의 대변인이야."

류 공보는 수첩과 볼펜을 들고 재빨리 이광두의 우라질 놈의 지시를 받아적고, 말하다 지친 이광두가 소파에 앉아 숨을 고르기를 기다렸다가 우선 이광두의 절묘한 발상에 대해 찬탄과 경의를 표한 뒤, 두 가지만 약간 수정하자는 자신의 의견을 개진했다. 우선 처녀막 올림픽 대회라는 명칭은 좀 부적절하니 제1회 전국처녀미인대회로 고치면 어떻겠느냐고 건의했다.

이광두는 고개를 끄덕이며 대답했다.

"그게 더 좋구먼."

류 공보는 열 명의 심사위원을 모두 남자로 하는 것이 타당할지 모르겠다며, 그래도 여자 심사위원이 몇 명 들어가야 한다고 했다. 이광두는 이 의견은 받아들이지 않고 손사래를 치면서 단호한 어조로 대꾸했다.

"여자는 안 돼. 누가 더 예쁜지 안 예쁜지 평가하는데 남자들이 더 잘하지 여자들이 껴서 뭘 해?"

류 공보는 잠시 깊은 생각에 잠겼다가 심사위원이 전부 남자면 안 좋은 상황이 벌어질 지도 모른다고, 매체에서 논쟁을 벌이고 비방할 수도 있고, 한도 끝도 없이 토론이 계속될 수도 있다고 했다.

"그래야 좋지."

이 말에 이광두가 소리쳤다.

"나는 사람들이 논쟁하길 바라는 거야. 나를 비방하고 주구장창 토론을 하면 이 이광두가 영원히 뼈다귀가 될 거 아니냐고."

류 공보는 바람같이 일을 처리했다. 다음 날 바로 처녀미인대회 개최 보도자료를 뿌렸다. 그리고 사무실에서 전국 곳곳에 하루 종일 전화를 걸어 조직위원회의 위원장과 부위원장의 명단을 확정하고, 열명의 심사위원 명단도 확정했다. 이광두 역시 집무실에서 사방팔방 하루 종일 자신과 사업을 함께한 사장들과 회장들에게 전화를 걸어 협찬사와 광고주들을 확정했다. 마지막으로 이광두는 도청 현장에게 전화를 걸어 자신의 장대한 계획을 보고한 후 대회 개최 시 직접 나오실 것과 류진의 제일 번화한 거리를 대회 장소로 제공해서 제1회 전국처녀미인대회를 개최하게 해줄 것을 요청했다. 이광두는 침을 꿀꺽 삼키며 말을 이었다.

"대회가 열리면 천 명이 넘는 미녀들이 전국 각지에서 몰려들어 대회에 참가하겠다고 할 텐데, 우라질, 다들 처녀들이고요. 젠장할, 현에서 제일 큰 데가 극장 아닙니까? 극장이라야 겨우 우라질 좌석이 팔백 개밖에 없는데, 대회에 참가하는 미녀들도 앉을 수 없고, 현장님과 저도 자리가 없고, 대회 조직위원들 자리는 물론 심사위원 자리도 없을 판입니다. 우리가 미녀들 넓적다리 위에 앉을 수는 없는 것 아닙니까? 게다가 예쁜 처녀들 보겠다고 달려드는 우라질 놈의 인파들을 생각하면 우라질 놈의 큰길에서 대회를 여는 수밖에……."

도청은 신나서 날뛸 지경이었다. 그는 이것은 류진 역사상 일대 중대 계기로 전 현의 GDP를 세 배 내지 다섯 배 정도 끌어올릴 수 있는 일이라면서 이렇게 말했다.

"안심해라. 거리 하나가 문제가 아니라 두 개, 세 개도 괜찮아. 거리 골목까지 다 너한테 내줄 테니까 전국 각지의 미녀들 다 오라고 해.

우리는 그 사람들 수용할 능력이 있어요."

제1회 전국처녀미인대회 개최를 알리는 뉴스가 전국을 석권하면서 썰물처럼 밀려나갔던 기자들이 또다시 밀물처럼 되돌아왔고, 우리의 이광두는 또다시 전 중국의 수석 뼈다귀가 되어 그의 웃는 낯과 목소리가 신문과 라디오, 텔레비전에 자주 나오게 되었다. 류 공보 역시 높은 파도를 타고 떠오르는 배처럼 다시 그 모습을 드러내게 되었지만, 물 마실 때 우물 판 사람의 공덕을 생각한다고, 이광두의 신임과 발탁이 없었더라면 오늘날의 자신은 없었을 것이라는 사실을 알기에 기자회견을 할 때 모든 질문에 대답하면서 '이 총재님'이라는 말을 끼워 넣었다.

어떤 기자가 이렇게 물었다.

"전국처녀미인대회를 개최하시려는 이유가 뭡니까?

류 공보는 또박또박 대답했다.

"조국의 전통문화를 널리 알리고, 오늘날의 여성들에게 자신을 더욱 사랑하게 하기 위해서입니다. 자신을 사랑하면 더욱 진정한 자신감이 생기죠. 동시에 오늘날의 여성들이 더욱 건강하고 더욱 위생적인 삶을 살 수 있도록 우리 이 총재님께서 제1회 전국처녀미인대회를 개최하시는 겁니다……."

기자가 그의 말을 끊었다.

"방금 말씀하신 더 위생적이라는 게 무슨 뜻입니까?"

류 공보가 대답했다.

"처녀막은 병균의 침입을 막아 내부 생식 기능을 보호하고 생육 기능을 지켜주는 중요한 역할을 합니다. 이것이 바로 우리 이 총재님께서 말씀하시는 '더 위생적'이라는 단어의 뜻입니다."

그러자 다른 기자가 또 질문을 던졌다.

"참가자들이 갖춰야 하는 요건에는 어떤 것들이 있습니까?"

류 공보는 줄줄 쏟아냈다.

"단정한 아름다움과 건강함과 유연함, 훌륭한 성격, 재능, 이해심과 자상함, 노인을 공경하고 아이들을 사랑해야 하며, 청순하고 충절을 지켜야 하고, 성 경험이 없어야 하고……."

그 기자가 계속해서 질문을 던졌다.

"운동을 하다가 처녀막이 파열된 경우는 참가 자격이 없나요? 그리고 성폭행으로 처녀막이 파열된 사람도 참가 자격이 없나요?"

류 공보가 대답했다.

"우리 이 총재님께서는 방금 말씀하신 두 부류의 여성들의 상황을 십분 존중하십니다. 그 문제에 대해서는 식사도 잘 못하실 정도로, 잠도 잘 못 주무실 정도로 깊이 고민하시다가 최종적으로 제1회 전국처녀미인대회의 순수성과 권위를 위해 우리 이 총재님께서는 가슴 아프지만 그분들의 참가를 제한하기로 하셨습니다. 그리하여 저에게 이번 기자회견을 통해 그분들에게 경의를 표하는 바임을 알리심과 동시에 전국에 계신 남성 여러분들께도 그분들에 대해 더 큰 관심과 사랑을 쏟아주시길 부탁한다고 호소하셨습니다."

한 여자 기자가 말했다.

"당신들이 개최하는 이른바 처녀미인대회라는 게 사실 봉건주의의 남존여비 사상으로 여성에 대한 차별과 경시입니다."

류 공보는 고개를 가로저으며 대답했다.

"우리 모두는 어머니의 자식들입니다. 우리 모두는 어머니를 존경합니다. 우리의 어머니는 모두 여성이고, 그러므로 우리 모두는 여성을 존중하고 존경합니다."

마지막으로 한 기자가 질문했다.

"처녀미인대회 우승자가 혹시 이 총재의 신부가 되나요?"

그러자 류 공보는 웃으며 대답했다.

"우리 이 총재님께서 개최하시는 대회는 미인선발대회지 부인선발
대회가 아닙니다. 물론 우리 이 총재님께서 어떤 처녀 미인을 사랑하
게 될 가능성을 완전히 배제할 수는 없겠지요. 하지만 그분도 우리 이
총재님을 사랑하신다는 전제 하에서 가능한 일 아니겠습니까. 사랑이
란 예측이 불가능하니까요."

기자회견은 텔레비전을 통해 방송되었고, 우리 류진 사람들은 죄다
시청했으며, 이광두도 머리에 기름 바르고 화장한 얼굴로 매끈한 양
복을 입고 반짝이는 구두를 신은 류 공보가 실수 없이 딱 들어맞는 답
변을 하는 모습을 보고 매우 만족하였다.

"저 개후레자식 확실히 인재라니까."

기자회견 후 제1회 처녀미인대회의 서막이 올랐다. 대회는 예선과
준결선, 결선으로 나뉘어 진행되고, 결선에 선발된 1백 명의 참가자들
을 제외한 나머지 미인들은 숙식을 알아서 해결해야 했다. 대회 조직
위원회는 결선에 선발된 참가자들 가운데 1, 2, 3위를 가려 각각 인민
폐 1백만 원, 50만 원, 20만 원을 수여하고, 미국 할리우드 진출을 적
극 도와 국제적인 스타로 만든다는 계획을 발표했다. 전국 각지에서
대회 신청서가 눈발처럼 날아들었고, 우체국의 배달차는 또다시 매일
마대로 한 자루씩의 우편물을 이광두 회사 접수실에 떨어뜨려놓았다.
전국 각지의 처녀들이 열렬한 반응을 보이는 가운데 현지를 포함한
주변 지역 처녀들의 기세도 만만치 않았다. 그들도 잇달아 신청서를

제출했고, 외지인들 논에 맑은 물을 대줄 수는 없다고 호언하며 기필코 1, 2, 3등을 외지 여자들에게 빼앗기지 않겠다고 의지를 불태웠다. 대회 신청서를 낸 여자들 가운데 많은 수가 이미 처녀가 아니었는데, 그 중에는 결혼한 자들도 있고 이혼한 자들도 있었다. 그리고 동거 중인 여자들도 있었으며, 몇 명의 남자와 동거를 했는지 알 수 없는 여자들도 있었다. 그들은 줄줄이 산부인과로 가서 줄줄이 처녀막 재생 수술을 했다.

우리 류진의 우물 안 개구리들은 처녀막 재생술이 전국적으로 유행하고 있다는 사실을 몰랐다. 강호를 떠도는 희대의 사기꾼 주유(周遊)가 나타나고 나서야 류진의 우물 안 개구리들은 세상이 어떻게 돌아가는지 비로소 알게 되었다. 주유는 북경의 경제학자가 지금은 처녀막 경제시대라는 말을 했다고 류진 사람들에게 전했고, 그제야 류진 사람들은 대회 참가자들이 처녀막 재생 수술을 했으며, 대회에 참가하지 않는 더 많은 여자들도 시대의 흐름에 따라 갑작스레 처녀막의 소중한 가치를 깨닫고 처녀막 재생 수술을 받았다는 사실을 알게 되었다. 순식간에 대도시의 종합병원부터 지방의 위생원까지 잇달아 처녀막 재생 수술을 한다는 광고를 내걸었고, 처녀막 수술 광고는 사방천지를 뒤덮어 텔레비전을 틀어도 나오고, 신문에도 실리고, 라디오에서도 흘러나오고, 컴퓨터를 켜고 인터넷에 접속하면 '펑' 하고 떴다. 공항이나 터미널, 부두는 물론, 큰길이나 골목에도, 고개만 들면 어디든지 처녀막 재생 수술 광고가 보였다. 주유는 경제학자가 말했다는 처녀막 경제를 인용하며 류진 사람들에게 처녀막 재생 수술은 이미 전국에서 제일 이윤이 많이 남는 사업이라고 했다.

"그 시초가 바로 여러분이 사는 류진입니다."

그러더니 주유는 마지막에 이렇게 한마디를 덧붙였다.

"그래서 제가 온 거지요."

그때 우리 류진 사람들은 처녀막 경제라는 것이 무엇인지 느끼고 있었다. 우리 현의 병원과 그 아래 향 의원은, 물 가까운 누각에 오르면 먼저 달을 본다는 말처럼, 도처에 광고지를 붙여댔다. 다리 난간에, 전봇대에, 거리의 벽에, 공중변소 벽에, 눈에 띄는 곳이기만 하면 무조건 처녀막 수술 광고를 붙였다. 자고 일어나면 문에 붙어 있고, 점심을 먹는 와중에 문틈으로 광고지가 들어왔다. 상점에서 신발을 사면 광고지를 주었고, 영화표를 사도 광고지를 주었다. 식당에서 메뉴를 보는 중에도 광고지가 끼어들었으니, 방금 홍소족발을 시키고 나서 눈을 한 번 깜빡이면 어느새 '처녀막 복원' 광고지가 메뉴판을 덮고 있었다. 그리하여 우리 류진의 남녀노소 누구랄 것도 없이 처녀막 재생 수술이 무엇인지 알고서 말했다.

"쌍꺼풀 수술만큼 간단한 거야."

우리 류진의 아이들도 무슨 교과서를 암송하듯 광고 문구를 입에 달고 다녔다.

"수술 시간 30분, 국부 마취 사용, 수술 후 입원이 필요 없으며, 정상적인 생활과 일에 지장이 없고, 월경에 영향을 주지 않습니다."

우리 현의 병원은 삼륜 자전거를 모는 사람들의 가슴과 등짝을 죄다 광고판으로 삼았다. 붉은색 비닐에 구멍을 뚫어 뒤집어쓰게 한 것으로 딱 비옷처럼 생겼는데, 가슴과 등짝에는 노란색 큰 글씨가 쓰여 있었다.

"건강한 여성이면 수술 성공률 100퍼센트, 수술 만족도 99.8퍼센트, 두 번째 첫날밤 피를 볼 확률 99.8퍼센트."

처녀막 경제의 갑작스런 돌풍은 이광두의 처녀미인대회에 또 다른 파란을 일으켰다. 그즈음 적지 않은 협찬사들과 광고주들의 돈이 이광두의 통장으로 들어왔고, 이광두는 두 눈이 시뻘게진 채 쉬지 않고 전화를 걸어 새로운 협찬사들과 광고주들을 끌어모았다. 그는 온종일 수화기에 대고 소리를 질러댔고, 그래서 목소리가 다 쉬었지만 여전히 이렇게 소리를 질러댔다.

"기회를 놓치면 안 되죠. 시간은 되돌아오지 않습니다. 빨리, 빨리, 빨리……."

류 공보는 바빠서 머리가 깨질 지경이었다. 직함은 이광두의 우라질 놈의 공보관이지만, 온갖 우라질 일을 도맡았다. 이광두는 다른 일은 신경 쓰지 않고 오로지 전화기를 붙들고 망나니처럼 소리를 질러대며 거지처럼 돈을 요구했으니, 류 공보는 일찌감치 바빠서 죽을 지경이었다. 그는 매일 조수들을 고용했으므로 사무실 공간이 부족할 수밖에 없었고, 다른 사람의 사무실을 빌려 쓰다가 나중에는 아예 밖에다 건물 한 동을 세내 정식으로 '제1회 전국처녀미인대회 조직위원회'라는 현판을 걸었고, 비밀을 보장하고 공정함을 기하기 위해, 류 공보는 이광두에게 현 무장경찰 중대에 전화를 걸어 총을 든 무장경찰 둘이 조직위원회 문 앞에서 보초를 서도록 부탁해달라고 했다. 조직위에서 일하는 사람들은 모두 가슴에 자신의 사진이 붙어 있는 표찰을 달았고, 표찰이 없는 사람들은 출입이 금지되었다.

우리 류진은 이광두가 유명해지자 이광두진이라고 불리더니, 이제 처녀미인대회가 이름을 날리자 처녀미인진이라고 불렸다. 우리 처녀미인진은 대규모 치장 공사가 한창이었다. 현 정부는 연도의 건물들에 전부 새로 칠을 하라는 지시를 내렸고, 현 내의 텔레비전 방송을 통해 각급 기관에 지시를 내려 유리창이 보이지 않을 때까지 가가호호 창문을 깨끗이 닦으라고 했다. 쓰레기를 밖에다 버리지 말라고 했고, 특히 대회 시작 후에는 가가호호 쓰레기를 침대 아래에 쟁여두는 한이 있더라도 절대 길가에 버리지 않도록 하며, 만약 위반하는 사람이 있으면 쓰레기 무게를 돼지고기 값으로 환산해서 중벌에 처한다는 내용을 하달했다. 즉 스무 근의 쓰레기를 버리다가 적발되면 돼지고기 스무 근에 해당하는 벌금을 물린다는 것이다. 현 정부는 전 현민들에게 여자가 화장하 듯 우리 처녀미인진을 아름답게 꾸며서 밝고 아름다운 모습으로 제1회 처녀미인대회를 맞이하자고 호소했다. 그러고 나서 우리의 처녀미인진에 홍등을 달고, 갖가지 오색 천으로 거리를 장식했으며, 거리에는 대형 표어를 걸었고, 대형 건물에도 현수막을 걸었다. 그리고 대회 장소로 쓰일 거리에는 커다란 광고탑이 세워졌는데, 이광두가 전화통에 대고 소리를 질러 따온 광고들이 거기에 하나하나 모습을 드러냈다.

대회 개막 일주일 전, 우리 처녀미인진은 사람들로 몸살을 앓았다. 우선 신문 기자들과 방송 기자들이 몰려왔고, 텔레비전 중계차들이 들어왔다. 이후 온 사람들은 내빈들로, 이광두의 협찬사들과 광고주들, 간부 동지들과 심사위원 동지들이었다. 우리 류진의 제일 호화로운 호텔은 이광두가 연 것으로 기자들과 내빈들을 전부 그곳에 채워 넣으니 만실이 됐다. 신청서를 제출한 미인들은 2만 명이 넘었지만 숙식을 스스로 해결하라는 말에 실제 참가자 수는 3천 명이었다. 이들이 몰려들자 우리 류진의 모든 호텔과 초대소(호텔 아래 급의 숙박 시설—옮긴이)는 순식간에 만실이 되었고, 원래 2인용 방을 4인용으로 개조해도 전부 수용할 수가 없었다. 우리 류진의 밝고 아름다운 모습을 지키기 위해서는 이렇게 많은 미인들을 길거리에서 재울 수는 없었다. 우리 류진의 일부 남성들이 자신들의 성욕을 주체하지 못해 어두운 밤을 틈타 이 처녀 미인들을 폭행할 수도 있고, 폭행까지는 아니더라도 어두운 밤을 틈타 만지고 주무르기만 해도 우리 류진의 체면은 땅에 떨어지고 말 것이었다. 그리하여 현 정부는 류진 사람들에게 자신들의 침대를 제공해서 미인들을 재워달라고 호소했고, 때마침 여름이라 사람들이 호응하여 자신들의 잠자리를 미인들에게 제공하고 많은 집의 남자들이 돗자리를 펴고 길가나 골목으로 나와서 잤다. 조 시인도 길가에서 잠을 잤다. 자신의 방 하나 거실 하나짜리 집을 미인 둘에게 빌려주고 한 사람당 하루에 1백 원씩 받았으니, 매일 2백 원씩 버는 셈이었다. 송강과 임홍의 집 역시 방 하나에 거실 하나였는데, 송강은 조 시인이 매일 2백 원씩 버는 모습을 보고 임홍에게 자신도 돗자리를 펴고 길에서 잘 테니 한 사람만 받아서 하루에 1백 원씩 벌자고 이야기했지만 임홍이 송강은 환자라서 길에서 자면 안 된다면서 승낙하지 않았다. 하지만 송강이 계속 길에서 자겠다고 고집 피우자 임홍은 매일 병원에 다니면서 주사도 맞고 약도 먹고 해서 이제 병이 좀 나아졌는데 길에서 자다가 만일 병세가 악화되면 분명히 벌어들이는 돈보다 쓰는 돈이 많아질 거라며 화를 냈다. 송강은 이광두가 돈을 대주고 있다는 사실을 모르고 임홍의 부모님과 친구들이 병원비를 주는 것으로 알고 있었다. 송강은 조 시인 옆에 돗자리를 깔고 누웠다가 임홍이 문가에서 울고 있는 모습을 보고는 일어나 다시 돗자리를 말아들고 집으로 들어갔다. 그 며칠 간 송강은 아침에 일어나 문을 열면 제일 먼저 눈에 들어오는 것이 조 시인이었는데, 조 시인은 전봇대 아래에서 자고 일어나 기지개를 펴면서 송강에게 길에서 자는 게 집에서 자는 것보다 훨씬 편안하고 시원하기도 하며 매일 2백 원을 벌 수 있다고 끊임없이 주절댔다. 송강은 부러웠지만, 조 시인 얼굴에 가득한, 모기한테 물려서 시뻘겋게 부어오른 자국들을 보고는 얼굴을 가리키며 물었다.

"얼굴이 어떻게 된 거요?"

그러면 조 시인은 의기양양하게 대답했다.

"여드름이 났나봐."

35

강호를 떠도는 희대의 사기꾼 주유가 우리 류진에 그 모습을 드러낸 것이 바로 이때였다. 주유라는 인간은 척 보기에도 똑똑해 보였는데, 그즈음 사기꾼들은 다들 영화 속 주인공처럼 인물들이 하나같이 출중했다. 29인치 컬러텔레비전 상자 두 개를 들고 터미널을 빠져나오는 주유의 주머니에는 단돈 5원밖에 없었다. 우리 류진의 수석대리 송강을 제외한 모든 남자가 주머니에 주유보다 많은 돈을 가지고 있으면서도 자신들은 가난하다고 생각했지만, 단돈 5원밖에 없는 주유는 중국판 〈포브스〉 랭킹에 자신의 얼굴이 실린 듯한 표정이었다.

석양이 깔리고 아직 달빛이 내려앉지 않은 가운데 가로등과 네온사인이 이미 그 불을 밝히고 있었다. 뜨거운 날씨에 거리에 나온 류진 사람들은 홀딱 벗지 못하는 것이 아쉬울 지경이었다. 그런데 주유는 양복에 구두를 신은 채 커다란 상자 두 개를 발 옆에 내려놓고 터미널 밖에서 마치 에어컨이 돌아가는 대합실에 있는 듯 하나도 덥지 않은 표정이었고, 중국판 〈포브스〉 랭킹에서나 볼 수 있는 미소까지 짓고 있었다.

"여기가 처녀미인진입니까?"

강호의 사기꾼 주유는 계속해서 다섯 번이나 물었지만, 지나가는 사람들은 고개도 끄덕이지 않고 그냥 건성으로 "응" 소리만 내면서 아무도 주의를 기울이지 않았고, 그와 한두 마디 이야기를 나누려는 사람조차 없었다. 그의 낚싯바늘에 걸려드는 사람이 하나도 없자 그로서도 어떻게 손쓸 방법이 없었다. 옛날 같으면야 길거리에 낯선 사람이 나타나면 우리 류진 사람들이 무슨 오랑우탄이라도 나타난 것처럼 호기심 어린 눈길로 그를 둘러쌌겠지만, 지금이 어느 때인가. 삼천 명 중 2천8백 명이 넘는 처녀 미인이 벌써 도착했고, 2백 명이 넘는 기자들에, 텔레비전에서나 볼 수 있었던 아나운서들도 오고, 지도자들과 심사위원들까지 유명한 사람들을 한꺼번에 다 봤으니, 자신이 몇 번만 '처녀미인진'이라고 말하면 류진 사람들이 신기해하리라 생각했던 주유는 외지인들이 '처녀미인진'이라는 말을 쓴 지가 벌써 일주일이 넘었고, 우리 류진 사람들조차 '처녀미인진'이라고 부를 정도라는 걸 생각지도 못했던 것이다.

주유는 터미널 앞에서 날이 저물 때까지 서 있어도 말 거는 사람 하나 없자 사기를 칠 방법이 없었다. 삼륜 자전거를 모는 사람들만 그에게 장사를 위해 말을 걸어왔다.

"사장님, 어느 호텔로 가십니까?"

주유의 주머니에는 단돈 5원뿐이라 삼륜 자전거를 타는 날에는 주머니의 돈이 순식간에 0원이 될 게 뻔했다. 그는 삼륜 자전거를 모는 사람들을 잘못 건드렸다가는 큰일 난다는 것을, 이 사람들은 1원만 모자라도 박 터지게 피 흘려 싸울 사람들이라는 것을 잘 알고 있었다.

그리하여 삼륜 자전거를 모는 사람들이 자기를 태워보려고 말을 걸때면 일부러 못 들은 척하면서 양복 주머니에서 장난감 휴대전화를 꺼내들었다. 이 장난감 휴대전화는 진짜하고 똑같이 생겼고, 안에 건전지가 들어 있어 버튼을 누르면 벨소리가 울렸다. 삼륜 자전거를 모는 사람이 어느 호텔으로 가냐고 물었을 때 주유는 휴대전화를 울렸고, 휴대전화를 받으면서 벌컥 화를 냈다.

"마중 나온다던 전용차가 왜 아직까지 안 오는 거야?"

날이 어두워지자 주유는 이렇게 서 있어봐야 희망이 없다고 생각하고 커다란 상자 두 개를 들고서 걸을 수밖에 없었는데, 어떻게 걸어도 중국판〈포브스〉랭킹에 실릴 사람의 걸음걸이가 아니고 고생한 육체노동자의 걸음걸이였다. 우리 류진의 거리는 인산인해를 이루었고, 그 인산인해 가운데 미인들이 구름같이 많았으니, 상자 두 개를 들고 걷는 주유는 연방 미인들의 넓적다리와 부딪쳤고, 우리 류진 사람들의 넓적다리에도 부딪쳤다. 가로등과 네온사인 빛 속에 외국 노래와 중국 노래가 뒤섞이고, 재즈와 로큰롤이 요란스럽게 울리며, 클래식과 중국 민요의 서정이 흐르는 가운데 주유는 걷다 서다 했고, 걸음을 멈추었을 때는 고개를 들어 사방을 둘러보며 이광두가 이룩한 새로운 류진을 감상했다. 유럽식 고전 건축물과 미국식 현대적인 건축물 사이에 커다란 홍등을 높이 내건 거리가 펼쳐졌고, 그리스식 거대한 원기둥이 솟아 있는 이광두의 호화로운 호텔과 로마식 붉은 벽으로 치장한 이광두의 명품 의상점이 있었다. 중국식으로 기와를 얹은 저택 안에는 이광두의 중식당이 있었고, 일본식 정원 안에는 이광두의 일본 식당이 있었다. 고딕 양식의 창문과 바로크 양식의 지붕……. 주유의 눈에 비친 류진은 그야말로 온갖 피가 뒤섞인 혼혈 동네였다.

강호를 떠도는 이 사기꾼이 밤에 어디를 돌아다녔는지 아무도 알지 못했다. 들기도 어렵고 크고 무겁기도 한 상자 두 개를 들고 뜨거운 여름날에 양복을 입고 구두까지 신은 채 한참을 걸었으니 배도 고프고 목도 마르고 피곤했다. 이 사기꾼은 체력이 정말 좋아서, 밤 열한 시가 되도록 아무리 돌아다녔어도 더위를 먹지도 않았고, 어지러움 같은 것도 전혀 느끼지 않았으니, 아마도 이 사기꾼은 자신의 몸뚱이마저 사기 처먹은 게 분명했다. 그렇게 한 바퀴를 돌면서 그는 길거리 가득한 남자들의 이야기를 들었고, 호텔과 초대소가 만실이고, 이 남자들의 집까지 처녀 미인들로 가득 찼다는 사실을 알게 되었다.

주유가 조 시인의 돗자리 앞에서 걸음을 멈추었을 때, 조 시인은 아직 잠들지 않은 채 누워 얼굴의 모기를 때려잡는 중이었다. 주유는 조 시인을 보고 고개를 까딱였지만, 조 시인은 아무런 주의를 기울이지 않은 채 '뭐 하는 놈인가' 라는 생각을 했다. 주유의 눈은 길 맞은편 소 씨 아줌마네 간식식당으로 향했다. 그는 배가 고파 가슴이 등짝에 붙을 지경이라 뭐라도 조금 먹지 않으면 사기를 치기는커녕 굶어 죽어 아귀가 될 판이었다. 그는 상자 두 개를 들고 길을 건넜는데 양복에 구두를 신었지만 그 걸음새는 완전 난민이었다. 간식식당에 들어서자 시원한 에어컨 바람에 정신이 상쾌해졌고, 그는 식당 문 쪽 탁자에 앉았다.

밤이 깊은 탓에 안에는 두 명의 손님만이 앉아 식사 중이었고, 소씨 아줌마는 벌써 집으로 자러 들어가 그의 딸 소매가 계산대에 앉아 종업원 두 명과 한담 중이었다. 우리 류진 사람들 가운데 그의 남자친구가 누구인지 아는 사람은 하나도 없었다. 마치 그의 아버지가 누구인지 모르는 것처럼 말이다.

소매는 주유가 멋지게 걸어 들어와 멋지게 앉는 모습을 지켜보았다. 커다란 상자는 전혀 멋지지 않았지만 말이다. 주유는 평범하게 생긴, 아니 사실 좀 못생긴 소매가 이 식당의 사장이란 걸 한눈에 알아보고 멋진 얼굴에 멋진 미소를 띠고 마치 무슨 명화를 감상하는 듯한 눈길로 그녀를 바라보았고, 소매는 이제까지 이 사기꾼 주유처럼 자신을 감상하듯 쳐다본 사람이 단 한 명도 없었기 때문에 가슴이 두근거리기 시작했다. 종업원 하나가 다가와 메뉴판을 주유에게 건네주자, 주유는 아쉬운 듯 눈길을 거두어 메뉴판을 보았다. 그는 만두 한 판이 딱 5원인 걸 보고 만두를 주문했고, 종업원이 음료 메뉴를 든 채 음료수 이름들을 열거하면서 뭘 마시겠느냐고 묻자 고개를 절레절레 흔들며 이렇게 대답했다.

"나는 피가 걸쭉해서 음료를 마시면 안 돼요. 그냥 시원한 물 한 잔 주십시오."

종업원이 시원한 물은 없고 생수가 있다고 하자 주유는 여전히 고개를 가로저으며 말했다.

"난 생수를 마시지 않습니다. 그거 다 거짓말이거든요. 그 안에 무슨 광물질 하나도 없으면서 말이에요. 광물질이 제일 많은 건 그냥 찬물이에요."

말을 마친 주유는 또다시 방금 그랬던 것처럼 감상하는 눈길로 가슴이 뛰어 어쩔 줄 모르는 소매를 바라보았다. 주유는 소매가 분명히 물 한 잔을 가져다줄 것을 알고 손을 주머니에 넣어 장난감 휴대전화를 울렸다. 그는 휴대전화를 들고 몸을 돌려 전화 받는 시늉을 하면서 마치 자기 비서에게 말하는 듯한 목소리로 왜 방을 예약해놓지 않았느냐고, 류진에 와서 묵을 곳이 없다고 다그쳤다. 소매 앞에서는 삼륜 자전거꾼들 앞에서처럼 불같이 화를 내지는 않았고 격조 있는 말투로 질책했으며, 마지막으로는 심지어 몇 마디 다독이는 말까지 했다. 그리고 그가 휴대전화를 닫고 주머니에 집어넣으며 뒤돌아보자, 소매가 벌써 물 한 잔을 들고 그의 옆에 서 있었다. 그는 소매가 가져온 것이 생수라는 것을 알았고 방금 사막에서 빠져나온 것처럼 목이 말랐지만, 점잖게 일어나 물을 받아들고 점잖게 감사의 뜻을 표했다. 그리고 앉아 천천히 물을 마시고 만두를 조금씩 먹으며 소매와 이야기를 나누기 시작했다.

그는 만두부터 작업을 시작했다. 만두 맛이 훌륭하고 소매의 식당이 깨끗하다고 칭찬하면서 벌써 몸을 돌려 돌아가려는 그녀의 발걸음을 붙잡았다. 쇠는 달군 김에 두드리랬다고 그는 소매에게 새로운 메뉴를 개발해보라고 말을 건넸고, 소매는 그 말에 바로 주유의 맞은편에 앉았다. 그는 빨대를 꽂은 만두를 만들어보라고 했다. 북경이나 상해의 최고급 식당에서는 만두에 다 빨대를 꽂아서 내오는데, 만두피는 얇고 고기를 많이 넣으니 당연히 육즙이 더 많으므로 손님들은 우선 빨대로 달콤한 육즙을 빨아먹은 다음 만두를 먹는다면서, 이게 지금 최고의 만두이자 인민들의 신생활 지표이고, 이제 만두는 더 이상 밀가루와 고기소를 먹기 위해 먹는 것이 아니라 육즙을 맛보기 위해 먹는 거라며 덧붙였다.

"어떤 사람들은 육즙만 마시고 만두피하고 고기는 건드리지도 않고 나가버린다니까요."

주유의 말에 소매의 두 눈은 반짝였고, 내일 바로 만들어보겠다는 그녀의 말에 주유는 기회를 놓치지 않고 자기도 내일 와서 봐주겠다며 이제까지 육즙을 먹어본 진귀한 경험을 남김없이 전부 전해주겠다고, 소매의 빨대 만두가 잘 팔리도록 돕겠다고 하면서, 반경 1백 리뿐만 아니라 북경에서도 이 만두를 맛보러 비행기를 타고 오게 만들겠다고 혀를 굴렸다. 소매는 활짝 웃으며 약간 부끄러운 듯 물었다.

"진짜 도와주실 거예요?"

"당연하죠."

주유는 시원스럽게 손을 흔들어 보였다. 이 강호의 사기꾼은 몸에 지닌 전 재산 5원을 써서 빨대 만두를 시식해주겠다고 공언함으로써 앞으로 며칠간 먹을 것을 미리 손에 넣었다. 상자를 들고 소매네 식당에서 나온 그의 걸음걸이는 아까 배고팠을 때보다 한결 보기 좋아졌고, 이제 그는 공짜로 잠을 잘 곳을 찾아야 했다. 그는 다시 조 시인 앞에 나타나 그의 돗자리를 어떻게 해볼 심산이었다.

모기가 물어뜯지만 않았으면 벌써 잠들었을 조 시인은 윙윙거리며 날아드는 모기들 때문에 온몸이 가려웠고 정신이 산란한 가운데 손바닥으로 찰싹찰싹 모기를 잡느라 손바닥이 모기 피로 새빨개졌다. 주유는 상자를 들고 다가와 상자를 조 시인의 돗자리 옆에 쌓아놓았고, 조 시인은 가로등에 모기 피로 새빨개진 자신의 손바닥을 들어 보이며 주유에게 말했다.

"이게 다 내 피라니까."

주유는 예의를 갖추어 고개를 끄덕였고, 그때 가짜 휴대전화가 울렸다. 사기를 칠 때면 으레 울리는 가짜 휴대전화를 든 그의 입에서 "헬로"라는 말이 나오더니 한동안 조 시인이 알아듣지 못하는 외국 말을 쏟아냈다. 조 시인은 신기한 듯 그가 말을 마칠 때까지 기다렸다가 조심스럽게 물었다.

"방금 한 말이 미국말이죠?"

주유는 고개를 끄덕이며 말했다.

"그렇습니다. 미국 지사의 사장과 업무 얘기를 좀 나눴습니다."

조 시인은 그가 한 말이 미국 말이라는 것을 맞춘 것이 자랑스럽다는 듯 너스레를 떨었다.

"제가 미국말은 좀 알아듣죠."

주유는 까불거리는 조 시인을 보고 방금 한 전화로는 제압하기 어렵겠다 싶어 자연스레 전화를 한 번 더 울렸고, 전화기를 들며 혼잣말을 중얼거렸다.

"못 알아듣게 해야지……."

이번에는 조 시인이 전혀 알아들을 수 없는 말이 튀어나왔고, 말이 끝나기를 기다렸다가 전화기를 주머니에 넣는 걸 보고 조 시인은 이번에도 조심스럽게 물었다.

"방금 한 말은 미국말이 아니죠?"

"이탈리아 말입니다. 이탈리아 지사 사장과 업무 얘기를 했죠."

조 시인은 또다시 우쭐거리면서 대꾸했다.

"딱 들어보니까 미국 말이 아니더라고요."

이 강호의 사기꾼은 저 잘났다고 우쭐대는 촌뜨기를 만나 두 번의 통화로도 제압하지 못하자 세 번째로 휴대전화를 울렸고, 전화를 받으며 말했다.

"여보세요……."

이번에는 주유가 확실히 조 시인을 제압했는데, 조 시인은 더 이상 잘난 척을 못하고 물어볼 수밖에 없었다.

"그 말은 어느 나라 말입니까?"

주유는 살며시 미소 지으며 대답했다.

"한국말입니다. 한국 지사 사장과 업무 얘기를 좀 하느라고요……."

조 시인은 존경하는 표정으로 계속해서 물었다.

"몇 개 국어나 하십니까?"

그는 손가락 세 개를 펼쳐 보이며 대답했다.

"서른 개 나라요."

조 시인은 깜짝 놀랐다.

"그렇게나 많이요?"

주유는 겸허한 미소를 지어 보이며 대답했다.

"중국어까지 포함해서요."

조 시인의 얼굴에는 존경의 표정이 가시지 않았다.

"그래도 스물아홉 개네요."

"산수를 잘 하시는군요."

주유는 조 시인을 치켜세운 뒤 고개를 절레절레 흔들며 어쩔 수 없다는 듯 말했다.

"어쩔 수가 없습니다. 제 사업이 세계 각지에 퍼져 있어서요. 북극에서 남극, 아프리카에서 남미까지 퍼져 있으니 어쩔 수 없이 외국어를 많이 배울 수밖에 없었습니다."

조 시인은 완전히 그에게 빠져들어 거의 숭배의 눈길로 바라보며 이제는 함부로 말을 건네지 못하고 '선생님'이라고 호칭을 고쳐 불렀다.

"선생님께서는 어떤 사업을 하십니까?"

그러자 주유가 대답했다.

"보건 상품입니다."

주유가 양복 상의를 벗어 상자 위에다 놓고 넥타이를 풀어 양복 주머니에 넣은 다음 와이셔츠의 단추를 풀려고 할 때 조 시인이 조심스럽게 물었다.

"선생님, 상자 안에는 무엇이 들어 있나요?"

"처녀막이 들어 있소."

깜짝 놀란 조 시인은 와이셔츠를 벗어 상자 위에 놔두는 주유를 지켜보았고, 이제 그와 조 시인 모두 웃통을 홀딱 벗은 상태가 되었다. 주유는 조 시인의 놀란 얼굴을 보며 물었다.

"처녀막이라는 말 들어봤소?"

조 시인은 의혹이 가득한 표정으로 대답했다.

"당연히 들어봤죠. 그런데 처녀막은 여자 몸에 있는 건데 어떻게 선생님 상자 안에 그게 있다는 겁니까?"

주유는 실실 웃으며 설명했다.

"이건 인공 처녀막이라는 거요."

"처녀막이 인공도 있습니까?"

조 시인은 그저 신기할 따름이었다.

"당연히 있지요."

주유는 조 시인의 돗자리에 앉아서 신발과 양말을 벗고 바지까지 벗어 상자 위에 놓아둔 뒤 조 시인과 똑같이 팬티 바람으로 그에게 말했다.

"인공 심장도 있는데 인공 처녀막이 뭐 대단한 거겠소! 이 인공 처녀막은 진짜하고 생긴 것도 똑같고, 기능도 똑같다오. 고통도 있고, 첫날밤 피도 볼 수 있지요."

주유는 그렇게 말하면서 마치 자기 집 침대에 눕는 것처럼 돗자리에 자연스럽게 누웠다. 게다가 발로 조 시인의 몸을 툭툭 건드리며 좀 옆으로 가라는 시늉까지 했다. 그러자 조 시인은 여기는 자신의 침대인데 이 자식이 발로 차니 화가 치올라 꿈쩍도 하지 않은 채 '선생님'이라고도 하지 않고 주유를 발로 툭툭 차며 소리를 질렀다.

"어이, 이봐, 내 침대에서 당신 뭐 하는 거야?"

주유는 누운 채 손가락으로 돗자리를 툭툭 치면서 건성으로 대꾸했다.

"이게 침대요?"

그러자 조 시인이 대답했다.

"이 돗자리 안이 내 침대요. 다 내 침대 안이라 이 말이오."

주유는 편안하게 누워 하품까지 하며 눈을 감으면서 대꾸했다.

"좋소, 침대라고 합시다. 친구가 좀 눕는 것도 괜찮지 뭐, 어떻소?"

조 시인은 자리를 고쳐 잡고 앉아 이제 막 잠이 들려는 이자를 밀어낼 태세였다.

"뭐가 친구야? 방금 만나서 몇 마디 했는데."

주유는 눈을 감은 채 대답했다.

"알자마자 친구가 되기도 하고, 한평생을 알고 지내도 친구가 안 되기도 하고……."

조 시인은 벌떡 일어나 주유를 발로 걸어차며 소리쳤다.

"너 이 개자식, 꺼져! 누가 네 친구야!"

조 시인이 발로 주유의 국부를 걸어차 버리자, 그는 소리를 내지르며 일어나 앉아 사타구니를 감싸쥔 채 소리쳤다.

"당신, 내 불알을 걸어찼어!"

조 시인은 계속해서 발로 차며 말을 이었다.

"네 불알을 발로 차서 터트려버리려고 그랬다. 처녀막도 인공으로 만들 수 있다는데, 네 불알을 발로 차서 인공으로 만들어주려고 그랬다."

주유는 벌떡 일어나 조 시인에게 말했다.

"똑똑히 알려주지. 이 주 총재는 어딜 가든 오성급 호텔의 최고급 스위트룸에서만 잔다 이 말씀이야……."

그제야 조 시인은 이자의 성이 주 씨라는 걸 알았고, 그자가 지껄이는 말은 전혀 신경 쓰지 않은 채 말을 받았다.

"주 총리의 주 씨건 모 주석의 모 씨건 간에 이 침대에 당신 잘 데는 없으니까 최고급 스위트룸에 가서 자란 말이야."

주유는 조 시인의 돗자리 밖에 선 채로 조 시인에게 차분하게 이치를 따져가며 말하기 시작했다.

"지금 이곳에는 최고급 스위트룸은 고사하고 일반 여관 보통 객실 하나도 없어요. 아니면 이 주 총재가 당신 돗자리까지 왔겠소?"

류진에 보통 여관의 객실 하나도 없다는 주유의 말은 조 시인이 생각해도 확실히 맞는 말이었다. 그렇지 않으면 어떻게 조 시인 집에 두 처녀 미인이 누워 있겠느냐 말이다. 조 시인은 생각을 하다가 돗자리에서 잠을 자게 허락은 하지만 돈을 받기로 하고 이렇게 말했다.

"이 침대의 최하 가격은 하룻밤에 20원인데 외지인이고 중국말 빼고 외국어를 스물아홉 개나 한다니 바가지를 씌우지는 않겠소. 20원짜리 침대에 주인이 절반을 쓰니 반값 10원만 받으리다."

"좋소, 그렇게 합시다."

주유가 시원하게 대답했다.

"내가 20원을 내기로 하고 당신이 자는 절반은 내가 그냥 접대하는 셈 칩시다."

곧바로 조 시인의 얼굴에는 웃음이 돌았고, 확실히 이 자식이 사장이라더니 화끈하다는 생각을 하며 다시 '선생'이라는 호칭을 쓰면서 손을 내밀었다.

"자, 선생께서는 돈을 주시죠."

주유는 조 시인이 이렇게 나올 줄 생각지도 못했던 터라 불쾌하다는 듯 말을 내뱉었다.

"호텔도 나갈 때 계산을 하는 법인데……."

주유가 상자 위의 양복을 들고 주머니에 손을 집어넣으니 조 시인은 당연히 돈을 꺼내는 줄 알았지만, 그가 주머니에 손을 넣는다는 것은 바로 장난감 휴대전화 벨이 울리는 것을 뜻했다. 주유는 버튼을 눌렀다. 그는 휴대전화에다 대고 화를 벌컥 내면서 미리 방을 예약해놓지 않아 길에서 노숙을 하게 되었다며 욕을 쏟아부었다.

"뭐? 여기 성장을 찾아가라고? 늦었잖아. 뭐? 성장한테 여기 현장에게 전화를 하게 하라고? 지금이 몇 시야? 새벽 한 시가 넘었는데, 무슨 방귀 뀔 놈의 전화……."

조 시인은 듣다가 우두커니 통화 중인 주유를 바라보았다. 주유는 그런 조 시인을 흘낏 보고는 통화 중인 화제를 바꾸었다.

"됐어, 숙박 문제는 됐고, 영업사원은 어떻게 된 건가? 왜 아직 안 오는 거야? 뭐? 자동차 사고가 났다고? 이런 젠장, 내 벤츠도 박살났다고……. 결국 나 주 총재가 직접 영업을 해야겠구먼. 됐어, 됐다고. 자네가 사과할 필요 없으니 어서 병원에 가서 영업사원들이나 잘 보살피게, 여기 일은 내가 알아서 해결할 테니."

주유는 휴대전화를 끈 뒤 주머니에 넣고 나서 조 시인을 보며 말했다.

"영업사원들이 사고가 나서 못 온다는군요. 혹시 나를 위해 일할 생각 있소?"

　조 시인은 주유의 주머니에 1전도 없다는 사실을 모르고, 주유가 휴대전화를 주머니에 넣고 나서 돈을 꺼내지 않자 그가 잊어버린 줄 알았다. 주유가 자신을 위해 일할 의향이 있는지 물었을 때 조 시인조차 침대 값 20원에 대해서는 잊어버린 채 슬쩍 말려들었다.

　"무슨 일인데요?"

　주유는 상자를 가리키면서 대답해주었다.

　"상품 영업입니다."

　그러자 조 시인이 되물었다.

　"처녀막이요?"

　주유는 고개를 끄덕였다.

　"일당 1백 원에, 영업 실적에 따라 보너스도 드리지요."

　일당 1백 원? 조 시인은 갑자기 얼굴에 희색이 돌면서 조심스럽게 또 질문을 던졌다.

　"임금은 언제 주는데요?"

　주유의 대답은 단호했다.

　"당연히 상품을 판 다음이죠."

　일을 할 거냐 말 거냐 하는 주유의 태도에 조 시인은 더 이상 감히 임금 문제를 꺼내지 못했다. 조 시인이 직원이 사장의 전화번호를 당연히 알아야 하지 않겠느냐며 주유의 휴대전화 번호를 묻자, 주유는 조 시인이 놀라 자빠질 번호를 불러주었다. 앞은 000으로 시작하고, 중간이 88, 마지막이 123으로 끝나는, 중국 이동통신 번호도 아니고 중국 연합통신(둘 다 중국의 이동통신 회사 이름─옮긴이) 번호도 아니었다. 조 시인은 주유에게 물었다.

"무슨 번호가 그렇습니까?"

"영국령 버진 제도의 번호입니다."

조 시인은 이제껏 한 번도 들어본 적이 없는 번호라 깜짝 놀라 침대 값 20원까지 홀랑 잊어버렸다. 조 시인은 잽싸게 자신의 몸을 옆으로 움츠려 자신의 임시 사장님에게 조금이라도 넓은 공간을 내주려 애쓰면서 말했다.

"주 총재님, 주무시죠."

주유는 조 시인의 행동에 십분 만족했는지 고개를 끄덕이면서 누웠고, 곧바로 코를 골았다. 그때 바로 조 시인의 머릿속에 침대 값 20원을 아직 받지 못했다는 생각이 떠올랐지만 감히 다시 발로 걸어차지는 않았다.

다음 날 날이 밝아 조 시인이 눈을 뜨자, 그의 임시 사장님께서는 벌써 양복을 입고 넥타이를 매는 중이었다. 강호의 사기꾼 주유는 조 시인이 일어난 것을 보고 마치 아직 확정하지 않았다는 듯이 물었다.

"내가 어제 당신을 고용했나?"

"그렇습니다."

조 시인은 특별히 강세를 주어 대답했다.

"일당 1백 원으로요."

주유는 고개를 끄덕이면서 진짜 사장처럼 명령을 내렸다. 제일 먼저 조 시인에게 인공 처녀막으로 가득 찬 상자를 창고로 옮기라고 지시했으나, 조 시인은 그의 창고가 어디에 있는지 몰라 멍청한 눈길로 그를 바라보았고, 주유는 꼼짝도 하지 않는 조 시인을 보고 입을 열었다.

"빨리 옮겨."

그러자 조 시인이 말했다.

"주 총재님, 창고가 어디 있습니까?"

그 말에 주유가 반문했다.

"자네 집이 어딘가? 자네 집이 내 창고일세."

그제야 감을 잡은 조 시인은 이 자식이 자신의 집을 창고로 써도 되지만 돈은 내야 한다고 생각하고는 눈을 가늘게 뜬 채 미소 지으며 물었다.

"주 총재님, 창고를 얼마에 쓰시게요?"

주유는 땅바닥의 돗자리를 한번 쓰윽 보고 대답했다.

"하루에 20원."

조 시인이 흔쾌히 받아들이며 상자를 옮기려 계단으로 가자, 주유는 다시 한 번 그를 멈춰 세운 뒤 한 상자 안에서 두 묶음의 인공 처녀막 광고지를 꺼냈다. 국산 맹강녀 표 처녀막은 한 개에 1백 원이고, 수입산 성녀 정덕 표 처녀막은 한 개에 3백 원이라면서 두 묶음의 두꺼운 광고지를 든 채 두리번거리며 말을 이었다.

"원래 영업사원 스무 명이 오기로 했는데 전부 교통사고가 나서 병원에 누워 있어서 말이야……. 자네 한 사람으로는 부족한데……."

이때 송강이 문을 열고 나타났고, 조 시인은 송강을 보자마자 소리를 질러댔다.

"송강, 내가 자네를 영업사업으로 쓸 생각인데, 하루에 80원 어때? 할래, 말래?"

송강이 아직 반응을 보이지 않는 가운데 주유는 자신의 양복을 툭툭 털며 조 시인에게 말했다.

"내가 자네를 하루 1백 원에 고용했는데, 자네가 다시 80원에 고용하면 자네는 고작 20원을 벌겠다는 건가?"

조 시인은 고개를 절레절레 흔들었다.

"아니죠. 총재님이 돈을 내시면 80원을 저 친구에게 주고, 20원은 수수료로 제가 먹는 거죠."

주유는 계속 양복을 털며 말했다.

"그럼 저 친구를 고용하지, 자네 말고."

주유는 송강이 한여름에도 마스크를 쓴 걸 보고 이상했는지 그에게 물었다.

"입을 다쳤나?"

송강은 마스크를 쓴 채 웃음 지으며 대답했다.

"입이 아니라 폐를 다쳤습니다."

주유는 고개를 끄덕이면서 말을 받았다.

"자네를 고용하겠네, 일당 1백 원."

송강은 도대체 무슨 일인지 몰라 자신은 폐병이 있다고 말했고, 주유는 이렇게 대답했다.

"이 일은 폐를 쓸 필요는 없고 입만 쓰면 되는 일이야."

주유는 그렇게 말하면서 광고지 두 묶음을 나누어 조 시인과 송강에게 들게 하더니, 하루 일을 설명하며 여자를 보면 광고지를 주라고 하면서 이렇게 덧붙였다.

"할머니도 놓치면 안 돼."

주유는 조 시인과 송강을 작열하는 폭염 속에 몰아넣으며 광고지를 뿌리게 하고 자신은 에어컨이 나오는 소매네 간식식당으로 들어갔다. 이 강호의 사기꾼은 그 안에서 꿈쩍도 하지 않고, 행복하게 미소 짓는 소매와 함께 아침부터 주방에 들어가 빨대 만두를 어떻게 만드는지 주방장을 지도했고, 소씨 아줌마는 계산대에 앉아 딸의 얼굴에 떠오른 보기 드문 행복한 표정을 보며 걱정했다. 아무리 생각해도 준수한 외모의 주유는 믿을 만한 남자가 못 돼 보였다. 자신도 젊었을 때 멋진 남자에게 속아 임신하여 소매를 낳았지만, 자신에게 산과 바다를 두고 굳은 맹세를 하던 그 남자는 머지않아 사라졌고 지금까지도 그의 소식조차 알 수 없었다.

강호의 사기꾼 주유는 온종일 빨대 만두를 맛보면서 육즙의 양이 아니라 신선함이 부족하다고 했고, 아침부터 오후까지 무려 일흔세 개나 먹어서 나중에는 말할 때도 트림을 터뜨릴 정도였고, 소매는 이런 모습을 안타깝게 바라보며 오늘은 그만 하고 내일 다시 만들면 안 되겠느냐고 물었다. 그제야 주유는 배를 쓰다듬으며 순순히 만두 접시를 물렸다. 그러고 나서 그는 소매가 가져다주는 녹차를 마셨고, 에어컨에서 가장 가까운 자리에 앉아 주절주절 구라를 풀었다.

송강과 조 시인은 아침 내내 온몸이 땀에 흠뻑 젖도록 돌아다녔고, 송강은 마스크까지 흠뻑 젖어버렸다. 그즈음 대회에 참가하는 미인들이 거의 다 도착했을 무렵이라 외지에서 온 예쁜 아가씨들과 안 예쁜 아가씨들로 가득 찬 거리는 그들이 쏟아내는 온갖 사투리가 뒤섞여 시끌벅적했다. 덥고 힘이 들기도 했지만 송강과 조 시인은 그래도 생기가 넘쳤고, 송강은 이렇게 쉬운 일을 하면서 하루에 1백 원이나 벌 수 있다고 기뻐했으며 조 시인은 이렇게 많은 아가씨들이 빼곡히 모여 있는 광경을 본 적이 없었기 때문에 기뻐했다. 조 시인은 송강에게 마치 여탕에 들어온 기분이라면서도 윗도리와 치마를 다 입고 다니는 것이 아쉽다고 속닥였다. 두 사람은 주유가 준 인공 처녀막 광고지를 아가씨들에게 건네주었고, 아가씨들은 시시덕거리며 광고지를 받아 핸드

백에 집어넣으면서도 고개를 뻣뻣하게 쳐들고서 대꾸했다.

"우린 이런 거 필요 없어요."

두 사람은 점심때가 되어 집으로 향했는데, 조 시인은 힐끔힐끔 맞은편 간식식당을 쳐다보며 주유가 빨대 만두를 먹는 광경을 지켜보았다. 그는 남은 광고지를 송강의 손에 넘겨주면서 자신은 오후에 다른 일이 있으니 나머지는 알아서 뿌리라고 했다. 임홍은 아직 공장에서 일하고 있었으니 송강은 혼자서 점심을 먹고서 마스크를 바꿔 끼고 밀짚모자를 쓴 뒤 수건을 목에 건 채 물 한 병과 광고지를 들고 집을 나섰다. 집을 나선 송강은 맞은편 간식식당에서 주유가 빨대 만두를 먹는 모습을 보면서 고개를 끄덕이며 웃었고, 주유는 집을 나서는 송강을 보면서 조 시인이 보이지 않자 속으로 이 자식이 어디서 땡땡이를 치나 생각했다. 주유는 송강에게 고개를 까딱했고, 송강도 따라 고개를 끄덕한 뒤 뒤돌아 동쪽으로 걸어갔다.

조 시인은 집으로 가 점심을 먹고 나서 두 아가씨가 외출한 틈을 타 곧바로 소파에 누워 잠을 잤고, 석양이 물들 때까지 자다가 아가씨들이 돌아와 조 시인이 팬티만 입고 소파에 누워 잠든 모습을 보고 놀라 소리를 지르자 잽싸게 일어나 도망치듯 집을 나섰다. 조 시인이 계단을 내려서자 주유가 여전히 맞은편 간식식당에 앉아 손을 휘저으며 무슨 말인가 하는 모습이 눈에 들어왔고, 그 주위에서 사람들이 만두를 먹으며, 또는 그냥 선 채로 그의 구라를 듣고 있었다.

조 시인은 살금살금 송강의 집으로 갔고, 문틈으로 밥을 짓는 임홍과 소파에 앉아 텔레비전을 보는 송강을 들여다 보았다.

"광고지는 다 뿌렸나?"

송강이 고개를 끄덕이자, 조 시인은 고개를 돌려 간식식당을 보며 주유가 자기를 못 보았을 거라 생각하고 잽싸게 뛰기 시작했다. 그렇게 무슨 운동이라도 하듯 170미터를 땀이 줄줄 흐르도록 뛴 다음 눈에 낀 눈곱을 떼어내고, 온종일 열심히 인공 처녀막 광고지를 나눠준 것처럼 피곤한 표정을 지으며 간식식당으로 들어갔다. 한창 구라에 열을 올리던 주유는 조 시인이 들어오는 것을 보고 손을 흔들며 옆 사람에게 말했다.

"조 총보 왔나?"

사람들이 총보라는 말이 무슨 뜻인지 몰라 멍해하자, 주유는 총재 보조(비서실장이라는 뜻—옮긴이)라고 설명해주었다. 조 시인은 영업사원인 줄 알았다가 일거에 총재 보조로 승진하자 피곤한 척하던 얼굴이 순식간에 발갛게 달아오르면서, 자신을 가로막고 있던 사람들을 밀치고 허리를 굽히며 광고지를 다 뿌렸다고 보고한 뒤 진짜 총재 보조인 것처럼 주유의 뒤에 서 있었다.

"자네 오후 내내 잤나?"

조 시인은 고개를 절레절레 흔들며 대답했다.

"아닙니다. 오후 내내 류진 곳곳을 누비면서 광고지를 뿌렸습니다."

"자네 입에서 방금 자고 난 것처럼 역겨운 냄새가 나는데?"

사람들이 박장대소를 터뜨리자 조 시인은 얼굴이 새빨개졌고, 다시 오후 내내 송강과 함께 광고지를 뿌렸다고 강변했다. 그러자 주유는 미소 띤 얼굴로 말을 받았다.

"송강은 봤는데 자네는 못 봤거든."

조 시인은 계속해서 변명을 하려 했지만, 주유가 손을 휘저으며 그만두라고 했다. 그러고 나서 주유는 다시 자신이 경험한 희한했던 이야기들을 청산유수로 쏟아냈고, 소매는 맞은편에서 눈이 풀린 채 이야기에 빠져들었다. 주유는 조 시인의 목에서 흘러내리는 땀을 보며 수고했다는 말을 던지고 고개를 돌려 자신이 아프리카에서 겪었던 이야기를 늘어놓았다.

"세계에서 제일 효율적으로 일하는 사람들이 바로 아프리카 농민들이에요……."

"왜 그렇소?"

"그 사람들은 다들 엉덩이를 깐 채로 일을 하거든요. 논밭 일을 하다가 오줌도 싸고 똥도 누고, 논밭을 갈면서 비료도 주는 거죠."

두 가지 농사일을 한꺼번에 해내니 힘도 아끼고 일도 줄일 수 있어 확실히 좋은 방법이라고 하면서 뒤를 닦을 필요도 없이 바람 불 때 그대로 말리면 되니까 깨끗하겠다며 찬탄이 이어졌다. 이어 주유는 식당 밖에 오가는 아가씨들을 가리켰다.

"아가씨들이 3천 명이나 왔으니 여러분 눈이 멀지 않겠습니까?"

그러면서 한번은 자신이 태평양의 어떤 열도에 간 적이 있었다면서 갑자기 혀를 굴려 그 섬의 이름을 말하고는 '여인섬'이라는 뜻이라고 하면서, 그 섬에 도착한 후에야 자신이 여인국에 간 것을 알게 되었다고 이야기했다. 섬에는 4만 5천8백 명이 넘는 여자들이 있었는데, 모든 여자가 아름답기가 하늘의 선녀 같고, 남자는 하나도 없었다고 했다. 자기가 가기 전 그 섬에 간 남자가 있긴 했는데, 11년 전이었다며, 주유는 눈을 크게 뜬 채 말을 이었다.

"생각 좀 해보세요. 11년간 남자를 한 번도 못 보다가 나를 봤으니……."

여기까지 말하고 나서 주유가 뜸을 들이듯 녹차를 한 모금 마시더니 종업원에게 물을 더 부으라고 했다. 남자들이 안달이 나서 종업원의 동작이 너무 느리다고 불평하면서 주유가 다시 녹차 한 모금을 마시길 기다렸다가 눈이 동그래진 채 물었다.

"당신을 보고 어떻게 했는데요?"

주유는 깊은 숨을 한 번 내쉬고 드디어 말을 이었다.

"그들이 줄을 서서 나를 윤간하려 했지만, 내 초야권은 여왕의 손에 있는 것 아니겠습니까?"

주유는 그 여왕은 늙은 아주머니가 아니고 그 나라에서 제일 아름답다고 공인된 여자라면서 방년 18세였던 그 여왕이 얼마나 아름다웠는지를 장황하게 묘사했다.

"외국으로 치면 비너스고, 중국으로 치면 서시라고 할 수 있죠."

남자들은 그가 여왕과 잤는지가 궁금해 죽을 지경이었다.

"그래서 당신 초야권을 여왕에게 줬소?"

주유는 고개를 가로저었다.

"아닙니다."

"왜요?"

사내들이 경악했다.

"아름다운 여자였지만, 사랑이 없지 않습니까?"

사내들은 고개를 절레절레 흔들며 다시 물었다.

"나중에는요?"

"나중에요?"

주유는 얼렁뚱땅 넘어갔다.

"나중에는 도망쳐 나왔지요."

"어떻게 도망쳤는데요?"

"아주 간단합니다. 여장을 하고 도망쳐 나왔습니다."

사내들은 아쉬운 탄성을 쏟아냈고, 그를 탓하는 사람도 있었다.

"뭐 하러 도망쳐 나왔소? 나라면 머리에 총을 겨누고 대포로 엉덩이를 쑤시고 유도탄이 배때기로 쫓아 날아와도, 니미럴, 죽어도 안 도망치겠소."

다른 사람들까지 입을 모아 맞장구를 쳤다.

"그러게 말이오!"

"나는 그렇게 생각하지 않습니다. 첫날밤은 반드시 제가 진정으로 사랑하는 여인에게 바쳐야 한다고 생각합니다."

주유는 그렇게 말하면서 맞은편에 앉아 있는 소매를 은근한 눈길로 바라보았고, 소매의 얼굴은 수줍게 달아올랐다. 그때 주유의 여인국 경험담을 듣던 여자 하나가 또 질문을 던졌다.

"몇 개 국이나 가봤어요?"

주유는 거드름을 피우며 생각하는 척하더니 대답했다.

"너무 많아서 계산기로도 계산이 안 될 것 같은데요."

조 시인이 알랑방귀를 뀔 기회가 왔다.

"우리 주 총재님께서는 서른 개 나라의 언어를 하십니다. 그 안에 당연히 우리 중국말도 포함해서 말입니다."

사람들의 입에서 "와!" 하는 탄성이 터져 나왔지만, 주유는 오히려 겸허한 표정으로 손사래를 치며 말을 받았다.

"과장입니다, 지나친 과장이에요. 서른 개 안에 실제 사업이 가능한 것은 열 개 정도고, 나머지 열 개는 일상생활이 가능한 정도, 나머지 열 개는 그냥 인사 정도만 할 줄 압니다."

"그래도 대단하네!"

사람들이 소리쳤다. 조 시인의 알랑방귀가 이어졌다.

"우리 주 총재님은 어디를 가시든 오성급 호텔의 최고급 스위트룸에서만 주무십니다."

사람들의 입에서 또다시 "와!" 하는 소리가 터지자 주유는 또 한 번 겸허한 자세로 손사래를 치면서 말을 덧붙였다.

"스위트룸에 묵지 못할 때도 있습니다. 외국 대통령이 왔을 때라든가 그럴 때 말입니다. 그럴 때는 그냥 비즈니스 룸에 묵습니다."

그때 주유의 머릿속에 어젯밤 조 시인과 함께 돗자리에서 잔 일이 떠올랐고, 그걸 본 사람들도 있어서 재빨리 화제를 바꿔 자신은 사내대장부라 환경에 잘 적응하며, 오성급 호텔의 최고급 스위트룸에도 묵지만 노숙도 꺼리지 않는다고, 한번은 아랍 사막에서 사흘 밤낮을 지냈다가 태양이 너무 세서 하마터면 미라가 될 뻔하기도 했고, 남미의 밀림에서 일주일 동안 지냈을 때는 자기가 잠든 후 야수들이 자기 옆으로 지나친 적도 있었고 어미 호랑이와 같이 잔 적도 있었다고 했다. 나무 밑동을 베개 삼았는데 그 어미 호랑이도 나무 밑동을 베개 삼았다고, 그들은 얼굴을 맞대고 하룻밤을 잤고, 아침에 호랑이의 수염 때문에 간지러워 일어난 뒤에야 자신이 어미 호랑이와 부부처럼 하룻밤을 지낸 사실을 알게 되었다고 떠벌렸다.

조 시인이 계속 알랑방귀를 뀌었다.

"우리 주 총재님은 휴대전화도 중국 번호가 아닙니다. 영국 어디 번호거든요."

주유가 그 말을 곧바로 교정해주었다.

"영국령 버진 제도."

어떤 사람이 놀라 물어보았다.

"그럼 당신은 그 섬나라 국민입니까?"

그러자 주유는 손사래를 치며 대답했다.

"제 회사가 그 나라에 등기되어 있는 거죠. 그래야 미국 나스닥에 상장할 수 있거든요."

사람들이 놀라 소리를 지르기 시작했다.

"미국 증시에 상장된 회사란 말이죠?"

주유는 여전히 겸손하게 말을 받았다.

"중국의 많은 회사들이 미국에 상장합니다."

몰려든 사람들 중에 주식을 하는 사람들이 있어서 그의 회사의 코드를 물어보자, 주유는 영문 자모 ABCD를 알려주었다. 미국에 갈 일이 있으면 이 회사 주식을 꼭 사라고 권하고 ABCD는 3년 연속 두 배씩 성장하는 실적을 올렸다고 부연설명을 했다. 사람들이 놀라면서 속속 주유의 전화번호를 묻기 시작했고, 00088123이라고 적힌 쪽지를 받아 무슨 보물이라도 되는 듯 주머니에 넣었다. 그때 주유는 전화번호를 알려주며 특별한 일이 없으면 국제전화를 하지 말라고 경고하듯 덧붙였다.

"여보세요, 여보세요, 여보세요. 이 세 마디면 한 달 월급 날아갑니다."

강호의 사기꾼 주유는 그렇게 우리 류진 사람들을 완전히 제압했고, 사람들은 그를 에워싼 채 숭배의 눈길로 바라보며 귀를 쫑긋 세우고 새벽 한 시까지 그의 이야기를 듣다가 흩어졌다. 총재 보조인 조 시인은 주 총재를 따라 에어컨이 있는 간식식당을 나와 돗자리를 깔고 뜨거운 길거리에서 잠을 청했다. 서른 살이 넘은, 연애라고는 해본 적이 없는 소매는 주유의 사기에 홀딱 빠져 주유가 조 시인과 눕는 것을 보며 망설이다가 모기향을 들고 나왔다. 어젯밤 주유가 모기에게 물려서 얼굴에 열 개가 넘는 여드름이 생겼기 때문이다. 소매는 모기향을 주유 옆에 놓아두고 부끄러운 듯 말을 건넸다.

"식당에 있던 건데, 에어컨을 설치한 뒤로는 필요없네요. 쓰세요."

주유는 잽싸게 일어나 예의를 갖추어 감사를 표했고, 소매는 사랑스러운 눈길로 주유를 보다가 조 시인에게 이렇게 말했다.

"식당에서 주무시면 얼마나 좋아요. 에어컨이 있어서 덥지도 않고, 모기도 없고."

조 시인이 좋다고 말하려는 순간 주유가 말을 끊으면서 정중하게 거절했다.

"괜찮습니다. 아라비아의 사막이나 남미의 밀림과 비교하면 여기가 훨씬 편안합니다."

36

소매의 식당에서 사흘 동안 공짜로 빨대 만두를 먹은 강호의 사기꾼 주유는 처녀미인대회가 열리기 하루 전 자신이 직접 전투에 나왔다. 임홍이 출근한 사이 송강의 집에서 주유는 두 시간 동안 조 시인과 송강에게 인공 처녀막을 파는 방법에 대해 설명하면서 조 시인이 결혼을 안 한 것에 상당한 실망을 표하더니 애인은 있느냐고 물었고, 조 시인은 고개를 절레절레 흔들다가 끄덕이면서 이렇게 대답했다.

"실제 애인은 없지만, 꿈속 애인은 무지 많습니다."

"꿈속 애인?"

주유는 고개를 가로저으며 말을 이어갔다.

"우리가 파는 처녀막은 실제 처녀막이지 꿈속의 처녀막이 아니오.

진짜 여자를 상대로 얘기를 해야 하는데."

그러고 나서 주유는 송강의 부인 임홍이 류진에서 자타가 공인하는 미인이고 실제로도 대단한 미인이며 유명인사라고 들었다면서 뿌듯한 눈길로 송강을 바라보았다. 주유는 유명인사의 지명도를 십분 활용해야 한다면서 송강에게 거리에 나가 임홍이 인공 처녀막을 사용한 뒤 느낀 장점과 묘미, 그리고 매료되는 특징 등을 설명하라고 시켰고, 송강은 다른 사람이 듣기 거북한 말들을 사용하며 임홍을 들먹이자 안면은 물론 귀까지 빨개지면서 대꾸했다.

"임홍은 인공 처녀막을 써본 적이 없어요."

이때 조 시인이 끼어들었다.

"자네가 써봤다고 하면 그냥 써본 거라고. 자네 말이 최고로 권위가 있잖나."

주유는 칭찬하는 눈길로 조 시인에게 고개를 끄덕이면서 송강에게 말했다.

"조 총보 말이 맞구먼."

하지만 송강은 고개를 절레절레 흔들었다.

"그런 말은 할 수 없어요."

다급해진 조 시인이 다시 끼어들었다.

"주 총재님이 매일 1백 원씩 주는데 몇 마디 말도 하기 싫다면……."

"다른 말은 할 수 있지만, 이런 말은 할 수 없습니다."

송강은 여전히 고개를 가로저었다.

조 시인이 무슨 말인가 더 하려 했지만, 주유는 손사래를 치면서 말을 막고 잠시 뭔가 생각하더니 송강에게 제안했다.

"이렇게 하지. 조 총보에게 말을 시키고 자네는 아무 말도 하지 말

고 그냥 옆에 서 있기만 하라고, 고개를 끄덕일 필요도 없고 그냥 것
지만 말라고."

송강은 말할 필요도 없고 고개를 끄덕일 필요도 없다는 말에 안심
했다. 주유는 조 시인과 송강에게 상자 하나씩을 들게 한 뒤 하인처럼
뒤따라오게 하더니 자신은 빈손으로 목에 잔뜩 힘을 주며 앞서 걸었
다. 송강의 상자 위에는 걸상 하나가 올려져 있었다.

세 사람이 대회 장소로 쓰일 거리 중앙에 도착한 뒤 주유는 걸상 위
로 올라갔고, 조 시인과 송강에게 상자에서 국산과 수입 인공 처녀막
을 꺼내게 한 뒤 영업을 시작했다. 거리에 가득한 처녀 미인들과 사람
들은 마치 밤에 잠을 잘 때 주유와 조 시인을 둘러싼 모기들처럼 세
사람을 에워싼 채 쉼 없이 웅성거렸다. 주유는 우선 수입 성녀 정덕
표 인공 처녀막을 팔기로 하고 손에 인공 처녀막을 높이 쳐든 채 목청
껏 소리를 지르기 시작했다.

"이건 수입 성녀 정덕 표 인공 처녀막입니다. 한 개에 3백 원이지요.
지금 병원에 가서 처녀막 재생 수술을 하는 데 드는 비용이 3천 원입
니다. 병원에서 들인 3천 원으로는 딱 한 번 처녀 행세를 할 수 있습니
다만, 이 성녀 정덕 표 인공 처녀막을 사시면 3천 원에 무려 처녀 행세
를 열 번이나 할 수 있는 겁니다."

그러더니 주유는 마치 무언극을 하듯 사용 방법을 설명했다.

"우선 손을 깨끗이 씻고 물기를 제거한 다음(손을 씻고 닦는 동작을 한
뒤) 본 처녀막을 알루미늄 포장에서 꺼내면 저절로 조그맣게 오그라듭
니다. 두 번째로, 오그라든 것을 거기 속 제일 깊은 곳에(손을 바지 속으로
집어넣었다) 넣는데, 집어넣는 동작은 신속하게, 손가락에 붙지 않게 말
입니다(손이 마치 뜨거운 것에 댄 것처럼 바지에서 꺼낸다). 세 번째로 그렇게 집

어넣은 뒤 3분에서 5분 후에 일을 치르면(아무 동작도 하지 않았다) 됩니다. 네 번째로 일을 치르고 난 뒤 화장실에 가서 핏빛 액을 씻어내세요(이번에도 손을 바지 속으로 넣어서 씻는 동작을 한다). 다섯 번째는 일을 치를 때 여자는 적당히 체위를 바꿔서(몸을 살짝 옆으로 기울인다) 남자가 쉽게 들어오지 못하게 하고, 처녀막이 파열되었을 때 나타나는 고통스런 표정을 지으시고(이마를 찌푸려 고통스런 표정을 보여준다), 고통스런 신음 소리를 내고 부끄러운 표정을 지어주면(신음 소리는 내지 않고 부끄러워하는 표정만 짓는다) 효과가 훨씬 커집니다."

처녀 미인들과 사람들의 웃음소리가 터져 나오는 가운데 주유는 국산 처녀막을 팔기 시작했다.

"이건 국산 맹강녀 표 처녀막입니다. 판매가는 1백 원이고, 병원 수술비로 환산하면 무려 서른 번 처녀 행세를 할 수 있습니다……."

그러자 한 사람이 소리를 질렀다.

"한번 시연을 해보시오."

그러자 주유는 오히려 웃으며 반문했다.

"어느 여성 동지가 사람들 앞에서 시연하실 수 있겠습니까?"

처녀 미인들과 군중이 박장대소를 터뜨리는데도 그 사람은 지지 않고 대꾸했다.

"당신이 한 손으로 잡고 다른 손 손가락으로 찔러보시오."

사람들이 입을 모아 좋다고 하자, 주유는 웃으며 말을 받았다.

"하지만 이게 1백 원이나 되는 물건 아닙니까? 대충 봐도 백 분이 넘는데 여러분이 1원씩 나누어 내시면 제가 시연을 하겠습니다."

사람들이 1원씩 꺼내기 시작하자 조 시인과 송강은 땀을 뻘뻘 흘리면서 사람들 사이를 헤집고 다니며 마침내 1원짜리 1백 장을 거두었고, 주유는 시연을 시작했다. 맹강녀 표 처녀막 상자를 열고 알루미늄 포장을 벗긴 뒤 그것을 왼손에 쥐고 오른손 검지를 처녀막에 쑤셔 넣었다. 첫 번째 쑤셔 넣었을 때 아무런 반응이 없고, 두 번째도 역시 아무런 반응이 없자 사람들은 웃음을 터뜨렸고, 그 가운데 한 남자가 비아냥거렸다.

"늙은 처녀죠?"

주유는 단호하게 설명했다.

"이건 맹강녀 표 처녀막입니다. 맹강녀의 울음은 장성도 무너뜨리는데 그 처녀막은 당연히 튼튼하죠."

사람들이 웃는 가운데 주유가 세 번째로 손가락을 쑤셔 넣자 이번에는 찢어졌는지 핏빛 액체가 주유의 손에 흘러내렸고, 주유는 손을 흔들어 보이며 득의양양하게 소리쳤다.

"보이시죠? 보이시죠? 이게 바로 첫날밤에만 볼 수 있는 그 핍니다!"

처녀 미인들과 군중의 환호와 웃음소리가 점점 잦아들자, 주유는 준비했던 대로 크게 소리를 쳐댔다. 조 시인이 미혼인 관계로 송강에게 큰 소리로 물었다.

"송강, 자네 부인이 어젯밤 사용한 처녀막이 어떤 거지?"

"당연히 수입산 성녀 정덕 표지요."

조 시인이 송강을 대신해 대답했고, 그의 대답 또한 주유처럼 자신만만했다.

"송강의 부인이 어떻게 국산을 쓰겠습니까?"

주유는 여전히 큰 목소리로 송강에게 물었다.

"어젯밤 자네 부인이 어떤 느낌이라던가?"

이번에도 조 시인이 대신 소리쳐 대답했다.

"비명을 질렀습니다."

주유는 만족스럽다는 듯 고개를 끄덕였고, 계속해서 물었다.

"자네는 느낌이 어땠나?"

이번에도 조 시인이 대답했다.

"그 자리에서 식은땀이 흘러내렸지요."

이번 대답은 주유가 듣기에 별로 마음에 들지 않는지 미간을 찌푸린 채 말을 받았다.

"너무 좋아서 온몸에 뜨거운 땀이 줄줄 흘렀겠지."

그러자 조 시인이 잽싸게 말을 바꾸었다.

"식은땀을 먼저 흘리다가 1, 2, 3초 후 바로 너무 좋아서 온몸에 뜨거운 땀이 줄줄 흘렀답니다."

"그렇지!"

주유가 큰 소리로 말했다.

"3초 만에 북극의 추위에서 아프리카의 더위까지 느낄 수 있다 이 말입니다."

주유는 조 시인의 재빠른 말 바꾸기에 상당히 만족했고, 조 시인에게 칭찬하듯 고개를 끄덕인 뒤 신뢰 가득한 눈길로 송강을 바라보았다.

"송강, 마지막으로 한마디 하게나. 인공 처녀막의 최대 장점이 뭐라고 생각하나?"

그 질문을 받은 송강의 얼굴은 새빨갛게 달아올라 마스크까지 붉은 빛이 새어나올 정도였는데, 이마와 목까지 달아오른 그는 말하지 않고 고개를 끄덕이지 않았는데도 이렇게까지 낭패일지 생각지도 못했던 터라 어디 바닥 틈에라도 비집고 들어가 숨고 싶은 심정이었다. 마지막 결론도 조 시인이 대신 내리게 되었다. 그는 송강을 가리키며 큰 소리로 말했다.

"송강은 평생 부인과만 잤습니다. 그의 부인은 인공 처녀막을 사용한 뒤……."

조 시인은 손가락 두 개를 펼쳐 보였다.

"송강은 두 명의 처녀와 자게 된 겁니다."

"바로 그 말씀입니다!"

주유는 흥분했는지 두 눈을 반짝이며 사람들에게 소리쳤다.

"이게 바로 인공 처녀막의 장점입니다. 처녀막을 잃어버린 여성들의 자신감과 자존감을 되살려줄 뿐만 아니라 남자들로 하여금 자신들의 부인들에게 더욱 충성하게 하지요! 빨리 사십시오. 여성분들은 반드시 사야 하고, 남성분들은 더욱 반드시 사야 합니다! 병원 수술비와 비교하면 성녀 정덕 표는 남성분들이 한 여자에게 처녀 머리를 열 번 올려주는 것과 같은 행복한 느낌을 받을 수 있고, 맹강녀 표로는 서른 번의 행복을 느낄 수 있습니다!"

외지에서 온 처녀 미인들과 우리 류진의 군중은 웃음을 터뜨리며 그들의 연기를 지켜본 후, 다 보고 나서 좀 의아했던지 그 가운데 한 사람이 송강을 가리키며 조 시인에게 물었다.

"사람들은 분명히 송강한테 물어봤는데, 왜 당신이 나서서 대답하는 거요?"

조 시인이 그 사람을 가리키며 말을 받았다.

"선생께서는 부인과의 잠자리 얘기를 하실 수 있습니까? 선생도 하기 싫으실 테고, 송강도 당연히 얘기하기 싫겠죠. 그래서 제가 대신 말한 겁니다."

이때 송강은 그야말로 후회막급이라, 고개를 떨어뜨린 채 서 있었다. 송강은 아무 말도 하지 않은 채 고개를 끄덕이지도 가로젓지도 않았지만, 무딘 칼로 살을 베어내는 듯한 아픔을 느꼈다. 주유와 그들의 영업은 희한한 방식으로 성공했다. 이상하게도 당시에는 사는 사람이 없다가 깊은 밤이 되면 누군가 조용히 찾아와 길거리에서 자는 주유와 조 시인을 깨워서는 인공 처녀막을 사갔다. 그리하여 이어지는 며칠 밤 동안 주유와 조 시인이 자다 깨는 횟수가 모기에게 물린 횟수를 멀리 따돌리게 되었다. 대부분의 고객은 대회에 참가하러 온 처녀 미인들이었고, 우리 류진의 아가씨들도 있었다. 물론 당연히 남자 손님들도 적지 않았는데, 이들은 다들 조 시인의 말에 영향을 받아 다른 여자들하고는 잘 수가 없으니 자기 여자들에게서라도 처녀의 느낌을 여러 번 받아보려는 사람들이었다. 이로 인해 주유는 조 시인을 괄목상대하게 되었다.

"자네 진짜 만나기 어려운 인재야. 앞으로 계속 함께 일하자고. 이번 자네 보너스는 분명히 자네 임금보다 많을 테니."

조 시인은 금방 희색이 만면한 채 질문했다.

"보너스가 얼마나 될까요?"

"때가 되면 알게 될 걸세."

세 사람이 길거리에서 벌인 행위는 그날로 임홍의 귀에 전해졌고, 그녀는 화가 난 나머지 몸이 덜덜 떨려와 본래 제대로 분풀이를 할 생각으로 집에 돌아왔지만 소파에 앉아 어쩔 줄 모르는 송강을 보니 마음이 또 약해졌다. 집에 돈을 좀 벌어다 줄 생각이었던 것을 알기 때문에 임홍은 고개를 절레절레 흔들며 집을 나왔고, 신이 나 괜히 왔다

갔다 하는 조 시인을 보자 임홍의 분노는 전부 그를 향했다. 그녀는 주위에 아무도 없는 것을 확인한 뒤 소리를 애써 누르며 조 시인을 향해 매섭게 말했다.

"개자식."

37

세상 사람들이 모두 주목하는 제1회 처녀미인대회가 드디어 막이 올랐고, 거리에서 대회가 열리는 관계로 더운 여름의 뜨거운 햇살과 처녀 미인들의 연약한 피부를 고려하여 예선대회를 오후에서 황혼 무렵까지 진행하기로 결정했다. 우리 류진 역사상 최고의 장관을 이룬 오후, 삼천 명의 처녀 미인들이 모두 비키니 수영복을 입고, 크고 작은, 살찌고 마른, 예쁘고 못생긴, 그렇게 각기 다른 모양새로 일렬로 섰는데, 그 줄이 장장 2킬로미터에 달했다. 우리 류진에서 제일 긴 도로도 모자라 처녀 미인들의 대오는 다리를 따라 꺾어 다른 도로로 이어져야 했다.

태양이 아직 서쪽으로 기울기 전, 우리 류진 사람들은 모두 거리로 쏟아져 나왔고, 상점들도 문을 닫고, 모든 공장도 기계를 멈추고, 각급 기관의 직원들도 모두 퇴근을 해서 모든 사람이 거리 양쪽에 밀려들어 오동나무 위는 모두 원숭이들이 잔뜩 기어오른 것처럼 사람들이 잔뜩 기어올랐으며, 모든 전봇대에도 남자들이 매달려 봉춤을 추듯, 기어올랐다 미끄러져 내렸다를 반복했다. 거리 양쪽의 모든 건물의 창문에도 사람들로 빼곡했고, 모든 건물의 옥상에도 사람들로 가득했다. 병원의 의사들과 간호사들도 천 년에 한 번 올까 말까 하는 눈요기를 놓칠 수 없다며 거리로 뛰쳐나왔다. 환자들도 따라 나왔다. 다리가 부러진 사람은 목발을 짚고, 팔이 부러진 사람은 팔을 늘어뜨린 채, 링거를 맞던 사람들은 링거 병을 손수 든 채로, 막 수술을 받은 사람들은 친구들이나 가족들에게 부축을 받거나 들린 채로, 수레에 눕거나 자전거 뒷좌석에 앉은 채로, 모두 다 나왔다.

인근 지역 사람들도 자전거를 타고 대여섯 시간이나 페달을 밟아 처녀 미인들을 한번 보고는 다시 대여섯 시간을 페달을 밟아 돌아갔다. 인구가 3만인 우리 류진에 이날 최소한 10만은 족히 넘는 인파가 몰려들었다. 거리는 사람들로 넘쳐났고, 처녀 미인들이 한 줄로 늘어서자 교통경찰과 무장경찰들도 죄다 출동하여 맞은편에서 한 줄로 늘어서 군중을 막았다. 경찰들의 눈은 이날 최고로 행복했으니 처녀 미인들을 누구보다도 가까운 곳에서 볼 수 있었기 때문이다. 하지만 그들보다 더 행복한 눈은 기자들의 눈이었다. 그들은 거리를 자유로이 걸어다닐 수 있을 뿐만 아니라 예쁘다 싶은 처녀 미인과는 마음대로 인터뷰를 할 수도 있었고, 솟아오른 가슴과 배꼽에 시선을 고정하고서 마치 그녀들의 몸을 홀랑 벗긴 듯 감상할 수 있었으니 말이다.

처녀 미인들을 뒤쫓는 남자들도 인산인해를 이루어 처녀 미인 3천 명의 엉덩이를 하나도 빼놓지 않고 몰래 주무르느라 난리였다. 그 가운데는 웃통은 벗고 반바지만 입은 남자들이 뻔뻔하게 자기들의 맨몸을 비키니만 입은 여자들 몸에 비벼서, 그녀들이 울고 욕하고 소리치자 죄가 없다는 표정을 지으며 뒤에다 대고는 밀지 말라고 괜한 욕설을 퍼붓는 이들이 부지기수였다.

이광두는 거리에서 미인대회를 여는 이유는 사람들에게 공짜로 관람할 기회를 주기 위해서라고 입만 열면 떠벌렸지만, 화장실을 한번

다녀오고 나서는 또다시 돈 벌 생각이 났는지 류 공보에게 즉시 직원들을 시켜서 사전 검열표를 따로 판다는 광고를 하라고 지시했다. 류 공보는 곧바로 선전에 총력을 기울이고 판매에 총력을 기울여 단번에 무려 5천 장의 검열표를 팔아치웠고, 현지는 물론 인근 지역에서 트럭을 깡그리 임대해왔지만, 5천 명을 다 태울 수가 없어서 반경 1백 리 농민들 소유의 경운기까지 몽땅 임대해왔다. 5천 명이 넘는 사전 검열 자들은 트럭과 경운기 위에서 마치 열병을 하듯 둘러보았고, 처녀 미 인들의 줄이 2킬로미터가 넘게 이어졌으니 차와 경운기의 행렬은 무 려 4킬로미터가 넘게 이어졌다.

이광두와 도청, 그리고 조직위원회 임원들과 심사위원, 돈을 낸 협 찬사 귀빈들이 탄 세단 무개차가 선두에 섰고, 왕 케키와 여 뽑치가 제일 마지막 차에 탔다. 원래 여 뽑치는 유럽에서 아프리카로 가는 길 이었는데, 왕 케키가 처녀미인대회가 열린다는 소식을 전해주자 순간 에는 자신이 꼭 얼굴을 비춰야 한다고 생각하고 곧바로 행로를 바꿔 돌아온 것이다. 여 뽑치는 양복에 구두를 신은 채 세단 무개차에 타고 있었는데, 그의 양복은 몸에 딱 맞았고, 와이셔츠, 넥타이 색깔과 양 복 색깔이 잘 어울렸다. 여 뽑치는 양복을 입기 시작하고 나서부터는 행동거지에서 위엄이 풍겼고, 강보에 싸여 있을 때부터 양복을 입었 던 것처럼 양복 이외의 다른 옷은 입지 않았다. 그 옆의 왕 케키를 보 면 역시 양복을 입었지만 소매가 너무 길어서 손톱이 다 안 보일 지경 인데다 와이셔츠의 목이 너무 넓어서 단추를 다 채워도 안의 쇄골이 다 보이고 넥타이도 회사 보안요원이 매는 싸구려 붉은 넥타이라 여 뽑치는 왕 케키의 스타일이 불만인 듯 말했다.

"자네가 입은 옷은 품위가 없어."

스무 대의 세단 무개차 뒤를 따라 트럭 행렬이 이어졌다. 앞에는 귀빈표를 산 사람들의 트럭들이 줄을 이었다. 위에는 탁자와 의자가 있었고, 탁자 위에는 음료수와 과일이 놓여 있었다. 그 다음은 갑(甲)급 표를 산 사람들의 트럭 행렬이 이어졌다. 거기에는 의자만 있고 탁자는 없었다. 그 다음 을(乙)급 표는 의자도 없고 탁자도 없는데다 위에 사람들을 두 줄로 세웠고, 병(丙)급 표는 네 줄로 세웠으며, 정(丁)급 표는 사람들로 꽉 찬 상태였다. 트럭 행렬 뒤에는 선두가 보이지도 않는 경운기 행렬이 이어졌다. 거기에는 보통 표를 산 사람들이 가축들을 운송하는 것처럼 빼곡하게 들어차 있었다.

류 공보는 세단 무개차에 타지 않은 채 올림픽 심판처럼 손에 스타팅 건을 들고 길 입구에 서 있었다. 이광두가 류 공보를 시켜 모셔온 동지, 조직위원회 위원장은 제일 첫 번째 차에서 마이크를 잡고 공무원 말투의 떨리는 목소리로 개혁개방 이래 조국의 눈부신 발전과 전국의 GDP 증가와 전 성의 GDP 증가, 전 시의 GDP 증가와 우리 류진의 GDP 증가까지 가까스로 이야기한 다음 화제를 다시 전국으로 넓혀 장광설을 늘어놓더니 다시 류진으로 돌아와 이제 곧 시작될 처녀미인대회로 옮겨오더니, 처녀미인대회가 인민 생활의 질을 향상시키고, 중국의 국제 지위를 향상시키며, 조국의 전통문화를 널리 알리고 국제화 흐름과 궤를 맞추는 것이라고 말했다. 이 조직위원회 위원장 동지는 침을 튀겨가며 30분 동안 떠들다가 드디어 마지막으로 소리쳤다.

"제1회 전국처녀미인대회의 정식 개회를 선포합니다!"

류 공보가 스타팅 건을 발사했고, 세단 무개차와 트럭, 그리고 경운기 대열이 장중하게 마치 마라톤 경기처럼 장관을 이루며 들어서기 시작했다. 세단 무개차와 트럭, 그리고 경운기 대열은 굉음을 울리며 기어가듯 천천히 길을 따라 석양을 향해 갔고, 끊이지 않는 성적인 추행을 당하며 분노하고 상처 받고, 절망을 느끼던 3천 명의 처녀 미인들은 총소리와 함께 다시 정신을 집중하여 입가에는 미소를 띤 채 허리를 펴고 가슴을 내밀며 은근한 눈길로 3천 가지의 각기 다른 운치 있는 장면을 연출해냈다.

조직위원회와 심사위원회 차량이 지나가고 선두도 안 보이는 트럭과 경운기 대열이 뒤를 잇는 가운데, 그녀들은 뒤에서 남자들이 계속 몰래몰래 몸을 더듬자 진즉에 그만두고 집으로 돌아가서 남자들이 더듬은 곳을 깨끗하게 씻고 싶었지만, 이광두가 어떤 인간인가? 어떤 일이건 간에 남들보다 눈치가 빨랐으니, 대화 참가자들 눈에는 심사위원들만 있지, 군중은 없을 테니 이들을 실은 차량이 지나가고 나면 이들은 바로 가버릴 거라고 일찌감치 판단했다. 그렇게 되면 뒤따라오던 트럭과 특히 경운기에 타고 있던 검열자들은 아무것도 보지 못한 채 지는 석양만 바라보게 될 테고, 돈을 내고 표를 샀는데 아무것도 못 보면 그들은 바로 조직위 사무실을 박살내고 난동을 피우고 소란을 일으킬 게 뻔했다. 이광두는 이런 상황을 미연에 방지하고 검열표 판매 열기를 높이기 위해서 예선 성적을 심사위원 열 명이 매기는 것이 아니라 검열표를 산 5천 명이 넘는 사람들이 매기도록 했다.

생각해보시라. 10만 인파가 뜨거운 여름날 한데 엉켜 땀을 흘리는 통에, 그 땀 냄새가 류진의 거리를 날아다니다가 발효되어 류진의 공기에서는 온통 쉰 냄새가 났다. 10만 인파가 입에서 이산화탄소를 내뿜는데, 그 중 5천 개의 입에서는 악취까지 섞인 이산화탄소가 나왔다. 10만 인파면 20만 개의 겨드랑이가 있는데, 그 가운데 6천 개가 암내를 풍기는 겨드랑이였고, 10만 명이면 10만 개의 항문이 있으니 10만 개의 항문 중에서 최소한 7천 개의 항문이 방귀를 뿜어댔고, 항문 한 개가 방귀를 한 번만 뀌라는 법도 없잖은가. 방귀는 사람들만이 문제가 아니었다. 자동차와 경운기도 당연히 방귀를 뀌어댔다. 자동차를 천천히 몰수록 배기가스도 늘어났지만, 자동차는 회색 가스를 목욕탕의 수증기처럼 뿜어대니까 그래도 나은 편이었다. 하지만 경운기는 건물에서 화재가 난 것처럼 시커먼 연기를 토해내니 그야말로 죽을 지경이었다.

우리 류진의 공기는 3천 명의 처녀 미인들을 오염시켰다. 가슴을 쭉 내민 채로, 허리를 살짝 비튼 채로, 입가에 미소를 담은 채로, 은근한 눈길을 보내는 채로 세 시간을 오직 트럭과 경운기에 탄 5천 명의 촌놈들이 자신들을 선택하도록 서 있었고, 표를 산 5천 명의 촌뜨기들은 예선은 자신들이 심사위원이라고 자처하며 손에 종이와 연필을 들고 죄다 입으로 뭔가를 중얼거렸다. 특히 경운기에 탄 촌놈들은 비록 가축처럼 꼭 끼어 있었지만, 세상에서 가장 부러움을 살 만한 일을 하는 심사위원들인지라 눈을 커다랗게 뜨고 앞에서 자신의 시선을 가로막는 머리통을 젖히고, 또 누군가가 뒤에서 자신의 머리를 젖히는데도 처녀 미인들을 자세히 보려고 애를 썼다. 그들은 다 종이와 연필을 머리 위로 쳐든 채 예쁜 여자들을 종이에 적고, 마치 주식을 사는 것처럼 서로 추천하고 토론까지 하며 열심이었다. 뒤에 오는 사람들은 더 열심이었다. 방금 본 아가씨가 얼굴도 예쁘고 몸매도 좋으며 다 훌륭하다고 생각했는데 가슴에 단 번호를 보지 못한 채 경운기가 지나쳐 버리면, 앞사람에게 다급한 목소리로 이러저러하게 생긴 아가씨가 몇 번이냐고 마치 내일이면 폭등할 주식을 놓친 것처럼 묻고는 했다.

3천 명의 처녀 미인들은 낮부터 거리에 나와 있었다. 화장을 한 채 두 시간 넘게 거리에 서 있었고 트럭과 경운기가 또 세 시간 동안 검열을 했으니 화장은 온통 땀으로 얼룩져버렸다. 장장 4킬로미터에 이르는 트럭과 경운기가 다 지나가고 나자 그들이 뿜어낸 매연으로 처녀 미인들의 얼굴은 마치 굴뚝에서 방금 나온 것처럼 새까맣게 변해버렸고, 사람들은 낄낄거리며 아프리카 미인들이라고 놀려댔다.

　시장통 같았던 예선은 날이 저물고 나서야 끝이 났다. 여전히 신이 난 5천 명이 넘는 촌놈들은 땀에 젖어 쪼글쪼글해진 종이를 들고 조직위원회가 있는 건물 앞에 길게 줄을 서서 밤늦게까지 자신들의 평가지를 제출했다. 그들은 자신들이 산 표가 단순한 사전 검열을 위한 게 아니라 자신들이 바로 전국대회의 심사위원이라고 생각하며 일평생 즐거운 기억을 갖게 되었다고 의기양양했다. 류 공보는 그들의 우둔한 열정을 지켜보면서 속으로 촌놈은 역시 촌놈이라 생각했고, 그들을 아무리 뉴욕이나 파리에 떨어뜨려놓아도 어쩔 수 없이 철두철미한 촌놈들일 거라고 생각했다. 어쨌든 이들 촌뜨기 심사위원들은 2천 명의 처녀 미인들을 떨어뜨렸고, 이제 1천 명이 준결선에 오르게 되었다.

　조 시인 집에 머물던 아가씨들 가운데 하나는 떨어지고, 하나는 남았다. 떨어진 아가씨는 짐을 꾸려 조용히 떠났고, 준결선에 오른 아가씨는 밝은 얼굴로 짐을 꾸려 호텔로 숙소를 옮겼다. 이제 호텔에도 빈 방이 생긴 것이다.

　이때 주유는 벌써 돗자리에서 일곱 밤을 지냈고, 그때까지 마흔세 개의 인공 처녀막을 팔아 주머니에 약간의 돈이 생겨 조 시인에게 1백 40원을 숙박비로 먼저 주면서 조 시인을 접대 차원에서 자신 옆에서 자게 했다고 유난스럽게 강조했다. 그리고 나서 그는 맞은편 간식식당으로 가서 소매와 다정하게 이야기를 나누며 빨대 만두를 먹었다. 빨대 만두 실험은 이미 성공을 거두어 더 이상 공짜로 먹을 수가 없었고, 그가 먹은 것을 장부에 적기 시작하면서 매일 잔돈을 지불하는 것이 번거로우니 떠날 때 한꺼번에 계산하자고 했다.

주유가 식당에서 나오자 조 시인은 그가 호텔로 옮기리라 생각했지만, 그는 이제 조 시인 집에 묵겠다고 했다. 주유는 조 시인의 조그만 집을 보고 별 신경 쓰지 않는다는 듯한 표정으로 말했다.

"됐어, 내가 그냥 자네 집 낡은 소파에서 자지."

"그건 너무 욕을 보시게 하는 거죠. 그냥 총재님께서는 호텔로 가시지요."

주유는 고개를 가로저으며 소파에 앉아 다리를 꼬았는데 그 모습이 마치 자기 집인 양 자연스러웠다.

"싱글 룸에서는 자본 적이 없어서 말이야. 나는 호텔에 묵을 때는 항상 스위트룸에만 묵어요. 그런데 그런 방들은 다들 심사위원들하고 고위 간부들이 다 차지해버렸거든."

그러자 조 시인이 주유에게 건의했다.

"그럼 방을 두 개 빌리시면 되지 않겠습니까?"

주유가 말을 끊었다.

"바보 같은 소리. 방이 두 개라고 스위트룸인가? 내가 어떻게 방 두 개에서 자나?"

"반나절은 이 방에서 주무시고, 반나절은 저 방에서 주무시면 되잖습니까?"

주유는 낄낄거리며 말을 받았다.

"솔직히 말하지. 나는 스위트룸도 불편하고, 호텔에서 잘 때는 국빈실에서만 잔다네."

그러자 조 시인이 이렇게 반문했다.

"그럼 아예 한 층을 다 빌리시죠. 방마다 돌면서 토막잠을 자면 뭐 그게 국빈실처럼 쓰는 거 아니겠습니까?"

그러자 주유가 조 시인을 노려보면서 말했다.

"자네 나한테 이래라저래라 하지 말게. 난 자네 집 낡은 소파가 좋으니까. 샥스핀을 하도 많이 먹어서 가끔 묽은 죽에 짠지를 먹고 싶은 것과 똑같다고."

강호의 사기꾼은 조 시인의 현재 임시 사장이고, 조 시인은 임금과 보너스를 아직 받지 못한 상태라, 주유가 억지로 눌러앉겠다고 하는 것에 대해 불평 한마디 제대로 하지 못한 채 웃는 낯으로 대해야 했다. 조 시인이 만약 그를 내쫓으면 자신의 임금과 보너스도 날아가 버릴 테니.

38

제1회 전국처녀미인대회 준결선은 이틀 후 황혼이 내릴 무렵 진행되었다. 여전히 그 거리에서 열렸는데, 우리 류진 사람들은 여전히 모두가 집을 비운 채 거리로 나왔다. 거리에는 여전히 수만 명이 떼를 지어 다녔고, 다만 트럭들과 경운기들, 그리고 촌뜨기 심사위원들만 보이지 않은 채 중앙에 주빈석이 세워졌고, 주빈석 좌우에는 모두 광고판이 세워졌으며, 거리 양쪽에도 모두 광고판이 세워졌다. 휴대전화 광고에서 여행 광고까지, 미용 광고에서 설사약 광고까지, 속옷 광고에서 이불 광고까지, 완구 광고에서 헬스클럽 광고까지……, 없는 광고가 없었다. 먹는 것, 노는 것, 쓰는 것, 산 사람들 것, 죽은 사람들 것, 외국 것, 중국 것, 사람에게 쓰는 것, 동물들에게 쓰는 것까지 다 있어서 대학입시를 치르는 고등학생이 머리를 쥐어짜내듯 아무리 생각해봐도 어떤 광고가 빠졌는지 알아내지 못할 정도였다.

이광두와 조직위원회 임원들, 그리고 심사위원들이 주빈석에 앉고, 여 뽑치와 왕 케키는 주빈석 뒤에 앉았다. 여 뽑치가 세심하게 가르쳐 왕 케키의 옷차림도 이제야 그럴싸해졌다. 음악이 울려 퍼졌는데, 유명 스타들이 부르는 노래가 고음 부분이 나왔다가 두 소절이 지나면 잠시 끊겼다가 광고가 흘러나왔고, 다시 두 소절이 이어졌다가 다시 멈추고 광고가 흘러나오는 식으로, 노래 한 곡에 최소 네 번 이상 노래가 끊겼다. 사람들은 그게 공식 타임아웃이냐며 비아냥거렸고, 노래를 부르는 유명 가수들은 죄다 말더듬이 가수가 되어버렸다. 천 명의 처녀 미인들은 두 줄로 서서 부단히 멈추는 노래 속에서, 부단히 튀어나오는 광고 속에서 주빈석을 세 번씩 오갔다. 이번에는 군중을 줄 밖으로 통제했기 때문에 남자들은 더 이상 여자들의 엉덩이를 만질 수 없어 그저 음침한 눈길로 쳐다보며 저급한 말들을 쏟아내면서 여자들에게 리모컨을 누르듯 원격 성희롱을 했다. 1천 명의 처녀 미인들이 세 번을 오가자 태양은 저물었고, 준결선 또한 막을 내렸다. 이광두와 간부들, 그리고 심사위원들도 자리를 떴고, 1천 명의 처녀 미인들도 자리를 떴으며, 수만 명의 군중도 흩어졌다. 스피커에서 시끄러운 광고만 늦은 밤까지 터져 나왔다.

준결선에서 9백 명의 처녀 미인들이 떨어졌고, 남은 1백 명만 결선에 진출했다. 결선은 극장에서 진행될 예정이었는데, 그래야 이광두가 표를 팔 수 있고, 또 거액의 현금을 자신의 주머니로 쓸어 담을 수 있었기 때문이다. 그즈음 이광두는 삼접 선생이라고 불리웠다. 간부들을 접대하고, 심사위원들을 접대하고, 손님들을 접대하고, 또 먹을 걸 접대하고, 놀거리를 접대하고, 잠자리를 접대했으니 말이다. 예전의 위풍당당했던 이광두는 온종일 류 공보의 표정으로 웃으며 접대를 했다. 3천 명의 처녀 미인들을 보느라 머리가 어지럽고 눈이 침침했는데, 1천 명이 남자 어지럼증은 사라지고 눈만 여전히 침침했다. 이제 마지막으로 1백 명만 남게 되자 모든 것이 분명하게 보였다. 그는 류 공보에게 대회가 끝나고 미인들이 떠나고 나면 아무리 자고 싶어도 꿈속에서나 잠자리를 같이해야 할 판이라고, 이제 몇몇 처녀 미인들을 불러 자지 않으면 더 이상 기회는 없다고 했다. 그는 남은 백 명의 처녀 미인들은 다들 훌륭해서 다 한 번씩 자보고 싶지만, 시간이 며칠 남지 않은 관계로 어쩔 수 없이 최고로 훌륭한 여자들만 골라야 한다고 하면서 우선 1358번 아가씨가 마음에 든다고 했다. 이 아가씨는 키가 190센티미터로 가슴과 허리, 엉덩이가 죽이는데, 이광두는 이전까지 자신이 자본 여자들 가운데 키가 제일 큰 여자가 185센티미터니까 이번 한 방에 자신의 기네스 기록 두 개를 동시에 갈아치우겠노라고 공언했다. 이제껏 자본 여자들 가운데 최고 신장의 여자, 그리고 처녀와 자보지 못한 기록을 말이다.

류 공보는 눈코 뜰 새 없이 바쁜 와중에도 시간을 쪼개어 1358번 아가씨와 약속을 했고, 이제까지 무척이나 바빠서 눈이 충혈되고 목소리도 쉰 상태라 이미 여자를 감상할 기운도 없었지만, 키가 훤칠하고 아름다운 1358번을 보자 가슴이 두근거렸다. 그러면서 처녀 미인들과 이미 오랫동안 접촉이 있었지만 여태 1358번을 발견하지 못했는데, 쇠털만큼 많은 아가씨들 가운데 단번에 그녀를 골라내는 것을 보고 과연 여자와 자는 이광두의 내공은 독보적이라는 생각을 했다.

류 공보는 조직위원회가 임시로 임대해 사용 중인 건물에서 약속하지 않고 전국에서 바가지를 가장 호되게 씌우는 회사의 커피숍에서 약속을 잡았지만, 당연히 류 공보가 이광두를 대신하여 접대를 했다. 류 공보는 우선 미소 짓는 얼굴로 1358번이 결선에 진출한 것에 대해 축하의 말을 전한 다음 두서없는 말을 늘어놓았다. 뚜쟁이 노릇을 해본 경험이 전무한 류 공보는 어디에 초점을 맞춰야 할지 몰랐고, 상대방이 완전히 알아듣게 톡 까놓고 이야기할 수도 없는 처지였다.

류 공보는 1358번이 이미 처녀가 아니라 한 아이의 엄마이며 3천원을 주고 처녀막 재생 수술을 한 뒤 대회에 참가한 사실을 모르고 있었다. 1358번은 류진에 도착한 뒤 처음으로 열리는 처녀미인대회가 어떻게 돌아가는지 대번에 알아챘고, 특히 준결선부터는 참가자들이 심사위원들과 잠을 잔다는 사실을 알아냈다. 심사위원은 겨우 열 명이고 그들과 자고 싶어하는 여자들은 수백 명이니 열 명의 심사위원들 얼굴은 다들 누렇게 뜨고 바짝 말라가고 있었다. 그녀는 처녀막 재생 수술을 한 것을 후회했다. 생각해보니 그것은 소 잡는 칼로 닭을 잡은 격이었다. 필요할 때 주유에게 가서 성녀 정덕 표나 맹강녀 표 인공 처녀막 하나만 사면 그만인데 말이다. 다른 아가씨들이 인공 처녀막을 하나씩 사서 한 번, 한 번 처녀로 무장하고 심사위원들과 돌아가며 잘 때 1358번은 조급해지기 시작했다. 거금을 들여 복원한 처녀막은 그때까지 어디다 써야 할지 판단을 내릴 수가 없었고, 싸구려 인공물이 횡행하는 판이었으니 말이다. 이제 그녀는 주동적으로 나서야지 더 이상 심사위원들이 자신을 찾아오기를 기다릴 수 없다는 판단을 내렸다. 심사위원들은 이미 대회에 참가한 아가씨들과 돌아가며 자느라 머리가 돌고 손은 닭 잡을 힘조차 없는 상황인데다 이제 곧 성적인 폐품이 될 지경이니, 그들이 아가씨들과 자느라 성 폐품이 되고 나면 하늘에서 내려온 선녀라 한들 심사위원들은 눈길을 줄 욕구조차 없을 것이다.

바로 그때 류 공보가 자신을 찾았으니, 대회 기간 중 자신이 지켜본 바로는 이 남자가 단순한 공보관이 아니라 대회 결과를 좌지우지할 수 있는 인물이고, 그런 남자가 자신을 건드려보려고 온 것이라 생각하며 속으로 쾌재를 부르고 있었다. 그리하여 그녀는 커피숍에 앉아 있는 동안 줄곧 달콤한 미소로 류 공보를 바라보며 절대 먼저 말하지 않고 류 공보의 한마디에 자신도 한마디로 대답했고, 속으로 류 공보의 말 한마디 한마디를 찬찬히 곱씹었다. 그런데 알듯 모를 듯한 류 공보의 말을 들어보니 자신을 건드리려고 하는 사람이 맞은편에 앉아 있는 류 공보가 아니라 그의 주인 이광두라는 사실을 알게 되었고, 류 공보는 부단히 그녀에 대한 이 총재의 평가가 대단히 높고 최종 삼인에 들 가능성이 아주 높으니 좀더 노력을 기울여야 한다는 말을 했다. 그런데 그게 도대체 어떤 노력이냐? 류 공보는 웃기만 할 뿐 아무 말도 하지 않으니 조급한 마음에 그녀가 먼저 화제를 그쪽으로 돌렸다. 류 공보가 이 총재님이 자신을 좋아한다는 말을 하자마자 그녀는 즉각 부끄러워하는 표정으로 말을 받았다.

"이 총재님이 저를 어떻게 좋아하시는데요?"

류 공보는 살며시 웃으며 대답했다.

"대단히 좋아하십니다."

그녀는 짐짓 못 믿겠다는 표정을 지어 보이며 이야기했다.

"저랑은 한마디도 안 나눠보셨는걸요?"

그러자 류 공보는 그녀 쪽으로 몸을 바짝 붙이며 말했다.

"이 총재님이 오늘밤 당신과 조용히 얘기하고 싶으시답니다."

"오늘밤에요?"

그녀는 흥분한 나머지 소리를 질렀다.

"어디서요?"

류 공보는 그녀가 흥분한 모습을 보고 천천히 말을 받았다.

"이 총재님 댁에서요."

그녀는 더욱 흥분해서 정말이지 이 총재님의 호화 저택에 꼭 한 번 가보고 싶다고 말하면서, 류 공보에게 이 총재님께서 오늘밤 무슨 큰 모임을 여시느냐고 물었고, 류 공보는 고개를 가로젓고 비밀스럽게 웃으며 대답했다.

"큰 모임이 아니라 그냥 당신과 이 총재님 단 둘이서 조그만 모임을 갖자는 겁니다."

순간 그녀는 얼굴에서 웃음을 거두고 아무 말도 없이 앉아만 있었고, 류 공보는 손가락으로 소파의 팔걸이를 두드리며 그녀의 결정을 기다렸다. 그때 그녀는 휴대전화를 들고 일어나 엄마에게 전화를 건다며 전화번호를 누르면서 가더니 왔다 갔다 하며 그녀의 엄마와 이야기를 했다. 그녀는 전화를 끊고 돌아왔는데 기뻐하는 표정으로, 류 공보를 안심시키는 한마디를 던졌다.

"우리 엄마가 이 총재님 댁에 가도 좋다고 하셨어요."

이날 오후 이광두는 삼접 선생 노릇을 하지 않고 밤에 치를 1358번과의 육박전에 대비해 체력을 비축하려 낮부터 늘어지게 잠을 자두었다. 그가 잠에서 깨어났을 때 류 공보는 자루를 하나 든 채 거실에서 한참을 앉아서 기다리는 중이었고, 이광두가 자루 안에 든 것이 뭐냐고 묻자 그는 천천히 자루 안에서 확대경과 망원경, 그리고 현미경을 꺼내면서 이광두에게 보고했다.

"확대경과 망원경은 산 것이고, 현미경은 병원에서 빌려왔습니다."

이광두는 무슨 소린가 싶어 되물었다.

"그걸로 뭐 할 건데?"

"총재님의 처녀막 관찰을 위해서 준비했습니다."

이광두는 껄껄 웃으며 자신의 공보관이 대견했는지 어깨를 두드려 주면서 이렇게 말했다.

"너, 이 개자식, 확실히 인재는 인재란 말이야."

이광두의 칭찬에 정신이 번쩍 들었는지 류 공보는 이광두의 혜안을 치켜세우며 1358번은 절세미인일 뿐만 아니라 순수하기까지 하다고 아첨을 늘어놓으면서 밤에 집으로 오는 일을 엄마에게 물어보며 허락을 구했다고 보고했고, 이광두는 고개를 끄덕이며 1358번의 엄마를 칭찬했다.

"그 엄마 뭔가를 아는 사람이구먼."

저녁 여덟 시, 류 공보는 직접 1358번을 이광두의 호화 저택으로 데리고 와 그의 침실로 들여보낸 뒤 바로 돌아갔다.

이때 이광두는 벌써 샤워를 마치고 알몸에 가운만 걸친 채 소파에 앉아 텔레비전을 보고 있었다. 1358번 처녀 미인이 들어오자 이광두는 이 여자는 처녀니까 자신도 신사처럼 행동해야겠다는 생각으로 텔레비전을 끄고 일어나 1358번에게 고개를 끄덕이면서 허리를 굽혀 인사를 한 뒤 뭔가 사랑의 밀어를 건네야겠다는 생각을 했지만 도대체 한마디도 떠오르지 않아 성질을 부리며 자신의 빡빡머리를 후려친 뒤 욕설을 내뱉고 말았다.

"젠장할, 연애를 해본 적이 있어야지."

이광두는 1358번이 수줍은 듯 그 자리에 그대로 서 있는 모습을 보고 시간 낭비할 필요 없다는 생각에 단도직입적으로 욕실을 가리키며 이렇게 말했다.

"우선 씻어."

1358번이 이광두의 말을 이해하지 못한 듯 불안한 자세로 그 자리에 계속 서 있자, 이광두는 갑자기 자신이 방금 한 말이 정중하지 못했다는 생각이 들어 다시 한 번 말했다.

"가서 씻으시죠."

1358번은 두려운 듯 반문했다.

"씻다니요?"

"샤워하라고요."

1358번은 계속해서 두려운 듯 물었다.

"왜 씻어야 하는데요?"

이광두가 말을 받았다.

"왜라니? 아니 내가 당신 거길 보려면……."

이광두가 '처녀막' 세 글자를 내뱉지 않고 침을 삼키듯 힘껏 집어삼키자 1358번은 여전히 두려운 듯 질문을 던졌다.

"뭘 보는데요?"

이광두는 난처한 듯 귀를 만지고 턱을 잠시 쓰다듬더니 솔직하게 말을 뱉어버렸다.

"당신 처녀막을 봐야지."

1358번 처녀 미인은 깜짝 놀라더니 이내 눈물을 쏟기 시작했다.

"어떻게 그런 말을 하실 수 있어요?"

이광두는 또 한 번 자신을 욕하며 자신의 머리통을 쥐어박았다.

"젠장할, 나 이광두는 이렇게밖에 말을 못합니다."

1358번 아가씨는 무섭고 또 상처받은 듯 이광두를 보며 애원했다.

"여자에게 그렇게 말하지 마세요."

이광두는 자신이 생각해도 말이 너무 거칠었는지 1358번 아가씨에게 허리를 굽히며 사과했다.

"미안합니다."

1358번 아가씨는 여전히 그 자리에 선 채로 눈물을 흘리며 애원하는 눈길로 이광두를 바라보았고, 이광두는 또 한 번 사과의 말을 건넸다.

"미안합니다. 이제껏 한 번도 처녀와 만나본 적이 없어서 처녀에게는 어떻게 말을 해야 하는지 몰라서 그랬습니다."

그랬더니 1358번 아가씨는 눈물을 닦으며 다시 휴대전화를 꺼내 또 엄마에게 물어보겠다고 했다. 그녀는 그렇게 말하면서 욕실로 들어갔고 문을 잠갔다. 이광두의 귀에는 그녀가 욕실에서 조그맣게 말하는 소리가 들렸고, 잠시 후 물을 끼얹은 소리가 들려오자 그녀의 엄마가 처녀막을 보여주라고 한 모양이라고 생각하며, 그녀의 엄마가 자신이 해야 할 번거로운 말들을 대신 해준 것에 대해 혼잣말을 했다.

"그 엄마 확실히 뭔가를 아는 사람이구면."

1358번 아가씨는 욕실에서 이광두처럼 가운만 걸친 채 나오더니 곧장 이광두의 대형 침대 위로 기어올라가 엎드린 채로 베개에 얼굴을 묻어버렸고, 이광두도 가운을 벗고 알몸인 채로 확대경과 망원경, 그리고 현미경을 들고 침대로 기어올라갔다. 이광두가 치마를 들추듯 처녀 미인의 가운을 들추자 동그랗고 빵빵한 엉덩이가 나타났고, 이광두는 기분이 좋은 듯 그녀에게 말을 건넸다.

"훌륭한 엉덩이야."

그는 먼저 엉덩이를 만지며 입을 네 번 맞추고 네 번 깨물어 1358번의 몸을 바르르 떨게 만들었다. 그러더니 확대경과 망원경을 들었고, 현미경은 필요 없을 것 같아 침대 밖으로 던져버린 뒤 각도가 너무 평평해서 처녀막이 보이지 않을 것 같아 그녀의 몸을 똑바로 뒤집으려 했지만 그녀는 엉덩이를 흔들어 싫다는 표시를 했다. 어쩔 수 없이 양보할 수밖에 없었던 이광두는 그녀에게 엉덩이를 들게 했지만 여전히 엉덩이를 흔들며 싫다고 하자 자기도 모르게 욕설이 튀어나왔다.

"젠장할, 처녀는 진짜 번거롭구먼."

이광두는 큰 상을 내리면 반드시 열녀가 나온다는 옛말을 떠올리며 살살 달래기 시작했다.

"엉덩이를 들어 보이면 내 3등 안에 들게 해주지."

1358번은 엉덩이를 흔들며 여전히 싫다는 표시를 했지만, 흔들면서 들어올리기 시작했다. 그녀는 얼굴을 여전히 베개에 파묻은 채 웅얼거리는 소리로 말했다.

"우리 엄마가 보여주라고만 했어요. 다른 일은 하면 안 된대요."

이광두는 대단히 기뻐하며 확대경을 들고 한 번 본 뒤 망원경을 들고 다시 한 번 보았지만 확대경만큼 똑똑하게 보이지 않자 다시 확대경을 들어 좌로 보고 우로 보고, 위에서 보고 아래서 보고, 처녀막을 자신의 손가락 보듯 확실하게 본 다음 다시 망원경을 들었다. 이번에는 망원경을 거꾸로 들어서 보자 순식간에 처녀막이 마치 안개 속에서 꽃을 보듯 아득하게 느껴졌고, 안개 속 처녀막을 보며 뭔가 궁금증이 풀리지 않는 듯 혼자서 중얼거렸다.

"처녀막이라는 게 이상하게 멀리서 보나 가까이서 보나 도대체 참 신한 맛이 없네."

1358번은 여전히 웅얼거리는 소리로 물었다.

"끝났어요?"

"아직."

이광두는 그렇게 대답하면서 망원경을 내려놓고 확대경을 다시 들지 않고, 처녀 미인의 엄마가 하지 못하게 한 일을 해버렸다. 이광두가 곧바로 집어넣자 단번에 처녀막은 터져버렸고, 1358번 처녀 미인은 날카로운 비명을 지르면서 울기 시작했다.

"우리 엄마가 못하게 했는데……."

"닥쳐."

이광두는 하면서 신나게 떠들었다.

"당신 엄마한테 전화해서 이제 1등이라고 해. 상금 1백만 원이라고."

1358번의 울음소리가 천천히 잦아들었지만 고통의 신음 소리는 계속되었고, 입에서는 여전히 웅얼거리는 소리가 새어나왔다.

"엄마……, 엄마……."

이광두는 그녀의 등 위에서 한참 하다가 똑바로 누우라고, 자세를 한번 바꿔보자고 했는데 그녀는 죽어도 안 뒤집히려고 했다. 이광두가 힘으로 여자를 뒤집으려 하자 그녀는 또다시 울기 시작했고, 울며 애걸했다. 이번이 처음이라 너무 무섭다고, 이광두를 볼 수가 없다면서 말이다. 워낙에 여자를 밝히는 이광두는 어쩔 수 없이 그대로 계속 등 뒤에서 하며 욕설을 내뱉었다.

"처녀는 진짜 우라지게 귀찮구먼."

이날 밤 이광두는 1358번 처녀 미인을 완전히 녹초로 만들었다. 1358번 처녀 미인은 본래 한 번 하고 나면 이광두가 자신을 돌려보내 줄 거라 생각했지 이렇게 잡아두고서 하룻밤에 네 번이나 할 줄은 생각지도 못했다. 그리하여 한 번 뒤집어지면 배에 남은 임신의 흔적을 이광두가 보게 될까 봐 앞의 두 번은 결사항전의 자세로 엎드린 채 안 뒤집어지고 잘 버텼는데, 나중에는 너무나 아프고 피곤해서 잠이 든 사이 잠이 들었던 이광두가 두 시간 만에 다시 깨서 깊은 잠에 빠진 그녀를 단박에 뒤집어 세 번째로 해버렸고, 이때 이광두가 그녀의 배에 남은 임신의 흔적을 보게 되었다. 잠이 깬 그녀가 이광두에게 배를 보인 것을 알고 잽싸게 몸을 뒤집었고, 이광두는 다시 그녀의 등 뒤에서 계속 할 수밖에 없었는데, 이광두는 하면서 그녀에게 배에 있는 그 반흔이 무엇이냐고 물었다. 그녀는 신음을 뱉으면서 어릴 적 앓은 피부병 자국이라고 대답했다. 이광두는 다시 묻지 않았고, 그녀는 또 잠이 들었다간 이광두가 다시 흔적을 볼 테고, 그러면 모든 것이 들통날까 봐 머리를 베개에 파묻은 채 그대로 엎드려 있었다. 이광두는 세 번째 일을 마치고 다시 잠을 잤지만 그녀는 잠을 잘 수가 없었다. 그러다가 날이 밝을 무렵 이광두는 네 번째로 일을 했고 여전히 그녀의 등 뒤에서 일을 치렀다. 그러고 나서 이광두는 한숨에 다섯 시간을 잤고, 그가 깨어났을 때 1358번 처녀 미인은 이미 옷을 입은 채 소파에 앉아 있었다.

1358번 아가씨를 보낸 뒤 이광두는 두 시간여 동안 싱글벙글이었고, 류 공보가 도착했을 때도 그의 입가에는 여전히 미소가 걸려 있어서, 류 공보는 이광두가 분명히 어젯밤 죽이게 일을 치렀나 싶어 흐뭇한 마음으로 눈을 가늘게 뜬 채 말을 건넸다.

"방금 1358번을 봤는데 절룩이면서 걷는 걸 보니 어제 이 총재님이 분명히 완전 작살을 내신 것……."

이광두는 손가락 네 개를 들어 보이며 말을 받았다.

"네 번이나 작살을 냈지."

류 공보는 깜짝 놀라며 자신도 손가락 네 개를 들어보였다.

"저라면 4주에 한 번 하는 것도 상당히 어려울 겁니다."

"드디어 처녀막이 뭔지 알았어."

이광두는 의기양양하게 웃더니 잠시 후 약간 실망한 듯한 표정을 지어 보였다.

"젠장할, 처녀막이라는 게 내가 생각했던 것과는 다르더라고. 참신한 맛이 하나도 없어."

이광두는 확대경과 망원경, 그리고 현미경을 가리키며 말했다.

"현미경은 쓸데없고, 망원경은 거꾸로 보니까 재미있더구먼. 길 건너 건물에 있는 여자 처녀막을 보는 것 같더라고. 확대경이 제일 확실해. 잘 보이고."

이광두가 말을 덧붙였다.

"아쉬운 것이 있다면, 전부 뒤로 했다는 건데."

이광두는 말하다가 갑자기 인상을 찌푸렸다. 1358번 여자의 배에 난 반흔이 생각난 것이다. 예전에 젊은 엄마와 이런 일을 했을 때 그 여자 배에서도 이런 반흔을 본 적이 있었다. 그제야 이광두는 1358번이 어젯밤 왜 그렇게 계속 엎드려 있었는지 눈치챘고, 왜 그렇게 죽어도 몸을 안 뒤집히려고 했는지 감을 잡고서 갑자기 소리를 질렀다.

"젠장할, 내가 속았네."

류 공보는 깜짝 놀라 눈을 동그랗게 뜬 채 이광두를 쳐다보았다.

"애를 낳은 적이 있는 거야. 배에 임신 흔적이 있더라고. 젠장할, 분명히 처녀막 재생 수술을 한 거라고……. 젠장할, 진품이 아니라 조립품이었던 거야……."

류 공보는 이광두를 한참 동안 바라보고 나서야 무슨 말인지 알아채고 불안한 마음에 말을 건넸다.

"죄송합니다, 이 총재님. 제 잘못입니다. 기록을 깨지 못하게 해드려서……."

이광두는 손사래를 쳐댔다.

"자네 잘못이 아니지, 내가 뽑은 사람인데……."

그러고 나서 이광두는 인자하게 웃고는 말을 이었다.

"이 여자 몸은 진짜 좋더구먼. 엉덩이가 무지하게 동그랗고, 허리는 가늘고, 어깨는 넓고, 다리도 가늘고 길고, 얼굴도 예쁘고, 어쨌든 키에 관한 한 기록을 깬 셈이니까……."

류 공보는 이광두에게 즉시 가서 진짜 처녀를 찾아와 대회가 끝나기 전에 이광두로 하여금 반드시 또 하나의 기록을 깨게 만들어드리겠다고 맹세했다.

류 공보는 이미 이광두의 취향을 아는지라 결선에 진출한 미인들을 자세히 관찰한 다음 180센티미터 이상의 키에 동그란 엉덩이, 다리가 긴 여자를 찾아냈지만 얼굴은 아무래도 이전 여자만 못했다. 그렇지만 류 공보가 보기에 어느 정도 괜찮은 것 같고, 이광두의 취향에도 맞는 것 같았다.

864번도 진작부터 처녀가 아니었다는 사실을 류 공보는 당연히 몰랐다. 그녀는 심지어 조립도 아닌, 그때그때 상황에 따라 선적하는 일회용 처녀였다. 이 864번은 대회 우승을 위해서 이미 여섯 명의 심사위원과 잠을 잤고, 강호의 사기꾼 주유에게 여섯 개의 수입 성녀 정덕 표 인공 처녀막을 구입하여 여섯 번 모두 피를 흘렸으며, 여섯 명의 심사위원들은 모두 홀딱 속아 넘어가 자신들이 처녀와 잔 것이라고 생각하고 있었다. 사정이 그러하니 864번은 이전의 1358번만 못한 것이 사실이었다. 1358번도 비록 처녀막 재생 수술을 했지만, 적어도 완전 조립은 한 상태였고, 적어도 두 번째 정조를 나름대로 이광두의 대형 침대에 오를 때까지는 지켰으니 말이다.

류 공보가 사람을 보내 864번을 찾아오라고 했을 때 이 일회용 처녀는 마침 일곱 번째 심사위원을 침대로 끌어들이려 수작을 걸고 있었다.

류 공보를 만났을 때 부끄러워하던 1358번과 달리 864번은 솔직 담백하여 류 공보를 기쁘게 했고, 그녀는 류 공보에게 바짝 붙어 앉은 채 류 공보와 다정하게 이야기를 나누었다. 류 공보는 이번에는 훨씬 쉽겠다 싶어 말을 이래저래 꼬지 않고 직접적으로 말해야겠다고 생각했다. 그리하여 그는 바로 대회에 문제가 발견되었다는 말을 하며 처녀가 아닌 여자들이 대거 참가하기도 했고, 상을 타기 위해 심사위원들을 구워삶기까지 한다는 말을 했다.

류 공보가 참가자들이 심사위원들과 잠을 잔다는 말을 분명히 하지 않고 그냥 '구워삶는다'고만 했는데, 864번은 그 말에 바짝 긴장해서 누가 류 공보에게 자기가 심사위원들하고 잔다고 제보라도 했는 줄 알고 누군가 심사위원들과 자놓고서는 자신을 모함한다고 갑자기 흥분했다. 864번은 눈물까지 흘리면서 자신은 진짜 결백하다며 검사를 받을 용의도 있다고까지 했다.

"병원에 가서 검사를 해보셔도 돼요. 아니면 직접 검사해보셔도 되고요."

류 공보는 몇 마디 말로 이렇게까지 진도를 나갈 줄 생각도 못했기 때문에 친근한 미소를 지어 보이며 화답했다.

"아가씨의 결백을 증명하기 위해서 검사는 필요하겠지요. 그리고 검사는 이 총재님께서 직접 하실 겁니다."

864번은 류 공보와 헤어진 후 곧바로 강호의 사기꾼 주유를 찾아갔지만, 그때 주유의 호주머니에는 달랑 국산 맹강녀 표 인공 처녀막 하나만 남아 있었다. 그는 간식식당에서 소매와 한참 원앙과 나비처럼 다정한 대화를 나누던 중이었는데 864번이 문밖에서 눈짓을 보내자 또 물건이 필요하다는 걸 알았다. 단골이었으니까 말이다. 주유가 그녀를 못 본 척 계속 소매와 밀어를 나누니 864번은 애가 닳아 죽을 지경이었는데, 주유는 소매가 주방으로 들어간 틈을 이용해 천천히 문쪽으로 걸어갔고, 864번은 황급히 성녀 정덕 표를 달라고 했으나 주유는 마지막 남은 맹강녀 표를 꺼내주면서 말했다.

"성녀 정덕은 없어요. 맹강녀만 남았지. 이것도 마지막이오."

864번은 맹강녀 표를 집어들고 돈을 건네준 뒤 욕을 내뱉었다.

"이런 창녀들."

저녁 여덟 시 류 공보는 864번을 이광두의 침실로 데려왔고, 이광두도 지난번과 마찬가지로 알몸에 가운만 걸치고서 텔레비전을 보고 있었는데, 864번이 부끄러운 듯 그 자리에 서 있자 이광두는 여전히 은근한 말 한마디 없이 텔레비전을 끄고 나더니 어이없게도 먼저 허리를 굽히며 사과의 뜻을 표하고 손으로 욕실을 가리키면서 온화한 말투로 이렇게 말했다.

"자, 씻으시죠."

864번은 꼼짝도 않고 그대로 서서 먼저 할 말이 있다고 했다. 이광두는 그녀가 무슨 소리를 하는지 몰라 속으로 처녀는 진짜 귀찮은 존재라고 생각하며 다시는 처녀를 안 건드리겠다고 작심했다. 처녀를 견딜 인내심이 자신에게는 없었던 것이다.

864번은 이광두를 찬양하는 말들을 주저리주저리 늘어놓더니 이광두에 관한 보도를 접하고 몸을 바치려면 마땅히 이광두 같은 남자에게 바쳐야 한다고 스스로에게 다짐했다는 말을 마치더니 바로 욕실로 들어가 버렸다.

이광두는 마음이 활짝 열렸다. 864번은 성격이 명랑해서 1358번에 비해 훨씬 수고를 덜었고, 이럴 줄 알았으면 먼저 허리를 굽혀 사과할 필요도 없었다는 생각을 했다. 864번은 샤워를 마치고 차분하게 인공 처녀막을 질 속에다 집어넣었다. 이번 것은 국산 맹강녀 표 인공 처녀막인데 돈을 아끼려고 그런 것이 아니라 성녀 정덕 표가 다 팔렸기 때문에 어쩔 수 없이 국산을 쓰게 된 것이었다.

가운을 걸치고 욕실을 나서자 이광두가 알몸으로 서서 실실 웃고 있는 걸 보고 그녀는 깜짝 놀라 두 손으로 자신의 얼굴을 가렸다. 그러자 이광두는 그녀의 가운을 벗기고 그녀를 침대에 눕혔고, 그러는 동안 그녀는 시종일관 얼굴을 두 손으로 감싸고 있었다.

이광두는 우선 확대경을 들고 그녀의 배를 살펴보았고, 아무리 봐도 임신의 흔적이 보이지 않자 기분 좋게 그 다음으로 처녀막을 살펴보았으며, 처녀막도 확실히 보였다. 단지 1358번의 것과 좀 달라 보였지만, 깊이 생각하지 않고 오히려 좀 다른 것이 정상이라고 생각했다. 유방도 양쪽 크기가 다르니 말이다.

이광두가 확대경과 망원경으로 흥미진진하게 관찰을 하자 864번은 계속 얼굴을 가린 채 부끄러운 듯 몸을 이리저리 꼬았는데, 그 모습이 이광두에게 전에 없는 흥분을 일으켜 순식간에 과학적 연구에 대한 흥미가 떨어졌는지 확대경과 망원경을 던져버리고 곧바로 그녀의 몸으로 돌진했고, 그 순간 얼굴을 가렸던 두 손은 이광두의 목을 끌어안았다. 그렇게 해서 864번은 끙끙 신음을 내질렀고, 이광두는 헐떡헐떡 가쁜 숨을 몰아쉬며 일을 치르는 도중 맹강녀 표 인공 처녀막이 안에서 터져버리지 않고 그만 이광두의 물건을 따라 밖으로 튀어나와버렸다.

주유의 허접한 가짜 상품이 864번의 아름다운 미래를 한순간에 허물어버리는 순간이었다. 이광두가 도대체 이게 뭔가 하는 표정으로 손에 든 물건을 쳐다보자 864번은 모든 게 끝났다 싶어 몸을 덜덜 떨며 무슨 일이 벌어질까 두려운 눈빛으로 이광두를 바라보았다. 이광두는 이내 손에 든 건이 뭣에다 쓰는 물건인지 알아차리고 욕을 내뱉었다.

"젠장할, 또 가짜잖아!"

864번은 이광두가 노기등등한 얼굴로 인공 처녀막을 내던지는 모습을 보며 괴로움의 눈물을 흘리면서 해명할 기회를 달라고 애걸했다. 그리고 어떻게 변명을 할까 머리를 굴리는 사이 이광두는 그녀의 변명에는 관심이 없다는 듯 손사래를 치며 이렇게 말했다.

"너 젠장할, 울지 마. 너, 젠장할 변명할 생각 하지 마. 처녀가 아니면 탕녀답게 굴어. 나 이광두를 즐겁게 해보라고. 탕녀라도 3등은 할 수 있으니까 말이야."

정신이 나갔던 864번은 잽싸게 눈물을 훔치고 나더니 몸을 돌려 이광두를 눕히면서 그대로 그 위에 올라탔다. 이광두가 무슨 여자가 이렇게 힘이 세나 하고 놀라는 사이 그녀는 이광두를 깔고 앉아 신음을 터뜨리며 몸을 흔들기 시작했고, 세상에서 가장 음탕한 춤을 추는 듯 몸을 흔들었다. 그리하여 강호의 노련한 백전노장 이광두마저도 눈이 휘둥그레질 지경이었다. 침대에서 천하무적이었던 이광두는 드디어 제대로 된 적수를 만나 온갖 재주를 다 동원했고, 864번도 온몸으로 맞서 두 사람이 나눈 회합이 모두 몇 차례인지 셀 수 없을 지경이었다.

다음 날 류 공보가 이광두를 만났을 때 만면에 희색이 감도는 것을 보고 어젯밤 드디어 진짜를 만났다고 생각했지만 이광두에게서 돌아온 대답은 의외였다.

"이번에도 가짜야. 인공. 젠장할, 밖으로 튀어나왔다니까."

이광두는 막 집어넣을 때부터 느낌이 좀 이상하다 싶었다면서 이런 비유를 했다.

"신발을 신을 때 안에 양말이 있으면 발을 집어넣을 때 뭔가 걸리적거리잖아."

류 공보는 황공하고 불안한 마음에 자신이 최선을 다하지 못한 탓이라고 자책하면서 온갖 더러운 욕으로 자신을 탓하다가 마지막으로 나름대로의 억울함을 호소했다.

"다른 일은 제가 대신해서 시험해볼 수도 있지만, 처녀는 제가 먼저 시험했다가는 진짜라도 바로 가짜가 되어버리니까 어쩔 수가 없었습니다."

이광두는 손을 흔들며 어젯밤에 만난 여자는 비록 처녀는 아니었지만, 자신을 신선처럼 즐겁게 해줬다면서 강호에서 여자를 건드리길 수년이나 864번처럼 이렇게 미친 듯 공격적인 여자는 처음이라고 했다. 진짜 호적수를 만났고, 성적지기(性的知己)를 만난 걸로 족하다면서 두 사람이 네가 오면 내가 가고, 봄바람이 불면 북소리가 울리고, 동풍이 서풍을 압도하는 게 아니라 서풍이 동풍을 압도하는 것이, 병사들이 밀려오면 장군이 막고, 물이 밀려드니 흙으로 막고, 마(魔)가 한 자 높아지니 도(道)가 한 장(丈) 높아지듯 주고받았다고 했다. 그녀를 탕녀라고 부르는 것 자체가 너무 고상한 표현이며, 그녀는 전 세계 중량급 탕녀 가운데 초특급 지존이라면서 두 사람은 어젯밤 뒤집고 뒤집히며 당대에 보기 드문 육박대전을 치렀고, 결국 승부를 가리지 못한 채 두 사람 모두 깊은 상처만 입었다고 했다.

이광두는 류 공보를 시켜 심사위원들에게 우승자와 3등은 뽑지 말고 준우승자만 뽑으라고 했다. 우승자는 1358번이고 3등은 864번이라면서 비록 둘 다 처녀는 아니지만 둘 다 자기와 잤고, 침대에서 순간의 흥분에 대한 대가로 약속한 바를 지켜야겠다며 자신의 머리통을 치면서 말했다.

"나 이광두는 한 번 한 약속은 지키는 사람이다 이거야. 한 번 뱉은 말을 쓸어담을 수야 없지."

제1회 전국처녀미인대회가 드디어 막을 내렸고, 류 공보는 이광두가 시킨 대로 열 명의 심사위원들에게 우승자로 1358번을, 3등으로 864번을 선정하게 했다. 준우승자는 79번이 되었는데, 79번은 주유의 최우수 고객으로 864번처럼 심사위원과 한 번 잘 때마다 하나씩 산 게 아니라 한 번에 열 개의 성녀 정덕 표를 사서 연달아 열 명의 심사위원들을 잡아먹었다.

대회는 용두사미처럼 끝이 났고, 1백 명의 결선 진출자들은 하루만에 모두 떠나버렸다. 이광두는 회사 문 앞에 서서 하루 동안 미인들과 작별을 했고, 조직위원들과도 심사위원들과도 작별을 했다. 그리고 1358번과 악수를 할 때는 조용히 이렇게 묻기도 했다.

"아기는 몇 살이야?"

순간 1358번은 놀랐지만, 잠시 후 회심의 웃음을 지으며 조용히 대답했다.

"두 살이에요."

그리고 864번과 악수를 나눌 때는 귀에 대고 이렇게 말했다.

"내가 진짜 탄복했네."

열 명의 심사위원들은 노약자 패잔병처럼 부축을 받으며 차에 올랐고, 전부 성기능 허약에 걸려 둘은 미열이 있고, 셋은 음식을 넘기지 못했으며, 넷은 시력 감퇴가 왔고, 하나만 겨우 자기 발로 차에 올라탔다. 그나마 이광두와 악수를 하며 헤어질 때 이광두가 조용히 이번에 여자와 실컷 놀아보지 않았느냐고 묻자, 그는 한숨을 내쉬며 이제 여자가 싫어졌다고 대답했다.

대회가 끝나자 각종 매체에서는 이런 미인대회는 봉건주의의 재등장이며 여성의 자존을 짓밟는 행위라는 비판 기사를 실었고, 대회의 창시자 이광두와 류 공보도 싸잡아 비판했다. 곧이어 추문도 터졌다. 순위 안에 들지 못한 참가자들이 자신들의 신분을 밝히지 않고 일부 여성들이 심사위원들에게 성 상납을 한 사실을 폭로했다. 물론 제일 큰 추문은 1358번이 차지했다. 처녀미인대회의 우승자가 아기 엄마라는 사실이 전국을 휩쓸었지만, 그녀가 기자들을 상대하는 방식은 완전히 여자 이광두라고 해도 손색이 없었다. 그녀는 쇄도하는 인터뷰를 일일이 당당하게 받아들이면서 자신이 두 살배기 아기의 엄마라고 밝히면서도 자신은 여전히 처녀라고 생각한다며 정신적 순결성을 간직하고 있는 한 자신은 영원한 처녀라고 주장했다. 1358번이 내린 처녀에 대한 새로운 정의는 순식간에 사회적인 반향을 일으켰고, 찬성하는 측과 반대하는 측의 광범위한 토론이 무려 반년 동안 지속되었다.

그 반년 동안 이광두는 신이 나 있었다. 그와 관련한 토론이 계속되는 동안 계속해서 뼈다귀로서의 역할을 수행했으니 말이다. 그는 처녀에 대한 1358번의 새로운 정의를 칭찬하고, 류 공보에게 가장 중요한 것은 정신이라고 말하면서 요즘 여자들은 믿을 수가 없으며 지난 20년 동안 사회가 너무 변했다고, 20년 전에는 결혼하지 않은 여자들 가운데 열에 아홉은 처녀였지만 지금은 많아봐야 열에 하나나 될까 말까 하다며 감개무량해했다. 그 말이 끝나자마자, 아니 하나도 없을 거라고 자신의 말을 반박하면서, 요즘 길거리에 나다니는 여자들 가운데 처녀는 하나도 없고 유치원에나 가야 처녀가 있을 거라고, 유치원을 나서서 처녀를 찾는 것은 바다에서 바늘 찾기라고 했다.

이광두는 화제를 돌리며 말했다.

"하지만 정신적으로는 다들 처녀지."

그렇게 이광두는 1358번의 정신론을 폭넓게 받아들였다. 개처럼 달려들던 기자들은 금세 이광두를 잊어버렸지만, 이광두는 개의치 않았다.

"정신적으로 나 이광두는 영원히 뼈다귀거든."

39

미인대회가 끝나기 전 마지막 인공 처녀막을 팔아치운 강호의 사기꾼 주유는 결선이 시작되자 우리 류진과 작별을 고하려 했다. 소매의 간식식당의 빨대 만두와도, 인공 처녀막을 샀던 처녀 미인들과도, 조 시인과도 작별을 고하며 열흘 일했으니 임금이 1천 원, 조 시인의 집을 창고로 열흘 빌렸으니 2백 원, 일을 특출하게 잘해서 그 보너스가 2천 원, 주유는 손가락에 침을 발라 돈을 세어 3천2백 원을 조 시인에게 주고, 또다시 침을 발라 5백 원을 세더니 소매네 만두 값이라며 만두를 얼마나 먹었는지 모르지만, 5백 원이면 분명히 남을 거라면서 소매에게 전해달라고 했다.

주유는 송강에게는 작별을 고하지 않고 똑같이 임금 1천 원과 보너스 2천 원을 주고는 송강의 집 소파에 앉아 인공 처녀막의 폭발적 판매에 고무된 나머지 장밋빛 미래에 대해 장황하게 늘어놓기 시작하더니 조수가 필요하다며 송강에게 자신의 조수가 되어달라고 부탁했다. 조 시인이 비록 능력 면에서는 송강보다 낮지만 믿을 수가 없고 언제든 자신을 배신할 가능성이 있다면서 열흘간 함께 일하며 지켜보니 송강은 충분히 믿을 만하겠다고 생각한다고 했다.

주유는 송강의 소파에 앉아 다리를 꼬았다.

"자네는 말이야. 내가 가진 돈 전부를 자네한테 맡기고 1년 있다가 와도 1전도 안 쓸 사람이야."

그러더니 애절하게 말을 건넸다.

"송강, 나랑 같이 가세!"

송강은 환한 미래를 떠올리니 가슴이 뛰기 시작했다. 류진에서는 아무런 가망도 없이 영원한 '수석대리'로 지낼 것이 뻔했지만, 주유와 함께 가면 사업을 크게 벌일 수 있을 것 같았기 때문이다. 그는 임홍이 자신의 병 치료를 위해 돈을 얼마나 썼는지 모르는데다 그 돈이 이광두가 준 것이라는 것조차 몰랐다. 임홍이 부모님과 친구들이 준 돈이라고 하긴 했지만 주변에 돈 많은 사람들이라고는 하나도 없었기에 빌려서 썼다고, 이렇게 가다간 자신이 임홍에게 커다란 짐이 될 거라고 생각했다. 송강은 소파에 앉아 있는 주유에게 고개를 끄덕이면서 결연하게 대답했다.

"같이 가겠습니다."

밤이 되어 송강이 인공 처녀막을 팔아서 번 돈 3천 원을 임홍에게 주자, 임홍은 깜짝 놀랐다. 송강이 주유라는 사람을 따라 거리를 왔다 갔다 하면서 열흘 만에 3천 원이나 벌 줄은 생각지도 못했던 것이다. 놀라는 임홍의 모습을 보며 송강은 횡설수설했다. 우선 몸이 아주 좋아졌다고 하다가 갑자기 치료비를 걱정하고, 또 갑자기 "나무는 환경이 바뀌면 죽지만 사람은 환경이 바뀌어도 살 수 있다."는 둥 아리송한 말을 늘어놓았다. "물은 낮은 데로 흐르고 사람은 높은 곳으로 간다."는 둥, 송강이 무슨 말을 하는지 임홍은 통 알아들을 수가 없어 머리가 멍할 지경이었다. 그러다가 마지막으로 송강은 주유와 사업을 벌이러 떠날 생각이라고 하면서 주유가 한 이야기를 하나도 빠뜨리지 않고 모두 임홍에게 하며 간절하게 물었다.

"허락해줄 수 있어요?"

임홍은 고개를 가로저으며 결연한 음성으로 대답했다.

"안 돼요. 우선 병부터 고친 다음 다시 얘기해요."

송강은 참담한 표정으로 말을 받았다.

"병이 낫기를 기다리다가는 늦어요."

임홍은 무슨 말인지 몰라 반문했다.

"뭐가 늦어요?"

송강은 또 한 번 한숨을 내쉬었다.

"집에 있는 돈으로는 치료비가 부족하잖아요. 당신 부모님 댁 돈도 부족하고, 당신이 돈을 빌렸다는 걸 안다고요. 병이 낫기를 기다렸다가는 돈을 갚을 수가 없어요."

송강은 머리를 절레절레 흔들며 말을 거두었다. 더 말해봐야 임홍이 허락할 리 만무하다는 걸 알았기 때문이다. 20년간의 부부생활 가운데 임홍이 허락하지 않은 일을 송강이 한 적이 없었기 때문에, 임홍은 송강이 말이 없는 걸 보고 더 이상 고집 피우지 않을 거라 생각했다. 그녀는 송강이 이미 주유와 함께 강호를 누비기로 결심했다는 사실을 모르고 있었고, 그 순간만큼은 이상하게도 송강의 이상한 고집을 잊고 있었다. 평소처럼 임홍이 잠들고 나자 그녀의 발치에 누워 있던 송강은 잠을 이루지 못한 채 그녀의 고른 숨소리를 들으며 따뜻한 그녀의 종아리를 어루만지고 있었다. 송강은 수없이 많은 지난 일들이 떠오르며 내일이면 임홍과 헤어진다는 생각을 하자 가슴이 쓰려왔다. 두 사람이 결혼한 이래 처음으로 헤어지는 것이었다.

다음 날 아침 임홍이 자전거로 직물공장으로 출근을 할 때 송강은 문 앞에 서서 그녀가 멀리 사라질 때까지 눈길로 배웅했다. 그러고 나서 집으로 들어와 탁자 앞에 앉아서는 임홍에게 남기는 편지를 썼다. 편지의 내용은 아주 간단했다. 우선 떠나는 자신을 용서해달라는 것과 이번에 반드시 큰일을 해서 돌아올 것을 믿어달라고 했다. 비록 이광두에 비견할 바는 못 되겠지만 임홍의 일생을 걱정 없이 살게 해줄 정도의 돈을 벌어오겠다고 말이다. 마지막으로 그들이 함께 찍은 사진을 자신이 가져간다고, 집 열쇠도 가져간다고 덧붙였다. 사진은 매일 밤 자기 전에 꼭 한 번씩 보겠다는 뜻이고, 열쇠는 충분한 돈을 벌면 언제고 집으로 돌아오겠다는 뜻이었다.

편지를 다 쓴 송강은 일어나 임홍과 함께 찍은 사진을 찾았고, 번쩍이는 영구표 자전거를 막 산 두 사람이 함께 찍은 그 사진에서 둘은 행복한 미소를 짓고 있었다. 송강은 사진을 한참 들여다본 뒤 가슴 주머니에 넣고, 온 집 안을 샅샅이 뒤져 '상해'라는 글자가 인쇄된, 아버지 송범평에게서 물려받은 유일한 유산인 보따리를 찾아낸 다음 옷가지들과 먹다 남은 약들을 챙겨 그 안에 담았다. 송강은 아직 시간 여유가 있어 임홍이 갈아입은 옷들을 세탁기에 넣고 빨래를 한 다음 집 안을 청소하기 시작했다. 송강은 땀을 뻘뻘 흘리며 집 안을 먼지 하나 없이 깨끗하게 청소하고 유리창도 거울처럼 깨끗하게 닦아놓았다.

이날 점심, 송강과 주유는 좀도둑처럼 우리 류진을 떠났다. 주유는 송강이 들고 있는 옛날 보따리가 영 마음에 들지 않았는지 그런 옛날 것을 들고 다니다간 아무 일도 할 수 없다면서 옷은 상자 안에 담고 보따리는 길가 쓰레기통에 쑤셔 넣어버렸고, 송강이 미련이 남은 눈길로 쓰레기통의 구식 보따리를 쳐다보자 주유는 상해에 도착하면 위에 외국 글자가 새겨진 가방을 사주겠다고 했다.

그러고 나서 송강이 상자를 들고 주유는 검은색 손가방을 든 채, 뜨거운 한낮에 두 사람은 고개를 숙이고 총총히 버스터미널로 향했다. 송강은 주유의 손가방에 10만 원이 넘는 현금이 들어 있다는 걸, 주유가 류진에 왔을 때 자신이 가진 돈 전부를 인공 처녀막을 사는 데 쓰고 주머니에는 달랑 5원밖에 없었는데, 도박에서 이겨 이제는 10만 원이 넘는 돈을 들고 활개 치며 떠난다는 걸 몰랐다. 그리하여 두 사람이 올라탄 버스가 터미널을 떠나자 주유, 이 강호의 사기꾼은 류진을 돌아보며 이렇게 말했다.

"나중에 또 보자고."

송강 역시 그의 류진을 돌아보았다. 거리에 몇몇 낯익은 얼굴들이 순식간에 멀어지고, 익숙한 건물들과 거리들이 점점 멀어져가니 가슴이 쓰려왔다. 몇 시간 후면 임홍이 이 익숙한 거리를 자전거를 타고 집으로 돌아간 뒤 자신이 이미 떠난 것을 알고 화를 내거나 상심에 눈물을 흘리리라 생각하며 마음속으로 그녀에게 미안하다는 말을 전했다. 송강은 류진이 점점 멀어지고 광활한 논밭이 스쳐가는 것을 본 뒤 옆을 보니 주유가 손가방을 안은 채 편안히 잠들어 있었고, 자신의 눈에서 눈물이 흘러 마스크 속으로 흘러드는 것이 느껴졌다.

황혼이 내릴 무렵, 임홍은 자전거를 타고 집으로 돌아와 문을 열고 방 안에 들어서며 안이 깔끔하게 정리되어 있는 것을 보고는 정말 깨끗하다며 두 번 웃었다. 그러고 나서 송강을 부르며 주방으로 들어갔지만 평상시라면 지금쯤 저녁을 짓고 있어야 할 송강이 보이지 않자 어디 간 걸까 생각했다. 주방에서 나온 그녀는 거실의 탁자를 지날 때 송강이 남긴 편지를 보지 못한 채 지나쳤고, 문을 열고 문밖에 서서 석양이 지는 가운데 거리의 오가는 사람들과 건너편 소씨 아줌마네 간식식당 불이 이미 밝게 들어와 있는 것을 지켜보다가 집 안으로 들어와 저녁을 하기 시작했다. 그러다가 갑자기 열쇠로 문을 여는 소리가 들리는 듯하여 송강이 돌아온 줄 알고 주방 문 앞으로 나갔지만 문이 꿈쩍도 하지 않자 그녀는 다시 돌아와 저녁을 했다.

저녁밥을 다 지은 임홍은 밥과 반찬을 탁자에 차린 뒤 날이 이미 어두워져 전등을 켰고, 그순간 탁자 위의 종이가 보였지만 별 생각 없이 지나치고, 탁자 앞에 앉아 문을 보며 송강이 돌아오길 기다렸다. 그러다 임홍은 갑자기 종이 위에 적힌 글자들이 눈에 들어왔고 다소 놀란 듯 종이를 들어 황급히 한 번 읽고 나서야 송강이 떠난 것을 알게 되었다. 임홍은 편지를 들고 송강을 뒤쫓아 가기라도 하듯 집 밖으로 뛰쳐나가 버스터미널로 바쁜 걸음을 옮겼고, 가로등과 네온사인이 빛나는 거리를 1백여 미터 정도 걷다 차츰 발걸음을 늦추며 지금쯤이면 송강은 벌써 류진을 떠나 자신과 멀리 떨어져 있을 거란 생각을 했다. 망연자실 걸음을 멈춘 임홍은 거리를 오가는 차량과 사람들을 바라보다가 고개를 떨어뜨린 채 손에 쥔 종이를 한 번 보고는 천천히 집으로 돌아갔다.

　이날 밤 임홍은 전등 아래에 앉아 송강이 남긴 짧은 편지를 읽고 또 읽었고, 눈물이 번져 송강의 필적을 알아볼 수 없게 되어서야 편지를 내려놓았다. 임홍은 송강을 탓하지 않았다. 송강이 이렇게 할 수밖에 없었던 것은 자기 때문이란 걸 알았으므로 송강이 떠나기로 결심한 것을 눈치채지 못한 자신을 책망했다. 그 후로 임홍은 하루가 일 년 같은 날들을 보냈다. 공장에서는 골초 류 공장장이 부단히 괴롭혔고, 집에 돌아오면 그녀를 기다리는 것은 정적뿐이었다. 송강이 곁에 없으니 쓸쓸한 그녀는 텔레비전에서 흘러나오는 온갖 소음을 들으며 그를 그리워했고, 심지어 그의 마스크까지 그리워했다. 그러다가 잠들기 전 집에서는 단돈 1전도 들고 가지 않은 송강을 생각하면 가슴이 아려왔다.

　임홍은 송강이 주유를 따라갔다는 말은 아무에게도 하지 않은 채 그저 광동 쪽으로 장사를 하러 갔다고만 했다. 주유가 류진에서 인공 처녀막을 판 것은 임홍이 보기에는 정상적인 장사가 아니었으니 송강이 주유를 따라 광동에 가서도 계속 인공 처녀막을 판다는 말은 차마 할 수가 없었던 것이다.

임홍은 매일 송강의 편지를 기다렸다. 그녀는 매일 낮 공장 접수실에 가서 집배원이 접수실 창가에 놔두고 간 편지 꾸러미를 열어 자신의 이름이 있는지 한 통 한 통 확인해보았다. 송강은 그녀에게 편지를 쓰지 않았고, 한 달 후 전화를 했다. 밤이었다. 송강은 소씨 아줌마네 간식식당으로 전화를 했고, 소씨 아줌마는 급하게 길을 건너 임홍의 집 문을 두드렸다. 임홍은 다급하게 길을 건너 간식식당으로 가 전화를 들었고, 전화기 저편에서 송강의 애잔한 목소리 들려왔다.

"임홍, 잘 지내죠?"

송강의 음성을 들으며 눈가에 붉은 기운이 맺힌 임홍은 수화기에 대고 소리를 질렀다.

"돌아와, 지금 당장 돌아오라고!"

전화기 저편에서 송강이 말했다.

"돌아갈 거야……."

임홍은 계속 소리를 질렀다.

"당장 돌아오라고!"

두 사람의 대화는 이렇게 진행되었다. 임홍은 즉시 돌아오라고 했고, 송강은 돌아갈 거라고 했으며, 그런 말을 몇 번이나 했는지 모른다. 임홍은 처음에는 명령하는 듯한 말투였다가 나중에는 애걸했다. 송강이 시종일관 돌아갈 거라고, 분명히 돌아간다고 이야기하면서 나중에는 장거리 전화요금이 너무 비싸니 전화를 끊어야겠다고 하자 임홍은 간절하게 빌었다.

"송강, 빨리 돌아와요……."

송강이 전화를 끊었지만 임홍은 수화기를 든 채 계속해서 말을 했는데, 수화기에서 '뚜뚜뚜뚜' 통화 종료 신호가 울리고 나서야 낙담한 듯 수화기를 내려놓았다. 그제야 그녀는 송강의 안부를 물어보지 않고 내내 '돌아오라'고만 했던 것이 생각났다. 임홍은 괴로움에 입술을 깨물었고, 계산대에 침울한 표정으로 앉아 있는 소매에게 씁쓸한 웃음을 짓자 소매 역시 씁쓸한 미소를 지었다. 간식식당을 나서면서 임홍은 소매에게 무슨 말인가 하고 싶었지만, 무슨 말을 해야 할지 몰라 그저 고개를 떨군 채 가게를 나섰다.

그 후 몇 달간 소매와 임홍은 똑같이 상심의 날들을 보냈다. 강호의 사기꾼 주유가 말도 없이 떠난 후 소매의 배는 점점 불러오기 시작했고, 사람들은 이런저런 추측을 하며 의론이 분분했다. 사람들은 난데없는 추측을 하며 그 대상을 넓혀나갔고, 그 대상의 폭이 백한 명까지 넓혀졌다. 조 시인도 빠지지 않고 백한 번째로 의심을 받게 되었는데, 조 시인은 발을 동동 구르며 하늘에 대고 자신의 결백을 맹세했지만, 그가 결백을 주장할수록 그가 장본인이라는 사람들의 의심은 날로 더해만 갔다. 조 시인은 거듭 간곡하게 소매가 생긴 건 비록 별로지만 그래도 자타가 공인하는 부자인데 자신이 배를 부르게 했다면 왜 아직까지 자신이 낡고 후진 집에서 살겠느냐고 호소했다.

"일찌감치 건너편 간식식당 주인 노릇을 하지 않았겠느냐고."

그제야 우리 류진 사람들은 조 시인의 무고를 믿었고 소매의 배를 부르게 한 자가 누구일지 계속 궁금해했지만, 주유를 의심하는 사람은 한 사람도 없었다. 주유는 한마디로 희대의 사기꾼이었다. 3천 명의 처녀 미인들과 함께 우리 류진에 와서, 그녀들이 심사위원들과 자고, 조직위원들과 자고, 이광두와 자고, 류 공보와 자고, 심사위원들과 조직위원들, 그리고 이광두와 류 공보 등등 모든 이들이 전부 다 처녀막 재생 수술을 한 조립 처녀들과 인공 처녀막을 장착한 일회용 처녀들과 자는 줄도 모르고 막 자는 동안, 오직 홀로 오리지널 처녀와 자서 우리 류진의 유일한 처녀 소매를 왕년의 처녀로 만들었으니 말이다.

주유가 떠난 지 5개월 후 소매의 배는 불러오기 시작했지만, 그녀는 여전히 돈을 받는 계산대에 앉아 있었고, 다만 더 이상 종업원들과 이야기하지 않았고, 더 이상 손님들과도 이야기를 나누지 않았다. 주유가 한마디 인사도 없이 떠난 것에 낙담한 나머지 그녀의 얼굴은 침울해졌고, 더 이상 웃는 모습을 찾아볼 수 없었다. 그녀의 모친 소씨 아줌마는 늘 멍한 표정이었고, 늘 한숨을 쉬었으며, 어떻게 자신의 운명이 딸에게까지 대물림되었는지 이해하지 못하겠다는 듯 때때로 눈물을 훔쳤다. 사람들은 처음에는 호기심과 흥분으로 관심을 기울였지만 점차 습관이 됐는지 데면데면해졌고, 소씨 아줌마 역시 누가 그녀의 배를 부르게 했는지 아무도 모른 채 소매가 태어난 것처럼, 소매도 누군지 모르는 남자에 의해 배가 불러오기 시작해 열 달 후 여자아이를 낳았다. 소매는 딸에게 소주(蘇周)라는 이름을 지어주었다. 그런 가운데서도 강호의 사기꾼 주유를 의심하는 사람은 없었으며, 점차 그들의 관심은 미래에 대한 예언으로 옮겨가고 있었다. 그들은 대담하게도 소주라는 이름의 여자아이가 어른이 된 뒤 그녀의 외할머니, 어머니와 마찬가지로 신기하게 배가 불러올 것이라고 예언하기 시작했고, 산전수전 다 겪은 듯 이렇게 말하고는 했다.

"그게 바로 운명이라는 게야."

　강호의 사기꾼 주유는 우리 류진에서 인공 처녀막 장사로 호황을 누린 후 송강을 데리고 상해를 출발해 철로를 따라 남하해서 더 한층 분발하여 이번에는 음경증강환(陰莖增强丸)을 팔기 시작했다. 그가 파는 음경증강환도 수입산과 국산 두 종류로 구분되어 수입산은 아폴로 표, 국산은 맹장 장비 표라는 이름을 달아 팔았는데, 두 사람은 철로에 잇닿아 있는 중급 도시에 내려 터미널이나 부두, 상업지구 등지에서 소리를 치며 팔았고, 양복 정장에 구두를 신은 주유는 왼손에 아폴로 표를 오른손에 장비 표를 들고 큰 소리로 연설을 시작했다.

　"크고 단단한 물건으로 사나이의 위풍당당함을 보여주는 것이 모든 남성의 희망입니다만, 어떤 이유로 인해 나이를 먹은 후 물건이 작아지고 힘을 쓰지 못하는데, 이런 현상은 보편적으로 존재하는 것으로……."

　주유는 손에 든 약병을 흔들어 사람들에게 약병 속의 환약들이 병에 부딪히는 소리를 들려주면서 오른손에 든 것은 조국 전통의학의 진귀한 보물로 고궁 박물관에 소장된 명·청 양대 황가 의서를 연구하여 엄선된 재료들로 만든 국산 장비 표 증강환이고, 왼손에 든 것은 외국 인민의 자랑으로 미국 파이저 제약회사의 최고 히트 상품인 '비아그라'의 핵심 기술에 유전자 변형 기술과 나노 기술을 결합하여 성대하게 탄생시킨 아폴로 표 증강환이라고 설파했다. 주유는 황아장수가 땡땡이 북을 흔들듯이 왼손과 오른손에 아폴로 표와 장비 표를 흔들며 친절하게 제대로 된 이름은 증강환이지만 풀어서 설명하면 크고 단단하게 하고 시간을 길게 유지시켜 주는 약이라고 설명해주었다.

주유는 자신의 가슴을 두들기면서 두세 번의 복용 기간만 지나면 효과가 즉각적으로 나타난다고 선언했다.

"최상품 사나이가 된다 이 말씀입니다!"

이즈음 송강은 주유가 강호를 떠도는 사기꾼임을 이미 알아차렸다. 장거리 버스를 타고 우리 류진을 떠나 상해로 접어들자 주유는 송강의 마스크를 벗겨 그대로 차창 밖에 있는 나뭇가지로 던져버리며, 이제 그가 폐병에 걸린 것을 아는 사람이 없으니 다 나은 것이라고 말했다. 송강은 상해의 공기를 마시며 나뭇가지에 걸린 마스크를 돌아보았지만 버스가 모퉁이를 돌고 나자 시야에서 사라지고 말았다.

주유가 어떤 자인지 아는 데는 며칠이 소요되지 않았다. 그들은 돌고 돌아 교외에 있는 가짜 술과 가짜 담배가 쌓여 있는 지하 창고의 어두운 구석에 가서 종이 상자에 들어 있는 음경증강환 두 박스를 샀다. 그러고 나서 주유는 장비 표를, 송강은 아폴로 표를 들고 남쪽으로 가는 열차에 몸을 실었고, 그렇게 그들의 1년여 간의 음산한 장사는 시작되었다.

그때 송강은 보통석에 앉아 있었다. 보통 칸에는 남쪽으로 가는 일용직 노동자들이 가득했는데, 그들이 쓰는 온갖 사투리가 난무하는 가운데 그들은 광동으로, 또는 광동에 도착한 후 바다를 건너 다시 해남도로 가는 길이었다. 그들은 전부 미혼이고, 돈을 적당히 벌어서 고향으로 돌아가 가정을 이루고 아이를 낳아 기르기를 바라는 청년들이었다. 주유는 그들 사이에 앉아 얼굴에는 신중한 표정으로 도시로 일하러 나가는 농민들과 어쩔 수 없이 이야기를 나눌 때에도 무시로 고개를 들어 짐칸에 올려놓은 음경증강환 상자를 곁눈질했다. 송강이 보기에 정장을 한 주유가 농민들 사이에 앉아 있는 모습은 상당히 우스웠다. 노동자 둘이 주유에게 무슨 장사를 하느냐고 묻자, 주유는 송 강을 한번 흘낏 보고는 건강식품이라고 건성으로 대답했다. 이런 뜨 내기 노동자들은 사기당할 돈도 없기 때문에, 주유는 이들을 향해 화 려한 구라를 풀기도 귀찮았던 것이다.

송강은 주유가 류진에서 했던 말들 모두가 새빨간 거짓말이라는 걸 알았기 때문에 걱정스러운 눈길로 창밖에 무한히 펼쳐진 논밭을 보며 이 강호의 사기꾼과의 미래가 어떻게 될 것인지 알 수 없어 마음이 혼 란스러웠다. 하지만 주유가 류진에서 확실히 많은 돈을 번 것을 생각 하면 송강의 마음에도 금방 희망이 생겼고, 큰돈을 벌면 곧바로 집으 로 돌아갈 작정이었다. 그가 목표로 정한 액수는 10만 원이었다. 그 정도면 임홍이 앞으로 별 걱정 없이 살 수 있으리라 생각하며, 그녀를 위해 스스로에게 다짐했다.

"무슨 일이건 할 테다."

지난 몇 년 동안 침에 젖은 마스크를 쓰고 숨을 쉬다가 벗으니 들이 마시는 공기가 건조하게 느껴졌고, 원래 말이 없던 송강은 주유와 함 께 사기를 치고 다니다 보니 점점 더 말수가 줄어들었다. 모두가 잠든 깊은 밤 홀로 꿈에서 깨어난 송강의 머리에는 당초 류진을 떠나올 때 의 정경이 자꾸 떠올랐고, 매일 저녁 무렵 자전거를 몰고 집으로 돌아 와 혼자 지낼 임홍을 생각하며 그는 눈시울을 적시고는 했다. 아침 해 가 떠오를 때면 송강은 낯선 싸구려 여관을 나와 타향의 거리를 걸으 며 즉시 류진으로, 임홍 곁으로 돌아가고픈 강렬한 충동에 휩싸이고 는 했다. 하지만 이미 돌이킬 수 없는 일, 송강은 스스로에게 빈손으 로 돌아갈 수는 없다고, 반드시 큰돈을 손에 쥐고 돌아갈 거라고, 지 금은 이를 악물고 견뎌야 한다고, 주유를 따라 강호를 떠돌아다녀야 한다고 다짐했다.

송강은 임홍과 함께 찍은 사진을 자주 들여다보며 아름다웠던 과거를 떠올렸다. 영구표 자전거는 그들 행복의 상징이었다. 하지만 처음 몇 달간 송강의 정신적 지주가 되었던 그 사진을 반년이 지나자 더 이상 볼 수가 없었다. 사진 속 임홍의 미소만 보면 좌불안석이 되어 충동적으로 류진으로 돌아가고 싶어졌기 때문이다. 그리하여 나중에는 사진을 상자 맨 아래에 넣어두고 일부러 잊으려 애썼다.

두 사람은 두 달 동안 다섯 개 도시를 돌았고, 주유는 직접 좌판을 벌여놓고 소리치며 증강환을 팔았는데, 주유가 물건을 파는 방법은 흡사 노상강도 같았다. 지나가는 사람 팔을 붙잡고 주저리주저리 말을 늘어놓는 식이었다. 그렇게 목이 쉬도록 소리 질러서 판 것이 겨우 열한 병, 아폴로 표 다섯 병과 장비 표 여섯 병이 전부였다. 송강도 그를 따라 호객을 했다. 증강환을 손에 들고 류진에서 백옥란을 팔 때처럼 지나가는 성인 남자들에게 일일이 아주 점잖은 말투로 이렇게 물어보았다.

"증강환 필요하십니까?

"증강환이 뭐요?"

그러면 송강은 웃으며 아폴로 표와 장비 표 증강환의 설명서를 건네주고 그들이 설명서를 다 읽고 한번 사용해볼지 말지 결정하기를 끈기 있게 기다렸다. 어떤 사람들은 설명서를 여러 번 읽고도 그냥 갔다. 주유는 송강이 여러 기회를 놓쳤다고 생각했지만, 송강은 주유의 말을 듣지 않았다. 증강환의 효능이 의심스러운 가운데 억지로 팔려다간 오히려 사람들의 의심만 사기 때문에 제대로 손님을 잡기 위해서는 오히려 풀어줘야 한다고 주장했고, 실제로 주유가 열한 병밖에 못 팔았던 두 달 사이 송강은 스물세 병을 팔았다. 송강의 방법이 주유의 노상강도 같은 방법보다 배나 더 나았던 것이다.

주유는 송강을 괄목상대하고는, 더 이상 조수로 생각하지 않고 예의를 갖춰 동업자라고 부르면서 앞으로 버는 돈은 2대 8로 나누어 자신이 8을 먹고 송강이 2를 먹는 대신 장부를 깨끗이 공개하겠다고 했다. 그날 밤 그들은 복건 성 조그만 동네의 싸구려 여관 지하실 방에 묵었는데, 주유는 미간을 찌푸린 채 제일 싼 방에 묵고 최대한 간단하게 먹는데도 두 달 동안 겨우 서른네 병밖에 팔지 못했고, 그나마 번 돈은 죄다 먹고 자는 데 쓰느라 남는 것이 없다고 말했다. 송강은 오랜 시간 정신이 나간 듯 말이 없었다. 류진에 홀로 남은 임홍을 생각하고 있었던 것이다.

정신이 돌아온 송강은 천천히 류진에서 백옥란을 팔던 경험에 대해 이야기하다가 옷가게 앞이 길거리보다 훨씬 장사가 잘 되었다고 하면서 예뻐 보이고 싶어하는 여자들은 옷을 산 김에 백옥란도 산다고 했다.

"말 되네."

주유는 고개를 끄덕이며 송강에게 물었다.

"남자들이 제일 많이 모이는 곳이 어딜까? 최상의 남자가 되고 싶어하는 남자들이 모이는 곳 말이야."

생각에 생각을 거듭한 송강이 대답하고는 웃었다.

"목욕탕. 한 번 보기만 해도 큰지 작은지 알 수 있으니까……."

주유의 두 눈이 반짝였다.

"그렇지. 목적타라 이거지."

송강이 머뭇거렸다.

"하지만 목욕탕에 가려면 돈을 들여야 하는데."

주유가 단호하게 못을 박았다.

"써야 할 돈은 써야지. 호랑이를 잡으려면 호랑이 굴에 들어가야 하니까."

두 사람은 실천에 옮기기 위해 아폴로 열 병과 장비 열 병을 들고 여관 근처 목욕탕에 가서 증강환을 옷장에 넣고 옷을 홀딱 벗은 채 들어갔다. 이 목욕탕은 비록 아주 고급은 아니었는데 송강은 놀라고 말았다. 청수탕, 우유탕, 장미탕 모두 세 개의 욕탕이 있었던 것이다. 주유가 먼저 우유탕에 들어가자 송강도 따라 들어갔고, 주유는 목욕 중인 몇몇 사람들을 보며 송강에게 기왕에 돈 쓴 김에 천천히 놀다 가자고 했다. 송강은 물 속에 몸을 담그며 주유에게 낮은 목소리로 이렇게 물었다.

"이거 진짜 우유일까?"

주유가 노련하게 대답했다.

"분유를 탄 거지. 저질 분유."

두 사람은 저질 분유탕에서 30분 동안 몸을 담근 뒤 주유는 청수탕으로 몸을 옮겼다가 시원한 표정으로 장미탕으로 옮겨갔다. 송강은 혼자 우유탕에 앉아 있는 것이 어째 편치 않아서 일어나 장미꽃잎이 가득한 장미탕으로 들어갔고, 꽃잎을 손으로 한 움큼 쥐고 붉은 탕물을 보며 감탄했다.

"꽃잎 물이 다 우러났네."

주유가 태연하게 말을 받았다.

"빨강 잉크야. 빨강 잉크 몇 병 따른 다음에 꽃잎을 뿌린 거지."

송강은 빨강 잉크라는 말을 듣자마자 재빨리 일어났고, 주유는 그

336

의 손을 잡아끌어 자기 옆에 앉히고 빨강 잉크가 그냥 물보다는 그래도 비싸다며 장미꽃잎 위의 수증기 향을 맡으면서 기분 좋은 듯 송강에게 말을 건넸다.

"장미 향료까지 뿌렸구먼."

그렇게 두 사람이 눈을 가늘게 뜨고 사지를 편안히 뻗은 채 빨강 잉크 탕에서 몸을 담그고 있을 때 덩치 큰 남자 하나가 거대한 물건을 덜렁거리며 뒤에 커다란 셰퍼드 한 마리를 끌고 다가왔다. 주유는 남자의 아래를 보고 조그맣게 "최상품 사나이가 나타났다." 하고 속삭였다. 남자는 주유의 말을 들었는지 가운데 청수탕 근처에 선 채로 고함을 쳤다.

"너 이 자식, 뭐라고 했어?"

남자가 소리치자 뒤에 있던 셰퍼드도 왈왈 짖었고, 송강이 벌벌 떨자 주유는 애써 웃음 지으며 장미탕 속에 있던 손을 꺼내 남자의 아래를 가리키며 이렇게 말했다.

"최상품 사나이라고 했습니다."

남자는 자신의 물건을 한번 쓰윽 보고는 기분이 좋은 듯 웃음을 터뜨리더니 청수탕에 폭뢰(爆雷)처럼 몸을 풍덩 담가 그 물이 장미탕에 있는 주유와 송강의 얼굴까지 튀었다. 남자는 청수탕에 앉은 채 오른손으로는 자신의 가슴을 문지르고 왼손으로는 셰퍼드를 문질러주었다. 셰퍼드가 마치 청부 살인자의 눈처럼 주유와 송강을 노려보자 두 사람은 벌벌 떨었고, 송강이 "어떻게 개가 다 들어오나?"라고 중얼거리는 소리를 들었는지 셰퍼드가 송강을 향해 사납게 짖어댔다. 놀란 송강과 주유는 더 이상 아무런 말도 못하고 탕 안에서 꼼짝도 못한 채 앉아 있었다.

그때 몇몇 사람들이 수건을 들고 들어왔는데, 그들도 원래 탕 안에 들어오려고 했던 사람들이었다. 들어올 때는 웃고 떠들던 사람들이 커다란 셰퍼드가 청수탕 옆에 엎드려 있는 걸 보고는 놀라 안색이 흙빛으로 변해서 살금살금 밖으로 빠져나가 탈의실에서 종업원에게 큰 소리로 어떻게 개가 목욕탕에 다 들어와 목욕을 하느냐고 항의했다. 게다가 커다란 셰퍼드가 말이다. 청수탕 옆에 엎드려 있던 셰퍼드가 밖에서 나는 시끄러운 소리에 잠시 주유와 송강에게서 눈을 떼고 밖의 탈의실을 향해 짖자 탈의실이 이내 쥐죽은 듯 조용해졌다. 그러더니 종업원 하나가 조심스럽게 들어와 셰퍼드에서 5미터쯤 떨어진 자리에 선 채로 그 남자에게 조용히 말을 걸었다.

"선생님, 선생님……."

종업원은 그 남자에게 개를 데리고 나가달라고 청해볼 생각이었지만, 개가 짖자 무서워 연기처럼 탈의실로 도망쳐버렸다. 주유가 그 틈을 이용해 탕 끝으로 가서 막 일어선 순간 셰퍼드가 고개를 돌려 탕가 계단에 서 있는 주유를 보고 곧바로 경계하듯 일어나 짖어대자 진퇴양난인 주유가 그 남자의 비위를 거스르지 않으려는 듯 웃었고, 그 남자는 개를 토닥여 다시 엎드리게 했다. 주유가 숨을 참고 태연한 척 계단을 내려간 다음 나무로 된 문을 보고 잽싸게 열고 들어가자 송강도 천천히 탕 끝으로 갔는데 개가 계속해서 노려보고 있자 송강은 개에게 친근한 미소를 보냈다. 그런데 송강이 탕 끝으로 가서 일어서는 순간 개도 따라 벌떡 일어나더니 무섭게 짖어대자 그 남자는 다시 개를 토닥여 엎드리게 했고, 송강은 재빨리 계단을 내려서서 나무 문을 열고 그 안으로 들어갔다.

주유와 송강이 들어선 곳은 사우나실이었다. 송강은 그 방에 들어

가고 나서야 거기가 머리가 어지러울 정도로 뜨거운 방이라는 걸 알았고, 아직도 놀란 가슴을 진정시키지 못한 채 앉아 있는 주유에게 송강이 물었다.

"여긴 뭐 하는 방이야?"

주유는 송강이 따라 들어온 걸 보고 짐짓 태연한 척 대답했다.

"사우나실."

송강이 숨을 몰아쉬며 주유 옆에 앉자 주유는 나무 바가지로 물을 떠서 화로에 부었고, 수증기가 확 하고 피어오르자 송강은 숨쉬기가 어려웠다.

"너무 덥다."

그러자 주유는 으스대면서 말을 받았다.

"사우나실이 그렇지 뭐."

이때 문이 열리면서 덩치 큰 남자가 들어섰고, 주유와 송강은 또다시 화들짝 놀랐지만 커다란 셰퍼드가 들어오지 않은 것에 한숨을 길게 내쉬었다. 그 남자가 누우려고 하자 주유와 송강은 잽싸게 일어나 자리를 만들어주었다. 그는 마음에 든다는 듯 고개를 끄덕이며 제일 위 계단에 누웠고, 주유와 송강은 그 아래 계단에 앉았다. 그렇게 잠시 사우나실에 앉아 있다가 주유는 더 이상 견딜 수가 없는지 일어나며 나가야겠다고 문을 열었는데 문 앞에 엎드려 있던 개가 주유를 향해 사납게 짖어대자 놀란 주유는 잽싸게 문을 닫고 돌아와 스스로를 위안했다.

"조금 더 있지 뭐."

주유가 송강 옆에 앉았을 때 위에 누워 있던 남자가 그들에게 명령하듯 말했다.

"물 좀 부어."

"네."

주유는 대답하면서 화로에 물을 부었고, 열기가 가득한 수증기가 피어오르자 송강은 너무 뜨거워 기절할 것 같았다.

"난 안 되겠어."

주유는 송강을 떠밀었다.

"빨리 나가봐."

송강이 일어났고, 문 앞에 개가 엎드려 있다는 걸 알면서도 눈 딱 감고 문을 열었는데 셰퍼드가 바로 일어나 송강의 아랫도리를 물어뜯을 듯 짖어대자 송강은 잽싸게 문을 닫고 무의식적으로 아랫도리를 감싸쥐며 돌아와 쓸쓸한 웃음을 지으면서 주유 옆에 앉았다. 두 사람은 너무 뜨거워서 머리가 어지러울 지경이었지만, 지뢰보다 더 무서운 셰퍼드 때문에 뜨거운 증기를 견디며 계속 앉아 있을 수밖에 없었다. 그들은 저 남자가 어서 일어나 문 앞의 개를 데리고 갔으면 했지만 이 남자는 누워 있는 것이 갈수록 편안한지 이제는 코까지 골아댔다. 주유는 더 있다간 사우나실에서 쓰러져 죽을 것 같아 일어나 비틀거리며 남자 앞으로 가서 그의 귀에 입을 대고 조용히 그를 깨웠다.

"선생님, 선생님……."

코를 골던 남자가 눈을 뜨고 주유를 보자 주유는 힘이 하나도 없는 목소리로 말했다.

"선생님의 보디가드……."

"무슨 보디가드?"

남자는 무슨 말인지 못 알아들은 모양이었다.

"선생님 보디가드 개가 문 앞을 지키고 있어서 저희가 나갈 수가 없거든요."

남자는 실실 웃으며 말했다.

"물 더 부어."

주유는 흐르는 땀을 훔치며 화로에 다시 물을 부었고, 수증기가 곧 바로 피어올랐다. 송강은 머리가 띵한 것이 곧 쓰러질 판이었다. 주유는 비틀거리며 한 걸음을 걸어 남자에게 말했다.

"물 부었습니다."

"잘했어. 나가봐."

주유가 말을 받았다.

"그런데 선생님 보디가드 개가……."

그 남자는 실실 웃으며 일어나더니 문을 열고 짖는 개를 한쪽으로 이끌어 주유와 송강이 안전하게 나갈 수 있도록 길을 터주더니 계속 사우나실에 누워 있었고, 셰퍼드는 계속 문 앞을 지키고 있었다. 주유와 송강은 죽다가 살아난 듯 탈의실로 가서 물을 주유는 단숨에 여덟 잔을, 송강은 일곱 잔을 마셔버렸다. 두 사람은 머리를 늘어뜨린 채 탈의실에서 10분이 넘게 앉아 있다가 정신이 차츰 돌아오자 목욕탕에 준비된 잠옷을 걸치고 검정 백 속의 증강환을 챙겨 휴게실로 들어갔다.

휴게실에는 스무 명 정도 되는 손님들이 손톱과 발톱을 손질하거나 발 안마를 받거나 텔레비전의 축구 중계를 보고 있었다. 주유가 송강에게 눈짓을 보내자 두 사람은 휴게실 양쪽으로 나누어 갔고, 송강은 축구 경기를 보고 있는 중년 남자 옆에 누워 전반전이 끝나고 휴식 시간이 오기를 끈기 있게 기다렸다가 증강환의 설명서를 건네주면서 점 잖게 말을 붙였다.

"선생님, 이거 한번 읽어보실 시간 있으십니까?"

중년의 남자는 순간 멍했다가 이내 설명서를 받아들고 열심히 읽기 시작했다. 중년 남자가 국산 장비 표의 설명서를 다 읽고 나자 송강은 수입 아폴로 표의 설명서를 건네주었다. 그 남자는 설명서를 다 읽고 나서 휴게실에 있는 사람들을 훑어본 뒤 조용히 송강에게 이렇게 물어보았다.

"한 병에 얼마요?"

주유의 영업 스타일은 단도직입적이었다. 손에 수입품과 국산 증강환을 든 채 미소 짓는 얼굴로 옆에 누워 있는 젊은이에게 말을 걸었다.

"최상품 사나이가 되고 싶은 생각 없습니까?"

"무슨 상품요?"

젊은이가 무슨 소린지 몰라 반문했다.

주유의 설명이 이어지자 젊은이가 두 병의 증강환을 보고 또 보고 나서 자신의 반바지를 열어 자기 물건을 한번 보자 주유도 따라 들여다보면서 말을 이었다.

"사나이는 사나인데, 최상품은 아니군요."

젊은이는 의심스런 눈길로 주유를 보며 질문을 던졌다.

"가짜 아니죠?"

주유는 미소를 지었다.

"진짠지 가짠지 직접 써보면 압니다."

바로 그때 덩치 좋은 남자가 그의 셰퍼드와 함께 휴게실에 나타났고, 남자와 셰퍼드가 그대로 들어오자 휴게실에는 일대 혼란이 벌어졌다. 몇몇 종업원이 정중하게 권하자 그 남자는 개를 휴게실 문 앞에 엎드려 있게 했고. 그 후로는 아무도 휴게실을 나가지 못한 채 인내심을 가지고 그 주인이 가기만 기다렸다. 주유와 송강은 물 만난 고기처럼 급할 거 하나 없다는 식으로 한 사람 한 사람에게 증강환을 사도록 사기를 쳤다. 셰퍼드 주인은 두 사람이 다른 사람들에게는 다 소곤소곤 말을 하면서 자기에게는 말을 안 거는 것이 이상해서 주유를 불러 지금 뭐 하는 거냐고 물었고, 주유는 아폴로 표와 장비 표를 그의 손에 건네주면서 예의바르게 대답했다.

"선생님은 필요 없으십니다."

개 주인은 병에 붙어 있는 설명을 읽고 나서 큰 소리로 주유에게 말했다.

"누가 내가 필요 없대? 강한 사람은 더 강해지길 바라는 거야."

"그렇죠!"

주유는 흥분해서 휴게실에서 쉬고 있는 다른 사람들을 가리키며 조용히 속삭였다.

"이게 다른 사람들한테는 한겨울에 석탄이지만, 선생님한테는 금상 첨화가 될 겁니다."

개 주인은 만족스런 웃음을 지으며 손가락 두 개를 펼쳐보였다.

"두 병 줘."

"두 병이면 한 주기밖에 안 되는데요."

주유는 끈질기게 물고 늘어졌다.

"두 주기나 세 주기쯤 드셔야 효과를 볼 수 있을 텐데요."

그러자 개 주인은 호탕하게 말을 받았다.

"그럼 여덟 병 줘."

"알겠습니다."

주유는 고개를 끄덕이며 말을 이었다.

"수입산을 드릴까요? 국산을 드릴까요?"

"수입산 네 병, 국산 네 병."

주유는 잠깐 망설이는 듯하더니 자기가 마치 무슨 전문가인 것처럼 설명을 늘어놓았다.

"수입산은 유전자 변형 기술과 나노 기술을 이용해서 만들었고 국산은 명·청 황제들을 위한 의서에 근거해 만들었으니 같이 복용하는 것은 별로 좋지 않습니다."

남자는 휴게실 문 앞에 엎드려 있는 개를 가리키며 말했다.

"수입산은 내가 먹을 거고, 국산은 저놈이 먹을 거야."

41

주유와 송강은 복건 성의 목욕탕들을 돌며 물건이 작은 사람들을 정조준해서 증상에 따라 처방을 한 후 끈기 있게 유도하고 효과에 대한 호언장담을 하며 증강환을 팔았다. 그리하여 복건을 떠나 광동에 도착했을 때 음경증강환 두 상자를 다 팔아치웠지만, 주유는 오 개월 만에 물건을 겨우 다 소화했기 때문에 이윤이 거의 없고, 먹고 자는 것에 차비까지 보태면 오히려 손해라는 결론을 내렸다. 주유는 류진에서 인공 처녀막을 팔던 기억이 그리웠는지 남성용품은 그만 팔고 여성용품을 팔기로 했다. 아무래도 여자들이 그 방면으로 돈을 더 쓰기 때문이다. 그리하여 광동에 도착한 뒤로 두 사람은 쭉빵 표 유방 크림을 팔기 시작했다.

그때는 벌써 송강이 집을 떠난 지 반년이 넘었다. 복건에서는 임홍에게 전화를 세 번 했는데 전부 해가 진 뒤였다. 술이나 담배, 먹을 것들을 파는 먼지가 풀풀 날리는 구멍가게 앞에서, 오가는 사람들이 죄다 큰 소리로 민남어(閩南語, 복건 성과 대만에서 쓰는 사투리―옮긴이)를 쓰는 가운데 누가 수화기를 뺏기라도 할까 봐 두려운 사람처럼 수화기를 두 손으로 꼭 쥔 채 식은땀을 흘리면서 떠듬거리며 뒤죽박죽 말을 했다. 전화 저편에는 어서 오라는, 바로 돌아오라는 임홍의 목소리가 질풍노도처럼 울렸고, 집으로 오라고 외치면서도 임홍은 송강의 몸을 챙겼다. 송강은 몸도 좋고 폐병은 다 나았다고 했지만 목소리는 모기 소리처럼 가늘었다.

"이젠 기침 안 해."

송강이 같은 말을 몇 번이나 반복해야 저편의 임홍이 알아들을 수 있었고, 그제야 임홍은 소리쳐 물었다.

"아직도 약 먹어요?"

그러면 송강은 수화기를 내려놓고는 가늘게 대답했다.

"약 안 먹어."

그렇게 전화를 끊은 뒤 송강은 망연자실한 몰골로 가로등 아래 서서 낯선 얼굴들을 대한 채 낯선 말들을 들으며 고개를 절레절레 흔들면서 천천히 초라한 여관으로 돌아가고는 했다.

여관으로 돌아오면 주유는 침대에 책상다리를 하고 앉은 채 눈물을 훔치며 한국 드라마를 보고 있었다. 복건에 있을 때 주유는 한국 드라마를 세 편 반이나 보았고, 광동에 와서는 모든 채널을 샅샅이 뒤져 절반밖에 보지 못한 한국 드라마를 찾다가 찾지 못하면 광동 말로 욕설을 내뱉고 나서 쭉빵 표 유방 크림을 팔 방법을 고민하기 시작했다.

그 후로 몇 달간, 귓가에 들리던 민남어는 광동어로 변했고, 그들은 열다섯 군데를 돌았지만 겨우 열 병 남짓밖에 팔지 못했다. 궁지에 몰린 주유는 기지를 발휘해 미용실에 염가로 팔아보려고 했지만, 모든 미용실에서는 벌써부터 유방 크림을 팔고 있었다. 그래서 약국과 슈퍼마켓을 뚫어보려고 했지만, 그곳에서도 이미 팔고 있었고, 그들 물건보다 값이 싼 수백 종의 유방 크림이 이미 깔려 있었다. 주유는 막다른 길에 몰렸고, 그와 송강은 쭉빵 표 유방 크림을 들고 갈 곳 없는 두 마리 파리처럼 타향의 네거리에서 풀이 죽은 채 여기저기 두리번거리며 어디로 가야 할지 서로에게 묻는 상황에 처하고 말았다. 주유는 유방 크림 판매에 대한 자신감을 완전히 상실했는데, 젊은 여자가 걸어오는 것을 보고는 송강을 떠밀어 가보라고 했고, 자신은 보초병처럼 꼼짝 않고 서 있었다. 송강은 고개를 떨어뜨린 채 다가가 공손하게 말을 건넸다.

"혹시 유방 크림 필요하세요?"

그 여자는 노상강도라도 만난 것처럼 자신의 가방을 꼭 감싸안은 채 긴장하며 자리를 떴고, 한번은 예쁜 여자가 말을 제대로 듣지 못했는지 걸음을 멈춘 채 이렇게 되물은 적이 있었다.

"뭐요?"

송강은 두 손을 자신의 가슴에 대고 손으로 표현하며 설명을 했다.

"유방을 풍만하게 만드는 크림이요. 가슴을 크고 탱탱하게 해주는."

"미친놈!"

여자는 자리를 뜨면서 뒤를 돌아보며 욕설을 내뱉었고, 길거리의 사람들이 하나둘 발걸음을 멈추고 송강을 쳐다보자 송강은 귀까지 새빨갛게 달아오른 채 씁쓸하게 웃으며 아무 일 없었다는 듯 태연한 주유에게 걸어갔다.

그즈음 주유는 광동 텔레비전 방송국에서 새로운 한국 드라마를 찾아냈고, 낮 동안 내내 난관에 부딪혔다가 밤이 되면 생기가 돌면서 드라마가 시작되기 한 시간 전부터 리모컨을 들고 침대에 단정히 앉아 송강더러 자신이 한국 드라마 보는 거 방해하지 말고 밖에 나가보라고 했다. 나가고 싶지 않으면 방에 있어도 된다고 했다. 하지만 주유는 단서를 달았다.

"소리 내지 마."

그러면 송강은 방 안에 머무르지 않고 아무런 목적도 없이 타향의 도시로 나와 건물에 붙어 있는 창문들을 바라다보았고, 길가 나무에 기댄 채 정신 나간 사람처럼 창문 속의 어떤 집을 들여다보았다. 젊은 남편과 젊은 아내가 집 안에서 오가고, 때로는 한 사람 때로는 두 사람의 그림자가 보였으며, 때로는 그림자는 보이지 않고 불빛만 보이기도 했다. 송강은 그곳에 서서 남자와 여자가 창가에 나타나 둘이 함께 커튼을 잡아당기며 입맞춤을 할 때까지 한참 동안 그 집을 응시했다. 그 아늑한 정경에 송강의 눈이 젖어들었고, 천 리 저편에 있는 임홍에 대한 그리움에 그는 바로 나래를 펴 류진으로 돌아가고 싶었지만, 언제 돈을 벌게 될지 알 수 없었고, 류진으로 돌아갈 날이 갈수록 멀어진다는 생각에 우울했다.

주유는 광동에 머무는 동안 한국 연속극을 네 편이나 보았고, 더 이상 새로운 한국 드라마가 없자 성질을 있는 대로 부렸다. 그때 그들은 바닷가 낡은 여관의 2층 방에 묵고 있었고, 창밖 거리 저편에도 유방 크림 광고판이 서 있었는데, 재미있게도 광고 속의 모델이 여자가 아니라 가슴 근육이 잘 발달된 남자였다. 붉은색 브래지어를 하고 붉은색 삼각팬티를 입고 있었다. 주유가 성질을 냈을 때는 아직 이 광고판을 보지 못했을 때였다. 성질을 있는 대로 다 부린 뒤 더 이상 볼 한국 드라마가 없자 실망한 듯 침대에 앉아 다시 자신의 유방 크림으로 생각을 돌린 다음, 계산기를 꺼내 30분간이나 두들기고 난 후 슬픈 표정으로 고개를 든 뒤 그의 입에서 나온 말은 이 세 글자였다.

"망했다!"

송강은 일찌감치 망했다는 걸 알았다. 6개월 동안 동분서주하며 겨우 열 병 남짓 유방 크림을 팔았으니 말이다. 그동안 주유는 마치 여색에 빠진 황제처럼 한국 드라마에 빠졌고, 이제 한국 드라마도 다 보았으니 현실을 마주해야 할 때가 되었다. 주유는 송강에게 한 달 내에 유방 크림을 다 팔지 않으면 이제 법원에 갈 수밖에 없다고 했다. 송강이 법원에 가서 뭘 하자는 것인지 몰라 어리둥절해 있는 사이, 주유는 자신의 넥타이를 잡아당기며 마치 도산이 임박한 국영 기업의 늙은 사장처럼 말했다.

"파산 보호 신청을 해야지."

송강은 씁쓸하게 웃었다. 이 지경이 되었는데도 주유는 아직 큰소리치고 있으니 말이다. 두 사람 모두 갈 길이 막막하다고 느낄 즈음 주유의 눈에 갑자기 길 맞은편 유방 크림 광고판이 들어왔고, 위풍당당하게 가릴 부분만 가린 근육남을 보더니 소리 질렀다.

"비키니야."

송강 역시 광고판을 보고 놀란 입을 다물지 못했다. 세상에 저런 광고가 다 있다니 말이다. 주유는 계속해서 중얼거렸다.

"남자한테도 풍만한 가슴이 있다는 걸 왜 생각 못했을고……."

어떤 영감이 떠올랐는지 광고판을 떠난 주유의 눈길이 송강을 야릇한 눈빛으로 훑어보기 시작했다. 송강은 주유의 눈길을 받고 어쩔 줄 몰랐다.

"무슨 짓이야?"

주유는 감탄을 늘어놓았다.

"만약 자네한테 풍만한 가슴만 있다면 우리 쭉빵 표는 한 방에 날개 돋친 듯 팔릴 텐데 말이야."

송강의 얼굴이 붉어지는 순간, 부끄러워하는 송강의 얼굴에서 여자의 느낌을 읽어낸 주유는 눈을 반짝이며 자신의 계획을 정신없이 쏟아놓기 시작했다. 그것은 바로 송강에게 가슴 확대 수술을 시킨다는 것이었다. 송강이 가슴 확대 수술을 받아 광고판의 남자처럼 거대한 가슴을 갖게 되면 사람들의 관심을 끌 수 있다면서 끈기 있게 송강을 설득했다. 가슴 확대 수술은 작은 수술이라고, 병원 응급실에서도 할 수 있다고 말이다.

"처녀막 재생 수술만큼 간단하다니까."

송강은 멍한 눈길로 창밖 길 건너편 광고판을 보다가, 그 위의 아파트를 보다가, 그 위로 펼쳐진 하늘을 보다가 마음속 슬픔과 절망이 눈앞에서 멀리 흩날리는 것을 느끼며 결연한 의지에 차서 몸을 돌리고 고개를 끄덕였다.

"돈을 벌 수 있다면 어떤 일이라도 하겠어."

주유는 송강이 이렇게 흔쾌히 받아들일 줄 생각도 못했던 터라 흥분해서 벌떡 일어나 방안을 왔다 갔다 하면서 세상의 온갖 미사여구로 송강을 칭찬하더니 앞으로 번 돈은 2대 8이 아니라 5대 5, 그러니까 반반씩 나누자면서 마지막으로 감동의 말을 덧붙였다.

"류진에 있을 때부터 자네가 나를 위해 몸을 던질 줄 알았다니까."

그 말에 송강은 고개를 가로저었다.

"자네 때문이 아니야. 임홍을 위해서지."

복건에서 광동까지 장장 1년간 한국 연속극에 빠져 있었던 주유는 송강을 데리고 성형외과에 가서는 다른 수술 방법은 거들떠보지도 않고 오직 한국식 확대 수술만 고집했고, 의사는 다음과 같은 세 가지 수술 방식을 추천했다. 먼저 한국식 무흔 확대 수술, 한국식 보정물 삽입 확대 수술, 그리고 마지막으로 한국식 자가 지방 이식 확대술로 의사는 무흔 확대 수술은 한국 최신의 언터치(UNTOUCH)기술을 이용하여 흔적을 거의 남기지 않으며, 수술 후에는 애인도 알아챌 수가 없고, 성형 후 아주 자연스러운 모양이 되어 촉감이 부드럽고 매끈해서, 걸을 때는 물방울이 부드럽게 떨어지듯 자연스럽게 유방이 흔들려 요염하게 보이고, 진짜 여자 같은 느낌을 준다고 소개했다. 주유는 설명을 들은 뒤 살며시 미소를 지었다.

"한국식 무흔 수술로 합시다."

이날 오후, 송강은 일생 중 가장 곤혹스러운 순간을 버티고 있었다. 그 자리에 앉은 채 한마디 말도 없이 어릴 때부터 이제까지 그가 얼마나 여자가 될 날을 손꼽았는지 모른다는 주유의 사탕발림을 고개를 떨어뜨린 채 듣고 있었으니 말이다. 의사는 주유와 말을 하면서 송강을 계속 관찰했는데, 어떻게 먼저 가슴을 확대하고 음경과 고환을 떼어낸 다음 요도를 이동시키며 인공 질을 만들어 넣는지를 듣는 송강의 안색은 파랗게 질려가고 있었다. 의사는 새롭게 태어나는 여자의 성기 바깥도 진짜와 거의 똑같고, 질 역시 충분히 깊고 넓게 만들 것이며, 음핵도 성감을 느끼게 만들 수 있다고 확신했다. 송강은 그런 이야기를 들으며 구역질이 났고, 주유는 신이 난 듯 의사의 말에 연방 고개를 끄덕이며 마치 송강이 진짜로 여자가 되고 싶어하는 것처럼 기쁨 충만한 눈길로 송강을 바라보았다. 마지막으로 의사는 송강을 자세히 살펴보면서 코 수술, 턱 수술, 광대뼈 수술도 해서 여성스런 느낌을 만들어야겠다고 했다.

주유와 의사가 사흘 후 한국식 무흔 가슴 확대 수술을 하기로 약속한 다음 두 사람은 성형외과를 나왔고, 주유는 상기된 얼굴로 송강에게 말했다.

"자네가 진짜 여자가 되면 내가 자네한테 장가갈 걸세. 한국 드라마에 나오는 남자 주인공이 여자 주인공을 사랑하는 것처럼 죽을 때까지 사랑하겠다 이 말이야."

그러자 상스런 말은 입에 담지 않던 송강이 새파랗게 질린 얼굴로 욕을 퍼부었다.

"이런 시팔 새끼야!"

그 후 장맛비가 끊임없이 내리는 오전, 송강은 주유의 뒤를 따라 낡고 허름한 여관을 나서 축축한 거리를 걸었다. 주유가 지나가는 택시를 붙잡는 순간, 송강은 안개가 가득한 바다를 보았고, 그때 갈매기의 울음소리가 들려왔지만 갈매기의 날갯짓은 보지 못했다. 세 시간 후 송강은 수술대에 누웠고, 의사가 그의 가슴에 자색의 동그라미 두 개를 그려 넣자 그는 무영등 아래에서 눈을 감았다. 전신마취를 하자 그의 머릿속에 갑자기 갈매기 한 마리가 나타나 안개 가득한 수면 위를 날아올랐지만, 그 울음소리는 들을 수가 없었다.

의사가 주유에게 남성 가슴 수술이 여성보다 조직상의 차이로 훨씬 복잡하지만 수술은 별 문제 없다고 하면서 두 시간이 채 안 걸린다고 했다. 송강은 병원에서 하루 입원 한 뒤 다음 날 병원을 나서서 여전히 장맛비가 내리는 가운데 겨드랑이 아래 상처 부위의 고통을 참으며 택시를 타고 그들이 묵던 해변의 작은 여관으로 돌아왔다. 내리며 주유가 택시비를 낼 때 쯤, 송강은 정신이 나간 듯 바다를 바라보았지만 거기에는 아무것도 없었다. 갈매기의 울음소리도, 갈매기의 날갯짓도.

송강은 여관에서 엿새 동안 요양을 했다. 창밖으로는 장맛비가 계속 내렸고, 맞은편 광고판의 붉은색 브래지어를 찬 남자도 그 모습을 드러냈다 감추었다 했는데, 광고판을 볼 때마다 송강은 광고판의 남자가 마치 자신인 듯 부끄러움이 밀려왔다. 주유는 송강을 지극정성으로 간호했고, 매일 무엇을 먹고 싶으냐고 물어보면서 나중에는 아예 근처 조그만 식당 몇 군데의 메뉴판을 베껴 와서 송강에게 직접 고르라고 했다. 송강은 항상 제일 싼 것만 골랐고, 주유는 그러면 바로 전화를 걸어 배달을 시켰다. 주유는 전화에 대고 항상 거드름을 피우며 큰 소리로 주문을 했다.

"우리 송 총재께서는 전복이나 샥스핀은 질리셨으니까 그냥 두부하고 채소만 가져오라고……."

송강은 그렇게 풍만한 여성의 유방을 지닌 송 총재님이 되었다. 수술 부위 실을 뽑은 후 주유는 희색만면한 채 거리에 나가 붉은색 브래지어를 사서 돌아왔고, D컵이라고 일러주며 D컵을 차야 진정한 쭉빵 여왕이라고 하면서 알랑거렸다.

"자네도……."

송강은 주유가 사온 것이 광고판에 있는 붉은색 브래지어인 것을 보고 곧바로 바다에 던져버렸고, 주유는 브래지어를 주워들며 송강을 꼬드기려 들었다.

"붉은색이 얼마나 좋아, 사람들 눈에도 확 띄고……."

"이런 씨팔 새끼야!"

주유는 고개를 끄덕이면서 허리를 굽히며 곧바로 말을 받았다.

"바로 가서 바꿔올게. 송 총재, 자네는 원래 점잖은 사람이니까 바로 가서 흰색으로 바꿔오지."

닷새 후 날이 개자 송강은 와이셔츠 안에 흰색 브래지어를 찬 채 주유와 함께 배를 타고 해남도로 갔다. 광동에서 일곱 달을 돌아다녔지만 몇 병 팔지 못하자 주유는 광동이 별로 상서로운 땅이 아니라고 하면서 해남도로 가서 크게 한판 벌여보자고 했다. 가짜 가슴을 달고 나자 송강은 걸을 때 확실히 중심을 잃고 어쩔 수 없이 앞으로 쏠리게 되었고, 몇 달이 지나자 송강은 곱사등이가 되었다. 몸이 앞으로 기운 송강은 걸어 배에 올라탄 후 갑판의 난간을 손으로 잡고 서서 가슴에 집어넣은 인공 유방의 무게를 느끼며 멀어져가는 광동의 해안을 보고 있자니 앞으로 또 어떤 일이 벌어질까, 하는 생각이 들어 가슴이 황량해졌다. 파도 소리와 반짝이는 햇볕, 푸른 하늘과 넓은 바다 가운데서 송강은 진짜 날아오르는 갈매기의 날갯짓과 울음소리를 들을 수 있었고, 전화 속 임홍의 외침, 어서 돌아오라는 임홍의 외침이 그리워지기 시작했다. 파도에 배가 요동치고 바람에 머리가 흩날리면서 임홍의 외침이 갈매기의 울음소리처럼 멀리멀리 사라져갔다. 송강은 상심의 눈물을 흘렸고, 손으로 눈가에 맺힌 눈물을 닦아내며 집을 떠난 지 벌써 1년이 넘었다고 혼잣말을 했다. 류진을 떠나며 돌아가겠다고 꿈꾸던 날이 벌써 1년이 훨씬 넘었는데, 점점 더 집에서 멀어져가고 있는 것이다.

해남도에 도착한 주유와 송강은 류진에서 인공 처녀막을 팔던 것처럼 길에 두 사람이 나란히 서서 사람들에게 둘러싸인 채 쭉빵 유방 크림을 팔기 시작했다. 송강은 모델처럼 아무 말도 없이 그저 와이셔츠 단추를 풀어 흰색 브래지어와 D컵의 거대 유방을 보여주었고, 주유는 세 치 혀를 놀려 쭉빵 유방 크림을 높이 든 채 주저리주저리 떠들어댔다. 천연 비타민 성분과 생장 효소를 결합시켜 만든 제품으로 35퍼센트의 비타민과 생물 유전자 기술로 만든 65퍼센트의 생장 효소가 들었다고 했다. 그리고 생장 효소는 유방을 며칠 내에 발육시켜 왕성하게 성장시키고, 그 속도가 '들불이 다 하지 않은 가운데 춘풍이 또 불어오는' 것보다 빠르다고 하면서 비타민 성분이 유방의 탄력을 보장할 뿐만 아니라 그 피부를 더욱 부드럽고 매끄럽게 해준다고 했다.

"절대 호르몬 제재가 아니니 확실히 안전합니다."

주유는 손에 든 유방 크림에 대해 설명한 뒤 송강의 풍만한 유방을 가리키며 떠들어대기 시작했다. 그는 주위 사람들에게 송강을 그들 회사의 총재라고 소개하면서 시중에 수많은 유방 크림이 있지만 진짜 효과가 있는 것은 가물에 콩 나듯 한다고 자신 있게 말하며 송 총재가 쭉빵 유방 크림의 효능을 직접 시험하다가 두 달 만에…… 주유는 여기까지 말하더니 스스로에게 감동한 듯 눈물을 훔치면서 송강의 가슴을 가리켰다.

"우리 송 총재님께서는 사나이로서의 위용을 잃고 화류계 여성처럼 이렇게 나와버리신 겁니다……"

사람들은 낄낄거리기 시작했고, 마치 무슨 외계인이라도 구경하는 것같이 밀고 당기면서 송강을 희한한 눈길로 바라보았다. 사람들은 송강의 유방을 분명히 보려고 앞으로 밀고 나갔고, 몇몇 근시안들은 코와 입을 너무 들이대 흡사 젖을 달라고 달려드는 듯했다. 이에 송강은 귀까지 빨개졌고, 그때 키가 유난히 작은 한 여자가 갑자기 손으로 송강의 유방을 주무르자 송강이 화를 내며 손을 뿌리쳤다. 그러자 한 남자가 곧바로 그 여자를 나무랐다.

"거 당신, 어떻게 남자의 성 기관을 만지고 그러시오?"

그 여자는 어리둥절한 듯 반문했다.

"이게 성 기관이에요?"

"거대 유방을 만져서 흥분하면 그게 성 기관이지요."

남자는 여자의 납작한 가슴을 가리키며 반문했다.

"그럼 당신 이거는 성 기관이 아니오?"

그 남자는 그렇게 말하면서 자신도 송강의 가슴을 주물렀고, 성질이 폭발한 송강은 남자의 손을 뿌리치며 밀쳐냈다. 구경하던 여자들은 신이 났는지 저렇게 큰 유방이 있는 사람이면 당연히 여자로 쳐야 한다며 한꺼번에 그 남자를 가리키면서 책망했다.

"아저씨는 어떻게 여자 가슴을 그렇게 맘대로 만지는 거예요?"

이번에는 남자가 어리둥절했다.

"저 사람이 여자요?"

"여자가 아니면 어떻게 저렇게 가슴이 클 수가 있어요?"

여자들이 한목소리를 냈다.

그때 주유가 쭉빵 유방 크림을 높이 쳐들면서 소리쳤다.

"남자건 여자건 그게 중요한 게 아니라, 중요한 것은 이걸 바르면 누구든지 최고의 쭉빵 여왕이 됩니다."

송강의 인공 유방을 만졌던 키 작은 여자가 제일 먼저 와서 창피한 듯 돈을 꺼내 두 병을 사가지고 총총걸음으로 돌아갔고, 몇몇 중년 부인들도 자신들의 딸에게 줄 거라고 괜한 변명을 하며 몇 병을 샀다. 그러고 나서 젊은 여자들도 몇 병을 사면서 친구 줄 선물이라고 했다.

그 뒤를 이어 남자들도 사갔는데, 그들은 여자 친구에게 준다는 둥 집 사람의 여동생이나 언니에게 줄 선물이라는 둥 하며 사갔다. 주유는 만면에 웃음을 띤 채 돈을 받고 물건을 건네주었고, 한 시간도 못 되어 무려 서른일곱 병이나 팔았다. 주유는 흥분이 되었는지 쭉빵 유방 크림 상자를 높이 쳐들고 이렇게 외쳤다.

"서른일곱 병의 꽃이 주인이 생겼습니다. 이 꽃들이 뉘 집에 떨어질 까요?"

주유가 상자를 내려놓자 한 남자가 사람들을 헤집고 다가오더니 주유의 바짓가랑이를 가리키며 조용히 물었다.

"거기 발라도 효과가 있소?"

주유가 큰 소리로 되물었다.

"물건에 말입니까? 당연히 효과가 있죠."

그 남자는 조용히 이야기했다.

"이보쇼, 이봐, 좀 조용히 말하쇼."

"알겠습니다."

주유는 그 남자에게 고개를 끄덕이더니 유방 크림을 주변의 남자들을 향해 높이 치켜들면서 소리쳤다.

"이 쭉빵 유방 크림은 음경증강환의 효능도 가지고 있습니다. 크고 단단하게 만들어줄 뿐만 아니라 시간도 길게 해줍니다만, 사용 시에는 반드시 의사의 권고에 따라야지 그렇지 않으면 지나치게 커져서, 그럼 음경이라 할 수 없죠."

"그게 아니면 뭐란 말이오?"

어떤 남자가 실실 웃으며 물었다.

"지나치게 비대해지면……."

주유는 생각에 잠시 잠기더니 이렇게 대답했다.

"유방이 되죠."

주유는 대첩에서 승리를 거두어 눈썹이 올라갈 정도로 기분이 좋았다. 유방 크림을 첫날 쉰여덟 병이나 팔았으니 말이다. 하지만 이날은 송강에게 있어 칼산에 오르고 불바다에 뛰어들었던 날이었다. 와이셔츠를 벗어 타향의 남자와 여자들에게 자신의 가짜 유방을 질리도록 감상시켰는데, 심지어 그걸 만지는 사람들도 있으며, 사람들이 자신을 두고 남잔지 여잔지 입방아까지 찧어대니 한순간 송강은 거의 미칠 지경이라 이를 악물고 뛰쳐나가고 싶었다. 해가 지고 주유가 상자를 정리할 때 송강의 모습은 마치 방금 강간당한 여자의 모습처럼 수치심 가득한 얼굴로 단추를 잠갔고, 새파랗게 질린 얼굴로 주유를 따라 여관으로 돌아갔다. 주유는 송강이 얼마나 괴로울지 알았기 때문에 그를 위로했다.

"여기에 자네를 알아보는 사람은 없잖나."

다음 날 아침 또다시 그 거리로 나가 어제처럼 계속 장사를 했고, 이날은 무려 예순네 병이나 팔아치웠다. 주유의 습관대로라면 셋째 날은 장소를 바꿔야 했지만, 장사가 너무 잘된 탓에 그만 계속 그 자리에 좌판을 펼쳤다. 낮이 되면서 첫날 송강의 가짜 유방을 주물렀던 키 작은 여자가 험상궂게 생긴 남자를 데리고 왔고, 백정처럼 생긴 이 남자는 송강의 앞으로 가서 그의 가짜 유방을 자세히 살펴보았다. 당시 주유는 신나게 물건을 파느라 이 남자의 입술이 통통 부어올라 있는 것을 의식하지 못했는데, 이 남자는 송강의 가짜 유방을 보고 나더니 주유의 옷깃을 낚아채면서 기세 사납게 주유가 파는 크림에 독이 들어 있다고 욕설을 퍼부어댔다. 주유는 이 남자의 갑작스런 폭력에 정신이 멍한 상태였지만, 시간이 좀 지나자 그 남자의 입에서 새어나오는 '웽웽' 소리가 무슨 말인지 알아들을 수 있게 되었다. 입술에 쭉빵 유방 크림이 묻었다는 것이다. 주유는 있는 힘을 다해 남자의 손에서 벗어난 뒤 당당하게 그 남자를 꾸짖기 시작했다.

"어쩌다가 유방 크림을 입술에 바른 겁니까? 정말 멍청하게……."

입술이 부어오른 사내가 기세등등하게 말을 끊어버렸다.

"헛소리 집어치워! 이 몸께서 어떻게 네놈의 유방 크림을 바르겠냐."

주유는 어리둥절할 수밖에 없었다.

"그럼 어떻게 묻은 겁니까?"

"이 몸께서……."

남자가 어떻게 말해야 할지 몰라 헤매는 사이 그의 마누라가 얼굴이 붉어지면서 끼어들었다.

"내가 발랐는데……."

주유는 그녀의 말이 채 끝나기도 전에 소리를 질렀다.

"당신이 바른 유방 크림이 어떻게 남편 분 입술에 묻게 되었냐고요?"

그때 그녀는 목까지 빨갛게 물들었고, 자신의 가슴을 가리키며 말을 이어나갔다.

"입술에 바른 게 아니고, 여기에 발랐는데, 내가 크림을 발랐다는 얘기를 안 해가지고, 저 사람은 모르고 있다가, 그러니까……."

조용히 듣고 있던 사람들 사이에서 갑자기 파도 같은 웃음이 터져나왔고, 송강도 터져 나오는 웃음을 참지 못할 정도였으니 주유의 얼굴에는 당연히 더한 웃음꽃이 피어올랐다.

"알겠습니다, 알겠어요……."

그 남자가 소리를 질렀다.

"말해봐. 독이 들어 있는 거지?"

주유는 부어오른 남자의 입술을 가리키면서 사람들에게 설명하기 시작했다.

"독약이 아니라 생장 효소 작용입니다. 보셨지요. 이틀 만에 이렇게 튀어나온 걸 말입니다. 붉은 유륜까지 솟아났네요!"

그러자 남자의 아내가 불안한 듯 입을 열었다.

"그런데 왜 여기는 솟아나지 않은 거예요?"

"당연히 안 솟죠. 생장 효소 엑기스를 전부다 저 양반이 빨아먹었으니까요!"

주유는 그녀 남편의 부은 입술을 가리키며 기회를 놓치지 않고 사람들에게 계속 광고했다.

"보셨지요? 저분은 그냥 간접적인 효과를 본 것뿐인데 저 정도입니다. 만약에 직접 발랐다면 아마 입술 두 쪽이 귀가 됐을 겁니다!"

사람들이 웃는 가운데 입술이 부어오른 사나이는 부끄럽고 분한 나머지 화를 내며 주유의 귀싸대기를 날려버렸고, 주유는 휘청거렸다. 이 한 방은 당초 동 철장이 류진 거리에서 소년 이광두를 때린 것과 비견할 만했으니, 주유의 귓가에서는 그 후로 며칠간 벌을 키우는 듯, 소리가 윙윙 울렸다.

다행히 중간에 튀어나온 퉁퉁 부은 입술 덕분에 주유는 장장 아흔일곱 병의 유방 크림을 팔아치울 수 있었고, 나흘째 되던 날, 주유는 왼손으로 윙윙거리는 귀를 붙잡은 채 송강을 데리고 조용히 그곳을 떠났다. 그 후로 열흘이 넘도록 그들은 해남도에서 순조롭게 장사를 해나갔고, 잠자리가 물을 치고 날아오르듯 한 장소에서 이틀이나 사흘간만 머물렀으며, 문제가 생기기 전에 슬그머니 떠나버렸다. 이때 송강은 차츰 와이셔츠를 벗는 일에 익숙해졌고, 치욕감도 조금씩 사라져갔다. 주유의 검은색 백에 현금이 늘어나자 송강은 마음이 든든했다. 밤이 되어 주유가 여관 침대에 앉아 귀에서 웽웽 울리는 소리를 들으며 손에 침을 묻혀 하루 수입을 세고 난 뒤 송강에게 얼마를 벌었다고 알려줄 때면 송강의 얼굴에도 웃음이 떠올랐고, 집으로 돌아갈 날이 하루 더 가까워졌다는 생각을 했다.

이때 주유는 텔레비전에서 이제껏 보지 못한 한국 드라마를 또 발견하여 밤만 되면 침대에 책상다리를 하고 앉아 열정적으로 송강을 끌어들여 같이 보고 친절하게 드라마의 줄거리를 해설해주었다. 벌써 임홍에게 전화한 지가 꽤 오래인 송강이 나가려 했더니 주유는 그냥 방에서 걸라고 했고, 송강이 여관 전화를 쓰면 훨씬 비싸다고 했더니 주유는 지금은 돈이 있으니까 걱정 말라고 했다. 한국 드라마를 보는 데 방해될 테니 밖에서 걸겠다고 해도 주유는 상관없다고 했다. 그렇게 두 사람은 자신들의 침대에 앉아 생동감 있는 표정으로 한국 드라마를 보았고, 송강은 천 리 밖의 소씨 아줌마네 간식식당으로 전화를 했다.

송강이 두 손으로 수화기를 들고 있는 동안 소씨 아줌마는 길을 건너 임홍을 부르러 갔고, 수화기 저편에서 식당의 시끄러운 소리와 함께 갓난아기의 울음소리도 들려왔다. 전화기 저편에서 황급히 다가오는 발걸음 소리가 들려오자 송강은 임홍인 줄 알아차렸고, 그의 떨리는 손 너머로 임홍의 절박한 목소리가 들려왔다.

"여보세요."

송강의 눈은 바로 젖어들었고, 임홍이 "여보세요."라는 말을 몇 번이나 반복한 뒤에야 송강은 목이 멘 소리로 겨우 말을 건넸다.

"임홍, 보고 싶어요."

임홍은 전화 저편에서 한참 동안 침묵하다가 역시 목이 멘 소리로 화답했다.

"송강, 나도 보고 싶어요."

두 사람은 전화로 많은 이야기를 했다. 송강은 임홍에게 지금 해남도에 있다고 했지만, 유방 크림을 팔고 있다는 말은 할 수 없었으므로 그저 장사가 잘 된다는 말만 했다. 임홍은 류진에서 있었던 일들을 이야기해주었는데, 아기 울음소리가 점점 더 크게 울리자 임홍은 소매가 딸을 낳았고 이름은 소주라고, 아기 아버지가 누구인지 류진 사람 아무도 모른다고 말했다. 두 사람은 그렇게 한참 동안 이야기했고, 주유가 한국 드라마 두 편을 다 보았을 때까지 흉금을 터놓고 이야기를 나누었다. 송강은 주유가 아무 하는 일 없이 자기를 쳐다보고 있자 전화를 끊어야 할 때라고 생각했고, 그때 간절한 임홍의 목소리가 들려왔다.

"당신 언제 돌아와요?"

송강의 대답은 더욱 간절했다.

"곧, 곧 돌아갈게요."

송강은 수화기를 내려놓고 낙담한 듯 맞은편 침대의 주유를 쳐다보았고, 주유도 낙담한 표정을 지었다. 주유가 낙담한 것은 드라마의 다음 전개를 알 수 없어서였다. 송강은 정신이 어리벙벙한 가운데 쓴웃음을 짓고, 주유와 이야기를 나누었다. 그는 비통한 마음으로 혼잣말을 되뇌었다. 지난 1년여 간 임홍이 어떻게 지냈을까? 주유는 여전히 한국 드라마에 빠져 있어서인지 송강의 말을 듣는 둥 마는 둥 했다.

잠시 후 송강은 주유에게 간식식당 소매를 아직 기억하느냐고 물었고, 주유는 순간 꿈에서 깨어난 듯 화들짝 놀라 고개를 끄덕이며 경계하는 듯한 눈길로 송강을 바라보았다. 송강이 소매가 딸을 낳았으며 이름은 소주라고, 아기 아빠가 누군지 아무도 모른다고 전해주자, 주유는 놀라 입을 벌린 채 한참 동안 다물지 못했다.

이날 밤 두 사람은 침대에서 엎치락뒤치락하며 잠을 이루지 못했다. 송강은 임홍을 그리워하느라, 그녀의 일거일동을 생각하느라, 그녀의 미소와 그녀가 화를 내는 모습을 생각하느라 그랬고, 주유는 머릿속에 소매의 웃는 얼굴과 아기의 얼굴을 떠올렸다. 나중에 송강이 잠이 든 뒤에도 주유는 소매의 웃는 얼굴과 아기의 얼굴을 곱씹느라 눈을 감을 수 없었다. 날이 밝아 송강이 눈을 떴을 때 주유는 옷을 이미 단정하게 입은 상태였고, 침대 위에는 현금 두 다발이 놓여 있었다. 주유는 송강을 보며 당당하게 선언했다.

"내가 소주의 아빠야."

송강은 무슨 말인지 알아들을 수가 없었고, 주유는 침대를 가리키며 그들이 이제껏 번 돈 전부라며 모두 4만 5천 원이니 5대 5로 나누면 한 사람당 2만 2천5백 원씩 나누면 된다고 했다. 주유는 그렇게 말하면서 돈 한 다발을 자신의 주머니에 넣고, 나머지 한 다발을 가리키며 이렇게 말했다.

"이건 자네 거야."

송강은 의혹이 풀리지 않는 얼굴로 주유를 바라보았다. 주유는 아직 남아 있는 이백 병의 유방 크림은 송강더러 가지라고 하고는 감개무량한 듯 일장연설을 하기 시작했다. 강호를 떠돈 지 어언 15년이라고, 세상의 험악함에 자신의 심신이 피폐해졌고, 끝없는 고해 속을 헤매다가 돌아보니 물이라며 이제 강호와 작별하고 류진으로 돌아가 은 거할 거라면서 소매의 좋은 남편으로, 소주의 좋은 아빠로 아내와 아 이와 지지고 볶으며 즐겁게 살겠다고 했다.

말을 마친 주유가 돈 가방을 들고 문을 나서자 송강은 그제야 누가 소매를 임신시켰고, 아이를 낳게 했는지 알아차렸고, 주유의 유방 크 림 사업이 중도에 폐기되었다는 사실도 깨달았다. 그는 주유를 불러 세운 뒤 자신의 가슴에 심은 인공 유방을 가리키며 물었다.

"자네가 가면 나, 이건 어떡하지?"

주유는 동정 가득한 눈길로 송강의 가짜 유방을 보며 말했다.

"자네가 결정해야지."

42

송강이 주유를 따라간 후 거의 열 달 만에 우리 류진에서는 또다시 커다란 뉴스가 터졌다. 이광두가 거금을 들여 러시아에서 자신의 초 상화를 그릴 유명 화가를 초빙했는데, 그 초상화의 크기가 천안문 성 루에 걸린 모 주석 초상화만큼이나 크다는 것이었다. 전해지는 말에 따르면 이 대화가는 얼마 전까지 크렘린 궁에서 석 달 동안 먹고 자며 푸틴의 초상화를 그렸는데, 이미 실각한 뒤 이제 철 지난 인물인 옐친 도 이 화가를 초빙해 자신의 초상화를 남기고 싶어했지만, 이광두가 제시한 돈보다 적어서 우리 류진에 오게 되었다고 했다. 우리 류진 사 람들은 직접 두 눈으로 백발에 흰 수염, 파란 눈에 높은 코를 가진 러 시아의 대화가를 보았고, 이 대화가가 워낙 중국의 간식(點心. 원래 점심 은 세 끼 정식 식사 이외에 먹는 것을 뜻하는데, 광동어로는 딤섬이라고 읽는다.—옮긴이)을 좋아하는 바람에 매일 웃는 얼굴로 거리를 나서서 소씨 아줌마와 소매가 운영하는 간식식당에 와서 만두를 사 먹는 모습을 지켜보고는 했다.

러시아의 대화가가 제일 좋아하는 것은 빨대 만두였다. 그는 매번 만두를 다섯 시루씩 시켰는데, 시루 하나에 조그만 만두가 세 개씩 들어 있으니 조그만 만두 열다섯 개에 빨대가 열다섯 개 꽂혀 있는 모습이 마치 열다섯 개의 초가 꽂혀 있는 생일 케이크를 받아든 것 같았다. 그는 조심스럽게 안에 들어 있는 육즙을 조금씩 빨아 다 먹고 나서야 만두를 들고 씹어 삼켰다. 이는 바로 강호의 사기꾼 주유가 류진에 전파시킨 것으로 소매에게 그 자신이 친히 가르쳤고, 그사이 그녀의 배까지 친히 부르게 만들었다. 주유는 옷소매를 뿌리치듯 떠나갔지만, 빨대 만두는 우리 류진에 뿌리를 내렸을 뿐만 아니라 일대 성공을 거두어 남녀노소를 불문하고 매일 줄까지 서서 갓난아기가 젖을 빨아먹는 소리가 들리는 간식식당에서 육즙을 쪽쪽 빨아먹었다.

러시아의 대화가는 소매의 간식식당에서 석 달 동안 육즙을 빨아먹고, 석 달 동안 만두피와 소를 먹으며 그의 초상화 작업을 완성했다. 이날 그가 여행 가방을 끌고 간식식당에 와서 육즙을 빨아먹고 만두피와 소를 먹을 때 사람들은 그가 러시아로 돌아갈 것을 눈치챘고, 돌아가서 옐친의 그림을 그릴 것이라고 예상했다. 러시아의 대화가가 만두를 다 먹고 나자 이광두의 산타나가 식당 앞에서 대기하고 있었고, 당시 임홍도 자신의 집 문 앞에 서서 이 광경을 지켜보고 있었다. 이광두는 없었지만, 그의 기사가 대화가의 짐을 트렁크에 실었고, 대화가가 입을 닦으며 나와 차에 올라타자 임홍도 눈길로 러시아 대화가를 배웅했다.

그즈음 임홍과 송강은 1년 넘게 떨어져 있었다. 임홍은 오갈 데 없이 아침이면 홀로 자전거를 타고 집을 나섰고, 저녁이면 외로이 집으로 돌아왔다. 원래 조그마했던 집인데, 송강이 떠난 후 텅 비게 느껴졌고 아무런 소리조차 나지 않았으니 텔레비전을 켜지 않으면 사람 소리는 아예 들을 수도 없었다. 송강에게서 간식식당으로 전화가 온 뒤로 임홍은 밤이면 문 앞에 서서 정신이 나간 듯 간식식당을 드나드는 손님들을 지켜보았다. 원래는 송강의 전화를 기다리기 위해서였지만, 그의 전화가 감감무소식이니 이제는 자신이 왜 서 있는지조차 모를 때도 있었다.

이때 임홍의 마음속은 수치심으로 가득했다. 골초 류 공장장은 송강이 떠난 걸 알고 임홍을 더욱더 난폭하게 괴롭혔다. 한번은 임홍을 사무실로 불러놓고 문을 잠근 다음 소파에 강제로 눕힌 뒤 블라우스를 찢고, 브래지어까지 찢었는데 그녀가 죽어라 소리를 지르자 그때서야 놀라 손을 멈추었다. 그 후로 임홍은 다시는 골초 류 공장장의 사무실로 가지 않았고, 골초 류 공장장이 몇 번이나 작업장 주임을 시켜 불렀지만, 그녀는 고개를 가로저으며 단호하게 거절했다.

"안 가요."

작업장 주임은 골초 류 공장장에게 잘못 보일까 두려워 그 자리에 서서 임홍에게 제발 가보라고 간청했지만, 임홍은 주임에게 분명히 자신의 뜻을 전달했다.

"안 가요. 그 사람 손이 너무 더러워요."

임홍이 공장장 사무실로 가지 않자, 이제는 골초 류 공장장이 매일 그녀의 작업장으로 시찰을 나왔다. 마치 유령처럼 아무 소리도 내지 않고 임홍의 뒤에 나타나 갑자기 그녀의 엉덩이를 주무르는가 하면 기계들로 인해 다른 여공들의 시선이 가려질 때 갑자기 그녀의 가슴까지 주무르기도 했으니, 그때마다 임홍은 분노하며 손길을 뿌리쳤다. 한번은 골초 류 공장장이 뜻밖에도 뒤에서 임홍을 껴안고 목에 억지로 입까지 맞추었다. 그때 작업장에는 다른 여공들도 있었던지라 임홍은 도저히 참을 수가 없어서 있는 힘껏 골초 류 공장장을 밀쳐내고 삿대질을 하며 소리를 질러버렸다.

"손 간수 좀 잘하세요!"

다른 여공들이 그 외침을 듣고 다들 놀라 뛰어오자, 골초 류 공장장은 창피하고 분한 나머지 화를 내며 그들을 야단쳤다.

"뭘 봐? 가서 일해."

집에 돌아온 임홍은 얼마나 많이 울었는지 모른다. 이런 수치를 하소연할 데도 없었다. 송강이 전화를 할 때 그녀는 몇 번이고 자신이 당한 치욕을 이야기할까 했지만 옆에 다른 사람들이 있어서 그냥 이를 악문 채 삼킬 수밖에 없었고, 수화기를 내려놓고 집으로 돌아오면 송강에게 말한들 또 별무소용이라는 생각에 홀로 눈물을 흘렸다.

임홍이 저녁 어스름한 무렵 문 앞에 서 있으면 이광두가 탄 산타나 세단이 자주 그녀 앞을 스치고 지나갔다. 송강이 떠난 지 두 달째 되던 날 한번은 이광두의 산타나가 임홍 앞에 멈춰 서더니 이광두가 웃으며 내려 그녀 앞으로 다가왔다. 이광두의 갑작스런 출현에 임홍은 얼굴이 달아올랐고, 그의 눈이 그녀의 몸을 에둘러 집 안을 들여다보면서 중얼거렸다.

"송강은, 송강은……."

이광두는 송강이 다른 사람과 장사를 하러 떠났다는 말을 듣고는 화를 내며 머리를 절레절레 흔들고, 욕을 내뱉었다.

"이런 개후레자식, 개후레자식……."

이광두는 단번에 '개후레자식'이라는 욕을 다섯 번이나 한 다음, 화를 억누르지 못한 채 임홍에게 이렇게 말했다.

"이 개후레자식, 날 실망시켰어. 이 개후레자식, 다른 사람이랑은 사업을 하면서 나랑은 안 하다니……."

임홍이 황급히 변명을 해댔다.

"그게 아니라, 송강은 늘 당신을 가장 가깝게 생각했어……."

하지만 이광두는 벌써 뒤돌아서서 산타나 세단으로 가고 있었고, 차문을 열며 고개를 돌려서 임홍을 보면서 동정하듯 말했다.

"어떻게 그런 개후레자식한테 시집을 간 거야?"

이광두의 세단이 황혼녘에 멀어지자 임홍의 가슴속에는 젊은 이광두와 송강, 하나는 크고 하나는 작은 모습이 한시도 떨어지지 않은 채 우리 류진의 큰길을 걷던 모습과 지난 일들이 하나씩 떠오르며 만감이 교차했다. 20년 후 두 사람의 운명이 이렇게 다르게 될 줄 임홍은 생각지도 못했다. 송강이 집을 떠난 지 1년이 지난 뒤에도 이광두는 자신의 약속을 그대로 지켰다. 6개월마다 임홍의 통장에 10만 원씩 입금을 했고, 임홍은 송강의 치료비로 쓴 2만여 원을 제외한 27만여 원을 1전도 건드리지 않았다. 비록 송강이 천 리 밖에 있고, 장사가 잘 되고 있다고는 하지만, 임홍은 그래도 통장의 돈을 건드릴 수 없었다. 그것은 송강의 치료비고, 송강의 노후를 위한 돈이며, 송강이 무슨 장사를 할 사람이 못 된다는 걸 잘 알기에 어느 날 빈손으로 돌아올까 걱정이 되었기 때문이다. 자신을 호시탐탐 노리는 골초 류 공장장을 생각하면 머지않아 자신도 실업자가 될 것이 뻔했기 때문에 통장의 돈을 더욱더 건드릴 수가 없었고, 옷가게에서 마음에 드는 옷이 있어 발길이 떨어지지 않았지만 한 벌도 사지 못했다.

문 앞에 서 있는 임홍을 보기만 하면 이광두는 산타나를 멈추고 차 창을 내려 그녀에게 송강이 돌아왔는지를 물었고, 송강이 아직 돌아오지 않았다고 하면 곧바로 "개후레자식"이라는 말을 내뱉었다. 그러던 중 한번은 이광두가 송강의 소식을 물은 뒤 갑자기 임홍에게 관심을 보였다.

"지낼 만해?"

임홍은 순식간에 마음이 흔들렸다. 거칠고 상스러운 말만 하던 이광두의 입에서 갑자기 따뜻한 한마디가 튀어나오자 그녀의 눈에서 눈물이 쏟아졌다.

이날 오후 골초 류 공장장은 임홍에게 다음 해고 대상자 중에 그녀의 이름이 있다고 통보하면서 일주일 후에 정식으로 공표할 거라고 했다. 지난번 작업장에서 임홍이 손 간수 잘하라고 소리 친 후 석 달 동안 임홍의 작업장으로 한 번도 오지 않던 골초 류 공장장이 이번에는 '유령처럼'이 아니고, 건들거리며 나타나서는 낮은 목소리로 일주일 후 자르겠다고 통보한 것이다. 골초 류 공장장은 이번에는 손 하나 까딱하지 않고 냉랭하게 잘리고 싶지 않으면 퇴근 후 자신의 사무실로 오라고 했다. 임홍은 아무 말도 하지 않고 입술만 악물었다. 그녀는 퇴근 후 여느 때와 같이 입술을 악문 채 구식 영구표 자전거를 타고 집으로 갔고, 그러고 나서 문 앞에 멍청히 서 있었다. 이광두가 "지낼 만해?"라고 묻자 갑자기 골초 류 공장장에게 당한 억울함이 떠올라 울음을 쏟았고, 흐르는 눈물을 훔쳐낼 수밖에 없었다.

차 안에 앉아 있던 이광두는 벌써 임홍을 지나쳤지만, 임홍이 우는 것을 보고 기사에게 차를 멈추게 한 뒤 차에서 내려 황급히 뛰어와 물었다.

"송강한테 무슨 일 생긴 거야?"

임홍은 고개를 가로저었고, 처음으로 자신이 당한 수치스런 일들을 말하며 눈물을 닦으면서 이광두에게 간절하게 부탁했다.

"류 공장장한테 한마디 해줄 수 없어요?"

이광두는 의혹의 눈길로 슬퍼하는 임홍을 보며 반문했다.

"그 골초 류 공장장?"

임홍은 고개를 끄덕이며 잠시 머뭇거리다 수치스러운듯 말을 이었다.

"그 사람한테 제발 나 좀 내버려두라고 얘기해줘요."

상황을 파악한 이광두는 이를 악다물며 욕을 한 뒤 임홍에게 대답했다.

"이런 씨팔 개자식! 나한테 사흘만 시간을 줘. 사흘 후면 다 잘 될 거야."

사흘 후 현 정부에서 사람을 파견하여 직물공장의 3년 연속 이윤 하락에 관한 책임을 물어 류 공장장의 직무를 해제시켰다. 골초 류 공장장은 어두운 얼굴로 사무실 물품들을 챙기더니 풀 죽은 꼴꼴로 공장 정문을 나섰다. 골초 류 공장장은 해고자 명단을 발표하기도 전에 자신이 먼저 잘린 것이다. 골초 류 공장장은 장장 두 시간 동안이나 담배를 물지 않았고, 공장 문을 나설 때조차 손가락에 담배를 끼우지 않았다. 수위실의 영감은 골초 류 공장장과 일한 지 30년이지만 손가락에 담배가 끼어 있지 않은 걸 본 것은 오늘이 처음이라고 했고, 직물 공장의 남녀 공원들은 만년 골초가 담배 피우는 것까지 까먹은 걸 보면 확실히 정신이 나간 모양이라고 낄낄거렸다.

새로 온 공장장이 하달한 첫 번째 일은 임홍을 사무실로 전근시킨 것이었다. 새로 온 공장장은 임홍을 웃는 얼굴로 맞이하면서 만약 이 일이 싫으면 다른 일로 바꿔줄 수도 있다고 하면서 직물공장 내 어떤 일도 마음대로 선택할 수 있다고 조용히 일러주었다.

임홍은 이런 결과가 있으리라고 생각지도 못했고, 자신에게는 그렇게도 힘들었던 일이 이광두에게는 이렇게 간단한 일이었다고 생각하니 감개가 무량했다. 이 일로 인해 임홍의 가슴속에는 이광두에 대한 호감이 생기면서 과거 이광두를 심하게 싫어한 것이 지나쳤다는 생각까지 들었고, 그 후로는 문 앞에 서 있는 자신이 송강의 전화를 기다리는 것인지 이광두가 지나가길 기다리는 것인지 헷갈리기까지 했다.

러시아의 대화가가 떠난 뒤 우리 류진 사람들은 이광두의 거대한 초상화가 완성되었다는 것을 알았다. 들리는 말에 초상화는 1백 평이 넘는 그의 집무실에 걸려 있고, 그 위에는 붉은색 벨벳이 덮여 있으며, 이광두 말고는 아직 본 사람이 없다고 했다. 이광두의 회사 사람이 이광두가 가장 중요한 한 분을 초청하여 초상화 제막식을 할 거라고 떠들고 다닌 탓에 사람들은 과연 그 중요한 인물이 누구일까 추측하며 가장 먼저 도청 현장을 떠올렸지만, 한 달이 넘도록 붉은색 벨벳이 여전히 초상화를 덮고 있는 채 이광두는 막을 거둘 생각을 하지 않고 있었다. 그 한 달여간 도청은 아무 데도 가지 않고 이광두의 초상화 제막식 초청 전화가 오기만 기다리고 있었다. 나중에 이광두의 직원이 전하기를, 초상화 제막식이 늦어지는 이유는 주문한 새 차가 아직 도착하지 않았기 때문이라고, 이광두는 그 차로 그 최고로 중요한 분을 모시기로 했다고 했다. 사람들은 그 인물이 현장보다는 높은 사람일거라고 생각하며, 그렇지 않으면 군이 새 차로 모실 이유가 없지 않겠느냐고 입을 모았다. 그 뒤로는 사방천지 소문이 무성했다. 시장이 초청되었다고도 하고, 성장일 거라고도 하며, 중요 인물은 아마 북경에서 올 거고 당이나 정부 요인일 거라고도 했다. 그러던 중 마침내 어떤 이가 이광두가 초청하려는 분은 유엔 사무총장이라고 단호하게 말하자 사람들은 텔레비전과 신문, 라디오에 관심을 집중하기 시작했다. 하지만 텔레비전에서도 볼 수 없고, 신문에서도 읽을 수 없으며, 라디오에서도 들을 수 없자, 사람들은 이렇게 묻기 시작했다.

"유엔 사무총장의 중국 방문 소식 없어?"

그러면 다른 사람들은 이렇게 대답했다.

"그러니까 이광두가 계속 기다리는 거지!"

그리하여 사람들은 류 공보에게 가서 알아보기로 했는데, 이때의 류 공보는 이미 부총재의 직함을 가지고 있어서 사람들이 그를 '류 총'이라고 불렀지만, 그는 사람들이 '류 총'이라고 부르면 이광두의 '이 총'과 맞먹으려고 든다는 혐의를 받을 수 있어서 그냥 '류 부총재'라고 불러달라고 했고, 사람들은 너무 번거롭다고 그냥 '류 부'라고 불렀다. 류 부의 입에서 뭔가를 캐낸다는 것은 그의 입에서 처녀막이 돋아나는 것과 맞먹는 일이라 할 정도로 비밀을 철저히 지켰기 때문에 친구든 친척이든 간에 뭔가 알아보러 간 사람은 류 부가 엄숙한 표정으로 건네는 한마디만 들을 수 있었다.

"알려드릴 수 없습니다."

두 달이 지난 후 이광두가 예약한 두 대의 새 차가 도착했다. 한 대는 검은색 벤츠였고, 다른 한 대는 흰색 BMW였다. 왜 한 번에 두 대를 샀느냐? 이광두는 대자연과 융합하기 위해서 낮에는 흰색 BMW를 타고 밤에는 검은색 벤츠를 타기로 했다고 주장했다. 이는 우리 류진에 제일 먼저 들어온 고급 세단이었고, 이광두 회사 앞에는 벤츠와 BMW를 구경하기 위해 몰려든 사람들의 소음이 끊이지 않았다. 사람들은 한마디로 벤츠가 천하제일 흑이요, BMW는 천하제일 백이라고 잘라 말했고, 벤츠는 아프리카 흑인들보다 더 까맣고, BMW는 유럽 백인들보다 더 하얗다고 했다. 또한 벤츠는 석탄보다 더 까맣고, BMW는 눈보다 더 하얗다고 했으며, 벤츠는 초등학교 학생들이 쓰는 먹물보다 까맣고, BMW는 초등학생들이 쓰는 백지보다 더 하얗다고 했다. 결론적으로 사람들은 벤츠는 밤보다 까맣고, BMW는 낮보다 하얗다고 했다. 천하제일 백의 BMW는 낮에 우리 류진을 두 바퀴 돌았고, 천하제일 흑의 벤츠는 밤에 두 바퀴를 돌았다. 두 바퀴를 도는 동안 차에 이광두는 없고 그의 기사만 타고 있었다. 산타나 기사가 벤츠와 BMW 기사로 승진한 것이었다. 그는 두 바퀴를 빙빙 돌 때 신이 나서 입술이 다 튀어나올 정도였는데, 사람들은 그 모양을 보고 장난말로 그의 입술에 치질이 돋아났다고 놀릴 정도였다.

사람들은 이광두의 BMW와 벤츠가 왔으니 이제 초상화 제막식에 초청될 중요 인물도 곧 수면 위로 떠오를 것이라고 입을 모으며, 초상화를 덮고 있는 붉은색 벨벳을 걷을 중요 인물이 도대체 누구일까에 대해 의론이 분분했다. 사람들은 다시 시장에서부터 유엔 사무총장까지 꼽아보기 시작했고, 도청 현장을 일찌감치 그 명단에서 제외했다.

이날 저녁 무렵, 임홍은 혼자 저녁을 먹고 또 문 앞에 나와 있었는데, 류 부가 갑자기 나타나 총총걸음으로 다가왔고, 그 뒤에 또 한 사람이 붉은색 양탄자를 메고 헐떡이며 따라왔다. 류 부가 곧장 임홍의 집으로 뛰어가 그녀 앞에 서서 잠시 비켜달라고 매우 정중한 어투로 말하자 임홍은 도대체 무슨 일인지 몰라 몸을 비켜주었고, 곧이어 류 부의 지시대로 뒤에 오던 사람이 그녀의 집에서 길까지 붉은색 양탄자를 펼쳐놓는 모습을 지켜보았다. 주위 사람들은 눈이 동그래지고 입이 떡 벌어진 채 도대체 무슨 일인지 몰랐고, 그것은 임홍도 마찬가지였다. 류 부는 살며시 미소 지으며 마치 기자들을 상대하듯 임홍에게 말을 건넸다.

"이 총재님께서 초상화 제막식에 초청하셨습니다."

임홍은 여전히 놀란 채 잘못 들은 줄로만 알았다. 주변 사람들은 처음에는 놀라 아무 말도 못하다가 잠시 후 동물원에서나 터져 나올 법한 환호성을 내질렀다. 그러자 류 부는 차분한 어조로 조용히 임홍에게 말했다.

"어서 옷부터 갈아입으시죠."

임홍은 무슨 일이 벌어지고 있는지 깨닫고 멍하니 사람들의 웅성거리는 소리를 들으며 그들을 바라보았고, 누군가 눈 깜박할 사이에 오리가 백조가 되었다고 하는 것 같았다. 씁쓸한 웃음을 지으며 임홍은 어찌 할 바를 모르겠다는 듯 류 부를 쳐다보았고, 류 부는 다시 소리 낮춰 옷을 갈아입으라고 재촉했지만, 류 부의 입이 움직이고 있다는 것이 보일 뿐 무슨 말을 하는지 분명히 알아들을 수가 없었다.

류진의 황혼 속에서 임홍은 감각을 잃어버린 듯 텅 빈 눈길로 점점 더 늘어나는 사람들을 바라보다가, 어느 순간 지금 무슨 일이 벌어지고 있는지 잊은 듯 미간을 찌푸린 채 한참을 있다가, 불현듯 생각이 났는지 잠시 멈칫거리다가 고개를 가로저으며 긴장의 눈길로 뒤를 바라보니 닫힌 문만 눈에 들어왔다. 그녀가 고개를 돌려보자 사람들의 함성이 들려왔다. 흰색 BMW가 큰길을 따라 천천히 들어오고 있었고, 그 뒤를 벤츠가 따르고 있었다.

"이광두가 왔다!"

이광두가 확실히 그의 차 두 대와 함께 왔다. 흰색의 BMW가 먼저 들어와 붉은색 양탄자 앞에 섰고, 검은색 벤츠가 뒤따라 멈추었다. 류부가 재빨리 다가가 차문을 열자 정장 차림의 이광두가 장미 한 송이를 든 채 미소 짓는 얼굴로 차에서 내렸고, 가슴 주머니에도 장미 한 송이를 꽂고 있었으며 어쩔 줄 몰라하는 임홍에게 다가갔다. 이 촌뜨기 부자는 놀랍게도 서양 귀족처럼 먼저 장미에 입을 한 번 맞추고 나서 임홍에게 건네주었다. 임홍이 고개를 가로젓자, 이광두는 그녀의 손을 잡아끌어 장미를 쥐어주었다. 이광두는 임홍의 손을 잡아끌어 붉은 양탄자를 밟고 BMW 앞에 멈춰선 후 서양 귀족이 하듯 먼저 들어가라고 손짓을 했다. 임홍은 긴장한 듯 뒤를 돌아보았지만 닫혀 있는 문만 눈에 들어왔고, 사방을 둘러보니 이상한 표정의 사람들과 시끄러운 소음만 들려왔다. 순간 이곳을 빨리 벗어나야 한다는 생각이 들면서 BMW에 기어올라 탔다. 세단에 타본 적이 없었던 임홍은 앉으면서 들어간 것이 아니라 기어들어 갔고, 류진 사람들은 개구멍에 들어가듯 그녀가 엉덩이를 쳐들고 차에 기어들어 가는 모습을 지켜보았다. 이광두는 사람들에게 손을 흔들고 나서 먼저 엉덩이를 들이밀어 앉은 다음 몸이 따라 옮겨 탔다.

류 부가 차문을 닫자 흰색 BMW는 출발했고, 검은색 벤츠도 그 뒤를 따랐다. 류 부의 부하직원은 양탄자를 다시 말아 어깨에 메고 류부를 따라갔다. 어떤 사람이 류 부에게 이렇게 물었다.

"임홍이 초상화를 제막한 다음에 이광두랑 같이 밤을 보내나?"

류 부는 돌아보지도 않은 채 대답했다.

"알려드릴 수 없습니다."

43

흰색 BMW와 검은색 벤츠가 천천히 우리 류진의 큰길에 접어들면서 해가 지고 붉은 노을이 사라지자 BMW는 길모퉁이에 멈춰 섰고, 이광두는 "밤이 됐다." 한마디 하고는 차문을 열고 임홍의 손을 잡아 끌면서 앞에 있던 흰색 BMW에서 내려 밤이 오는 그 순간 뒤에 있던 검은색 벤츠로 옮겨 타고 어두운 밤 대자연 속으로 녹아들어 갔다. 그 순간 임홍의 손에는 붉은 장미가 들려져 있었고, 임홍이 방금 차를 바꿔 탔다는 사실조차 모른 채 여전히 어쩔 줄 몰라하는 가운데 이광두는 신사처럼 여전히 미소 짓는 얼굴로 임홍을 바라보았다.

검은색 벤츠가 밤이 내린 류진을 달려 이광두의 회사 앞에 멈추자, 이광두는 차에서 내려 뒤로 돌아서는 반대쪽 차문을 열어 차에서 기어내려 오는 임홍을 영접했다. 그러고 나서 계속 신사처럼 임홍의 손을 잡고 불이 환하게 켜진 집무실로 들어섰다. 집무실로 들어선 다음 이광두는 임홍의 손을 잡은 채 소파에 앉은 후 그윽한 눈길로 그녀를 바라보며 말했다.

"이날을 기다린 지 20년이 지났네."

임홍은 이광두를 멍하니 바라보며 그저 웃었다. 이광두는 그녀의 손에서 장미를 가져다 찻상 위에 던져두고 두 손으로 임홍의 얼굴을 쓰다듬기 시작했다. 임홍의 몸이 떨려오자 이광두의 두 손은 어깨로 미끄러져 내려왔고, 팔뚝으로 내려와 마지막에는 두 손을 꼭 잡았다. 임홍의 떨리던 몸이 천천히 평정을 되찾자 이광두는 임홍에게 하려고 했던 수만 마디의 말이 하나도 생각나지 않아 무슨 말부터 해야 할지 몰랐다. 그는 고개를 절레절레 흔들며 고통스러운 표정으로 말했다.

"임홍, 이해해줘……."

임홍이 무슨 말인지, 뭘 이해해달라는 것인지 몰라 이광두를 바라보자 이광두가 가련한 표정으로 이렇게 말했다.

"난 이미 연애를 할 수가 없는 상태야. 이해해줘……."

임홍이 조용히 물었다.

"뭘 이해해달라는 거예요?"

이광두는 스스로를 욕하고 난 뒤 말을 이어갔다.

"젠장, 나는 연애를 할 줄 몰라, 그냥 여자랑 잘 줄만 알지."

그러고 나더니 이광두는 순간 완전히 악한으로 돌변했고, 임홍이 여전히 멍한 눈길로 이광두를 바라보며 무슨 말을 하는지 모르겠다는 표정을 짓는 사이 그녀를 안으며 동시에 한 손을 그녀의 팬티 속으로 집어넣었다. 순식간에 일어난 일이라 미처 손쓸 틈도 없이 무슨 말인지 알아채고 났을 때 임홍의 몸은 이미 소파 위에서 이광두에게 깔려 있었고 바지는 벌써 무릎까지 벗겨져 있었다. 임홍은 두 손으로 바지를 꼭 쥐고서 간절히 소리쳤다.

"이, 이, 이러지 말아요……."

이광두는 야수처럼 2분도 안 되어 임홍의 옷을 홀딱 벗겼고, 자신의 옷을 1분 만에 홀딱 벗어버렸다. 임홍은 손과 발로 이광두의 적나라한 육체를 밀어내려 애쓰며 애절하게 남편의 이름을 외쳤다.

"송강, 송강……."

이광두는 임홍을 소파에 깔아 눕힌 뒤 두 손으로 그녀의 두 손을 꼭 누른 채 자신의 두 다리로 그녀의 다리를 벌리며 크게 소리쳤다.

"송강, 미안하다!"

이광두가 임홍의 몸속으로 들어갔다. 임홍은 몇 년 동안 남자와 잔

적이 없었기에 이광두가 올라타자 바로 소리를 질렀고, 갑자기 밀려드는 쾌감에 거의 실신할 지경이었다. 이광두가 흔들어대자 그녀는 엉엉 울기 시작했다. 너무 오랜만이라 임홍은 마른 장작에 불이 붙는 것 같았고, 임홍의 울음이 부끄러움 때문인지 쾌감 때문인지는 알 수 없었다. 하지만 10여 분이 지난 뒤 임홍의 울음은 신음으로 바뀌었고, 이광두가 위에서 한참 방아를 찧어대자 그녀는 천천히 시간을 잊은 듯 빠르게 육체의 반응에 빠져들었다. 이광두와 임홍은 한 시간이 넘게 했고, 이 한 시간여 동안 임홍은 이전까지 한 번도 느껴보지 못한 극도의 흥분을, 그것도 연달아 세 번 경험했다. 뒤의 두 번은 첫 흥분 뒤에 다시 들이닥친 흥분이어서 그녀의 육체는 벤츠나 BMW의 엔진처럼 우르릉 떨렸고, 그녀의 외침은 벤츠나 BMW의 경적 소리처럼 맑게 울려 퍼졌다.

일을 마치고 난 후 임홍은 소파에 누운 채 피곤에 빠져 꿈쩍도 할 수 없었고, 이광두는 그녀의 몸 위에서 가쁜 숨을 몰아쉬었다. 임홍은 송강과는 2분을 넘긴 적이 없었다는 생각을 했다. 건강했을 때도 하는 둥 마는 둥 했는데, 몸이 상한 뒤로는 그나마도 없었다. 임홍은 이광두의 몸을 쓰다듬으며 생각했다.

'원래 남자란 이런 거구나.'

이광두는 그녀의 몸 위에 몇 분 동안 엎드려 있다가 정신을 차린 듯 벌떡 일어나 정신을 차린 듯 집무실 욕실로 들어가서 샤워를 한 뒤 옷을 입고 나와 자기 옷으로 몸을 가리고 있는 임홍을 보며 씻으라고 했지만, 임홍은 소파에 누운 채 꿈쩍도 하기 싫다는 듯 힘없이 고개만 가로저었다.

이광두는 그녀와 더 이상 이야기를 하지 않고 탁자 뒤의 의자에 앉아 몇 통의 전화 걸어 사업 이야기를 했고, 이광두가 전화를 하는 동안 임홍은 옷으로 자신의 몸을 가리며 몽롱한 가운데 방금 벌어진 일들을 떠올려보았다. 그녀의 머릿속에는 파도가 넘실댔고, 그녀의 기억은 갈 곳을 찾지 못한, 격한 파도 속에 요동치는 나룻배 같았다. 너무나 갑작스럽고, 섬광처럼 갑자기 일어났으며, 순간 사라져버렸다. 잠시 후 그녀는 불빛이 눈을 자극한 듯 자신이 알몸으로 이광두의 소파에 누워 있다는 것을 의식하고, 비틀거리며 일어나 욕실로 들어가서 샤워를 했다. 옷을 입고 나자 정신이 천천히 돌아오는 듯했다. 그녀는 거울 속의 자신을 보며 부끄러움에 얼굴이 붉어졌고, 욕실을 나설 수 없을 것만 같아 잠시 주저했다. 이광두를 어떻게 마주해야 할지 몰랐기 때문이다.

이때 이광두는 전화 통화를 다 마치고 욕실 문을 연 채 큰 소리로 배가 고프다고 하면서 임홍의 손을 잡아끌고 집무실을 나섰고, 둘은 초상화 제막식에 관한 일은 완전히 잊어버렸다. 임홍은 어리둥절한 채로 이광두를 따라 벤츠에 올라탔고, 이광두의 회사 아래층에 있는 식당으로 가서 미리 잡아둔 룸에 들어가 생애 처음으로 전복과 샥스핀을 먹어보았다. 들어보긴 했지만, 직물공장에서 받는 월급 1년 치를 합쳐도 몇 번 먹을 수 없는 것이었음에도 불구하고 아무런 맛도 느낄 수 없었다.

임홍은 저녁을 먹고 나면 집으로 돌아갈 거라고 생각했지 이제 막 시작이라고는 생각지도 못했다. 이광두는 식사를 마치고도 여전히 흥분이 가시지 않은 상태여서 임홍을 데리고 회사 아래 또 다른 나이트클럽으로 갔고, 임홍은 여전히 어리둥절한 가운데 그를 따라 가라오케 룸에 들어갔는데, 이광두는 생기가 넘치는지 단숨에 무려 세 곡의 사랑 노래를 부르더니 임홍에게도 세 곡을 시켰고, 임홍이 노래를 못한다고 하자 이광두는 그대로 임홍을 소파에 눕힌 채 또 바지를 벗기려고 했고, 임홍은 바지를 부여잡고 또 한 번 말했다.

"이, 이, 이러지 말아요."

이광두는 고개를 끄덕이며 말을 받았다.

"한쪽 다리만 벗어……."

이광두는 한쪽 바지만 벗겼고, 이번에는 그녀도 송강의 이름을 외치지 않고 소파에 옆으로 누운 채 이광두를 꼭 껴안았으며, 이광두는 그녀의 몸 위에서 전기를 일으키듯 흔들며 또 한 시간여를 해댔다. 그렇게 오래 했음에도 임홍은 또다시 흥분을 맛보았는데, 이번에는 세 번이 아닌 단 한 번의 흥분이었다. 임홍은 양다리가 다 풀려 나이트클럽을 나선 후 또다시 어리둥절한 채 이광두의 집으로 갔다. 두 사람은 침대에 기댄 채 홍콩 영화 한 편을 보았고, 이때가 막 새벽 세 시가 될 무렵이었는데, 평소에 일찍 자던 임홍은 피곤하고 졸려 눈을 뜰 수 없는 상태였지만 이광두는 또 한 차례 그녀의 몸에 올라타서 했으며, 그녀는 더 이상 그를 밀치지 않았다. 이번에는 극도의 흥분을 맛보지는 못했지만 쾌감은 있었다. 다만 나중에 가랑이 속이 점점 아파왔다. 한 시간 후 이광두가 드디어 다 하고 나서 그녀는 눈을 감자마자 잠이 들었는데, 막 두 시간이나 잤을까, 이광두가 그녀를 흔들어 깨웠다. 초상화 제막이 생각났던 것이다. 임홍은 어쩔 수 없이 간신히 일어나 휘청거리며 이광두를 따라 집무실로 갔고, 그제야 정신이 좀 드는 것 같았다. 임홍은 그때 처음으로 이광두의 집무실이 얼마나 멋있는지 제대로 보았고, 거대한 초상화 앞에 서서 거대한 붉은색 벨벳을 끌어내리자 벽 하나를 다 차지한 거대한 초상화가 드러났다. 초상화 속의 이광두는 하늘을 떠받치고 우뚝 서 있는 거대한 형상이었고, 정장 차림으로 미소 짓고 있었다. 임홍이 초상화를 보다 이광두를 보고 정말 똑같이 그렸다고 말하려던 찰나에 이광두가 네 번째로 임홍을 덮쳤다. 임홍을 바닥에 깔린 벨벳 위에 눕힌 채 열 시간 동안 네 번째로 한 것이다. 이번에 임홍은 통증 이외의 그 어떤 느낌도 받지 못했다. 그녀는 이광두가 할 때 마치 채찍으로 자신의 가랑이 속을 때리는 것 같았고, 몹시 쓰라렸다. 하지만 임홍은 이를 악물고 참아냈고, 가끔 "아아!" 하는 소리를 질러 이광두는 임홍이 좋아서 지르는 소리인 줄 알았다. 이광두는 끝낼 줄을 몰랐는데, 한 시간이 넘어도 끝낼 기미가 안 보이자 임홍은 한숨을 내쉬었다. 그제야 이광두는 웬 한숨이냐고 물었고, 그녀가 너무 아파서 더 이상 견딜 수가 없다고 하자 이광두는 잽싸게 그만두고 그녀의 엉덩이를 들어올려 가랑이 속을 들여다보았다. 그 속이 새빨갛게 부어올라 있었다. 이광두는 오히려 왜 일찍 말하지 않았느냐고 임홍을 다그쳤고, 그녀가 아픈 줄 알았으면 절대 더 하지 않았을 거라고, 기네스 상패를 준다고 해도 더 하지 않았을 거라고 했다. 이광두는 붉은색 벨벳으로 두 사람의 몸을 감싼 채 더 이상 하지 말고 자자고 하더니 이내 쿨쿨 잠들어버렸다. 두 사람은 그렇게 한낮까지 잤고, 류 부가 문을 두드리고 나서야 잠에서 깼다.

"누구야? 무슨 일이야?"

이광두가 소리쳤다.

류 부가 밖에서 놀라 겁이 난 목소리로 아무 일 아니라고, 오전 중에 아무도 이 총재님을 못 뵈었다고 해서 조금 걱정이 되어 노크해본 거라고 했다. 이광두는 그러냐고 대답하면서 류 부에게 큰 소리로 말했다.

"나는 아주 좋아. 아직 임홍이랑 자고 있거든."

한낮이 되어서야 임홍은 이광두의 회사를 나설 수 있었다. 이광두가 흰색 BMW를 타고 가라고 했지만 그녀는 그러면 또 사람들의 이목을 끌 것이고 류진 사람들의 웃음거리가 될 테니 그냥 걸어가겠다고 했다. 거리를 따라 천천히 집으로 가는 길에 걸을 때마다 가랑이 속이 아파왔다. 그제야 임홍은 사람들이 이광두를 짐승 같은 인간이라고, 이광두의 침대에서 내려오는 여자들은 죄다 죽다 살아났다고하는 말을 믿게 되었다.

임홍이 집에 도착했을 때 몇몇 이웃들은 곁눈질로 그녀를 바라보았지만 그녀는 못 본 척하며 집으로 들어가 문을 잠갔다. 옷을 입은 채침대에 누워 임홍은 날이 어두워질 때까지 침대에서 내려오지 않았다. 머릿속은 뒤죽박죽인 채, 그녀는 짧았던 지난 하룻밤 사이 일어난모든 일을 한참 동안 생각했고, 사소한 것들까지 반복적으로 떠올렸다. 하지만 송강과의 20년간의 생활은 그가 떠난 지 1년여 만에 천 리밖에 있는 송강을 따라 멀게만 느껴졌고, 오히려 이광두와의 하룻밤이 더 똑똑하고 선명하게 다가왔다. 임홍은 송강을 생각하면 눈물이나왔고, 이광두와 함께한 어제 이후 비록 양심의 가책을 느끼고 부끄러웠지만, 그녀와 그의 관계는 이미 시작되었다.

이광두와 임홍의 추문은 류진 전체로 퍼져나갔고, 사람들은 둘씩,셋씩 모여 이광두가 법정에 선 이래 처녀미인대회를 개최하고, 러시아 대화가를 초빙해 초상화를 그리게 하며, 임홍에게 제막을 시킨 일까지 한 번에 네 번의 기쁨을 가져다주었다고, 사람들의 생활에 파란을 일으키고, 사람들의 생활에 매일 떠오르는 태양처럼 신선함을 주었다고 말했다. 다만 꿈에도 생각지 못했던 것은 이광두의 초상화를 제막한 것이 유엔 사무총장이 아니라 우리 류진의 옛날 미인인 임홍이라는 사실이었다. 사람들은 우선 놀라면서도 너무나도 뜻밖이라고 했다! 하지만 돌이켜 생각해보면 당초 이광두가 병원에 가서 정관수술을 받아 후대를 끊어버린 것도 임홍 때문이고, 따라서 초상화 제막식은 핑계고 임홍과 자려는 것이 진짜 목적이었으니 그야말로 항장(項莊)이 칼춤을 추는 목적은 유방을 죽이는 데 있다는 말이 맞다며, 이광두가 번개 치듯 임홍과 성대한 밤을 보낸 것은, 자신은 자빠지면 곧바로 일어나는 사람이라고 스스로 공언한 바와 같이, 위대한 뜻을 이룬 셈이라고 찬탄하면서, 그제야 뜻이 통했다는 듯 성숙한 표정으로 이렇게 입을 모았다.

"뜻밖의 일이긴 하나, 이해 못 할 바는 아니구먼."

44

이광두는 임홍에게 나흘간의 휴식을 주었지만, 사실 사흘째 되던 날 밤 임홍의 몸은 이미 꿈틀대기 시작했고, 엎치락뒤치락 잠을 이루지 못한 채 이광두가 자신의 몸 위로 올라와 주길 갈망하고 있었다. 송강과 결혼한 지 20년, 그녀의 성욕은 20년간 깊이 잠들어 있다가 마흔이 넘어 이광두의 갑작스런 일깨움으로 인해 돌연 용솟음치기 시작했다. 그녀는 드디어 자신을 발견했고, 자기 몸속에 얼마나 강렬한 욕망이 숨어 있었는지 발견했다. 나흘째 되던 날 밤, 이광두의 검은색 벤츠가 임홍의 집 앞에 도착해 경적을 울리자 임홍은 흥분으로 온몸이 떨려왔고, 두 다리를 떨면서 문을 나서 차 안으로 쓸려 들어갔다.

그 후로 이광두의 벤츠와 BMW는 매일 임홍을 영접하고 전송했고,

어떤 때는 대낮에 BMW가 오기도 하고, 어떤 날은 깊은 밤 벤츠가 오기도 했다. 이광두는 바빠서 항상 시간이 있는 것이 아니므로 일단 시간이 날 때마다 임홍과 잤다. 임홍은 더 이상 부끄럼 없이 매번 이광두를 죽일 듯이 안았고, 심지어 먼저 이광두의 옷을 벗기기도 했다. 이광두는 임홍이 이토록 강렬할 줄은 생각지도 못했기 때문에 놀라서 말했다.

"젠장할, 나보다 더 대단한데."

임홍은 첫날 얻은 교훈으로 자신은 도저히 이광두의 연이은 요구를 받아들일 수 없다는 것을 깨닫고, 24시간 내에는 한 번만 하고, 정 안 되면 두 번만 하겠다고, 협정을 맺기로 했다. 임홍의 말에 이광두가 실실 웃자 임홍이 덧붙였다.

"나 좀 몇 년 더 살게 해줘요."

그 후로 석 달 동안 임홍은 거의 매일같이 이광두와 했다. 이광두의 집에서, 이광두의 집무실 소파에서, 식당 룸에서, 나이트클럽 룸에서, 한번은 깊은 밤 벤츠 차 안에서도 했다. 이광두가 갑자기 끓어올랐는지 집에 가서 하기도 그렇고 사무실에서 하기도 싫으며 그냥 차 안에서 하자고 하더니 기사더러 화장실에 가라고, 오줌이 마렵든지 안 마렵든지, 똥이 마렵든지 안 마렵든지, 아무튼 화장실에 갔다가 한 시간 반 후에 오라고 한 다음, 차 안에서 두 사람은 네 다리와 네 팔로 자세를 잘 잡고 신음을 내고 소리를 지르며 한 시간 동안 한 적도 있었다.

이광두는 임홍과 석 달 동안 미친 듯이 한 뒤 침대에서도 해보고, 소파에서도 해보고, 바닥에서도 해보고, 욕조에서도 해보고, 차 안에서도 해보고, 서서, 앉아서, 무릎을 꿇고, 누워서도, 엎드려서도, 전후 좌우, 어떤 자세로도 다 해보고, 임홍의 그 어떤 신음 소리도 다 들어

보았지만 갑자기 더 이상 신선함을 느낄 수 없었다. 신선함을 잃어버린 이광두는 지난 세월을 떠올리기 시작했다. 그러면서 이광두는 임홍에게 20년 전에 했다면 진짜 아름다웠을 거라는 말을 하기 시작했다. 이광두는 그 시절 날만 저물면 그녀의 몸 두세 군데를 떠올리며 자위행위를 했다고 고백하면서 이렇게 물었다.

"내가 1년에 며칠이나 그걸 했는지 알아?"

임홍이 고개를 가로저으며 모르겠다고 대답하면 이광두는 이렇게 대답했다.

"365일, 설날, 명절 하루도 쉬지 않았어."

그러고 나서 이광두는 두 눈을 반짝이며 임홍에게 소리쳤다.

"그때 당신은 처녀였잖아!"

이광두는 그렇게 세 번 소리치고 나서 임홍을 상해에 있는 큰 병원에 보내 처녀막 재생 수술을 시키기로 했다. 임홍이 다시 처녀가 되고 나서 그녀와 제대로 하고 난 뒤, 그걸 20년 전 했던 걸로 삼고 그 이후로는 하지 않겠다고, 손사래를 치며 말했다.

"당신을 송강에게 돌려줄 거야!"

임홍은 두 사람이 곧 헤어지리라는 것을 직감하자 갑자기 상실감이 밀려왔다. 이광두의 광기 속에서 자신의 광기를 충족시켰고, 그러는 동안 자신의 마음과 육체가 분리되어 가는 것을 느꼈으며, 한 번 분리되고 나자 점점 더 멀어져 마음과 육체 사이에 마치 수없이 많은 산과 바다가 가로막고 있는 것 같았다. 마음속으로는 매일 송강을 그리워했지만, 그녀의 몸은 매일 이광두를 갈망하고 있었다. 앞으로 이광두가 없으면 길고 긴 밤을 어떻게 보낼지 걱정이었다. 임홍의 성욕은 산불과 같아 한번 불이 붙으니 제압하기가 어려웠다. 임홍은 이제 더 이상 과거의 욕심 없는 깨끗한 마음으로 돌아갈 수 없음을 깨닫고 비통해하며 스스로를 증오하기 시작했지만 이미 어쩔 수 없는 일이었다.

그즈음 임홍은 막연하게 송강이 곧 돌아올 것을 직감했다. 송강을 데리고 간 주유가 한 달 전 갑자기 소매의 간식식당에 나타났기 때문이다. 임홍은 그 소식을 듣고 그를 보기도 했으며, 놀란 마음에 당장 달려가 송강에 대해 알아보고 싶기도 했지만, 이광두의 흰색 BMW가 다가오는 순간 용기가 나질 않았다. 나중에 류 부를 시켜 주유에게 물어보라고 하고 나서야 송강이 잠시 동안은 안 돌아오리라는 걸, 해남도에서 보건용품 장사를 계속하고 있다는 걸 알았다. 주유가 류 부에게 한 말에 따르면 송강은 큰돈을 벌어서 집에 돌아올 생각이 없다고 했다.

하지만 임홍의 마음은 불안했고, 송강이 갑자기 나타날까 봐 걱정이 되었다. 이 걱정 때문에 그녀의 육체적 갈망은 점차 가라앉았고, 송강을 생각할 때면 자신이 죄를 짓고 있는 듯해 눈물을 쏟았다. 그리하여 이광두를 갈망하는 마음이 예전처럼 그렇게 강렬하지는 않게 되었다. 그녀는 이광두와는 지난 석 달이면 족하다고 생각했다. 송강이 돌아오면 배전의 노력을 기울여 송강을 아껴주리라 맹세했다. 그녀는 송강이 세상에서 가장 선량한 사람이라는 걸, 자신이 송강에게 어떤 고개 들지 못할 짓을 했더라도 그는 예전처럼 자신을 사랑해주리라는 걸 알았다. 그러므로 그녀는 송강이 돌아오기 전에 이광두와의 관계를 정리하고 싶었고, 그래서 상해에 가서 처녀막 재생 수술을 받겠다고 단번에 승낙했다.

다음 날 이광두는 임홍과 BMW를 타고 상해로 갔으며, 이광두는 보름 동안 북경과 동북 지방으로 사업 상담을 하러 가야 했다. 이광두는 처녀막 재생 수술이 한 시간이면 충분하다는 걸 알기에 상해에서 기다리라고 했고, BMW와 기사도 임홍에게 쓰라고 하면서 기다리는 동안 상해에서 먹고 마시고 놀고 즐기고 옷도 마음껏 사라고 했다.

주유는 황금빛 시월에 우리 류진에 나타났다. 그는 처음 나타났을 때와 똑같이 상자 두 개를 들고 버스터미널에서 나왔고, 다만 다른 점이 있다면 상자 안의 물건이 인공 처녀막이 아닌 아이 장난감이었다는 것이다. 주유는 삼륜차 인력거 한 대를 불러 금의환향이라도 하는 자세로 앉아 거리의 사람들을 보며 아쉬운 듯 차부에게 말했다.

"변화가 없구먼. 여전히 옛날 그 사람들이야."

삼륜차가 소매네 간식식당에 도착하자 주유는 내리면서 차부에게 3원을 더 주며 상자를 대신 들게 했다. 주유는 의기양양하게 식당 안으로 들어서 계산대에 앉아 있는 소매를 보는 순간, 소리 없이 종적을 감춘 지 1년이 넘은 것이 아니라 출장을 갔다 4, 5일 만에 돌아오는 것같이 다정하게 그녀를 불렀다.

"여보, 나 돌아왔소."

소매는 충격을 받은 듯 안색이 흙빛으로 변했고, 아무 일 없었다는 듯 자신에게 다가오는 주유를 보며 몸을 부들부들 떨면서 계산대에서 나와 주방으로 숨어들었다. 주유는 주위를 둘러보면서 만두를 먹으며 멍한 얼굴로 자신을 바라보는 사람들에게 식당 주인장 같은 어투로 이렇게 물었다.

"맛이 훌륭하죠?"

그리고 나서 주유는 놀라 어쩔 줄 모르는 소씨 아줌마와 그녀가 안고 있는 생후 4, 5개월쯤 되는 아기를 보며 소씨 아줌마에게 다가서면서 따뜻한 어조로 인사를 했다.

"어머님, 저 돌아왔습니다."

소씨 아줌마가 딸과 마찬가지로 온몸을 부들부들 떨고 있는 가운데 주유는 어쩔 줄 모르는 소씨 아줌마 품에서 아기를 안아들고 입을 맞추며 다정한 말을 건넸다.

"딸아, 아빠 보고 싶었지?"

주유는 차부에게 상자를 열어 장난감들을 몽땅 식탁 위에다 올려놓게 한 다음 딸을 장난감 사이에 내려놓은 후 옆의 사람들을 의식하지 않은 채 딸과 함께 놀기 시작했다. 고지식한 소씨 아줌마는 놀란 눈으로 주유가 태연하게 식당 안에 있는 사람들 사이를 맴도는 모습을 지켜보았고, 사람들은 그제야 이 사람이 당초 소매의 배를 부르게 했다는 사실을 깨닫게 되었다. 사람들은 웃음을 터뜨리며 왁자지껄 식탁 위 아기를 가리키며 주유에게 물었다.

"이 아기가 당신 딸이라 이거지?"

주유는 의심할 여지도 없다는 듯 대답했다.

"당연하죠."

사람들은 서로의 얼굴을 쳐다보며 다시 물었다.

"소매와 결혼했다 이거지?"

주유는 여전히 의심할 여지도 없다는 듯 단호하게 대답했다.

"당연하죠."

사람들이 꼬치꼬치 캐묻기 시작했다.

"언제?"

주유는 시원스럽게 대답했다.

"예전이죠."

사람들은 모호한 답변이라고 생각했는지 다시 물었다.

"예전? 우리가 어떻게 모르지?"

주유의 얼굴 역시 뭔가 의아한 표정이었다.

"어떻게 모르실 수가 있습니까?"

이 강호의 사기꾼은 딸과 장난을 치며 입에서 나오는 대로 지껄였고, 사람들을 점점 더 어리둥절하게 만든 뒤 나중에는 자신의 말을 믿게 만들어, 사람들은 결국 자기들끼리 이렇게 말했다.

"쟤들 진짜 결혼했다니까."

소씨 아줌마만 혼자 주유란 인간이 벌건 대낮에 새빨간 거짓말을 늘어놓는다고 생각하며 고개를 절레절레 흔들었다. 소매는 주방에 숨은 뒤 다시는 나오지 못했는데, 밤에도 주유가 사람들과 이런저런 이야기들을 나누자 도저히 사람들 낯을 대할 수가 없어서 주방에 난 작은 문을 통해 조용히 집으로 가버렸다. 밤 열한 시가 되어 식당 문을 닫고 주유는 잠든 아기를 안은 채 태연자약하게 소씨 아줌마의 뒤를 따라 집으로 갔다. 주유는 가는 길에 다정하게 말을 걸었지만 소씨 아줌마는 고개를 떨군 채 아무 대꾸도 하지 않았다. 아기를 안아오려고 몇 차례나 시도했지만, 그때마다 주유는 정중하게 그녀의 손을 막으며 이렇게 말했다.

"어머님, 제가 안고 가겠습니다."

주유가 딸내미를 안고 소씨 아줌마를 따라 집으로 간 뒤 소씨 아줌마는 바로 문을 잠그지 못한 채 잠시 주저하며 주유를 바라보았고, 결국에는 모질게 그를 내쫓지 못하고 말았다. 주유는 거실 소파에서 사흘 동안 잠을 잤고, 주유가 집에 있는 동안 소매는 방문을 닫은 채 밖으로 나오지 않았다. 주유는 아무 일도 없었다는 듯 아침이면 기분 좋게 식당으로 나갔고, 밤이면 기분 좋게 소씨 아줌마와 집으로 돌아왔다. 그 사흘 동안 소매는 식당에 나가지 않고 딸과 집에만 있었는데, 주유는 눈치 있게 행동했다. 비록 사흘 동안 딸내미 얼굴을 한 번도 못 보고, 밤늦게 집에 돌아와도 딸내미는 소매의 방에 있었지만, 그는 한마디도 안 하고 그냥 알아서 소파에서 잠만 잤다. 나흘째 되던 날 밤, 소씨 아줌마는 방문을 열고 소매의 방으로 들어가 침대에 앉은 채 30분 정도 차분하게 이야기를 나누었다.

"얼마나 잘못했든, 그래도 네 남자는 집에 돌아올 줄은 알잖니."

침대에 누운 채로 소매는 울기 시작했고, 소씨 아줌마는 한숨을 내쉬며 이미 잠든 외손녀를 안고 밖으로 나와 소파에서 자고 있는 주유 앞으로 왔다. 주유는 벌떡 일어나 소씨 아줌마 품에서 딸을 받아 안으려고 했지만, 소씨 아줌마는 고개를 가로저으며 소매의 방을 가리켰다. 주유는 소매의 방이 잠기지 않은 것을 확인하고 딸의 얼굴에 입맞춤을 한 뒤 당당하게 그녀의 방으로 들어갔다. 주유는 방문을 잠근 뒤 매일 밤 이 방에서 잤던 것처럼 침대로 가서 이불 속으로 들어간 다음 전등 스위치를 눌렀다. 그는 등을 돌리고 자는 소매를 차분하게 껴안았고, 몇 차례 몸부림치던 소매도 가만히 포옹을 받아들였지만, 더 이상의 진도는 나가지 않고 얼렁뚱땅 한마디만 건넸다.

"다음부터 출장은 안 갈게."

45

송강은 계속 가을의 해남도를 유랑했다. 남은 유방 크림을 들고 아침에 나와 저녁에 들어갔고, 옆에 주유가 없으니 송강은 어찌 할 바를 몰라 와이셔츠를 풀어헤칠 용기도 나지 않아서 그저 멍한 눈길로 소리 없는 나무 한 그루처럼 쭉빵 유방 크림을 상자 위에 깔끔하게 늘어 놓은 채 서 있었다. 오가는 남녀들은 가슴이 한껏 솟아오른 남자가 한 시간, 또 한 시간 꼼짝도 않고 서 있는 모습을 희한하다는 눈길로 쳐 다보았고, 어떤 여자들은 다가와 허리를 굽히고 상자 위에 가지런히 놓여 있는 유방 크림을 살펴보다가 손에 들고 자세히 보기도 하고 송 강의 셔츠 속에 불룩 튀어나온 유방을 번갈아 보면서 입을 가린 채 웃 으면서 부끄러운 듯 송강의 가슴에 대해 묻기도 하고, 손에 든 쭉빵 유방 크림을 고개 숙인 채 보면서 또 고개를 들어 송강의 쭉빵 가슴을 보다 둘 사이의 연관성에 대해 골똘히 생각한 뒤 유방 크림을 들고 조 심스럽게 물어보기도 했다.

"이거 써보셨어요?"

그러면 송강은 얼굴이 붉어지면서 습관적으로 고개를 돌려 주유를 찾았지만, 사방에는 죄다 낯선 얼굴들이었고, 당연히 주유가 그를 대 신해 대답해야 할 질문들에 대해 이제는 자신이 직접 대답해야만 했 다. 그는 불안한 듯 고개를 끄덕이며 기어들어 가는 목소리로 대답하 고는 했다.

"네."

그 여자들은 송강의 가슴을 가리키며, 또 손에 든 유방 크림을 가리 키며 계속 질문을 던졌다.

"이걸 발라서 그렇게 커진 거예요?"

송강은 부끄러움에 고개를 떨군 채 기어들어 가는 목소리로 대답 했다.

"네."

송강의 부끄러워하는 모습이 적지 않은 여자들의 마음을 움직였다.

이 남자가 보기에도 솔직하고 믿을 수 있는 사람 같다는 인상을 주었던 것이다. 그리하여 주유의 사탕발림이 없이도 한 병 한 병 쭉빵 유방 크림이 팔려나갔다. 남자들 같은 경우는 여자들처럼 그렇게 에둘러 말하지 않고, 송강의 튀어나온 가슴을 보면 마치 홍분제라도 먹은 듯 현미경으로 들여다보는 것처럼 눈을 바짝 들이대고 보았고, 눈을 뗀 후에도 손가락 두 개로 송강의 가슴을 가리키며 이렇게 물었다.

"당신, 거 가슴이요 젖이오?"

그러면 송강은 또다시 습관적으로 주유를 찾았지만, 주유는 이미 소매의 침대에 들어가 잠을 자며 정식 부부생활을 시작한 후였다. 송강은 아득히 먼 곳에 홀로 선 채, 귀까지 새빨갛게 달아오른 얼굴로 타향 남자들의 분분한 이야기들을 들어야만 했고, 가슴과 젖의 관계에 대해 어떻게 대답해야 할지를 몰라 전전긍긍하고 있을 때 다행스럽게도 한 사람이 잘난 체하며 송강 대신 대답을 해주었다.

"이거네?"

그 남자는 손에 유방 크림을 든 채 송강에게 물었다.

"당신 그게 예전에는 가슴이었는데, 이거 쭉빵 표 유방 크림을 바르고 나서 젖이 됐지?"

박장대소가 터지는 가운데 송강은 부끄러워 그냥 가볍게 고개만 끄덕이면서 기어들어 가는 목소리로 대답했다.

"네."

주유가 갑작스레 떠난 후 송강은 해남도에서 한 달이 넘게 떠돌고 있었는데, 그의 가슴속 가짜 유방의 섬유막이 굳기 시작했다. 송강은 무슨 이유인지 몰랐고 그저 유방이 점차 돌처럼 딱딱해지는 것 같은 느낌을 받았다. 그와 동시에 그의 폐병도 다시 도졌다. 원래 기침은 멈추었지만, 약을 끊은 후 장시간에 걸친 피로로 인해 자주 가슴이 답답하고 밤에 잠을 자다 기침 때문에 깨기도 했다. 하지만 송강은 자신의 몸보다 앞으로의 날들이 더 걱정이었다. 상자 속의 유방 크림은 점점 줄어들어 이제 겨우 다섯 병밖에 남지 않았지만, 유방 크림을 다 판 뒤에 또 무엇을 팔아야 할지 걱정이 태산이었다. 주유가 없으니 강호를 떠돌아다녀야 하는 송강도 나뭇가지를 떠난 나뭇잎처럼 방향을 잃고 바람에 흩날릴 수밖에 없었다. 그 순간 송강은 고독이 무엇인지 알게 되었다. 그의 유일한 동반자인 임홍은 사진 속에 있었고, 사진을 늘 곁에 지니고 다녔지만 감히 꺼내볼 수가 없었다. 집에 무척이나 가고 싶었지만, 벌어들인 돈이 임홍에게 걱정 없는 삶을 보장하기에는 턱없이 모자랐기에 고독한 나뭇잎처럼 계속 떠돌아다닐 수밖에 없었다.

송강이 어떤 조그만 도시의 광장에서 마지막 남은 유방 크림 다섯 병을 팔고 있는데, 옆에서 쉰이 넘은 남자가 쉰 목소리로 칼을 팔고 있었다. 이 남자는 바닥에 식칼, 대도, 과도, 연필 깎는 칼, 총검, 비도, 단검 등 십여 종의 칼을 늘어놓은 채 대도를 들고 소리쳤다.

"이건 텅스텐으로 만든 건데, 탄소강을 쳐도, 주형강을 쳐도, 스테인리스를 쳐도, 주강과 티타늄을 쳐도 이빨이 안 나갑니다……."

이 사람은 쪼그려 앉더니 굵은 철사를 한 칼에 잘라낸 뒤 일어나 칼을 들고 주위 사람들에게 이빨이 나갔는지 보여주었고, 아무런 이상이 없음을 확인시킨 후 다시 쪼그려 앉아 바짓단을 걷어올리더니 면도를 하듯 대도로 장딴지 털을 밀고 나서 일어나 손에 털 무더기들을 들고 다시 한 바퀴를 돌면서 잘 보여주었다.

"보셨지요?"

그 사람은 울부짖듯이 소리쳤다.

"이게 바로 옛날 전설에 나오는 보검으로, 무척이나 날카로워서 머리카락을 불어서 끊을 수 있는……."

그러더니 보충 설명을 시작했다.

"텅스텐이란 무엇이냐? 세상에서 제일 튼튼하고 진귀한 금속으로 칼에만 쓰는 것이 아니라 세계적인 시계에도 쓰입니다. 순금으로 만든 것보다 비싸서, 스위스 두 '니' 회사와 중국의 의파 표 시계가 텅스텐으로……."

"스위스 두 '니'와 중국 의파가 뭐요?"

사람들은 무슨 말인지 알아들을 수가 없었다.

"스위스의 두 '니'란 스위스 제니 표와 로시니 표 시계로 둘 다 세계적인 명품입니다."

그 사람은 입가의 침을 닦으면서 말을 이었다.

"의파는 중국의 명품 시계고요."

이날 오후 송강은 유방 크림을 세 병 팔고 나서 광장 멀리 얼굴이 잘 보이지 않는 곳에 서서 그 사람의 쉰 목소리만 무려 세 시간이나 듣고 있었는데, 많아봐야 대여섯 개의 칼을 판 것 같았다. 그 사람은 팔고 남은 칼들을 주머니에 넣어 어깨에 메고 금속 소리를 내며 와서 송강 옆을 지나다가 불룩 솟은 송강의 유방에 눈길이 끌렸는지 바짝 다가와 보고 또 고개를 쳐들어 송강을 보더니 놀라 말을 붙였다.

"분명히 남자인 것 같은데……."

송강은 이미 이런 말에 습관이 되어서 살짝 웃으며 시선을 돌려 먼 곳을 바라보았는데 갑자기 이 사람의 얼굴이 상당히 낯익다는 느낌이 들었다. 그래서 다시 돌아보니 그 사람은 벌써 실실 웃으며 자리를 뜨고 있었다. 그런데 그 사람이 그렇게 10여 미터를 가다가 갑자기 걸음을 멈추고 뒤돌아서더니 송강을 자세히 관찰하고 나서 조심스럽게 말을 건넸다.

"혹시 송강?"

송강은 그가 누군지 생각이 나서 자기도 모르게 이름을 불렀다.

"아들 관 가새?"

우리 류진의 천애의 유랑자 두 사람이 타향에서 마주친 것이다. 아들 관 가새는 송강 앞으로 가서 칼날을 살피듯 그를 살펴보기 시작했다. 송강의 얼굴을 보다가 송강의 인공 유방을 보고, 유방을 보면서 뭔가 말을 할 듯하다 멈추더니 얼굴을 보면서 입을 열었다.

"송강, 늙었구나."

"그쪽도 늙었네요."

"10년이 넘었네."

아들 관 가새는 세월이 무상하다는 표정으로 미소 지으며 말을 이었다.

"10년이 넘게 류진 사람을 만난 적이 없었는데, 오늘 자네를 만날 줄 몰랐네. 떠난 지 얼마나 됐나?"

"1년 좀 넘었습니다."

송강의 목소리에는 낙담의 기색이 가득했다.

"왜 떠났는데?"

아들 관 가새는 고개를 가로저으며 물었다.

"뭘 하는데?"

"보건용품 팝니다."

떠듬떠듬 송강이 대답했다.

아들 관 가새는 상자 위의 마지막 남은 유방 크림을 들고 보더니 어쩔 수 없이 송강의 인공 유방을 살폈고, 송강은 얼굴이 붉어지면서 낮은 목소리로 아들 관 가새에게 말했다.

"이거 가짜예요."

아들 관 가새는 이해한다는 듯이 고개를 끄덕이면서 송강의 팔을 끌고 그의 임시 숙소에 가서 이야기나 하자고 했다. 송강은 남은 두 병의 유방 크림을 바지 주머니에 넣고 아들 관 가새를 따라 한참을 걸었고, 해가 거의 떨어질 때쯤 교외에 있는 일용직 노동자들로 가득한 동네에 도착했다. 아들 관 가새는 송강을 데리고 울퉁불퉁한 진흙길을 걸어갔는데, 길 양쪽에는 판잣집들이 늘어서 있었다. 집 앞에는 옷들이 걸려 있고, 여자들이 화로로 밥을 짓고 있었으며, 남자들은 서서 담배를 피우며 심드렁한 이야기들을 나누고 있었고, 아이들은 멋대로 뛰어노는데 하나같이 더러웠다. 아들 관 가새는 송강에게 어느 곳이든 한 달 정도 머물다가 떠나지 않으면 칼을 팔 수 없다면서 내일 다른 곳으로 떠난다고 했다. 아들 관 가새는 송강을 나이가 마흔이 넘은 것 같은 피부가 가무잡잡한 여자가 옷을 널고 있는 어느 판잣집 앞에 데리고 가더니 갑자기 소리를 질렀다.

"내일 간다는데 빨래를 왜 해?"

그 여자는 고개를 돌리더니 아들 관 가새에게 맞고함을 쳤다.

"내일 가니까 오늘 빨래를 했지!"

아들 관 가새는 화를 벌컥 냈다.

"내일 날이 밝자마자 차를 탈 텐데, 옷이 안 마르면 어쩔 거야?"

그 여자는 전혀 밀리지 않고 말했다.

"당신은 먼저 가. 나는 옷 다 마른 다음에 갈 테니까."

아들 관 가새가 욕설을 내뱉었다.

"젠장할, 장가간 내가 눈이 멀었지."

그러자 그녀가 맞받았다.

"내가 눈이 멀었으니까 당신한테 시집을 갔지."

아들 관 가새는 화가 잔뜩 오른 채 송강에게 소개했다.

"이 사람이 내 마누랄세."

송강이 그 여자에게 고개를 끄덕이며 미소를 짓자 그 여자는 호기심 어린 눈길로 송강의 가슴에 솟아오른 유방을 쳐다보았고, 아들 관 가새는 송강을 가리키며 소개를 했다.

"이 사람은 송강이야. 내 고향……."

아들 관 가새는 마누라의 시선이 송강의 가슴에서 떠나지 않자 불쾌한 듯 소리를 질렀다.

"뭘 봐? 가짜를. 장사에 필요해서 한 거라고!"

아들 관 가새 마누라는 알겠다는 듯 고개를 끄덕이더니 송강을 향해 웃었다. 아들 관 가새는 송강을 이끌고 세 평 남짓한 좁은 집 안으로 들어갔고, 안에는 큰 침대 하나와 옷장 하나, 식탁 하나와 의자 네 개뿐이었다. 아들 관 가새는 등에 멘 칼들을 벗어 벽에 걸어두고서 송강을 의자에 앉힌 뒤 자신도 앉으며 밖에 있는 여자에게 소리쳤다.

"빨리 밥 줘."

밖에 있는 여자도 맞받아 소리쳤다.

"옷 널고 있는 거 못 봤어?"

아들 관 가새는 욕을 한 후 계속 소리 질렀다.

"젠장할, 송강하고는 10년 넘게 못 봤단 말이야. 빨리 가서 고량주 한 병, 닭 한 마리, 생선 한 마리 사와……."

밖에 있는 여자가 큰 소리로 대꾸를 했다.

"빨리 가라고? 흥! 당신이 와서 옷 널래?"

아들 관 가새는 주먹으로 식탁을 힘껏 내려치더니 불안해하는 송강을 보며 고개를 절레절레 흔들면서 말했다.

"싸구려야."

밖에 있던 여자가 옷을 다 널고 와서 앞치마를 창틀에 걸면서 아들 관 가새에게 맞받아쳤다.

"당신이 싸구려지."

아들 관 가새는 마누라가 나가는 모습을 보고 나서 송강을 돌아보며 말했다.

"젠장할, 신경 쓰지 마."

그러더니 아들 관 가새는 송강에게 급하게 류진의 여러 이름들을 들어가며 소식을 묻기 시작했다. 이광두, 여 뽑치, 왕 케키, 동 철장, 장 재봉, 소씨 아줌마……. 송강은 천천히 이 이름들에 얽힌 이야기들을 해주었고, 사이사이 자신의 이야기를 곁들였다. 송강이 말하는 동안 아들 관 가새의 마누라가 술과 고기, 생선을 사왔고, 술을 탁자에 내려놓고서 앞치마를 두른 뒤 문밖 화로에서 밥을 짓기 시작했다. 아들 관 가새는 술병 마개를 따다가 잔이 없는 걸 확인하고 다시 소리 쳤다.

"잔은? 젠장할, 빨리 잔 가져와."

아들 관 가새의 마누라가 밖에서 소리 질렀다.

"당신은 손이 없어? 당신이 가져가."

"젠장할."

아들 관 가새는 욕을 내뱉으며 일어나 잔 두 개를 찾아와서는 술을 따르고 먼저 한 잔을 마시더니 입을 훔친 후 잔을 들지 않는 송강을 보며 권했다.

"마셔."

송강은 머리를 절레절레 흔들며 대답했다.

"술 못 마십니다."

"마셔."

아들 관 가새가 명령하듯 말했다.

그가 잔을 든 채 송강이 마시길 기다리자 송강은 어쩔 수 없이 잔을 들어 부딪친 뒤 살짝 한 모금 마셨고, 불같은 고량주를 마시자 기침이 터져 나왔다. 이날 밤 송강은 처음으로 고량주를 마셔보았는데, 아들 관 가새는 일곱 냥을 송강은 석 냥을 마셨다. 두 사람은 마시며 이야기하며, 흐르는 강물처럼 끊임없이 대화를 이어갔다. 이광두가 거부가 된 이야기, 여 뽑치와 왕 케키도 따라서 부자가 된 이야기, 동 철장이 자수성가한 이야기, 장 재봉과 소씨 아줌마의 나아진 생활 이야기를 들은 아들 관 가새는 이미 갖은 고생을 두루 한 터라 더 이상 원망도 질투도 하지 않은 채 차분하게 고개를 끄덕이며 미소 지었다. 그러고 나서 송강이 아버지 관 가새에 관한 이야기를 하면서 벌써 몇 년째 보지 못했다고, 듣기로는 편찮아서 종일 누워 지낸다는 말을 하자 아들 관 가새의 눈가에 이슬이 맺혔고, 당초 감정이 격앙된 상태에서 류진을 떠날 때 그의 부친께서 지팡이를 짚고 뒤따라오던 정경이 떠올랐는지 눈물을 훔치며 송강의 말을 막았다.

"그만해. 돌아가 뵐 면목이 없구먼."

송강이 자신이 어떻게 직장을 잃고 실업자가 되었는지, 어떻게 일자리를 찾아다녔는지, 폐를 어쩌다가 다쳤는지, 또 어떻게 주유라는 사람을 따라 강호를 떠돌게 되었는지, 지금 주유는 류진으로 돌아가고 왜 혼자 헤매고 다니며, 임홍이 혼자 류진에서 하루하루 자신이 돌아오길 얼마나 애타게 바라는지를 이야기하자, 아들 관 가새는 연방 한숨을 내쉬며 동병상련을 느끼는 듯 혼잣말을 되뇌었다.

"내 알지. 혼자 떠나 산다는 게 얼마나 힘든 일이라는 걸. 내가 떠나온 지 10년이 넘었는데, 이럴 줄 알았으면 절대 떠나지 않았을 걸세."

송강도 괴로운 듯 고개를 떨어뜨린 채 혼잣말을 되뇌었다.

"이럴 줄 알았으면 나도 떠나지 않았을 겁니다."

"다 운명이지. 자네와 내 운명에 돈이 안 들어 있는 거야."

아들 관 가새가 동정 어린 눈길로 송강을 바라보았다.

"우리 부친께서 늘 말씀하셨지. 내 팔자에는 쌀 여덟 말뿐이니 천하를 누비고 다녀봐야 해 뜰 날 없다고 말이야."

송강이 고량주를 한 입에 털어 넣고 격렬한 기침을 해대자 아들 관 가새도 한 입에 털어 마시고 송강의 기침이 잦아들기를 기다렸다가 애잔하게 호소했다.

"돌아가, 자네는 류진에서 기다리고 있는 임홍이 있잖아."

아들 관 가새는 떠난 후 처음 2년 동안은 매일 류진으로 돌아가고 싶었지만 면목이 없어서 가지 못했고, 4, 5년이 지나자 돌아갈 수가 없게 되었다고 했다.

"겨우 1년 좀 넘었으니 돌아갈 수 있어. 몇 년 더 지나면 돌아가고 싶은 마음까지 다 사라져버린다고."

두 사람이 고량주를 마시면서 속마음을 털어놓는 가운데 아들 관 가새의 마누라가 밥을 들여왔고, 그녀는 자신만 먼저 식사를 마친 후 행장을 꾸리기 시작했다. 그녀가 그들의 대화에는 아무런 관심이 없는 듯 들어왔다 나갔다를 반복하며 집 안 재산 전부를 벽 구석에 정리해놓고 나니 밤 열한 시였다. 그녀는 아무 말 없이 침대에 올라가 이불을 덮고 잠을 잤고, 송강이 일어나 인사를 하며 밤이 늦었으니 여관방으로 돌아가겠다고 하자, 아들 관 가새는 그를 붙잡고 놔주지 않으려는 듯 한없이 괴로워했다.

"10년이 넘게 류진 사람을 못 봤는데, 이제 다시 볼 수 있을지 없을지 어떻게 알겠나⋯⋯."

송강이 다시 앉자 두 사람은 서로 한마디씩 주거니 받거니 하며 가슴 아픈 일들을 계속해서 이야기했다. 아들 관 가새는 류진을 떠나 해남도에 와서 송강이 류진에서 했던 것처럼 1년 동안 짐꾼 일을 했고, 광동과 복건에 가서는 건축 현장에서 5년 동안 일을 했는데, 그 5년 동안 건설 청부업자가 죄다 연말 임금을 나눠줄 때 도망을 쳤다고 했다. 그러고 나서 시작한 일이 지금 하는 칼 장사라는 것이었다. 아들 관 가새는 씁쓸한 웃음을 지으며 류진에서는 칼을 갈았고 떠나서는 칼을 파니 평생 자신은 '칼' 운명이라고 했다. 나중에 그들은 어릴 적 옛이야기를 하며 키득키득 웃기 시작했고, 아들 관 가새는 기분이 좋아졌는지 고개를 돌려 이미 잠든 마누라를 보면서 위안이 되는 듯 웃음을 지으며 집을 떠난 지 10년이 넘었어도 재운은 만나지 못했지만 도화운은 있었던 것 같다고, 킬킬거리며 좋은 여자를 만났다고 했다.

"류진에서는 이렇게 좋은 여자를 찾을 수가 없지."

그러고 나서 아들 관 가새는 그들의 결혼에 대해 이야기하기 시작했다. 13년 전, 아들 관 가새는 복건에서 칼을 팔다가 강변에서 빨래를 하며 울면서 눈물을 훔치고 있는 그녀를 보았는데 그 광경에 가슴이 저려와 그 자리에 한참을 서서 보는데도 그녀는 자기를 못 보고, 길고 긴 한숨 소리도 듣지 못한 채 자신의 슬픔 속에 빠져 눈물만 계속 훔치며 빨래를 하고 있더라는 것이다. 그래서 아들 관 가새는 뒤돌아설 수밖에 없었는데, 지난 몇 년 동안의 고독한 생활에 처량한 생각이 들고 그녀의 슬픈 뒷모습이 머리에서 떠나질 않아 몇 리를 걷다가 다시 발걸음을 돌려 강변으로 갔는데 그녀가 여전히 울며 빨래를 하고 있었다고 했다. 아들 관 가새는 강변 계단을 내려가 그녀 옆에 앉았고, 두 사람의 대화는 시작되었다고 한다. 아들 관 가새는 그녀의 부모가 다 돌아가셨고, 남편도 다른 여자와 도망쳤다는 걸 알고 있었고, 그녀 또한 아들 관 가새를 알고 있었고, 굳은 맹세를 하고 류진을 떠났지만 어떻게 벽에 부딪혀 형편이 얼마나 어렵게 되었는지를 다 알고 있었다고 했다. 둘 다 천애의 버려진 사람들이며, 만나고 나니 하필 이미 서로를 알고 있었다. 그리하여 아들 관 가새는 진실하게 말을 건넸다고 한다.

"나와 함께 갑시다. 내가 보살펴줄 테니까."

마침 그녀는 빨래를 다 하고 일어서려던 참이었는데 아들 관 가새의 말을 듣고는 다시 쭈그려 앉아 정신이 나간 듯 강물을 바라보더란다. 그러더니 빨래를 들고 일어나 계단을 올라갔고, 그런 그녀를 아들 관 가새가 계속 집까지 따라가 빨래를 너는 모습을 지켜보며 다시 한번 말을 건넸다고 한다.

"나와 함께 갑시다."

그랬더니 그녀가 아들 관 가새를 멍한 눈으로 보며 느닷없는 한마디를 던지더란다.

"내 옷이 아직 안 말랐는데요."

그러자 아들 관 가새는 고개를 끄덕여 보이면서 이렇게 말했다고 한다.

"옷이 마르면 다시 오겠소."

아들 관 가새는 말을 마치고 돌아섰고, 이날 밤 아들 관 가새는 그곳 복건 성 어느 작은 진에 머물렀다가 다음 날 날이 밝자마자 그녀의 집 앞으로 갔더니, 그녀는 이미 커다란 상자에 짐을 다 꾸려놓은 상태로 그가 오기를 기다리고 있었다고 했다. 아들 관 가새는 그녀가 동의한 것으로 받아들이고 앞서 걷기 전에 한마디 물었다고 한다.

"옷은 다 말랐소?"

"말랐어요."

"갑시다."

아들 관 가새는 손을 한 번 흔들며 이렇게 말했단다.

그녀는 커다란 상자를 끌고, 아들 관 가새를 따라 타향으로 멀리 떠났고, 그 후부터 강호를 떠도는 또 다른 고난의 인생이 시작되었다고 했다.

아들 관 가새가 그의 결혼 이야기를 마치자 날이 어렴풋이 밝아왔고, 아들 관 가새의 마누라는 일어나 침대에서 내려오면서 두 사람이 그때까지 이야기를 나누는 것을 보면서도 전혀 놀라는 기색 없이 전등을 끄고 문을 나섰다. 잠시 후 그녀는 김이 모락모락 나는 왕만두 열 개를 사가지고 돌아왔고, 아들 관 가새와 송강이 만두를 먹는 동안 밖의 마른 빨래를 걷어와 침대에 놓고 민첩하게 개더니 상자 안에 넣었다. 그녀는 만두 하나를 집어먹으며 집 안에 뭔가 빠뜨린 물건이 없나 검사를 했고, 아들 관 가새가 한 번에 네 개, 송강이 한 개를 먹고 더 이상 못 먹겠다고 하자 남은 네 개를 봉투에 담아 조심스럽게 커다란 보따리에 넣었다. 그러고 나서 그녀는 커다란 배낭을 하나 메고 오른손으로는 커다란 보따리를 들고 왼손으로는 커다란 상자를 끌고 문을 나서 밖에서 아들 관 가새를 기다렸고, 아들 관 가새는 칼 보따리를 어깨에 메고 오른손에는 다른 상자 하나를 끌고 문을 나선 후 왼손으로 송강의 어깨를 토닥여주면서 말했다.

"송강, 돌아가! 내 말 들어. 류진으로 돌아가라고. 몇 년 더 지나면 돌아갈 수가 없어."

송강은 고개를 끄덕이면서 역시 아들 관 가새의 어깨를 토닥여주었다.

"알겠습니다."

아들 관 가새의 마누라는 송강에게 살며시 미소를 지었고, 송강도 가볍게 웃었다. 송강은 그 자리에 서서 고난의 부부가 떠오르는 태양을 맞이하며 앞으로 가는 모습을 지켜보았다. 아들 관 가새 마누라가 커다란 배낭을 멘 뒤로는 그녀의 뒷모습을 볼 수가 없었고, 왼손으로 끌고 있는 커다란 상자와 오른손에 들고 있는 커다란 보따리만 보일 뿐이었다. 이 부부는 길을 걸으면서도 시끄럽게 싸움을 했다. 아들 관 가새가 칼 봇짐을 메고 왼손에 조그만 상자들을 많이 들었으면서도 마누라의 오른손에 든 커다란 보따리를 빼앗으려 하자 그녀는 죽어도 주지 않으려고 했고, 그가 다시 왼손으로 끌고 가는 상자를 빼앗으려 했는데도 그녀는 여전히 주지 않으며 서로 주절주절 욕을 주고받았다.

"젠장할, 한 손이 비었잖아."

"당신 손? 흥, 쑤시고 아픈 오십견 걸린 팔."

아들 관 가새는 계속 욕을 내뱉었다.

"젠장할, 당신과 결혼한 내가 눈이 멀었지."

그녀는 그대로 맞받아버렸다.

"내가 눈이 멀었으니까 당신한테 시집을 갔지."

46

　송강은 해가 떠오르는 해남도에서 아들 관 가새 부부와 손을 흔들며 헤어진 뒤 아들 관 가새를 만났던 광장에서 고독하고 몽롱한 정신으로 온종일 서서 마지막 남은 두 병의 유방 크림을 팔았다.

　그러고 나서 송강은 집으로 돌아가기로 결정했다. 아들 관 가새의 말에 송강은 류진에 있는 임홍이 한없이 그리워졌고, 자신도 아들 관 가새처럼 다시 몇 년이 지나면 돌아가고 싶은 마음조차 사라져버릴 것 같았기 때문이다. 그는 여관에서 마지막 밤을 보낸 다음 날 성형외과를 찾아가 인공 유방을 제거하기로 했다. 그때 이미 인공 유방은 굳어져 있었고, 의사는 아무 말 없는 환자를 대하며 가짜 섬유 보형물 때문에 적출 수술을 받으려는 것으로 이해하고는 정기적인 유방 안마를 받겠느냐고 물었고, 송강은 말없이 고개만 가로저었다. 의사는 유방이 굳어지는 문제는 바로 거기에 있다고 하고서 수술을 한 후 엿새가 지나서 실을 뽑으러 오라고 했다. 그는 자신의 병원이 최고라고 열심히 추천하더니 성전환 수술을 할 용의가 있거든 언제든지 오라고 했다. 송강은 고개를 끄덕이면서 소염제를 받아들고 병원을 나섰다.

　송강은 그날로 차를 타고 해구(海口. 해남 성의 성도—옮긴이)로 갔고, 차가 도로를 달릴 때 또다시 갈매기를 보았다. 갈매기들은 무리를 지어 태양이 내리 비추는 파도 위를 날아다녔지만, 그의 귓가에는 차 안의 떠들썩한 사람들 소리와 자동차의 엔진 소리만 가득히 밀려왔고, 갈매기의 울음소리는 전해지지 않았다. 해구에서 배를 타고 광주로 건너갈 때 몰아치는 파도 소리 가운데 결국 갈매기의 울음소리를 들을 수 있었다. 그때 그는 선미의 갑판에 서서 선미의 물보라를 좇아 나는 갈매기들을 보았는데, 그들 역시 물보라를 방불케 했다. 석양이 내리고 붉은 노을이 퍼질 때 갈매기들은 떠났다. 그들은 무리를 지어 마치 밥 짓는 연기가 피어오르듯 날아올라 천천히 하늘과 바다 사이 머나먼 곳으로 사라져갔다.

송강이 광주에서 상해로 가는 열차를 탔을 때 갈매기들은 더 이상 보이지 않았다. 송강은 다시 마스크를 썼고, 폐병이 점점 심해져서 이제 기침을 할 때마다 겨드랑이의 상처 부위가 터질 것처럼 고통스러웠다. 그제야 송강은 아름다운 그 사진을 꺼낼 수 있었다. 사진 속에는 젊은 송강과 임홍이 있었고, 영구표 자전거도 젊었다. 한번 보면 여러 날 마음에 걸릴까 봐, 중간에 그만두고 류진으로 돌아갈까 봐 반년이 넘게 꺼내보지 못한 사진이었다. 이제 더 이상 그럴 염려는 없었다. 그의 눈은 줄곧 사진 속의 임홍을 바라보았고, 가끔씩 자신의 젊었을 적 미소를 보기도 했지만, 그의 머릿속에는 여전히 날아가는 갈매기들의 그림자가 남아 있었다.

가을바람에 낙엽이 날릴 때 송강은 커다란 트렁크를 들고 류진의 터미널을 나왔다. 마스크를 쓴 남자가 황혼녘에 돌아온 것이다. 그는 사박사박 소리를 내며 낙엽을 밟고 집으로 향했고, 마스크 속의 그의 호흡도 후후 울렸다. 이제 곧 임홍을 보게 된다는 생각에 송강은 가슴이 이상할 만큼 뛰었고, 그런 생각 때문인지 격렬한 기침을 토해냈지만, 이상하게도 겨드랑이 상처 부위의 고통은 느껴지지 않았다. 우리 류진의 거리를 빠른 걸음으로 걷는 동안 길 양쪽의 번쩍이는 네온사인과 떠들썩한 음악 소리는 연기처럼 사라져갔고, 멀리 자신의 집이 눈에 들어왔을 때 눈이 젖어왔다. 그는 한 손으로는 트렁크를 끌고 한 손으로는 안경을 벗어 옷에 닦았다.

송강은 집에 도착했다. 버스에서부터 열쇠를 손에 쥐고 있던 터라 트렁크를 끌던 손 안에 있는 열쇠를 꺼내기 위해 트렁크를 내려놓고 땀에 젖은 열쇠를 구멍에 꽂으면서 그는 잠시 망설이다 노크를 하기로 하고 문을 두드렸다. 세 번 두드리고, 또 세 번 두드리고 나서 임홍이 안에서 문을 열고 나올 기쁨의 순간을 기다리며 호흡이 가빠왔지만, 집 안에서는 아무런 기척도 느껴지지 않았고, 송강은 어쩔 수 없이 열쇠를 돌려 문을 열고 떨리는 목소리로 그녀를 불렀다.

"임홍!"

아무런 대답이 없자 송강은 트렁크를 내려놓고 침실에 들어가 보고 주방에도 들어가 보고 화장실에도 들어가 보았지만 모두 비어 있어서 넋이 나간 모습으로 거실에 잠시 서 있다가 임홍이 이제 막 퇴근해서 자전거로 돌아오는 중일 수도 있다는 생각에 문밖으로 나가 노을이 물든 거리를 바라보았다. 밤의 커튼이 서서히 내리는 가운데 자전거를 타고 오는 임홍의 모습은 보이지 않았고, 오히려 길을 건너다 송강을 보고 걸음을 멈춘 사람들이 놀라 말을 건넸다.

"송강 아닌가? 돌아온 거야?"

송강은 멍청히 고개를 끄덕였고, 익숙한 얼굴들이었지만 머릿속에는 온통 임홍의 모습뿐이었기 때문에 그들의 이름조차 생각나지 않았다. 송강은 자기 집 앞에서 한 시간도 넘게 서 있다가 길 건너편 간식식당으로 눈길을 돌렸는데, 희한하게도 네온사인 간판등이 '소기 간식식당(蘇記點心店)'이 아닌 '주불유(周不遊, '주유'라는 이름은 사방팔방 돌아다닌다는 뜻이고, '주불유'라는 이름은 이제는 돌아다니지 않는다는 뜻―옮긴이) 간식식당'으로 바뀌어 있었고, 식당 안에 왔다 갔다 하는 주유의 얼굴이 눈에 들어왔다. 송강은 걸음을 옮겨 간식식당으로 들어섰다.

송강은 주유가 몇몇 간식거리를 먹고 있는 손님들과 이야기를 나누는 가운데 계산대 뒤에 앉아 있는 소매를 보고 고개를 끄덕이며 가볍게 미소를 지어 보이자, 소매는 마스크를 쓴 송강을 보고 깜짝 놀라 순간 아무런 반응을 보이지 못했다. 송강은 강호의 사기꾼 쪽으로 시선을 옮기면서 그를 불렀다.

"주유."

주유 역시 소매처럼 깜짝 놀라더니 누군지 알아보고 나서 곧바로 반갑게 이름을 부르며 다가왔다.

"송강, 자네구먼. 돌아온 거야?"

주유는 송강 앞으로 가면서 뭔가가 생각났는지 송강의 말을 고쳐주었다.

"내가 이름을 바꿔서 이제는 주불유라네."

송강은 바깥 네온사인 간판이 생각나서 마스크 속에서 웃음 지었고, 옆 아기용 의자에 앉아 있는 여자애를 보며 이제는 주불유라고 불리는 주유에게 물었다.

"이 아이가 소주인가?"

그러자 주불유는 거드름을 피우며 손사래를 치면서 말을 고쳐주었다.

"주소(周蘇)라네."

소매도 다가와 기침을 하는 송강을 보며 관심을 보였다.

"송강, 이제 막 온 거예요? 저녁은 들었어요?"

주불유가 곧바로 주인처럼 여 종업원을 불렀다.

"메뉴판 가져와."

종업원이 메뉴판을 가져오자 주불유는 눈짓으로 메뉴판을 송강에게 건네주라는 시늉을 한 뒤 그에게 이렇게 말했다.

"송강, 여기 음식 맘껏 들라고. 내 돈 안 받을 테니."

송강은 기침을 하며 손사래를 쳤다.

"안 먹을 거야. 임홍이 돌아오면 함께 먹어야지."

주불유의 얼굴에 기묘한 표정이 떠올랐다.

"임홍? 기다리지 마. 임홍은 이광두를 따라 상해에 갔다고."

그 말을 들은 송강은 순간 움찔했고, 소매가 즉시 주불유의 말을 끊어버렸다.

"괜히 쓸데없는 소리 하지 말아."

주불유는 근거를 대며 싸우려고 들었다.

"누가 쓸데없는 소릴 한다고 그래? 사람들이 다 직접 봤다고."

소매가 눈을 계속해서 깜빡이자 주불유는 더 이상 말을 하지 않고 송강의 가슴에 주의를 기울이더니 음흉한 웃음을 지으면서 속삭이듯 물어보았다.

"떼어낸 거야?"

송강은 방금 주불유에게서 들은 말에 정신이 아득해져 멍한 표정으로 고개를 끄덕였다. 주불유는 송강을 잡아끌어 의자에 앉힌 다음 자신은 다리를 꼬고 앉아 열심히 잘난 척을 해댔다.

"보건용품 사업을 자네에게 넘긴 후로 내 모든 관심은 음식 산업으로 옮겨갔다네. 곧바로 류진에 '주불유 간식식당'을 두 군데 더 열고 3년 안에 전국에 1백 개의 체인점을 열 거라 이 말이야……."

소매가 옆에서 말을 끊었다.

"류진에 두 집도 아직 못 열었으면서."

주불유는 소매를 힐끗 째려보면서 대꾸를 하지 않은 채 계속 송강에게 말을 붙였다.

"내 적수가 누군지 아나? 이광두가 아냐. 이광두는 너무 사소하지. 맥도널드야. 내가 주불유 표 식품으로 전국의 맥도널드를 철저히 박살내서 맥도널드 주가를 절반으로 깎아버리겠다 이 말씀이지."

듣고 있던 소매가 불만을 터뜨렸다.

"듣는 내가 다 얼굴이 빨개지네."

주불유는 다시 소매를 힐끔 째려본 뒤 갑자기 고개를 숙여 손목시계를 보더니 황급히 일어나면서 송강에게 이렇게 말했다.

"송강, 다음에 다시 얘기하세. 지금 집에 가서 한국 드라마 봐야 하거든."

주불유가 나간 뒤 송강도 간식식당을 나와서 텅 빈 집으로 돌아왔다. 그는 집 안의 모든 불을 다 켜고 마스크를 벗은 채 침실에서 잠시 서 있다가, 또 주방에 가서 잠시 서 있다가, 또 화장실에 가서 잠시 서 있다가, 거실 중앙에 선 뒤 격렬한 기침을 토해내기 시작했고, 이번에는 겨드랑이의 상처가 터질 듯한 고통이 느껴졌다. 송강은 너무 아파 눈물을 흘리면서 허리를 굽히고 고개를 숙여 의자에 앉아서는 두 손으로 가슴을 감싸안은 채 기침이 잦아들고 상처의 통증이 천천히 가라앉길 기다린 후에, 고개를 들었을 때 한쪽 눈이 흐릿한 것을 발견하고 멍청하게 눈을 깜빡여본 뒤에도 여전히 뿌옇게 보인다는 것을 깨달았는데 왜 그런지 알 수가 없었다. 잠시 후 아팠을 때 흘린 눈물로 안경알이 엉망이 된 것을 확인하고는 안경을 벗어 옷으로 닦은 뒤 다시 쓰니 그제야 깨끗하게 보였다.

송강은 다시 마스크를 쓰고 일어나 다시 집 밖으로 나갔다. 그는 여전히 임홍이 멀리에서 걸어오는 모습을 그리며 거리에 오가는 사람들을 바라보았지만, 가로등과 네온사인 불빛이 반짝이는 우리 류진의 거리 모습은 기괴하기 짝이 없었다. 이때 조 시인이 다가왔다. 조 시인은 송강 옆에 이르러 마스크를 훑어보더니 뒤로 한 걸음 물러서면서 송강을 불렀다.

"송강."

송강은 조그만 목소리로 대답했고, 사람들을 향하던 눈길이 조 시인 향하면서 그가 누구인지 천천히 알아볼 수 있었다. 조 시인은 실실 웃으며 말했다.

"얼굴 볼 필요도 없이 마스크만 봐도 자네가 송강인 줄 알지."

송강은 고개를 끄덕이면서 기침을 몇 차례 토해냈고, 고통으로 인해 어쩔 수 없이 두 손으로 겨드랑이를 감싸 안았다. 조 시인은 짠한 듯 송강을 보며 물었다.

"임홍 기다리는 건가?"

송강이 고개를 끄덕였다 다시 가로저었고 혼란스러운 눈길이 다시 사람들을 향했다. 조 시인은 가볍게 송강의 어깨를 토닥이며 위로하듯 말을 던졌다.

"기다릴 필요 없네. 임홍은 이광두를 따라갔으니까."

송강은 온몸을 부들부들 떨며 다소 두려운 듯한 눈길로 조 시인을 바라보았고, 조 시인은 알듯 모를 듯 웃으며 송강의 어깨를 다시 토닥였다.

"나중에 알게 될 걸세."

조 시인이 알 수 없는 미소를 지으며 계단을 올라 자기 집으로 올라갔지만 송강은 여전히 집 앞에 서 있었고, 혼란스러워 아무 생각도 떠오르지 않는 가운데 눈은 어지러워 제대로 보이는 것이 아무것도 없었다. 마스크를 쓴 채 기침을 계속했지만 겨드랑이 상처 부위의 통증은 느껴지지 않았다. 송강은 우리 류진 거리의 행인이 사라지고 네온 사인 불빛이 점점 사그라지고 정적이 내려앉을 때까지 멍청히 서 있다가 뒤돌아서 고개를 떨어뜨린 채 노인처럼 비틀거리며 집으로, 임홍이 없는 자기 집으로 돌아갔다.

송강은 예전에 둘이 함께 자던 침대에서 홀로 견디기 힘든 밤을 보냈다. 이불 속 자신의 몸이 차게 느껴졌고, 이불 역시 차갑게 느껴졌으며, 심지어 집 안 전체가 춥게 느껴졌다. 그의 머릿속은 혼란스럽기 그지없었다. 주불유와 조 시인의 말을 듣고 나자 무슨 일이 있어난 것인지 직감할 수 있었다. 하나는 일찍이 함께 목숨을 의지하던 형제이고, 하나는 영원히 사랑하는 아내이니 더 이상 생각할 용기가 나지 않았다. 두려웠고, 그렇게 자는 듯 마는 듯 불면의 밤을 보냈다.

다음 날 오전 마스크를 쓴 채 송강은 텅 빈 가슴으로 우리 류진의 큰길을 걸었다. 그는 어디로 가야 할지 알 수 없었지만 그의 발길은 알고 있었다. 하지만 그의 발길이 인도하는 대로 이광두의 회사 정문으로 오긴 했지만 발걸음을 멈춘 후 그 다음은 어떡해야 할지 전혀 알수 없었다. 그때 왕 케키가 흥분한 듯 수위실에서 뛰어나와 반갑게 소리쳤다.

"송강, 송강 자네 돌아왔는가?"

왕 케키는 우리 류진의 갑부가 된 후 건달처럼 온종일 거리에서 건들거리다가 몇 년 지나자 건들거리는 것도 지겨워졌는지 부총재의 직함에 맞게 사무실로 출근하기 시작했지만, 다들 분주하게 움직일 때도 혼자 할 일 없이 한가하니 사무실에 앉아 있는 것도 1년 만에 지겨워져 자진해서 회사 수위실 정문을 지키겠다고 나섰다. 그렇게 하면 적어도 드나드는 사람들과 이야기는 할 수 있으니까 말이다. 왕 케키는 회사의 세 번째 주주이므로 류 부도 함부로 할 수 없어서 원래 수위실을 철거하고 근사한 수위실을 지어주었다. 오성급 호텔 기준에 맞춰 커다란 접견실, 커다란 침실과 커다란 주방, 커다란 화장실을 만들어 호화롭게 실내장식을 했고, 여름에는 중앙 집중식 에어컨, 겨울에는 지열 난방, 이탈리아에서 수입한 소파에 독일에서 수입한 침대, 프랑스에서 수입한 옷장, 책장과 책상, 의자까지 모든 것을 완비했다. 왕 케키는 오성급 수위실에 들어간 이래 너무 좋아 집에 갈 생각을 안했다. 류 부에 대한 칭찬이 끊이지 않았고, 류 부를 볼 때마다 그의 수고를 찬양해 마지않아 류 부의 마음에 꽃이 활짝 피게 했다. 왕 케키가 제일 만족스러워하는 것이 토토(TOTO) 변기였다. 똥을 싸고 난 뒤 닦을 필요 없이 물이 나와 알아서 깨끗하게 씻어주고 젖은 항문까지 잘 말려주니 말이다. 게다가 류 부는 수위실 지붕에 위성 안테나까지 달아주며 왕 케키에게 말하길, 이것만 달면 중국보다 부자인 나라들 방송을 다 볼 수 있고, 중국만큼 부자인 나라들 방송도 다 볼 수 있으며, 중국보다 가난한 나라들 방송도 일부는 볼 수 있다고 알려주었다. 그리하여 왕 케키의 수위실에는 무슨 유엔 회의장처럼 온종일 온갖 나라의 말들이 흘러나왔다.

이즈음 왕 케키의 가장 친한 전우 여 뽑치의 세계 여행도 업그레이드되었다. 여행단을 따라가거나 나 홀로 여행은 벌써 진부해져서 어떤 나라에 도착하면 개인 돈으로 여자 통역을 고용하여 돌아다녔다. 경치보러 다니는 일도 지겨워져서 이제는 시위대를 따라다니는 일에 모든 관심을 집중했다. 그는 벌써 유럽의 수십 개 도시에서 벌어진 시위에 참가했고, 어떤 시위, 데모를 가리지 않고 시위대와 마주치기만 하면 곧바로 합류했으며, 두 세력이 맞부딪는 시위면 세력이 더 큰 쪽에 붙었다. 여 뽑치는 이미 십 개국이 넘는 언어로 시위 구호를 외칠 수 있었고, 왕 케키와 통화할 때마다 무심결에 외국 구호가 섞여 나왔다.

왕 케키는 여 뽑치가 가는 곳마다 시위에 참가하고 캠페인에 참여하는 것이 문화대혁명에 참가하는 것이라 여겨, 그가 전화로 어떤 도시에서 시위에 참여했다고 하면 자신이 가장 신임하는 류 부에게 전화를 걸어 외국 어떤 도시에서 문화대혁명이 일어났다고 알려주었다.

여 뽑치는 왕 케키가 이런 식으로 생각하는 것이 불만스러워 국제전화로 왕 케키를 야단치고는 했다.

"너, 이 촌놈아, 넌 아무것도 몰라. 이게 바로 정치다 이 말이야."

여 뽑치는 국제전화로 자신이 왜 그렇게 정치에 열심인지 설명해주었다.

"이게 말이야. 사람이 배가 부르면 음욕이 생기고, 부자가 되면 정치를 하게 되거든……."

왕 케키는 애당초 별로 그런 말을 받아들이고 싶지 않았으나 갑자기 어느 날 외국 방송 뉴스에서 여 뽑치의 왼쪽 얼굴이 시위 대열 속에 섞여 스치듯 지나가자 놀라 눈이 동그래지고 입이 딱 벌어져 그때부터 여 뽑치를 진심으로 존경하게 되었다. 그리하여 여 뽑치의 전화가 왔을 때 외국 방송에서 본 적이 있다고 했고, 그 말을 하며 왕 케키는 말을 더듬기까지 했다. 그 말을 듣던 여 뽑치까지 말을 더듬으며 동물처럼 아아 소리만 여러 번 질러대다가 왕 케키에게 그 장면을 녹화해두었느냐고 물었다. 왕 케키가 못했다고 하자 여 뽑치는 성질을 버럭 내며 단숨에 바보, 멍청이, 머저리, 개자식이라고 욕을 하고 난 뒤 가슴 아픈 듯 일생에 가장 친한 친구가 어떻게 그런 죽이는 장면을 녹화해두지 않았느냐고 했고, 왕 케키는 부끄럽고 면구스러워 앞으로 그런 장면이 나오면 반드시 녹화해두겠다고 약속했다. 그 후로 왕 케키의 채널은 항상 여 뽑치의 족적을 따라다녔고, 여 뽑치가 어떤 나라에 도착하는 순간 왕 케키는 채널을 그 나라의 방송으로 고정시킨 후 조심스럽게 시위 장면이 나오나 살펴보다가 시위 장면이 나오면 고양이가 쥐를 노려보듯 텔레비전을 주시하며 리모컨을 손에 들고 여 뽑치가 나오기만 하면 녹화할 준비를 하고 있었다.

왕 케키가 문밖에 서 있는 송강을 보았을 때는 마침 여 뽑치가 마드리드에서 토론토로 가는 비행기에 타고 있을 때여서 얼마간 텔레비전을 주시할 필요가 없었으므로, 오랜만에 보는 송강에게 곧바로 뛰어나가 그를 데리고 들어와서는 이탈리아제 소파에 앉힌 후 여 뽑치에 관한 갖가지 희한한 일들을 감탄하며 주절주절 이야기해주었다.

"이 여 뽑치라는 인간, 간땡이가 어찌나 큰지 외국 말 한마디도 못하는 인간이 안 다니는 데가 없어요."

그때 송강은 혼돈의 나락에 빠져 있었는데, 겨드랑이의 통증이 엄습하는 가운데 마스크 위의 시선은 왕 케키와는 멀어진 채 그의 말이 하나도 귀에 들어오지 않았다. 송강은 이광두가 없다는 것도 알고, 임홍도 여기 없다는 것을 알면서 자신이 왜 여기에 왔는지 알 수 없었다. 그렇게 한마디도 없이 30분을 앉아 있다가 또 한마디 말도 없이 일어나 호화로운 왕 케키의 수위실을 나섰다. 왕 케키는 뒤따라 나오며 뭐라고 수선스럽게 이야기를 했고 정문에 이르러 걸음을 멈추고도 계속 무슨 말인가 했다. 송강의 귀에는 아무 말도 들리지 않았고, 텅 빈 눈으로 우리 류진의 큰길을 바라보며 집 쪽으로 무거운 발걸음을 옮겼다.

47

송강은 우리 류진에 돌아온 후 한마디 말도 없이 엿새를 보내는 동안 여섯 번 밥을 해서 매일 밥 한 공기만 먹고, 문을 잠근 채 반찬을 사러 갈 때를 제외하고는 밖에 나가지 않았다. 길에서 낯익은 사람과 마주칠 때면 그들이 던지는 몇 마디에서 임홍과 이광두 사이에 일어난 일들을 대강이나마 짐작할 수 있었지만 아무런 느낌이 없었다. 이레째 되던 날 밤 송강은 사진첩을 찾아 임홍과 함께 찍은 사진을 한 장한 장 보고 나서 한숨을 내쉰 후 사진첩을 덮었다. 그리고 또 아버지 송범평과 어머니 이란, 형제 이광두와 자신이 함께 찍은, 수많은 세월을 겪어 이제는 빛이 바랜 가족사진을 찾아냈고, 여전히 한숨을 내쉰 뒤 사진을 사진첩 속에 넣고 침대에 누워서는 비 오듯 눈물을 쏟았다.

혼란스럽던 일주일이 지나고 나자 송강은 비로소 생각이 또렷해졌다. 애초에 이광두, 임홍과 그 사이에 있었던 애정의 갈등이 생생하게 떠올랐고 순식간에 20년이 지났다는 사실을 되새겼다. 송강은 이제야 깨달았다. 임홍은 그와 결혼하지 말고 이광두와 결혼했어야 했다. 그렇게 생각하니 송강은 갑자기 모든 것이 해결된 것 처럼 느껴졌고, 마음속의 짐을 벗어던진 듯 순식간에 홀가분해졌다.

여드레째 되던 날 아침 햇살이 비추자 송강은 식탁 앞에 앉아 두 통의 편지를 쓰기 시작했다. 한 통은 임홍에게, 또 한 통은 이광두에게 보내는 편지였다. 그런데 문장을 맞게 썼는지 알 수 없었고 글자 또한 생각이 나질 않아 편지를 쓰는 데 무진 애를 먹었다. 그는 책 읽기를 좋아하고 문학을 좋아하며 이광두가 읽고 찬양해 마지않던 소설도 쓴 적이 있었던 스무 살 때를 떠올리니 가슴이 아파왔다. 그랬던 송강이 이제까지 지속되었던 생활의 압박으로 숨도 제대로 못 쉬고, 책도 읽지 않고, 신문도 보지 않으며, 이제는 편지 한 통 제대로 쓸 수 없는 지경이 되어버렸다.

송강은 생각이 나지 않는 글자를 머릿속에 담아두고 마스크를 쓴 채 서점에 가서 사전을 찾아보았고, 집으로 돌아와 계속 편지를 써 내려갔다. 사전을 살 돈도 아까웠다. 비록 임홍에게 줄 돈 3만 원을 들고 왔지만, 일생 동안 임홍을 편안하게 해준 적이 한 번도 없었으니 마지막 돈은 임홍에게 꼭 남겨줘야겠다고 마음먹었다. 며칠 동안 그는 서점에 드나들길 여남은 번, 이제는 서점 직원들이 그를 보면 실실 웃었다. 송강이 예전에는 수석대리였는데 이제는 수석학자로 변했다고 자기들끼리 수군댔다. 송강이 매일 서점에 와서 몇 번씩 사전을 찾자 서점 직원은 더 이상 참지 못하고 농담으로 그를 수석학자라고 불렀고, 나중에는 아예 수석사전이라고 불렀다. 송강은 아무 말도 하지 않은 채 그저 살짝 웃고는 고개를 숙이고서 모르는 글자를 찾았고, 수석학자 송강은 닷새 만에 사전을 찾아가면서 문장을 수정해서 편지 두 통을 다 썼으며, 다시 열심히 새로 베껴 썼다. 그러고 나서 그는 마음의 짐을 벗어버린 듯 다시 일어나 우체국에 가서 편지봉투와 우표를 샀고, 봉투에 주소와 이름을 쓰고 우표를 붙인 다음 편지를 가슴 주머니에 넣어두었다.

그즈음 송강은 겨드랑이에 점점 더 조여드는 듯한 고통이 밀려왔다. 왜 이렇게 조여드는 듯한 아픔이 밀려올까 궁금해 천천히 옷을 벗는데 와이셔츠가 겨드랑이 쪽 피부에 딱 달라붙어버려 셔츠를 벗을 때 마치 피부를 뜯어내는 것 같았다. 극렬한 고통에 온몸이 서늘해졌고, 고통이 천천히 가라앉길 기다려 팔을 들고 고개를 숙여 겨드랑이를 보니 검정 실로 봉합한 절개 부위가 빨갛게 부어올라 곪아 있었다. 그러고 보니 수술한 지 엿새 후 실을 뽑으러 오라고 했는데 벌써 열사흘이 지나버렸으니, 상처 부위에 조여드는 듯한 고통이 밀려왔던 것이다.

송강은 일어나 가위를 찾아 거울을 보며 직접 실을 잘라내려고 했지만 갑자기 가위가 더러울까 걱정이 되어 불에 먼저 5분 정도 달궈 소독을 한 뒤 식기를 10분간 기다렸다가 하나씩 하나씩 잘라냈다. 검정 실 매듭이 가위에 잔뜩 붙을수록 조여들어 아팠던 겨드랑이가 점차 편안해졌고, 실을 다 뽑고 나자 온몸이 커지는 것처럼 풀어지는 느낌이 들었다.

저녁 무렵, 송강은 가지고 온 돈을 낡은 신문으로 잘 싸서 베개 아래에 놔두고 주머니에 10원만 넣은 채 열쇠를 자세히 한번 본 뒤 탁자위에 올려놓고 마스크를 쓰고서, 문 앞으로 가서는 문을 열면서 고개를 돌려 다시 한번 자기 집을 둘러보았고, 탁자 위의 열쇠도 다시 한번 보았다. 자신의 집이 깨끗하게 잘 보였지만 탁자 위의 열쇠만 흐릿하게 잘 보이지 않았다. 그는 조용히 문을 잠갔고, 문을 잠근 후 잠시 서서 열쇠가 안에 있다고, 다시는 돌아오지 못하리라 생각했다.

송강은 뒤돌아서 길을 건너 주불유의 간식식당으로 들어갔고, 이제껏 빨대 만두를 한 번도 먹어본 적이 없었던 탓에 한번 맛이나 보고 싶은 생각이 들었다. 그런데 그가 들어갔을 때 주불유와 소매가 보이지 않았고, 사방을 둘러보았지만 소씨 아줌마도 보이지 않았다. 주불유가 소매와 소씨 아줌마를 모두 한국 드라마의 열성 팬으로 만들어 월요일부터 금요일까지 이 시간이면 세 사람이 집에 단정히 앉아 온 정신을 텔레비전 브라운관에 쏟아붓고 있었던 것이다. 여 종업원 하나가 계산대 뒤에 앉아 있었는데, 송강은 머뭇대면서 잠시 서 있다가 어쩔 수 없이 종업원 쪽으로 가서 다시 잠시 생각하다가 뜻이 안 닿는 말을 내뱉고 말았다.

"어떻게 먹나요?"

종업원은 무슨 말인지 몰라 되물었다.

"뭘 어떻게 먹어요?"

송강은 자신이 말을 잘못했다는 것을 알아차렸지만, 어떻게 정확히 말해야 할지 생각이 나질 않아 빨대 만두를 먹고 있는 사람들을 가리키며 대답했다.

"저 빨대 꽂은 만두……."

그 말에 손님들이 웃기 시작했고, 그 가운데 한 사람이 이렇게 물었다.

"어렸을 적에 엄마 젖 먹어봤지요?"

송강은 저 사람이 자신을 희롱하려 든다는 걸 알아차리고 재치 있게 대답했다.

"우리 다 먹어봤지요."

그 사람이 계속 물었다.

"그럼 어른이 된 다음에는 만두 드셔봤지요?"

송강은 계속 재치 있게 대답했다.

"우리 다 먹어봤지요."

"좋습니다. 제가 가르쳐드리죠. 우선 엄마 젖을 빨듯 만두 속 육즙을 깨끗하게 빨아먹은 다음 남은 만두를 먹으면 됩니다."

사람들이 깔깔 웃었고, 계산대 뒤에 앉아 있던 종업원 역시 웃음을 참지 못했지만, 송강만 웃지 않았다.

"내 말은 얼마냐는 거요?"

그때서야 종업원은 무슨 말인지 알아듣고 송강의 돈을 받고 영수증을 끊어주었다. 송강이 영수증을 들고 계속 계산대 앞에 서 있자 종업원은 먼저 자리를 잡고 앉아 있으라고, 빨대 만두는 지금 찌고 있으니까 10분쯤 걸린다고 했다. 송강은 웃는 사람들을 보며 그들과 멀리 떨어진 탁자에 앉았다. 송강은 아무런 동요도 없는 눈빛으로 초등학교 학생처럼 단정히 앉은 채 빨대 만두를 기다렸다.

빨대 만두가 나오자 송강은 모락모락 김이 나는 만두를 보며 천천히 마스크를 벗고 빨대를 입에 넣어 육즙을 빨아 마셨다. 송강을 비웃던 사내들은 송강이 육즙을 마치 냉수를 빨아 마시듯 마셔버리자 화들짝 놀라버렸다. 육즙의 온도가 100도까지는 안 되더라도 8, 90도는 될 텐데 전혀 뜨거워하는 기색이 없었으니 말이다. 그는 하나를 다 빨아 마신 뒤 또 다른 만두의 육즙을 빨아 마셨고, 세 개의 만두 육즙을 한 번에 다 빨아 마신 다음 고개를 들어 놀란 사람들을 보며 살며시 미소를 지었는데, 사람들은 목에 찬바람을 맞은 것 같은 느낌이 들면서 송강의 정신이 정상이 아니지 않나 하는 생각을 했다. 그러고 나서 송강은 고개를 숙여 만두 하나를 들고 입에 넣어 먹기 시작했고. 세 개를 다 먹고 나서 마스크를 쓰고 간식식당을 나섰다.

이때 날이 저물고 있었는데, 마스크를 쓴 송강은 지는 해를 맞이하며 걸어갔다. 송강은 예전처럼 고개를 숙이지 않고 고개를 든 채 좌우를 둘러보면서, 거리 양쪽의 사람들과 상점들을 둘러보면서 걸었고, 누가 그의 이름을 부르면 더 이상 총총히 대답만 하는 것이 아니라 반갑게 손을 흔들었다. 상점의 쇼윈도를 지날 때도 걸음을 멈추고 진열된 물건들을 찬찬히 살펴보았다. 우리 류진의 많은 사람들이 그날 송강을 보았고, 그들의 기억 속에 예전에는 거리에 나타나면 늘 시간에 쫓기듯 걸었는데 이날만큼은 정말 거리를 구경하는 것 같았다고, 모든 상점의 쇼윈도를 다 들여다보았고, 어깨를 부딪치고 지나치는 사람들 모두를 돌아보았으며, 심지어 길가 양쪽의 오동나무들에 대해서조차 흥미를 보였다고 했다. 특히 음반가게 앞을 지나칠 때는 그 앞에 5, 6분 정도 서서 두 곡의 유행가를 듣고 나더니 마스크를 쓴 채 지나가는 사람들에게 이런 말을 건넸다고 한다.

"이 두 곡 참 좋네요."

송강은 우체국 앞을 지나갈 때 가슴에서 이광두와 임홍에게 보내는 편지 두 통을 꺼내 우체통에 집어넣은 후 무릎을 굽혀 그 안을 들여다보며 자신의 편지가 안에 확실히 떨어졌는지 확인하고 나서야 안심하고 계속 노을을 받으며 서쪽을 향해 걸어갔다.

송강은 류진을 벗어나 철로가 지나는 곳에 이르러 기찻길 옆 돌 위에 마스크를 벗고 앉아 행복하게 저녁 무렵의 신선한 공기를 들이마셨다. 사방으로 수확을 앞둔 벼들이 가득한 논을 바라보았고 멀지 않은 곳에 붉은 노을에 물든 작은 강물이 흐르고 있었다. 그는 고개를 들어 강물을 보았다. 그는 해 지는 하늘을 바라보며 하늘이 대지보다 아름답다고 느꼈다. 붉은 태양이 노을 진 하늘에 걸려 있고, 첩첩이 쌓여 떠가는 구름에서 아름다운 빛이 조수(潮水)처럼 용솟음치고 있었다. 그는 자신이 빛을, 알록달록한 빛이 변화무쌍하게 하늘을 쉴 새 없이 드나드는 것을 본 것 같았다. 그는 다시 시선을 내려 사방에 펼쳐진 논을 보았다. 노을에 물든 벼이삭들이 붉은 장미처럼 펼쳐져 있어 그는 마치 꽃밭 가운데 앉아 있는 기분이었다.

그때 멀리서 기적 소리가 들려왔다. 송강이 안경을 벗어서 닦아 다시 쓰고 보니 태양이 반쯤 저물었고, 열차는 반쯤 지고 있는 태양을 등지고 달려오고 있었다. 그는 일어나 인간 세상을 떠날 때가 되었다고 스스로에게 말했다. 그는 기차에 뭉개질 안경이 아까워 벗어서 방금까지 앉아 있던 돌 위에 얹어두었지만 잘 보이지 않아 웃옷을 벗어 돌 위에 깔고 그 위에 다시 안경을 얹어놓았다. 그러고 나서 깊숙이 인간 세상의 공기를 들이마셨고, 다시 마스크를 썼다. 그 순간 그는 죽은 자는 호흡을 하지 않는다는 사실을 망각했다. 시체 수습을 하러 오는 사람에게 전염될까 봐 걱정했으니 말이다. 그는 앞으로 네 걸음을 걸어 두 팔을 벌린 채 철로 위에 누웠다. 철로 양측에 걸린 겨드랑이가 너무 아파 앞으로 조금 기어가 철로 위에 배를 올려놓았다. 훨씬 편안했다. 다가오는 기차에 철로가 흔들리기 시작했고, 그의 몸도 따라 흔들렸다. 그는 또다시 하늘빛이 그리웠다. 고개를 들어 멀리 하늘을 바라보았고, 다시 고개를 돌려 눈앞에 펼쳐진 붉은 장미 꽃밭 같은 논을 보았다. 정말 아름다웠다. 바로 그때 갑자기 놀랍게도 갈매기 한 마리가 눈에 들어왔다. 갈매기는 울고 있었는데, 날갯짓을 하며 멀리에서 날아오고 있었다. 열차의 덜컹대는 소리가 그의 허리를 지나쳤을 때 임종을 맞은 송강의 눈길에 남은 마지막 정경은, 고독한 한 마리 갈매기가 광활한 꽃밭 위로 날고 있는 모습이었다.

45

이광두와 임홍은 흰색 BMW를 타고 밤의 서막이 내리기 전에 류진에 도착하여 이광두의 호화 저택으로 들어갔다. 임홍은 처녀막 재생 수술을 마쳤고, 이광두는 북경과 동북에서 몇 가지 사업을 진행시켜

두 사람이 차에서 내렸을 때는 마치 개선장군들 같았는데, 그들이 막 거실에 들어섰을 때 이광두의 휴대전화가 울렸고, 그것은 류 부에게 서 온 것이었다. 만찬이 준비되어 있으니 바로 드시라는 내용이었다. 이광두는 전화를 끊으며 찬탄했다.

"이 개후레자식, 진짜 주도면밀하다니까."

이광두와 임홍은 짐을 거실에 던져놓고는 두 마리 제비처럼 식당으로 들어갔다. 이때가 날이 막 저물어갈 때였다. 이광두가 샹들리에의 불을 켜자 식탁에는 이미 음식이 차려져 있었고, 가운데는 붉은 장미 한 다발이 놓여 있었다. 1985년 프랑스 산 붉은 포도주가 얼음통 안에 있었는데 이미 개봉한 상태에 코르크 마개만 끼워져 있었다. 이광두와 임홍은 마주 앉았고, 이광두는 류 부에 대해 대단히 만족한 듯 임홍에게 말을 걸었다.

"이 개자식, 진짜 분위기 낭만적으로 꾸며놓았구먼."

임홍은 식탁 위의 만찬과 붉은 장미 다발을 보고 깔깔 웃으며 외국 인이 식사하는 것 같다고 했다. 이광두는 곧바로 외국 신사처럼 허리를 쭉 편 채 얼음통 속의 포도주를 들어 코르크 마개를 연 후 자기 잔에다 조금 따르고 나서 병을 내려놓고 잔을 들어 가볍게 몇 차례 흔든 뒤 코에다 대고 향을 맡고 한 모금 맛보고는 상찬의 한마디를 했다.

"술맛이 훌륭하군."

그러고 나서 일어나서는 왼손을 뒤로한 채 오른손으로 병을 들고 멋지게 임홍의 잔에 포도주를 따라준 후 앉아 자신의 잔을 들고 임홍이 잔을 들기를 정중하게 기다렸다. 임홍은 늘 욕이나 저급한 말만 하던 이광두가 갑자기 우아하게 행동하는 모습을 보니 웃음이 터지는 것을 참지 못했다.

"이런 건 어디서 배웠어요?"

"텔레비전에서 배웠지."

이광두는 우아하게 대답하며 잔을 든 채 임홍이 잔을 들어 부딪치기를 기다렸고, 임홍이 살짝 한 모금을 마시자 잔을 내려놓았다. 이광두의 됨됨이나 주량이나 마찬가지여서 한 번에 다 털어 마시고 잔을 내려놓은 뒤 개가 똥을 못 끊듯 임홍에게 우악스럽게 소리쳤다.

"빨리 먹어. 다 먹고, 빨리 씻고, 씻고 나서 침대에서 기다려."

같은 시각, 송강은 주불유의 간식식당에서 평생 처음으로 빨대 만두를 먹으며 뜨거운 육즙에 입을 데었지만 전혀 느끼지 못했고, 그가 일어나 식당 문을 나서서 서쪽 철로변을 향하고 있을 때 이광두는 게걸스럽게 저녁을 먹고 발정난 개처럼 조급하게 임홍에게 빨리 먹으라고 재촉하는 중이었다. 인간 세상이란 이렇다. 한 사람은 죽음으로 향하면서도 저녁노을이 비추는 생활을 그리워하고, 다른 두 사람은 향락을 추구하지만 석양이 얼마나 아름다운지 알지 못한다.

노을도 사라지고, 지는 태양도 사라지고, 캄캄한 어둠만이 우리 류진을 둘러싼 가운데 송강은 미약한 달빛 아래 철로에 누워 자살했다. 그 순간 임홍은 알몸으로 이광두의 침대에 누워 이광두가 욕실에서 나오길 기다리고 있었다. 이광두는 욕실에서 한참을 꾸물댔다. 그가 막 수도꼭지를 틀었을 때 류 부에게서 두 번째 전화가 왔고, 류 부는 이광두가 욕실에 있을 거라 짐작하고 깍듯하게 욕실장 속에 처녀막을 관찰할 수 있는 신식 무기가 있다고 알려왔다. 이광두는 전화에 대고 친근한 어조로 류 부를 '개후레자식'이라고 욕하고, 씻은 후 황급히 몸을 닦고 허리를 굽혀 장을 열고서 어떤 신식 무기가 있나 살펴보았는데, 그 안에서 상상도 못했던 광부들이 쓰는 물건들이 나왔다. 이광두는 처음에는 얼이 빠져 멍했지만, 잠시 후 류 부 이 개후레자식에 대한 칭찬을 멈추지 않았다.

침대에 기댄 채 임홍은 이광두가 욕실에서 시끄럽게 떠드는 소리를 들으며 무슨 말을 하는지 몰랐다가 정작 욕실을 나선 이광두의 모습을 보고는 그야말로 넋이 빠져버렸다. 알몸의 이광두가 광부들이 쓰는 탄광등이 달린 모자를 썼는데, 허리에는 전지가 달린 허리띠를 메고, 청나라 때 변발처럼 전선이 모자에서 허리까지 이어져 있었으니 말이다. 이광두는 얼빠진 임홍을 보며 탄광등을 밝혔고, 순간 불빛이 임홍의 하반신을 환하게 밝히자 이광두는 득의양양한 어조로 이렇게 하면 임홍의 처녀막을 제대로 감상할 수 있겠다고 했다. 이광두가 광부가 막장에서 기어가듯 실실 웃으며 침대에 기어올라 가자 임홍은 이광두가 이렇게 하고 나올 줄은 꿈에도 생각지 못했기에 배를 잡고 웃음을 터뜨렸다. 임홍은 숨을 가눌 수 없을 정도로 웃었고, 기침까지 해댔다. 이광두는 기분이 상해 고개를 들어 임홍의 가슴을 비추었다.

"당신, 이게 무슨 처녀야?"

임홍은 웃음을 멈추지 못하고 눈물까지 흘렸다.

"웃겨 죽겠네, 웃겨 죽겠어……."

이광두는 토라진 듯 옆에 앉아 탄광등으로 벽을 비추면서 임홍을 보다가 웃음이 그치자 화를 냈다.

"젠장할, 당신 완전히 탕부 같아. 어딜 봐서 처녀 같으냐고?"

임홍은 웃음이 터져 나오는 입을 손으로 막으며 웃다가 자못 진지한 자세로 이광두에게 반문했다.

"처녀는 어떤데요?"

그러자 이광두가 훈계했다.

"처음으로 남자의 알몸을 봤으면 손으로 얼굴을 가려야 맞지."

임홍이 키득거리며 두 손으로 자신의 얼굴을 가렸지만 두 다리를 벌리고 있어서, 이광두는 그게 여전히 불만이었다.

"음탕한 여자나 남자 알몸을 봤을 때 다리를 벌리지, 어디 처녀가 다리를 벌리고 있어?"

임홍은 다리를 바짝 오므리며 물었다.

"이렇게 하면 되죠?"

이광두의 훈계는 계속되었다.

"두 손으로 남자가 거길 못 보게 가려야지."

임홍은 기분이 상했다.

"두 손으로 얼굴을 가리라고 해놓고, 또 두 손으로 거길 가리라고 하면, 난 뭐 손이 네 개에요?"

생각해보니 그 말이 맞아 이광두는 임홍에게 지도를 요청했다.

"당신, 처음으로 송강과 했을 때 어떡했어?"

"이불 속에서요. 불 끄고."

이광두는 잽싸게 침대에서 내려와 모든 불을 다 껐고, 그렇게 하자 모자의 탄광등이 한층 더 밝게 느껴져 임홍이 눈을 뜰 수가 없을 정도였다. 임홍은 탄광등을 끄라고 했지만 이광두는 듣지 않고 탄광등을 끄면 처녀막을 볼 수 없다고 했다. 그리고 또 물었다.

"송강은 어떻게 당신 처녀막을 봤는데?"

"안 봤어요. 보는 걸 부끄러워했어요."

"바보 같은 놈. 난 볼 거야. 안 보면 손해지, 안 보면."

그렇게 말하면서 이광두는 임홍의 넓적다리로 기어올라가 임홍의 처녀막을 보려 했지만, 임홍이 이광두가 못 보도록 손으로 힘껏 거기를 가렸고, 이광두가 손을 떼어내면 엉덩이를 옆으로 돌려버렸으며, 또 힘을 써 엉덩이를 똑바로 놓으면 손으로 거길 가렸다. 이광두는 몇 번이나 시도했지만 실패하자 소리를 질러버렸다.

"젠장할, 좀 보여줘!"

"당신이 두 손으로 가리라면서요."

"젠장할, 가리더라도 좀 적당히 해야지."

"알았어요. 적당히 할게요."

이광두가 두 번 힘을 주자 임홍은 손을 풀었고, 그녀는 응응 소리치며 몇 번 다리를 돌리다가 포기한 듯 다리를 확 벌렸으며, 이광두는 대단히 만족한 듯 반응했다.

"좋아! 연기 잘한다!"

이광두가 탄광등을 비추며 잠시 보고 있자 임홍은 또 부끄러운 척하며 손으로 거길 가렸고, 이광두는 좋아 죽겠는지 소리를 질러댔다.

"진짜 같아! 진짜 똑같아!"

그때 임홍은 이광두에게 다소 불만이었다.

"당신은 어디가 총각 같은데? 탄광등 달린 모자 쓴 게 딱 오입쟁이야. 남자도 처음에는 좀 쑥스러워해야지. 송강은 부끄러워했어."

이광두의 생각에 임홍의 비판이 일리가 있어 탄광등을 끄고 허리띠를 풀어 한꺼번에 침대 아래로 던져버렸다.

"이제 불도 끄고 어두우니까 진짜 처녀 총각처럼 하자."

두 사람은 어둠 속에서 어루만지며 껴안고 있다가 이광두가 집어넣자, 임홍은 진짜 고통의 비명을 내질렀다. 이광두는 그 소리를 듣고 흥분해서 몸서리를 쳤다. 임홍과 그렇게 많이 했지만 이런 식의 비명은 처음이었던 것이다. 곧이어 임홍은 신음 소리를 냈다. 고통의 신음이었고, 쾌감의 신음이기도 했다. 몸에서 땀까지 솟아나고 점차 고통 속에서 쾌감이 떠오르며, 이제껏 느껴보지 못했던 자극이 전해졌고, 로켓이 추동하는 우주 비행선처럼 고통이 일으키는 강렬한 쾌감이 전해졌다. 그리고는 해일 같은 흥분이 밀려왔다. 임홍은 용솟음치는 쾌감에 온몸에 경련을 일으키며 기진맥진해서 소리쳤다.

"너무 아파요……."

이 순간 이광두는 자신이 20년 전으로 돌아간 듯했다. 여자와의 잠자리에 닳고 닳은 이광두도 이제껏 느껴보지 못했던 강렬한 자극을 받았고, 흥분한 두 육체는 서로에게 파란을 일으키며 임홍이 파고들면 이광두가 꼭 껴안았고, 임홍의 몸이 떨리면 이광두의 몸도 떨려왔다. 임홍이 흥분의 정점에 이르러 경련을 일으킬 때 이광두는 자신이 지진 중인 대지를 안고 있는 듯했다. 바로 그때 그 무엇과도 비교할 수 없는 휘황찬란한 흥분의 정점에 도달한 이광두가 한껏 소리를 질렀다.

그리고 나서 두 사람은 중풍 환자들처럼 침대에 누워 있었다. 두 개의 심장은 미친 듯이 격렬하게 뛰었다. 임홍은 숨이 넘어갈 듯했고, 이광두는 헐떡거렸다. 두 사람 모두 미친 듯한 흥분과 이제껏 경험해보지 못했던 정점에 도달했고, 이제 에베레스트 정상에서 천천히 낙하하여 사방이 모두 흰 눈인 가운데 마치 백지처럼 가볍게 바람에 날려 대지로 돌아오는 중이었다.

49

이날 밤 임홍은 생애에 유례없는 흥분을 경험한 후 마치 몸이 산산이 분해되는 듯한 느낌이 들었다. 그녀는 눈을 감고 피곤에 지쳐 유린당한 새끼 양처럼 누워 있었는데, 이광두는 생기가 넘쳐 두 번, 세 번, 네 번, 해댔고, 임홍은 죽다 살아난다는 것이 무엇인지 다시 한 번 체험하게 되었다. 세 번째 임홍은 지난번의 약속을 들어 많아야 두 번이라며 사지가 늘어진 채 거절했지만, 이광두는 오늘은 총각이 처음으로 여자를 맛보는 날이니 개가 똥을 끊지 어떻게 두 번으로 족하겠느냐며 떳떳하게 돌진했다. 임홍은 아무 감각이 없는 상태에서 이광두에게 세 번째를 허락했는데 이광두는 한 번 더 하려고 들었다. 임홍은 힘들어 죽을 것 같아 거의 울먹였지만, 이광두는 이번이 마지막이라고, 이후로는 다시는 안 하겠다고, 송강에게 돌려주겠다고 했다.

류 부가 새벽 두 시가 조금 넘은 시각, 이광두에게 전화를 했을 때 이광두는 막 임홍과 네 번째 하는 중으로, 임홍이 이를 악문 채 고통을 참으며 짐승 같은 남자를 견디는 중이었다. 이때 휴대전화가 울렸다. 이광두는 열심히 하면서 휴대전화를 들었고, 류 부의 전화번호를 확인한 후 욕을 한마디 뱉으며 받지 않았다. 잠시 후 휴대전화가 두 번째로 울렸고, 이광두는 또 욕을 하며 받지 않았다. 그 후 또 휴대전화가 울리자 이광두는 화가 치밀어 휴대전화를 열고 호통을 쳤다.

"어르신이 지금 막 절정에……."

이광두는 소리를 지르다 류 부의 한마디를 듣고 마치 포탄이 터진 것처럼 외마디 비명을 질렀다.

"악!"

그는 놀라 허둥대며 임홍의 몸에서 떨쳐 일어나 침대에서 내려가더니 알몸으로 바보처럼 서서 휴대전화를 든 채 벌린 입을 다물지도 못하고 류 부의 한마디에 온몸을 부들부들 떨고 있었다. 류 부가 말을 마치고 휴대전화를 끊었음에도 이광두는 휴대전화를 귀에다 댄 채 지각을 상실한 듯 꼼짝도 않고 서 있었으며, 잠시 후 휴대전화가 바닥에 떨어지는 소리에 깜짝 놀라 정신이 돌아왔는지 고통의 눈물을 흘리며 자신을 저주하기 시작했다.

"나는 니미럴, 절대 좋게 죽지 못할 거야. 차에 치어 죽지 않으면 불에 타 죽고, 불에 타 죽지 않으면 물에 빠져 죽고, 물에 빠져 죽지 않으면 차에 치어 죽을 거야…… 이 개후레자식아……."

임홍은 무척이나 힘이 들어 숨을 겨우 쉬고 있는데 정신이 혼미한 와중에 자신의 몸 위에서 이광두가 전화를 받고 나더니 용수철처럼 튕겨나가는 것이 느껴졌다. 이내 아무 소리도 없이 이광두는 허공에 주먹을 휘두르면서 스스로에게 잔인하게 욕을 하다 고개를 떨어뜨렸다. 임홍은 눈을 제대로 뜨고 무슨 일이 벌어졌나 싶어 긴장한 채 일어나 앉았고, 이광두가 휴대전화를 바닥에 떨어뜨리면서 갑자기 흐느끼기 시작하더니 아이처럼 두 손으로 눈물을 훔치며 비통해하자 임홍은 어렴풋하게나마 뭔가를 느끼고 불안한 표정으로 물었다.

"무슨 일이에요?"

이광두는 엉엉 울며 임홍에게 대답했다.

"송강이 죽었대. 이 개후레자식이 철로에 누워서 자살했대!"

임홍은 벌린 입을 다물지 못한 채 마치 이광두가 자신을 방금 강간한 듯 공포에 질린 눈으로 이광두를 바라보았다. 그녀는 신속하게 침대에서 내려가 옷을 입었지만 그 다음에 어떡해야 할지 알 수가 없었고, 그녀는 방금 의사에게 불치병 선고라도 받은 듯한 당황한 표정이었다. 잠시 후 눈물을 비처럼 쏟아냈다. 악다문 입술이 터졌지만 눈물을 막을 수는 없었다. 그녀는 이광두가 여전히 알몸으로 서 있는 것을 보고 갑자기 그의 몸뚱이가 혐오스럽게 느껴지면서 증오로 가득한 말을 던졌다.

"넌 왜 안 죽어?"

이광두는 드디어 분풀이 대상을 찾아냈는지 천둥처럼 악다구니를 썼다.

"이런 창녀 같으니라고, 송강의 시신이 네 집 앞에서 네가 문을 열어주길 세 시간이 넘게 기다리고 있다잖아! 너 이 창녀 같은 년은 아직까지 밖에서 남자랑 몰래……."

임홍은 이를 악물며 대꾸했다.

"그래, 나 창녀다. 그럼 넌 뭐야? 이 개자식, 후레자식아!"

이광두 역시 이를 악물었다.

"그래, 나는 개자식, 후레자식이다. 이 빌어먹을 음탕한 년아!"

임홍은 한이 뼈에 사무친 듯 소리쳤다.

"그래, 난 음탕한 년이다. 이 금수만도 못한 놈아!"

이광두는 두 눈이 새빨갛게 물든 채 말했다.

"그래 금수만도 못하다. 빌어먹을, 너는 뭐냐고? 너는 니미럴 네 남편을 죽였잖아!"

임홍이 날카롭게 소리를 질렀다.

"그래, 내가 내 남편을 죽였다고 치자. 너는 네 형제를 죽였잖아!"

그 말을 들은 이광두는 더 이상 엉엉 울지 않고 갑자기 불쌍한 모습으로 변해버리더니 두 손을 내밀며 임홍에게 다가가 슬픈 목소리로 이렇게 말했다.

"우리 둘이 송강을 죽인 거야. 우리 다 온전히 죽지 못할 거야……."

임홍은 이광두의 손을 뿌리치면서 혐오스러운 듯 소리쳤다.

"꺼져!"

임홍이 뒤돌아 이광두의 침실을 나와 계단을 내려가서 거실을 지날 때 알몸의 이광두가 그녀의 뒤를 따라오고 있었는데, 집 문을 열고 나가려 할 때도 계속 뒤따라오자 그녀가 걸음을 멈춘 채 소리쳤다.

"따라오지 마!"

"젠장할, 누가 너를 따라가!"

알몸인 이광두는 소리치며 임홍을 앞서 걷기 시작했다.

"난 송강을 만나러 가는 거라고!"

임홍도 소리를 질렀다.

"멈춰! 너는 송강을 볼 면목이 없어."

"나는 송강을 볼 면목이 없지."

이광두는 그 말을 듣고 상심한 듯 걸음을 멈춘 뒤 고개를 돌려 임홍에게 악을 썼다.

"너같은 창녀도 송강을 볼 면목이 없어."

임홍은 암울한 안색으로 고개를 끄덕이며 이광두의 말에 동의한다는 듯한 표정이었다.

"나도 마찬가지지. 하지만 그 사람은 창녀의 남편이잖아……."

이광두는 울음을 터뜨렸다.

"걔는 내 형제야……."

이광두는 울며불며 가슴을 치고 발을 동동 구르면서 거리를 걷다가 문득 자신이 알몸이라는 것을 깨닫고는 어찌 할 바를 모른 채 걸음을 멈춰 섰고, 임홍이 뒤따라오자 그는 난감한 듯 손으로 아랫도리를 가렸는데, 임홍은 그런 그가 가여웠는지 차분한 목소리로 이렇게 말했다.

"돌아가."

이광두는 말 잘 듣는 아이처럼 고개를 끄덕였고, 임홍이 그의 옆을 지나칠 때 울음을 삼키면서 하는 말이 들려왔다.

"나는 분명 대가를 치를 거야. 당신도 대가를 치를 거고."

임홍은 고개를 끄덕이며 손을 들어 눈물을 훔치면서 말했다.

"나는 분명히 대가를 치를 거야."

이날 밤, 가을바람이 일고 차가운 달빛이 내리는 가운데 철로변을 따라 석탄 덩어리를 줍던 어떤 사람이 송강을 발견하고 철로변 두 집에 소식을 전했다. 송강의 몸에는 핏자국이 하나도 남지 않았고, 열차 바퀴가 그의 허리를 치고 갔지만, 옷은 전혀 상하지 않은 가운데 몸뚱이만 두 동강이 났다. 밤 열한 시, 송강은 철로변에 사는 두 남자에 의해 수레에 실려 집으로 옮겨졌다. 이 두 사람은 송강이 짐꾼 일을 할 때 함께 일했던 동료로, 그들은 마스크를 쓴 것이 송강임을 알아보고 놀란 뒤 돌 위에 옷과 안경을 보고 잠시 의논을 하고 나서 수레를 구해 송강을 옮겨 싣고, 송강의 안경은 그의 주머니에 넣고, 송강의 옷으로 그의 몸을 덮어주었다. 송강은 키가 컸기에 수레 위에 눕히니 몸이 다 안 들어가고 머리가 밖에 걸렸고, 두 다리도 바닥에 끌렸다. 그리하여 한 동료가 앞에서 수레를 끌고 다른 하나는 뒤에서 두 다리를 쳐든 채 정적에 싸인 우리 류진의 거리를 지나갔다. 거리 가득한 낙엽이 수레바퀴에 '사박사박' 소리를 냈고, 가끔 지나가는 행인들이 그들을 보고 호기심 어린 눈길로 쳐다보았지만 그들 가운데 어느 누구도 말을 하지 않은 채 앞뒤에서 허리를 굽히고 송강을 집 앞으로 데리고 갔다. 두 사람은 수레를 내려놓고 송강의 몸을 조금 당겨 머리가 수레 밖으로 나오지 않도록 하고, 두 다리를 접어 땅에 지탱할 수 있게 했다. 그러고 나서 두 사람은 문을 가볍게 두들겼고, 또 조그만 소리로 불러도 보았다. 그들은 아무 말 없이 30분이 넘게 기다리고 나서야 집에 임홍이 없다는 걸 알았다. 그리하여 한 사람은 수레의 손잡이에 걸터앉아 송강을 지켰고, 다른 한 사람은 아무도 없는 길을 따라 걸어 이광두네 회사 사람을 찾으러 갔다. 그는 송강이 이광두의 형제라는 걸 알았고, 임홍과 이광두의 추문도 들은 바가 있었기 때문이다. 죽은 송강은 이미 집에 도착했지만, 집 안으로 들어갈 수가 없어 얼굴을 쳐든 채 문밖 수레 위에 누워 있었다. 수레 손잡이에 걸터앉은 사내는 가을바람에 날리는 낙엽들이 송강의 몸 위로 날리는 모습을 멍하니 지켜보았고, 나무에서 떨어지거나 땅에서 바람에 날린 나뭇잎들이 수레 위로 날아들었다. 그렇게 있다가 새벽 두 시가 되어서야 다른 동료가 류 부를 데리고 오는 모습이 눈에 들어왔다.

류 부는 수레 앞에 선 채 송강을 보았고, 고개를 절레절레 흔들며 한쪽으로 가서 이광두에게 전화를 걸었다. 류 부는 전화를 건 뒤 수레 앞으로 다시 갔고, 세 사람은 아무 말 없이 송강의 집 문 앞에 서 있었다. 새벽 세 시경, 그들의 눈에 임홍이 멀리서 걸어오는 모습이 들어왔다. 텅 빈 우리 류진의 거리에 나타난 임홍은 가로등 아래를 지날 때는 빛을 발하다 이내 어둠 속으로 들어섰고, 곧이어 다시 빛을 발하며 가로등 아래에 모습을 나타냈고, 곧 다시 어둠 속으로 들어섰다. 고개를 숙인 채 두 손으로 자신의 어깨를 감싸안고 걸어오는 임홍의 모습은 마치 삶에서 나와 죽음으로, 죽음에서 나와 삶으로 들어서는 것 같았다.

임홍은 세 사람 앞에 와 그들의 시선을 피한 채 몸을 옆으로 돌려 수레 옆을 지나서 문을 열며 뒤돌아 수레 위의 나뭇잎에 덮인 송강을 바라보았다. 문을 열자 안은 어두웠고, 임홍은 다시 고개를 돌려 송강을 바라본 뒤 어쩌지 못하고 수레 앞에서 몸을 숙여 그의 얼굴을 덮은 나뭇잎들을 거두어냈다. 나뭇잎을 거두자 보이는 것은 송강의 얼굴이 아닌 그의 마스크였는데, 그 순간 그녀는 땅바닥에 무릎을 꿇은 채 흐느끼기 시작했다. 그녀는 온몸을 부들부들 떨며 송강의 마스크를 벗겨냈고, 달빛에 드러난 송강의 평온한 얼굴을 보며 떨리는 두 손으로 그의 얼굴을 어루만졌다. 이 얼굴에 얼마나 많은 행복의 미소가 담겨 있었던가. 얼마 전 열차를 타고 있을 때만 해도 이 얼굴에 얼마나 많은 바람들을 담고 있었던가. 이제 생명이 떠나갔고, 이 얼굴에는 깊은 밤처럼 차가움만 남아 있었다.

50

임홍은 소리 한 점 없는 새벽을 보냈는데, 송강이 생전의 동료들에 의해 침대로 옮겨지고 난 뒤에야 그의 몸이 잘린 사실을 알게 되었다. 두 동료가 송강의 손과 발을 들어 침대 밑으로 갔을 때 송강의 몸은 마치 접혀 있는 것 같았고, 엉덩이가 시멘트 바닥을 스쳐 몸에 붙어 있던 나뭇잎들이 떨어졌다. 침대에 눕혀진 후 접힌 상태였던 몸뚱이는 잘 포개졌고, 몇 개의 이파리들이 침대에 떨어졌다. 류 부와 송강의 생전 동료들이 간 후 여명이 밝아오기 전의 류진에는 정적이 흘렀고, 임홍은 침대 위에 무릎을 감싸안은 채 앉아 눈물을 한없이 쏟아내며 조용한 송강의 얼굴을 바라보았고, 조용한 나뭇잎들을 바라보았다. 그녀의 머릿속은 때로 모호했다가 때로는 아주 새롭게 또렷했다. 모호했을 때는 어두운 밤처럼 적막했고, 또렷했을 때는 송강이 말하는 모습이나 미소 짓는 모습이나 길을 걷거나 사랑이 담뿍 담긴 손길로 그녀를 어루만지는 느낌이 들었다. 그것은 두 사람 만의 달콤한 비밀이었고, 그 누구도 끼어들 수 없었다. 이제 20년간 함께했던 세월이 끝을 맺었고 앞으로 함께할 세월은 더 이상 없을 터였다. 임홍은 오한이 났고, 고독하고 텅 빈 한기가 전해졌다. 그녀는 자신이 송강을 죽였다고 한 번, 또 한 번 스스로에게 되새겼다. 그녀는 스스로를 원망하며 비명을 지르고 싶었지만, 비명을 지르지 않고 아무 말 없이 자신의 머리칼 한 움큼을 뜯어내 두 손으로 힘껏 잡아당겼다. 그녀의 머리칼에 그녀의 손가락이 찢겼고, 양손에 선연한 피가 흥건했다. 그녀는 가련한 눈길로 이제 영원한 평온을 얻은 송강을 보며 또박또박 말을 건넸다.

"당신, 왜 간 거예요?"

그리고 나니 갑자기 가슴속에서 수많은 억울했던 일들이 솟아났다. 송강이 떠나고 나서 고립무원이었을 때 골초 류 공장장에게 당한 무수한 억울한 일들이 떠오르면서 울며불며 하소연을 했다.

"말 못 한 억울했던 일들이 무척이나 많은데 가버리면……."

다음 날 임홍은 송강이 자살하기 전에 부친 편지를 받았다. 총 여섯 장에 걸친 편지는 한 글자, 한 줄이 폐부를 찔러왔다. 송강은 그동안 행복했고, 자신의 옆에 늘 있어줘서 감사하며, 폐를 다친 후부터 임홍과 헤어질 생각을 했다고 적혀 있었다. 하지만 임홍이 어떤 일이 있어도 헤어지지 않겠다는 말에 그는 죽어도 여한이 없었다고 했다. 그는 임홍에게 그의 자살에 대한 용서를 빌었다. 자기로 인해 괴로워하지 말라며 임홍과 함께 산 20년은 그 어떤 여자와 산 20년보다 나았다면서 자신의 인생에 만족한다고 했다. 그리고 1년 전 말없이 떠난 것은 많은 돈을 벌어 임홍을 앞으로 걱정 없이 살게 해주고픈 생각 때문이었지만 돈 버는 재주가 없어서 겨우 3만 원밖에 가지고 오지 못했다며, 베개 밑에 넣어두었다고 아쉬워했다. 송강은 임홍이 자신에 대한 부담을 벗어버리면 잘살 수 있을 거라면서, 스스로의 능력으로 잘살아가길 바란다고 했다. 마지막으로 이광두를 원망하지 않는다고, 더군다나 임홍은 원망하지 않는다고, 자기 자신도 원망하지 않는다면서 다만 자신이 먼저 갈 뿐이라고, 다른 세상에서 임홍을 바라볼 거라고, 어느 땐가 다시 만날 날이 있을 테니 그때는 영원히 함께하자고 했다.

임홍은 송강의 편지를 읽고 또 읽고, 울고 또 울고 편지지가 온통 눈물로 젖을 때까지 울었다. 그러고 나서 임홍은 울며 일어나 송강의 옷을 벗기고 그의 몸을 닦아주면서 가슴이 빨갛게 부어오른 것을 보았고, 놀란 손으로 수건을 들고 가슴을 닦다가 겨드랑이에 생긴 화농을 보고 온몸을 덜덜 떨었다. 그녀는 눈물을 닦고 상처를 찬찬히 보려 했지만 이내 다시 눈물로 눈앞이 흐려졌고, 다시 눈물을 닦고 상처를 자세히 보려했지만 또다시 그녀의 눈은 흐려졌다. 그녀는 겨드랑이 양쪽의 상처가 어떻게 생긴 것인지, 외지를 떠돌아다닐 때 무슨 일이 있었는지 알지 못했다. 그녀는 수건을 든 채 멍청히 한참을 서 있었다. 그녀는 눈물을 흘렸고, 고개를 가로저었으며, 의혹을 품었고, 갈피를 잡을 수도 없었고, 아무것도 알 수 없었다. 베개 밑에서 송강이 낡은 신문지로 싸놓은 3만 원을 꺼낸 순간 그녀는 하마터면 기절할 뻔했다. 다리에 힘이 빠지면서 침대 옆에 무릎을 꿇고 침대에 흩어진 지폐들을 보며 드디어 알 것 같았다. 그녀는 침대 위의 지폐들을 떨리는 손으로 한 장 한 장 포개놓았고, 붉게 부어오른 가슴과 겨드랑이의 상처를 보고 그녀는 이 돈 한 장 한 장에 송강의 피와 땀이 스며들어 있음을 알게 되었다.

닷새 후 송강의 시신을 화장할 때 우리 류진 사람들은 임홍을 다시 보게 되었다. 그녀의 눈은 전구처럼 빨갰고 부어 있었다. 그녀는 더 이상 눈물을 흘리지 않았고, 표정도 없고 눈빛은 냉담했다. 송강의 시신이 불구덩이로 들어갈 때 그녀는 사람들이 상상했던 것처럼 통곡하지 않았고, 고통스러운 듯 두 눈을 감은 채 한 줌의 재가 된 송강에게 마음을 전했다.

"내가 무슨 짓을 저질렀든 내 일생에 사랑했던 사람은 당신 한 사람 뿐이었어요."

이광두 역시 송강의 편지를 받았고, 그 또한 편지를 읽으며 눈물을 펑펑 쏟았다. 송강은 편지에서 두 사람이 서로 목숨을 의지하며 지낸 비참했던 어린 시절을 돌이키면서 그가 시골로 내려가 어떻게 먼 거리를 달려 이광두를 만나러 갔나, 열여덟 살 때 류진으로 돌아와 직장을 얻었을 때 이광두가 얼마나 행복하게 열쇠를 복사하러 갔었나, 그리고 처음으로 월급을 받았을 때 얼마나 기뻤는가를 열거한 후 임홍 이야기를 했다. 그때부터 송강의 글 분위기가 유쾌하게 변했다. 임홍은 이광두를 사랑하지 않았고, 임홍이 사랑한 것은 자신이라는 부분을 상당히 으스대면서 썼다. 송강은 이광두의 성공을 대할 때마다 몰래몰래 기뻐했다면서, 어머니가 돌아가시기 전 이광두를 잘 보살펴달라고 하셨는데 지금 몹시 기쁘다고, 어머니를 만날 때 아무런 걱정이 없겠다며, 어머니에게 이광두가 얼마나 대단한지 말씀드리겠다고 했다. 거기까지 쓰고 나서 송강은 또 슬퍼지기 시작했다. 아버지 송범평이 너무도 그립다면서 만약 가족사진이 없었다면 아마도 아버지의 모습을 분명히 기억하지 못했을 거라며 이렇게 세월이 많이 지났어도 아버지 모습이 변하지 않았으니 저승에서 아버지를 만나도 한눈에 알아볼 수 있겠다고 했다. 편지 말미에는 이광두에게 형제의 정을 생각해서 임홍에게 꼭 좋은 일자리 하나를 구해달라는 부탁과 함께 다음과 같이 적혀 있었다.

"이광두, 네가 예전에 이렇게 말했지. 하늘이 뒤집어지고 땅이 갈라져도 꿋꿋하게 우리는 형제라고. 이제 내가 너한테 말할게. 삶과 죽음이 우리를 갈라놓아도 우리는 여전히 형제다."

이광두 역시 송강의 편지를 여러 번 읽었고, 한 번 읽을 때마다 자신의 뺨을 한 대씩 후려치며 통곡했다. 송강이 죽고 나서 이광두는 다른 사람으로 변했다. 더 이상 회사에 출근하지 않고 온종일 호화 저택에서 아무 말 없이 혼자 지냈다. 류 부만 저택에 출입이 가능했고 그를 만날 수 있었다. 류 부가 그에게 회사의 경영 상황을 보고할 때 그는 유치원의 아이가 선생님을 바라보듯 류 부를 바라보았고, 류 부가 보고를 마치고 지시를 기다릴 때 그는 창밖을 보면서 한숨을 쉬었다.

"날이 곧 저물겠다."

류 부는 그렇게 서 있다가 아무런 지시가 없자 이광두에게 다시 한번 상기시키는 수밖에 없었다.

"이 총재님, 그 말씀은……."

이광두는 고개를 돌려 가련한 얼굴로 류 부를 보며 말했다.

"나는 이제부터 고아야."

임홍은 송강의 유품을 정리하다가 이광두에게 꼭 전해주어야 할 물건 두 개를 발견했다. 가족사진과 송강이 베낀 이광두의 공장장 임명장이었다. 임홍은 그것들을 편지봉투 두 통에 담아 류 부를 통해 이광두에게 전해주었다. 이광두는 류 부에게서 편지봉투를 받아들었고,

첫 번째 봉투에서 가족사진이 흘러나와 바닥에 떨어졌다. 이광두는 바닥에 무릎을 꿇은 채 사진을 주워들고 다른 편지봉투를 들고 책상에 가서 앉은 뒤 서랍을 열어 한참을 뒤진 끝에 다른 한 장의 가족사진을 꺼내 두 장의 사진을 보고 또 보다가 조심스럽게 한데 포개어 다시 서랍에 넣어두었다. 그리고 나서 일어나 류 부에게 가면서 다른 편지봉투를 열었고, 20여 년 전 송강이 직접 베껴 쓴 임명장이 나오자 그는 걸음을 멈추었다. 의혹의 시선으로 위의 글자를 보던 이광두는 아래쪽 송강이 붉은색 잉크로 직접 그린 직인을 보고 나서야 이게 무엇인지 알고는 순간 휘청하며 그대로 바닥에 쓰러지고 말았다.

송강의 시신을 화장하던 날, 이광두는 그의 호화 저택을 나섰다. 벤츠도 BMW도 타지 않고 홀로 젖은 눈길로 화장장으로 떠났다. 송강의 시신이 불구덩이로 들어갈 때 임홍은 울지 않았지만 이광두는 대성통곡을 했고, 이광두가 엉엉 울며 혼자 화장장을 나설 때 검은색 벤츠와 흰색 BMW가 뒤를 천천히 뒤따랐지만, 이광두는 돌아보며 벤츠도 꺼지고 BMW도 꺼지라고 추상같이 화를 냈다. 그리고 나서 계속 눈물을 훔치며 혼자 걸어갔다. 우리 류진 사람들은 몹시 의아해하며 이렇게 말했다.

"이광두가 임대옥(林黛玉. 《홍루몽》에 등장하는 비극적 여주인공 — 옮긴이)으로 변할 줄은 생각도 못했네."

이광두는 회사로 출근하지 않고 복지공장으로 갔다. 일찍이 류진경제연구주식회사로 불리던 이곳은 류진경제연구원으로 바뀌어 있었다. 송강의 아름다운 필적으로 베낀 임명장이 이광두를 과거에 대한 기억으로 이끌었고, 이미 수년간 보지 않았던 열네 충신들이 이제야 보고 싶어졌던 것이다.

이광두의 갑작스런 출현에 여전히 장기를 두며 욕을 하던 절름발이들은 놀라고 기쁘고, 동시에 "이 공장장님!"을 외치며 흥분해서 뛰어나오다가 하나는 자빠지고, 하나는 비틀거리다가 문틀에 부딪쳤다. 이광두는 아버지가 아이들을 대하듯 넘어진 이를 일으켜주고 문틀에 들이받아 멍든 이마를 어루만져주었다. 그러고 나서 이광두는 절름발이 둘의 손을 끌고 나머지 열두 충신들을 찾아 나섰고, 두 절름발이는 흥분의 함성을 내질렀다.

"이 공장장님 오셨다! 이 공장장님 오셨다!"

바보 셋과 장님 넷은 그 소리를 들었지만 귀머거리 다섯은 그 말을 듣지 못했다. 장님 넷이 아무래도 바보 셋보다는 빨라서 그들은 대나무 지팡이를 들고 땅을 짚어가며 문밖으로 향했지만, 하나만 문밖으로 나섰고, 셋은 문틈에 끼었는데 아무도 양보하려 들지 않자 눈을 가늘게 뜬 채 입을 무지 크게 벌려 "이 공장장님!"이라는 고함만 외쳐댔다. 세 바보도 동시에 문 앞에 도착했고, 이광두를 보고 "이 공장장님!"을 각자 외쳤는데, 문이 막혀 있는 걸 보고 아무 생각 없이 셋이 한꺼번에 밀어버려 문에 끼어 있던 장님들은 그대로 땅바닥에 고꾸라지고 말았다. 이광두는 또 그들을 한 사람씩 일으켜 세워주었고, 절름발이, 바보, 장님, 모두의 아홉 명의 충신들은 행복한 표정으로 이광두를 둘러싼 채 회의실로 들어갔다. 회의실에 단정히 앉아 있던 귀머거리 다섯은 그제야 뜻밖의 기쁨에 자리에서 벌떡 일어나 소리를 낼 수 있는 둘은 "이 공장장님!"이라고 외쳤고, 소리를 내지 못하는 셋은 입만 벌렸는데 그 모습이 예전처럼 보기 좋았다. 이광두는 그들 중간에 서서 "이 공장장님!"이라는 외침을 듣고 이제 충분했는지 손사래를 치며 의자를 가리키면서 앉으라고 했다. 열네 충신들은 앉은 후에도 여전히 시끌벅적해서 절름발이 하나가 조용히 하라고 외치고 다른 절름발이가 귀머거리 다섯에게 입을 막는 시늉을 하고 난 뒤에야 회의실은 조용해졌고, 예전 절름발이 공장장이 다른 열세 충신들에게 말했다.

"이 공장장님의 말씀이 있겠습니다."

열네 충신들은 박수를 쳤고, 이광두가 손을 한 번 휘젓자 이내 박수소리는 그쳤다. 이광두가 열네 충신들을 하나씩 둘러보면서 한숨 섞인 감탄을 했다.

"다들 늙었구먼. 나도 늙었고."

바보 셋은 이광두의 말을 듣고 다른 사람들에 뒤질세라 앞다투어 박수를 쳐댔다. 귀머거리 다섯도 이광두가 무슨 말을 했는지 몰랐지만 바보들이 박수를 치자 바로 따라 쳤고, 장님 넷도 난잡스럽게 조류에 편승하여 박수를 쳐댔는데, 절름발이 둘은 방금 말이 박수칠 대목은 아닌 것 같았지만 다들 박수를 쳐대자 할 수 없이 자기들도 따라쳤다. 그러자 이광두는 손사래를 쳤다.

"방금 한 말은 박수 칠 말이 아니잖아."

절름발이 둘은 즉시 손을 내려놓았고, 장님 넷도 손을 내려놓았으며, 그 다음은 상황을 예의주시하던 귀머거리 다섯이었는데, 바보 셋만 계속 박수를 치다가 다른 사람들이 손을 내리자 좀 이상했는지 손을 내렸다. 이광두는 고개를 들어 회의실을 한번 보고, 또 창문 밖 나무들을 보고, 연방 한숨을 내쉬었다. 이광두의 한숨 소리에 열네 충신들의 안색이 곧 엄숙해졌고, 이광두는 감개무량한 듯 20여 년 전 복지공장의 정경을 떠올리며 가슴에서 송강이 베껴 쓴 임명장을 꺼내 펼쳐서 한 번 읽고 나서 임명장을 들어 열네 충신들에게 보여주자 열네 충신들은 허리를 굽히며 머리를 내밀었다. 이광두는 씁쓸한 웃음을 지으며 말했다.

"이건 손으로 베껴 쓴 거야. 원본은 현 조직위원회 조직부 서류함에 있지. 위에 직인은 예전에는 붉은색이었지만, 지금은 빛이 바랬지. 이건 송강이 직접 손으로 베껴 쓴 거야. 직인은 송강이 손으로 그린 거고. 이제까지 간수하고 있었고, 나 때문에 얼마나 기뻐했는지······. 나를 위해 전도양양선이 들어간 스웨터를 짜주었고······."

이광두가 괴로워 말문이 막히자 절름발이 둘과 장님 넷은 걱정이 되었는데 바보 셋은 아무것도 모르고 이광두의 연설이 멈추자 바로 박수를 쳐댔고, 귀머거리들은 이번에는 조심스럽게 이광두의 슬퍼하는 얼굴을 보다가 또 박수치는 세 바보들을 보다가 주저하고 있었다. 이때 두 절름발이가 세 바보에게 조그맣게 소리쳤다.

"박수 칠 때가 아니야. 아니라고."

바보 셋은 두리번거리다가 상황이 이상한 걸 느끼고 박수를 멈추었다. 그때 이광두는 상심 가득한 얼굴로 자신과 송강과의 옛일에 대해 이야기하기 시작했다. 송범평이 터미널 앞에서 비참하게 죽었을 때와 송강과 고립무원이었던 때 이야기를 했고, 이광두는 괴로워 더 이상 말을 잇지 못했다. 절름발이들은 눈물을 훔치며 제일 먼저 엉엉 울기 시작했고, 장님들은 두 손으로 지팡이를 잡고 고개를 쳐든 채 빛을 느끼지 못하는 눈으로 천천히 눈물을 흘렸다. 귀머거리들은 이광두가 하는 말을 듣지는 못하지만 그의 슬퍼하는 모습을 보고 그 슬픔이 눈에서 가슴으로 전해져 절름발이들처럼 슬프게 울어댔고, 바보들만이 여전히 뭣도 모르는 가운데 위대한 이 공장장님이 슬퍼하고 또 다른 열한 명의 동료들이 상심의 눈물을 흘리자 입을 벌리고 '엉엉' 곡을 하기 시작했다. 나중에는 하늘을 뒤덮을 듯한 그들의 곡성이 열한 명의 동료들의 울음소리를 압도해버렸다.

그 후 여남은 날 동안 이광두는 매일 이른바 류진경제연구원에 가서 자신의 지난날에 대한 이야기를 해주었고, 열네 충신들은 충직하게 눈물을 흘렸다. 이광두는 더 이상 눈물을 흘리지 않았지만, 그의 슬픈 이야기에 열네 충신들은 눈물을 가득 쏟아냈다. 열네 충신들의 충직한 슬픔이 이광두에게 커다란 위안을 가져다주었고, 자신의 슬픔이 열네 충신들의 슬픔으로 바뀐 것 같았다. 이광두는 옛이야기를 하면서 그들을 위안하며 너무 괴로워하지 말라고 했지만, 이광두가 위로하면 할수록 그들은 더욱 괴로워했고, 열네 충신들은 서로 자극이 되어 한데 울음을 터뜨렸다. 그로 인해 이광두는 넓고 드높은 망망한 인간 세상에 오직 이 열네 충신들만이 자신의 회한과 슬픔을 덜어준다는 것을 가슴 깊이 느꼈다.

그러고 나서 이광두는 회사에 출근하기 시작했다. 그가 출근한 이유는 송강 생전의 당부를 완성하기 위해서였다. 그는 류 부에게 모든 사업 협력자에게 전화를 걸어 자신이 경영하는 식당에서 장례연을 연다는 소식을 전하게 했다. 그리하여 그가 아는 모든 돈 있는 사람들을 류진에 오게 했다. 류 부는 명단을 작성한 후 전화를 들고 꼬박 하루 동안 전화를 걸어 이광두의 형제 송강의 장례연이 있으니 많이 와주셔서 그를 추도하는 두부 음식을 들어달라고 초대했다. 하루 만에 류 부의 목소리가 잠기도록 전국 각지의 모든 사업 협력자를 초청했고, 주변의 성, 현 내의 힘깨나 쓰는 사람들도 죄다 초대했다. 다만 가난하고 체면치레 할 능력 없는 사람들은 제외했다.

이광두의 장례연은 아침부터 저녁까지 이어졌다. 어떤 사람들은 비행기를 몇 시간이나 타고 다시 차를 두 시간이나 타고 와도 한밤에 도착했기에 야참 두부까지 따로 준비했다. 송강을 화장한 뒤 이광두는 다시 임홍과 마주하게 되었다. 두 사람은 서로를 생판 모르는 사람 대하듯 차갑게 대했다. 이광두와 임홍은 식당 앞에서 흰 베옷을 걸치고 상장을 단 채 사흘 동안 서 있었고, 장례연에 참석한 손님들은 모두 임홍에게 커다란 봉투를 쥐어주었다. 봉투 안에는 적게는 몇천 원, 많게는 몇만 원이 들어 있었고, 은행 직원은 임홍이 매일 커다란 가방에다 돈을 담아와 저금하는 모습을 지켜보았다. 삼일 만에 백 개가 넘는 봉투를 받았으니 사람들은 수백만 원은 되겠다고 어림짐작하며 돈을 세느라 손가락이 붓고 팔이 탈구되고 눈에서 피눈물이 나겠다고 입방아를 찧어댔다.

장례연이 끝나고 이광두가 임홍에게 말을 건넸다.

"송강이 내게 당신을 잘 부탁한다고 했는데, 내가 뭘 해줬으면 좋겠어?"

그러자 임홍이 대답했다.

"충분해."

3년이라는 시간이 바람처럼 지나가 버렸다. 누군가는 떠났고, 누군 가는 태어났다. 아비 관 가새와 장 재봉은 떠났지만, 3년 동안 성이 관 씨인 아기 셋이 태어났으며, 장씨인 아기 아홉이 태어났고, 우리 류진 은 해가 지고 뜨고 끝없이 성장하고 번식했다.

송강의 죽음이 임홍의 가슴에 어떤 낙인을 찍었는지 아는 사람은 없다. 그저 직물공장을 그만두었다는 것과 원래 살던 집에서 나와 장 례연에서 받은 돈으로 새집을 사서 반년 동안 집에만 틀어박혀 있었 다는 것 정도나 알까. 류진 사람들은 그녀를 보기 어려웠다. 또 본다 해도 냉담한 표정의 얼굴이었고, 사람들은 과부의 얼굴이라고 했다. 소수의 주의 깊은 사람들만 그녀의 변화를 발견했는데, 그녀의 옷이 점점 유행을 따라가고, 갈수록 더 명품이라는 것이다. 원래 집을 반년 동안 놀린 후 임홍은 드디어 사람들 앞에 모습을 드러내 그동안의 은 거 생활을 끝내고 다시금 우리 류진 사람들의 시야에 들어섰다. 그녀는 옛날 집을 보수해 미장원을 열고 자기가 사장이 되었다. 임홍의 미장원은 그 후로 음악이 흘러나오고 네온사인이 반짝이며 점점 장사가 잘 되어갔다. 우리 류진의 남자들은 임홍의 미장원에 갈 때 '이발'이라는 촌놈들이 쓰는 말을 쓰지 않고, "머리 좀 예쁘게 해줘."라고 했고, 평소에 험악한 말만 하던 사람들도 '이발'이라는 말을 하지 않고, 다들 "니미럴, 머리 예쁘게 해줘."라고 했다.

한편 맞은편 간식식당의 주불유는 여전히 3년 안에 전 중국에 백 개의 주불유 식당 체인점을 열겠다고 3년 내내 떠들고 다녔지만, 류진 밖에 한 곳은 고사하고, 류진 내에 다른 한 곳도 감감 무소식인 형편이었다. 주불유는 여전히 맥도널드의 주가를 절반으로 떨어뜨리겠다고 호언장담했지만, 소매는 주불유의 헛소리에 이력이 났다. 이 남자는 낮에 헛소리를 안 하고, 밤에 한국 드라마를 안 보면 죽느니만 못하다는 걸 알기 때문에 이제 그 남자 대신 얼굴이 빨개지는 것조차 지겨워질 정도였다.

주불유 간식식당은 늘 그대로였지만, 임홍의 미장원은 은밀한 변화가 일어나기 시작했다. 막 시작했을 때는 남자 미용사 셋과 머리 감겨 주는 여자 보조 셋이었는데, 1년 후 아가씨들이 하나씩 들어오기 시작했다. 전국 각지에서 크고 작고, 뚱뚱하고 마르고, 예쁘고 못 생긴 여자들이 몰려들었는데, 다들 가슴과 등짝을 드러내고 초미니 스커트를 입고 있었다. 총 스물세 명의 아가씨들이 류진에 온 뒤 그 육 층짜리 아파트에 다 들어가서, 원래 살던 집들이 하나씩 이사를 나갔고, 조시인도 이사를 갔다. 임홍은 방 하나 거실 하나짜리 집을 임대해서 실내장식을 새로 한 뒤 아가씨 한 사람씩을 살게 했고, 그 뒤로 그 동은 전국 온갖 사투리들이 난무하게 되었다.

이 아가씨들은 낮에는 고요하게 잠만 잤고, 밤만 되면 시끄러워졌다. 스물세 명의 야하고 짙은 화장을 한 아가씨들이 아래층 미장원에서 마치 새해맞이 홍등 스물세 개처럼 나란히 줄을 서서 반짝이며 손님들을 꼬드겼다. 남자들은 밖에서 음흉한 눈길을 한 채 안으로 들어갔고, 아가씨들은 안에 앉아서 애교 띤 눈웃음을 날렸다. 그러고 나면 미장원 안은 완전히 암시장을 방불케 했다. 값을 흥정하며 남자들은 무슨 마약을 사는 것처럼 조심스러웠고, 아가씨들은 화장품을 파는 것처럼 당당했다. 아가씨를 고르고 값이 결정되면 남자들은 아가씨들과 팔짱을 끼거나 어깨를 껴안은 채 계단을 올랐고, 그러는 동안 계단에서는 음탕한 대화들이 이어졌다. 그러다가 일단 방으로 들어가면 육 층짜리 아파트는 완전히 무슨 동물원처럼 온갖 소리가 난무했고, 그야말로 침대에서 들을 수 있는 소리의 백과사전이 되었다.

우리 류진 사람들은 거기를 일러 홍등구라고 불렀고, 주불유네 간식식당은 홍등구와 마주한 관계로 나날이 장사가 번창하여 매출이 급증했다. 예전에는 밤 열한 시에 문을 닫았는데, 이제는 24시간 영업을 했다. 새벽 한 시에서 네다섯 시 사이에 홍등구에서 나온 손님들과 아가씨들이 끊임없이 길을 건넜고, 식당에 들어서면 죄다 앉아 입으로 '쪽쪽' 소리를 내며 빨대 만두를 먹기 시작했다.

우리 류진에서 임홍의 진정한 인생 궤적을 지켜본 사람은 누구일까? 부끄러움을 잘 타던 순진한 소녀에서 연애할 적의 아리따운 처녀로, 마음속에 송강뿐이던 현명한 아내에서 이광두와 미친 듯 사랑을 나누던 정열적인 애인으로, 혼자 남아 근심뿐인 과부에서 무표정한 얼굴로 집에만 틀어박혀 살던 독신 여성까지. 그리고 이제 미장원이 출현했다. 오는 사람들이 죄다 손님들뿐이자 만나는 사람에게 3분만 웃어주는 여사장 임홍 역시 시대의 요구에 부응한 것일 뿐이다. 게다가 짙은 화장을 한 아가씨들이 온 후부터 임홍은 돈이 되는 사람은 무조건 환대했다. 아가씨들은 임홍이라고 부르지 않고 다들 '임 언니'라고 불렀고, 서서히 우리 류진 사람들도 그녀를 '임 언니'라고 불렀다. 전혀 딴사람같이 변해버린 임 언니는 손님이 들어설 때면 만면에 웃음을 띠고 달콤한 말을 건넸지만, 거리를 걷다 장사와 상관없는 남자와 마주칠 때면 눈빛이 얼음처럼 차가웠다.

이때의 임 언니는 비록 눈가와 이마에 가는 주름이 자글자글했지만, 몸은 풍만하면서도 요염했다. 늘 몸에 꽉 끼는 검은색 옷을 입어 빵빵한 엉덩이와 빵빵한 가슴이 드러나도록 했고, 오른손에는 종일 휴대전화를 금괴라도 되는 듯 놓지 않고 들고 있었으며, 그녀의 휴대전화는 낮이고 밤이고 거의 아무 때나 울려댔으니 전화가 오면 웃으며 "국장님!" "사장님!" "오빠!" "동생!"이라고 부르면서 이렇게 이야기했다.

"걔들은 갔고, 새로 온 애들 있는데 다들 젊고 예뻐요."

그리고 만약 "애들 보낼 테니 한번 보세요."라고 이야기하면 상대방이 VIP 고객으로 현의 고관이거나 큰 회사 사장이라는 뜻이고, "와서 보세요."라고 말하면 그것은 보통 손님으로 현의 중견 간부거나 작은 회사 사장이라는 뜻이었다. 만약에 월급쟁이들이 전화를 하면 여전히 웃긴 하지만 말투가 달라졌고 간단하게 한마디로 대답했다.

"여기 아가씨들은 다 예뻐요."

동 철장은 임 언니의 VIP 고객이었다. 예순이 넘은 동 철장은 부인이 그보다 한 살이 더 많았다. 동 철장은 벌써 우리 류진에 세 개의 슈퍼마켓 체인점을 연 상태였고, 호칭 또한 '동 총재'였다. 하지만 그는 직원들에게 '동 총재님'이 아니라 여전히 '동 철장님'이라고 부르게 했는데, 그 이유는 '동 철장'이라는 말이 훨씬 힘 있어 보인다고 했다.

예순이 넘은 동 철장은 여전히 정력이 왕성해 예쁜 아가씨만 보면 마치 도둑놈이 돈을 보듯 눈이 반짝반짝 빛이 났다. 그의 살찐 마누라는 쉰 몇 살 때 위를 절반이나 절개하고 또 자궁을 완전히 들어내는 큰 수술을 해서 살이 절반이나 빠져버렸다. 그의 마누라는 몸이 망가진 후 뼈까지 마른 장작처럼 약해져서 성욕도 완전히 사라져버렸고, 고로 여전히 성욕이 왕성한 동 철장은 일주일에 적어도 두 번은 해야 하는데 매번 그의 마누라는 아파서 죽을 지경이었다. 그의 마누라는 매번 하고 나면 자궁 수술을 하고 난 것처럼 두 달이 지나도 회복이 안 될 판인데, 동 철장은 며칠만 지나면 또 달려들고는 했다.

동 철장의 마누라는 자신이 살기 위해 동 철장에게 죽어도 못하게 했기에, 동 철장은 암퇘지를 찾지 못한 발정 난 수퇘지처럼 심통을 부려댔다. 집에서는 밥그릇과 접시를 박살냈고, 슈퍼마켓에 나오면 직원들을 닦달했으며, 심지어 손님과 싸움을 하기도 했다. 그리하여 동 철장의 마누라는 동 철장을 이렇게 참게 했다가는 조만간 큰일이 나거나 외간 여자에게 꼬여 둘째, 셋째, 넷째, 다섯째, 여섯째, 일곱째, 여덟째 부인까지 생겨서 힘들게 벌어 자기도 아까워 쓰지도 못하는 돈을 다른 여자들에게 다 빼앗길까 봐 걱정이었다. 이런저런 생각 끝에 이 여자는 동 철장을 임 언니에게 보내서 임 언니 밑의 아가씨들에게 동 철장의 거친 성질을 치료하게 했다. 그리하여 아가씨들은 수고비를 받고, 임 언니는 관리비를 받으니 돈이 적지 않게 들어갔다. 동 철장의 마누라는 그 돈이 아깝긴 하지만, 예를 들어 동 철장을 병원에 보내 병을 치료해도 어차피 돈이 들 텐데, 하고 마음을 고쳐먹었더니, 한결 편안해졌고 이 방법이 그래도 약간 재물을 들여 재난을 면하는 길이라고 생각했다.

그리하여 동 철장은 임 언니를 찾아올 때마다 아주 당당했다. 매번 그의 마누라가 같이 왔고, 그의 마누라는 남편이 아가씨들에게 손해를 보지 않을까 걱정이 되어 직접 아가씨를 고르고 흥정도 한 다음에 돌아갔다. 남은 동 철장이 아가씨와 침대에 올라 전쟁을 치를 때면 자신은 집에서 동 철장이 돌아와 결과를 보고하기를 기다렸다.

동 철장이 제일 처음 유곽에서 놀다 돌아올 때 그의 마누라는 그가 아가씨와 한 시간 넘게 한 것에 대해 불만이 많았다. 혹시 그 젊은 아가씨를 좋아하는 것은 아닌지 꼬치꼬치 캐물었고, 동 철장은 돈을 냈으면 한 번 더 하는 게 당연하지 않느냐면서 이렇게 설명했다.

"그걸 일러 투자와 결과는 정비례한다고 하는 거야."

동 철장의 마누라는 남편의 말에 일리가 있다 싶어 그 후로는 유곽에서 놀다오면 제일 먼저 아가씨와 몇 시간이나 했나 물었다. 동 철장은 비록 예순이 넘었지만 여전히 정력이 왕성해서 유곽에 가면 거의 매번 한 시간 넘게 하다 왔는데, 그럴 때면 그의 마누라는 투자와 결과가 정비례했다면서 대단히 만족해했다. 하지만 동 철장도 상태가 안 좋을 때가 있는 법, 몇 번은 30분 만에 끝난 적이 있었는데 그의 마누라는 대단히 불쾌해하면서 투자에 비해 결과가 너무 적다며 투자 계획을 수정하여 매주 두 번에서 한 번으로 유곽 행차를 제한했다.

동 철장은 너무 억울했다. 마누라가 돈을 아끼기 위해 항상 안 예쁜 아가씨를 골라주었기 때문이다. 처음에는 그래도 괜찮았다. 안 예뻐도 젊었으니까 말이다. 하지만 시간이 지나자 동 철장은 안 예쁜 아가씨에게는 점점 흥미가 생기질 않아 침대에서의 전쟁 회합 수도 점점 줄어들 수밖에 없었다. 임 언니네 건물에는 당연히 아주 예쁘고 동 철장 눈에 드는 아가씨들이 있어서 침을 흘리고 있었는데, 동 철장이 마누라에게 다음에는 예쁜 아가씨를 골라달라고 애원하면 마누라가 허락하지를 않았다. 왜냐하면 예쁜 아가씨는 돈을 많이 요구했기 때문이다. 투자 비율이 너무 높아진다는 거였다. 그리하여 동 철장은 부인에게 예쁜 아가씨면 무조건 두 시간 이상 하겠다고 맹세를 하고 반드시 투자를 회수하여 손해를 보는 일이 없도록 하겠다고 했다.

수십 년의 결혼생활 이래 동 철장은 마누라 앞에서 항상 기세가 드높았고, 특히 슈퍼마켓을 열고 체인점을 열어 사업에 성공을 하고 나서는 더더군다나 득의양양해서 자주 마누라를 욕하고 나무랐다. 그러던 그가 이제 마누라에게 조금 더 예쁜 아가씨를 골라달라고 무릎 꿇기를, 심지어 우는 것까지도 아무렇지 않게 생각하니 그의 마누라는 그 불쌍한 모습에 예전의 으스대던 모습을 떠올렸고, 고개를 절레절레 흔들면서 한숨을 내쉬었다.

"남자가 어떻게 이리 변변치 못한지."

동 철강의 마누라가 명절이나 기념일이면 그에게 예쁜 아가씨를 골라주기로 하자 동 철장은 무슨 성지라도 받은 듯 곧바로 달력을 찾아 모든 명절과 기념일을 종이에 적고 마음속에 새겨 춘절(春節, 우리의 설날―옮긴이)부터 시작해서 전통 명절을 다 찾기 시작했다. 중추절, 단오절, 중양절, 청명절 등 하나도 빼놓지 않았고, 5·1 노동절, 5·4 청년절, 7·1 당 창건절, 8·1 건군절, 10·1 국경절, 그리고 교사절, 연인절, 독신자절, 노년절, 그리고 외국의 만성절(萬聖節, 할로윈데이―옮긴이), 감은절(感恩節, 추수감사절―옮긴이)과 성탄절, 마지막으로 3·8 여성절, 6·1 아동절까지 명절, 기념일로 친 다음 마누라에게 이것들을 하나하나 일러주자 마누라는 깜짝 놀라 소리쳤다.

"아이고 어머니!"

그리하여 두 사람은 장사를 하듯 흥정을 시작했다. 동 철장의 마누라는 우선 외국 명절을 빼면서 민족적 자긍심을 드높이려는 듯 이렇게 말했다.

"우린 중국인인데 외국 명절을 지낼 수는 없지."

그러자 동 철장은 10여 년의 장사 경험으로 당연히 아는 것이 마누라보다 많으니 받아들일 수 없다며 당당하게 반박했다.

"지금이 어떤 시댄가? 지금은 세계화 시대라고. 우리 집 냉장고, 텔레비전, 세탁기 전부 외제야. 당신 말이야, 그럼 중국 사람은 외국 물건 쓰면 안 된다는 거야?"

그의 마누라는 입을 떡 벌린 채 할 말을 잃고, 다만 이렇게 토를 달았다.

"당신한테는 못 당하겠네."

그리하여 일단 외국 명절은 남기기로 하고 동 철장의 마누라는 전통 명절 중에 청명절을 문제 삼았다.

"이건 죽은 사람들 명절인데, 당신 같은 산 사람이 명절로 칠 필요는 없지."

동 철장은 여전히 동의하지 않았다.

"청명절은 산 사람이 죽은 친지를 애도하는 날이니까 당연히 산 사람의 명절이지. 우리가 매년 이날 내 부모님 산소에 가서 성묘하고, 또 당신 부모님 산소에 가서 성묘하는데 어떻게 명절로 안 치나?"

그의 마누라는 한참을 생각한 다음 또 이렇게 말했다.

"당신한테는 못 당하겠네."

청명절도 남기기로 했다. 그 다음으로 마누라가 결단코 동의할 수 없는 날이 청년절과 교사절, 그리고 아동절이었는데, 둥 철장도 교사절은 빼는 데 동의했지만 청년절과 아동절은 받아들일 수 없다고 했다. 자신이 아동 시기와 청년 시기를 겪었기 때문에 오늘날의 노년기가 있는 것이라면서 당당하게 이유를 댔다.

"레닌 동지께서 과거를 망각하는 것은 배반을 의미한다고 하셨다 이 말씀이야."

두 사람이 너 한마디 나 한마디 주고받으며 논쟁을 한 시간도 넘게 한 끝에 결국 마누라가 양보를 했다.

"당신한테는 못 당하겠네."

마지막 논쟁의 초점은 여성절에 맞추어졌다. 둥 철장의 마누라가 따져 물었다.

"여성절과 당신이 무슨 상관있어요?"

"여성절이니까 여자를 찾아야지."

둥 철장의 마누라는 갑자기 슬퍼졌는지 눈물을 훔치며 이렇게 말했다.

"내가 어떻게 해도 당신한테는 못 당하겠네."

둥 철장은 여세를 몰아 계속 몰아붙이고자 또 두 개의 기념일을 생각해냈다.

"두 개가 더 있어. 당신 생일과 내 생일."

그러자 둥 철장의 마누라는 끝내 분노를 터뜨리며 소리쳤다.

"내 생일날도 유곽에 가서 놀겠다는 거야?"

아차 싶었는지 둥 철장은 즉시 손과 머리를 절레절레 흔들며 말을 바꾸었다.

"아니야, 아니야. 둘 다 안 쳐! 당신 생일날은 24시간 아무 데도 안 가. 24시간 당신과 함께 있을 거야. 내 생일도 아무 데도 안 가고 24시간 당신과 함께 있을 거야. 두 사람 생일 모두 나한테는 충성의 날이니까 다른 여자와 자는 건 고사하고 눈길 한 번 안 줄 테야."

동 철장의 마지막 양보에 생각이 단순한 그의 마누라는 그래도 최종 승리자는 자신이라고 위안 삼으며 손사래를 한 차례 치고는 이렇게 말했다.

"어쨌든 당신은 못 당하겠어."

동 철장이 마누라를 대동하고 임 언니네 가게에 가서 아가씨를 찾고 새해 첫날과 각종 명절에는 보너스로 가격이 비싼 예쁜 아가씨까지 고를 수 있다니, 우리 류진의 기혼 남성들은 동 철장이 팔자도 좋고 운도 좋다고 부러워했다. 게다가 동 철장은 개가 똥을 만나는 운까지 좋다면서 개똥으로 묘사해버렸다. 남녀 통정(通情)의 이치를 알고, 사상 해방이 되어 자신의 남편의 방탕함을 후원하며, 자신은 지조를 지키면서 변함없는 충성을 보이는 여자를 만났다고 말이다. 우리 류진의 기혼 남성들은 다시금 자신들의 마누라를 살펴보았는데 무지막지한 성격에 사상은 경직되어 있고 한 손으로는 남편의 호주머니를 꽉 쥐고 나머지 한 손으로는 허리띠를 꽉 쥔 채 놓지 않으니, 그들은 한숨을 내쉬며 동 철장을 만날 때마다 이렇게 속삭이고는 했다.

"무슨 팔자가 그렇게 좋아요?"

그럴 때면 동 철장은 웃는 얼굴로 겸손을 떨었다.

"그냥 좋은 마누라 만날 팔자지 뭐."

만약 그의 마누라가 옆에 있었다면 몇 마디 말을 더 했을 것이다.

"이렇게 좋은 마누라는 이 세상에서 찾을 수가 없지. 손에 등을 들고 천상에 가도, 지하에 가도, 또 바다 속에 가도 찾을 수가 없어요."

동 철장의 마누라가 그를 데리고 임 언니네 가서 아가씨를 찾기 시작한 후로 그의 포악한 성질은 완전히 사라졌다. 마누라 앞에서 으스대는 일도 없어졌고, 직원들에게 야단도 치지 않았으며, 늘 지식인처럼 온순한 태도에 우아한 말만 쓰면서 미소 띤 얼굴로 상스러운 말을 쓰지 않았다. 동 철장의 마누라는 남편의 변화에 기뻐했다. 동 철장이 더 이상 우쭐거리지 않을 뿐만 아니라 그녀 앞에서는 늘 고분고분했고, 예전에는 함께 외출도 하지 않으려 했던 사람이 이제는 외출하면 대신 가방도 들어주었으며, 예전에는 어떤 일도 그녀와 의논하는 법이 없었는데 이제는 사소한 일까지 모두 그녀의 동의를 구했으니 말이다. 동 철장은 자신은 총재 직함에 만족해하며 이사장 자리도 그녀에게 넘겨주었고, 따라서 회사의 모든 서류에는 그녀의 서명이 필요했다. 동 철장의 마누라는 비록 아무것도 모르지만 남편이 서명하라고 하면 해야 하는 줄 알고 서명했다. 다른 사람이 가져온 서류에는 자신이 없어 절대 서명하지 않았지만, 위에 남편 이름이 있으면 바로 서명했다. 그녀는 더 이상 평범한 전업 주부가 아니었으며 동 철장과 함께 출근하고 함께 퇴근하였다. 옷과 화장에 대한 관심도 높아져 명품 옷을 입기 시작했고, 명품 립스틱을 바르기 시작했다. 비록 회사에 대해서는 아무것도 몰랐지만, 회사 직원들이 모두 그녀에게 고개를 숙이고 허리를 굽혀 인사를 했으니 자신이 성공한 사업가가 된 듯한 느낌이었다. 그녀는 세상 이치에 관해 이야기하기를 좋아하기 시작해서 자신처럼 수십 년 동안 전업 주부였던 사람을 만나면 여자들이 남자들에게 무조건 의지해서는 안 되며 마땅히 자기 일이 있어야 한다고 설교했고, 설교가 끝나면 끝에 세련된 한마디를 덧붙이고는 했다.

"자아에 대한 가치를 찾아야지요."

동 철장은 어떤 기념일도 다 마음속에 새기고 있어 우리 류진의 살아 있는 달력이 되었다. 류진의 여자들이 새 옷을 한 벌 사는 데 남편의 동의가 필요할 때 거리에서 동 철장과 마주치면 이렇게 물었다.

"요즘 어떤 기념일이 있어요?"

류진의 남자들도 마작을 하며 밤새려고 할 때 부인의 허락이 필요하면 길에서 동 철장에게 묻고는 했다.

"오늘은 무슨 기념일이에요?"

아이들이 장난감을 사달라고 부모들을 조를 때 동 철장과 마주치면 이렇게 물어보았다.

"동 철장 할아버지, 오늘 아이들 기념일 아니에요?"

동 철장은 우리 류진의 유명한 기념일 대왕이 되었고, 일도 더욱 열심히 해서 슈퍼마켓 장사만 더 잘 하는 게 아니라 일용품 도매도 시작해 우리 류진의 많은 소매점들이 동 철장네 회사에서 물건을 들였고, 그의 회사의 이익 역시 착착 올라갔다. 그녀의 마누라는 이 모든 것이 애당초 자신이 내린 현명한 결정 덕이라고, 동 철장이 처한 성욕의 위기를 제때에 해결한 덕에 그의 왕성한 정력이 회사의 성장에 혁혁한 기여를 하게 됐다고 생각했다. 회사 이윤의 부단한 증가와 비교할 때 상대적으로 아가씨들에게 쓰는 돈은 아무것도 아니었고, 동 철장의 마누라가 보기에 결과가 이미 투자를 훨씬 초과했기 때문에 가끔 기념일이 아니어도 동 철장에게 비싸고 예쁜 아가씨를 골라주고는 했다.

예순이 넘은 이 남녀는 매주 두 번 임 언니네 홍등구를 찾았고, 동 철장은 생기를 발산했으며, 마누라는 숨을 몰아쉬었다. 그들은 다른 사람들이 듣거나 말거나 도무지 신경 쓰지 않았다. 동 철장이 처음으로 기념일이 아닐 때 예쁜 아가씨를 찾고 나서부터는 매번 예쁜 아가씨만 찾았는데, 계단에서 마누라에게 애걸하는 모습이 완전히 엄마에게 장난감 사달라고 조르는 아이 같았다.

"여보, 비싼 아가씨 골라줘."

그러면 그의 마누라는 곧장 이사장의 표정으로 바뀌며 대답했다.

"안 돼, 오늘은 새해도 아니고 기념일도 아니잖아."

그러면 그는 완전히 이사장의 부하직원처럼 말했다.

"오늘 대금 들어오는 날이잖아요."

그 말을 들은 이사장 마누라는 웃음을 띠고 고개를 끄덕이면서 말했다.

"좋아, 비싼 아가씨를 골라주지."

그 건물의 아가씨들은 동 철장이 한 번 침대에 오르면 언제 내려갈지 몰라 견딜 수가 없다며 다들 그를 싫어했다. 머리칼과 수염까지 다 하얗게 세어버린 동 철장이지만 침대에 오르기만 하면 이십 대 청년인지라 봉사에 비해 화대가 너무 적었기 때문이다. 동 철장은 항상 병들어 비틀거리는 마누라와 함께 왔고, 그의 마누라는 매번 아가씨가 부른 가격을 깎아내렸으며, 아가씨는 그의 마누라와 흥정을 한 시간여 동안 이가 닳도록 하느라 진이 빠질 지경이었다. 동 철장의 병든 마누라는 말 몇 분 하고 나면 물을 마시고 몇 분 동안 가쁜 숨을 몰아쉬어야 했고, 물을 마시고 나면 계속해서 아가씨에게 화대를 깎자고 했다. 아가씨들은 동 철장 한 사람 상대하는 것이 보통 남자 네 명 상대하는 것보다 훨씬 피곤하지만 돈은 한 사람 분밖에 챙기지 못한다

면서 불만이었다. 게다가 화대를 깎기까지 하니 말이다. 아가씨들은
모두 동 철장을 상대하기 싫어했지만, 동 철장은 우리 류진에서 신분
이 높은 사람이고 임 언니의 VIP이기 때문에 거절할 수도 없어서, 동
철장과 그의 마누라에게 선택된 아가씨는 씁쓸한 웃음을 지으며 힘없
이 이런 말을 하고는 했다.

"망했다. 또 뇌봉(雷鋒, 사회주의 인간의 전형이라 선전하는 대표적 인물로서 늘
타인을 위한 봉사에 앞장선 인물이다.―옮긴이) 학습 시간이다."

류성공, 류 작가, 류 공보, 류 부, 이제는 류 CEO 역시 임 언니네
VIP였다. 이광두는 송강이 죽은 후 그의 총재 자리를 류 부에게 물려
주었는데, 류 부총재는 류 총재가 된 후 사람들이 자신을 '류 총'이라
고 부르는 것이 싫어 '류 CEO'라고 부르도록 요구했다. 그러나 우리
류진 사람들은 네 개의 음을 또박또박 발음하는 것도 귀찮고, 꼭 일본
사람 이름인 것도 같아 그냥 줄여서 '류 C'라고 불렀다. 류 성공은 찢
어지게 가난한 류 작가에서 부자 류 C가 된 후 이탈리아 명품 양복에
이광두가 선물한 흰색 BMW를 타고 다니며 전처에게 그녀의 청춘 손
실 배상금으로 1백만 원을 주고 혼인 관계를 정리했다. 20여 년 전에
헤어지고 싶었던 여자를 드디어 차버린 것이다. 그러고 나서 다섯 명
의 예쁜 아가씨를 애인으로 두어 여자들 사이에 파묻혀 살았는데, 자
신의 말을 그대로 빌리자면 그 애인들은 햇빛 소녀들이라고 했다. 그
의 집은 이미 봄기운이 가득했지만, 그래도 가끔 임 언니네를 들락거
리며 집에서 식사를 너무 자주 하면 가끔 임 언니네 와서 별미를 맛보
고 싶은 생각이 난다고 했다.

이 시절의 류 C는 조 시인을 거들떠보지도 않았는데, 조 시인은 여

전히 자신은 붓으로 밭을 가는 일을 그만두지 않겠다고 했고, 그러면 류 C는 조 시인이 아직까지 여전히 문학을 한답시고 까부는 것은 스스로 목숨을 끊는, 끈으로 자신의 목을 매는 꼴이라며 손가락 네 개를 들어 보이면서 조롱했다.

"곧 30년이네, 등사판 잡지에 4행짜리 단시를 발표한 게……. 이렇게 긴 세월이 흐르는 동안 구두점 하나 늘어난 것이 없는데 여전히 자칭 조 시인이라니, 등사 조 시인 아닌가……."

벌써 실업자 신세가 된 지 수년인 조 시인 역시 류 C를 거들떠보지 않았는데, 류 C가 손가락 네 개를 들어 보이며 자신을 조롱했다는 말을 듣고, 게다가 등사 조 시인이라고 했다는 말을 듣고는 화가 머리끝까지 치올랐지만, 이내 가볍게 냉소를 보내며 권세나 이익을 좇는 소인배들을 평가하는 데는 손가락 네 개도 필요 없고 하나면 충분하다면서 손가락 하나를 들며 말했다.

"영혼을 팔아먹은 인간."

조 시인이 우리 류진의 홍등구의 집에서 나간 뒤 성 서쪽의 철로변에 염가(廉價)의 작은 집(小屋)을 하나 세를 얻었는데, 매일 백 번이 넘게 열차가 지나갈 때마다 그 염가소옥은 지진이라도 난 듯 흔들렸다. 책상과 의자도 흔들리고, 침대도 흔들리고, 옷장도 흔들리고, 밥그릇과 젓가락도 흔들리고, 옥상도 흔들리고, 바닥도 흔들리고, 조 시인의 비유에 따르면 감전된 것처럼 염가소옥이 경련을 일으킨다고 했는데, 그 비유가 자업자득이 되었는지 밤에 잠을 잘 때 열차가 지나가 염가소옥이 경련을 일으킬 때면 조 시인은 전기의자에 앉은 사형수가 되어 눈물 한 줌, 콧물 한 줌을 쏟으며 서쪽 하늘의 구름과 작별하는 꿈을 몇 차례나 꾸었다.

빈궁하고 초라하기 이를 데 없는 조 시인은 매달 임 언니가 지불하는 월세로 생활했는데, 양복을 입기는 했지만, 쪼글쪼글하고 때가 꼬질꼬질 낀 양복이었고, 우리 류진 사람들이 컬러텔레비전을 본 지 벌써 20년이 다 돼서 이제 프로젝션텔레비전이나 LCD, 또는 PDP 텔레비전으로 바꾸는 판인데 조 시인만 아직 14인치 흑백텔레비전을 보고 있었다. 그러다 보니 가끔 화면이 안 나올 때가 있어 그걸 안고 온 동네를 다 뒤졌지만 흑백텔레비전을 수리하는 사람을 찾을 수 없어 혼자 알아서 수리하는 수밖에 없었다. 화면이 갑자기 안 나올 때 뺨을 때리듯 텔레비전을 한 대 때리면 화면이 다시 나오는 식이었다. 하지만 가끔 몇 대를 때려도 화면이 안 나올 때도 있는데, 그럴 때면 소년 시절 쓰던 쓸어차기로 한 방 날리면 제대로 나왔다.

예전에는 품위도 있고 질박한 구석도 있었던 조 시인은 이제 세상 온갖 일들이 다 마음에 안 드는지 입만 열면 욕들이 튀어나왔다. 류 C가 구름같이 많은 미인들과 생활할 때 조 시인은 한 명의 여자도 없었고, 그저 염가소옥의 헐은 벽에 걸어둔 낡은 야한 달력을 보며 그림의 떡으로 배를 채우듯 보고 또 보았다. 사정이 이러하니 제대로 된 여자가 그를 눈에 둘 리가 없었고, 일찍이 자기보다 나이가 많은 몇몇 과부에게 수작을 걸어보려 했으나 그 과부들은 한눈에 그의 의도를 알아채고 먼저 제 먹고살 일이나 분명히 챙기고 나서 누구를 사귈 일에 머리를 굴리라고 충고했다. 조 시인은 한없이 낙담했다. 오래전 서로 사랑하며 1년 넘게 지내던 곱상하게 생긴 여자 친구가 있었지만 조 시인이 임홍과 양다리를 걸쳐보려고 하는 바람에 닭도 날아가고 계란도 깨진 격으로, 임홍도 손에 넣지 못하고 여자 친구도 다른 남자와 도망가 버렸다.

류 C의 전처는 버림받은 후 통장에 있는 1백만 원을 깔고 누워 있는 것이 만족스러우면서도 거리에 나가 괜히 하소연을 하며 류 C를 무정하다고 고소까지 했다. 그녀는 고소할 때 여전히 손가락 열 개를 펼쳐 보였고, 한 번 뒤집어 보이기까지 했다. 그것은 당연히 함께 잔 횟수가 아니라 20년을 같이 산 부부로서의 정을 강조한 것이었다. 그녀는 20년 동안 류 C를 위해 빨래를 하고 밥을 짓고, 비가 오나 바람이 부나 그를 보살폈으며, 그가 실업자가 되었을 때도 버리지 않고 더욱 아끼고 사랑했다고 했다. 그녀는 자신의 몸이 겨울에는 따뜻하고 여름에는 시원하다고, 즉 겨울에는 난로가 되어 류 C를 따뜻하게 해주었고, 여름에는 얼음처럼 류 C의 체온을 식혀주었다고 과장하며 말했다. 그녀는 울며불며 지금의 류 C 몸에는 돈 냄새가 가득하고 눈에는 색정이 넘친다면서, 과거 순수한 작가였던 류 C는 길을 걸을 때도 품위가 있었고 말을 할 때도 고상하고 우아했다면서, 애초에 그에게 시집간 이유는 그가 류 작가였기 때문인데 이제 류 작가는 사라졌고, 그녀의 남편도 사라졌다고…….

바로 그때 당시 군중 속에 있던 어떤 사람이 조 시인을 떠올렸고, 그녀와 조 시인을 중매 서보려고 이렇게 물었다.

"류 작가는 없어졌지만, 조 시인은 아직 있잖아요. 조 시인은 아직까지 미혼이니까 다이아몬드 독신남 아닙니까?"

"조 시인? 다이아몬드?"

그녀는 콧방귀를 두 번이나 뀌었다.

"쓰레기 독신남에도 안 끼워주겠다."

류 C의 전처는 자신이 그래도 류진에서는 돈 많은 아줌마인데 가난뱅이 조 시인과 함께 거론되는 것이 모욕적이었는지 매섭게 한마디를 덧붙였다.

"암탉도 한 번 이상은 안 보겠네."

암탉도 한 번 이상은 보지 않을 조 시인은 왕 케키네 오성급 호화 수위실에 자주 출입해서 이탈리아 소파에 앉았다가 프랑스 옷장도 만져보면서 독일제 침대에 누워도 보고, 당연히 씻어주고 닦아주는 토토 변기도 빼놓지 않고 썼다. 조 시인은 왕 케키에게 벽에 걸려 있는 액정 텔레비전에 대한 찬사를 늘어놓으며 현재 출판 준비 중인 자신의 시집보다도 가늘고, 그 채널 수는 출판 준비 중인 시집의 시 제목보다 많다고 했다. 말끝마다 출판 준비 중이라는 조 시인에게 왕 케키는 축하한다는 말을 건네며 시집이 어디서 나오느냐고 물었다.

"류진에서 내는 건 아니겠지?"

"당연히 아니죠."

조 시인은 처녀미인대회 당시 강호의 사기꾼 주유가 말했던 지명을 생각해내고 마음대로 갖다붙였다.

"영국령 버진 제도에서 나옵니다."

왕 케키는 호화롭지만 무료한 생활을 하다가 하루 또 하루 텔레비전 채널을 통해 여 뽑치의 정치적 발걸음을 따라가며 하루 또 하루 다른 사람들에게 여 뽑치의 정치적 기담을 전해주는 데 재미를 붙였는데, 우리 류진 사람들은 듣기 지겹고 또 질리기도 해서 왕 케키에게 '상림 아저씨'(祥林哥, 루쉰의 소설 〈축복〉에 등장하는 주인공 상림이 자신의 아들 이야기를 하는 것에 빗대 지은 별명―옮긴이)라는 별명을 지어주었다. 오직 조 시인만이 왕 케키의 이야기에 대해 지겨워하지 않고 매번 열심히 경청하며 이야기 속에 흠뻑 빠져드는 듯한 자세를 보여주어 왕 케키로 하여금 일생의 지기를 만났다는 착각을 불러일으키게 했다. 하지만 사실 조 시인이 지겨워하지 않은 이유는 냉장고 속에 가득한 각종 음료수 때문이었다.

이즈음 중국에서 반일운동이 시작되어 전국을 휩쓸었다. 상해와 북경의 반일 시위 장면이 텔레비전과 신문, 인터넷에 뜨고, 상해의 일본 상점들이 파괴되고, 일본 차들이 불에 타고……. 우리 류진 사람들도 뒤처지면 안 되겠다고 생각했는지 현수막을 들고 시위를 시작하여 뭔가 부술 만한 게 없을까, 뭐 태울 만한 것이 없을까 생각하다 이광두가 연 일본 요리점이 생각나서 격앙된 감정으로 그곳에 도착했지만, 통유리만 하나 깨고 의자를 들고 나와 거기에 불을 붙여 두 시간 동안 태웠을 뿐 안에 있는 다른 설비들은 부수지 않았다. 동 철장은 척 보고 상황이 심상치 않자 잽싸게 상점 내 모든 일본 제품을 회수하고 슈퍼마켓 입구에 대형 현수막을 내다걸었다.

"일본 제품을 절대 팔지 않습니다!"

정치적 바람이 거센 세계 각지를 쫓아다니던 여 뽑치도 돌아왔다. 진정한 인생지기가 돌아오자 왕 케키는 조 시인에 대해 바로 관심을 끊어버렸다. 왕 케키가 호화 수위실의 대문을 잠가버리자 조 시인은 매일 찾아와 헛물만 켜고 왕 케키는 만나지도 못한 채 유리창 너머에 있는 냉장고를 보며 침만 삼켰다. 그즈음 왕 케키는 경건한 표정으로 여 뽑치를 보필했다. 아침 일찍 거리에 나와 저녁 늦게 들어가면서도 집에 돌아갈 때 여 뽑치와 같은 침대에서 자지 못하는 것을 한스러워할 정도였다. 그때 우리 류진의 반일 시위는 휴식기였는데, 여 뽑치가 돌아오자 다시 불붙기 시작했다. 여 뽑치 입에서 열 개가 넘는 외국 구호가 상황에 따라 튀어 나오니, 류진 사람들도 자꾸 듣다가 익숙해져 여남은 날 만에 외워서 필요할 때마다 외칠 수 있게 되었다. 지금의 여 뽑치는 과거 반경 1백 리 제일 뽑치가 아니었다. 세계 각지의 정치 풍파를 겪은 뒤 우리 류진에 돌아오니 어엿한 정치 지도자의 풍모가 느껴졌고, 심상치 않은 상황에 처해도 놀라는 기색이 없었으니 자신의 표현대로라면 이러했다.

"나는 정치적 총탄 세례 속을 뚫고 나온 사람이야."

여 뽑치는 왕 케키를 데리고 고이즈미 준이치로 일본 총리의 야스쿠니 신사 참배에 항의하기 위해서 동경에 가기로 했다. 외국도 아니고 류진을 벗어나본 적이 손가락 다섯 개를 못 넘기는 판에 다른 나라에 가서 그 나라 총리에게 항의를 한다니, 왕 케키는 이 말을 듣고 온몸이 떨려왔다. 왕 케키는 도무지 용기가 나질 않아 조심스럽게 여 뽑치에게 말했다.

"그냥 류진에서 항의하는 게 어떤가?"

"류진에서 항의하는 건, 아무리 많이 해도 군중 속의 한 사람일 뿐일세."

여 뽑치는 정치적 포부가 있었다. 그의 설교는 계속 이어졌다.

"정치가라면 동경에 가서 직접 항의를 해야지."

왕 케키는 군중이건 정치가건 관심 없고, 오직 여 뽑치한테만 관심이 있고 그를 존경했다. 여 뽑치의 폭넓은 식견에 의지하면 절대 잘못된 방향으로 나아가진 않을 것 같았다. 왕 케키는 거울 속에 비친 자신의 나이 든 얼굴을 보면서 이 인생도 곧 막이 내릴 텐데 외국 한 번 못 가보았구나라는 생각을 하며 이를 악물고 마음을 모질게 먹기로 했다. 여 뽑치를 따라 일본 동경에 가기로 한 것이다. 여 뽑치는 가서 정치를 하고 자신은 외국 여행 한번 하고.

류 C는 회사의 제2, 제3 주주가 일본에 가서 항의하는 문제를 십분 중시하면서 새로 나온 도요타 크라운 세단을 준비해 상해 비행장까지 모시도록 했다. 류 C는 호의로 새로 나온, 아무도 타보지 않은 도요타 크라운 세단 처녀차를 마련해, 왕 두 분이 탈 수 있도록 했던 것이다.

여 뿝치와 왕 케키는 호화 수위실 이탈리아제 소파에 앉아 기다리고 있었고, 여 뿝치는 그들을 태우러 온 차가 일제인 것을 보고 기사를 불러 온화한 목소리로 말했다.

"가서 쇠망치 좀 구해오게."

기사는 쇠망치를 구해오라는 말에 무슨 영문인지 몰라 여 뿝치를 보고, 또 왕 케키를 쳐다보았다. 왕 케키의 얼굴 역시 어리둥절한 표정이었다. 하지만 여 뿝치는 계속 온화한 목소리로 기사에게 말했다.

"가라니까."

왕 케키 역시 쇠망치를 어디다 쓰겠다는 건지 알 수 없었지만, 여 뿝치가 하는 말이니 분명히 이유가 있으리라 생각하고 기사를 재촉했다.

"빨리 가라니까!"

기사가 멍청한 얼굴로 자리를 뜨자, 왕 케키는 여 뿝치에게 물었다.

"쇠망치는 어디다 쓰려는가?"

"저거 일제야."

여 뿝치는 문밖에 서 있는 도요타 크라운 세단을 가리키며 이탈리아제 소파에 앉아 다리를 꼬면서 말했다.

"우리가 일본 세단을 타고 일본에 가서 항의를 한다⋯⋯. 정치적으로 아주 민감한 사안이지⋯⋯."

그제야 왕 케키는 알아차리고 여 뿝치는 확실히 대단하다고, 확실히 정치가답다고 생각하며 고개를 끄덕였다. 그러면서 류 C, 이 멍청한 놈, 일본에 항의하러 간다는 것을 분명히 알면서도 일본 세단을 보내다니. 정치적 감각이라고는 없는 놈이라고 생각했다.

이때 기사가 쇠망치를 들고 돌아와 수위실 문 앞에 서서 여 뽑치의 지시를 기다리자 여 뽑치는 손을 휘저으며 말했다.

"부숴."

"뭘 부숴요?"

기사는 무슨 소린지 알 수가 없었다.

"일본 상품을 부숴버리라고."

여 뽑치의 목소리는 여전히 차분하고 온화했다.

"어떤 일본 상품이요?"

기사는 여전히 무슨 말인지 알 수가 없었다.

그때 왕 케키가 문밖의 세단을 가리키며 소리 질렀다.

"저 차 말이야!"

기사는 깜짝 놀라 회사의 최대 주주 영감님 두 분을 보며 슬슬 뒷걸음질치다가 도요타 크라운 세단 앞에 이르자 쇠망치를 버리고 냅다 도망쳐버렸다. 잠시 후 류 C가 웃음 띤 얼굴로 나타나 최대 주주 영감님 두 분께 설명을 해드렸다. 이 도요타 크라운 세단은 일제가 아니라 중일합자니까 최소한 50퍼센트는 조국의 소유라고 말이다. 왕 케키는 원래 류 C를 신임했기 때문에 바로 뒤돌아보며 여 뽑치에게 말했다.

"맞아, 일제가 아니야."

여 뽑치는 침착하게 말을 받았다.

"무릇 정치적인 일이란 모두 큰일이므로 소홀히 처리하면 안 돼요. 조국의 50퍼센트는 남기고 일본 거 50퍼센트는 부숴."

왕 케키는 즉시 여 뽑치의 입장에 서서 맞장구를 쳤다.

"맞아, 50퍼센트를 부숴."

466

류 C는 화가 올라 안색이 새파랗게 질리면서 쇠망치로 부숴버려야 할 것은 이 늙은 것들 대갈통이라고 생각했다. 류 C는 최대 주주 영감님들 앞에서 감히 화를 낼 수는 없는 일이어서 뒤돌아서서 기사에게 성질을 내며 소리쳤다.

"부숴! 빨리 부숴!"

류 C는 화를 누르지 못하고 가버렸고, 기사는 쇠망치를 들고 여러 번 머뭇대다 한 방에 자동차 앞 유리를 박살내버렸다. 여 뽑치는 만족한 듯 일어나 왕 케키의 손을 잡아끌며 말했다.

"가세."

"차가 없는데 어떻게 가나?"

"택시 잡아타고 가지."

여 뽑치가 말했다.

"상해는 독일제 산타나 타고 가세."

우리 류진의 일흔이 넘은 부자 노인 둘은 트렁크를 끌고 큰길에 나가 택시를 보고 손을 흔들었다. 왕 케키는 여 뽑치가 방금 보인 태연자약한 태도에 대해 찬탄을 금치 못했다. 험한 말 한마디 않고 험한 일을 해냈으니 말이다. 여 뽑치는 고개를 끄덕이며 왕 케키에게 그 이유를 설명해주었다.

"정치가는 험한 말을 쓸 필요가 없네. 깡패들이 싸울 때나 험한 말을 쓰지."

왕 케키는 고개를 연방 끄덕이며 훌륭한 여 뽑치를 따라 일본에 간다고 생각하니 가슴이 벌렁거렸다. 하지만 바꿔 생각해보니 걱정이 되어 조용히 여 뽑치에게 물어보았다.

"우리가 일본에 가서 항의를 하면 일본 경찰이 우리를 잡아가지 않겠나?"

"그럴 리가 없네."

여 뽑치가 말을 이었다.

"하지만 나는 내심 우리를 잡아가길 바라고 있네!"

"왜?"

왕 케키는 깜짝 놀랐다.

여 뽑치는 주위에 사람이 없는 것을 확인하고 조용히 왕 케키에게 설명을 했다.

"자네하고 내가 일본 경찰에게 잡혀가면 중국이 분명히 항의 교섭을 할 거란 말이야. 유엔도 분명히 교섭을 주선할 거고, 세계 각지의 신문에 우리 둘 사진이 실리면 바로 국제적 명사가 되지 않겠나?"

뭔 말인지 모르는 왕 케키의 얼굴을 보며 여 뽑치는 아쉬운 듯 한마디를 던졌다.

"자넨 말이야, 도대체 정치라는 걸 몰라."

이광두는 임 언니의 VIP가 아니었다. 3년이 지났지만, 이광두는 임홍을 한 번도 만나지 않았고, 다른 여자도 건드린 적이 없었다. 그가 임홍과 마지막으로 한 것은 이미 천고(千古)의 절창(絶唱)이 되어버렸다. 송강이 죽었다는 소식을 듣고 이광두가 폭탄을 맞은 듯 임홍의 몸에서 튀어올랐을 때, 그 순간의 놀람과 훗날의 회한으로 이광두는 다시는 힘을 쓸 수 없었고, 그때부터 양기가 쇠해졌는데, 자신의 말대로라면 이랬다.

"내 무공은 완전히 못 쓰게 됐어."

이광두의 무공이 못 쓰게 된 후 용감한 기상도 사라졌다. 회사에 출근을 해도 일을 하는 둥 마는 둥, 점점 더 정사에는 관심 없는 멍청한 군주처럼 변해버렸다. 그리고 이광두는 임홍을 위해 장례연을 열어준 뒤 곧바로 총재직을 류 부에게 넘겨주었다.

이광두가 자리를 넘겨준 날이 2001년 4월 27일, 밤에 그는 화장실의 도금한 변기에 앉아서 벽에 걸린 액정 텔레비전으로 러시아 우주선 소유스 호가 발사되는 장면을 보면서 미국 사업가 데니스 티토가 미화 2천만 달러를 들여 우주인 옷을 입고 우주인 표정을 지으며 우주선을 타고 득의양양 우주를 여행하는 모습을 지켜보았다. 그 순간 이광두는 고개를 돌려 거울 속의 자신을 보았다. 거울 속에는 똥을 싸고 오줌을 누는 자신의 표정이 보였고, 그 느낌이 마치 아름다운 꽃을 보다가 소똥을 보는 듯했다. 이광두는 거울 속에 비친 자신의 모습이 무척이나 불만스러웠다. 미국 노인도 우주에 가서 먹고 마시고 누고 싸는데 자신은 아직도 좁디좁은 류진의 변기에 앉아 허송세월을 하고 있다는 생각이 들자 스스로에게 다짐을 했다.

"이 몸도 가신다……."

1년 후 남아프리카의 IT업계 거부 마크 셔틀워스가 역시 미화 2천만 불을 들여 역시 소유스 호를 타고 우주여행을 했다. 마크 셔틀워스는 지구에 열여섯 개의 궤적이 있어서 자신은 매일 열여섯 번의 일출과 열여섯 번의 일몰을 본다고 말했다. 이어 미국 대중가수 랜스 베이스도 그해 10월 1일 우주를 항해하겠다고…… . 그때의 이광두는 뜨거운 솥단지 속의 개미 새끼처럼 초조해 죽을 지경이었다.

"벌써 개자식 셋이 내 앞자리를 뺏었어……."

이광두는 두 명의 러시아 유학생을 고용해 같이 자고 먹고 하면서 러시아어를 배웠다. 러시아어 공부에 용맹하게 정진하기 위해 이광두는 자신의 호화 저택 안에서는 중국어를 쓰면 안 되고 오직 러시아어만 써야 한다는 규칙을 정했다. 류 C는 죽을 맛이었다. 매달 한 번 회사 경영 보고 시 20분이면 될 것을 세 시간이 넘게 이야기를 해야 했으니 말이다. 이광두는 분명히 알아들었으면서도 굳이 중국어를 못 알아듣는 표정을 하며 두 유학생에게 러시아어로 번역하게 해서 러시아어를 들은 다음 생각에 잠긴 듯 머리를 흔들며 머릿속에 별로 많지도 않은 러시아어 단어들을 찾다가 정확한 단어를 못 찾으면 몇 개 단어를 조합했고, 그것을 유학생이 다시 중국어로 번역해주었다. 류 C는 그 말을 듣고 눈을 크게 떴다. 이광두가 도대체 무슨 말을 하는지 알 수가 없었기 때문이다. 이광두도 유학생의 중국어 번역이 틀렸다는 것을 알았지만 자기가 나서서 교정해줄 수가 없었다. 왜냐? 중국어를 쓰면 안 되니까. 그는 계속 많지 않은 러시아어 단어 속에서 부정확한 단어들을 찾아냈다. 류 C는 동물과 사람 말을 하는 건지 사람과 동물말을 하는 건지 피곤해 죽을 지경이어서 속으로 이광두를 욕하기 시작했다.

'이 빌어먹을 가짜 양놈아.'

이광두는 러시아어 공부를 열심히 하면서 체력 훈련도 시작했다. 우선 근력 운동에서부터 시작해서 달리기와 수영, 탁구와 배드민턴, 농구, 테니스, 축구, 볼링, 골프를 했는데, 이광두의 체력 훈련은 늘 새로웠다. 뭘 하든 2주를 못 넘기고 지겨워했으니까 말이다. 이때의 이광두는 욕심을 버리고 마음을 깨끗하게 가다듬을 때라 채소만 먹고 고기와 생선을 먹지 않았다. 러시아어와 체력 훈련 이외의 시간에 그는 늘 어릴 적 송강이 해주었던 그 맛있는 쌀밥이 생각났다. 송강이 생각나면 바로 러시아어 하는 걸 까먹고 고아의 표정으로 자기도 모르게 우리 류진 사투리를 쓰면서 송강이 남긴 편지의 마지막 구절을 읊어댔다.

"삶과 죽음이 우리를 갈라놓아도 우리는 여전히 형제야."

이광두는 자신이 우리 류진에 연 식당 열한 곳을 다 한 번씩은 가보았지만, 여전히 송강이 해준 밥맛은 못 느껴보았다. 다른 사람이 연식당에 가서도 여전히 느낄 수가 없었다. 그리하여 호사를 부렸다. '송강밥' 느낌이 들지 않으면 식탁에 몇백 원을 놓고 바로 일어나버렸던 것이다. 그리하여 우리 류진 사람들은 분분히 집에서 밥을 해서는 이광두를 초대해 전설 속의 '송강밥' 맛이 나냐고 시식을 청했고, 이광두는 가가호호를 돌아다니다 나중에는 맛보지 않고 보기만 해도 알수가 있게 되어 돈을 식탁에 올려놓고 고개를 가로저으며 일어나 이렇게 말했다.

"'송강밥'이 아니야."

이광두가 그렇게 '송강밥'을 그리워하자 우리 류진에 돈에 머리가 잘 돌아가는 몇몇 사람들이 한몫 잡을 기회라고 생각했는지 고고학자들처럼 줄줄이 가서 송강의 유품을 찾기 시작했다. 이광두에게 팔면 큰돈을 받을 수 있을 테니 말이다. 그러던 어느 날 어떤 행운의 꼬마가 어떻게 주웠는지 겉에 '상해'라고 찍혀 있는 보따리를 들고 나타났다. 송강이 주유를 따라 류진을 떠날 때 손에 들고 갔다가 주유가 류진의 휴지통에 버렸던 그 보따리를 말이다. 이광두는 그 보따리를 보자마자 한눈에 알아보았고, 지난 일들이 주마등처럼 눈앞을 스쳐갔다. 이광두는 뭔가를 느끼는 듯 그 보따리를 꼭 껴안고 있었다. 그러고 나서 2만 원에 그 보따리를 샀다.

우리 류진은 난리가 났다. 진짜고 가짜고 송강의 유품들이 출토되기 시작했고, 조 시인도 송강의 유품을 하나 찾아냈다. 그는 다 찢어진 노란색 운동화 한 켤레를 들고 각종 운동 경기장을 다 찾아다니다가 테니스장에서 겨우 체력 훈련 중인 이광두를 만날 수 있었다. 조 시인은 두 손으로 경건하게 다 찢어진 운동화를 들어 보이며 다정한 목소리로 이광두를 불렀다.

"이 총재님, 이 총재님, 이걸 한번 봐주십시오."

이광두는 걸음을 멈추고 운동화를 보고 나서 말했다.

"이게 뭐야?"

조 시인은 아첨을 하듯 말했다.

"이건 송강의 유품입니다!"

이광두는 운동화를 가져다가 자세히 살핀 다음 조 시인에게 던져주면서 이렇게 말했다.

"송강은 이런 신발 신은 적 없어."

"송강은 신은 적이 없지요."

조 시인이 이광두를 붙들고 설명을 하기 시작했다.

"제가 신었죠. 기억나십니까? 어릴 적 제가 총재님하고 송강을 자빠뜨렸던 거 말입니다. 제가 그때 이 신발을 신고 주로 송강을 자빠뜨리고, 그 다음에 총재님을 자빠뜨리고, 그러니까 이게 송강의 유품으로 볼 수 있다는 말씀이죠."

이광두는 그 말을 듣고, "악! 악!" 소리를 지르더니 테니스장 잔디밭에서 조 시인에게 한 번에 열여덟 번이나 쓸어차기를 먹였고, 쉰이 넘은 조 시인은 열여덟 번이나 고꾸라졌으니 머리끝부터 발끝까지, 살부터 뼈까지 안 아픈 데가 없을 지경이었다. 이광두는 얼굴에 땀을 뻘뻘 흘리면서도 연방 소리를 질러댔다.

"좋다! 좋다! 좋아!"

이광두는 쓸어차기가 자신의 체력 훈련 가운데 제일 마음에 들어 잔디밭에 누워 끙끙 앓는 조 시인을 보며 손을 흔들어 일어나라고 했지만, 조 시인은 일어나지 못하고 끙끙 앓으면서 앉았다.

"내 밑에서 일할 생각 있나?"

조 시인은 그 말을 듣고 벌떡 일어나면서 앓는 소리도 싹 멈추더니 웃음 가득한 얼굴로 이렇게 물었다.

"이 총재님, 어떤 일입니까?"

이광두가 설명했다.

"체력 훈련 파트너. 중급 관리직 대우를 해주지."

조 시인은 다 찢어진 운동화를 팔아먹지는 못했지만 고액을 받는 이광두의 체력 훈련 파트너가 되었다. 그 후로 매일 조 시인은 무릎 보호대와 팔목, 발목 보호대를 차고, 여름에도 솜옷과 솜바지를 입은 채, 비가 오나 바람이 부나 테니스장 잔디밭에 서서 직무에 충실하게 이광두의 쓸어차기를 기다렸다.

이광두의 러시아어는 3년 만에 상당한 발전을 이루었고, 3년간의 체력 훈련으로 체력도 강건해졌다. 이제 반년 후면 러시아 우주비행 센터에 가서 우주인 기초 훈련을 받을 것이다. 우주를 볼 시간이 가까워지면서 이광두는 마음이 흔들렸고, 거실 소파에 앉아 있을 때면 가끔 자신이 세운 규칙을 잊고 러시아어를 하다가 류진 사투리를 하는 경우가 있었고, 그럴 때면 이광두는 수다 떨기 좋아하는 노인처럼 러시아 유학생들에게 송강 이야기만 줄곧 해댔다. 그는 손가락을 세면서 말했다. 미국놈 티토는 우주에 사진기와 비디오카메라, CD-ROM과 아내와 아이들 사진을 가지고 갔고, 남아프리카 놈 셔틀워스는 가족과 친구들의 사진, 현미경과 노트북, 시디를 가지고 갔다. 중국 사나이 이광두는 우주에 무엇을 가지고 가야 할까? 그것은 송강의 유골함이었다. 이광두는 바닥의 유리를 통해 별들이 반짝이는 깊고 그윽한 어두운 우주를 바라보며, 낭만 가득한 얼굴로 송강이 영원히 달과 별들 사이를 유영할 수 있도록 송강의 유골함을 우주 궤도상에, 매일 열여섯 번의 일출과 열여섯 번의 일몰을 바라볼 수 있는 우주 궤도상에 올려놓겠다고 했다.

이광두가 갑자기 러시아어로 말했다.

"그렇게 되면, 내 형제 송강은 외계인이다!"

〈끝〉

5년 전, 나는 끝이 보이지 않는 소설을 쓰기 시작했다. 그것은 한 세기에 관한 이야기였다. 2003년 8월, 미국에 있는 동안 나는 7개월간 동분서주했고, 북경으로 돌아왔을 때 나 자신이 길고 긴 이야기를 쓸 욕망을 잃었음을 깨달았다. 그렇게 해서 새로 쓰기 시작한 소설이 《형제》다. 이것은 두 시대가 만난 이후 태어난 소설이다. 앞부분은 유럽으로 치자면 중세에 해당하는 문혁 시기의 이야기고, 정신의 광기, 본능을 억압하고 처참한 운명의 시대에 관한 이야기다. 뒷부분은 현재에 관한 이야기다. 오늘날의 유럽보다도 더 한, 윤리가 전복되고 경박한 욕정을 추구하는 만물군상의 시대. 한 서양인이 4백 년을 살아야 경험할 수 있는 양극단의 시대를 한 중국인이 겪는 데 걸린 시간은 겨우 40년. 4백 년간의 온갖 풍파와 천변만화(千變萬化)가 이 40년에 농축되어 있다. 이것은 너무나도 진귀한 경험이다. 그리고 이 두 시대를 연결하는 것이 바로 형제 두 사람이다. 그들의 생활은 핵분열 중에 핵분열 되고, 그들의 슬픔과 기쁨은 폭발 중에 폭발한다. 그들의 운명은 이 두 시대와 마찬가지로 천지가 뒤집어지고, 결국에는 은혜와 원한이 교차하는 가운데 그 결과를 스스로 감당해야 했다.

원래 10만여 자 분량의 소설을 구상했으나 서술이 나의 글쓰기를 장악하여 그 편폭이 50만 자가 넘게 되었다. 글쓰기란 이렇게 기묘한 것이다. 좁게 시작했다가 왕왕 넓게 써지기도 하고, 넓게 시작했다가 좁게 써지기도 한다. 그것은 인생과 완전히 똑같다. 넓은 길에서 출발한 사람이 막다른 길에 처하게 되기도 하고, 양장소로(羊腸小路)에서 출발했으나 요원한 하늘에 닿을 수도 있다. 그래서 예수는 "좁은 길로 가라."고 했을 것이다. 예수는 우리에게 경계했다.

"멸망에 이르는 길은 넓고 그 문은 클 것이며 사람도 많을 것이나 영생에 이르는 길은 좁고 문도 작으며 찾는 사람도 적을 것이다."

글쓰기건 인생이건 정확한 출발은 작은 문으로 들어가야 한다고 생각한다. 커다란 문에 미혹될 필요 없다. 그 안의 길은 얼마 길지 않기 때문이다.

2005년 7월 11일
위화

학교 정문 앞에 소나 노새가 끄는 달구지들이 지나다닙니다. 학교 앞은 길 건너 북경 최대인 중관촌 전자상가에서 사고파는 물건들을 실어 나르는 각종 차량들과 자전거, 리어카들로 정신없습니다. 횡단보도와 신호등은 있으나 마나 한 것들이고, 차에 치인 자전거 운전자들은 대체로 송구스러워했으며, 사망사고가 나더라도 보상금은 개 값이라고 한탄들을 했습니다. 돌이켜보니 제가 북경에 있었던 1995년에서 2000년은 모든 것이 뒤섞여 있던 시기였습니다. 당시 그렇게 모든 것들이 뒤섞여 있던 중국을 감당키 어려워 서둘러 돌아왔지만, 여전한 공산당 집권 하에서 국가자본주의의 길을 걷는 지금 중국의 상황도 쉽게 예측하기 어렵기는 마찬가지입니다.

10년 전 《형제》가 출간됐을 때, 위화가 허삼관에 이어 이광두라는 희대의 캐릭터를 빚어냈다는 찬사와 함께 스토리 자체가 지나치게 작위적이라는 비판이 많이 있었는데, 적어도 소설 속 사건만큼은 실제 일어났던 일들이라는 답을 들었던 기억이 있습니다. 우리나라에서 많은 독자들이 이 작품을 접하고 거북해했지만, 그건 아마도 우리 사회가 중국보다는 투명하다는 우월감이나, 거대한 중국의 단면만 접했을 뿐 실제 중국에 대해서는 무지한 채로 갖게 된 자신감에서 비롯되었던 감정이 아닌가 싶습니다.

그리고 10년이 지났습니다. 모든 것이 역전되었고, 서울을 포함한 전국의 미세먼지는 제가 있던 당시의 북경에 버금갑니다. 한강의 기적보다 훨씬 압축적인 자본주의화의 길을 걸은 중국의 속살을 이 작품을 통해 이제는 차분한 마음으로 들여다볼 수 있었으면 합니다.

담당 편집자 백도라지 씨의 세심한 교정과 원문 대조로 10년 전 실수로 누락된 문장들과 오탈자, 어색한 번역들을 대거 바로 잡았습니다. 이 자리를 빌어 감사의 뜻을 전합니다.

2017년 5월 4일
최용만

옮긴이 **최용만**

1967년생. 1990년 한림대학교 중국학과를 졸업하고, 2000년 베이징대학교 중문과 대학원에서 중국 당대문학(當代文學) 전공으로 석사학위를 받았다. 옮긴 책으로 《허삼관 매혈기》《가랑비 속의 외침》《영혼의 식사》가 있다.
mano2bkong@naver.com

형제 2

첫판 1쇄 펴낸날 2017년 5월 22일
      7쇄 펴낸날 2023년 11월 30일

지은이 위화
옮긴이 최용만
발행인 김혜경
편집인 김수진
편집기획 김교석 조한나 유승연 문해림 김유진 곽세라 전하연 박혜인 조정현
디자인 한승연 성윤정
경영지원국 안정숙
마케팅 문창운 백윤진 박희원
회계 임옥희 양여진 김주연

펴낸곳 (주)도서출판 푸른숲
출판등록 2003년 12월 17일 제2003-000032호
주소 서울특별시 마포구 토정로 35-1 2층, 우편번호 04083
전화 02)6392-7871, 2(마케팅부), 02)6392-7873(편집부)
팩스 02)6392-7875
홈페이지 www.prunsoop.co.kr
페이스북 www.facebook.com/prunsoop   인스타그램 @prunsoop

ⓒ푸른숲, 2017
ISBN 979-11-5675-692-7(04820)
      979-11-5675-690-3(세트)